중단편선 Ⅳ

중단편선 IV

초판 1쇄 인쇄일 _ 2011년 4월 20일
초판 1쇄 발행일 _ 2011년 4월 25일

지은이 _ 레프 니콜라예비치 톨스토이
옮긴이 _ 강명수
펴낸이 _ 박진숙
펴낸곳 _ 작가정신
주소 _ 121-250 서울시 마포구 성산동 49-9 신한빌딩 5층
전화 _ (02)335-2854   팩스 _ (02)335-2855
E-mail _ editor@jakka.co.kr
홈페이지 _ www.jakka.co.kr
출판등록 _ 1987년 11월 14일 제1-537호

ISBN 978-89-7288-393-7 04890
      978-89-7288-309-8 (전 12권)

중단편선 IV

강명수 옮김

작가
정신

일러두기

* 이 책은 톨스토이 탄생 150주년을 기념하여 러시아 모스크바에서 출간된 전집 **Л. Н. Толстой, Собрание сочинений в 22 томах**(Москва, 1978~1985) 중 제14권을 원전으로 하여 완역했습니다.
* 톨스토이의 원주는 따로 표시하지 않고 괄호 안에 담았습니다. 단, 제목에 달린 원주의 경우 별표 표시를 하고 아래에 배치했습니다.
* 원문에 나오는 외국어들을 해석한 부분 중 역자가 해석을 달았을 경우 가독성을 위해 '옮긴이' 표시를 생략했습니다.

차 례

지난 2010년은 레프 니콜라예비치 톨스토이(1828~1910)가 사
망한 지 100주년이 되는 해였다. 세상을 뜨고 많은 세월이 흘렀
음에도 불구하고 톨스토이가 여전히 전 세계의 많은 이들의 마음
속에 남아 있는 것은 어떤 연유에서인가. 여러 가지가 있겠지만
가장 큰 이유는 사람답게 사는 길이 무엇인지를 다양한 형태로
제시했기 때문이 아닐까 한다.

톨스토이가 한 인간 그리고 작가로서 평생 추구한 것은 삶과
죽음의 본질에 대한 물음과 답이었고 궁극적으로 도달한 것은 삶
의 본질에 대한 깨달음이었다. 그리고 그것은 '타인을 위한 삶',
'베푸는 삶'이었다. 그는 귀족이었지만 농민, 평민의 삶의 본질을
이해하고자 애썼고 그들에게 공감과 연민을 느꼈으며 그들을 돕
고 그들과 같은 삶을 살고자 하였다. 그리고 그것은 자연에 순응
하는 삶이기도 했다.

한국에서 톨스토이가 독자의 사랑을 받게 된 계기는 무엇보다

도 타락한 인간의 도덕적 갱생을 그림으로써 계몽적 성향이 강한 『부활』을 통해서였다. 이후 점차 그의 다른 작품들도 번역되어 1970년대에는 그의 작품 중 대다수가 소개되기에 이르렀다. 그러나 그동안 번역 소개된 작품들은 시간이 경과함에 따라 오늘날의 언어감각에 어울리지 않는 표현들이 곳곳에서 발견되는 등 아쉬운 점이 없지 않아 이를 보완하는 새로운 번역이 필요하게 되었다.

이에 평소 톨스토이에 관심이 많았던 이들이 뜻을 모아 현대적인 감각을 살려 전 문학작품을 재번역하게 되었다. 이렇게 볼 때 톨스토이 사망 100주년을 기념하여 그의 문학작품을 집대성하여 번역 소개하는 것은 큰 의의가 있다 할 수 있을 것이다.

번역 대본으로는 톨스토이 탄생 150주년을 기념하여 모스크바에서 출간된 작품 전집 Л. Н. Толстой, Собрание сочинений в 22 томах (Москва, 1978~1985) 중 순수 문학작품이 수록된 권들을 선정하였다. 덧붙여 이번에는 톨스토이의 순수 문학세계를 재조명하고 그가 남긴 에세이, 평론, 일기, 서한 등은 훗날 작가 톨스토이에서 한 걸음 더 나아가 인간 톨스토이를 전면적으로 재조명할 때 소개하기로 역자들은 의견을 모았다. 이러한 취지를 이해하고 흔쾌히 전집 간행을 결심하며 원고를 정성껏 가다듬어 아담한 책으로 출판해주신 박진숙 사장님과 편집부 여러분께 깊이 감사드린다. 부디 이 전집이 톨스토이가 젊었을 때부터 나이가 들 때까지 문학작품을 통해 무엇을 추구했고 무엇을 보여주고자 했는지 이해하는 데 도움이 되길 바라며, 아무쪼록 작가 톨스토이를 재조명하는 이 작업이 러시아 문학을 사랑하는 독자 여러분께 잔잔한 기쁨을 드릴 수 있다면 더할 나위 없겠다.

고려대학교 노어노문학과 교수 고일

무도회가 끝난 후

무도회가 끝난 후

"바로 그런 이유로 자네는 사람이 스스로 선과 악을 깨달을 수 없다고 말하지. 모든 일은 환경에 의해 결정되고, 환경이 사람을 지배한다고 생각하는 거야. 하지만 나는 그 모든 것이 우연에 불과하다고 생각하네. 내 경우를 통해 그것을 말해보도록 하겠네."

사람이 사는 환경의 변화에 따라 사람의 성격이 만들어진다는 취지의 대화가 오고 간 뒤에, 우리 모두가 존중하는 친구인 이반 바실리예비치가 그렇게 말했다. 그러나 어느 누구도 딱 부러지게 자신의 힘으로는 선과 악을 깨달을 수 없다고 말하진 않았다. 다만 이반 바실리예비치의 경우에는, 이야기를 나누며 떠오른 생각을 그런 식으로 정리하거나 직접 경험한 삶을 이야기함으로써 자신의 논지를 분명히 하는 습관이 있었다. 그는 이야기하는 도중에 그 같은 말을 하게 된 동기를 간혹 잊곤 했지만, 언제나 매우 신중하고 진지한 자세였다.

그는 이날도 그런 식이었다.

"내 경우를 이야기하지. 나의 전 생애는 환경에 의해서라기보다는 전혀 다른 것에 의해 만들어졌지."

"그게 뭔데?" 우리는 물었다.

"긴 이야기가 될 거야. 자네들을 이해시키려면 많은 말을 해야 하니까."

"그래도 좋아. 말해보게."

이반 바실리예비치는 잠시 생각에 잠기더니, 고개를 끄덕였다.

"그래, 내 인생은 단 하룻밤 아니, 하루아침 만에 싹 바뀌어버렸지." 그는 이야기를 풀어놓기 시작했다.

"무슨 일 때문에 그렇게 되었어?"

"사랑에 아주 푹 빠진 적이 있었지. 전에도 여러 번 사랑에 빠졌었지만, 그때는 정말 가장 격정적인 사랑이었어. 이미 지나간 일이긴 하지만. 지금 그녀에게는 결혼한 딸까지 있지. 그녀 이름은 B…… 바렌카 B야." 이반 바실리예비치는 성만 언급했다. "지금은 오십 대지만 여전히 눈에 띄게 아름답지. 열여덟 살로 젊었을 때에는 말로 표현할 수조차 없을 정도로 황홀한 자태였어. 훤칠한 키, 날씬한 몸매에 우아하고 품위가 있었어. 품위라는 표현이 딱 맞아. 그녀는 늘 허리를 꼿꼿이 세우고 다녔지. 그렇게 하지 않으면 안 되는 것처럼 말이야. 머리를 약간 뒤로 젖힌 그녀의 아름다운 모습은 야윈 몸매였지만 훤칠한 키와 어울려 마치 여왕 같은 분위기를 풍겼어. 야윈 몸매, 그건 별 문제가 되지 않았어. 언제나 온화해 보이고 환하게 웃는 모습, 매혹적인 눈빛, 젊음에서 풍겨 나오는 친근함이 없었다면, 나는 일찌감치 그녀를 포기했을 거야."

"이반 바실리예비치의 탁월한 묘사로군."

"묘사, 바로 그 묘사가 문제야! 그녀가 어떤 모습이었는지 제대로 자네들에게 묘사하기란 불가능해. 하지만 그게 중요한 게 아니라, 내가 40년대에 겪은 일을 이야기하고자 한다는 게 중요한 거지. 그 당시 나는 지방 대학에 다니던 대학생이었어. 그게 좋은 건지 나쁜 건지는 잘 모르겠지만, 그즈음 우리 대학에는 학술 모임이나 이념 동아리라곤 없었어. 우리는 젊은이가 누리는 그런 시간을 보내며 젊음의 특권을 누렸지. 공부도 하고 즐겁게 놀기도 하면서 말이야. 나도 무척이나 활달하고, 근심 걱정이라곤 없이 지냈어. 게다가 돈도 부족하지 않았어. 느리게 걷는 말을 타기도 하고, 아가씨들과 썰매 타러 다니기도 했지(그때만 해도 스케이트는 유행하지 않았으니까). 친구들과 어울려 술도 마셨어(그때 나는 샴페인만 마셨어. 샴페인이 없으면 아무것도 마시지 않았어. 지금처럼 보드카는 절대 마시지 않았지). 저녁 파티나 무도회는 내가 만족하며 찾던 주된 소일거리였어. 나는 춤도 꽤 잘 추었고, 얼굴도 밉상이 아니었거든."

"그렇게 겸손할 것까진 없어요. 당신의 은판 사진을 본 적이 있어요. 밉상이라니요! 미남이던데요." 그의 옆에 앉은 부인이 끼어들었다.

"미남? 중요한 건 그게 아니에요." 그러고는 이반 바실리예비치의 이야기가 시작되었다. "그녀를 향한 내 사랑이 최고조에 이르던 마슬레니차(러시아의 봄맞이 축제―옮긴이) 축제의 마지막 날, 나는 지방 귀족의 무도회에 참석했지. 그 지방 귀족은 마음씨 좋은 노인으로 부자에다가 선량했어. 황실의 시종을 지낸 분이야. 그 부인도 남편처럼 선량해서 그날 손님들은 부인의 환대를 받았지. 부인은 적갈색의 비로드로 만든 드레스를 입고, 머리에는 보석이 박힌 이마 장식을 하고 손님을 맞이하고 있었어. 피터 대제의 딸인 엘리자베스 여왕의 초상화처럼 포동포동한 흰 어깨와 앞가슴을 드러냈지. 정말 훌륭한 무도회였어. 홀은 아름다웠는데, 유명한 오케스트라 단원과 합창 단원을 위한 자리까지 마련됐지. 오케스트라와 합창단은 음악을 사랑한 지주의 농노들로 구성됐어. 차려진 음식도 훌륭했고, 샴페인은 바다처럼 흘러 넘쳤지. 나는 샴페인 애호가였지만, 그날은 마시지 않았어. 왜냐하면 술이 아니라 사랑에 취해 있었기 때문이야. 그러고는 지칠 때까지 카드릴(남녀 네 명이 한패가 되어 서로 마주 보며 추는 춤—옮긴이)과 왈츠와 폴카를 추면서, 바렌카와 온전히 모든 걸 함께 할 수 있기를 고대했지. 바렌카는 핑크빛 장식 띠를 단 하얀 드레스와 하얀 염소가죽 장갑으로 치장했었어. 장갑은 튀어나온 야윈 팔꿈치까지는 미치지 않았지. 그리고 그녀는 부드러운 공단으로 만든 하얀 구두를 신고 있었어. 그런데 아니시모프라는 저주받을 기술자 녀석이 그녀와 마주르카(4분의 3박자 또는 8분의 3박자의 경쾌한 리듬의 폴란드 민속 춤—옮긴이)를 출 기회를 빼앗아버렸어. 난 지금까지도 그놈을 용서할 수 없어. 그녀가 무도회장에 들어서자마자 곧바로 춤을 요청한 거야. 나는 장갑을 구해보려고 이발사에게 들렀다가 한발 늦고 말았지. 그래서 그녀와 마주르카를 출 수 없었어. 대신 예전부터 돌봐주던 약간 허약해 보이는 아가씨와 춤을 췄지. 그날 저녁 내가 그녀에게 무례하지는 않았는지 모르겠어. 그녀에게 무뚝뚝한 채, 바로 쳐다보지도 않았거든. 내 눈에는 핑크빛 장식을 단 하얀 드레스를 입은 키가 크고 날씬한 아가씨밖에는 보이지 않았으니까. 불그스레하게 빛나고 보조개가 있는 얼굴, 상냥하고 정겨운 눈동자. 그것만으로도 나는 혼자가 아니라는 생각이 들었어. 늘 그녀를 주시하며, 그녀를 사랑하지 않을 도리가 없었다고. 남자든 여자든 그녀가 자신들의 광채를 모두 빼앗아 가는데도 그녀를 좋아했지. 좋아하지 않을 수 없었던 거야.

정해진 규칙에 따르자면, 내가 그녀와 마주르카를 추면 안 되는 것이었지만, 실제로는 무도회에서 보낸 시간 내내 나는 그녀와 함께 춤을 추었어. 그녀는 침착하게 홀을 가로질러서 내가 있는 쪽으로 바로 다가왔지. 나는 기다리지 못하고 단숨에 뛰어갔어. 그녀는 내 행동에 웃음으로 응답해주는 것 같았어. 내가 다른 남자들과 함께 다가가 그녀와 성격 맞히기 게임을 하는 데 그녀가 내 성격을 알아맞히지 못하자, 다른 남자의 손을 잡고는 가냘픈 어깨를 낮추며 인사했어. 애석함과 위로가 동시에 담긴 미소를 지어 보이면서 말이야. 마주르카가 흐를 때에도 나는 그녀와 왈츠의 리듬에 맞추는 형식으로 오랫동안 왈츠를 추었어. 그녀는 자주 숨을 몰아쉬고는 미소 지으며, 'Encore(다시 한 번)'이라고 말했어.

그래서 난 한 번, 또 한 번 계속해서 춤을 추었어. 내 육체라는 것 자체를 의식할 수 없었지."

"아니, 당신의 팔이 그 여자 허리의 잘록한 부분을 감싸 안았을 텐데, 육체를 의식하지 않을 수 있나요? 분명히 자신의 육체만이 아니라, 그 여자의 육체까지도 느꼈을 거예요." 손님 중의 한 사람이 말했다.

그러자 갑자기 이반 바실리예비치의 얼굴이 붉어지면서 화가 난 듯 거의 소리치다시피 말했다.

"당신 같은 요즘 젊은이라면 그랬겠지. 당신들은 육체 이외에는 아무것도 보지 않더군. 우리 시대에는 그렇지 않았어. 사랑을 하면 할수록, 내겐 그녀가 육욕의 대상에서 점점 멀어졌던 거지. 요즘 젊은이들은 다리의 각선미니, 복사뼈니, 그 밖의 무언가를 보면서 사랑에 빠진 여인들의 옷을 벗기고 있지. 하지만 내게는 훌륭한 작가인 Alphonse Karr(알퐁스 카르)이 언급한 것처럼 '내가 사랑한 대상은 항상 청동 옷으로 몸을 감싸고 있다'는 게 어울리지. 우리는 결코 그렇게 벗겨본 적이 없어. 노아의 착한 아들처럼 벌거벗은 몸을 가려주려고 노력했지. 자네들은 이해할 수 없을 거야……."

"저 친구에게 신경 쓰지 말고, 계속 이야기해주겠소?" 듣고 있는 이들 가운데 한 사람이 말했다.

"나는 그녀하고만 춤을 추었어. 시간이 어떻게 흘러갔는지 모를 정도였지. 오케스트라 단원들도 똑같은 마주르카의 반복되는 모티프의 멜로디를 계속 연주하느라고 지칠 대로 지쳐서 절망에 찬 모습이었지. 자네들도 무도회가 끝날 때쯤이면 어떤지 알잖아. 손님들 중에서 부모님 세대는 카드 테이블에서 일어나

밤참이 나오기를 기다리고 있었고, 하인들은 뭔가를 나르느라 이리저리 뛰어다녔지. 이미 2시가 넘어 있었어. 하지만 나는 최후의 순간까지도 이용하려고 했어. 음악이 흘러나오자 다시 한번 그녀를 파트너로 선택했어. 우리는 100회나 가까이 홀을 휩쓸며 춤을 추었지.

'밤참이 끝난 후 카드릴 때에도 파트너가 되어주십시오.' 나는 그녀를 자리로 데려다주며 말했어.

'집에 돌아가지 않으면요.' 그녀가 웃으며 대답했어.

'당신을 다른 이에게 넘겨줄 순 없어요.' 내가 말했지.

'제 부채를 주시겠어요?' 그녀가 말했어.

'넘겨주는 게 유감이군요.' 나는 값싸 보이는 하얀 부채를 그녀에게 건네주며 말했지.

'당신을 달래줄 게 여기 있지요.' 그녀는 부채에서 작은 깃털 하나를 뽑아서 내게 주며 말했어.

나는 그 작은 깃털을 받아 들었지. 그때의 내 감격과 고마움을 눈빛으로 표현할 수밖에 없었어. 나는 기뻤을 뿐만 아니라 만족감까지 느꼈어. 행복하면서 고양되는 기분이었지. 내 자신이 선해지면서 내가 아닌 것같이 느껴지더군. 천국에 있는 것 같았어. 악한 생각은 들지 않고, 오직 선만 생각하게 되더군. 나는 깃털을 장갑 속에 감추고는, 그녀로부터 떨어지지 않고 멍하니 서 있었어.

'저길 보세요. 사람들이 아버지께 춤을 추라고 청하는군요.' 그녀는 큰 키에 근엄함을 풍기는 자신의 아버지를 내게 가리키며 말했어. 그녀의 아버지는 육군 대령으로 은빛 견장을 한 채 무도회장 입구에서 여주인과 다른 부인들과 함께 서 있었어.

'바렌카, 이리 오너라!' 엘리자베스 여왕처럼 어깨를 드러내고 보석을 박은 이마 장식을 머리에 쓴 여주인이 큰 소리로 그녀를 부르는 소리가 들렸어.

바렌카는 출입문 쪽으로 다가갔고, 나도 그녀를 따라갔어.

'Ma chère(사랑하는) 바렌카, 아버지와 네가 마주르카를 추는 모습이 보고 싶구나. 부탁 좀 해보렴. 표트르 블라디슬라비치, 제발.' 여주인이 육군 대령을 돌아보며 말했어.

바렌카의 아버지는 늠름하고 멋진 분이셨지. 키도 크고 나이에 비해 젊어 보였어. 얼굴 혈색도 좋았고 치켜 올라간 콧수염은 à la Nicolas I(니콜라이 1세의 그것처럼) 보였어. 하얀 볼수염이 콧수염까지 이어진 데다 빗은 머리칼은 이마를 가렸고, 입술과 눈가의 온화하고 밝은 미소는 딸의 그 미소와 닮았더군. 체격도 좋았고, 군인답게 넓고 앞으로 불거진 가슴에는 장식으로 꾸며진 훈장이 달려 있었지. 굳센 어깨와 쭉 빠진 긴 다리는 니콜라이 1세 황제 때의 전형적인 군사령관 모습이었어.

우리가 출입문에 다다랐을 때에도, 그는 춤추는 스텝을 익혔었는데 지금은 잊어버렸다고 말하며 춤추기를 거절했지. 하지만 우리를 보자마자 밝게 웃으며 팔을 왼쪽으로 뻗어 칼집에서 긴 칼을 꺼내 옆에서 시중드는 젊은이에게 넘겨주더군. 그러고는 오른손에 낀 스웨이드 장갑(겉면은 양이나 소의 가죽을 보드랍게 부풀리고 안쪽에는 털을 단 장갑—옮긴이)을 매만졌지. '모든 것은 규칙을 따르게 마련이지.' 그는 웃으며 이렇게 말하고는, 딸의 손을 잡고 음악의 박자를 맞추려고 기다리며, 4분의 1바퀴 정도 회전했어.

이윽고 마주르카의 선율이 흘러나오기 시작하자, 그는 한 발을 힘차게 구른 다음, 다른 발을 앞으로 내밀었어. 처음에는 발 구르는 소리가 조용히 매끄럽게 시작되었지만, 점차로 구두 밑굽과 구두 밑굽이 부딪치는 소리가 시끄럽고 격렬하게 바뀌더군. 큰 키에다 근엄한 그의 풍모가 방 전체를 휘감는 형국이었지. 우아한 자태의 바렌카도 흰 공단 덧신 속에 감추어진 작고 앙증맞은 발로 무의식적으로 짧게 혹은 길게 발걸음을 옮기며 아버지 곁에서 우아하게 춤추었지. 무도회장의 모든 사람들이 한 쌍을 이룬 부녀의 춤을 주시했어. 나는 사랑에 흠뻑 취해 벅찬 감동으로 그들을 쳐다보았어. 특히 난 육군 대령의 가죽끈으로 맨 장화에 깊은 감명을 받았지. 앞이 뾰족하게 튀어나온 유행하는 장화가 아니었어. 앞쪽에 네 개의 모서리가 생길 만큼 뭉툭한데다 뒤축이 거의 닳은 유행이 지난 것이었지. 대대의 제화공이 만든 장화란 확신이 들었지. '딸이 무도회에 입고 갈 좋은 드레스를 사주기 위해 유행하는 장화를 사지 않고, 유행이 지난 저런 수제 장화를 신고 있는 거야' 라고 생각했지. 여하튼 앞쪽에 네 개의 모서리가 생길 만큼 뭉툭한 그 장화가 나에게 특별한 감동을 준 거야. 그가 춤추는 것을 보니까 한때에는 상당한 솜씨였다는 것을 알 수 있었지. 하지만 지금은 몸이 둔해 보였고, 아름답고 민첩하게 내딛으려는 스텝에도 경쾌함과 탄력성이 부족해 보였어. 그래도 가뿐하게 무도회장을 두 번씩이나 돌았지. 춤이 끝나자 그는 조금 힘이 들었을 텐데도, 벌렸던 다리를 다시 소리가 나도록 붙이더니 한쪽 무릎을 꿇고 앉았어. 그러자 딸은 미소를 띤 채 치맛자락 끝을 붙잡고 아버지 주위를 경쾌하게 돌았지. 모두가 갈채를 보냈어. 육군 대령은 힘들여 몸을 일으키고는, 두 손으로 애정을 담아 부드럽게 딸의 양쪽 귀를 감싸주었어. 그다음에 그는 딸의 이마에 입을 맞춘 뒤, 그녀를 내게 넘겨주더군. 마주르카에선 내가 그녀의 짝이라고 생각한 거지. 하지만 나는 그녀의 파트너가 아니라고 말했어.

'괜찮네. 이제는 내 딸과 다시 춤추도록 하게.' 그가 긴 칼을 칼집 속에 꽂으며 상냥하게 웃으며 말했어.

병에서 처음 한 방울이 잘 흘러나오면 병 전체의 내용물도 쿨쿨 쏟아져 나오는 법이지. 바렌카를 향한 내 마음속에 간직된 사랑이, 내 마음속에 숨어 있던 그 사랑의 힘이 자유롭게 풀린 것 같았어. 그 당시에는 그 사랑을 축으로 해서 내가 온 세상을 포용하고 나아가는 것 같았어. 보석이 박힌 이마 장식을 하고 엘리자베스 여왕처럼 어깨를 드러낸 여주인과 그녀의 남편, 그리고 그녀가 초대한 손님들과 그녀의 하인, 심지어는 내 기분을 상하게 만든 아니시모프까지도 좋아지더군. 군에서 만든 장화를 신고 딸과 쏙 빼닮은 웃음을 지닌 그녀의 아버지에게도 다정함이 느껴졌어. 그때는 황홀하고 감격해서 거의 무아지경이었어.

마주르카가 끝나자 여주인은 손님들에게 밤참을 들라고 청했는데, 육군 대령인 그녀의 아버지는 내일 아침 일찍 일어나야만 한다면서 정중히 청을 거절했어. 그녀에게 용서를 구하는 걸 잊지 않으면서 말이야.

밤참이 끝난 뒤 나는 약속대로 그녀와 카드릴을 추었지. 과거에도 행복했으면서 현재의 행복이 새삼스러웠고, 나의 그 행복이 계속해서 풍성하게 자라나는 기분이었어. 우리는 사랑에 대해 말하진 않았지. 그녀나 나 자신이나 서로 사랑하는지 확인하지는 않았단 말이지. 내가 그녀를 사랑한다는 그 자체만으로도 충분했으니까. 그래도 한 가지 두려움은 있었지. 내 행복을 무언가가 깨트려버릴지도 모른다는 그런 두려움 말이야.

나는 집으로 돌아와 옷을 벗고는 잠을 잘까 생각도 했지만, 그게 도저히 불가능하단 걸 알았지. 내 손에는 그녀가 부채에서 뽑아준 작은 깃털이 있었어. 게다가 마차에 오르는 그녀와 그녀의 어머니를 자리에 앉도록 도와줄 때에, 그녀로부터 건네받은 장갑도 있었지. 그래서 그 물건들을 물끄러미 쳐다보았어. 눈을 감지 않아도 두 파트너 중에서 한 명인 내 성격을 알아맞히려고 내 앞으로 다가오던 순간의 그녀 모습이 바로 떠올랐어. 그녀는 내가 어떤 사람인지 알려고 하는 것 같았어. 그녀가 친근한 목소리로 **'자부심이 강한 분**, 맞죠?' 하고 말하는 것 같았지. 그리고 그녀가 밝은 표정으로 내게 손을 내밀었어. 밤참을 드는 동안에 그녀는 샴페인 잔에 입을 살짝 갖다 대고는, 은근한 눈빛으로 나를 힐끔 바라보기도 했지. 하지만 무엇보다도 아버지와 우아하게 춤추던 그녀를 부러워하던 손님들을, 자부심과 기쁨으로 대하는 그녀를 그려볼 수 있다는 게 좋았어. 부녀는 내 마음에서 하나의 이미지로 결합되면서 크나큰 감동을 주었던 거지.

그 당시 나는 조용한 성격의 형과 함께 살았어. 형은 번잡한 세상을 피해 침잠하길 좋아했어. 그래서 무도회에는 가본 적이 없었지. 게다가 대학에서 박사학위 시험을 준비하느라 바빴고 아주 규칙적인 생활을 했어. 그때 형은 잠들어 있었어. 나는 형을 바라보았지. 형은 얼굴을 베개에 묻고 이불로 머리를 반쯤 가린 모습이었어. 난 형이 불쌍하고 측은해 보였어. 내가 누리고 있는 더할 수 없는 이 행복을 모른 채 살아가고 있었기 때문이야. 내 시중을 드는 농노 신분의 하인 페트루샤가 양초를 들고 나를 맞아주었어. 그는 내가 옷을 벗는 걸 도와주려 했지만, 난 그를 내보냈어. 페트루샤의 잠이 덜 깬 얼굴과 헝클어진 머리카락을 보니 측은해졌거든. 나는 소리를 내지 않으려고 애쓰면서 발끝으로 걸어서 내 방으로 건너가 침대에 걸터앉았어. 아주 행복해서 도무지 잠이 오질 않았어. 게다가 난로를 뜨겁게 피웠는지 방이 너무 더웠어. 그래서 난 외투를 걸친 채 서두르지 않고 조용히 현관문을 열고 나와 거리로 나갔지.

무도회장을 떠날 때가 4시가 지났을 때쯤이었으니까, 집으로 돌아와서 머무른 시간을 모두 더하면 두 시간 정도가 흐른 셈이었어. 밖으로 나왔을 때에는 이미 동튼 새벽이었어. 마슬레니차를 치르기엔 아주 좋은 날씨였지. 안개가 살짝 끼었고, 도로에는 물기를 머금은 눈이 녹고 있었고, 지붕에서는 물방울이 맺혀서 떨어졌어. 바렌카 가족은 도시 변두리에 위치한 넓은 들이 있는 곳에서 살았어. 들 한쪽 끝에는 산책로가 있었고, 다른 쪽 끝에는 여학생 기숙사가 있었지. 나는 텅 빈 좁은 길을 따라 걸어서 마침내 큰 도로로 나갔지. 가는 길에 보행자도 만났고, 나무를 실은 썰매를 보기도 했어. 미끄럼판으로 움직이는 썰매는 도로에 자국을 남기며 다리까지 달려가고 있었어. 번쩍거리는 멍에를 쓴 말들이 규칙적으로 물에 젖은 머리를 흔들어대고, 멍석을 뒤집어쓴 마부들은 장화를 신고서 철벅철벅 소리를 내며 썰매 옆을 따라가고, 거리의 집들이 안개 속에서 우뚝 서 있는 것 같은 모습들이 내게는 모두 정겹고 의미심장하게 여겨졌지.

그녀의 집이 있는 들판 가까이로 나서자, 산책로 쪽의 들판 끝자락에서 무언가 크고 검은 물체가 보이더군. 그쪽에서부터 플루트 소리와 북소리가 들려왔어. 내 영혼도 노래의 날개 위를 거닐었는데, 이따금 마주르카의 반복된 선율도 들렸어. 하지만 그건 왠지 꺼림칙하고 부자연스럽고 훌륭하지 않은 음악이었어.

나는 '대체 뭐지?' 하고 생각하면서, 미끄러운 길을 에둘러 들판 가운데를 가로지르며 음악 소리가 나는 방향을 향해 걸어갔지. 백 보쯤 걸어갔을 때, 안개 사이로 드러난 검은 물체를 식별해낼 수 있었어. 군인들이 틀림없었어. '훈련을 받는 모양이군' 하고 생각했지. 내 앞으로 더러운 반코트를 입고 앞치마를 두르고 뭔가를 짊어진 대장장이가 걸어갔어. 나는 좀 더 가까이 따라붙었지. 마침내 군인들이 보였는데, 총을 다리 근처에 내려놓고서 서로 얼굴을 마주보는 자세로 2열로 서 있었지. 꼼짝하지 않고 있더군. 그들 뒤로 군악대가 일렬로 서서 기분 나쁜 새된 소리를 내는 멜로디를 반복해서 연주했지.

'지금 저들이 뭘 하는 거요?' 내 곁에 멈춰 선 대장장이에게 물었지.

'탈출을 시도하던 타타르인을 잡아서 체벌하는 중이오.' 먼 대열의 끝을 바라보면서, 대장장이는 화난 목소리로 말했지.

나도 그쪽을 쳐다보았는데, 대열의 가운데로 무섭게 보이는 뭔가가 나타나 내게로 가까이 왔어. 가까이 다가온 건 허리 위가 노출된 채로 두 군인의 총에 연결된 밧줄에 묶여 있는 사람이었어. 외투를 입고 군모를 쓴 장교가 그와 나란히 걸어오고 있었는데, 내겐 낯익은 모습이었어. 죄수는 대열의 양쪽에서 무차별로 가해지는 구타를 받으며 앞으로 기어왔어. 온몸을 부르르 떨면서, 질척한 눈길을 질질 끌려왔지. 그러다가 뒤로 나동그라지자 그를 몰아세우던 하사관들이 총을 가지고 앞쪽으로 밀쳐냈어. 이번에는 앞으로 나뒹굴었어. 그러자 하사관들이 그를 일으켜 세웠다가 뒤로 잡아당겼지. 그의 옆에는 키 큰 장교가 한결같은 자세로 따라왔는데, 단호하고 신경질적인 걸음걸이였지. 그는 불그스레한 얼굴에 하얀 콧수염과 볼수염을 기른 바렌카의 아버지였어.

구타를 당할 때마다 죄수는 놀란 듯이 때리는 쪽으로 얼굴을 돌리며 고통에 찬 표정을 짓더군. 하얀 이를 드러내며 계속해서 뭐라고 같은 말을 반복했어. 하지만 그가 가까이 다가와서야 그 말이 무엇인지 알 수 있었지. 그건 그냥 하는 말이 아니라, 흐느끼는 울음이었어. '형제들이여! 동정을 베풀어줘! 내게 동정을 베풀어줘!' 하지만 형제들은 동정이라곤 없더군. 행렬이 내 앞까지 왔을 때, 내 반대편에 서 있던 한 군인이 앞으로 절도 있게 발걸음을 내딛으며 소리가 나도록 몽둥이를 들어 올리고는 타타르인의 등을 힘껏 내리쳤어. 타타르인은 앞으로 나뒹굴었어. 하지만 하사관들이 그를 일으켜 세우자 다른 쪽에서 다시 몽둥이가 날아왔어. 이쪽저쪽에서 계속해서 연거푸 몽둥이질을 해댄 거지. 육군 대령은 타타르인 곁을 걸어갔어. 그는 자기 발끝을 쳐다보다가 타타르인 죄수를 물끄러미 쳐다봤어. 그러고는 숨을 크게 들이쉬고 뺨을 부풀려서는 오므린 입술을 통해 천천히 숨을 내쉬었어. 그들이 내가 서 있던 곳을 지나갈 때, 나는 두 대열 사이에서 죄수의 등을 힐끗 볼 수 있었지. 붉은 피와 푸른 멍으로 뒤덮여 만신창이가 된 등은 도저히 사람의 신체 일부라고 믿을 수가 없을 정도였어.

'오, 주여.' 옆에 있던 대장장이가 중얼거리더군.

행렬은 점점 멀어져 갔지만, 몸부림치며 괴로워하는 타타르인에겐 무수한 구타가 계속됐어. 플루트 소리는 피를 얼어붙게 했고, 북소리는 심장을 두근거리게 만들었어. 근엄함으로 가득 찬 육군 대령의 모습은 여전히 죄수를 따라 움직였지. 그때 갑자기 육군 대령이 걸음을 멈추고 죄수를 향해 재빨리 다가서더군.

'내가 제대로 보여주지. 이렇게 문질러대기나 하고 있을 거야?' 대령의 분노에 찬 목소리가 들렸어.

그러고는 대령이 스웨이드 장갑을 낀 자신의 우악스런 손으로 두려움에 하얗게 질린, 약하고 왜소한 군인을 후려치는 걸 보았어. 타타르인 죄수의 붉은 등을 몽둥이로 더 강하게 내려치지 않았기 때문이지.

그는 '새 막대기를 가져다줘!'라고 소리치고는, 주위를 둘러보다가 나와 눈이 마주쳤지. 그는 나를 알아보지 못한 척하려는지 화나고 찌푸린 얼굴을 황급히 돌리더군. 나는 몹시도 부끄러웠어. 어디에다 시선을 두어야 할지 모르겠더군. 무슨 파렴치한 행동을 하다가 들킨 것 같은 그런 기분이었어. 나는 땅만 쳐다보며 황급히 집으로 발걸음을 옮겼지. 가는 내내 북소리와 플루트 소리가 귀에 쟁쟁거렸어. '형제들이여, 동정을 베풀어줘!', '이렇게 문질러대기나 하고 있을 거야?'라는 소리가 귓전을 맴돌았어. 속까지 메스꺼웠고, 구역질이 날 것 같았지. 실제로 그 느낌 때문에 집으로 오는 도중 몇 번이나 쉬어야 했어. 어떻게 집으로 와서 내 방으로 들어가 누웠는지 기억이 잘 나질 않아. 막 잠들려는 순간에도 그 소리가 다시 들리는 것 같고, 그 장면이 다시 눈앞에 떠올라서, 나는 벌떡 일어났지.

'그는 내가 알지 못하는 것을 알고 있는 거야. 그가 아는 것을 나도 안다면, 조금 전 내가 본 그 끔찍한 장면을 이해할 수도 있을 거야. 그렇게 된다면 이렇게 고통스러워하지 않아도 되겠지.' 난 육군 대령에 대해 그렇게 생각했지. 그러나 아무리 생각해보아도, 나는 육군 대령이 아는 것을 이해할 수가 없었어. 그날 저녁이 되어서야 겨우 잠들었지. 깨어나자마자 곧장 친구에게 찾아가 취하도록 그와 술을 마셨어.

자네들은 내가 그때 군인들의 행위를 나쁜 짓이라고 결론지었다고 생각하나? 천만의 말씀이야. '군인들의 그 행위도 어떤 확

신을 가지고 이루어진 것이고, 모든 이들에게 필요하다고 여겨
진 거지. 아마도 그들은 내가 알지 못하는 무언가를 알고 있음
이 분명해.' 그렇게 생각하고 나는 그것을 알아내려고 노력했
지. 하지만 아무리 노력해도 성과가 없었어. 나는 그 후에도 그
것을 알아내지 못했어. 그것을 알 수 없었기 때문에 나는 이전
부터 그리던 군인도 될 수가 없었어. 단순히 군인만을 의미하는
것은 아니야. 어떤 자리도 마다했어. 그래서 자네들도 알다시
피, 나는 이렇게 쓸모없는 사람이 되어버렸지."

"그래 자네가 쓸모없는 존재라는 건 우리도 잘 알아. 하지만
자네가 쓸모없다면 얼마나 많은 사람이 쓸모가 있다고 말할 수
있을까?" 우리 중 하나가 말했다.

"말도 안 되는 소리야." 이반 바실리예비치는 정말 난처한 듯
대답했다.

"그런데 사랑 이야기는 어떻게 되었나?" 우리가 물었다.

"내 사랑? 그날 이후 내 사랑도 식고 말았지. 물론 그녀가 자
주 내 상상 속에서 나타나, 얼굴에 미소를 띠고 생각에 잠기는
모습도 보여주었지만, 그때마다 나는 산책로에서 본 육군 대령
을 떠올렸지. 어쩐지 어색하고 불편한 기분이 들면서, 그녀를
만날 마음이 점점 사그라지게 된 것이지. 그렇게 내 사랑은 사
라지고 만 거야. 이 세상에는 여러 가지 우연한 사건이 있을 수
있고, 그것으로 인해서 한 사람의 일생이 변하기도 하고, 삶의
방향이 바뀌어버리기도 하지. 당신들 말에 따르면······." 이반
이 말을 마무리했다.

아시리아 왕
아사르카돈

아시리아 왕 아사르카돈

아시리아 왕 아사르카돈은 라이리에 왕의 영토를 정복하여 모든 도시를 파괴하고 불살라버렸다. 그러고 나서 모든 주민들을 자기 영토로 끌고 와, 군인들은 모두 처형하고, 라이리에 왕은 감옥에 집어넣어버렸다.

밤이 되자 아사르카돈 왕은 자신의 잠자리에 누워 라이리에 왕을 어떻게 처벌해야 할 것인가를 놓고 골몰하고 있었다. 그때 갑자기 옆에서 나는 부스럭거리는 소리를 듣고는 눈을 뜨자 길고도 흰 턱수염을 기른 선량한 눈매의 한 노인이 보였다.

"당신은 라이리에를 처벌하길 원하오?" 노인이 물었다.

"그렇소." 왕이 대답했다. "난 어떤 형벌로 그를 처벌하면 좋을까, 그 방법만 생각해내지 못했을 뿐이오."

"그럴 거요. 라이리에는 바로 당신이니까." 노인이 말했다.

"그건 사실이 아니오." 왕은 말했다. "나는 나, 라이리에는 라이리에요!"

"당신과 라이리에는 한 사람이오!" 노인이 말했다. "당신은 라이리에가 아니고, 라이리에는 당신이 아니라는 것은, 단지 당신이 그렇게 생각하고 있기 때문일 뿐이오."

"어째서 그렇소?" 왕이 말했다. "나는 이처럼 부드러운 침상에 누워 있고, 내 주변에는 충직한 남녀 노예들이 있소. 그리고 나는 내일도 오늘처럼 내 친구들과 주연을 벌일 것이지만, 라이리에는 지금 새장의 새처럼 갇힌 채 감옥에 앉아 있고, 내일이면 칼에 찔려서 혀를 늘어뜨리고 숨이 넘어갈 때까지 헐떡거릴 것이오. 그리고 그의 몸은 수캐들에게 물어 뜯기게 될 거요."

"그러나 당신은 그의 생명을 소멸시킬 수는 없을 것이오." 노인은 말했다.

"그럼, 어떻게 내가 1만 4천 명이 넘는 그의 군사를 죽였고, 어떻게 그 시체로 무덤을 쌓아올릴 수가 있었겠소? 나는 살아 있지만, 그들은 죽었소. 그걸 보아도 나는 생명을 소멸시킨 것 아니오?" 왕이 말했다.

"그들이 죽어 존재하지 않는다는 걸 당신은 어떻게 알고 있소?"

"그건 내가 그들을 볼 수 없기 때문이오. 중요한 것은, 그들은 괴로워했으나 나는 그렇지 않았소. 그들은 고통 받았지만, 나는 평안했소."

"그것은 당신이 그렇게 생각한 것일 뿐이오. 당신은 스스로 자신을 괴롭힌 것이오. 그들을 괴롭힌 게 아니오."

"모르겠는걸, 뭔 소리인지……." 왕이 말했다.

"알고 싶소?"

"물론이오."

"그럼 이리로 오시오." 노인은 왕에게 물이 가득 들어 있는 통을 가리키면서 말했다.

왕은 일어나서 물통이 있는 데로 갔다.

"옷을 벗고 물속으로 들어가시오."

아사르카돈은 노인이 명하는 대로 따랐다.

"자, 내가 당신에게 이 물을 끼얹기 시작하면, 당신은 머리부터 물에 젖을 것이오." 노인은 손잡이가 달린 컵으로 물을 퍼 올리면서 말했다.

노인은 물을 담은 컵을 왕의 머리 위에서 기울였다. 왕은 물에 젖었다.

아사르카돈 왕은 물에 젖자마자 이미 자기는 아사르카돈이 아니고 다른 인간이라는 것을 깨달았다. 그리고 자기를 자기 아닌 다른 사람이라고 느끼면서, 호화로운 침대 위에 아름다운 여자와 나란히 누워 있는 자신을 보았다. 그는 그 여자를 한 번도 본 적이 없었지만 그녀가 자기의 아내라는 걸 알아차렸다. 여자가 몸을 일으켜 그에게 말했다. "존경하는 나의 남편 라이리에여, 당신은 전날의 노동에 지쳐서 여느 때보다 오래 쉬셨습니다. 당신이 평안히 잠든 걸 보고 깨우지 않았던 것입니다. 그렇지만 지금은 공작들이 대청에서 당신을 기다리고 있습니다. 옷을 입으시고 그들에게 가보십시오."

아사르카돈 왕은 이런 말을 듣자 자기가 라이리에라는 것을 깨달으면서도 조금도 놀랍게 여기지 않았을 뿐만 아니라, 오히려 자기가 지금까지 그것을 모르고 있었다는 사실에 더 놀랐다.

그는 일어나서 옷을 입고 공작들이 기다리고 있는 대청으로 나갔다.

공작들은 이마가 땅에 닿도록 허리를 굽혀 절하면서 자기들의 라이리에 왕을 맞이했다. 그다음에는 일어나 그의 지시대로 그 앞에 앉았다. 그때 공작들 중에서 한 연장자가 악한 아사르카돈 왕이 주는 여러 가지 모욕을 견딜 수 없어 군사를 일으키지 않을 수 없다는 것을 보고하기 시작했다. 그러나 라이리에는 그들에게 동의하지 않고 아사르카돈에게 간하기 위한 사신을 보내라는 명을 내리고 공작들을 물러나게 했다. 그 이후에 그는 친서 작성과 관련된 신하들을 사신으로 임명하고는, 그들에게 아사르카돈 왕에게 보내야만 하는 친서의 내용을 자세하게 일러주었다.

이 일을 마치자 아사르카돈은 자기를 라이리에라고 계속 여기면서, 야생 나귀를 사냥하러 산으로 출발했다. 사냥은 대성공이었다. 나귀를 두 마리나 쏴서 잡은 그는 집으로 돌아오자 친구들을 모아놓고 여자 노예들의 춤을 구경하면서 주연을 베풀었다.

이튿날 그는 평소대로 청원자, 피고, 원고들이 대기하고 있는 대청으로 나가서, 그에게 제출된 사건을 결재했다. 일을 마치자 그는 또 사냥을 즐기러 나갔다. 이날도 그는 자기 손으로 늙은 암사자를 잡았다. 새끼 사자 두 마리도 사로잡는 데 성공했다. 사냥을 한 뒤 그는 또 친한 친구들과 함께 음악과 춤을 즐기면서 주연을 베풀고, 밤에는 사랑하는 아내와 함께 지냈다.

이리하여 그는 이전에는 자기가 바로 그 사람이었던, 아사르카돈 왕에게 보냈던 사신 일행이 돌아오기를 기다리면서 나날을 보내고 있었다. 사신들은 한 달이 지나서야 겨우 돌아왔다. 그런데 그들은 코가 잘리고 귀가 끊어져 있었다.

아사르카돈 왕이 사신들에게 명해서 라이리에 왕에게 전달한 내용은, 만일 지정한 공물인 금·은·측백나무 등을 곧 헌상하고 왕이 직접 경의를 표하기 위해 배알하지 않으면 사신들에게 행한 것을 왕에게도 행할 것이라는 협박이었다.

그래서 이전에 아사르카돈이었던 라이리에는 또다시 공작들을 모아놓고 자기들이 취할 태도에 대해서 협의했다. 모두 이구동성으로 아사르카돈이 쳐들어 올 때까지 기다리지 말고 이쪽에서 먼저 군사를 일으켜 공격하자고 진언했다. 왕은 이에 동의하고 스스로 군대를 지휘해서 원정길에 올랐다. 행군은 7일 동안 계속되었다. 매일 왕은 군대를 순회하면서 장병들의 사기를 고무했다. 8일째 되는 날에 그의 군사는 큰 강기슭에 있는 골짜기에서 아사르카돈의 군대와 대결했다. 라이리에의 군대는 용감하게 싸웠고, 전에 아사르카돈이었던 라이리에도 적이 개미떼처럼 산에서 쏟아져 내려와 골짜기를 메우고 자신의 군대를 압박하는 것을 보자, 이륜마차를 탄 채 전장의 한가운데로 달려들어가 적을 찌르고 또 베었다. 그러나 라이리에의 군대는 수백인데 반하여 아사르카돈의 군사는 수천 군사였기 때문에 라이리에는 부상을 당하고 포로가 될 것을 직감했다.

9일째 되는 날 그는 다른 포로들과 함께 아사르카돈의 군사에게 끌려갔고 10일째 되는 날에는 니네비야에 도착해서 옥에 간했다.

라이리에는 배고픔이나 부상보다도 수치감과 무력함에서 오는 노여움 때문에 고통스러웠다. 그는 자기 자신을 모든 악에 대항할 힘이 없는 무력한 사람으로 느꼈다. 그가 할 수 있는 단 한 가지 일은, 자신의 고통을 보면서 적들이 기뻐하지 않도록 하자는 것이었다. 그래서 그는 자기에게 어떤 일이 일어나더라도 불평하지 않고 사나이답게 모든 것을 견디자고 굳게 결심했다.

20일째 되는 날 그는 형 집행이 내려지길 기다리면서, 감옥 안에 갇혀 있었다. 그는 가족이나 친구들이 형벌을 받으러 끌려 가는 것을 보았다. 손발이 잘리거나 산 채로 가죽이 벗겨지는 등의 형벌을 받는 사람들이 내뱉는 신음을 들으면서, 불안도, 측은지심도, 공포도 드러내지 않았다. 그는 환관들이 그의 사랑하는 아내를 결박한 채로 끌고 가는 것을 보았다. 그는 자신의 아내가 여자 노예로서 아사르카돈에게로 끌려가고 있다는 것을 알고 있었다. 그런데도 그는 아무런 고통도 드러내지 않고 이를 견뎌냈다.

얼마 뒤에 두 사람의 사형 집행인이 옥문을 열고 가죽끈으로 그의 두 손을 등 뒤로 묶은 채 피가 뿌려져 있는 형장으로 그를 끌고 갔다. 라이리에는 지금 막 죽은 자기의 친구 몸에서 빼낸 예리하고 날카로운 피투성이 말뚝을 보았다. 그 말뚝이 자기를 처형하기 위해서 마련된 것으로 보였다.

그들은 그의 옷을 벗겼다. 라이리에는 이전엔 튼튼하고 아름다웠던 자기의 몸이 무척 여윈 것을 보고는 전율했다. 이때 두

형리는 말라빠진 그의 팔을 붙들고 그 예리한 말뚝 위에 그의 몸을 올려놓으려고 했다.

'이제는 죽는구나, 파멸이구나!' 라이리에는 이렇게 생각하면서 마지막까지 사나이답게 의연하자던 다짐을 잊고 소리쳐 울면서 사면해달라는 기도를 시작했다. 그러나 그에게 귀를 기울이는 사람은 아무도 없었다.

'아니, 이런 일은 있을 수 없다.' 그는 생각했다. '나는 아마도 꿈을 꾸고 있는 거야. 이건 꿈이야.' 그는 눈을 뜨려고 온 힘을 다했다. '나는 라이리에가 아니고, 아사르카돈이다.' 그는 생각했다.

"당신은 라이리에이기도 하고, 아사르카돈이기도 하오." 이렇게 말하는 어떤 사람의 목소리를 들으면서, 그는 형 집행이 시작되려는 순간이라고 여겼다. 그는 소리를 지름과 동시에 물통으로부터 머리를 쳐들었다. 노인은 손잡이가 달린 컵의 물을 그의 머리 위에 부으며 머리맡에 서 있었다.

아사르카돈이 말했다.

"오오, 나는 무서움에 얼마나 괴로워했나! 그렇게 오랫동안!"

"그렇게 오래였다고?" 노인이 대꾸했다. "당신은 지금 막 물에 머리를 적셨을 뿐, 곧 다시 고개를 들어버리지 않았느냔 말이오? 보시오, 손잡이가 달린 컵에 담긴 이 물은 아직도 남아 있소. 이제야 알겠소?"

아사르카돈은 아무 말도 못하고 다만 무서움에 떨면서 노인의 얼굴을 쳐다볼 뿐이었다.

"자, 이젠 알았을 거요." 노인은 계속 말했다. "라이리에는 바로 당신이고, 당신이 죽인 그 군사들도 역시 당신이라는 것을. 군사들뿐만이 아니라, 당신이 사냥에서 죽인, 그리고 술자리에서 먹은 그 짐승들 또한 당신이었단 말이오. 당신은 생명이라는 것이 오직 당신 안에서만 존재하는 것으로 생각하는 모양이오. 하지만 내가 당신으로부터 그와 같은 거짓된 생각을 벗겨버렸기 때문에, 당신이 사람들에게 행하는 악이 사실은 자기 자신에게 행하는 악임을 깨달을 수 있었던 것이오. 생명은 만물 속에서 하나이고, 당신은 단지 그 하나인 생명의 일부분을 자기 속에 간직하고 있는 것일 뿐이오. 그리고 당신은 다만 이 한 생명의 일부인 자기 안에서, 생명을 좋게 할 수도 있고 나쁘게 할 수도 있으며, 확장할 수도 있고 축소할 수도 있소. 자기 안에 있는 생명을 좋게 하는 방법은, 오직 다른 존재와 나누어 가지고 있는 자기 생명의 경계를 파괴해서 다른 존재를 자기라고 여기며 그들을 사랑함으로써 가능한 것이오. 다른 존재 속에 있는 생명을 멸하는 것은 당신의 권한 밖의 일이오. 당신이 죽인 존재의 생명은 당신 눈에서는 사라졌어도, 결코 소멸한 것이 아니오. 당신은 자기의 생명을 연장하고 남의 생명을 줄이려고 생각하지만, 그것은 당신이 행할 수 있는 일이 아니라오. 생명에는 시간도 없고 공간도 없소. 생명은 한순간이면서도 수천 년인 것이오. 그리고 당신의 생명과 다른 존재의 생명이 평등한 것이라오. 생명은 소멸시킬 수도, 바꿀 수도 없는 것이오. 왜냐하면 그것은 단지 하나로 존재하기 때문이오. 그 외 모든 나머지는 다만 우리들에게 존재하는 것처럼 여겨질 뿐이오."

이렇게 말하고 노인은 사라져버렸다.

다음 날 아침 아사르카돈 왕은 라이리에를 비롯한 모든 포로
들을 풀어주도록 명령하고는 형 집행을 중단해버렸다.

그로부터 3일째 되는 날, 그는 자기의 아들 아슈르바니팔을
불러서 그에게 왕국을 물려주고, 자기는 새로 깨달은 것을 곰곰
이 생각하면서 처음엔 황야로 들어가 자취를 감추어버렸다. 그
러나 곧 순례자의 모습으로 거리와 마을마다 방문하기 시작했
다. 그는 생명은 하나이고, 어떤 이가 다른 존재에게 악을 행하
려고 하는 것은 바로 자기 자신에게 악을 행하는 것과도 같다는
사실을 사람들에게 전파했다.

하지 무라트

하지 무라트

나는 들판을 가로질러 집으로 가고 있었다. 한여름이었다. 건초를 만들기 위해 꼴을 베고 난 뒤, 쌀보리의 추수를 막 시작하려는 참이었다.

해마다 이 계절이 되면 아름다운 꽃들이 자태를 뽐낸다. 빨강·하양·분홍의 향기롭고 보드라운 토끼풀, 우윳빛 꽃잎에 노란 꽃술을 가진 향기로운 금불초, 달콤한 꿀 향기를 풍기는 노란 유채꽃, 연보라색과 흰색의 종 모양 꽃들이 피어 있는 늘씬한 자태의 초롱꽃, 땅바닥에 엉켜 있는 야생 완두 넝쿨, 노랑·빨강·분홍·연보라의 산뜻한 체꽃, 은은한 향기를 풍기는 작은 분홍 꽃망울을 가지런히 단 질경이, 햇볕을 받으면 밝은 푸른색의 꽃망울을 터트리지만 저녁 무렵이나 시들 때가 되면 점점 연한 붉은색을 띠는 수레국화, 민들레향이 나지만 금방 시들어버리는 우아한 편도나무꽃 등이 만발했다.

나는 꽃들을 꺾어 커다란 꽃다발을 만들고는 다시 개천가에 활짝 핀 꽃들을 구경하며 집으로 돌아가다가 심홍색의 아름다운 엉겅퀴꽃 한 송이를 발견했다. 이 지방 사람들은 그 꽃을 '타타르인'이라고 부르는데, 풀을 벨 때 그 꽃을 베지 않도록 조심한다. 만약 실수로 엉겅퀴꽃을 베면, 손이 가시에 찔리지 않도록 조심하며 던져버린다. 나는 그 엉겅퀴꽃을 꽃다발의 중앙에 꽂아보고 싶었다. 개천으로 내려가서 꽃 속에서 달콤하게 잠을 자고 있던 뒤영벌을 쫓아버리고 나는 엉겅퀴꽃을 꺾기 시작했다. 매우 힘든 일이었다. 손을 손수건으로 감싸고 꺾었지만 엉겅퀴 줄기의 가시는 손수건을 뚫고 손을 찔렀다. 게다가 줄기가 무척 질겨서 5분 정도 기를 쓰고 난 다음에야 겨우 꺾을 수 있었다. 마침내 엉겅퀴꽃을 꺾었을 때는 줄기가 이미 너덜너덜해졌고 꽃의 신선한 아름다움은 사라지고 없었다. 더구나 거칠고 강한 그 꽃은 내 꽃다발 속의 부드러운 꽃들과 조화를 이루지도 못했다. 피어 있던 자리에서는 아주 아름답게 보이던 그 꽃을 경솔하게 꺾어버렸다는 생각에 애석한 마음이 들어 홧김에 꽃을 던져버렸다.

'하지만 얼마나 강한 생명력과 힘인가! 그 꽃은 자신을 지키려고 끈질기게 노력했어. 생명을 쉽게 내놓기 싫었던 거지.' 나는 엉겅퀴꽃을 꺾는 데 들여야 했던 노력을 떠올리며 생각했다.

집으로 돌아가는 길은 막 쟁기질을 끝낸 검은 휴경지를 가로질러 나 있었다. 나는 흑토로 된 오르막길을 걸었다. 지주 소유의 그 밭은 저 멀리 언덕 꼭대기에 이를 정도로 넓어서, 눈앞에는 평탄하게 이어진 밭고랑과 축축한 검은 흙의 휴경지만이 펼쳐져 있었다. 쟁기질이 잘돼 있어서, 잡초나 살아 있는 어떤 식물도 볼 수 없었고 오직 검은 흙뿐이었다. '인간은 파괴적이고 잔인한 동물이야. 삶을 유지하기 위해 생명체인 식물들을 마구잡이로 죽이잖아.' 나도 모르게 검은 흙에서 살아 있는 것을 찾아내려고 애쓰면서 생각했다. 오른쪽으로 난 길에서 조금 전 쓸데없이 꺾어서는 던져버렸던 엉겅퀴꽃과 같은 종류의 작은 덤불을 발견했다. '타타르인'이라고 불리는 그 덤불은 세 개의 가지가 있었다. 한 가지는, 팔이 잘린 것처럼 밑동만 남아 있었고 다른 두 가지에는 꽃이 피어 있었다. 그 꽃들은 한때는 붉은색이었지만 지금은 검은색이었다. 가지의 줄기 하나는 두 동강이 나서, 끝에 핀 꽃은 흙이 묻은 채 아래로 축 늘어져 있었다. 다른 줄기는 여전히 위로 꼿꼿하게 서 있었지만, 역시 검은 흙이 묻어 더러웠다. 수레바퀴가 꽃을 밟고 지나갔지만 다시 일어난 것이 틀림없었다. 서 있긴 하지만 약간 비스듬하게 누워 있는 듯한 모습이 그것을 증명해준다. 마치 몸의 한 부분이 찢어지고, 창자가 터지고, 팔이 절단되고, 눈이 튀어나온 것과 같은 모습이었다. 하지만 변함없이 인근의 모든 자기 형제들을 파멸시켜버린 인간에게 굴하지 않는 모습을 보여주었다.

'지독한 생명력이야!' 나는 생각했다. '인간이 모든 것을 정복하고 수백만 종의 식물을 파괴해왔지만, 이 생명체는 여전히 굴복하지 않았어.'

이런 생각이 들자 나는 오래전에 들었던 한 카프카스인의 이야기가 떠올랐다. 그 이야기는 내가 직접 목도했던 부분, 목격자로부터 들었던 부분, 내 상상력이 첨가된 부분으로 구성되어 있다. 내 기억과 상상 속에서 구성된 그 이야기는 다음과 같다.

1

1851년에 있었던 일이다.

11월의 추운 저녁, 하지 무라트는 말을 타고 마흐케트에 왔다. 키쟈크(남러시아 등지에서 땔감으로 사용하는 말린 쇠똥―옮긴이) 태우는 냄새와 연기가 자욱한 마흐케트는 호전적인 체첸인들이 살고 있는 벽지다.

회교 사탑에서 들려오던 기도 시간을 알리는 수도자의 엄숙한 영창 소리도 사라지자, 밴 산의 맑은 공기를 뚫고 키쟈크를 태우는 연기 냄새가 났다. 논쟁하는 남자들의 굵은 목소리와 샘터에서 여자들과 아이들이 떠들어대는 소리가 벌집처럼 옹기종기 모여 있는 사클랴(진흙으로 지은 카프카스 지역의 전통 가옥―옮긴이) 사이로 돌아다니는 가축들의 낮은 울음소리를 넘어 또렷하게 들렸다.

하지 무라트는 샤밀의 부관으로서 큰 공훈을 세운 것으로 유명했다. 깃발을 든 추종자 수십 명이 언제나 그를 수행했다. 그런 그가 지금 두건과 부르카(카프카스 지역에 사는 사람들이 즐겨 입는 소매가 없는 외투나 산양가죽으로 만든 망토―옮긴이)로 몸을 숨기고 단 한 명의 추종자만을 데리고 도망자처럼 마을로 들어선 것이다. 그의 부르카 아래로 라이플총이 보였다. 그는 되도록 눈에 띄지 않으려고 노력하면서, 검은 눈동자로 마주친 사람들을 주의 깊게 보았다.

마을로 들어선 하지 무라트는 광장으로 이어지는 길 대신에 왼쪽에 있는 좁은 골목길로 갔다. 언덕 기슭에 있는 사클랴 앞에 이르자 그는 말을 멈추고 주변을 둘러보았다. 사클랴의 처마 아래에는 아무도 없었다. 그러나 지붕 위에 새로 진흙을 바른 굴뚝 옆에서 한 남자가 모피 외투를 뒤집어쓰고 누워 있었다. 하지 무라트는 가죽을 덧댄 채찍 끝으로 그를 건드리며 말을 건넸다. 얼룩지고 번들거리는 낡은 베쉬메트(타타르인이나 카프카스 민족이 즐겨 입는 무릎까지 솜을 넣은 속옷—옮긴이)를 입고 침실용 모자를 쓴 노인이 모피 외투를 치우고 얼굴을 내밀었다. 붉고 축축한 눈꺼풀에는 속눈썹도 없었는데, 그는 마치 속눈썹을 떼어내기라도 하듯 눈을 껌벅거렸다. 하지 무라트는 얼굴을 보이며, "셀람 알레이쿰(그대에게 평화가 있기를)"이라고 인사를 건넸다. 노인도 그를 알아보고는 "알레이쿰 셀람"이라고 인사하며 이가 다 빠진 입으로 미소를 지어 보였다. 노인은 여윈 다리로 일어서서, 굴뚝 옆에 둔 나무굽 슬리퍼를 신었다. 그리고 천천히 구겨진 모피 외투를 입고는, 사다리를 타고 지붕에서 내려왔다. 그동안에도 노인은 햇볕에 그을린 가늘고 주름진 목을 끊임없이 움직여 고개를 흔들면서 잇몸만 남은 입으로 알 수 없는 말을 중얼거렸다. 노인은 지붕에서 내려오자마자 하지 무라트가 타고 있는 말의 굴레와 오른쪽 말등자를 다정스럽게 잡았다. 그러자 하지 무라트의 건장한 추종자가 재빨리 말에서 내려 노인에게 물러서라는 손짓을 했다. 하지 무라트도 말에서 내렸고, 다리를 약간 절룩이며 처마 아래로 갔다. 그때 열다섯 살 정도 돼 보이는 소년이 문을 열고 뛰어나와 놀란 두 눈을 반짝이며 그를 보았다. 소년의 눈동자는 잘 익은 구즈베리 열매처럼 새까맸다.

"사원으로 달려가서 아버지를 모셔 오렴." 노인은 소년에게 말하고 나서 서둘러 사클랴로 들어가는 삐걱대는 문을 열어 하지 무라트를 안내했다.

하지 무라트가 집 안으로 들어서자, 빨간 베쉬메트 위로 노란색 상의를 걸치고 푸른색의 헐렁한 바지를 입은 중년의 야윈 여인이 방석을 들고 방에서 걸어 나왔다.

그녀는 손님에게 깍듯하게 허리를 숙여 인사한 뒤, 손님이 앉을 수 있도록 방석을 내려놓으며 말했다.

"찾아주셔서 감사합니다."

"당신의 아들들에게도 축복이 있기를!" 하지 무라트도 부르카와 라이플총과 칼을 벗어 노인에게 건네주며 대답했다.

노인은 라이플총과 칼을 받아 벽에 걸린 집주인의 무기 옆에 나란히 걸었다. 깨끗이 진흙을 바르고 그 위로 흰색 회반죽을 덧바른 벽이었다.

하지 무라트는 등에 멘 총을 바로잡고, 체르케스카(카프카스의 자치주인 체르케스에 거주하는 사람들이 입는 깃 없는 긴 외투—옮긴이)를 여미며 방석 위에 앉았다. 노인은 그 옆에 맨발로 무릎을 꿇고 앉아 눈을 감았다. 그러고는 손바닥을 위로 해서 손을 들어올렸다. 하지 무라트도 노인과 똑같이 했다. 그들은 기도문을 번갈아 암송한 다음, 수염 끝에 닿게 손을 내린 후, 그 손으로 자신의 얼굴을 쓰다듬었다.

"네 하바르(새로운 소식이라도 있습니까)?" 하지 무라트가 노인에게 물었다.

"하바르 이요크(새로운 소식은 없어)." 노인이 대답했다. 노인의 생기 없는 충혈된 붉은 눈은 하지 무라트의 얼굴을 바로 보지 못하고 그의 가슴 언저리만 보며 말했다. "나는 양봉장에 살고 있어. 오늘은 그저 아들을 만나러 왔을 뿐이야. 아들 녀석도 알아."

하지 무라트는 자신이 묻고 싶은 것을 노인이 알고 있지만 말하고 싶어 하지 않는다는 것을 눈치챘다. 그래서 가볍게 고개를 끄덕이며 더 이상 질문하지 않았다.

"좋은 소식이라곤 없지. 단지 토끼는 독수리를 몰아낼 방법을 연구 중이고, 독수리는 토끼를 분열시키려 한다는 소식뿐이지. 며칠 전 러시아 개들이 미치츠키의 건초 더미에다 불을 질렀어. 그놈들의 면상을 찢어놓아야 해!" 노인은 분노에 찬 쉰 목소리로 말했다.

하지 무라트의 추종자가 방으로 들어왔다. 그는 건장한 다리로 소리 없이 걸어왔다. 하지 무라트처럼 그 역시 단검과 권총만을 지니고, 부르카와 라이플총과 칼을 벗어 벽에 박힌 못에 걸었다.

"누구야?" 노인이 추종자를 가리키며 물었다.

"제 추종자입니다. 이름은 엘다르입니다." 하지 무라트가 대답했다.

"멋있구면." 노인은 엘다르에게 하지 무라트 옆에 놓인 펠트 방석 위에 앉으라고 손짓했다. 엘다르는 책상다리로 방석에 앉았다. 열심히 말하고 있는 노인을 그는 숫양의 눈처럼 아름다운 눈으로 바라보았다. 노인은 지난주에 마을의 용감한 남자들이 러시아 군인 두 명을 붙잡아, 한 명은 그 자리에서 죽이고 다른 한 명은 베데노에 있는 샤밀에게 압송했다고 말했다.

하지 무라트는 노인의 이야기를 무심히 듣고만 있었다. 이야기를 들으면서도 그는 문에 시선을 고정한 채, 밖에서 나는 소리에 귀를 기울이고 있었다. 계단을 오르는 발소리가 들렸다. 삐걱거리는 소리를 내며 문이 열렸다. 그리고 집주인인 사도가 들어왔다. 사십 대 중반인 그는 수염을 짧게 길렀고, 길쭉한 코와 반짝이지는 않지만 그를 부르러 갔던 아들처럼 검은 눈동자를 가지고 있었다. 소년도 아버지를 따라 들어와 문 곁에 앉았다. 사도는 문 앞에서 나무 슬리퍼를 벗고, 오랫동안 자르지 않아 덥수룩한 머리 위로 쓴 낡은 모자를 벗었다. 그러고는 하지 무라트 앞에 무릎을 꿇고 앉았다.

노인이 했던 것처럼 그도 손바닥을 위로 향하게 하고 팔을 들어 올려 기도문을 외웠다. 그리고 깊이 고개를 숙여 절을 하고 나서 입을 열었다. 하지 무라트를 죽이든지 생포하든지 무조건 잡아들이라는 샤밀의 명령이 있었다고 한다. 또한 샤밀의 첩자들이 어제까지만 해도 이 마을에 있었고, 마을 사람들이 샤밀의 명령을 거역하기는 힘들기 때문에 더욱 조심해야 한다고 덧붙였다.

"그래도 내 목숨이 붙어 있는 한, 어느 누구도 내 집에서 나의 쿠나크('의리로 맺어진 친구'를 뜻하는 카프카스어—옮긴이)를 해칠 순 없지. 하지만 집 밖은 달라. 우리는 그걸 생각해야 돼." 사도 가 말했다.

하지 무라트는 사도의 말을 새겨들으며 고개를 끄덕였다. 사 도가 말을 끝내자 하지 무라트가 말했다.

"좋아, 지금 러시아인들에게 편지를 보내야겠어. 내 추종자가 편지를 전하겠지만, 안내인이 필요해."

"바타를 보내지. 빨리 가서 바타 삼촌을 이리로 모셔 와라." 사도는 아들에게 말했다.

소년은 용수철처럼 튕기듯이 일어나서는 재빨리 집 밖으로 뛰 쳐나갔다. 10분쯤 지나자, 소년은 체격은 작아도 골격이 단단해 보이는 체첸인과 함께 돌아왔다. 햇볕에 검게 그을린 얼굴에, 소매가 너덜거리는 넝마 같은 노란 체르케스카와 구겨진 검은 바지를 입고 있었다.

하지 무라트는 그에게 인사를 건네고, 지체할 시간이 없다는 듯 바로 물었다.

"내 추종자를 러시아인들에게 안내해줄 수 있겠소?"

"그럼요. 확실히 해낼 수 있습니다. 나만큼 길을 잘 아는 체첸 인은 없을걸요. 다른 사람들도 어디든 갈 수 있다고 말하고 뭐 든지 할 수 있다고 약속하겠지만, 모두 허풍이에요. 하지만 저 는 할 수 있지요!" 바타는 유쾌한 목소리로 재빠르게 대답했다.

"좋소." 하지 무라트가 말했다.

"수고의 대가로 세 개를 받게 될 거요"라고 말하면서 그는 손가락 셋을 펴 보였다.

바타는 알았다는 듯이 고개를 끄덕였다. 그리고 그는 자신에게 중요한 건 돈이 아니며, 하지 무라트를 위해서라면 무슨 일이라도 할 작정이라고 말했다. 산악지대에 사는 사람이라면 누구나 하지 무라트를 알았고, 그가 비열한 러시아인들을 어떻게 토벌했는지도 알았다.

"좋소, 밧줄은 길어야 하지만, 말은 짧아야 하는 법이오." 하지 무라트가 말했다.

"죽는 한이 있더라도 비밀을 지키겠습니다." 바타가 말했다.

"아르군 강이 절벽을 끼고 굽어지는 숲 속의 초지에 건초 더미가 두 개 있는 곳을 아오?"

"알지요."

"그곳에서 부하 네 명이 나를 기다리고 있소." 하지 무라트가 말했다.

"알겠습니다!" 바타가 고개를 끄덕이며 말했다.

"한 마고마를 찾아 물어보시오. 그가 할 일을 알려줄 거요. 그를 러시아군 보론초프 사령관에게 데려다줄 수 있겠소? 가능하겠소?"

"데려다주겠습니다."

"그 사람을 데리고 갔다가 숲으로 오시오. 나도 숲에서 기다릴 테니까."

"그렇게 하지요." 바타는 일어나서 가슴에 두 손을 얹고는 밖으로 나갔다.

"게히에도 사람을 보내야 해." 바타가 나가자, 하지 무라트가 사도에게 말했다.

"게히에서 반드시……." 하지 무라트가 말을 이으려는데, 인기척이 들려왔다. 그는 체르케스카의 탄약 주머니에 재빨리 손을 넣었다가, 집 안으로 두 여자가 들어오자 주머니에서 손을 빼고 입을 다물었다.

한 여자는 사도의 아내로, 아까 방석을 내어 준 야윈 중년의 여인이었다. 다른 여자는 소녀였는데 붉은색 바지와 초록색 베쉬메트를 입고 있었다. 은화를 연결해서 만든 목걸이가 상의 앞부분을 덮고 있었고, 그리 길진 않지만 풍성하고 검은 머리카락을 땋아 야윈 어깨뼈 부근까지 늘어뜨린 모습이었다. 땋은 머리카락 끝에도 은화가 달려 있었다. 아버지와 남동생의 눈동자처럼 구즈베리 열매 같은 검은 눈동자가 낯익었지만 젊음의 생기로 더 반짝이는 것 같았다. 그녀는 손님들을 쳐다보지는 않았지만, 그들의 존재를 분명히 의식하고 있었다.

사도의 아내가 차, 버터 바른 블린(얇은 팬케이크—옮긴이), 치즈, 추렉(빵을 얇게 펴서 늘인 것—옮긴이), 그리고 꿀로 상을 차려 내왔고, 소녀는 대야와 물 항아리, 수건을 가져왔다.

바닥이 부드러운 붉은색 슬리퍼를 신은 두 여자가 오가며 조용히 손님들 앞에 상을 차리는 동안, 사도와 하지 무라트는 내내 침묵했다. 여자들이 집 안에 있는 동안, 엘다르도 줄곧 동상처럼 움직이지 않고 숫양의 눈을 닮은 눈으로 자신의 무릎만 내려다보았다. 여자들이 방에서 나가고 문 뒤로 조심스러운 슬리퍼 소리가 사라지자 비로소, 엘다르는 안도의 한숨을 내쉬고, 하지 무라트는 체르케스카의 탄약 주머니에서 탄환 하나를 꺼냈다. 그리고 탄환 안에 돌돌 말아 꽂아둔 쪽지를 빼서 사도에게 건네주었다.

"내 아들에게 건네주게." 하지 무라트가 말했다.

"어디로 답장하라고 할까?" 사도가 물었다.

"자네에게 보내라고 하게. 자네가 내게 보내줘."

"그렇게 하겠네." 사도는 대답을 하고 쪽지를 자신의 체르케스카의 탄약 주머니 속에 집어넣었다. 그러고는 대야를 하지 무라트 앞에 놓고 물 항아리를 들었다. 하지 무라트는 베쉬메트의 소매를 걷어붙여 하얀 근육질의 팔이 드러나게 한 뒤, 사도의 물 항아리에서 흘러나온 차갑고 맑은 물줄기에 손을 씻었다. 천연 섬유로 만든 깨끗한 수건으로 손을 닦은 다음 하지 무라트는 상으로 갔다. 엘다르도 그렇게 했다. 그들이 식사하는 동안, 사도는 맞은편에 앉아 방문해줘서 고맙다고 몇 번이나 말했다. 문 옆에 앉은 소년은 하지 무라트에게서 반짝이는 검은 눈을 잠시도 떼지 않았는데, 마치 아버지처럼 자신도 그들의 방문이 기쁘다는 듯 미소를 짓고 있었다.

하지 무라트는 거의 스물네 시간 이상 아무것도 먹지 않았지만, 빵과 치즈만 조금 먹었다. 그는 칼집에서 꺼낸 단검으로 꿀을 빵 조각에 발랐다. 그가 꿀을 발라 먹는 모습을 흐뭇하게 바라보던 노인이 말했다.

"꿀맛이 좋을 거야. 올해는 어느 해보다도 좋아. 양도 많고 질도 좋아."

"감사합니다."

하지 무라트는 이렇게 말하며 음식이 놓인 작은 탁자에서 돌아앉았다. 엘다르는 조금 더 먹고 싶었지만, 그의 주인의 행동에 따랐다. 그는 작은 탁자에서 일어서서, 하지 무라트에게 물항아리와 대야를 건네주었다.

사도는 하지 무라트를 맞아들인 것이 목숨이 걸린 위험한 일이란 것을 알았다. 샤밀과 하지 무라트가 논쟁을 벌인 후, 즉시 샤밀이 체첸의 모든 주민들에게 하지 무라트를 손님으로 맞아들일 경우 처형당할 것이라고 위협하는 포고령을 내렸기 때문이다. 사도는 마을 사람들이 곧 그의 집에 하지 무라트가 머물고 있다는 것을 알게 될 것이고, 하지 무라트를 넘기라고 요구할 것도 알았다. 그러나 사도는 개의치 않았을 뿐만 아니라, 의리로 맺어진 친구인 손님을 보호하는 것이 자신의 의무라고 여겼기 때문에 오히려 즐거웠다. 그로 인해 자신의 생명이 위태로워진다고 해도 그는 기뻤고, 그렇게 행동함으로써 자부심을 느꼈다.

그는 하지 무라트에게 거듭 말했다.

"자네가 내 집에 있고 내 목숨이 붙어 있는 한, 어느 누구도 자네를 해칠 수 없을 거야."

하지 무라트는 사도의 빛나는 눈을 주의 깊게 바라보고 난 뒤, 그의 말이 진심이라는 것을 알고는 진지하게 말했다.

"신의 가호로 자네에게 기쁨과 생명이 넘치기를."

사도는 덕담에 대한 감사의 표시로 가슴에 조용히 손을 얹어 보였다.

사클랴의 덧문을 닫고 난로에 장작을 넣은 후, 사도는 무척 즐겁고 흥분된 기분으로 쿠나크가 머무는 방을 나와, 가족들이 모두 모여 있는 사클랴의 다른 방으로 건너갔다. 여자들이 아직 잠들지 않은 채, 쿠나크 방에서 묵는 위험한 손님들에 대해 이야기하고 있었다.

바로 이날 밤에 하지 무라트가 묵고 있는 마을에서 15베르스타(미터법 시행 이전의 거리 단위로, 1베르스타는 약 1.067킬로미터—옮긴이) 떨어진 곳에 전방 요새 중 한 곳인 보즈비젠스키에서, 병사 세 명과 하사관 한 명이 요새를 빠져 나와 차흐기린스키 성문 너머로 달려갔다. 그 당시 병사들은 카프카스 군인들처럼 털가죽 반외투와 파파하(카프카스 지역의 체르케스인이 즐겨 쓰는 높은 털모자—옮긴이)를 쓰고 있었고, 외투를 말아 뭉쳐서 어깨 위에다 매고 있었으며, 무릎까지 올라오는 긴 군화를 신고 있었다. 그들은 어깨에 총을 메고 우선 길을 따라가다가 오백 보 정도 전진하고 난 다음에 길을 벗어나 군화에 마른 낙엽이 밟히는 소리를 들으며 오른쪽으로 이십 보 정도 걸어가서 쓰러진 플라타너스 근처에서 멈추었다. 어둠 속에서도 쓰러져 있는 플라타너스의 검은 줄기가 보였다. 그들은 평소처럼 플라타너스에서 매복하기로 했다.

그들이 숲 속을 걷는 동안, 나무들의 끝과 끝을 이어가며 그들을 따라오는 것 같던 밝은 별들은 이제 마른 나뭇가지 사이에서 멈추었다.

파노프 하사관이 어깨에서 총검을 딸깍 소리를 내며 벗어 플라타너스에 기대어 세우면서 말했다. 세 군인도 총검을 비스듬히 기대어 놓았다.

"틀림없이 여기 있었는데, 잃어버렸나. 여기에서 잃어버린 것이 아니라면 돌아가는 길에 잃어버린 거야." 파노프는 화를 내며 투덜거렸다.

"대체 뭘 찾는 겁니까?" 한 병사가 활기차고 명랑한 목소리로 물었다. "파이프의 대통, 빌어먹을. 대체 어디에 있는 거야!"

"파이프 대는 있습니까?" 다시 병사가 물었다.

"그건 여기 있어."

"그럼 땅에다 대를 직접 꽂으면 어때요?"

"그걸 어디에다가?"

"우리가 멋지게 해결해드리지요."

매복지에서의 흡연은 금지되어 있었지만, 엄밀히 말해서 이곳은 매복지라고 할 수도 없었다. 오히려 요새에 카자크인들이 총알을 퍼부을 것을 대비해서, 화포를 들키지 않고 운반하기 위한 전방 초소에 가까웠다. 파노프는 담배 피우는 즐거움을 포기할 이유가 없다고 생각하고 쾌활한 병사의 제안을 허락했다. 쾌활한 병사는 주머니칼을 꺼내 땅에 작은 구멍을 팠다. 땅을 파내고 평평하게 고른 뒤 구멍에 파이프 대를 꽂고는, 구멍의 나머지 부분에 담배를 꾹꾹 다져 넣었다. 담배 파이프가 완성되었다. 성냥에 불을 붙이기 위해 배를 깔고 엎드린, 광대뼈가 튀어나온 병사의 얼굴이 순간 환해졌다. 병사가 파이프 대에 공기를 불어넣자, 파노프는 마호르카(가지과 1년생 초본의 잎과 줄기로 만든 매운 담배—옮긴이)가 타는 기분 좋은 냄새를 맡을 수 있었다.

"다 됐나?" 파노프가 일어서며 물었다.

"물론입니다."

"아브데예프, 자네는 정말 영리해! 그럼 어디 담배 맛을 좀 볼까?"

아브데예프는 입으로 담배 연기를 내뿜으며 파노프가 담배를 피울 수 있도록 옆으로 물러섰다. 모두가 마음껏 담배를 피우자, 그들은 이야기를 주고받기 시작했다.

"중대장이 다시 금고에 손을 댄다는 소문이 들려. 도박에서 많은 돈을 잃은 모양이야." 병사들 중 한 명이 나른한 목소리로 말했다.

"곧 채워 넣겠지." 파노프가 말했다.

"아시다시피, 훌륭한 장교시잖아요!" 아브데예프도 거들었다.

"훌륭하지, 훌륭하고말고. 하지만 내 생각에는 중대가 중대장에게 말해야 할 것 같아. 중대장이 공금을 횡령한다면, 언제까지 얼마를 채워놓을지 말하라고 말이야." 먼저 말을 꺼낸 병사가 침울한 목소리로 말했다.

"중대가 알아서 하겠지." 파노프가 담배 파이프에서 입을 떼며 말했다.

"당연하지요. 공동체는 큰 힘을 발휘하니까요." 아브데예프도 동의했다.

"귀리도 사야 하고, 봄에 신을 군화도 구입해야 해. 돈이 필요할 거야. 중대장이 돈을 가져가버리면?" 불만스러운 목소리가 여전히 남아 있었다.

"다시 말하지만, 중대가 결정할 거야. 처음도 아니잖아. 공금을 갖다 쓰기는 했지만 언제나 채워놓았어." 파노프가 대답했다.

그즈음 카프카스에 있는 각 중대는 자체에서 선발한 군인에게 병참을 관리하도록 하고 있었다. 중대는 국고에서 한 사람당 6루블 50코페이카를 받아서 필요한 식료품을 조달했다. 양배추를 심고, 건초를 만들었으며, 짐마차도 소유했다. 중대의 살찐 말들은 자랑거리였다. 중대의 돈은 금고 안에 보관되었고, 중대장이 그 열쇠를 가지고 있었다. 중대장은 종종 금고에서 공금을 가져다 쓰고는 했다. 그런 일이 또 일어났기 때문에 병사들이 그 문제로 이야길 나누고 있었던 것이다. 까다로운 성격의 병사 니키틴은 중대장의 설명을 요구했지만, 파노프와 아브데예프는 그렇게까지 할 필요는 없다고 생각했다.

파노프 다음으로 니키틴도 외투를 바닥에 깔고는 나무에 기대고 앉아 담배를 피웠다. 병사들은 조용했다. 나무의 가장 높은 가지들이 바람에 가볍게 흔들리는 소리만 들렸다. 나뭇가지가 흔들리는 조용한 소리 속에 갑자기 들개들이 구슬프게 우는 소리가 들렸다.

"저놈들의 저주받을 울음소리를 들어봐. 얼마나 아우성을 치는지." 아브데예프가 말했다.

"자네 입이 비뚤어진 꼴을 비웃는 소리야." 네 번째 병사가 소러시아인(우크라이나인을 가리키는 약간의 경멸이 담긴 해학적인 명칭―옮긴이) 특유의 굵지 않은 목소리로 말했다.

다시 사방이 잠잠해졌고, 바람이 나뭇가지를 흔드는 소리만 들려왔는데, 하늘의 별들도 흔들리는 나뭇가지 때문에 보였다가 사라졌다가 했다.

"그런데 안토느이치, 당신도 지겨울 때가 있지 않습니까?" 아브데예프가 느닷없이 파노프에게 물었다.

"지루하다니, 뭐가?" 파노프가 마지못해 대답했다.

"저는 가끔 제 자신을 어떻게 해야 할지 모를 정도로 지겨울 때가 있습니다."

"저런!" 파노프가 대답했다.

"한때는 모든 것이 지겨워져서 가진 돈을 다 털어 술을 퍼마신 적도 있었습니다. 제정신이 아닌 상태로 '무조건 취하고 보자'는 식으로요."

"하지만 술은 상황을 더 악화시키지."

"제 경우도 그랬지요. 하지만 어쩌겠습니까?"

"그런데 뭐가 그토록 자네를 지겹게 만드는 거야?"

"글쎄요······. 고향 집을 향한 그리움 때문일 겁니다."

"자네 집은 부자인가?"

"아니요. 저희 집은 부자는 아니지만 그래도 풍족한 편이었지요. 잘살았습니다."

그러고는 아브데예프는 파노프에게 이미 수도 없이 했던 이야기를 또 시작했다.

"저는 형님 대신 자원입대했습니다. 형님에게는 가정이 있었거든요. 형님에게는 자식이 다섯 명이나 있었지만, 저는 신혼이라 아내뿐이었지요. 어머니는 제게 형님 대신 입대해줄 것을 간곡히 부탁하셨어요. 그래서 저는 '아무렴, 형님도 내 선행을 기억해주겠지'라고 생각하고, 지주를 찾아갔습니다. 지주는 좋은 사람이었습니다. 저에게 '자네는 멋진 사람이군, 가게' 하고 말했습니다. 그렇게 해서 저는 형님을 대신해서 군인이 되었지요." 아브데예프가 말했다.

"그래, 잘했어." 파노프가 말했다.

"하지만 제가 우울한 게 바로 그 때문이라면 믿으시겠어요? '왜 나는 형님을 대신해서 군인이 되었지?' 저는 제 자신에게 물어봅니다. '형님은 고향에서 왕처럼 살고 있을 텐데, 나만 이곳에서 고생을 하는구나.' 이런 생각이 들면 제 기분은 더욱 비참해집니다. 불행해져요." 아브데예프는 이야기를 마치고는 침묵했다.

"담배를 한 대 더 피우죠, 어때요?" 침묵을 깨고 아브데예프가 말했다.

"좋아, 그러자!"

그러나 그들은 담배를 피울 여유를 갖지 못했다. 아브데예프가 담배 파이프를 땅에 꽂으려고 일어서자마자, 나뭇가지가 바람에 흔들리는 소리에 섞여 발소리가 들렸기 때문이다. 파노프는 총을 집어 들고는, 니키틴을 발로 툭툭 찼다. 니키틴도 외투를 집어 들고 일어섰다.

세 번째 병사, 본다렌코도 일어섰다.

"난 이런 상황을 꿈에서 본 적이 있는 것 같아……."

아브데예프가 본다렌코에게 "쉬" 하고 말했고, 병사들은 숨을 죽이고 귀를 세웠다. 군화를 신지 않은 사람들의 부드러운 발소리가 점점 다가오고 있었다. 낙엽과 마른 가지를 밟는 소리가 어둠 속에서 점점 더 분명하게 들렸다. 그다음 특유의 굵은 음성으로 말하는 체첸인들의 말소리가 들렸다. 병사들은 나무들 사이의 희미한 빛을 지나가는 두 개의 검은 그림자를 보았다. 그림자 하나는 키가 컸고 다른 그림자는 그보다 작았다. 그림자들이 점점 더 그들에게 가까이 다가오자, 파노프는 총을 겨누고 병사 두 명과 길 쪽으로 걸어갔다.

"누구야?" 파노프가 소리쳤다.

"나요, 체첸 친구." 키 작은 그림자가 말했다. 그 그림자의 주인은 바타였다.

"총 없어요. 칼 없어요! 공작을 만나길 원해요!" 그는 자신을 손가락으로 가리키며 말했다.

키 큰 그림자는 동료인 바타 옆에 말없이 서 있기만 했다. 그 역시 무기는 가지고 있지 않았다.

"정찰병이야. 대령님을 만나려고 해." 파노프가 동료들에게 통역했다.

"보론초프 공작, 반드시 만나야 해요! 아주 중대한 일이에요!" 바타가 말했다.

"알았어, 알았다고, 데려다주지." 파노프가 말했다.

"자네가 데려가. 자네와 본다렌코가 함께 당직 장교에게 저들을 인도하고, 다시 돌아오도록 해." 그는 아브데예프를 돌아보며 말했다.

"조심해. 저들을 앞세워야 한다는 원칙을 잊지 말도록. 눈치가 빠르고 약삭빠른 놈들이니까." 파노프가 덧붙여 말했다.

"무슨 걱정이십니까? 단 한 번만 푹 찌르면 김이 새어 나옵니다." 아브데예프는 누구라도 찌르겠다는 듯이 착검한 총을 들이대며 말했다.

"그렇게 찔러 죽일 생각이라면 구태여 데려갈 필요가 있을까?" 본다렌코가 말했다.

"자, 가도록!"

정찰병들과 동행하는 두 병사의 발소리가 멀어진 뒤에야 파노프와 니키틴은 자리로 돌아갔다.

"무슨 일로 이 밤중에 왔을까!" 니키틴이 말했다.

"그럴 만한 사정이 있겠지." 파노프가 말했다.

"그나저나 점점 써늘해지는데." 이렇게 덧붙이며 파노프는 외투를 입고, 나무에 기대어 앉았다.

그로부터 두 시간이나 지난 후, 아브데예프와 본다렌코가 돌아왔다.

"인계했나?" 파노프가 물었다.

"인계했습니다. 대령님께서 아직 주무시지 않고 계셨어요. 곧바로 그들을 대령님께 인계했습니다. 그런데 그 민대가리 놈들 참 멋있어요. 그놈들과 신나게 이야길 했어요!" 아브데예프가 말했다.

"분명히 자네가 먼저 말을 걸었겠지." 니키틴이 비난조로 말했다.

"그놈들, 정말이지 러시아인 같았어요. 한 놈은 결혼을 했다더군요. 내가 '아내는 있어?'라고 물었더니, '있어'라고 말했어요. '아이는 있어?'라고 물으니까, '두 명'이라고 말하더군요. 그렇게 대답하다니, 멋진 놈들이라니까요."

"멋지기도 하겠다. 네 녀석 혼자 그들과 마주쳤다면, 그 녀석들은 네 녀석의 내장을 후벼내버렸을 거야." 니키틴이 말했다.

"곧 날이 밝겠어." 파노프가 말했다.

"그렇습니다. 이미 별들이 지기 시작했습니다." 아브데예프도 앉으며 말했다.

그리고 병사들은 다시 침묵에 잠겼다.

3

요새 안의 병사兵舍와 숙소는 이미 어둠에 둘러싸여 있었다.

그러나 가장 멋진 숙소의 창문에서는 아직도 빛이 흘러나오고 있었다. 쿠린 연대의 사령관이었던 세묜 미하일로비치 보론초프 공작이 그 숙소에 묵고 있었다. 그는 총사령관의 아들이자 황실의 시종무관이었다. 보론초프의 아내, 마리야 바실리예브나는 페테르부르크에서도 유명한 미인으로 남편과 함께 그 조그만 카프카스의 요새에서 살고 있었다. 그들은 예전의 어떤 사령관보다도 호화롭게 살고 있었지만, 그들이 생각하기에는 가장 검소한 삶이었고 심지어는 비루하기까지 한 삶이었다. 하지만 요새 안의 주민들에게는 그들의 호사스러움이 상상할 수 없을 만큼 놀라운 것이었다.

자정 무렵 이 부부는 손님들과 카드게임을 하고 있었다. 카드테이블은 네 개의 촛불로 밝혀져 있었고, 카펫이 깔린 널찍한 거실에 난 창문에는 화려한 커튼이 드리워져 있었다. 긴 얼굴의 보론초프는 시종무관의 휘장과 황금 줄로 장식된 군복을 입고 있었다. 보론초프는 침울한 얼굴로 기운이 없어 보이는 청년과 짝을 이루었다. 그 청년은 보론초프 공작 부인이 그녀의 어린 아들(공작 부인이 첫 결혼에서 낳은 아들)의 가정교사로 청해 최근에 온 페테르부르크 대학의 졸업생이었다. 그들의 맞은편에는 장교 두 명이 앉아 있었다. 한 장교는 붉은 기운이 도는 넓은 얼굴로, 친위대에서 차출되어 온 폴토라츠키 중대장이었다. 다른 한 장교는 연대 부관으로 의자에 꼿꼿한 자세로 앉아 있었다. 잘생긴 얼굴이었지만 차가운 기운이 감돌았다. 훤칠한 키, 커다란 눈 그리고 짙은 눈썹에 미인이었던 보론초프 공작 부인은 폴토라츠키 옆에 앉아 카드를 넘기고 있었다. 폴토라츠키는 그녀의 말투, 표정, 미소, 향기 그리고 그녀의 몸짓 하나하나에 신경을 쓰느라 그녀 옆에 앉아 있다는 사실 이외에는 모든 걸 잊고 있었다. 그는 거듭 실수하며, 그의 짝을 점점 초조하게 만들었다.

"안 돼, 말도 안 돼! 또 에이스를 내놓으면 어쩌자는 거야." 폴토라츠키가 에이스를 내놓자 연대 부관은 얼굴이 새빨갛게 되어 소리쳤다.

폴토라츠키는 마치 잠에서 금방 깨어난 것 같은 표정으로, 커다란 검은 눈동자가 보이는 눈을 껌뻑이며 연대 부관의 불만을 이해할 수 없다는 듯이 바라보았다.

"용서해주세요!" 마리야 바실리예브나가 미소를 지으며 말했다. "그것 봐요! 내가 말했잖아요." 그리고 그녀는 폴토라츠키를 돌아보며 말했다.

"하지만 부인께서는 전혀 다르게 말씀하셨는데요." 폴토라츠키도 미소를 지으며 대답했다.

"그랬나요?" 그녀도 미소를 지으며 말했다. 부인의 밝은 미소가 담긴 그런 반응만으로도 폴토라츠키는 하늘을 나는 것처럼 흥분되어 얼굴이 붉어져서는 카드를 섞기 시작했다.

"자네 차례가 아니지 않은가." 부관이 못마땅한 어조로 말했다. 그리고 부관은 반지를 낀 하얀 손으로 직접 카드를 섞어서 나누기 시작했다. 마치 한시라도 빨리 카드를 버리고 싶은 것 같은 느낌을 주었다.

그때 공작의 시종이 거실로 들어와 당직 장교가 찾아왔다고 전해주었다.

"잠깐만 실례하겠네. 마리야, 나 대신 해주겠어?" 공작은 영어 악센트가 섞인 러시아어로 말했다.

"괜찮으시겠어요?" 부인은 서둘러 일어나 허리를 쭉 펴 보이며 물었다. 옷자락이 부딪치는 소리가 들렸다. 행복한 여인이 보여줄 수 있는 해맑은 미소가 그녀의 얼굴에 어려 있었다.

"저는 늘 환영합니다." 부관은 카드게임을 전혀 모르는 부인이 맞상대가 된다는 생각에 은근히 기뻐하며 대답했다. 폴토라츠키는 그저 두 손을 활짝 펴 보이고 미소로 답할 따름이었다.

카드게임이 거의 끝날 무렵에, 공작은 눈에 띄게 활달하고 고무된 표정으로 거실로 돌아왔다.

"내가 지금 무슨 생각을 하고 있는지 짐작이나 하겠나?"

"무슨 생각을 하십니까?"

"샴페인을 마셔야겠어."

"샴페인이라면 언제라도 좋습니다." 폴토라츠키가 대답했다.

"거절할 이유가 없습니다. 언제라도 환영입니다!" 부관도 맞장구치며 대답했다.

"바실리, 샴페인을 가져오게." 공작이 말했다.

"무엇 때문에 당신을 찾았었어요?" 마리야 바실리예브나가 물었다.

"당직 장교가 어떤 한 사람을 데려왔어." 공작이 말했다.

"어떤 사람을 데려왔나요? 무슨 일 때문이래요?" 마리야 바실리예브나가 성급하게 물었다.

"말할 수 없어." 보론초프는 어깨를 으쓱해 보이며 대답했다.

"말할 수 없다니요? 하지만 우리는 곧 알게 될 거예요." 마리야 바실리예브나가 다시 말했다.

샴페인을 가져왔다. 손님들은 잔에 샴페인을 가득 채웠다. 게임이 끝나고 점수가 계산된 후, 그들은 헤어질 채비를 했다.

"자네 중대가 내일 숲의 경비를 맡게 되나?" 공작이 폴토라츠키에게 물었다.

"그렇습니다. 그런데 무슨 일로?"

"내일이면 알게 될 걸세." 공작은 엷은 미소를 지으며 대답했다.

"알겠습니다." 폴토라츠키는 보론초프가 무슨 말을 하는지 이해하지 못한 채 건성으로 대답했다. 마리야 바실리예브나의 손을 곧 잡게 될 것이라는 생각에 빠져 있었기 때문이다.

마리야 바실리예브나는 습관처럼 폴토라츠키의 손을 힘 있게 쥐었을 뿐만 아니라 세차게 흔들어대면서, 카드게임에서 저질렀던 실수를 다시 기억나게 해주었다. 그는 그녀의 입가에 어린 미소까지도 사랑과 관련된 어떤 의미가 담긴 것으로 해석했다.

폴토라츠키는 황홀한 기분에 들떠서 숙소로 돌아갔다. 상류사회에서 성장하고 교육받은 덕택에 외로운 군 생활에서도 같은 계급에 속한 여인, 특히 보론초프 공작 부인과 같은 여인을 만날 수 있다는 것이 기뻤다. 그와 같은 계급의 사람들만이 이해할 수 있는 그런 기분이었다. 그는 부관과 함께 쓰는 숙소에 도착해서 문을 밀어보았다. 그러나 문은 잠겨 있었다. 문을 두드렸지만 아무런 반응이 없었다. 짜증이 불끈 일어났다. 발로 걸어차고 칼로 내리쳐보기도 했다. 드디어 발소리가 들렸다. 그의 하인 바빌로가 문에 걸어두었던 빗장을 풀었다.

"이 멍청한 놈아, 혼자 있으면서 문을 잠근 이유가 뭐야?"

"어찌된 일인지 저도 모르겠습니다, 알렉세이 블라디미르……."

"또 술을 마셨구나! 그 결과가 어떤 것인지 내가 보여주마!"

폴토라츠키는 바빌로를 주먹으로 내려치려고 했으나, 곧 마음을 다잡았다.

"저리 가! 촛불을 켜도록 해!"

"알겠습니다. 잠시만 기다리세요."

바빌로는 정말 술에 취해 있었다. 그는 포병 상사이던 이반 마케이치의 영세일 잔치에서 술을 마셨다. 숙소로 돌아오던 길에 그는 이반 마케이치의 삶과 자신의 삶을 비교해보기 시작했다. 이반 마케이치는 봉급을 받고 있고 결혼까지 했으며, 1년 후에는 제대한다는 마음에 부풀어 있었다. 바빌로는 어렸을 때 입양되었고, 주인을 위해 봉사하는 하인이 되었다. 그리고 마흔 살이 넘은 지금까지 결혼도 하지 못한 채, 경솔하기 짝이 없는 젊은 주인을 모시고 군인들과 더불어 살고 있었다. 물론 폴토라츠키는 좋은 주인이었다. 그를 때리는 법이라곤 없었다. 하지만 그런 삶이 대체 무엇이란 말인가? 그래도 그에게는 희망이 있었다. '카프카스에서 돌아가면 나를 자유의 몸으로 해방시켜준다고 약속했어. 하지만 자유를 얻는다 해도 어디에서 어찌 살아가

나? 개와 같은 삶일 뿐이야!' 이런 생각에 잠겨서, 바빌로는 몰려오는 졸음을 참을 수가 없었다. 그래서 누군가 몰래 들어와 물건을 훔쳐갈지도 모른다는 생각에 빗장을 걸어두고 잠이 들어버렸던 것이다.

폴토라츠키는 동료인 티호노프와 함께 쓰는 침실로 들어갔다.

"그래, 잃었나?" 티호노프가 잠에서 깨어나서 물었다.

"천만에, 내가 언제 잃는 걸 봤나. 이겨서 17루블을 챙겼지. 게다가 샴페인까지 마셨다네."

"그러면 마리야 바실리예브나는 보았나?"

"물론이지. 그녀에게서 눈을 떼지 않았지." 폴토라츠키가 말했다.

"곧 일어나야 할 시간이 될 거야. 6시에는 출발해야 해." 티호노프가 말했다.

"바빌로! 내일 아침 5시에 깨워줄 수 있겠나?" 폴토라츠키가 큰 소리로 말했다.

"전장에 가시는데 제가 어찌 깨워드리지 않겠습니까?"

"깨워달라고만 했어. 알아들었어?"

"알겠습니다."

바빌로는 폴토라츠키의 장화와 군복을 벗겨주고 침실에서 나갔다.

폴토라츠키는 침대에 누워 담배를 피워 물었다. 그리고 미소를 지으며 촛불을 껐다. 어둠 속에서도 마리야 바실리예브나의 웃음 짓던 얼굴이 눈앞에 보이는 것 같았다.

보론초프 부부는 곧바로 침실로 들지 않았다. 손님들이 떠난 후, 마리야 바실리예브나는 남편 앞에 똑바로 서서 준엄한 목소리로 말했다.

"Eh bien, vous allez me dire ce que c'est(자, 무슨 일인지 말해주시죠)?"

"Mais, ma chère(하지만, 여보)······."

"Pas de' ma chère' ! C'est un émissaire, n'est-ce pas(여보라고 부르지 마세요! 밀사였죠, 그렇죠)?"

"Quand même je ne puis pas vous le dire(어쨌거나 당신에게 말해줄 순 없소)."

"Vous ne pouvez pas? Alors c'est moi qui vais vous le dire(말해줄 수 없다니요? 좋아요. 그럼 내가 당신에게 말하죠)!"

"Vous(당신이)?"

"하지 무라트였죠? 그렇죠?" 그녀는 지난 며칠 동안 협상이 있었다는 소문을 들었기 때문에 하지 무라트가 직접 남편을 만나러 왔을 거라고 짐작했다.

보론초프는 완강히 부인할 처지가 아니었다. 그러나 찾아온 사람은 하지 무라트 본인이 아니라, 하지 무라트가 다음 날 숲속의 빈터인 어느 지점에서 그를 만나고 싶어 한다는 전갈을 가져온 밀사였다는 남편의 말에 마리야 바실리예브나는 그만 실망하고 말았다.

요새에서의 단조로운 생활에 지쳐 있던 젊은 보론초프 부부에게 이번 사건은 반갑기 그지없는 일이었다. 그 소식이 보론초프의 아버지에게 안겨줄 기쁨을 생각하면서 보론초프 부부가 잠자리에 들었을 때에는 이미 새벽 2시를 넘기고 있었다.

4

샤밀이 보낸 뮤리트(회교도—옮긴이)들을 피해 도망치느라 사흘 동안 잠을 자지 못한 하지 무라트는 사도가 편히 자라는 인사를 하고 방을 나가자마자 옷을 그대로 입은 채, 사도가 그를 위해 준비해준 솜베개 위로 팔베개를 하고는 잠이 들었다. 엘다르는 그에게서 조금 떨어져 벽을 향해 누워서 잠이 들었다. 하지 무라트와 마찬가지로 엘다르도 권총과 단검을 풀지 않고 무장한 채 잤다. 벽난로 안의 장작이 거의 다 타서 벽난로 위에 놓인 작은 등잔만이 방을 비추고 있었다.

밤이 깊었을 때 삐걱 하고 문을 여는 소리가 들렸다. 하지 무라트는 곧바로 일어나 권총을 잡았다. 사도가 흙바닥을 소리가 나지 않게 디디며 방으로 들어왔다.

"무슨 일인가?" 하지 무라트는 잠에서 방금 깨어난 사람답지 않게 또렷한 목소리로 물었다.

"의논할 게 있네." 사도가 하지 무라트 앞에 쭈그려 앉으며 말했다. "자네가 여기 오는 걸 자기네 지붕에서 우연히 목격한 여자가 있어. 여자는 본 걸 남편에게 말했지. 지금은 온 마을 사람들이 자네가 여기 있다는 걸 알게 되었어. 원로들이 사원에 모여서 자네를 억류하자고 의견을 모았다네. 방금 전, 이웃 사람이 내 아내에게 알려주었네."

"그렇다면 떠나야겠어." 하지 무라트가 말했다.

"말은 준비됐어." 사도가 황급히 일어서서 방을 나서며 말했다.

"엘다르." 하지 무라트가 작은 소리로 엘다르를 불렀다. 엘다르는 주인이 자기 이름을 부르는 소리를 듣고 강한 두 발로 뛰어오르듯이 일어나 바로 파파하를 썼다. 하지 무라트는 무기를 챙기고 체르케스카를 입었다. 엘다르도 채비를 했다. 그들은 조용히 사클랴를 빠져나가 처마 아래에 섰다. 검은 눈의 소년이 말을 끌고 왔다. 큰길로 이어지는 골목길에 말발굽 소리가 들리자 이웃집 문에서 누군가가 고개를 쑥 내밀었다. 그러고 나서는 장화에 달린 나무굽으로 요란스러운 소리를 내면서 사원이 있는 언덕을 향해 달려갔다.

달은 보이지 않았지만, 검은 하늘에 별들이 선명하게 빛났고, 어둠 속에서도 사클랴의 지붕 윤곽이 보였는데, 특히 회교 사원의 첨탑은 마을의 다른 건물들보다도 높이 솟아 있어서 더 크고 분명하게 보였다. 회교 사원 쪽에서 사람들의 왁자지껄하는 소리가 들렸다.

하지 무라트는 재빨리 총을 움켜쥐고 왼쪽 등자를 밟더니 소리 없이 눈 깜짝할 사이에 높은 안장 위로 사뿐히 올랐다.

"신께서 자네에게 축복을 내리시기를!" 그는 익숙한 동작으로 오른발을 등자에 넣으며 집주인을 향해 말했다. 그리고 말을 잡고 있던 소년을 채찍으로 가볍게 건드렸다. 옆으로 비키라는 신호였다. 소년이 옆으로 비켜서자 말은 이미 갈 길을 알고 있다는 듯이 큰길로 이어지는 골목길을 빠르게 달리기 시작했다. 엘다르도 하지 무라트를 뒤따랐다. 사도 역시 고삐를 크게 휘두르며 말을 빠르게 몰아 그들을 따랐다. 사거리에 이르자, 움직이는 그림자를 보게 되었다.

그들 뒤로 "거기 서라, 누구냐? 멈춰라!" 하고 외치는 소리가 들렸고, 몇몇 사람이 길을 막아섰다. 그러나 하지 무라트는 멈추지 않고, 총을 뽑아들고는 길을 막고 있는 사내들을 향해 더욱 빠르게 질주했다. 길을 막고 서 있던 사람들은 흩어졌고, 하지 무라트는 돌아보지도 않고 빠르게 달아났다. 엘다르가 그의 뒤를 따랐다. 그들 뒤에서 두 발의 총성이 울렸지만 하지 무라트와 엘다르는 다행히 총에 맞지 않았다. 하지 무라트는 계속 전속력으로 달렸다. 삼백 보가량 달린 후에야, 그는 숨을 헐떡이는 말을 세우고 주위 소리에 귀를 기울였다.

바로 앞 저지에는 급류가 소리를 내며 흐르고 있었다. 뒤쪽 마을에서는 수탉의 울음소리가 들렸다. 그 소리들 사이로 하지 무라트를 추격하는 사람들의 웅성거림과 말발굽 소리도 들렸다. 하지 무라트는 말을 다독이며 일정한 속도로 나아갔다. 드디어 그를 추격하던 자들이 하지 무라트를 따라잡았다. 그들은 약 스무 명 정도였다. 하지 무라트를 붙잡거나, 아니면 적어도 붙잡으려 했다는 것을 샤밀에게 보여주어야만 하는 마을 사람들이었다. 그들이 어둠 속에서도 보일 정도로 가까이 다가오자, 하지 무라트는 말을 멈추고 고삐를 내던지고는 능숙하게 왼손으로 라이플총의 덮개를 벗긴 후, 오른손으로 총을 꺼내 들었다.

"무엇을 원하는가?" 하지 무라트가 소리쳤다. "나를 잡고 싶은가? 어디 한번, 잡아봐!" 그는 라이플총을 들었다. 마을 사람들이 멈춰 섰다.

하지 무라트는 손에 라이플총을 들고서, 협곡 아래로 달리기 시작했다. 마을 사람들은 따라잡지는 못하고 말을 타고 계속 그를 추격했다. 하지 무라트가 협곡의 다른 쪽으로 건너가자, 말을 타고 그를 추격하던 마을 사람들이 그에게 꼭 하고 싶은 말이 있으니 들어보라고 외쳤다. 하지 무라트는 라이플총을 쏴서 이에 대한 대답을 대신하고는 말을 몰았다. 그가 말을 멈추었을 때 이미 추격자들의 소리는 들리지 않았다. 숲 속을 흐르는 물소리만 들렸고, 가끔은 올빼미의 울음소리도 들렸다. 어둠에 싸인 숲이 아주 가까이에 있었다. 그를 따르는 추종자들이 기다리고 있는 숲이었다. 숲에 이르자 하지 무라트는 말을 세우고, 가볍게 숨을 들이마신 뒤, 휘파람을 불었다. 그다음 조용히 응답을 기다렸다. 잠시 후 숲 쪽에서 그와 비슷한 휘파람 소리가 들렸다. 하지 무라트는 길에서 벗어나 숲으로 들어갔다. 백 보 정도 더 들어가자, 나무줄기들 사이로 모닥불과 불 주변의 그림자들이 보였다. 안장이 놓인 절룩거리는 말의 그림자도 어른거렸다. 모닥불 가에 앉아 있던 사람들 중 한 명이 벌떡 일어나, 하지 무라트에게로 와서 말고삐와 등자를 잡았다. 그는 '하네피'라는 이름의 아바르인(카프카스의 여러 민족 중 하나로 다게스탄과 아제르바이잔에 살고 있다—옮긴이)으로 하지 무라트의 의형제였고, 하지 무라트의 집안일을 관리하는 책임을 맡고 있었다.

"불을 끄게." 하지 무라트가 말에서 내리며 말했다.

사람들은 모닥불에서 장작을 걷어내고, 불에 타고 있던 잔가지들을 밟았다.

"바타가 여기에 왔었나?" 땅 위에 펼쳐진 부르카 쪽으로 가면서, 하지 무라트가 물었다.

"예, 한 마고마와 함께 오래전에 떠났습니다."

"어느 길로 갔나?"

"이 길로 갔습니다." 하지 무라트가 달려왔던 길과는 정반대 방향을 가리키면서 하네피가 대답했다.

"알았네." 하지 무라트는 라이플총을 꺼내 장전하기 시작했다.

"조심해야 해. 오는 길에 추격당했어." 모닥불을 끄고 있는 사내를 돌아보며 하지 무라트가 말했다.

그 사내는 체첸인 감잘로였다. 감잘로는 부르카가 있는 곳으로 가서 그 위에 놓아둔 덮개로 싼 라이플총을 집어 들고는, 한마디 말도 없이 하지 무라트가 말을 타고 지나왔던 숲의 끝으로 갔다. 한편 엘다르는 말에서 내린 후, 하지 무라트가 타고 온 말을 나무에 묶었다. 그다음 감잘로와 함께 라이플총을 어깨에 메고 숲 끝으로 갔다. 모닥불을 끄자 숲은 완전한 어둠 속에 잠겼다. 하늘에 있는 별들만 희미하게 반짝이고 있었다.

이미 하늘의 반을 채운 성단들을 바라보면서, 하지 무라트는 이 밤도 분명 과거가 될 것이라고 생각하다가 밤 기도 시간이 지나버렸다는 것을 깨달았다. 그는 하네피에게서 항상 배낭 속에 가지고 다니던 물병을 받아들고 체르케스카를 걸치고는 물가로 갔다.

하지 무라트는 세정식을 행한 후, 체르케스카를 바닥에 깔고 신을 벗은 뒤 체르케스카 위에 맨발로 올라섰다. 그다음 무릎을 꿇고 앉아 귀를 막고 눈을 감은 채 동쪽을 향해 기도문을 외웠다.

기도를 끝낸 후, 그는 배낭이 놓여 있는 곳으로 돌아왔다. 부르카에 앉으면서 팔꿈치를 무릎에 대고, 고개를 숙이고는 깊은 생각에 잠겼다.

하지 무라트는 자신의 행운에 대해서 언제나 강한 믿음을 가지고 있었다. 그는 무슨 일을 계획하더라도 결국에는 성공할 것이라고 굳게 믿었고, 행운은 언제나 그에게 미소를 지었다. 위험이 항상 도사리고 있는 군대 생활에서 몇몇 드문 경우를 제외하고는 말이다. 그는 이번에도 그렇게 되기를 바랐다. 하지 무라트는 보론초프가 지원해준 군대를 동원해서 샤밀과 맞서고, 샤밀을 포로로 잡아 보론초프에게 넘겨주는 방안을 구상했다. 만약 계획이 성공하면 러시아 황제는 그에게 상을 내릴 것이고, 그는 단지 아바리아에 그치는 것이 아니라 체첸 전체를 정복하게 될 것이다. 하지 무라트는 이런 생각을 하다가 자기도 모르게 잠이 들어버렸다.

그는 용맹한 부하들과 함께 "하지 무라트가 왔다"고 소리치고 노래를 부르면서 샤밀에게 쳐들어가는 꿈을 꿨다. 그들은 샤밀과 그의 아내들을 포로로 잡았고, 샤밀의 아내들은 울부짖었다. "랴 일랴하"라는 노랫소리, "하지 무라트가 왔다"고 외치는 소리, 샤밀의 아내들이 울부짖는 소리들이 점차 들개의 울부짖는 소리로 변하면서 그는 잠에서 깼다. 하지 무라트는 고개를 들어 나무줄기들 사이로 보이는 동쪽 하늘을 바라보았다. 동쪽 하늘 이 점점 밝아오고 있었다. 그의 곁에 앉아 있는 추종자에게 한 마고마의 소식을 물었다. 한 마고마가 아직 돌아오지 않았다는 걸 확인하고서 그는 다시 고개를 숙이고 잠시 졸았다.

바타와 함께 사자의 임무를 마치고 돌아오는 한 마고마의 쾌활한 목소리에 그는 잠이 깼다. 한 마고마는 곧바로 하지 무라트에게 달려와서 러시아 군인들을 만난 일, 그들이 보론초프에게 안내해준 일, 보론초프가 무척이나 기뻐하며 아침에 하지 무라트를 만나길 원한다는 소식을 전했다. 약속 장소는 미치크 너머 숲에서 러시아인들이 벌목을 하는 샬린스카야 초지였다. 바타도 한 마고마가 했던 이야기에 자신이 해낸 일을 상세하게 덧붙이며 거들었다.

하지 무라트는 러시아로 넘어가겠다는 자신의 제안에 보론초프가 어떤 답을 주었는지 물었다. 한 마고마와 바타는 공작이 하지 무라트를 귀한 손님으로 맞이하고 예우하기로 약속했다고 답했다.

하지 무라트는 다시 길에 대해서 물었다. 한 마고마가 자신이 길을 잘 알고 있으므로 안내하겠다고 하자, 하지 무라트는 돈을 꺼내 바타에게 약속했던 3루블을 건네주었다. 그러고 나서 그는 자신을 만나러 오는 러시아인들을 멋진 모습으로 맞을 수 있도록 추종자들에게 각자의 안장주머니 배낭에서 황금으로 장식된 무기와 두건 달린 파파하를 꺼내 깨끗이 하도록 명했다. 그들이 무기와 안장 그리고 마구를 윤이 나게 닦고 말을 씻기는 동안, 하늘의 별들이 사라지고 동이 트기 시작했다. 이른 아침의 선선한 바람이 불어왔다.

5

아직 어둠의 끝자락이 남아 있는 이른 아침에, 2개 중대 병사들이 도끼를 들고 폴토라츠키의 지휘 아래 차흐기린스키 성문에서 10베르스타 떨어진 곳까지 진군했다. 날이 밝아오자 저격병들은 산병선散兵線에 정렬하고, 도끼를 든 중대 병사들은 벌목 작업을 하기 시작했다. 8시쯤 되자 젖은 나뭇가지로 지핀 모닥불에서 나오는 향기로운 연기와 안개가 서서히 걷히기 시작했다. 그때까지는 안개 때문에 서로의 목소리만 들을 수 있었을 뿐, 다섯 걸음 앞도 볼 수 없었는데 점점 모닥불이 보이고, 쓰러진 나무가 막아버린 길도 보이기 시작했다. 태양은 안개 속에서도 밝은 점처럼 제 모습을 드러냈지만 다시 사라져버렸다. 길에서 떨어진 숲의 빈터에 폴토라츠키와 그의 부관 티호노프, 제3중대의 장교 두 명, 그리고 근위대 장교로 복무하다가 사사로운 결투 사건을 일으켜 강등된, 폴토라츠키와는 유년학교 동창인 프레제 남작이 큰북 위에 앉아 있었다. 큰북 주위에는 음식을 쌌던 종이, 담배꽁초, 빈 술병들이 널려 있었다. 보드카를 마신 그들은 이제 음식을 먹으며 흑맥주를 마셨다. 고수鼓手는 여덟 번째 술병을 따고 있었다. 폴토라츠키는 잠을 충분히 자지 못했지만, 기분이 들떠서 걱정이라곤 없이 유쾌했다. 그는 병사들이나 장교들과 함께 위험이 도사리고 있는 곳에 있을 때면 늘 그랬다.

장교들은 활기차게 대화를 나누었는데, 화제는 단연 슬렙초프 대장의 사망이었다. 그들 가운데 누구도 장군의 죽음을 삶의 가장 중요한 순간, 삶을 끝내고 태초의 근원으로 되돌아가는 순간이었다고 생각하지 않았다. 다만 칼을 들고 적들을 처절하게 난도질했던 장군의 용맹스러운 모습만을 생각할 뿐이었다.

그 당시 카프카스에서의 전투는 물론, 어느 시기나 장소를 막론하고 칼로 싸우는 백병전이 실제로 일어난 적은 없었다는 것을 참전한 장교뿐 아니라 누구나 알고 있었지만, 모든 전쟁 이야기에서는 실제로 백병전이 있었던 것처럼 묘사된다(설사 백병전이 있었다고 해도 그것은 언제나 도망치는 적병을 찌르거나 베는 데 불과했다). 꾸며낸 이야기라는 것을 모두 알고 있었지만, 그래도 백병전은 큰북 위에 앉아 떠들어대는 군인들에게 자부심과 즐거움을 느끼게 해주는 이야깃거리였다. 병사들 중의 한 무리는 씩씩한 모습으로, 다른 무리는 그와는 다르게 단정한 자세로 북 위에 걸터앉아, 슬렙초프가 그랬듯이 언제 닥칠지 모르는 죽음에 대한 걱정 없이, 그저 담배를 피우고 술을 마시며 농담을 주고받는 것이었다. 그리고 실제로 대화 중에, 마치 그들의 기대에 부응이라도 하듯, 길 왼편에서 활력을 불어넣는 유쾌한 총성이 울렸다. 총탄은 그들의 곁을 지나 안개가 자욱한 공기를 뚫고 경쾌한 휘파람 소리를 내며 날아가 나무에 박혔다. 적의 사격에 대응해서 사병들이 쏜 몇 발의 총성이 들렸다.

"저런!" 폴토라츠키가 유쾌한 목소리로 외쳤다. "저놈들이 산병선을 넘었어! 코스챠." 그러고는 프레제를 돌아보며 말했다. "자, 지금이 기회야. 중대로 가. 나는 이 멋진 전투를 지휘하겠어! 그리고 나서 상황을 보고하지."

강등된 남작은 벌떡 일어나 연기가 나는 자신의 중대로 빠르게 걸어갔다. 작은 흑갈색 말이 폴토라츠키 앞으로 끌려왔다. 그는 말에 올라타서 중대를 정렬시킨 후, 총성이 울린 산병선으로 달려갔다. 산병선은 나무라고는 한 그루도 보이지 않는 비탈진 계곡, 숲 가장자리에 있었다. 바람이 숲을 향해 불고 있어서 비탈진 계곡뿐만 아니라, 그 건너편까지도 분명하게 보였다. 폴토라츠키가 산병선에 다가갔을 때, 안개 속에 숨었던 태양이 얼굴을 내밀어서 100사젠(1사젠은 약 2.134미터—옮긴이)가량 떨어진 맞은편 계곡 위의 작은 숲에 있는 몇몇 기마병을 볼 수 있었다. 그것은 하지 무라트를 쫓아온 체첸인의 기마대였다. 그들은 하지 무라트가 러시아로 넘어가는 걸 보려는 것이었다. 그들 중 한 명이 산병선을 향해서 사격을 가했다. 산병선에서도 몇몇 병사가 대응 사격을 했다. 체첸 병사들이 후퇴하자, 사격도 멈추었다. 그러나 폴토라츠키가 중대를 인솔해 와서, 발사 명령을 내리자마자 사기를 북돋우는 유쾌한 연발 총성이 들려왔다. 병사들은 긴장을 해소하게 된 걸 기뻐하며, 서둘러 총을 장전해서 연발로 쏘아댔다. 체첸 병사들은 약이 올랐는지, 말머리를 돌려 전진하면서 중대 병사들을 향해 연발로 쏘아댔다. 그중에서 한 발이 한 병사에게 명중됐다. 바로 정찰에 나섰던 아브데예프였다. 동료 병사들이 그에게 달려갔을 때, 아브데예프는 두 손으로 복부의 상처를 누르며 고꾸라져서 경련을 일으키고 있었다.

아브데예프는 폴토라츠키의 중대원이었다. 폴토라츠키는 중대 병사들이 모인 걸 보고는 그의 옆으로 다가갔다.

"무슨 일인가, 누가 총에 맞았나?" 하고 그가 물었다. "어디에?"

아브데예프는 대답하지 않았다.

"중대장님, 제가 총을 장전하려는데 피픽 하는 소리가 나서 돌아보니 아브데예프가 총을 내리고 있었어요." 아브데예프와 같은 조에 속한 한 병사가 설명했다.

"쯧쯧" 하고 폴토라츠키가 혀를 찼다. "어떤가, 많이 아픈가, 아브데예프?"

"아프진 않은데, 걸을 수가 없네요. 술 좀 주시겠어요, 중대장님?"

파노프는 눈썹을 찌푸린 침울한 얼굴로 아브데예프에게 병뚜껑에 보드카를 따라주었다. 아브데예프는 마시려다가 뚜껑을 옆으로 밀쳤다.

"마시기가 힘들어요." 그는 말했다.

"자네가 마시게." 폴토라츠키가 말했다.

파노프는 술을 단숨에 들이켰다. 아브데예프는 몸을 일으키려 했지만 다시 쓰러졌다. 병사들은 외투를 깔고 그 위에 그를 눕혔다.

"중대장님, 연대장님께서 오셨습니다." 하사관이 와서 폴토라츠키에게 말했다.

"그래, 그럼 여기 상황은 자네가 수습하게나"라고 말한 뒤 폴토라츠키는 말을 타고 보론초프를 맞이하러 갔다.

보론초프는 영국 태생의 준마를 타고 연대 부관, 카자크 병사 그리고 체첸인 통역과 함께 왔다.

"도대체 무슨 일이야?" 보론초프가 폴토라츠키에게 물었다.

"적들이 와서 산병선에 총격을 가했습니다." 폴토라츠키가 대답했다.

"그래, 하지만 그 총격은 자네가 유도한 것이겠지."

"아닙니다. 제가 유도한 일이 아닙니다, 공작님." 폴토라츠키는 미소를 지으며 대답했다. "그들이 먼저 기어올랐습니다."

"병사가 부상당했다고 들었는데?"

"네, 매우 유감스러운 일입니다. 훌륭한 병사입니다."

"부상이 심각한가?"

"심각합니다. 총알이 복부에 박힌 듯합니다."

"그건 그렇고, 내가 어디로 가는지 알겠나?" 보론초프가 물었다.

"모르겠습니다."

"짐작도 되지 않나?"

"안 됩니다."

"하지 무라트가 이쪽으로 와서 지금 우릴 만나려고 하고 있네."

"설마!"

"어제 그가 보낸 밀사가 왔네." 기쁜 기색을 억누르며 보론초프가 말을 이었다. "지금 샬린스카야 초원에서 날 기다리고 있어. 그러니까 자넨 초원까지 저격수들을 곳곳에 배치한 후 내게로 오게."

"알겠습니다." 폴토라츠키는 거수경례를 한 후, 중대로 갔다. 그러고는 자신은 저격수들을 우측에 배치하겠으니, 남은 좌측에 저격수를 배치하라고 하사관에게 명령했다. 그동안 병사 넷이 아브데예프를 요새로 데리고 왔다.

폴토라츠키가 보론초프 공작에게 돌아가고 있을 때, 등 뒤에서 자기를 쫓아오는 기마병 몇 명이 보였다. 폴토라츠키는 말을 세우고 그들을 기다렸다.

하얀 체르케스카를 입고 파파하 위에 두건을 두른 채 황금으로 장식된 칼을 찬 건장한 사람이 백마를 타고 다가왔다. 하지 무라트였다. 하지 무라트는 폴토라츠키에게 다가와서 타타르어로 말을 걸었다. 폴토라츠키는 눈썹을 치켜세우며, 알아들을 수 없다는 표시로 두 팔을 벌리고 미소를 지었다. 그러자 하지 무라트 역시 미소로 답했다. 그 어린아이 같은 미소는 폴토라츠키를 당황스럽게 했다. 무시무시한 적의 장수가 이런 사람일 거라고는 상상도 하지 못했다. 그는 하지 무라트가 음울하고 냉혹한 사람일 거라고 생각했는데, 그의 앞에 서 있는 사람은 마치 오랜 친구처럼 선량하게 웃으며 그를 바라보는 순박한 사람이었다. 범상치 않은 점이 있다면, 조심스럽고 침착하지만 날카롭게 상대방을 바라보는 사이가 넓은 두 눈이었다.

하지 무라트의 부하는 네 명이었다. 그중에는 어젯밤 보론초 프에게 왔던 한 마고마도 있었다. 그는 쌍꺼풀은 없지만 까맣고 반짝이는 눈을 가진, 둥근 얼굴에 홍조를 띤 사내였는데, 표정 은 삶의 기쁨으로 충만했다. 그리고 눈썹이 짙고 땅딸막하고 다부진 몸매의 사내도 있었는데, 하지 무라트의 재산을 관리하 는 하네피였다. 그는 바꿔 타기 위한 예비 말을 끌고 왔는데, 말에는 짐을 가득 넣은 배낭들이 실려 있었다. 부하들 중에서 특별히 눈을 사로잡는 두 사람이 있었다. 한 명은 갈색 턱수염 이 막 나기 시작한 젊은 미남 청년으로 넓은 어깨에다가 여자 처럼 날씬한 허리에는 허리띠를 하고 양처럼 순한 눈을 가진 엘다르였다. 그리고 다른 한 사람은 눈썹도, 속눈썹도 없는 외 눈박이로, 붉은 턱수염을 짧게 기르고 코에 큰 흉터가 있는 체 첸인 감잘로였다.

폴토라츠키는 하지 무라트에게 길에 서 있는 보론초프를 손으 로 가리켰다. 하지 무라트가 공작을 향해 바짝 다가서서, 오른 손을 가슴에 대고 타타르어로 무언가를 말하며 섰다. 체첸인이 통역해주었다.

"러시아 황제에게 일신을 맡기고, 충심으로 봉사하길 원한다 고 합니다. 이전부터 원했던 일이지만, 샤밀이 허락하지 않았다 고 합니다."

통역의 말을 듣고, 보론초프는 가죽 장갑을 낀 손을 하지 무라트를 향해 내밀었다. 하지 무라트는 잠시 주저하다가 곧 그의 손을 굳세게 부여잡고서 통역과 보론초프를 번갈아 보면서 타타르어로 말했다.

"그는 누구에게도 투항하고 싶지 않았지만, 당신에겐 투항하기로 결심했다고 합니다. 그 이유는 당신이 총사령관의 아들이고, 당신을 진심으로 존경하고 있기 때문이라고 합니다."

보론초프는 감사의 표시로 머리를 숙였다. 하지 무라트는 자기의 부하를 가리키며, 다시 뭔가를 말했다.

"이 사람들이 자기의 추종자들이라고 합니다. 그들도 자신과 마찬가지로 러시아군에 봉사할 것이라고 합니다."

보론초프는 그들을 한번 둘러보고는 그들에게도 머리를 숙였다.

쌍꺼풀이 없는 까만 눈을 가진 유쾌한 한 마고마도 고개를 숙였고, 보론초프에게 농담이라도 했는지 털보 아바르인도 새하얀 이를 드러내며 웃었다. 붉은 턱수염의 감잘로는 빨갛게 충혈된 한쪽 눈을 번뜩이며 한순간 보론초프를 쳐다보았을 뿐, 다시 자기가 타고 있는 말의 귀를 보았다.

보론초프와 하지 무라트가 부하들과 함께 요새에 이르렀을 때, 산병선에서 나온 병사들이 삼삼오오 모여서 각자의 의견을 말하고 있었다.

"그러니까 말이야, 지옥에나 갈 그놈이 얼마나 많이 죽였냐? 그런데 지금 그놈을 대접하는 꼴을 봐." 한 병사가 말했다.

"그야 당연하지. 샤밀의 오른팔인 최고 지휘관이었으니까. 하지만 지금은 겁낼 필요 없겠지."

"하지만 뭐라고 해도 노련한 장수잖아, 멋있어."

"그런데 그 붉은 턱수염, 그 붉은 턱수염 말이야. 맹수처럼 곁 눈질을 하던데."

"사냥개와 다를 바 없어 보이던데."

모든 병사들이 붉은 턱수염을 주목했다.

길에 인접한 벌목장에서 일하던 병사들이 구경하기 위해 달려 나왔다. 장교가 그들을 꾸짖었으나, 보론초프는 놔두라고 말했다.

"병사들로 하여금 자기의 오랜 지인을 보라고 하게."

그렇게 말하고는 가까이 서 있는 병사에게 영국 억양으로 천 천히 물었다. "자네는 이 사람들이 누군지 아는가?"

"모릅니다, 각하."

"하지 무라트네. 들어본 적은 있지?"

"들었다 뿐입니까, 각하! 여러 번 혼내준 적도 있지요."

"그러다가 그에게 혼쭐나게 당했겠지."

"정말 그렇습니다, 각하." 최고 우두머리와 이야기를 한다는 사실에 상기된 병사가 대답했다.

하지 무라트는 자기에 대해 말하고 있다는 걸 깨달았는지, 눈 을 빛내며 즐거운 기색을 보였다. 보론초프 역시 무척이나 즐거 운 마음으로 요새로 돌아갔다.

6

젊은 보론초프는 러시아에 가장 위협적인 샤밀의 최측근이자 이인자였던 하지 무라트에게 승리를 거두고 그의 투항을 이끌어낸 사람이 바로 자신이라는 사실에 매우 고무되어 있었다. 그러나 한 가지 불쾌한 일이 있었다. 보즈비젠스키 요새의 군 통수권은 멜레르-자코멜리스키 장군에게 있었던 것이다. 따라서 모든 일은 반드시 그를 거쳐야만 했다. 만약 보론초프가 보고도 없이 자의로 모든 일을 처리해버린다면, 불편한 문제가 생길 여지가 있었다. 그런 생각 때문에 보론초프는 마음 편하게 있을 수만은 없었다.

요새에 도착한 즉시 보론초프는 하지 무라트의 수행원들을 연대 부관에게 맡기고, 그는 하지 무라트와 집으로 향했다.

마리야 바실리예브나는 우아한 옷차림과 미소로 거실에서 하지 무라트를 맞이했다. 귀엽게 생긴 어린 아들도 함께 있었다. 곱슬머리를 한 여섯 살짜리 아이였다. 하지 무라트는 가슴에 손을 얹어 보이며, 통역관(그도 함께 들어왔다)을 통해 공작이 그를 집으로 초대해주었기 때문에 공작을 쿠나크로 생각하고 있으며, 쿠나크의 가족도 쿠나크만큼이나 소중한 사람들이라고 엄숙하게 말했다. 하지 무라트의 외모와 예절 바른 태도는 마리야 바실리예브나의 마음을 흡족하게 해주었다. 그녀가 하얀 손을 내밀었을 때, 그가 얼굴을 붉혔다는 사실도 그녀를 더욱 기분

좋게 만들었다. 그녀는 그에게 의자에 앉도록 권하며 커피를 마시겠느냐고 물었다. 그러고는 커피를 준비시켰다. 그러나 하지 무라트는 커피가 준비되었을 때 정중히 거절했다. 그는 러시아 말을 조금 알아들었지만, 의사를 표현할 정도는 아니었다. 또한 이해하기 힘든 내용이 언급될 때에는 그저 미소만 지어 보였다. 그 미소가 폴토라츠키를 반하게 만들었듯이 마리야 바실리예브나의 마음도 흔들어놓았다. 곱슬머리에 날카로운 눈매를 지닌, 불카라고 불리는 어린아이는 하지 무라트로부터 잠시도 눈을 떼지 않고 있었다. 하지 무라트가 위대한 전사라는 말을 들었기 때문이었다.

보론초프는 하지 무라트를 아내에게 맡겨두고 집무실로 돌아갔다. 하지 무라트가 러시아에 투항했다는 사실을 보고하기 위해 필요한 조치를 취해야만 했기 때문이다. 그는 그로즈니에 주둔해 있는 좌현군의 사령관인 코즐로프스키 장군에게 보고서를 작성했고, 그의 아버지에게도 편지를 썼다. 그리고 서둘러 집으로 돌아갔다. 아내가 낯선 방문객을 맞아 당황해하고 있을까 봐 걱정되었기 때문이다. 사실 적대적이지도 않고 지나치게 친절하지도 않은 적절한 대우가 필요한 손님이었다. 그러나 그의 걱정은 기우에 불과했다. 하지 무라트는 안락의자에 앉아 보론초프의 의붓아들인 불카를 무릎 위에 올려놓고 있었다. 그리고 마리야 바실리예브나의 말을 옮기는 통역관에게 머리를 숙이고 경청하고 있었다. 마리야 바실리예브나는 쿠나크가 하지 무라트의 물건에 감탄할 때마다 그 물건을 선물로 내준다면, 그가 금방 아담처럼 벌거숭이가 될 것이라고 말했다.

공작이 들어오자 하지 무라트는 벌떡 일어났다. 그 바람에 무릎에 앉아 있던 불카는 깜짝 놀라게 되었다. 하지 무라트는 소탈한 표정을 금방 바꾸고는, 엄숙하고 진지한 표정을 지었다. 게다가 보론초프가 의자에 앉은 후에야 비로소 의자에 다시 앉았다. 대화가 계속되자, 하지 무라트는 쿠나크가 감탄하는 것이라면 그 무엇이라도 선물로 주어야만 하는 게 그들 사이의 법이라고 마리야 바실리예브나에게 대답했다.

"쿠나크, 당신의 아들?" 그는 불카를 다시 무릎 위에다 올려놓고 곱슬머리를 어루만져주며 러시아어로 물었다.

"매력이 넘치는 사람이에요. 불카가 그의 단검을 보고 감탄하니까, 단검을 선물로 주었어요." 마리야 바실리예브나가 남편에게 프랑스어로 말했다.

불카가 단검을 아버지에게 보여주었다.

"C'est un objet de prix(상당히 비싼 물건이에요)." 마리야 바실리예브나가 말했다.

"Il faudra trouver l'occasion de lui faire cadeau(그럼 우리도 그에게 선물할 기회를 만들도록 합시다)." 보론초프가 말했다.

하지 무라트는 눈을 가늘게 뜨고, 어린 소년의 머리를 쓰다듬으면서 말했다.

"대단한 녀석! 용감한 녀석!"

보론초프는 단검을 반쯤 뽑아보았다. 날카로운 칼날이 번뜩거렸다.

"멋진 칼이군. 멋져. 고맙소!" 보론초프가 말했다.

"그를 위해 내가 무엇을 해주면 좋을지 물어보게." 그는 통역관에게 말했다.

통역관은 보론초프의 말을 전했다. 하지 무라트는 아무것도 원하지 않는다고 거리낌 없이 대답했다. 다만 기도를 드릴 수 있는 곳으로 데려다주기를 바랄 뿐이라고 말했다. 보론초프는 시종을 불러, 하지 무라트가 원하는 대로 해주라고 말했다.

하지 무라트는 혼자 방에 남게 되자, 순간 표정이 변했다. 다정하고 당당했던 표정이 사라진 대신 근심이 가득 찬 어두운 표정으로 바뀌었다.

보론초프는 하지 무라트가 예상했던 것보다 훨씬 더 친절하게 대해주었다. 그러나 보론초프의 환대가 극진하면 할수록, 하지 무라트는 보론초프를 비롯한 러시아 장교들에 대한 신뢰를 의심하게 되었다. 그는 모든 게 두렵게만 느껴졌다. 억류되고 사슬로 묶일 수도 있었다. 시베리아로 유형을 가거나 살해당할 수도 있었다. 따라서 한시도 경계심을 늦출 수 없는 일이었다.

엘다르가 방으로 들어왔다. 하지 무라트는 뮤리트들이 어디에서 머물고 있느냐고 물었다. 무기를 빼앗겼는지도 물었다. 말들이 있는 곳도 물었다.

엘다르는 말들이 공작의 마구간으로 옮겨졌다고 대답했다. 또한 그들은 헛간에서 머물고 있고, 무기는 그대로 지니고 있다고 말했다. 그리고 통역관이 그들에게 먹을 것과 차까지도 보내주었다고 보고했다.

그렇지만 하지 무라트는 의구심을 떨치지 못하고 고개를 저었다. 그는 옷을 벗고 기도문을 외웠다. 그런 다음 엘다르에게 은으로 만든 단검을 가져오라고 말했다. 그는 다시 옷을 입고 허리띠를 바싹 동여맨 다음, 긴 의자에 다리를 포개고 앉아서, 그에게 닥칠지도 모를 일을 기다렸다.

오후 4시경에 통역관이 찾아와서 공작이 저녁식사에 초대했다고 전했다.

하지 무라트는 약간의 필라프(버터를 넣고 볶은 쌀밥에 고기와 야채 등을 버무린 요리—옮긴이) 이외에는 아무것도 입에 대지 않았다. 마리야 바실리예브나가 음식을 권하기도 했지만, 그는 접시의 이곳저곳에서 직접 음식을 옮겨다 먹었다.

"우리가 독살이라도 할까 봐 걱정하는 눈치예요. 내가 권한 접시에서 직접 떠서 먹고 있어요." 마리야 바실리예브나가 남편에게 말했다. 그리고 그녀는 하지 무라트에게 눈길을 돌려 언제 다시 기도를 하게 되느냐고 통역관을 통해 물었다. 하지 무라트는 다섯 손가락을 들어 해를 가리켰다.

곧 그 시간이 된다는 뜻이었다.

보론초프는 시계를 꺼내 용수철을 눌렀다. 시계가 4시 15분을 가리켰다. 그 소리에 하지 무라트는 깜짝 놀라는 표정을 지었다. 그는 그 소리를 다시 듣고 싶다고 말하며, 시계를 구경해도 되겠느냐고 물었다.

"Voilà l'occasion. Donnez-lui la montre(지금이 기회예요. 그에게 시계를 선물하세요)." 마리야 바실리예브나가 남편에게 말했다.

보론초프는 즉시 하지 무라트에게 시계를 선물로 주겠다고 말했다. 하지 무라트는 가슴에 손을 얹으며 시계를 받았다. 그는 용수철을 건드려보며, 그 소리에 귀를 기울였다. 몇 번이고 그 동작을 되풀이했다. 그러고는 고개를 끄덕여 보였다.

식사가 끝나자, 멜레르-자코멜리스키 장군의 부관이 도착했다는 연락이 왔다.

부관은 하지 무라트가 요새에 왔음에도 불구하고 즉시 보고가 되지 않아 장군께서 몹시 못마땅해하고 있으니 하지 무라트를 지금 당장 장군에게 보내야 한다고 공작에게 말했다. 보론초프는 장군의 뜻대로 할 것이라고 대답했다. 그리고 통역관을 통해서 하지 무라트에게 그런 명령이 내려졌으니, 그와 함께 장군에게 가야 한다고 알려주었다.

마리야 바실리예브나는 부관이 찾아온 이유를 알게 되었을 때, 남편과 장군 사이에 심상치 않은 일이 벌어질 것이라고 예감했다. 그래서 남편의 만류에도, 그녀는 남편과 하지 무라트를 따라 나서겠다고 말했다.

"Vous feriez beaucoup mieux de rester; c'est mon affaire, mais pas la vôtre(당신은 집에 있는 게 더 좋겠어. 내가 처리해야 할 일이야. 당신 일이 아니라고)."

"Vous ne pouvez pas m'empêcher d'aller voir madame la générale(나는 그저 장군 부인을 만나러 가는 거니 막지 마세요)."

"다른 날 갈 수도 있잖아."

"하지만 지금 가고 싶어요!"

보론초프는 아내의 고집을 막을 수 없었다. 그래서 셋이서 장군의 집으로 향했다.

그들이 도착하자, 장군은 어색한 태도로 마리야 바실리예브나를 그의 아내에게 안내해주었다. 그리고 부관에게는 하지 무라트를 대기실로 모시고 별도의 지시가 없는 한 출입을 통제하라는 지시를 내렸다.

"들어가지." 장군은 서재로 들어서는 문을 열고 보론초프가 먼저 들어가도록 한 걸음 물러서며 말했다.

들어가 서재의 문을 닫은 뒤, 멜레르 장군은 보론초프 앞에 똑바로 섰다. 그리고 의자에 앉으라고 권하지도 않은 채, 말하기 시작했다.

"내가 이곳의 지휘관이야. 따라서 적과의 모든 협상은 나를 통해 이루어져야만 해! 그런데 하지 무라트가 투항했다는 사실을 왜 나에게 보고하지 않았나?"

"어젯밤 밀사가 찾아와 오직 저에게만 항복하겠다는 그의 소원을 전했습니다." 보론초프도 흥분을 참지 못하고 얼굴빛이 하얗게 변하며 대답했다. 그의 말투에는 분노한 장군을 좀 더 자극하겠다는 심산이 엿보였다. 그렇게 하면 함께 화를 내도 된다고 여겼기 때문이다.

"그럼 왜 내겐 알리지 않았는지 그 이유를 말해주겠나?"

"남작에게도 알릴 생각이었습니다. 하지만……."

"나를 '남작'이라 부르지 마시오! '각하'라고 부르시오!"

마침내 남작은 참고 있던 분노를 폭발시키고 말았다. 그때부터 그는 오랫동안 그의 가슴속에 쌓아두고 있던 모든 감정을 분출하기 시작했다.

"내가 지금까지 황제를 위해 27년간 군 생활을 한 것은 아버지의 권세로 호가호위하며 이제 막 군 생활을 시작한, 자기 주제도 모르고 날뛰는 그런 애송이가 제멋대로 명령을 내리도록 하기 위한 게 아니었어."

"각하, 이번 일과 무관한 건 언급하시지 않기를 바랍니다." 보론초프가 말을 막고 나섰다.

"나는 사실을 말하는 거야. 나는 그렇게 하도록 허락하지 않았단 말이야." 장군은 더욱 화를 내며 소리쳤다.

그러나 그때 마리야 바실리예브나가 옷자락이 스치는 소리를 내며 서재로 들어왔다. 인형처럼 생긴 자그마한 부인, 멜레르-자코멜리스키 장군의 부인도 뒤따라 들어왔다.

"진정하세요, 남작님! Simon(시몬)은 남작님을 불쾌하게 만들려고 했던 것은 결코 아니었습니다." 마리야 바실리예브나가 말했다.

"나는 지금 그 일에 대해 말하고 있는 것이 아니에요, 공작 부인."

"그럼요 자, 모든 것을 잊으세요. 아시잖아요, '나쁜 대화가 좋은 다툼보다 낫다'는 말이 있잖아요. 여보, 내가 무슨 말을 하는지 아시죠?" 그리고 그녀는 웃음을 지어 보였다.

분노한 장군도 미녀의 매력적인 미소에 굴복하고 말았다. 그의 입가에도 미소가 드리워졌다.

"제가 잘못했습니다, 그런데⋯⋯." 보론초프가 말했다.

"나도 지나치게 성급했네." 이렇게 말하며 멜레르 장군은 보론초프에게 손을 내밀어 악수를 청했다.

다시 화해의 분위기가 이어졌다. 그리고 하지 무라트를 장군의 책임 하에 좌현군의 사령관에게 보낸다는 결정이 내려졌다.

하지 무라트는 옆방에 앉아 있었다. 무슨 일이 벌어지고 있는지 분명히 알 수는 없었지만, 그가 반드시 알아야 할 일이 논의되고 있다는 정도는 짐작할 수 있었다. 달리 말해서 그들이 자신의 문제로 말다툼을 벌이고 있으며, 자신이 샤밀을 배신한 것이 러시아에게는 무척이나 중대한 사건이란 것을 알아차렸다. 따라서 그들이 그를 유형에 처하거나 죽이지는 않을 거라 여겼고, 오히려 그 자신이 러시아에 많은 것을 요구할 수 있는 입장이라고 생각했다. 또한 멜레르-자코멜리스키가 사령관이긴 하지만, 그보다는 그의 부하인 보론초프가 더 중요한 역할을 한다는 걸 알아차렸다. 따라서 멜레르-자코멜리스키 장군이 그를 불러들여 탐문하기 시작했을 때, 하지 무라트는 당당하고 위엄 있는 자세를 견지하면서 러시아 황제에게 봉사하기 위해 산에서 내려왔으며 멜레르의 상관, 다시 말해서 티플리스(그루지야 공화국의 수도인 트빌리시의 옛 이름—옮긴이)의 보론초프 총사령관에게만 투항의 이유를 털어놓을 것이라고 말했다.

7

부상당한 아브데예프는 야전 병원으로 후송되었다. 야전 병원은 요새의 입구에 있는, 나무판자로 지붕을 얹은 작은 건물이었다. 공동 병실의 침대에 눕혀진 아브데예프 외에도 병실에는 환자 네 명이 더 있었다. 한 사람은 고열에 시달리는 티푸스 환자이고, 또 한 사람은 창백한 얼굴에 눈 밑이 거뭇한 말라리아 환자로 다음 신열 발작을 기다리면서 끊임없이 하품만 해대고 있었다. 나머지 두 사람은 3주 전 공습 때 부상당한 병사들로 한 사람은 팔목을, 한 사람은 어깨를 다쳤다. 티푸스 환자를 제외한 모두가 새로 온 아브데예프를 둘러싸고 질문을 퍼부었다.

"다른 때는 콩 볶듯 총을 쏴대도 아무 일 없었는데, 이번에는 딱 다섯 발밖에 쏘지 않았는데 적중한 거야." 아브데예프를 후송한 병사들 중 한 명이 말했다.

"다 운인거야!"

"아!" 사람들이 침대에 누이려고 하자 아브데예프는 아픔을 참지 못하고 비명을 지르고 말았다. 침대에 눕자, 더 이상 신음하지 않고 눈썹을 찌푸린 채, 발만 계속 움직였다. 그는 두 손으로 상처를 부여잡고, 멍한 눈으로 앞을 보았다.

군의관이 와서 총알이 등을 관통하지는 않았는지 살펴보기 위해 부상병을 돌려 눕히라고 말했다.

"이건 뭐야?" 등과 엉덩이에 십자로 그어진 하얀 흉터를 가리키며 군의관이 물었다.

"군의관님, 그건 옛날 상처입니다." 신음을 내며, 아브데예프가 대답했다.

그것은 공금 횡령죄로 태형을 받았을 때의 흉터였다.

아브데예프는 다시 바로 뉘였다. 군의관은 오랫동안 소식자로 배 안을 휘저어 총알을 찾아보았지만 찾을 수 없었다. 군의관은 상처 부위에 거즈를 대고 붕대로 감은 후 나갔다. 소식자로 배 안을 휘젓고 붕대를 감는 동안 아브데예프는 이를 악물고 눈을 질끈 감았다. 군의관이 나가자 그는 다시 눈을 떴다. 그리고 놀란 눈으로 주위를 둘러보았다. 그의 눈은 환자와 위생병 쪽으로 향해 있었지만, 아무것도 보지 못하는 것 같았고, 다른 어떤 것에 매우 놀란 것 같았다.

아브데예프의 동료인 파노프와 세료긴이 왔다. 아브데예프는 여전히 놀란 눈으로 앞만 보고 누워 있었다. 그는 자기 앞에 서 있는 동료들을 똑바로 보고 있었음에도, 한동안 친구들을 알아보지 못했다.

"이봐, 표트르, 집에 전하고 싶은 말 없어?" 파노프가 아브데예프에게 물었다. 그는 파노프의 얼굴을 바라보긴 했지만, 아무 대답도 하지 않았다.

"집에 전하고 싶은 말이 없냐고?" 뼈마디가 굵은 아브데예프의 차가운 손을 잡으며, 파노프가 다시 한 번 물었다.

그는 그제야 정신이 든 것 같았다.

"아, 안토느이치 파노프가 오셨군요!"

"그래, 내가 왔어. 집에 무슨 전할 말 없어? 세료긴이 편지를 써줄 테니까."

"세료긴이 써준대요?" 세료긴 쪽으로 겨우 시선을 옮기면서 아브데예프가 말했다.

"편지를 써주겠나? 이렇게 써줘. '당신의 아들 페트루하가 만수무강을 빕니다.' 얼마 전에도 자네에게 말했었지만, 난 형을 시기했어. 하지만 지금은 마음이 편해. 부디 나는 신경 쓰지 말고 잘살라고 해. 하느님의 보살핌으로 잘살아준다면 기쁘겠다고 써주게."

이렇게 말하고 나서, 그는 파노프를 바라보면서 오랫동안 말이 없었다.

"그런데 파이프는 찾았습니까?" 갑자기 그가 물었다.

파노프는 고개만 저을 뿐 대답하지 않았다.

"파이프, 파이프를 찾았습니까?" 아브데예프는 반복해서 물었다.

"자루 속에 있었어."

"잘됐네요. 그럼 지금 제게 촛불을 주세요, 제가 숨을 거두기 전에." 아브데예프가 말했다.

바로 이 순간 폴토라츠키가 아브데예프의 상태를 보기 위해 왔다.

"괜찮은가, 제군?" 하고 폴토라츠키가 물었다.

아브데예프는 눈을 감고 고개를 저었다. 그의 광대가 튀어 나온 너부죽한 얼굴은 창백하게 굳어 있었다. 그는 아무 대답도 없이 파노프를 향해 같은 말만 되풀이했다.

"촛불을 줘요, 죽기 전에."

그의 손에 촛불을 쥐어주었지만 힘이 없는 그의 손가락이 초를 잡지 못하자 손가락 사이에다 촛불을 끼워주었다. 폴토라츠키는 밖으로 나가버렸고, 그가 나간 후 5분쯤 지나자 위생병은 한쪽 귀를 아브데예프의 가슴에 갖다대더니 사망했다고 말했다.

아브데예프의 죽음은 티플리스 사령부로 보내는 전황 보고서에 다음과 같이 기록되었다.

11월 23일, 쿠린 연대의 2개 중대는 삼림 벌채를 위해 요새 밖으로 나옴. 이날 정오, 상당수의 산적들이 삼림 벌채를 하는 병사들에게 기습 공격을 가함. 전초선前哨線은 퇴각했고, 제2중대는 총검으로 공습해서 적군을 소탕했음. 이 전투에서 아군의 피해는 가벼운 부상자 두 명, 전사자 한 명. 죽거나 다친 적의 수는 대략 백 명.

페트루샤(표트르의 애칭―옮긴이) 아브데예프가 보즈비젠스키 요새의 병원에서 죽던 날, 그의 늙은 아버지는 작은아들 며느리와 이미 처녀로 결혼할 나이가 된 장손녀의 도움을 받아가며 딱딱하게 얼어붙은 탈곡장에서 귀리를 탈곡하고 있었다. 전날 밤에는 눈이 많이 내렸고, 아침 무렵에는 된서리까지 내렸다. 노인은 닭이 세 번 울 때 잠에서 깨어나, 얼어붙은 창틀을 통해 밝은 달빛을 내다보며 페치카 위에서 내려왔다. 그리고 장화를 신고 모피 외투에 털모자를 쓰고 탈곡장으로 나갔다. 그곳에서 두 시간 동안 일을 하고 나서, 집으로 돌아와 자고 있는 아들과 여자들을 깨웠다. 아낙네들과 처녀가 탈곡장으로 나왔을 때는 이미 탈곡장에 쌓인 눈이 깨끗이 치워져 있었다. 한쪽에 쌓인 하얀 눈 더미 위에 나무 삽이 꽂혀 있었고, 그 옆에는 나뭇가지로 만든 빗자루가 세워져 있었다. 귀리 다발은 깨끗한 탈곡장에 낟알이 서로 맞닿도록 두 열로 나란히 정돈되어 있었다. 그들은 도리깨를 들고, 세 박자에 맞추어 타작을 시작했다. 노인은 무거운 도리깨를 힘차게 내리치며 짚 부분을 때렸고, 손녀는 박자를 맞추면서 낟알을 때렸다. 한편 며느리는 도리깨로 귀리 다발을 뒤집어 놓았다.

달은 이제 가라앉았고 동이 트기 시작했다. 그들이 타작을 거의 절반쯤 끝냈을 때, 장남인 아킴이 반모피 외투에 털모자를 쓰고 탈곡장에 나타났다.

"어째서 그렇게 게으름을 피우느냐?" 노인이 타작을 멈추고 도리깨에 몸을 기대며, 아킴에게 소리쳤다.

"말들을 먼저 내보내야 했거든요."

노인은 아들의 말투를 그대로 흉내 내며 빈정거렸다.

"말들을 먼저 내보내야 했거든요. 말은 네 어머니가 다 알아서 할 테니, 당장 도리깨를 집어 들어라! 뒤룩뒤룩 살만 찐 술주정뱅이야!"

"아버진 어째서 저를 그런 식으로 마구 몰아세워요?" 아들이
퉁명스럽게 말했다.

"뭐라고?" 무섭게 되물은 노인은 얼굴을 잔뜩 찌푸렸다. 그러
고는 도리깨를 헛치고 말았다.

아들은 말없이 도리깨를 잡았다. 그렇게 해서 이제 네 박자로
타작이 시작되었다.

"탁, 타박 탁, 탁, 타박 탁…… 탁!" 노인이 세 번에 걸쳐 힘
들게 도리깨질을 한 후 말했다.

"네놈 목덜미는 아주 잘 먹은 귀족 같구나. 하지만 내 주머니
속에는 너희들에게 물려줄 것이 하나도 없다!" 노인은 도리깨질
을 멈추고 꾸지람을 했다. 그러나 박자를 놓치지 않으려고 도리
깨를 허공에서 휘저어야만 했다.

마침내 그들은 절반의 타작을 끝냈다. 여자들이 갈퀴로 지푸
라기를 긁어내기 시작했다

"네놈 대신 군대에 간 표트르가 바보였다. 네놈의 모난 성정
을 군대에서 개조해야 했는데 말이야. 우리 집을 위해서는 표트
르가 네놈보다 훨씬 충실했어."

"아버님, 그만해두세요." 며느리가 낟알을 털어낸 밀짚을 묶
어 한쪽으로 밀어놓으며 말했다.

"그래, 알았다. 너희 여섯 식구를 먹여 살려야 하는데, 가장이
일을 하지 않고 있어서……. 표트르는 두 사람 몫을 해냈어. 표
트르는 너와는 달랐어."

노인의 아내가 집에서 탈곡장으로 다가오고 있었다. 면 각반을 바짝 동여맸는데, 나무로 만든 새 신발 아래로 얼어붙은 눈이 밟히는 소리가 들렸다. 남자들은 타작되지 않은 낟알을 삽으로 퍼냈고, 아낙네들은 남은 것을 빗자루로 쓸어내고 있었다.

"장로가 와서 모두가 주인집을 거들라고 했어요. 벽돌을 날라야 한대요." 노파가 말했다. 그러고는 한마디 덧붙였다. "아침 준비가 끝났는데 지금 먹지 않을래요?"

"알았어. 너는 우선 마구를 채워라. 오늘부터라도 이 아비의 속을 썩이지 말았으면 좋겠구나. 표트르 생각을 지울 수가 없어!" 노인이 아킴을 쳐다보며 말했다.

"표트르가 집에 있을 때에는 죽어라고 멸시했잖아요. 이제 표트르가 없으니, 저에게 잔소리를 하시는군요." 아킴이 퉁명스럽게 말했다.

"구박받을 짓을 하니까 그렇지! 표트르처럼 게으름을 피우지 않으면 될 것 아니냐!" 노파가 화난 목소리로 소리쳤다.

"알았어요." 아킴이 대답했다.

"알았어요! 언제나 대답은 그렇지, 집안 식구 한 끼 식사분을 술로 없애고도 '알았어요' 하면 그만이니까!"

"지난 일은 이제 잊도록 하세요." 며느리가 말했다. 그리고 모두 도리깨를 놓고 집으로 향했다.

아버지와 아들 사이의 불화는 이미 오래전부터 시작되었다. 표트르가 군인이 되어야 했던 그 무렵부터였다. 그때에도 노인은 뻐꾸기 때문에 독수리를 잃는다는 기분이었다. 그러나 자식이 있는 형을 대신해서 자식이 없는 동생이 떠나는 것이 옳은 방법이라고 생각했다. 아킴에게는 자식이 넷이나 있었지만, 표트르에게는 하나도 없었다. 표트르는 아버지를 닮아 타고난 일꾼이었다. 매사에 순종했고, 재주가 있었고, 힘도 셌고, 참을성도 있었다. 무엇보다도 부지런했다. 표트르는 언제나 일을 달고 살았다. 일하는 사람의 옆을 지나가게 되면, 아버지가 그랬듯이 자기 일처럼 남의 일을 거들어주면서 낫질을 했고, 수레를 끌었으며, 나무를 베어내거나 땔감을 만들었다. 노인은 표트르가 떠나는 것이 아쉬웠지만, 어쩔 도리가 없었다. 그 당시 군인이 된다는 것은 죽음의 길을 떠나는 것과도 같았다. 군인은 떼어낸 가지나 마찬가지였다. 집에 앉아서 군인이 된 아들을 생각하는 것은 쓸데없이 걱정만 하는 것일 뿐이었다. 그래도 그날처럼 표트르의 이름을 거론하며 큰아들을 나무라는 경우는 거의 없었다. 노파는 늘 작은아들을 머릿속에 간직하고 있었다. 거의 1년 전부터 노파는 표트르에게 조금이라도 돈을 보내자고 남편을 졸라 보았지만, 노인은 대답하지 않았다.

아브데예프 집안은 형편이 괜찮았다. 노인에게는 감추어둔 돈도 있었다. 하지만 노인은 결코 그 돈을 축내려고 하지 않았다. 그날 노파는 남편이 작은아들을 거론하자, 귀리를 팔고 나서 적어도 1루블 정도는 아들에게 보내자고 졸라볼 심산이었다. 젊은 사람들은 주인의 일을 도우러 떠나고 두 노인만 남게 되었다. 노파는 남편을 설득해서, 귀리를 판매한 돈에서 1루블이라도 표트르에게 보내고자 했다.

도리깨질로 타작한 귀리 열두 자루 중에서 4분의 1 분량인 세 자루 정도를 막베로 조심스럽게 봉해 나무못으로 고정시켜 세 대의 썰매에 가지런히 실었을 때, 노파는 신부가 그녀의 말을 받아 써준 편지를 남편에게 내밀었다. 노인은 읍내에 도착하면 1루블을 넣어서 적힌 주소대로 보내겠다고 아내에게 약속했다.

　노인은 새 모피 외투에 카프탄(소매가 긴 농민용 저고리—옮긴이)까지 입고, 하얀 면 각반으로 다리도 따뜻하게 감쌌다. 편지도 지갑 속에 잘 넣었다. 그리고 기도문을 외운 다음, 첫 번째 썰매에 올라탔다. 그의 손자는 세 번째 썰매를 몰았다. 노인은 읍내에 도착해서, 여인숙 주인에게 편지를 꺼내 보이며 읽어달라고 부탁했다. 편지를 읽는 동안 노인은 종종 고개를 끄덕거리며 관심을 가지고 들었다.

　편지의 첫머리에서 노파는 표트르의 축복부터 빌었다. 그런 후에야 식구들의 안부를 전했고, 표트르의 대부가 죽었다는 소식도 알렸다. 끝에 가서는 악시니아(표트르의 아내)가 그들과 함께 살기를 원치 않고 일자리를 구해 나갔지만, 정직하고 올바르게 살고 있다는 소식을 듣고 있다고 덧붙였다. 그리고 1루블을 동봉한다는 추신과 함께, 노파가 눈물을 글썽이며 받아쓰게 한 편지를 교회의 신부가 한마디도 빼놓지 않고 옮겨주었다는 고마움도 잊지 않고 덧붙였다.

　"내 사랑하는 아들아, 내 사랑하는 표트르야! 하나만 더 말해야겠구나. 어미는 네 생각에 눈물을 참을 수 없구나. 네 밝은 눈빛을 생각하면…… 어미가 너 없이 어떻게 살고 있는지 생각해보았니?"

노파는 오열에 찬 눈물을 흘리며 덧붙였다. "모든 것이 잘될 거다!"

그 말도 편지에 그대로 적었다. 그러나 표트르는 아내가 집을 떠났다는 소식, 1루블을 동봉했다는 이야기와 어머니의 마지막 절규를 들을 운명이 아니었다. 돈이 동봉되었던 편지는 표트르가 전투 중에 사망했다는 통지서와 함께 되돌아왔다. 군 서기의 표현을 그대로 빌면, "황제와 조국과 종교적 믿음을 지키기" 위한 전사였다.

그 소식이 전해졌을 때, 노파는 넋을 놓고 울었다. 그러나 노파는 곧 다시 일을 시작했다. 바로 다음 일요일, 노파는 교회를 찾았고 죽은 아들을 위한 진혼 미사를 부탁했다. 표트르를 위한 영혼의 기도를 부탁했던 것이다. 그리고 노파는 하느님의 종이었던 표트르를 추모하기 위해 모든 사람들에게 생명의 빵을 나누어주었다.

졸지에 미망인이 된 악시니아도 1년이란 짧은 시간을 남편과 함께 살았지만, 한때나마 사랑했던 남편이 죽었다는 소식에 목을 놓아 울었다. 그녀는 남편의 죽음과 엉망진창이 되어버린 자신의 삶을 슬퍼했다. 그녀는 흐느껴 울며 표트르의 갈색 머리칼과 그가 보여주었던 사랑을 그리워했고, 앞으로 어떻게 살아갈 것인지를 생각하며 참담한 슬픔에 잠겼다. 그의 형만을 생각해서 그녀를 낯선 사람들 사이에서 방황하도록 방치한 표트르에게 쓰라린 비난을 퍼부어대기도 했다.

그러나 그녀의 마음 한쪽 깊은 곳에서는 남편의 죽음이 반갑기도 했다. 그녀는 그 당시 동거하고 있던 상점 주인의 아이를 임신하고 있었기 때문이다. 이제 그녀를 비난할 사람은 어디에도 없었다. 상점 주인이 그녀와 동거하자고 설득하면서 약속했던 결혼도 꿈꿀 수 있게 되었다.

9

미하일 세묘노비치 보론초프는 러시아 대사의 아들로서 영국에서 교육받았다. 그는 당시 러시아 고관들 중에서 드물게 유럽식 교육을 받은 명예욕이 강한 사람이었다. 아랫사람에게는 점잖게 처신하며 온정을 베풀었고, 윗사람에게는 더할 나위 없이 마음에 드는 부하였다. 그는 인생을 사람 간의 권력 관계로 이해했다. 그는 많은 훈장을 받았고 최고의 지위에까지 올랐다. 뛰어난 지휘관으로 인정을 받았고 심지어는 '크라온의 정복자 나폴레옹'이란 별칭까지 얻고 있었다. 1851년 그는 이미 일흔 살을 넘기고 있었다. 그러나 나이보다 젊어 보이는 그의 발걸음은 경쾌했고, 무엇보다도 친근감을 주는 세련된 지성은 권력을 유지하고 명성을 드높게 하는 자산이었다. 그는 막대한 재산─그의 재산뿐만 아니라 브라니츠키 백작의 딸이었던 아내의 재산도 소유했다─을 지녔고, 총사령관으로서 엄청난 봉록을 받았다. 그래서 재산의 상당 부분을 털어 크리미아의 남부 해안에 저택을 짓고 정원까지 만들어놓았다.

1851년 12월 7일 저녁, 전령의 삼두마차가 티플리스의 저택으로 달려왔다. 먼지를 뒤집어쓴 지친 모습의 장교는 하지 무라트가 러시아에 항복했다는 내용의 코즐로프스키 장군의 편지를 들고, 큰 문을 통과해 들어왔다. 그는 보초 앞을 지나며 굳은 다리의 근육을 쭉 펴 보였다. 그때가 저녁 6시였다. 전령이 도착했다는 소식을 들었을 때, 보론초프는 저녁식사를 막 시작하려던 참이었다. 그러나 보론초프는 전령을 먼저 만나보기로 했고, 그 때문에 저녁식사는 잠시 뒤로 미루어졌다. 보론초프가 거실로 들어섰을 때, 저녁식사에 초대되었던 삼십여 명의 손님이 그를 향해 돌아보았다. 엘리자베타 크사베리예브나 공작 부인의 옆에 앉아 있던 손님들도 있었고, 창가에 무리를 지어 서 있던 손님들도 있었다. 보론초프는 평소처럼 검은 군복을 입고 있었다. 어깨띠는 매었지만 견장은 없었다. 목에는 영국 해군의 상징인 하얀 십자 훈장을 달고 있었다. 깔끔하게 면도한 각진 얼굴은 엷은 미소를 띠었다. 그는 눈을 가늘게 뜨고 손님들을 둘러보았다.

가벼운 걸음으로 들어오면서 그는 부인들에게 늦어서 미안하다고 말하며 남자들과 인사를 나누었다. 마나나 오르벨리야니 공작 부인—동양적 타입으로 예쁘고 시원시원해 보이는 마흔다섯 살 정도의 부인이었다—에게 다가서며 팔을 내밀고 저녁이 차려진 테이블로 안내했다. 엘리자베타 크사베리예브나 공작 부인은 당시 티플리스를 방문하고 있던 콧수염을 멋지게 기른 붉은 머리카락의 장군에게 팔을 내밀었다. 그루지야의 공작은

보론초프 공작 부인의 친구인 슈아 백작 부인에게 팔을 내밀었
다. 그리고 안드레예프스키 박사, 부관 등도 부인들과 동행하거
나 그렇지 않으면 혼자서 그들의 뒤를 따랐다. 반바지 형태의
제복을 입은 하인들이 의자를 뒤로 빼며 손님들이 편히 앉도록
해주었다. 그리고 집사가 은으로 만든 그릇에서 김이 나는 수프
를 국자로 떠서 접시에 담아주었다.

보론초프는 긴 테이블의 중앙에 앉았다. 그의 아내는 맞은편
에 앉았고, 그녀의 곁에는 붉은 머리카락의 장군이 앉았다. 보
론초프의 오른쪽에는 아름다운 오르벨리아니 공작 부인이 앉았
고, 왼쪽으로는 혈색이 좋은 우아한 자태의 그루지야 태생의 부
인이 앉았다. 그녀는 계속해서 미소를 지으며, 반짝이는 보석을
과시해 보였다.

보론초프는 전령이 무슨 소식을 가져왔느냐는 아내의 질문에
대답했다.

"Excellentes, chère amie. Simon a eu de la chance(멋진 소식이
있소. 시몬에겐 행운이오)."

그리고 그는 우렁찬 목소리로 말하기 시작했다. 사람들은 그
로부터 샤밀의 부하 중에서 가장 용맹하고 유명했던 하지 무라
트가 러시아에 투항하여 하루나 이틀 뒤면 티플리스로 오게 된
다는 놀라운 소식(협상이 오래전부터 계속되고 있었기 때문에 보론
초프 사령관에겐 전혀 예상치 못했던 소식은 아니었다)을 들을 수 있
었다.

저 먼 테이블의 끝자리에 앉아 식사하며 그들끼리 작은 소리

로 떠들고 웃던 젊은 부관과 장교들까지도 모두가 침묵한 채 보론초프의 말에 귀를 기울였다.

"장군님, 장군님께서는 하지 무라트를 본 적이 있나요?" 보론초프가 말을 멈추자, 옆에 앉아 있던 공작 부인이 멋진 콧수염을 기른 붉은 머리카락의 장군에게 물었다.

"그렇습니다, 공작 부인."

그리고 장군은 체첸인들이 1843년에 게르게빌을 점령한 후, 하지 무라트가 파세크 장군의 파견대를 습격해서 그들의 눈앞에서 졸로투힌 대령을 어떻게 살해했는지 말해주었다.

보론초프는 장군의 말을 들으며 흐뭇한 미소를 지었다. 장군이 대화에 끼어들어 기뻤던 것이 분명했다. 그런데 갑자기 그의 낯빛이 흐려지며 우울한 표정으로 바뀌었다.

일단 말문을 열었던 장군은 하지 무라트를 두 번째로 만났던 순간에 대해 말하기 시작했다.

"총사령관님께서도 기억하시겠지만, 수하리 원정에서 구원 군대를 공격했던 매복대를 지휘한 사람도 바로 그 하지 무라트였습니다." 장군이 말했다.

"어디서요?" 보론초프가 눈을 가늘게 뜨며 물었다.

붉은 머리카락의 장군이 '구원 군대'라고 언급했던 전투는 처참한 패배를 당했던 다르긴스크 전투에서 있었던 사건을 뜻했다. 구원 군대가 도착해서 구하지 않았더라면, 전군을 지휘했던 보론초프 공작을 비롯해서 모두가 전멸할 뻔했던 전투였다. 보론초프의 지휘 하에 치러졌던 다르긴스크 전투—그 전투에서 러시아는 많은 인명 피해를 입었고, 대포까지 빼앗겼다──는 치욕스런 사건이었다는 것을 모두가 알고 있었다. 그래서 그 사건을 보론초프의 면전에서 언급해야 한다면, 보론초프가 황제에게 보고했던 것처럼 러시아군의 눈부신 승리로 묘사해야만 했다. 그러나 '구원 군대'란 표현은 눈부신 승리가 아니라 많은 인명을 손실했던 패배를 의미하는 것이었다. 테이블에 앉아 있던 모든 사람들이 그렇게 이해했다. 그래서 어떤 사람들은 장군의 말뜻을 이해하지 못한 척했으며, 다른 어떤 사람들은 가슴을 졸이며 뒤따를 반응을 기다렸다. 몇몇 사람은 서로 눈짓을 교환하며 미소를 나누기도 했다.

멋진 콧수염의 장군만이 순간적으로 냉랭해진 분위기를 깨닫지 못하고, 보론초프의 질문에 차분히 대답했다.

"구원 군대에게 말입니다, 각하."

붉은 머리카락의 장군은 내친김에 하지 무라트가 교묘한 수법으로 러시아군을 둘로 분열시킨 과정을 자세히 늘어놓았고, 구원 군대(그는 '구원 군대'란 낱말을 유난히 좋아하는 것 같았다)가 도착하지 않았었더라면 전군이 전멸하고 말았을 것이라고 말하면서, 그 이유를 대려고 하자…….

장군은 말을 다 끝내지 못했다. 무슨 일이 닥칠지 몰라 염려하던 마나나 오르벨리야니 공작 부인이 그의 말을 느닷없이 가로막으며, 티플리스에서 마음에 드는 곳이 있느냐고 물었기 때문이다. 깜짝 놀란 장군은 그때서야 좌중을 쳐다보았고, 테이블 끝에 앉은 그의 부관이 보내온 의미심장한 눈빛에서 뭔가를 갑자기 깨달았다. 그는 공작 부인의 질문에 대답조차 하지 못한 채 시무룩한 표정으로 입을 다물었다. 그리고 접시에 담긴 음식을 허겁지겁 먹어대기 시작했다. 그러나 그는 음식의 맛조차 느낄 수가 없었다.

테이블에 앉아 있던 사람들 모두가 좌불안석이었다. 그러나 어색하던 분위기를 보론초프 공작 부인의 반대편에 앉아 있던 그루지야의 공작이 깨트리고 나섰다. 무척이나 어리석은 사람으로 알려졌지만, 세련된 농담으로 사람들을 끌어모으는 타고난 재주를 지닌 인물이었다. 그는 아무것도 눈치를 채지 못한 것처럼, 하지 무라트가 메흐툴린의 아흐메트 한의 미망인을 빼앗게 된 이야기를 하기 시작했다.

"하지 무라트는 밤중에 그 마을로 잠입해 여자를 납치해서, 부하들과 잽싸게 달아났습니다."

"그가 그 여자를 원했던 이유가 뭘까요?" 공작 부인이 물었다.

"하지 무라트는 그 여자의 남편인 아흐메트와는 숙적관계였습니다. 아흐메트를 추적했지만, 아흐메트가 죽을 때까지 한 번도 만날 수 없었습니다. 그래서 그 여자에게 복수했던 겁니다."

공작 부인은 그 이야기를 친구인 슈아졸 백작 부인에게 프랑스말로 옮겨주었다. 백작 부인은 그루지야의 공작 바로 옆에 앉아 있었다.

"Quelle horreur(너무나 끔찍한 이야기군요)!" 내용을 알게 된 백작 부인이 눈을 꼭 감곤 머리를 흔들며 프랑스어로 말했다.

"그렇지 않습니다. 하지 무라트는 그 여자를 정중하게 대해주었고, 나중에는 풀어주었다는 이야기를 들었습니다." 보론초프가 미소를 지으며 말했다.

"몸값을 받았겠죠!"

"물론 그렇습니다. 하지만 하지 무라트는 언제나 남자답게 행동했습니다."

보론초프의 반응에 사람들은 적잖이 안심할 수가 있었다. 또한 하지 무라트를 보다 중요한 사람으로 만들수록, 보론초프가 즐거워한다는 사실도 알 수 있었다.

"하지 무라트의 대담함은 놀라울 정도입니다. 여하튼 뛰어난 사람입니다!"

"1849년에는 테미르 칸 슈라를 습격해서, 한낮에 상점을 약탈한 적도 있습니다."

테이블 끝에 앉아 있던 한 아르메니아인이 말했다. 그는 당시 테미르 칸 슈라에 있었다며, 하지 무라트가 행했던 약탈 사건을 상세하게 이야기해주었다.

이처럼 하지 무라트는 저녁식사 내내 유일한 화제가 되었다. 모두가 차례로 그의 용기와 능력과 남자다움을 칭찬했다. 누군가는 하지 무라트가 포로 스물여섯 명을 죽이라는 명령을 내렸다고 말했다. 그런 말에도 관대한 대답이 나왔다.

"어떻게 그런 일이! A la guerre comme à la guerre(전쟁이니까 그랬을 거요)."

"여하튼 그는 뛰어난 사람입니다."

"그가 유럽에서 태어났다면 나폴레옹 같은 영웅이 되었을 겁니다." 그루지야의 공작은 한술 더 떴다.

그는 나폴레옹을 언급할 때마다 보론초프가 흡족해한다는 것을 알고 있었다. 왜냐하면 보론초프의 목에 걸려 있는 하얀 십자훈장이 바로 나폴레옹을 격퇴시켰다는 증거였기 때문이다.

"나폴레옹은 아니더라도 족히 훌륭한 장군은 되었을 거요." 보론초프가 말했다.

"나폴레옹이 아니라면 무라트 원수(당시 프랑스군의 장군—옮긴이) 정도는 되었을 겁니다."

"그러니까 이름도 비슷하게 하지 무라트군요!"

"하지 무라트가 투항을 했으니, 샤밀도 이제 끝장난 것이나 다름없습니다." 그때 누군가 말했다.

"샤밀 일당도 이번만큼은 견딜 수 없다고 여길 겁니다(이 '이번만큼은'에는 보론초프 공작이 나서게 된 이상에는, 이라는 의미가 담겨 있었다)." 맞장구치는 사람도 있었다.

"Tout cela est grâce à vous(이 모든 것이 당신 덕분이에요)!" 마나나 오르벨리야니가 프랑스어로 말했다.

보론초프 공작은 그에게 밀려오기 시작하던 아부의 물결을 진정시키려고 했다. 그러나 흐뭇한 기분을 감출 수는 없었다. 한껏 고무된 기분으로 그는 테이블에서 일어나 마나나 오르벨리야니를 거실로 안내했다.

식사가 끝나고 준비된 커피가 거실로 들어왔다. 보론초프는 모든 사람들에게 각별한 애정을 보여주었다. 콧수염의 장군에게도 찾아가 그의 실수를 깨닫지 못했던 것처럼 따뜻하게 말을 붙였다.

그렇게 초대한 손님들을 둘러본 후, 그는 카드 테이블로 찾아가 앉았다. 그는 옛날에 유행했던 롬베르라는 카드게임만을 즐겼다. 그의 짝은 그루지야의 공작, 아르메니아 출신의 장군(그는 보론초프 공작의 시종에게서 롬베르게임을 배웠다), 그리고 안드레 예프스키 박사였다.

보론초프는 뚜껑에 알렉산드르 1세의 초상이 그려진 코담배갑을 올려놓았다. 그리고 윤이 나도록 반짝이는 카드갑을 뜯어 열고는 나누어주기 시작했다. 그때 이탈리아 출신의 시종이 은으로 만든 접시에다 편지를 가져왔다.

"전령이 또 왔습니다, 각하."

보론초프는 카드를 내려놓고 손님들에게 실례를 구한 후, 편지를 개봉해 읽기 시작했다.

아들로부터 온 편지였다. 하지 무라트가 투항을 했고, 멜레르-자코멜리스키 장군을 직접 만났다는 내용이었다.

공작 부인이 다가와, 아들이 무슨 소식을 전해 왔냐고 물었다.

"역시 그 일 때문이오. Il a eu quelques désagréments avec le commandant de la place. Simon a eu tort(지역 사령관과 불화가 좀 있는 모양이오. 시몬이 잘못한 거요). But all is well what ends well(하지만 끝이 좋으면 다 좋은 법이지)." 보론초프는 그렇게 말하며 편지를 아내에게 건네주었다. 그는 아무런 불평 없이 기다려주던 손님들을 돌아보며 카드를 뽑으라고 말했다.

첫판이 끝났을 때, 보론초프는 기분이 좋을 때면 의례적으로 하는 행동을 취해 보였다. 다시 말해서 주름진 하얀 손으로 프랑스산 코담배를 한 움큼 쥐어, 코로 가져가 냄새를 흠뻑 들이마시고는 부스러트렸다.

10

다음 날 하지 무라트가 보론초프 공작 저택에 이르렀을 때, 응접실은 손님들로 가득 차 있었다. 어제 왔던 콧수염이 빳빳한 장군도 예복 차림에 훈장을 달고, 떠나기에 앞서 인사를 하기 위해 왔다. 병참부서의 공금을 횡령한 혐의로 군법정에 출두해야 하는 연대장도 참석했다. 안드레예프스키 박사의 지원으로 보드카 전매권을 장악하고 그 계약의 갱신을 도모하고 있는 아르메니아인 부호도 와 있었다. 연금 지급과 아이들의 교육비 문제를 부탁하려고 찾아온 검은 상복의 장교 미망인도 있었다. 몰수된 교회 땅을 사들이려고 하는, 화려한 그루지야 의상을 입은 영락한 공작의 모습도 보였다. 카프카스 정복의 새로운 작전에 관한 커다란 서류 뭉치를 든 지방 경찰서장도 있었다. 그리고 공작의 저택을 방문했다는 사실 그 자체만으로도 돌아가면 자랑이 된다고 생각하는 한(Khan, 중앙아시아 제국의 통치자, 대관大官의 존칭이다—옮긴이)도 있었다.

그들은 모두 자기 차례가 오길 기다렸다가, 아름다운 금발을 지닌 청년 부관의 안내로 한 사람씩 공작의 서재로 들어갔다.

하지 무라트가 자연스럽게 이야기를 나누며 당당한 걸음으로 응접실에 들어서자, 모든 사람이 그를 보았다. 하지 무라트는 이곳저곳에서 자신의 이름을 섞인 귓속말을 들을 수 있었다.

그는 옷깃에 가는 은줄을 넣은 갈색 베쉬메트를 입고 그 위에 긴 흰색 체르케스카를 걸치고 있었다. 다리에는 검은 각반을 차고, 장갑처럼 그의 발에 꼭 맞는 검은 가죽신을 신고 있었다. 빡빡 깎은 머리에는 두건을 두른 파파하를 쓰고 있었는데, 그는 바로 이 두건 때문에 아흐메트 한에게 고발을 당해 클루게나우 장군에게 체포된 일이 있었고, 또 이 두건이 원인이 되어 샤밀 쪽으로 넘어가기도 했다. 하지 무라트는 건장한 상체를 살짝 앞으로 숙이고 한쪽 다리를 약간 절면서(그는 한쪽 다리가 조금 짧았다), 큰 보폭으로 응접실의 나무 타일 위를 걸어갔다.

부관이 하지 무라트에게 인사한 뒤 그의 방문을 공작에게 보고하는 동안 잠깐 앉아서 기다려달라고 말했다. 그러나 하지 무라트는 앉기를 거절하고 한 손을 단검 위에 얹고 서서 경멸의 눈빛으로 주위를 둘러보았다.

통역을 맡은 타르하노프 공작이 하지 무라트 곁으로 다가와서 말을 걸었다. 하지 무라트는 내키지 않는다는 표정으로 퉁명스럽게 대답했다. 지방 경찰서장에 대한 불만을 호소하려고 방문한 쿠므크족 공작이 서재에서 나오자, 하지 무라트는 서재로 안내되었다.

보론초프 공작은 테이블 옆에서 하지 무라트를 맞았다. 총사령관의 늙고 흰 얼굴은 어제의 웃음이 사라지고, 엄격하고 비장한 표정을 짓고 있었다.

하지 무라트는 녹색 커튼이 달린 큰 창문에 커다란 테이블이 놓인 넓은 방으로 들어서자, 햇볕에 그을린 크지 않은 손을 체르케스카를 여민 가슴 위에 얹으며 시선을 내리깔고, 공손한 어조의 쿠므크 방언으로 천천히 말을 시작했다.

"위대한 황제 폐하와 귀하의 높은 은혜와 덕에 제 한 몸 바치겠습니다. 그리고 마지막 피 한 방울까지도 황제를 위해 드릴 것을 충심으로 맹세합니다. 더불어서 우리의 공동의 적 샤밀과의 전투에서 필요한 존재가 되기를 소원합니다."

통역의 말을 신중히 들은 보론초프 공작은 하지 무라트를 뚫어져라 쳐다보았다. 하지 무라트도 보론초프을 바라보았다.

두 사람의 시선이 마주치자 두 시선 사이에 무언의 수많은 이야기가 오갔다. 그것은 통역의 말과는 전혀 달랐다. 서로의 시선을 통해 진실을 말했던 것이다. 보론초프의 두 눈은 이렇게 말했다.

'나는 네놈의 말은 한마디도 믿지 않는다. 나는 네놈이 러시아 전체의 적으로 영원히 남을 것을 알고 있다. 지금은 네놈이 항복하지 않으면 안 될 처지라서 어쩔 수 없이 이렇게 하는 거겠지.'

하지 무라트는 공작의 속내를 훤히 알고 있으면서도 충성을 맹세했다. 한편 하지 무라트의 두 눈은 이렇게 말했다.

'이 노인은 전쟁할 준비보단 저승 갈 준비를 하는 게 더 나을 것 같은데. 그래도 뱀처럼 교활하니 조심해야겠지.'

보론초프 공작도 상대의 속내를 다 읽고 있었지만, 전쟁의 승리를 위해서는 하지 무라트가 필요했다.

"이보게, 이렇게 말해주게." 보론초프 공작은 통역에게 말했다. "우리 황제 폐하께서는 위대한 권력을 가지심과 동시에 자비로우시기 때문에 아마도 내 청원을 받아들이시어 자네를 용서하시고 군대에 자리를 내주실거라고……" 보론초프는 하지 무라트를 바라보며 통역에게 말했다. "황제 폐하께서 자비로운 허가를 내리실 때까지, 내가 당신을 돌보고 대접할 것이라고 전해주게."

하지 무라트는 다시 한 번 가슴 한가운데에 두 손을 올리고는 활기찬 목소리로 말하기 시작했다.

그의 말을 통역이 전했다.

"그는 벌써 1839년에 아바르를 통치할 때도 러시아에 충성을 다했다고 합니다. 그의 원수인 아흐메트 한이 자기를 밀어낼 생각으로 클류게나우 장군에게 중상모략만 하지 않았더라면 그는 결코 러시아를 배반하지 않았을 거라고 하는군요."

"알고 있네, 알고 있어(비록 알고는 있었다고 하더라도 이미 그 일을 잊은 지 오래였다.)." 통역의 말을 듣고 반복해서 대답한 공작은 자리에 앉으면서 하지 무라트에게도 벽 옆에 놓인 안락의자에 앉으라고 권했다. 그러나 하지 무라트는 고관 앞에서 감히 앉아 있을 순 없다는 듯이 우람한 어깨를 으쓱해 보이고는 앉지 않았다.

"아흐메트 한도, 샤밀도 모두 저의 적입니다." 그는 통역을 바라보면서 말을 이었다. "아흐메트 한은 죽어버렸으니 복수할 수 없지만 샤밀은 아직 살아 있으니, 저의 목숨이 붙어 있는 한 꼭 그에게 복수를 할 것입니다. 공작에게 이렇게 통역해주시오."

그는 미간을 찌푸리며 이를 악물고 말했다.

"아, 그렇군." 보론초프는 조용히 대답했다. "하지만 도대체 어떻게 복수한다는 거지?" 하고 보론초프는 통역에게 말했다. 덧붙여 "자리에 앉아도 괜찮다고 일러주게나"라고 말했다.

하지 무라트는 다시 한 번 자리에 앉길 사양하고는 통역에게 자기가 전향한 이유는 러시아군을 도와 샤밀을 소탕하기 위해서라고 답했다.

"좋아, 좋아!" 보론초프는 말했다.

"그래, 뜻은 알겠으니, 자, 앉아요. 앉아……."

하지 무라트는 그제야 자리에 앉았다. 그리고 자기에게 군대를 지원해주고 자신을 레지긴스카야 전선으로 파견시킨다면 다게스탄의 모든 사람들이 들고일어날 것이 불 보듯 뻔한 일이니, 그렇게 된다면 샤밀도 그들을 감당하기는 어려울 것이라고 말했다.

"참 좋은 생각이군. 그렇게 할 수 있겠지. 나도 생각해보겠네."

통역이 보론초프 공작의 말을 하지 무라트에게 전했다. 하지 무라트는 잠시 생각에 잠겼다가 다시 입을 열었다.

"총독 각하께 전하시오. 지금 제 가족은 저와 함께 있지 않습니다. 제 가족이 산속에 있는 한, 저는 사지가 묶여 있는 거나 다름없어서 제대로 움직일 수 없습니다. 만일 제가 정공正攻을 한다면, 샤밀은 저의 아내와 어머니, 아이들을 모두 죽일 것입니다. 공작 각하만이 제 가족을 구하실 수 있습니다. 저의 가족을 적군 포로들과 교환해주십시오. 그렇게만 해주신다면 제가 목숨을 걸고 샤밀을 정복하겠습니다."

"좋아, 좋아." 보론초프 공작은 말했다. "그 문제는 다시 생각해보도록 하지. 그건 그렇다 치고, 하지 무라트를 참모부로 데려가서 그의 입장과 계획들을 상세하게 진술 받도록 하게."

하지 무라트와 보론초프 공작과의 첫 회견은 이렇게 끝났다.

바로 그날 밤, 동양식으로 꾸며진 새로 연 극장에서 이탈리아 오페라가 상연되었다. 보론초프 공작은 자기의 칸막이 좌석에 앉아 있었다. 이윽고 극장에 두건을 두르고 다리를 절룩거리며 하지 무라트가 나타났다. 하지 무라트는 자신의 시중을 드는 부관 로리스 멜리코프와 함께 극장에 들어서서는 맨 앞줄에 자리를 잡았다. 그는 회교도의 위엄을 지니고 있었다. 태평스러움을 넘어 무관심한 것 같은 표정으로 제1막을 보고 나서 그는 자리에서 일어났다. 그러고는 관중을 둘러보며 관중의 관심을 집중시키고는 표표히 밖으로 사라졌다.

다음 날은 일요일이라서 관례에 따라 보론초프 저택에서 파티가 열렸다. 찬란하게 빛나는 넓은 홀에선 음악이 흐르고 있었다. 나이에 상관없이 목과 팔, 가슴 선을 드러낸 드레스를 입은 부인들이 한껏 멋을 부린 군복 차림의 남자들과 끌어안고 원을 그리며 돌고 있었다. 빨간 연미복을 입은 시종들이 음식이 차려진 테이블 옆에서 샴페인을 따라주기도 하고 부인들에게 후식을 권하기도 했다. 총사령관의 아내는 노출이 심한 드레스를 입고 미소를 지으며 손님들 사이를 누비고 다녔다. 어젯밤 극장에서처럼 무심한 표정으로 손님을 응대한 하지 무라트에게, 그녀는 통역을 통해 상냥하게 두세 마디 말을 건넸다. 여주인처럼 벗은 거나 다름없는 다른 부인들도 하지 무라트 곁으로 다가와서 부끄러움도 없이 그의 앞에 서서, 이런 파티가 불편하지 않느냐는 등의 형식적인 질문을 했다.

하얀 십자가를 달고 금술로 장식된 금줄 견장을 두른 채 나비넥타이를 목에 맨 보론초프 공작도 하지 무라트에게 다가와서는 그가 지금 보고 있는 이 모든 것에 만족스러워할 것이라고 확신했는지, 다른 이들과 똑같은 질문을 던졌다. 그러나 하지 무라트는 보론초프 공작의 질문에 대해서도, 다른 이들에게 답했던 대로 자기 고향에는 이런 것이 없다고 말했을 뿐, 이것이 좋은지 나쁜지는 말하지 않았다.

하지 무라트는 무도회장에서 보론초프 공작에게 가족 구출 문제를 꺼내려 했지만, 보론초프는 못 들은 척하며 그의 곁을 지나갔다. 나중에 로리스 멜리코프가 하지 무라트에게 무도회에서 그런 일적인 문제는 화제로 꺼내서는 안 된다고 일러주었다.

시계가 11시를 알리자, 하지 무라트는 마리야 부인에게서 받은 회중시계를 꺼내서 시간을 확인한 뒤, 이젠 돌아가도 좋은지 로리스 멜리코프에게 물었다. 돌아가도 상관없지만 그래도 남아 있는 것이 좋을 것이라는 답변을 들었다. 그러나 완곡한 권유에도 하지 무라트는 남지 않았다. 그는 자유롭게 사용할 수

있도록 배당받은 파에톤(2인승의 지붕을 덮지 않은 마차—옮긴이)
마차를 불러 타고는 숙소로 돌아갔다.

11

하지 무라트가 티플리스에 온 지 닷새째 되는 날, 총독의 부관
로리스 멜리코프가 총사령관의 명령을 받고 찾아왔다.

"이 머리와 손발도 총독에 봉사하는 것을 기뻐하고 있습니
다." 하지 무라트는 특유의 외교가다운 표정을 지으며 머리를
숙이고 손을 가슴에 얹고 로리스 멜리코프의 두 눈을 친근하게
바라보면서 말했다.

"어서 빨리 명령을 내려주십시오."

로리스 멜리코프는 책상 옆에 놓인 안락의자에 앉았다. 하지
무라트는 그의 맞은편 의자에 앉아 무릎 위에 팔꿈치를 괴고 고
개를 기울인 채 상대의 말을 경청했다. 타타르어를 자유롭게 구
사하는 로리스 멜리코프에 따르면 보론초프 공작은 하지 무라
트의 과거를 알지만, 그의 과거사를 하지 무라트를 통해서 직접
듣고 싶다고 했다.

"제게 말씀해주십시오. 제가 우선 기록한 다음 러시아어로 번
역하겠습니다. 공작은 그걸 황제 폐하께 보낼 작정입니다."

하지 무라트는 잠시 침묵했다가 고개를 들고 털모자를 뒤로
젖혀 쓴 다음 어린애 같은 특유의 천진한 웃음을 지어 보였다.

그것은 바로 얼마 전에 마리야 바실리예브나를 사로잡았던 웃음이었다.

"그렇게 하지요" 하고 그는 대답했다. 지금까지의 삶이 황제에게 알려진다고 생각하자 그는 흐뭇했다.

"자, 이제 말해주오(타타르어에는 존칭이 없다). 처음부터 하나도 빠뜨리지 말고, 차근차근." 이렇게 말하며 로리스 멜리코프는 호주머니에서 수첩을 꺼냈다.

"그렇게 하지요. 그런데 해야 할 말이 아주 많아서. 많은 사건들이 있었으니까요. 처음부터 시작해야겠지요?"

"그렇습니다. 맨 처음부터. 어디서 태어나서, 어떻게 자랐는지부터."

하지 무라트는 고개를 숙이고 한참 동안 그대로 앉아 있었다. 마침내 그가 이야기를 시작했다.

"그럼 받아 적어주세요. 저는 첼리메스라는 작은 마을에서 태어났습니다. 우리 산사람들의 말로 표현하면 나귀 머리 크기만한 작은 마을이지요. 우리 마을에서 그리 멀지 않은 곳에 한족汗族들이 사는 훈자흐 마을이 있었습니다. 우리 집안은 그 한족들과 가깝게 지냈어요. 어머니는 한汗의 장남인 아부눈찰 한汗의 유모였고, 저도 그걸 계기로 해서 한족들과 친해졌습니다. 한汗에겐 아들이 세 명 있었는데, 저의 형과 젖을 함께 먹고 자란 아부눈찰 한, 저와 의형제인 움마 한, 그리고 막내인 불라치 한이었지요. 후에 일어난 일이지만 불라치 한은 샤밀에 의해 절벽에서 떨어져 죽었습니다. 제 나이가 열다섯쯤 됐을 때, 회교도들이 마을을 배회하기 시작했지요. 그들은 나무로 만든 칼로 돌을 내리치면서 '회교도들이여, 성스러운 전쟁을!' 하고 소리치고 다녔습니다. 체첸인들이 그들에게 모두 동조했고, 아바르인도 전향하기 시작했어요. 그 당시에 저는 한汗의 저택에 살고 있었는데, 한汗의 가족처럼 유복하게 지내고 있었습니다. 저에겐 말도 있었고, 무기도 있었고, 돈까지 있었던 거지요. 아무 걱정이나 근심이라고는 없이 삶을 누리며 살던 시기였어요. 이 생활은 카지 물루가 피살되고 감자트가 그 자릴 차지할 때까지 지속되었지요. 감자트는 한汗에게 사자를 보내서 성스러운 전쟁에 동참하지 않을 경우에는 훈자흐를 멸망시켜버리겠다고 위협했습니다. 바로 이 대목에서 곰곰이 생각해볼 점이 있어요. 한족은 러시아를 두려워해서 성전에 동참하길 주저했습니다. 그래서 한汗의 부인은 둘째 아들인 움마 한과 함께 저를 티플리스로 보내 감자트의 위협을 물리치게 해달라고 러시아 총사령관에게 도움을 청했습니다. 그 당시 로젠 남작이 총사령관이었는데, 그는 저와 움마 한을 만나주지 않았습니다. 그는 도와주겠다는 말만 했을 뿐, 끝내 아무런 도움도 주지 않았습니다. 그 대신에 그의 부하인 장교들이 우리 마을로 몰려와서는 움마 한과 카드게임만 했습니다. 그들은 움마 한에게 술을 권하며 나쁜 곳으로 유인하고선 도박으로 돈을 모두 탕진하게 만들었습니다. 원래 움마 한은 힘이 아주 장사에다 사자처럼 용맹한 사나이였지만 마음만은 너무 연약했던 겁니다. 만일에 제가 끌어내지 않았더라면, 아마 그의 마지막 남은 재산인 말과 무기까지도 도박에 모두 저당잡혔을 것입니다. 한편으로 티플리스에 갔다 온 후 저는 생각을 바꾸고 성스러운 전쟁에 참가하도록 한汗의 아내와 그 아들들을 설득하기 시작했습니다."

"도대체 무슨 이유로 생각이 달라진 거지요?" 하고 로리스 멜리코프는 질문했다. "러시아인이 마음에 들지 않았던 까닭입니까?"

하지 무라트는 잠시 침묵했다.

"그렇지요, 제 마음에 들지 않았던 겁니다." 그는 단호한 어조로 말하고는 눈을 감았다. "제가 성스러운 전쟁에 참가하게 된 계기가 된 또 하나의 사건이 있었습니다."

"그게 어떤 사건입니까?"

"첼리메스 근처에서 저와 한汗은 세 명의 뮤리트와 마주친 적이 있습니다. 두 명은 줄행랑을 쳤지만, 한 명을 제가 권총으로 사살했습니다. 무기를 거두려고 다가갔더니 아직 숨이 붙어 있더군요. 그놈이 절 쳐다보며 이렇게 말했어요. '네 손에 죽지만 난 행복해. 넌 회교도인데다가 젊고 힘까지 세니까 성스러운 전쟁에 참전해주게. 이건 신의 명령이니까⋯⋯.'"

"그래서 성스러운 전쟁에 참전했나요?"

"참전하진 않았지만 그날부터 성전에 대해 생각하게 된 건 사실입니다. 감자트가 훈자흐를 공격하기 시작했을 때 우리는 그에게 원로들을 보내서, 성스러운 전쟁에 참전하는 데 동의는 하지만, 참전 방법을 설명해줄 학자를 보내달라고 청했습니다. 그러자 감자트는 원로들의 콧수염을 자른 다음 코에 구멍을 내고 과자를 매달아 돌려보냈습니다. 원로들의 말에 따르면 감자트는 성스러운 전쟁을 위해서 회교도를 가르치는 학자를 보낼 의향이 있지만, 그에 앞서 한汗의 아내가 자신의 막내아들을 인질로 보내야만 한다는 것이었습니다. 한汗의 아내는 그 말을 믿고 불라치 한을 감자트에게 보냈습니다. 감자트는 불라치 한을 융숭하게 대접해주고, 다시금 우리에게 사자를 보내 나머지 다른 형제들도 보낼 것을 요구했습니다. 그는 자신의 부친이, 당신들의 부친에게 헌신한 것처럼 자신도 한汗의 일가에게 헌신하고 싶다고 사자를 통해 말했습니다. 한汗의 아내는 자기 방식대로 살아가는 모든 여인네들처럼 아둔하고 무지한데다 연약한 여자였습니다. 그녀는 아들 두 명을 모두 보내기가 두려워서, 움마 한만 보내기로 결정했습니다. 그래서 제가 따라간 것입니다. 회교도들은 1베르스타 앞까지 우리를 마중 나와 노래를 부르고 축포를 쏘면서 우리 주위에서 곡예를 했습니다. 우리가 그곳에 도착하자 감자트가 천막에서 나와 움마 한의 등자 옆에까지 다가와서 그를 왕이라도 된 것처럼 환영해주었지요. 그리고 감자트는 말했습니다.

'저는 지금까지 당신의 가문에 어떤 악행도 한 일이 없으며, 또 하고 싶지도 않습니다. 그러니 저를 죽일 생각은 마시고, 성스러운 전쟁에 대한 권유도 방해하지 말아주시길 바랍니다. 저의 부친이 당신 부친께 봉사했듯이, 저 역시 모든 군대를 동원해 당신에게 봉사할 것입니다. 그러니 부디 저를 당신과 함께 살아가게 해주십시오. 저는 여러 사안에 대해 아낌없이 조언을 할 것이며, 당신은 마음먹은 대로 무슨 일이든지 하셔도 좋습니다.' 움마 한은 말재주가 없는 사람이라서 뭐라고 대답해야 할지 몰라서 침묵했습니다. 그래서 제가 나서서 말했습니다.

'만일 그렇다면 당신은 훈자흐로 와도 됩니다. 한汗의 아내도 한汗도 환대하며 받아줄 겁니다.' 하지만 샤밀이 저의 말을 막았습니다. 이때 저는 샤밀과 처음으로 충돌했습니다. 샤밀은 그때 이마프(회교도의 책임자—옮긴이) 옆에 서서 '자네에게 묻는 게 아니라, 한汗에게 묻고 있는 거야'라고 저에게 말했습니다. 저는 입을 다물었지요. 감자트는 움마 한을 천막으로 안내했습니다. 그다음 감자트는 저를 불러서 자신의 부하들과 함께 훈자흐로 돌아가라고 명령했어요. 그래서 저는 출발했지요. 훈자흐로 돌아오자 감자트의 사자들은 맏아들도 감자트에게 보내라고 한汗의 아내를 설득하기 시작했습니다. 저는 그것이 모반이라고 생각했기 때문에 한汗의 아내에게 절대 장남을 보내선 안 된다고 조언했습니다. 그러나 달걀에 털이 없는 것처럼 여자의 머리엔 지혜가 없었습니다. 결국 한汗의 아내는 사자들의 말을 믿고 아들에게 가라고 명했습니다. 그러나 아부눈찰은 거부했습니다. 그러자 한의 아내는 말했습니다. '아마도 겁이 나는가 보군.'

마치 그녀는 벌처럼 어디를 쏘아야 그가 반응을 하는지 알고 있었던 겁니다. 아부눈찰은 화를 내고는 어머니에게 한마디 말도 없이 말에 안장을 얹으라고 명령했습니다. 저는 그와 동행했습니다. 감자트는 움마 한보다 더 극진하게 우리를 맞이했습니다. 손에 깃발을 든 기마병들이 그의 뒤를 쫓으면서 〈라 일랴하〉 노래를 부르고, 축포를 쏘며 곡예를 하기도 했어요. 우리가 야영지에 다다르자 감자트는 아부눈찰을 천막으로 데리고 갔습니다. 저는 말과 함께 밖에 있었습니다. 제가 산 아래로 내려가고 있을 때, 감자트의 천막에서 총소리가 났습니다. 재빨리 천막으로 달려갔습니다. 움마 한은 이미 피로 얼룩진 바닥에 쓰러져 있었고, 아부눈찰은 회교도들과 격전을 벌이고 있는 중이었습니다. 그의 뺨은 반쯤 잘려서 너덜거린 채 달려 있었는데, 그는 반이나 잘린 얼굴을 한 손으로 누르고 다른 한 손으로 단검을 들어 그에게 달려드는 자들을 마구 베고 있었습니다. 제 앞에서 감자트의 동생을 찔러 죽이고는 또 한 명의 적에게 달려들었지만, 회교도들의 총에 쓰러지고 말았습니다."

하지 무라트는 잠시 말을 멈추었다. 햇볕에 그을린 얼굴이 검붉게 달아올랐고, 두 눈엔 핏발이 섰다.

"저는 겁이 나서 도망치고 말았습니다."

"그게 사실입니까?" 로리스 멜리코프가 물었다.

"당신은 어떤 경우에도, 그 무엇도 두려워하지 않는다고 생각했거든요."

"그 사건이 있은 후론 그랬지요. 그 이후 저는 항상 그때의 수치를 떠올리게 되었고, 그걸 떠올리면 어떤 것도 두렵지 않았습니다."

12

"여기까지 하죠. 제가 기도를 해야 해서요." 하지 무라트는 이렇게 말하고 체르케스카의 안주머니에서 보론초프에게서 받은 리피터 시계(스프링을 누르면 15분 단위로 한 번 친 시각을 다시 치는 옛날 시계—옮긴이)를 꺼내서 조심스럽게 용수철을 눌렀다. 그리고 머리를 옆으로 기울이고는 어린아이와 같은 웃음을 지으며 시계 소리에 귀를 기울였다. 시계는 12시 15분을 쳤다.

"보론초프가 준 것입니다. 좋은 사람이죠." 그는 웃으며 말했다.

"그럼요, 좋은 분이지요. 시계도 좋네요. 그러면 기도드리세요. 기다리겠습니다" 하고 로리스 멜리코프는 말했다.

"좋아요. 그렇게 하지요." 하지 무라트는 말하고 나서 침실로 갔다.

방에 혼자 남은 로리스 멜리코프는 하지 무라트가 그에게 말한 내용을 수첩에 적었다. 그리고 나서 담배를 피우며 방 안을 서성이기 시작했다. 건넛방에서 타타르어로 빠르게 말하는 음성들이 들려왔다. 하지 무라트의 부하들이 왔다는 걸 알아채고 로리스 멜리코프는 문을 열고 방으로 들어갔다.

방 안에선 산사람에게서 풍기는 시큼한 가죽 냄새가 났다. 붉은 머리칼을 가진 애꾸눈 감잘로가 기름이 묻은 누더기 옷을 입고 창문 곁에 펴놓은 체르케스카 위에 앉아서 굴레를 만들고 있었다. 그는 쉰 목소리로 뭐라고 신이 나서 지껄이고 있었으나,

로리스 멜리코프가 들어오자 곧 입을 다물고는 그에겐 시선도 주지 않고, 묵묵히 자기 일을 계속했다. 쾌활한 성격의 한 마고마는 그의 반대편에 떡 버티고 서서, 흰 이를 드러낸 채 쌍꺼풀이 없는 검은 눈을 번뜩이면서 무슨 말인가를 되풀이해서 말하고 있었다. 잘생긴 엘다르는 근육질 팔 위로 소매를 걷고 벽에 걸린 안장 띠를 닦고 있었다. 재정 전반을 관리하는 가장 중요한 일을 맡고 있는 하네피는 방에 없었다. 그는 부엌에서 점심 준비를 하고 있었다.

"무슨 논쟁이라도 하고 있었나?" 인사를 건넨 다음 로리스 멜리코프는 한 마고마에게 물었다.

"이 사람은 늘 샤밀을 칭송하지요." 로리스와 악수하면서 한 마고마는 말했다. "샤밀이 위대한 인물이란 겁니다. 학자이며 성스러운 인간에다, 무사란 거지요."

"어떻게 샤밀로부터 떠난 마당에, 항상 그렇게 칭송할 수 있지? 떠난 마당에 성인이라고 칭송한다니까요." 이를 드러내고 눈을 번득이면서 한 마고마가 말했다.

"어떤가, 정말 그를 성인이라고 여기나?" 로리스 멜리코프가 물었다.

"샤밀은 성인이 아니었지만 만수르는 성인이었지(한 마고마가 말했다). 그야말로 참된 성자였지. 그가 회교도의 책임자였을 땐 백성들도 뭔가 달랐어. 그가 마을을 돌아다니면 백성들은 그에게 다가와 그의 체르케스카에 입을 맞추고, 자신의 죄를 참회하고, 악을 행하지 않겠다고 맹세했지. 노인들의 말에 따르면, 그 당시엔 모두가 성스럽게 살면서 담배도 안 피우고, 술도 안 마셨고, 기도를 빠트리는 일도 없고, 서로의 죄를 용서했고, 심지어 살인까지 용서해주었다고 해. 그땐 돈과 물건을 습득하면 그걸 장대 끝에 걸어 길거리에 세워두었어. 그 시절엔 신도 모든 백성들에게 성공을 주셨지. 지금과는 달랐어."

"지금도 산에선 술도 안 마시고, 담배도 안 피우지." 감잘로가 말했다.

"네 샤밀은 라모라이야!"라고 한 마고마는 로리스 멜리코프에게 눈을 찡긋하면서 말했다. '라모라이' 란 말은 산사람들이 사용하는 경멸이 담긴 호칭이었다.

"라모라이란 원래 산사람을 의미해. 독수리들도 산에서 살잖아." 감잘로가 대답했다.

"똑똑한 친구, 참 멋진 표현이네! 한 방 먹었군." 한 마고마는 감잘로의 재치 있는 대답에 즐거워하며 말했다.

그는 로리스 멜리코프의 손에 들린 은으로 만든 담뱃갑을 보고는 담배를 한 대 달라고 청했다. 로리스 멜리코프가 흡연을 금지당하지 않았느냐고 묻자, 그는 한쪽 눈을 찡긋하고는 하지 무라트의 침실이 있는 방향으로 고개로 가리키며, 보지 않을 때는 상관없다고 말했다. 그는 바로 담배를 피웠는데, 연기를 깊이 들이마시지 않으면서도, 연기를 내뱉을 때는 붉은 입술이 보기 흉하게 일그러졌다.

"그건 나쁜 짓이야." 감잘로는 엄중하게 말하곤 방에서 나갔다. 한 마고마는 그를 향해 눈을 찡긋하고는 담배를 피우며 비단 베쉬메트와 털모자를 사려면 어디에서 사는 게 좋겠느냐고 로리스 멜리코프에게 물었다.

"그래, 그만큼 많은 돈을 가지고 있다는 건가?"

"그럼요. 충분해요." 눈을 깜박이면서 한 마고마는 대답했다.

"어디서 그런 돈을 마련했는지, 한번 물어봐주세요." 엘다르가 웃음을 띤 아름다운 얼굴을 하고 로리스를 향해 머리를 돌리면서 말했다.

"도박에서 이겨서 딴 겁니다." 한 마고마는 재빨리 말했다. 그의 말에 따르면, 어제 티플리스의 거리를 쏘다니고 있을 때 오를랸카(동전을 던진 후, 앞면이 나올지, 뒷면이 나올지를 알아맞히는 일종의 도박—옮긴이)를 하는 러시아인과 아르메니아인들을 만났다. 도박판이 커서 금화 세 닢과 많은 은화가 수북이 쌓여 있었다. 한 마고마는 금세 요령을 터득해서 주머니에 든 동전을 잘랑거리면서 판이 벌어진 곳으로 헤집고 들어가서는 가진 돈을 도박판에 몽땅 다 걸었다.

"가진 돈을 몽땅 다 걸었다고? 그만한 돈이 있었단 말인가?" 하고 로리스 멜리코프는 물었다.

"저에겐 모두 합해서 12코페이카밖에는 없었죠." 웃으며 한 마고마가 말했다.

"그런데 만일 지기라도 하면?"

"이걸 내면 되죠." 이렇게 말하면서 한 마고마는 권총을 가리켰다.

"아니, 그럼 권총을 넘겨줄 생각이었어?"

"아무려면 권총을 넘기기야 하겠습니까? 도망이라도 쳤겠죠. 그리고 붙잡으려는 놈이 있다면 쏘아 죽였을 겁니다. 맘먹고 준비했으니까요."

"도박에선 이겼나?"

"물론입니다. 다 쓸어 담아 왔죠."

로리스 멜리코프는 한 마고마와 엘다르를 잘 알고 있었다. 한 마고마는 삶을 어디에 헌신해야 좋을지 모르는 인간으로, 늘 쾌활했고 자기뿐만 아니라 남까지도 마음대로 이용하려는 경박한 사람이었다. 이번에도 생명을 담보한 이 도박 때문에 러시아군으로 넘어온 것이고, 내일이라도 이런 도박에 휘말리면 다시 샤밀 편으로 돌아갈 수도 있는 사람이었다. 엘다르의 인간 됨됨이도 충분히 파악할 수 있었다. 그는 자기의 우두머리에게 충성을 다하는 온화하고 강건하며 진중한 사나이였다. 로리스 멜리코프가 유일하게 도무지 알 수 없는 사람은 붉은 머리카락을 가진 감잘로였다. 그는 샤밀을 숭배할 뿐만 아니라, 러시아인에 대해서는 참을 수 없는 혐오와 경멸, 반감과 증오를 가지고 있었다. 그런 그가 왜 러시아로 넘어왔는지 알 수가 없었다. 하지 무라트가 러시아군으로 넘어온 것과 샤밀과의 불화에 대한 진술은 거짓이고, 하지 무라트가 넘어온 건 러시아군의 약점을 파악한 후 다시 산으로 달아나서, 러시아군의 약점을 찌르기 위한 것이라는 몇몇 상관들의 생각이 로리스 멜리코프의 머리에서도 계속 남아 있었다. 그리고 모든 점에서 감잘로는 이런 추측을 증명하는 인물이었다. '하지 무라트나 다른 이들은 자신의 속내를 감추고 있지만, 이 사나이만은 증오를 감추지 못하고 노출하고 있다'고 로리스 멜리코프는 생각했다.

로리스 멜리코프는 이 사나이와 이야기를 하고 싶었다. 그에게 이곳 생활이 따분하지 않느냐고 물어보았다. 감잘로는 일손을 놓지 않은 채 애꾸눈으로 로리스 멜리코프를 곁눈질하면서, 쉰 목소리로 퉁명스럽게 대답했다.

"아니요. 따분하지 않아요."

어떤 질문을 해도 그는 단답식으로 대답했다. 로리스 멜리코프가 하지 무라트의 부하들이 머무는 방에 있는 동안, 하지 무라트의 네 번째 부하가 들어왔다. 얼굴과 목에 털이 많은 아바르인 하네피였는데, 그의 새가슴도 이끼가 자란 것같이 털이 많았다. 그는 늘 주어진 자신의 일을 묵묵히 하는 건장한 일꾼이었고, 엘다르처럼 이것저것 따지지 않고 무조건 주인에게 충성하는 부하였다.

하네피가 쌀을 가지고 방으로 들어서자, 로리스 멜리코프는 그를 불러 세운 뒤, 그가 어디서 왔으며 하지 무라트와는 얼마나 오랫동안 함께했는지 물었다.

하네피는 로리스 멜리코프의 질문에 대답했다.

"5년 되었군요. 주인님과 저는 한동네 사람이지요. 제 아버지가 주인님의 숙부를 살해해서 그 사람들이 저를 죽이려고 했지요." 그는 맞붙은 눈썹 아래로 로리스 멜리코프의 얼굴을 바라보면서 침착하게 말을 이었다.

"그래서 저를 동생으로 받아달라고 그들에게 요청했어요."

"동생으로 받아달라니 그게 무슨 뜻이지?"

"저는 두 달 동안 머리와 손톱을 깎지 않고 그들을 찾아갔지요. 그러자 주인은 저를 자신의 어머니인 파치마트에게 데리고 갔어요. 그분 어머니께서 제게 젖을 주셔서 마침내 저는 그분의 동생이 되었던 거지요."

옆방에서 하지 무라트의 목소리가 들렸다. 엘다르는 금방 주인의 호출을 알아채고는 손을 씻고 성큼성큼 응접실로 서둘러 갔다.

"보자고 하십니다." 그는 되돌아와서 로리스 멜리코프에게 말했다.

로리스 멜리코프는 기분이 좋아진 한 마고마에게 담배 한 대를 더 준 후, 응접실로 갔다.

13

로리스 멜리코프가 응접실로 들어오자, 하지 무라트는 기쁜 얼굴로 그를 맞이했다.

"그럼, 계속할까요?" 긴 의자에 앉으며 그는 말했다.

"네, 그러시죠. 저는 당신의 호위병들하고 잠깐 이야길 했습니다. 쾌활한 사나이가 한 명 있더군요." 로리스 멜리코프가 말했다.

"아, 한 마고마 말이군요. 좀 경박한 사람입니다." 하지 무라트가 말했다.

"그런데 그 젊고 잘생긴 사람에겐 호감이 가던데요."

"엘다르입니다. 젊고 강철같이 단단하지요."

그들은 잠시 말이 없었다.

"그럼, 다음 이야길 시작해볼까요?"

"네, 그럽시다."

"제가 한汗이 살해당한 데까지 이야길 했지요. 감자트는 한汗의 형제들을 살해한 후 훈자흐로 와서 한汗의 궁전에 자릴 잡았습니다. 한汗의 어머니가 거기 남아 있어서, 감자트는 자기 앞에다 그녀를 불렀습니다. 그녀는 감자트를 비난했지요. 감자트는 자신의 부하인 아셀제르에게 눈짓을 보냈고, 아셀제르는 그녀의 등 뒤에서 칼로 쳐 그녀를 죽여버렸습니다."

"어째서 어머니까지 살해해야만 했을까요?" 로리스 멜리코프가 물었다.

"어째서라니요. 이왕 첫발을 내디딘 김에 끝까지 가보자는 거지요. 그렇게 일가를 전부 없애버리기로 한 거지요. 그리고 그것을 실행했던 겁니다. 샤밀은 한汗의 막내아들도 살해한 후, 절벽 아래로 던져버렸어요. 이래서 아바르의 온 땅이 감자트에게 항복했습니다만 우리 형제만은 항복하지 않았습니다. 우리 형제는 한汗 일가에 대한 복수로 그의 피가 필요했습니다. 우리는 항복하는 체하면서도, 어떻게 하면 그를 죽여 피를 볼 수 있을까, 오직 그것만 생각했습니다. 우리는 할아버지와 의논한 끝에, 그가 궁전에서 나올 때를 숨어서 기다렸다가 그를 죽이기로 했습니다. 그런데 웬 놈이 우리가 하는 말을 엿듣고 감자트에게 밀고해서, 감자트는 할아버지를 불러서 말했습니다. '당신 손자들이 나를 해하려는 모의를 한다는데, 만일 이게 진실이라면 손자들과 함께 당신도 교수대에 매달 터이니 그리 아시오. 나는 신의 과업을 행하는 거니까, 나를 결코 방해할 수는 없지. 자, 가도 좋으니 내가 한 말을 명심하도록.'

할아버지는 집으로 돌아오셔서 우리에게 모든 걸 말씀해주셨습니다. 우리는 더 이상 주저하지 않고 축일 첫날에 회교 사원에서 거사를 행하기로 결정했습니다. 동지들은 거사에 참여하기를 피해서 결국 우리 형제만 거사를 감행하기로 했습니다. 우리 형제는 권총을 두 자루씩 휴대하고 털외투를 입고 사원으로 갔습니다. 감자트가 회교도 서른 명과 함께 들어왔습니다. 그들모두가 긴 칼을 들고 있었습니다. 한汗 부인의 머리를 베어버린 아셀제르라는 감자트의 심복이 그의 곁에 서 있었습니다. 그놈은 우릴 발견하자, 털외투를 벗으라고 소리치며 우리에게 다가왔습니다. 나는 단검을 쥐고, 그를 먼저 찔러 죽인 후 감자트에게 달려들었습니다. 그러나 저의 형 오스만이 이미 그에게 총격을 가한 후였습니다. 그런데도 감자트는 여전히 살아서 단검을 들고 형에게 돌진했어요. 그래서 제가 감자트의 머리에다 치명적인 일격을 가했습니다. 하지만 적들은 서른 명이고 우리는 단두 명이었습니다. 결국 형 오스만이 그들에게 죽임을 당하고 말았습니다. 저는 겨우 적들을 피해 창문에서 뛰어내려 달아났습니다. 후에 감자트가 죽었다는 소식이 알려지면서 민중들이 들고 일어나자, 그의 부하들은 흩어져 도망쳐버렸고 도망가지 못한 부하들은 모두 죽임을 당했습니다."

하지 무라트는 이야기를 멈추고 괴로운 듯 숨을 내쉬었다.

"이때까지만 해도 모든 게 그나마 괜찮았는데, 그다음부터는 모든 게 맘먹은 대로 되질 않았습니다. 감자트의 자리에 샤밀이 앉게 된 겁니다. 그는 저에게 사자를 보내서 자기와 함께 러시아 저항군에 가담하라고 하면서, 만일 거절할 경우 훈자흐를 초토화시키고 저를 죽이겠다고 위협했습니다. 그러나 저는 그에게 가지도, 그를 저에게 오도록 하지도 않겠다고 말했습니다."

"어째서 그에게 가지 않았습니까?" 로리스 멜리코프가 물었다.

하지 무라트는 미간을 찌푸리고는 바로 대답을 하지 않았다.

"그렇게 할 순 없었습니다. 샤밀의 손에는 나의 형 오스만과 아부눈찰 한의 피가 묻어 있었습니다. 저는 그에게 가지 않았습니다. 로젠 장군은 하사관을 보내어 저를 아바르의 사령관으로 임명하셨습니다. 모든 게 순조롭게 진행되는 듯했습니다. 그러나 로젠 장군은 아바르의 통치자로 처음엔 카지크우미흐스코이의 한汗인 마호메트 미르자를 임명하고, 그다음에는 아흐메트 한을 임명했습니다. 그런데 아흐메트 한이 저를 미워했던 것입니다. 그는 한汗의 딸 살타네트를 자신의 아들과 결혼시키려 하다가 실패했는데, 그걸 저 때문이라고 여겼던 겁니다. 그는 저를 증오해서 부하들을 시켜 저를 죽이려 했지만, 그 상황을 모면할 수 있었지요. 그러자 그는 클류게나우 장군에게 가서 저를 중상모략했습니다. 제가 아바르인들에게 러시아 병사들에겐 장작을 주지 말라고 지시했다고 말입니다. 또 그는 이 두건을 착용했다고 문제를 삼더군요." 하지 무라트는 털모자에 감겨 있는 두건을 가리키며 말했다. "이 두건이 제가 샤밀과 내통한 증거라고 말한 겁니다. 하지만 장군은 그 말을 그대로 믿지는 않았는지 저를 해치지 않았습니다. 그러나 장군이 티플리스로 떠났을 때, 아흐메트 한은 제멋대로 했습니다. 그는 1개 중대 병력으로 저를 체포한 후, 저에게 족쇄를 채우고는 쇠사슬로 대포에 묶어버렸습니다. 저는 6일 밤낮으로 그렇게 묶여 있었지요. 7일째 되는 날 처음으로 쇠사슬을 풀어주고는, 체미르 한 슈라로 압송되었습니다. 장전한 총을 든 병사 사십 명이 저를 데려갔습니다. 저의 두 손은 묶여 있었는데, 만일 제가 도주하려고 하면 사살하라는 명령이 내려져 있었습니다. 저도 그 사실을 알고 있었습니다. 우리가 모크소흐 근처에 다다를 무렵에, 길이 좁아지면서 오른쪽에 50사젠 높이의 낭떠러지가 나타났습니다. 저는 병사에게서 벗어나 오른쪽으로 걸어가 험한 낭떠러지 끝으로 갔습니다. 한 병사가 저를 말렸지만 제가 갑자기 낭떠러지 아래로 뛰어내려서 저를 말리던 병사도 저와 함께 떨어지고 말았습니다. 그 병사는 즉사하고 보시는 대로 저는 살아남았지요. 그렇지만 늑골, 머리, 팔, 다리 어느 한 군데도 성한 곳이 없었습니다. 기어가려고 했지만 불가능했습니다. 그리고 머리가 어질어질하더니 정신을 잃고 말았습니다. 몸이 축축해서 눈을 떠보니 온몸이 피투성이였습니다. 양치기가 저를 발견하고는 사람을 불러왔습니다. 저는 농가로 옮겨졌습니다. 그래서 늑골과 머리도 아물고, 다리의 상처도 아물었지만 한쪽 다리가 조금 짧아졌습니다." 이렇게 말하며 하지 무라트는 굽은 다리를 뻗어 보였다.

"일하는 데는 별 문제가 없습니다. 사람들이 소식을 듣고 저를 찾아오기 시작했지요. 몸이 완쾌되자 저는 첼리메스로 옮겼습니다. 아바르인들이 다시 자기들을 다스려달라고 청했고, 저도 그렇게 하기로 했습니다." 하지 무라트는 자부심과 함께 자신감에 찬 평온한 어조로 말했다.

갑자기 그는 자리에서 벌떡 일어났다. 그러고는 배낭에서 서류 뭉치를 꺼내더니 거기서 누렇게 빛이 바란 편지 두 통을 집어서 로리스 멜리코프에게 건네주었다. 클류게나우 장군에게서 온 편지였다. 로리스 멜리코프는 편지를 읽기 시작했다. 첫 번째 편지의 내용은 다음과 같았다.

소위 하지 무라트! 당신이 내 부하로 복무하는 동안에 나는 당신의 근무 태도에 만족하면서 당신을 훌륭한 인물로 여겼소. 그러나 최근 아흐메트 한 소장의 보고에 의하면, 당신은 변절자로서 두건을 쓰고 샤밀과 서신을 주고받으면서 러시아 통치에 반기를 들도록 민중을 선동하고 있다고 하오. 그래서 난 당신을 체포해서 나에게 데려오라고 명령했지만, 당신은 도주했소. 나는 당신이 무죄인지 유죄인지 알 수 없기 때문에 이 행동이 정당한 것인지 아닌지 판단할 수 없소. 그러니 지금이라도 내 말을 듣길 바라오. 만일 위대한 황제 폐하를 향한 당신의 마음이 결백하고, 어떤 죄도 없다면 나에게 오시오. 누구도 두려워할 것 없소. 내가 당신의 보호자니까 말이오. 아흐메트 한은 당신에게 어떤 수작도 부릴 수 없을 거요. 그는 내 지휘권 아래에 있으니까 당신은 두려울 게 없소.

클뤼게나우 장군은 덧붙여서 자기는 공정하고 자신이 한 말을 항상 지키므로, 다시 한 번 자기에게 오라고 하지 무라트를 설득했다.

로리스 멜리코프가 첫 번째 편지를 다 읽자, 하지 무라트는 두 번째 편지를 끄집어냈다. 두 번째 편지를 로리스 멜리코프에게 건네주기 전에 하지 무라트는 첫 번째 편지에 자신이 어떻게 답장을 했는지 말해주었다.

"저는 장군에게 제가 두건을 착용했던 건 샤밀을 위해서가 아니라 영혼의 구원을 위해서였다고 했습니다. 그리고 샤밀에겐 넘어가고 싶지도 않을뿐더러 넘어갈 수도 없다고, 왜냐하면 내 아버지와 형제와 친척들이 그를 통해 살해되었기 때문이라고 썼습니다. 게다가 제 명예가 수치를 입었기 때문에 러시아군으로 갈 수도 없다. 제가 훈자흐에서 결박당하고 있을 때, 악당 한 놈이 저를…… 절 모욕했기 때문에 그 인간을 죽이지 않는 한 갈 수 없다고 적었습니다. 사실 제가 두려웠던 건 사기꾼 아흐메트 한이었습니다. 그러자 장군은 다시 제게 이 편지를 보냈습니다."

하지 무라트는 말을 마치고는 로리스 멜리코프에게 빛바랜 두 번째 편지를 넘겨주었다.

　당신이 내게 보낸 답장 잘 받았소. 고맙소. 당신은 러시아로 넘어오는 게 무서운 게 아니라 이교도가 당신에게 준 모욕 때문에 러시아로 넘어올 수 없다고 썼소. 그러나 러시아의 법은 공정해서, 당신을 모욕한 자의 처벌을 당신의 두 눈으로 확인할 수 있다고 단언하오. 나는 이미 그 사건에 대해 조사를 지시했소. 내 말을 들어주시오, 하지 무라트. 당신이 나를 믿지 않고 나의 정직성을 믿지 않아서 당신에게 불만을 품기도 했지만, 일반적으로 의심이 많은 산사람들의 특성을 잘 알고 있기에 당신을 용서하오. 당신이 양심에 걸릴 것 없이 깨끗하고, 당신의 두건이 단지 영혼의 구원을 위한 것이라면, 당신은 주저하지 않고 당당하게 러시아 정부나 나를 볼 수 있을 거요. 그리고 당신을 모욕한 자는 벌을 받고, 당신의 재산은 되돌려 받을 거라고 믿소. 당신은 차차 러시아 법의 적용을 보고 알게 될 것이오. 게다가 러시아인들은 세상을 보는 시야가 다르오. 어떤 파렴치한 놈이 당신에게 모욕을 주었다고 해서, 러시아인들의 눈에 당신의 인격이 손상되는 걸로 비춰지지는 않소. 나 자신은 김리아 족속에게 두건 착용을 허가하고 그들의 순리에 따르는 행위를 지켜보고 있소. 되풀이하지만, 아무것도 두려워 마시오. 내가 보낸 사자와 함께 내게로 오시오. 내가 당신에게 보낸 이는 당신 적의 노예가 아니라, 러시아 정부의 각별한 배려로 활동하는 우리의 친구라는 걸 믿어주시오.

그다음에도 하지 무라트에게 러시아로 넘어오길 권유하는 클류게나우의 말은 계속되었다.

로리스 멜리코프가 편지를 다 읽자 하지 무라트가 말했다.

"저는 그 말을 믿지 않았기 때문에 클류게나우 장군에게 가지 않았습니다. 내겐 무엇보다 아흐메트 한에게 복수를 하는 게 중요했는데, 러시아인들을 통해서는 복수할 수 없었기 때문입니다. 그런데 바로 이 무렵 아흐메트 한이 첼리메스를 포위하고 저를 산 채로 체포하거나 살해하려고 시도했습니다. 저희는 인원이 너무 적어서 그를 물리칠 수 없었습니다. 그런데 바로 이때 샤밀이 파견한 사자가 편지를 가지고 도착했던 것입니다. 샤밀은 아흐메트 한을 물리치는데 지원을 해주겠으며, 동시에 아흐메트 한을 살해하면 아바르의 통치권을 저에게 맡긴다고 했습니다. 저는 곰곰이 생각한 후에 샤밀 쪽으로 넘어갔습니다. 그때부터 저는 러시아군과 계속해서 전쟁 중인 것입니다."

이 시점에서 하지 무라트는 전쟁에서의 자신의 공적들을 모조리 털어놓았다. 전쟁에서의 공적들은 무척 많았고, 로리스 멜리코프도 일부는 이미 알고 있었다. 그의 원정과 기습 공격은 신속한 군의 이동과 대담한 공격 때문에 늘 승리로 끝났다.

"저와 샤밀의 관계에서 우정이라는 건 결코 존재하지 않았습니다." 하지 무라트는 이야길 마치면서 말했다. "그는 저를 두려워하면서도 필요했던 것이지요. 그러던 어느 날 우연히 누군가가 샤밀 이후에 누가 책임자가 되어야 하느냐고 물어보자, 저는 검술이 출중한 자가 책임자가 되어야 한다고 말했습니다. 이 말이 샤밀에게까지 전해져서 그는 날 격리시키려고 애를 썼습니다. 샤밀은 저를 타바사란으로 파견했지요. 저는 타바사란으로 가서, 양 천 마리와 말 삼백 필을 탈취해 왔습니다. 그러나 샤밀은 시키지 않은 일을 했다는 이유로 저의 지위를 빼앗고, 전 재산을 헌납하라고 명령했습니다. 저는 금화 천 냥을 보냈습니다. 그러나 그는 자신의 추종자들을 보내서 제가 가진 전 재산을 빼앗아버렸습니다. 또한 샤밀은 저에게 자신을 만나러 오라고 명령했지만, 저는 그가 나를 살해하려는 걸 알아차리고 그에게 가지 않았습니다. 그는 저를 체포하려고 부하들을 보냈습니다. 그래서 저는 그들을 물리친 후 보론초프 공작에게로 간 겁니다. 한 가지 걱정이 있다면 가족을 데리고 오지 못했다는 거지요. 어머니도, 아내도, 아들도 샤밀의 손아귀에 있습니다. 부디 총사령관에게 말씀해주시길. 가족이 거기 있는 동안에는 아무 일도 할 수 없다고요."

"제가 말씀드리지요." 로리스 멜리코프가 말했다.

"제발 그렇게 해주시오. 제가 가진 모든 걸 당신에게 드릴 테니, 공작에게 도움을 청해주시오. 저는 밧줄로 결박되어 있고, 그 밧줄은 샤밀이 쥐고 있으니까요."

로리스 멜리코프에게 이렇게 말한 뒤, 하지 무라트는 그의 이야기를 마쳤다.

14

12월 20일 보론초프 노老 공작은 육군 대신 체르느이세프에게 다음과 같은 편지를 보냈다. 편지는 프랑스어로 적혀 있었다.

공작 각하! 최근 각하께 편지를 전하지 못한 것은, 먼저 하지 무라트와 관련된 일을 마무리하려는 바람도 있었지만 이삼일 동안 저의 건강 상태가 좋지 않았기 때문입니다. 최근 편지에서도 말씀드린 바와 같이 하지 무라트는 지금 여기에 머물고 있습니다. 그는 지난 8일에 티플리스에 도착했고, 그 이튿날 저와 인사했습니다. 그 후로 여드레 아니, 어쩌면 아흐레 동안 저는 하지 무라트와 이야기를 했고, 그가 앞으로 우리 군을 위해서 어떤 일을 할 수 있으며, 특히 지금 당면한 문제를 위해 그에게 어떤 조치를 강구해야 할 것인가 심사숙고했습니다. 그 까닭은 다름이 아니라 그가 자기 가족의 운명을 몹시 염려하고 있고, 그들이 샤밀의 수중에 있는 한 손발이 묶인 것과 같아서 러시아 측이 보여준 호의와 관용에 감사를 표하고 싶어도, 일이 손에 잡히지 않아 봉사할 수 없다고 고백했기 때문입니다. 소중한 그의 늙은 어머니와 아내에 대한 불안감은 하지 무라트를 병적인 흥분 상태로 몰고 갔습니다. 저의 명령을 받고 여기서 하지 무라트와 생활하는 부하들도, 그가 밤마다 자지도 않고 거의 아무것도 먹지 않은 채 변함없이 기도에만 열중한다면서, 몇 명의 카자크와 함께 말을 타게 해달라고 요청했다고 전했습니다. 그에게 말을 타는 건 오랜 습관으로, 꼭 필요한 운동인 동시에 유일하게 기분을 풀어주는 위안거리라고 생각됩니다. 매일 하지 무라트는 저에게 와서, 자신의 가족에 관한 어떤 소식이 있는지 물으면서, 그때마다 우리 통치하에 있는 각 전선에서 사로잡은 적의 포로들과 자기 가족의 교환을 샤밀에게 제안해달라고 간청합니다. 그는 포로 교환을 위해 약간의 돈을 보낼 수 있으며, 그 돈을 자신에게 줄 사람도 있다고 합니다. 그는 늘 제게 되풀이해서 말합니다. "우선 제 가족을 구출해주십시오. 그다음에 저에게 봉사할 기회를 주십시오(그의 의견에 따르면, 레지긴스카야 전선이 가장 좋다고 합니다). 만일 한 달 이내에 큰 전과를 올리지 못했을 시에는, 어떤 처벌도 기꺼이 받겠습니다."

저는 하지 무라트가 말하는 이 모든 것이 아주 정당하게 생각된다고 답변했습니다. 그의 가족이 인질이 되어 우리 수중에 있지 않고 산속에 있는 한, 우리 쪽에 그를 신임하지 않는 사람들이 계속 있게 될 것이라고 말했습니다. 그다음 국경에서 포로들을 모으기 위해 가능한 모든 노력을 다하겠다고 약속하고, 그의 가족의 몸값을 대는 사람에게 보조금을 주는 권한은 법규상 저의 소관은 아니지만, 다른 방법들을 찾아서라도 가능하면 도와주겠다고 답변했습니다. 그다음 하지 무라트에게 솔직하게 저의 속내를 털어놓았습니다. 샤밀은 그 어떠한 경우에도 하지 무라트의 가족을 석방하지 않을 것인데, 아마도 이 사실을 직접 하지 무라트에게 선언할지도 모르며 그와 동시에 하지 무라트의 모든 걸 용서하고 이전 직위로 복권시켜주겠다고 약속하면서, 만일 이러한 조건에서도 돌아오지 않는다면 하지 무라트의 어머니, 아내 그리고 자녀 여섯 명을 살해하겠다고 협박할 것임에 틀림없다고 저의 의견을 피력했습니다. 그다음 저는 만일 샤밀로부터 이런 내용의 통지를 받는다면, 어떻게 처신할 것인지 솔직하게 말해줄 수 있는지 질문했습니다. 하지 무라트는 눈을 치켜뜨고 두 손을 하늘로 향한 채 모든 건 신의 손에 달려 있다고 하면서, 자신은 결코 샤밀 쪽으로는 넘어가지 않겠다고 말했습니다. 왜냐하면 샤밀이 자신을 결코 용서하지 않을 것이고 설사 용서한다고 해도 생명이 오래 부지되지는 못하리란 것을 잘 알기 때문이라고 했습니다. 그리고 그는 가족의 사형에 관해서 샤밀이 그 문제를 가볍게 처리할 것이라고는 생각하지 않았습니다. 그 이유를 들자면 첫째, 하지 무라트를 더 필사적이고 위협적인 적으로 만들고 싶지 않을 것이기 때문입니다. 둘째, 다게스탄에 있는 유력 인사들이 샤밀의 그런 행동을 저지할 것이기 때문입니다. 앞으로 신의 의지가 어떻게 작용하는지 모르겠지만 지금으로서는 하지무라트에게는 가족 구출이라는 생각밖에는 없다고 생각됩니다. 그래서 그는 신의 이름으로, 신의 도움을 받아서, 체첸 부근으로 돌아가게 허락해달라고 저에게 매번 간청하고 있습니다. 그가 체첸 부근에 있게 된다면, 우리 러시아 지휘관들의 허락과 중재를 통해 가족과의 접촉이 가능하고,

가족의 현재 상황과 더불어 그들을 해방시킬 방법에 대해서도 지속적으로 정보를 얻어낼 수 있을 것입니다. 적의 지역이라고는 하지만, 이 지역에 사는 대다수의 백성들은 물론이고 몇몇 우두머리들도 많으나 적으나 하지 무라트에게 호의를 보이고 있습니다. 따라서 러시아군의 도움으로, 러시아군에게 이미 정복당한 주민들이나 중립을 지키는 주민들 속으로 들어가면, 하지 무라트가 밤낮으로 애쓰고 있는 그 목적 달성을 위해 매우 효과적인 거래를 할 수 있을 것입니다. 그리고 그 목적 달성은 하지 무라트를 안정시켜서, 우리 러시아의 국익을 위하고 우리의 신뢰에 보답할 가능성을 줄 것입니다. 하지 무라트는 적들로부터 그를 방어해줄 카자크 기마병 이삼십 명을 거느리고 그로즈나야로 파견되길 희망하고 있는데, 그것은 우리 측에서 보면 그가 말한 의도의 진정성을 검증하는 것이 됩니다.

친애하는 공작 각하! 이 일을 어떻게 처리하든지 간에 그 막중한 책임은 저에게 있기에, 이 모든 것이 얼마나 저를 당혹스럽게 하는지 이해해주시길 바랍니다. 하지 무라트를 전적으로 믿는 것은 아주 신중하지 못한 일이겠지요. 그렇다고 그에게서 모든 탈출 수단을 빼앗고자 한다면, 그를 가두어두는 방법밖에 없는데, 이것도 공정하다고는 여겨지지 않으며 무례하다고 생각됩니다. 이 같은 방법을 쓴다는 소문이 다게스탄 사방팔방에 삽시간에 퍼지면, 같은 지역에 있는 우리 러시아의 통치를 방해할 우려가 있고, 또 어느 정도 차이는 있겠지만 샤밀에게 드러내놓고 반대할 준비가 되어 있는 모든 사람들의 열망을 꺾어놓게 될 것입니다. 그와 같은 열망을 품고 있는 사람들은 어쩔 수 없이 러시아로 넘어가지 않을 수 없었던, 과감하고 진취적인 제2의 우두머리 하지 무라트가 러시아에서 받는 대우에 큰 관심을 나타내고 있습니다. 우리가 일단 하지 무라트를 포로로 다루게 되면, 샤밀을 배반해서 그가 불러일으킨 긍정적인 효과는 사라지고 마는 것입니다.

따라서 저는 제가 취한 행동 외에는 달리 방도가 있을 수 없다고 생각하는데, 만일 하지 무라트가 다시 탈출을 꾀한다면, 그때에는 제게 그 잘못에 대한 큰 책임이 있다고 생각합니다. 이처럼 복잡한 문제를 처리하는데, 실수를 두려워하고 책임지는 걸 회피하면서 작정한 길을 걸어가겠다고 하는 건 불가능하다고 말할 순 없지만 어려운 일입니다. 따라서 일단 바른 길이라고 여겼다면 향후 결과가 어떠하든지 간에 그 길을 따라 걸어갈 수밖에는 없다고 생각합니다.

친애하는 공작 각하! 이 사건의 전모를 위대하신 황제 폐하께 고하시길 요청합니다. 만일 우리의 통치자인 황제께서 저의 행동을 인정하고 용납해주신다면, 저로선 행복할 것입니다. 이상과 같이 공작 각하께 보고한 모든 것은 자바도프스키와 코즐로프스키 장군에게도 전했습니다. 특히 코즐로프스키 장군에겐 하지 무라트와 직접 대화를 하라고 했고, 하지 무라트에겐 장군의 마지막 허가가 떨어지지 않는 한 아무 일도 해서는 안 되며 어떤 곳도 다닐 수 없다고 미리 이야기했습니다.

저는 하지 무라트에게 우리 군의 기마병들과 함께 말을 타고 다니는 게 러시아 측 입장에서도 더 좋은 일이라고 설명해주었습니다. 만일 그렇게 하지 않았을 경우 샤밀은 러시아군이 하지 무라트를 감금했다고 헛소문을 퍼트릴 수 있기 때문입니다. 이에 더해서 하지 무라트로부터 절대로 보즈비젠스키에는 가지 않겠다는 약속을 받았습니다. 왜냐하면 하지 무라트가 처음 러시아 쪽으로 넘어 오면서부터 자기의 친우로 생각하고 있는 저의 아들이 그 지역의 지휘관이 아니므로 논쟁을 야기할 수도 있다고 보았기 때문입니다. 그리고 보즈비젠스키가 우리에게 적의를 품고 있는 주민들의 거주지와 지나치게 인접해 있다고 한다면, 그로즈나야는 하지 무라트의 대리인들과 왕래를 하는 데 있어서는 모든 점에서 편리한 곳이기 때문이기도 합니다.

하지 무라트의 요청에 따라서, 인접 거리에서 그를 따라다닐 카자크 정예 병사 스무 명 외에, 로리스 멜리코프 대위를 보내기로 했습니다. 대위는 매우 영리할 뿐만 아니라 훌륭하고 능력이 탁월한 장교로서 타타르어도 구사하고, 하지 무라트와도 알고 지내며, 하지 무라트도 대위를 깊이 신뢰하고 있다고 여겨집니다. 하지 무라트는 여기에서 열흘을 보냈고, 용무가 있어서 이곳에 머물고 있는 쉬신스키 지역의 지휘관인 공작 타르하노프 중령하고 같은 집에서 지내고 있습니다. 중령은 존경할 만한 인물로서 충분히 신뢰할 수 있습니다. 그는 또한 하지 무라트의 신뢰를 받고 있으며, 타타르어도 잘 구사해서 오직 그를 통해서만 가장 미묘한 기밀 사안들을 의논하고 있습니다.

저는 하지 무라트에 대해서 타르하노프와 의논했습니다. 그도 저의 견해와 일치해서, 제가 행한 대로 따라하든지 그렇지 않으면 하지 무라트를 감옥에 가둔 다음, 가능한 엄격한 방법을 총동원해 감시를 하든지(일단 그를 냉정하게 대하면, 그를 감시하기가 쉽지 않기 때문입니다), 아니면 그를 완전히 외국으로 추방해버리는 방법밖에는 없다고 했습니다. 하지만 나중의 두 방법들은 하지 무라트와 샤밀 사이의 싸움에서 발생한 우리 측의 모든 이익을 없애버릴 수 있을 뿐만 아니라, 샤밀의 권력에 반대하는 산사람들의 불평 증가와 반란의 가능성을 멈추게 할 수 있다고 여겨집니다. 타르하노프 공작도 하지 무라트의 진실을 믿는다고 제게 말했습니다. 또 그에 의하면, 하지 무라트도 샤밀이 모든 걸 용서해주겠다고 약속하고 있지만, 결코 자기를 용서해줄 리 없으며 필시 사형에 처할 거라 믿는다고 말했습니다. 하지 무라트와의 교섭에서 타르하노프 중령을 걱정스럽게 했던 유일한 것은 하지 무라트 자신이 믿는 종교에 대한 애착이었습니다. 샤밀이 이런 차원에서 하지 무라트를 움직일 수도 있다는 걸 그도 솔직하게 시인하고 있습니다. 그러나 이미 위에서 말씀드린 것처럼 샤밀이 하지 무라트가 돌아오면 당장 혹은 얼마간은 생명을 빼앗지 않는다고 해도, 언젠가는 생명을 빼앗아갈 것이라는 사실을 그가 알기에 샤밀이 하지 무라트를 설득하긴 힘들 것입니다.

친애하는 공작 각하! 이상이 제가 각하께 알리고자 했던 이곳 사건과 관련된 일들의 전말입니다.

15

보론초프의 편지는 1851년 12월 24일 티플리스에서 발송되었다. 1852년 새해 전날 밤 전령은 말 열 마리에 채찍질을 가하고 마부 열 명을 혹사시킨 끝에, 당시 육군 대신이었던 체르니셰프에게 편지를 전했다.

1852년 1월 1일, 체르니셰프는 다른 보고서들과 함께 보론초프의 편지를 들고 니콜라이 황제를 알현했다.

보론초프가 누리던 존경과 막대한 재산 때문에 체르니셰프는 보론초프를 미워하고 있었다. 보론초프가 진정한 귀족이었다면, 체르니셰프는 parvenu(벼락출세한 사람)이었는데, 황제가 보론초프를 특별히 총애한다는 게 미워하는 주요한 이유가 되었다. 그래서 기회가 있을 때마다 체르니셰프는 보론초프에게 상처를 주려고 했다. 체르니셰프는 카프카스 문제에 대한 보고서를 마지막으로 제출하면서 보론초프에 대한 니콜라이 황제의 불만을 불러일으키는 데 성공했다. 지휘관들의 부주의로 인해, 카프카스에 주둔해 있던 소규모 파견대가 체첸인들에게 전멸당하고 말았기 때문이다. 그 틈을 타서 체르니셰프는 하지 무라트에 대한 보론초프의 대책도 허점이 있는 것이라고 보고할 생각이었다. 그는 보론초프가 러시아의 피해는 염두에 두지 않고 원주민들을 보호하고 너그럽게 대해준 점과, 하지 무라트가 러시아의 방어진을 염탐하러 온 첩자일 가능성이 남아 있음에도 그를 카프카스에 머물도록 허락한 점은 지혜롭지 못한 처사라는 걸 부각시키려고 했다. 따라서 우선 하지 무라트를 러시아의 중앙으로 압송해두고 그의 가족을 산에서 구출한 뒤에, 그를 이용하는 것만이 황제에 대한 한결같은 충성심을 증명하는 것이라는 제안을 황제에게 할 참이었다.

하지만 체르니셰프의 이 계획은 성공하지 못했다. 새해 첫날부터 니콜라이 황제의 심기가 몹시도 불편해서, 누구의 어떠한 제안도 고집스럽게 물리쳤기 때문이다. 일시적으로 관대한 모습을 보여줄 뿐, 건달과 다름없는 인물로 간주하는 체르니셰프의 제안은 더더욱 받아들여지지 않았다. 니콜라이 황제는 체르니셰프가 자하르의 유죄 판결을 얻어내기 위해서 12월 당원(1825년 12월 14일 농노제와 전제정치에 반대하여 혁명을 일으킨 귀족 혁명가들을 말함—옮긴이)의 재판 과정에서 그가 보여주었던 행위와 자하르의 재산을 착복하려고 했던 그의 음모도 알고 있었다. 그런 니콜라이 황제의 심기 덕분에 하지 무라트는 카프카스에 머물 수 있게 되었다. 체르니셰프가 다른 시간에 보고를 했다면 바뀌었을지도 모를 그의 운명도 바뀌지 않았다.

아침 9시 30분, 영하 20도의 추위에 안개를 헤치면서, 체르니셰프의 뚱뚱한 마부는 겨울 궁전 앞에 썰매를 멈추었다. 작은 썰매 위에 앉은 이 마부는 수염이 덥수룩했고, 납작하게 각이

진 푸른색 벨벳 모자를 쓰고 있었다. 그는 낯이 익은 친구에게 살짝 고개를 숙여 보였다. 돌고루키 공작의 마부였다. 공작을 궁전으로 모셔온 후, 궁전 밖에서 오랜 시간 기다리고 있던 참이었다. 그는 두툼한 솜을 넣은 셔츠 위에 큰 외투를 껴입고, 마부석에 앉아 굽은 손을 비벼대고 있었다.

체르니셰프는 넓은 두건이 달린 긴 외투를 입고, 은빛 비버 목도리를 하고 있었다. 삼각모에는 닭의 깃털이 꽂혀 있었다. 그는 다리를 감싸고 있던 곰 가죽을 치우고 얼어붙은 발을 조심스럽게 썰매에서 내려놓았는데, 덧신을 신고 있지 않았다(그는 덧신을 신지 않는 것을 자랑스럽게 여겼다). 박차를 요란스럽게 쩔렁거리면서, 그는 양탄자가 깔린 계단 위로 올라섰다. 하인이 그를 위해 열어준 문을 지나서 궁전 안으로 들어갔다. 외투를 벗자, 제복 입은 늙은 하인이 재빨리 달려와 받아주었다. 그는 거울 앞에 서서, 곱슬머리의 가발을 덮고 있던 모자를 조심스럽게 벗었다. 얼굴을 거울에 비추어 보며, 관자놀이와 이마에 내려온 머리카락을 능숙한 손놀림으로 가다듬었다. 십자 훈장과 제복의 어깨띠, 그리고 큼직한 견장을 바로잡았다. 그리고 양탄자가 깔린 계단을 점잖게 올라가기 시작했다. 결코 단단하지 않은 그의 늙은 두 다리는 좁은 계단을 올라가는 게 힘에 부쳤다.

울긋불긋한 제복을 입고 깍듯이 고개를 숙이고 서 있던 궁전 하인들 앞을 지나, 체르니셰프는 대기실로 들어갔다. 새로 임명된 황제의 시종무관이 그를 정중하게 맞아주었다. 견장과 어깨띠가 번쩍이는 새 제복을 입은 시종무관의 얼굴은 아직 앳된 티를 벗지 못했지만, 검은 콧수염을 적당히 기르고 있었다. 관자놀이까지 내려온 머리카락은 니콜라이 황제처럼 눈 쪽으로 빗질되어 있었다. 육군 대신의 친구인 바실리 돌고루키 공작은 짜증스런 표정으로 체르니셰프를 맞이했다. 그도 구레나룻과 콧수염을 기르고 있었는데, 그 역시 관자놀이까지 내려온 머리카락을 니콜라이 황제처럼 눈 쪽으로 빗질한 모습이었다.

"L'empereur(황제께서는)?" 체르니셰프가 시종무관을 바라보며 물었다. 물어보는 그의 눈길은 집무실로 향하는 문을 보고 있었다.

"Sa Majesté vient de rentrer(폐하께서는 방금 들어가셨습니다)." 시종무관이 대답했다. 시종무관은 자신의 멋진 목소리에 응답이라고 하듯이 집무실 문으로 향했다. 그의 발걸음은 부드럽고 한결 같았는데, 머리에 물 접시를 올려놓아도 물이 쏟아지지 않을 것 같았다. 그는 집무실 문을 열고는 공손하게 몸가짐을 낮추며 안으로 들어갔다.

그동안 돌고루키는 서류 봉투를 열고 필요한 서류가 모두 준비되었는지 점검하고 있었다.

한편 체르니셰프는 잔뜩 찌푸린 얼굴로, 얼어붙은 발가락의 순환을 회복하려는 듯 대기실 안을 계속해서 걸어 다니면서, 황제에게 보고할 내용을 숙지하고 있었다. 그가 집무실 문 앞을 걷고 있을 때, 문이 다시 열리며 시종무관이 대기실로 나왔다. 조금 전보다 훨씬 밝고 공손한 표정이었다. 그는 육군 대신과 그 친구에게 들어가도 좋다는 몸짓을 해 보였다.

겨울 궁전은 상당히 오래전에 있었던 화재 후에 재건축된 것이었다. 그러나 니콜라이 황제는 예전과 마찬가지로 위층의 방을 사용하고 있었다. 장관을 비롯한 고위 각료의 보고를 받는 집무실은 천장이 매우 높았고, 네 개의 커다란 창이 있는 넓은 방이었다. 방의 중심 벽면에는 니콜라이 1세의 큰 초상화가 걸려 있었다. 창문 사이로 두 개의 책상이 놓여 있었고, 서너 개의 의자가 벽을 따라 나란히 놓여 있었다. 방 한가운데에는 니콜라이 황제가 사용하는 커다란 책상과 팔걸이의자가 놓여 있었고, 그 앞에 알현을 신청한 사람들이 앉는 의자가 놓여 있었다.

니콜라이 황제는 검은 외투를 입고 책상 뒤에 앉아 있었다. 어깨띠는 있었지만 견장은 없었다. 그는 거대한 몸뚱이를 뒤로 젖히고, 생기 없는 눈빛으로 그들을 쏘아보았다. 앞으로 빗은 구레나룻 사이로 넓게 벗어진 이마를 가발로 교묘하게 위장하고 있었던 황제의 창백한 얼굴이 그날따라 유난히 차갑고 무표정해 보였다. 언제나 흐릿했던 눈동자도 평소보다 더욱 멍해 보였다. 또한 위로 빗겨 올린 콧수염 아래로 꼭 다문 입술, 턱을 떠받치고 있는 높은 목깃, 소시지 모양의 구레나룻을 제외하고는 깔끔하게 면도한 통통한 얼굴은 불만과 분노에 찬 표정을 그대로 보여주었다. 기분이 좋지 않았던 건 전날 밤에 있었던 가면무도회 때문이었다. 여느 때처럼 투구에 새를 그려 넣은 근위기병대의 제복을 입고 손님들 사이를 거닐면, 손님들은 그의 거대한 몸집이 지나가게끔 조심해서 길을 내주었다. 그때 그는 지난번 가면무도회에서 하얗고 아름다운 얼굴과 감미로운 목소리로 그에게 욕정을 불러일으켰던 여인과 다시 만나게 되었다. 지난 번 무도회에서 그녀는 다음 무도회에서 만날 것을 약속하며 말 없이 사라져버렸다. 그런데 전날의 가면무도회에서 그녀는 다시 황제 앞에 나타났고, 황제는 그녀의 팔을 붙잡고 그런 목적을 위해 특별히 마련된 밀실로 그녀를 데리고 갔다. 그곳에서 황제는 그녀와 단둘만의 시간을 보낼 수 있었다. 말없이 밀실 문 앞에 도착한 니콜라이 황제는 시종을 찾았지만, 시종은 부근에 없었다. 황제는 짜증스러웠지만, 직접 문을 열고 여인에게 먼저 들어가도록 했다.

"Il y a quelqu'un(여기 누군가 있어요)!" 가면을 쓴 여인이 문 앞에 갑자기 멈추어 서며 말했다. 밀실 안에는 사람이 있었다. 벨벳으로 감싼 소파에는 기병 장교와 예쁘장하게 생긴 젊은 여인이 바싹 붙어 앉아 있었다. 그녀의 도미노 가면은 벗겨져 있었다. 니콜라이 황제가 분노한 얼굴로 우뚝 서 있는 모습에, 젊은 여인은 재빨리 가면을 썼지만 기병 장교는 두려움에 떨면서 소파에서 일어나지도 못하고 엉거주춤한 채로 니콜라이 황제를 가만히 쳐다볼 뿐이었다.

니콜라이 황제는 사람들에게 두려움을 심어주는 데 익숙했고, 또 두려움에 어쩔 줄 몰라 하는 사람들의 반응을 즐겼다. 그와는 정반대로 두려움에 질려버린 사람들에게 뜻밖의 다정한 말을 건넴으로써, 깜짝 놀라게 만드는 경우도 가끔 있었다. 이번 경우에도 황제는 뜻밖의 반응을 나타내 보였다.

"어이, 친구! 자네가 나보다 젊으니, 나에게 자리를 양보해줄 수 없겠나?" 황제는 두려움에 떠는 기병 장교에게 말했다.

그때서야 장교는 벌떡 일어났다. 창백했던 얼굴이 겨우 화색을 되찾으며 머리가 땅에 닿도록 절을 했다. 그리고 밀실을 조용히 빠져나갔다. 그렇게 니콜라이 황제는 자신의 여인과 단둘만의 시간을 갖게 되었다.

가면을 쓴 여인은 스물한 살의 어여쁜 처녀였고, 스웨덴 총독의 딸이었다. 그녀는 어렸을 때부터 그의 초상화를 보며 그를 흠모하게 되었다고 말했다. 그녀는 그를 무척이나 사모했던 터라, 어떤 대가를 치르더라도 그의 관심을 끌고야 말겠다고 다짐에 다짐을 거듭했다고 말했다. 그녀는 뜻하던 바를 마침내 이루었으니, 더 이상 바랄 것이 없다고도 했다. 그녀는 니콜라이 황제가 평소 여자와 밀회를 나누던 궁전으로 안내되었고, 그곳에서 황제는 그녀와 오랜 시간을 보냈다.

그날 밤 황제는 침실로 돌아와 비좁고 딱딱한 침대—그는 그런 침대에 눕는 걸 자랑으로 여겼다—에 누웠다. 그리고 나폴레옹의 모자만큼이나 유명한 것으로 생각하던 소매 없는 외투를 몸에 덮었다. 잠이 오지 않았다. 그 여자의 맑은 얼굴에 놀람과 기쁨이 교차하는 표정이 떠올랐다. 애첩으로 데리고 있던 넬리도바의 풍만한 어깨를 생각했다. 두 여자를 비교해보았다. 유부남의 연애행각이 나쁜 짓이라는 생각은 단 한 번도 해본 적이 없었다. 그런 문제로 그에게 비난을 퍼붓는 사람도 없었으니까. 그는 정당한 행동을 하고 있는 것이라고 생각했지만, 마음 한구석에는 불쾌한 뒤끝이 남아 있었다. 그런 기분을 떨쳐버리기 위해서는 언제라도 그를 평안하게 해주는 생각에 몰두했다. 위대한 황제의 권위에 대한 생각이 그것이었다.

뒤늦게 잠이 들었음에도 그는 여느 때처럼 8시가 되기 전에 일어났다. 화장실에 다녀오고, 살찐 몸을 얼음 조각으로 문질러 대고, 기도를 끝냈다. 어린 시절부터 되풀이해오던 기도였다. 성모에 대한 기도, 사도신경, 주기도문이었다. 그러나 그런 기도문에 담긴 의미를 생각하지는 않았다. 그리고 군 제복을 입고 모자를 쓴 다음, 궁전의 조그만 문을 통해 제방으로 나갔다.

제방에서 니콜라이 황제는 법과 학교 교복을 입은 학생과 마주쳤다. 그 학생도 황제만큼이나 거대한 몸집이었다. 법과 학교 교복이 눈에 띄자, 니콜라이 황제는 얼굴을 찌푸렸다. 법과 학교에서 주장하던 사상의 자유가 못마땅했기 때문이다. 그러나 거대한 몸집의 학생이 조심스럽게 그의 앞으로 다가와 팔꿈치를 힘차게 내뻗으며 군인처럼 경례를 했을 때, 불쾌감이 어느 정도 누그러졌다.

"성이 뭔가?" 니콜라이 황제가 물었다.

"폴로사토프입니다, 폐하."

"멋진 젊은이군!"

학생은 여전히 모자에서 손을 떼지 않고 경례 자세로 서 있었다. 니콜라이 황제는 자세를 풀라고 말했다.

"자네는 군인이 되고 싶은가?"

"그렇지 않습니다, 폐하."

"멍청한 녀석!" 황제는 뒤돌아서서 산책을 계속했다. 그리고 머릿속에 갑자기 떠오른 이름을 큰 소리로 내뱉기 시작했다. "코페르베인, 코페르베인……" 그는 몇 번이고 똑같은 이름을 읊조렸다. 전날 만난 여자의 이름이었다. '끔찍해, 끔찍해.' 그는 무슨 말을 하고 있었는지 생각할 수 없었다. 자신의 불만에 찬 목소리에 조금 전의 짜릿한 기분마저 사라져버렸다. '내가 없다면 러시아는 어떻게 될까?' 그는 다시 불쾌한 기분에 빠져들었다. '내가 없다면, 러시아만이 아니라 유럽은 어떻게 될까?' 그는 프러시아 왕이던 나약하고 어리석은 처남을 생각하며 고개를 내저었다.

궁전으로 들어가는 조그만 문으로 돌아왔을 때, 엘레나 파블로브나의 마차가 궁전의 살티코프 출입문으로 다가오는 것이 보였다. 붉은 제복을 입은 하인이 마차를 몰고 있었다. 니콜라이 황제의 눈에, 엘레나 파블로브나는 과학과 시만이 아니라 남자를 지배하는 방법까지도 논쟁하는 무익한 인간 집단의 화신이었다. 그들은 니콜라이 황제보다 훨씬 절제된 삶을 살고 있다고 생각했지만, 정작 그들을 지배하는 인물은 바로 니콜라이였다. 그런 사람들은 아무리 억압하더라도 계속해서 나타난다는 것을 니콜라이 황제도 알고 있었다. 그는 얼마 전에 죽은 미하일 파블로비치를 생각했다. 친동생이었던 까닭에 슬픔과 연민이 몰려왔다. 잔뜩 찌푸린 얼굴로, 머릿속에 떠오르는 낱말들을 낮은 소리로 중얼대기 시작했다. 궁전에 들어서서야 중얼거림을 멈출 수 있었다. 방으로 들어서면서, 우선 거울 앞에 서서 구레나룻과 관자놀이에 흘러내린 머리카락을 깔끔하게 손질했다.

벗어진 머리를 감춘 가발을 조심스럽게 다시 썼다. 콧수염을 위로 말아 올리고는 보고를 받기 위해 곧장 집무실로 들어갔다.

니콜라이는 제일 먼저 체르니셰프를 접견했다. 체르니셰프는 황제의 표정, 특히 눈빛에서 니콜라이가 그날 무척이나 불편한 심기라는 것을 알아차릴 수 있었다. 전날 밤 있었던 일을 알고 있었기 때문에, 그 이유를 충분히 짐작할 수 있었다. 니콜라이는 차가운 얼굴로 체르니셰프를 맞이하며 의자에 앉으라고 말했다. 니콜라이의 생기 없는 눈빛은 체르니셰프의 조그만 움직임까지도 놓치지 않았다.

체르니셰프가 보고할 첫 번째 사안은 이미 전모가 밝혀진 군수물자 횡령 사건이었다. 그다음 사안은 프러시아 전선에서의 군사 동향이었고, 그다음은 새해를 맞아 내린 상급에서 누락된 사람들에게 하사된 상급 목록이었고, 또 그다음은 하지 무라트에 대한 보론초프의 보고서였으며, 마지막은 의과대학 학생이 한 교수의 생명을 위협했던 불미스런 사건이었다.

니콜라이 황제는 입을 꼭 다문 채로 횡령 사건에 대한 보고를 조용히 듣고 있었다. 가운뎃손가락에 금반지를 낀 커다란 흰 손으로 책상 위의 종이를 토닥거리면서, 눈동자는 체르니셰프의 이마에 흘러내린 머리카락을 응시하고 있었다.

니콜라이 황제는 모두가 도둑놈이란 생각을 지울 수가 없었다. 횡령한 장교들을 당장에 처벌해야만 한다고 생각했고, 그들 모두를 하사관으로 강등시키기로 결심했다. 그러나 그렇게 하면 다시는 횡령 사건이 일어나지 않을 것이라는 확신이 서지 않았다. 장교들은 습관처럼 군수품을 빼돌렸고, 그들에게 죄를 묻는 건 그의 의무였다. 그는 그런 의무에 신물이 났지만, 성실하게 의무를 다했다.

"러시아에는 정직한 사람이 단 한 사람밖에 없는 것 같군." 니콜라이 황제가 말했다.

체르니셰프는 정직한 그 사람이 바로 니콜라이라는 것을 눈치채고는 미소로 화답했다.

"그렇습니다, 폐하." 그는 대답했다.

"곧 결정을 내리도록 하겠네." 니콜라이는 보고서를 받아 책상의 왼편에 밀어 놓으며 말했다.

그다음에 체르니셰프는 상급에 관련된 문제와 프러시아 전선에서의 군사 동향에 대해 보고했다. 니콜라이는 목록을 들여다보며, 몇몇의 이름을 언급했다. 그리고 2개 사단을 프러시아 전선으로 파견하라는 명령을 간단명료하게 내렸다.

그는 1848년의 사태 이후 백성들에게 헌법을 인정해준 프러시아 왕을 용서할 수 없었다. 처남이었던 까닭에 편지와 대화에서는 최대한 우호적인 감정을 표현했지만, 필요할 경우를 대비해서 전선 가까이에 군사를 주둔시켜 두어야만 한다고 생각했다. 이미 몇 년 전 헝가리의 봉기를 진압하기 위해서 군사를 동원했듯이, 만약 프러시아 백성들이 봉기를 일으킨다면(그는 이미 곳곳에서 항거의 조짐을 보고 있었다) 처남의 왕위를 지켜주기 위해서 전선에 주둔시킨 군사를 활용할 계획이었다. 사실 국경의 군사 배치는 그가 프러시아 왕에게 지겹도록 충고했던 말에 무게와 힘을 더해주는 효과가 있었다.

'만일 내가 없다면, 러시아는 지금 어떻게 되겠는가?' 니콜라이는 다시 생각에 잠겼다.

"보고할 것이 더 있는가?" 그가 다시 물었다.

"카프카스에서 전령이 왔습니다." 체르니셰프가 대답했다. 그러고는 보론초프가 하지 무라트의 투항에 대해 써 보낸 글을 올렸다.

"멋지군, 올해는 시작이 좋아." 니콜라이가 말했다.

"폐하의 계획이 마침내 결실을 맺고 있습니다." 체르니셰프가 말했다.

황제는 그의 전략적 재능에 대한 찬사에 아주 흡족했다. 왜냐하면 그런 재능을 자랑하고는 있었지만, 실제로는 그런 재능이 없다는 것을 잘 알고 있었기 때문이다. 그는 찬사의 근거를 더욱 확실하게 듣고 싶었다.

"무슨 뜻인가?" 그가 물었다.

"황제 폐하의 전략이 이전부터 채택되어서, 우리 군대가 앞으로 나아가서 숲을 차단하고 식량 보급로를 막았었더라면, 카프카스는 오래전에 정복되었을 것이란 뜻입니다. 하지 무라트가 더 이상은 견딜 수 없을 것이란 생각에 투항한 것도 결국 폐하의 전략 때문입니다."

"사실이야." 니콜라이가 말했다.

사실은 숲을 베어내서 식량 보급로를 차단함으로써 적의 영토를 야금야금 먹어 들어가자는 전략은 예르몰로프와 벨리야미노프의 계획이었고, 샤밀의 근거지에 곧바로 쳐들어가서 도둑놈들의 소굴을 쑥대밭으로 만들어버리자던 니콜라이의 주장—그 결과 1845년 다르긴스크 지역에 대규모 군대가 파견되었고, 수많은 인명을 잃어야만 했다—과는 아주 다른 것이었지만, 니콜라이는 숲을 체계적으로 베어가며 꾸준히 앞으로 나가서 적진을 황폐화시킨다는 전략이 그의 머리에서 나온 것처럼 우쭐거렸다. 결국 숲을 베어내고 식량 보급로를 차단하면서 서서히 앞으로 나아가려는 전략이 그의 계획이었다고 믿었다면, 1845년에는 전혀 다른 전략을 고집했었다는 사실을 감추었어야만 했을 것이다. 그러나 그는 그런 사실을 감추지도 않았고, 느리지만 꾸준한 전진 계획뿐만 아니라 1845년의 원정 계획까지도 자랑으로 삼았다. 두 계획은 어느 누가 보아도 서로 상충되는 것이었다. 이러한 명백한 사실에도 그의 주변 인물들이 뻔뻔스레 늘어놓는 아첨으로 인해, 황제는 자신의 모순을 깨닫지 못했고, 자신의 언행을 있는 그대로 심지어는 상식적인 수준에서조차 판단하지 못하는 지경에 이르렀다. 그의 명령이 무분별하고 부당하고 서로 모순되었을지라도, 오로지 황제의 명령이란 이유로 합리적이고 공정하며 모순이 없는 것이라고 여겨졌다.

카프카스 보고 이후에 의과 대학생 사건이 보고되었는데, 이에 대한 그의 결정은 무분별한 처사의 한 단면을 보여주는 것이었다.

그 사건은 다음과 같았다. 시험에서 두 번이나 낙제한 젊은 대학생이 세 번째 시험에 응시했다. 그런데 교수가 이번에도 통과

시키지 않자, 신경이 몹시도 날카로워져 있던 학생은 부당한 판결이란 생각에 분노를 참지 못하고 책상에서 연필 깎는 칼을 집어 들고 교수에게 달려들어 몇 군데에 찰과상을 입혔다.

"그 학생의 성은?" 니콜라이 황제가 물었다.

"브제조프스키입니다."

"폴란드인가?"

"예, 폴란드 후손이며 가톨릭 신자입니다." 체르니셰프가 대답했다.

니콜라이는 얼굴을 찌푸렸다.

그는 평상시에도 폴란드인에게 악감정을 품고 있었다. 폴란드인은 모두가 불량하다는 생각에 많은 폴란드인들을 학대했다. 폴란드인은 그런 대우를 받아 마땅하다고 생각했고, 그들에게 가하는 학대만큼이나 그들을 증오했다.

"잠깐만 기다려주게." 그렇게 말하며 니콜라이는 눈을 감고, 고개를 숙였다.

체르니셰프는 니콜라이 황제의 그런 모습을 여러 번 보아왔기 때문에, 황제가 무언가 결정을 내려야 할 때면 잠시라도 정신을 집중할 시간이 필요할 것이라고 생각했다. 여러 가지 생각이 황제의 머릿속을 스쳤다. 그의 내면의 소리가 그에게 방향을 알려주는 것처럼, 최선의 방책이 머릿속에 떠올랐다. 그는 이번 사건을 계기로 폴란드인에 대한 증오심을 완전히 해소할 방법을 궁리하고 있었다. 그의 내면의 소리는 다음과 같은 결정을 내리게끔 해주었다. 그는 보고서를 집어 들었다. 그리고 여백에다 익숙한 필체로 써내려갔다. "사형에 처해야 마땅하나, 하느님의 사랑으로 우리 나라에는 사형이란 극형이 없다. 본인이 사형 제도를 폐지한 것이다. 천 명이 열두 번씩 그를 매질하는 태형에 처하도록 한다. 니콜라이."

그다음에 그는 서명했고, 그 옆에다 커다란 꽃그림을 덧붙였다.

니콜라이도 1만 2천 대의 태형이라면 끔찍한 고통으로 죽을 것이고 지독하게 잔인한 형벌이란 것을 알고 있었다. 아무리 건강한 사람이라도 5천 대에 목숨을 부지할 수가 없었기 때문이다. 그러나 그렇게 잔혹할 수 있다는 것에 기분이 좋아졌고, 러시아에서 사형 제도를 폐지했다는 생각만으로도 흡족했다.

니콜라이 황제는 의과 대학생에 대한 판결문을 적은 서류를 체르니셰프에게 밀어주며 말했다.

"여기 있소, 읽어보지." 황제는 말했다.

체르니셰프는 판결문을 읽었다. 그는 황제의 지혜로운 결정에 감복한 표정으로 고개를 깊이 숙여 보였다.

"학생들 모두가 태형장에 참석하도록 하시오." 황제가 덧붙였다.

'그 녀석들에겐 좋은 교훈이 될 거야! 그들의 혁명 정신을 완전히 없애버리는 거야. 뿌리부터 잘라내야 하는 법이야!' 그는 생각에 잠겼다.

"그렇게 하도록 하겠습니다." 체르니셰프가 대답했다. 그는 조용히 이마에 흘러내린 머리카락을 쓸어 올리며, 카프카스 보고서로 시선을 돌렸다.

"보론초프 공작의 전문에는 무엇이라 대답해야겠습니까?"

"체첸의 마을과 식량 보급로를 철저히 파괴하려는 내 원칙에서 벗어나지 말라고 전하게. 그리고 그놈이 정신을 못 차릴 정도로 공세를 늦추지 말라고 하게." 니콜라이가 말했다.

"하지 무라트 건에 대해서는 어떻게 하시겠습니까?" 체르니셰프가 물었다.

"보론초프는 그를 카프카스에서 활용할 생각이던데."

"위험하지 않겠습니까? 미하일 세묘노비치 보론초프가 그를 지나치게 신뢰하고 있는 것 같습니다만." 체르니셰프가 황제의 눈길을 피하며 말했다.

"그럼 자네는 어떻게 생각하나?" 니콜라이는 보론초프의 결정을 험담하려는 체르니셰프의 의도를 눈치채고는 매섭게 물었다.

"저는 하지 무라트를 유배시켜 놓는 편이 더 안전할 것이라고 생각합니다만."

"자네라면 그렇게 생각했겠지! 하지만 나는 그렇게 생각하지 않아. 보론초프와 생각이 같아. 보론초프에게 내 생각을 그대로 알려주게." 니콜라이가 빈정대는 목소리로 말했다.

"그렇게 조치하겠습니다." 그리고 체르니셰프는 자리에서 일어나 절을 하고 집무실을 걸어 나갔다.

돌고루키도 체르니셰프를 뒤따라 나갔다. 그는 니콜라이 황제의 질문에 군사 동향에 대한 대답을 몇 마디 했을 뿐, 그동안 입을 꼭 다물고 있어야만 했다.

체르니셰프가 나간 후, 니콜라이 황제는 서쪽 지방을 총괄하는 비비코프 총독을 접견했다. 비비코프가 러시아 정교를 신앙으로 받아들이지 않고 저항하던 농부들에게 취한 조치를 칭찬

한 후, 니콜라이 황제는 순순히 굴복하지 않는 사람들을 군사재판으로 다루라는 지시를 내렸다. 황제의 지시는 그들을 태형으로 다스리라는 뜻과도 같았다. 덧붙여 황제는 농부 수천 명을 황실의 농장에서 노역시켰다는 기사를 써 보낸 신문사 편집장을 군에 입대시키도록 명령했다.

"그럴 필요가 있다는 생각이 드네. 앞으로는 그런 문제가 밖으로 퍼지지 않도록 할 생각이야." 황제가 말했다.

비비코프는 러시아 정교에 저항했던 농부들에 대한 황제의 지시가 너무 가혹하다고 생각했고, 자유로울 권리를 지닌 농부들을 황실 농장에서 노역시킨 것은 부당한 처사였다고 생각했다. 자유로운 농민을 황제의 농노처럼 다루었기 때문이다. 그러나 황제의 뜻에 거역할 수는 없었다. 니콜라이의 결정에 반대하는 것은 비비코프가 40년이란 세월을 공들여서 얻은 화려한 직책을 버리는 것이나 마찬가지였기 때문이다. 그래서 비비코프는 조금씩 잿빛으로 변해가던 검은 머리카락으로 가린 얼굴을 깊숙이 숙이며, 황제의 잔인하고 무자비하며 부도덕한 처사를 수행할 각오와 복종심을 내비쳤다.

비비코프를 내보낸 후, 니콜라이는 크게 기지개를 켰다. 황제로서의 의무를 끝냈다는 생각에 시계를 보았다. 그리고 밖으로 나갈 채비를 시작했다. 견장과 훈장이 달린 제복을 입었다. 그러고는 제복을 입은 남자들과 목이 깊게 파인 우아한 드레스를 입은 여인들을 합쳐 백여 명이 넘는 사람이 초조하게 그의 도착을 기다리고 있는 연회장으로 향했다.

황제는 생기 없는 눈으로 그들을 쳐다보았다. 그러고는 어깨를 쭉 펴보았다. 허리띠 위아래로 배가 불룩하게 솟아 나와 있었다. 그를 바라보는 모든 이의 눈빛에서 두려움과 아첨을 동시에 느낄 수 있었다. 황제는 더욱 오만한 표정을 지었다. 그는 낯익은 사람들을 쳐다보며, 누가 누구인지를 기억해보았다. 그는 그들 앞에서 걸음을 멈추고, 때로는 러시아어로, 때로는 프랑스어로 가벼운 인사말을 건넸다. 그리고 흐릿한 눈빛으로 그들과 시선을 나누면서, 그들의 답례를 들었다.

그렇게 모든 이와 새해 인사를 나눈 후, 니콜라이 황제는 교회로 향했다.

하느님의 종인 신부들이 니콜라이에게 새해 인사를 건넸고, 찬사를 늘어놓았다. 신부들도 세속의 사람들과 다를 바 없었다. 그런 인사말과 찬사에 신물이 났지만, 니콜라이는 정중하게 받아주었다. 온 세상의 행복과 복지가 그의 어깨에 달려 있었기 때문에, 그런 찬사는 당연한 것이라고 생각했다. 황제는 몹시 피곤했지만, 이 세상을 위해서 황제로서의 의무를 게을리 할 수는 없었다. 예배가 끝날 즈음, 긴 곱슬머리를 세심하게 빗어 넘기고 엄숙한 자세로 서 있던 부제가 니콜라이 황제를 향해 "만수무강하시옵소서!"라고 말했다. 맑은 목소리가 황제의 마음속 깊이 전해졌다. 그때 황제는 주변을 둘러보았다. 창문 옆에 서 있던 넬리도바가 눈에 들어왔다. 풍만한 어깨가 유난히도 눈에 띄었다. 황제는 전날 사랑을 나누었던 여자와 비교해보았다.

예배가 끝난 후, 황제는 황후를 찾았고 가족들과 약간의 시간을 보냈다. 자식들과 황후와도 가벼운 농담을 나누었다. 에르미타쥬 미술관에서 잠시 시간을 보낸 그는 궁정 장관 볼콘스키를 찾아갔다. 그리고 전날 밤을 함께 보냈던 소녀의 어머니에게 특별 기금에서 연금을 마련해 보내도록 지시했다. 그런 다음에야 황제는 습관처럼 반복하던 산책을 즐겼다.

그날 저녁 연회는 폼페이 홀에서 있었다. 니콜라이의 어린 아들들 이외에도 리벤 남작, 르제부스키 백작, 돌고루키, 프러시아 공사, 그리고 프러시아 왕의 시종무관도 초대받았다.

황제와 황후의 등장을 기다리던 동안, 리벤 남작과 프러시아 공사 사이에서 흥미로운 대화가 시작되었다. 폴란드에서 들려오는 불안한 소식이 단연 화젯거리였다.

"La Pologne et le Caucase, ce sont les deux cautères de la Russie. Il nous faut cent milles hommes à peu près dans chacun de ces deux pays(폴란드와 카프카스는 러시아에게 암과 같은 존재입니다. 한 나라마다, 최소한 십만 명의 병력이 필요합니다)." 리벤 남작이 말했다.

"Vous dites la Pologne(폴란드를 말씀하시는 거죠)." 공사는 짐짓 놀란 표정을 지으며 말했다.

"Oh, oui, c'était un coup de maître de Maeternich de nous en avoir laissé d'embarras(그래요, 러시아를 곤경에 빠트리려는 메테르니크의 교묘한 술책으로 여겨집니다만)……."

그때 황후가 떨리는 얼굴로 굳은 미소를 지으며 입장했다. 황제는 황후의 뒤를 따라 들어왔다.

만찬 중에 니콜라이 황제는 하지 무라트가 투항했다는 소식을 전하며, 카프카스에서의 전쟁도 조만간 끝나게 될 것이라고 말했다. 그의 계획대로 숲을 베어내고 작은 요새들을 연이어 구축해서 체첸인들의 활동 범위를 축소시켰기 때문에 얻어낸 성과라고 덧붙여 말했다.

공사는 프러시아 시종무관과 재빨리 시선을 교환―사실 그들은 그날 아침 니콜라이가 자신을 뛰어난 전략가로 생각하는 치명적 약점을 지니고 있다는 대화를 나누었다―한 후, 그 계획이 니콜라이의 뛰어난 전략적 사고를 다시 한 번 입증해주었다며 칭송을 늘어놓았다.

만찬이 끝난 후, 니콜라이는 발레 공연장으로 향했다. 수백 명을 헤아리는 여자가 반나체로 바싹 달라붙은 옷을 입고 걷는 연습을 하고 있었다. 한 여인이 황제의 마음을 사로잡았다. 황제는 독일인 발레 감독을 불러 치하한 후, 그 여인에게 다이아몬드 반지를 선물해야겠다고 말했다.

다음 날 체르니셰프가 보고서를 들고 다시 황제를 찾았을 때, 니콜라이는 보론초프에게 보낼 그의 명령을 재확인해주었다. 하지 무라트의 투항으로 체첸인들이 어느 때보다 곤경에 빠져 있을 것이므로 그들을 향한 포위망을 더욱 거세게 조이라는 명령이었다.

체르니셰프는 그런 취지에서 보론초프에게 편지를 썼다. 전령은 지치도록 말을 몰아댔고, 거센 바람으로 인해 마부들의 얼굴을 상처투성이로 만들어가면서 티플리스로 내달렸다.

16

  니콜라이 황제의 명령으로 같은 달, 즉 1852년 1월에 체첸 땅을 향한 대대적인 공세가 즉각 시작되었다.

  공격 명령을 받은 파견대는 보병 4개 대대, 카자크 2개 중대에 여덟 문의 대포가 포함됐다. 그들은 길을 따라 행진했다. 길 양편으로 나뉜 줄은 끝없이 이어졌다. 때로는 산길을 올랐고 때로는 산비탈을 내려왔다. 무릎까지 올라오는 장화를 신었고, 털가죽 반외투를 걸쳤고 파파하를 썼다. 어깨에는 라이플총을 걸쳐 매었고 허리에는 탄창으로 무장했다. 러시아에 적대적인 마을을 행군하게 될 때면, 가능한 한 먼 곳에서부터 침묵하라는 명령이 내려져 있었다. 간혹 도랑을 건너면서 총이 부딪히는 소리가 들렸고 대포를 끌던 말들이 침묵이란 명령이 있었는지도 모른 채 강한 콧김을 내뿜고 힝힝 댔고, 화가 치민 중대장은 잔뜩 숨죽인 목소리로 하사관들에게 좀 더 넓게 때로는 좀 더 밀착해서 행군하도록 명령했다. 침묵이 완전히 깨어진 때는 단 한 번이었다. 종대와 횡대로 가시나무 관목 숲을 통과할 때, 하얀 가슴과 잿빛 등을 가진 영양이 숲에서 뛰쳐나왔다. 같은 색이었지만 뒤로 굽은 작은 뿔을 가진 영양에게 쫓겼던 것이다. 영양들은 앞다리에 힘을 주며 큰 걸음으로 달려왔다. 수줍음이 많은 아름다운 영양들이 종대에 가까이 접근해 왔을 때, 병사들은 웃음과 고함을 터뜨리며 영양들을 뒤쫓기 시작했다. 그러나 영양들은 방향을 바꾸어 횡대로 늘어선 병사들 사이로 빠져나갔다. 몇몇 기병과 중대의 개들에게 추격을 받았지만, 영양들은 새처럼 빠르게 산속으로 달아났다.

여전히 겨울이었지만 정오쯤 되었을 때, 아침 일찍 출발했던 중대는 10베르스타 정도를 행군하고 있었다. 태양은 중천에 떠 있었고, 병사들에게 햇살을 나누어주었다. 햇살이 너무 강했던 까닭에, 총검의 빛나는 금속과 대포의 황동판에 반사된 빛은 마치 작은 태양처럼 쳐다보기조차 고통스러웠다. 그들은 빠르게 흘러가는 맑은 시냇물을 건넜다. 눈앞의 좁은 언덕 사이로 경작된 밭과 초지가 보였다. 좀 더 멀리로는 어둠에 짙게 싸인 숲과 울퉁불퉁한 바위로 덮인 언덕이 보였다. 그리고 저 멀리 지평선에는 언제나 아름답지만 끊임없이 변화되는 모습을 보여주는 눈 덮인 산봉우리가 다이아몬드처럼 빛나고 있었다.

5중대의 선두에는 얼마 전 친위대에서 전근해 왔던 훤칠한 키의 멋쟁이 장교 부트렐이 검은 외투를 입고 높은 모자를 쓰고 행군하고 있었다. 어깨에는 칼을 걸치고 있었다. 그는 삶의 즐거움만이 아니라 죽음의 위협마저도 낙천적으로 받아들이는 사람이었고, 군인 한 사람의 의지는 거대한 대군의 한 부분이란 분명한 의식을 가진 사람이었다. 그는 지금 두 번째로 전투에 참가하는지라, 기습을 받게 될 때 어떻게 행동해야 할지를 생각했다. 포탄이 머리 위로 날아가고 탄환이 스쳐가는 소리가 들리더라도 허리를 굽히지 않을 생각이었다. 오히려 머리를 더 꼿꼿하게 세우고, 웃음이 가득한 눈으로 동료와 병사들을 둘러볼 생각이었다. 그리고 전혀 상관없는 일을 말하듯이 차분한 목소리로 병사들에게 명령을 내릴 생각이었다.

그들은 좋은 길에서 벗어나, 옥수수를 베어낸 밭 사이로 난 좁은 길로 들어섰다. 그들이 숲 가까이에 이르렀을 때, 기분 나쁜 휘파람 소리가 들리며 포탄이 짐마차 사이를 지나 날아갔다. 그들은 포탄이 어디에서 날아왔는지 짐작조차 할 수 없었다. 그리고 길옆의 밭이 갈라지는 소리가 들렸다.

"드디어 시작이군." 부트렐은 나란히 걸어가던 동료 장교에게 밝은 미소를 지어 보이며 말했다.

포탄이 터진 후에 체첸 기병들이 숲의 엄폐물에서 깃발을 높이 쳐들고 구름 떼처럼 모습을 드러냈다. 그들 중에서도 커다란 녹색 깃발이 유난히 눈에 띄었다. 눈이 무척이나 밝은 노련한 상사가 부트렐에게 샤밀이 친히 전투대를 이끌고 있는 것이 틀림없다고 알려주었다. 또 다른 체첸 기병들이 얼마 떨어지지 않은 골짜기에서 소리를 내며 오른쪽에서 모습을 드러냈다. 그들은 골짜기를 내려오기 시작했다. 검은색 외투를 입고 파파하를 쓴 땅딸보 장군이 천천히 행군을 계속하던 부트렐의 중대까지 몸소 달려와, 부트렐에게 오른쪽에서 다가오는 체첸 기병들을 저지하라는 명령을 내렸다. 부트렐은 곧바로 중대원들을 오른쪽으로 이동시켰다. 그러나 그들이 골짜기에 접근하기도 전에, 대포가 그들 뒤에서 발사되는 소리를 들었다. 부트렐은 뒤를 돌아보았다. 대포의 포문에서는 잿빛 연기가 피어올랐고, 골짜기를 따라 퍼져 나갔다. 대포의 공격이 있으리라곤 전혀 예상치 못했던 체첸 기병들은 후퇴하기 시작했다. 부트렐의 중대는 그들에게 사격을 시작했다. 골짜기 전체가 화약 연기로 가득했다. 골짜기 위에서 체첸인들이 서둘러 퇴각하면서도, 그들을 추적하던 카자크들에게 대응 사격을 하고 있었다. 부트렐의 중대도 체첸인들을 먼 거리까지 추적했다. 두 번째 골짜기 기슭에 이르렀을 때, 마을 하나가 눈에 들어왔다.

카자크 중대를 따라서 부트렐의 중대도 그 마을로 뛰어 들어갔다. 그러나 주민들이라곤 찾아볼 수 없었다. 병사들에게 빵과 건초뿐만 아니라 집까지도 불태우라는 명령이 떨어졌다. 순식간에 온 마을이 매캐한 연기로 가득찼다. 병사들은 그런 연기를 뚫고 집 안에서 찾아낸 쓸 만한 것들을 끌어냈고, 체첸인들이 데려갈 수 없었던 가금류를 포획하거나 쏘아 죽였다. 장교들은 연기가 난 곳에서 조금 떨어진 지점에 앉아 점심을 먹고 있었다. 술도 곁들였다. 상사가 체첸인의 집에서 찾아낸 벌꿀을 가져왔다. 어디에서도 체첸인의 한숨 소리는 들리지 않았다. 얼마 있지 않아 퇴각하라는 명령이 내려졌다. 중대는 마을 뒤에서 종대를 이루어 퇴각하기 시작했다. 부트렐은 우연히 종대의 뒤편에 서게 되었다. 그들이 출발하기 시작하자, 곧바로 체첸인들이 모습을 드러내고 러시아군을 뒤따라와 간헐적으로 총격을 가했다.

산악지대를 벗어나 벌판에 이르자, 체첸인들도 추격을 중단했다.

부트렐의 중대에는 한 명의 사상자도 없었다. 부트렐은 무척이나 기분이 좋았고, 기운이 넘치는 것 같았다.

아침에 건넜던 시냇물을 다시 건넌 후, 러시아 파견대는 옥수

수 밭과 목초지에 널찍하게 흩어져 앉았다. 각 중대의 재주꾼들이 앞에 나와 노래를 부르기 시작했다. 그러고는 자신이 가장 좋아하던 노래를 불렀다. 바람은 전혀 없었고 공기는 신선했다. 하늘은 맑고 청명했다. 100베르스타 떨어진 눈에 덮인 산들이 무척이나 가깝게 보였다. 병사들의 노래가 그칠 때마다, 규칙적인 발소리와 총이 부딪치는 소리가 들렸다. 마치 노래가 시작되고 끝날 때마다 들리는 배경음 같았다. 부트렐의 중대가 부르고 있던 노래는 연대를 위해서 한 사관생도가 작곡했던 곡으로 춤곡에 가까웠다. 각 절마다 다음과 같은 후렴이 따랐다. "토 리 델로, 토 리 델로, 예게랴, 예게랴!"

부트렐은 그의 상관이었던 장교와 나란히 말을 타고 걸었다. 그는 같은 막사를 쓰고 있던 페트로프 소령이었다. 부트렐은 친위대에서 물러나 카프카스까지 오게 된 것에 커다란 불만은 없었다. 그가 전근되어야 했던 주된 원인은 카드 도박이었다. 페테르부르크에서 도박으로 모든 재산을 탕진해서 친위대에 남아 있어도 더 이상 잃을 것이 없었지만, 카드 도박을 하고 싶은 유혹을 견딜 수 없을 것 같았다. 그러나 이제 모든 것이 끝났다. 그의 삶은 완전히 변했고, 즐거운 모험으로 가득한 삶이 되었다. 그는 파산했다는 사실조차 잊고 지냈으며, 미처 갚지 못한 빚이 남았다는 사실도 잊어버렸다. 카프카스, 전쟁, 병사, 장교, 술 마시기, 용맹스럽고 마음씨 착한 동료들 그리고 페트로프 소령—이 모든 것이 즐겁게만 느껴졌던 까닭에, 담배 연기로 자욱한 방에서 카드와 도박을 즐기고, 채권자들을 원망하면서 언제나 묵직한 두통에 시달려야 했던 페테르부르크가 아니라 바로 이곳에서 용맹한 카프카스인들과 명예로운 전쟁을 치르고 있다는 사실마저도 믿겨지지가 않았다.

"토 리 델로, 토 리 델로, 예게랴, 예게랴!" 부트렐의 중대원들도 노래하기 시작했다. 부트렐의 말은 음악에 맞추어 흥겹게 발을 맞추었다. 중대원들의 사랑을 독차지했던 털복숭이 개, 트레조르카가 앞으로 뛰어나가서는 지휘관과 같은 오만한 자세로 꼬리를 말아 올렸다. 부트렐은 즐거웠고 마음까지 편안해졌다. 부트렐에게 전쟁이란 자신을 위험과 죽음에 맞대면하게 하는 것이란 생각이 들었다. 그런 까닭에 러시아에 있는 친구들로부터, 그리고 여기 동료들로부터 존중과 보상을 받는 것이라고 생각했다. 이상하게도 그는 전쟁의 다른 면을 생각해본 적은 없었다. 다시 말하면 병사와 장교와 체첸인도 죽음과 부상의 위험에 내몰릴 수 있다는 생각은 해보지 않았다. 이런 시적인 감흥을 간직하기 위해서, 부트렐은 죽고 부상당한 사람들을 무의식적으로라도 쳐다보지 않으려고 애썼다. 언젠가 전사자 세 명과 부상자 열두 명이 생겼다. 부트렐은 하늘을 보고 누워 있는 시체들 옆을 지나면서도 걸음을 멈추지 않았다. 다만 한 눈으로 흘기듯이 밀랍처럼 창백하게 변한 손이 이상하게 뒤틀린 모습과 이마에 박힌 검붉은 점을 보았을 따름이었다. 산사람들도 그에겐 용감한 기사로 여겨졌기에, 그들로부터 자신을 방어해야만 한다는 생각이 들었을 뿐이었다.

〈어떤가, 자네〉라는 노래가 끝나자, 그의 상관인 소령이 말했다. "이보게 부트렐, 자네가 페테르부르크에서 우향우, 좌향좌 소리치며 근무했던 때와는 딴판이지. 이제 우리가 할 일은 끝났어. 곧 집으로 돌아가는 거야. 그럼 마샤가 맛있는 피로그(러시아식 만두—옮긴이)와 캐비지 수프를 만들어주겠지. 이런 것이 인생 아니겠나? 자네는 그렇게 생각지 않나? 자! 이제 〈새벽이 열렸다!〉를 부르자고!" 그는 자신이 좋아하는 노래를 청했다.

소령은 아내와 함께 살고 있었다. 소령의 아내는 한 늙은 상사의 딸로 과거에는 마샤라고 불렸지만, 이제는 마리야 드미트리예브나라는 한층 고상한 이름으로 불리고 있었다. 마리야 드미트리예브나는 아름다웠고, 금발에 주근깨가 많았으며, 아기가 없는 삼십 대 여인이었다. 과거는 어쨌든 간에 지금의 그녀는 소령의 충실하고 어엿한 반려자였고, 마치 간호사와 같은 마음으로 남편을 보살폈다. 소령이 가끔 인사불성이 될 정도로 술을 마셨기 때문에, 아내로서 매우 필요했던 자세였다.

그들이 요새에 도착했을 때, 모든 것이 페트로프 소령의 예상 대로였다. 마리야 드미트리예브나는 남편과 부트렐에게 입가심 거리와 맛있는 저녁을 차려주었다. 소령은 파견대의 두 장교까지 초대했다. 그는 제정신으로 말을 할 수 없을 때까지 먹고 마셨다. 그리고 잠을 자러 침실로 들어갔다. 부트렐 역시 평소보다 훨씬 많은 포도주를 마셨다. 그도 침실로 들어갔다. 피곤했지만 만족스런 기분이었다. 옷을 벗자마자 그는 멋진 곱슬머리에 손을 괴고 곤하게 잠에 빠져들었다. 꿈조차 꾸지 않았고, 한 번도 잠에서 깨지 않았다.

17

러시아군이 불사른 마을은 하지 무라트가 러시아에 투항하기 전에 밤을 보냈던 마을이었다.

러시아 파견대가 마을로 접근해 왔을 때, 하지 무라트에게 숙식을 제공했던 사도와 그의 가족은 서둘러 산으로 떠났다. 다시 마을로 돌아왔을 때, 사도는 자신의 집이 폐허가 되어 있는 걸 확인했다. 지붕은 무너져 내렸고, 대문과 달개집을 떠받치고 있던 기둥은 불에 타버렸다. 집 안도 온통 엉망이었다. 하지 무라트를 경외하는 눈빛으로 쳐다보았던 사도의 아들, 맑은 눈동자를 가졌던 아름다운 소년은 말 등에 실려 사원으로 옮겨졌다. 소년의 시체는 부르카로 덮여졌다. 소년은 총검에 등을 찔리고 말았다. 하지 무라트가 찾아왔을 때 극진히 대접했던 품위 있던 여인은 아들의 시체를 보고 있었다. 그녀의 겉옷은 찢겨져 처진 가슴을 드러내고 있었고, 머리카락은 앞으로 흘러내려와 있었다. 그녀가 두 손으로 얼굴을 감쌌는데, 손톱이 얼굴을 파고들어 피가 흘렀다. 그녀는 끝없이 오열했다. 한편 사도는 친척들과 함께 곡괭이와 삽을 들고 아들의 무덤을 파러 떠났다. 늙은 할아버지는 폐허로 변한 집 담에 기대어 앉아, 초점 없는 시선으로 정면을 바라보며 지팡이를 깎아대고 있었다. 노인은 양봉장을 둘러보고 온 참이었다. 건초 더미도 두 개나 불타버렸다. 노인이 직접 심고 가꾸어왔던 살구나무와 벚나무는 뽑혀버렸고, 검게 그을려 있었다. 벌통과 벌까지도 온통 불에 타버렸다. 여인네들의 울음소리와 어머니를 따라 덩달아 울어대는 어린아이들의 울음소리에 먹을 것을 잃어버린 배고픈 가축들의 나지막한 울음소리가 뒤섞였다. 좀 큰 아이들도 노는 걸 잊고 놀란 눈으로 어른들의 뒤를 따라다녔다.

우물마저도 더럽혀져 있었다. 분명히 의도된 짓거리로, 식수마저도 취할 수 없게 하려는 속셈이었다. 사원도 역시 불타고 더럽혀지기는 마찬가지였다. 물라(이슬람교의 율법학자를 칭하는 존칭—옮긴이)와 제자들이 사원을 청소하고 있었다.

가장인 노인들이 광장에 모여들었고, 공터에 쪼그리고 앉아서 지금의 상황에 대해 의논하고 있었다. 러시아를 증오하는 소리는 들리지 않았다. 그러나 갓난아이부터 늙은이에 이르기까지 모든 체첸인들의 마음에 담긴 감정은 증오보다 더한 것이었다. 그 감정은 증오가 아니었다. 그들은 비열한 러시아인들을 인간으로 취급하지 않았다. 그들의 감정은 혐오였고, 구역질이었고, 비열한 인간들의 몰지각한 잔혹함에 대한 당혹감이었다. 쥐나 독거미나 늑대를 박멸하듯이 그들을 박멸하고픈 욕망은 생존본능만큼이나 자연스러운 본능이 되어버렸다.

마을 주민들 앞에는 선택하는 일만이 기다리고 있었다. 하나는 마을에 남아 그들이 힘들여 가꾸어 놓았지만 러시아인들이 너무도 경솔하고 몰지각하게 파괴시킨 것들을 다시 한 번 공들여 복구하면서, 또다시 닥칠지 모를 재난을 감내하는 길이었다. 다른 하나는 그들의 종교 율법과는 달리, 그들이 품고 있는 혐오와 경멸에도 불구하고 러시아에 항복하는 길이었다.

　노인들은 기도를 통해 답을 구했다. 그러고는 샤밀에게 도움을 청하는 사절을 보내기로 만장일치로 결정을 보았다. 그리고 그들은 즉시 파괴된 마을을 재건하기 위해서 일하기 시작했다.

18

　공습이 있고 나서 이틀 후, 그리 이르지 않은 시각에 부트렐은 뒷문을 통해 큰길로 나섰다. 그는 평소처럼 페트로프와 아침 차를 마시기 전에 산책을 하며 맑은 공기를 마시고 싶었다. 태양은 이미 산 위로 올라와 있었다. 길의 오른편에 늘어선 집들의 하얀 담들에 햇살이 반사되어 눈을 뜨기도 힘들었다. 그러나 왼편으로 검은 나무들로 가득한 산들이 이어진 모습을 보면 한결 마음이 진정되었고 흥이 나기조차 했다. 산들은 멀어질수록 높아 보였다. 계곡 너머로 보이는 눈 덮인 산봉우리들은 빛을 받지 않아 마치 하늘에 떠 있는 구름처럼 여겨졌다.

　부트렐은 산을 쳐다보고는 숨을 크게 들이마시며, 이처럼 아름다운 세상에 살아 있다는 행복감에 빠져들었다. 그는 어제 일과 관련된 자신의 행동으로 인해 더없이 행복했다. 적을 찾아 전진하던 때에나 특히 뜨겁게 달아오른 가슴으로 퇴각해서 돌아오던 때에도 행복하기만 했다. 또한 그들이 공격을 마치고 돌아왔을 때, 마샤, 아니 페트로프와 같이 살고 있는 여인인 마리야 드미트리예브나가 그들을 맞아주었던 모습, 그녀가 모든 사람에게 보여주었던 진심 어린 친절한 모습, 특히 그에게 각별한 관심을 보여주었던 모습을 기억하며 행복에 잠겼다. 굵게 땋은 머리카락, 넓은 어깨, 풍만한 가슴, 주근깨로 덮인 밝고 다정스런 얼굴, 이런 마리야 드미트리예브나의 모습에 젊고 기운이 넘치는 총각이었던 부트렐이 매혹되지 않을 수 없었다. 그녀가 그를 사모하고 있다는 생각까지 해보았다. 그러나 그의 선량하고 순진한 상관을 욕되게 할 수는 없다고 생각했던 까닭에, 그는 마리야 드미트리예브나를 언제나 순수하게 존중하는 마음으로 대했다. 그렇게 행동하는 것만으로도 즐거웠다. 그는 지금 이 순간에도 그런 생각에 잠겨 있었다.

그때 말발굽 소리가 요란하게 들리면서 그의 상념도 끊기고 말았다. 그의 앞에서 먼지가 피어올랐는데, 여러 명이 말을 재촉하며 달리는 것 같았다. 그는 고개를 들었다. 길 끝에서 일단의 기마병들이 달려오고 있었다. 스무 명 정도 되는 카자크 병사였다. 그들 선두에 있는 두 사람이 보였다. 한 사람은 하얀 제복을 입고 두건을 머리에 두르고 파파하를 쓰고 있었다. 다른 한 사람은 푸른색 제복을 입은 러시아 장교였다. 그는 검게 그을린 얼굴에 매부리코였으며 무장을 하고 있었다. 두건을 두른 남자는 머리가 작고 아름다운 눈을 가진 붉은빛이 도는 황색 말을 타고 있었다. 한편 러시아 장교는 등이 높고, 화려한 몸매를 자랑하는 카라바크산 말을 타고 있었다. 부트렐은 말에 상당한 지식을 지니고 있었던 까닭에, 두건을 두른 남자가 타고 있는 말을 한눈에 알아보았고, 그들이 누구인지 살펴볼 생각으로 걸음을 멈추었다. 러시아 장교가 부트렐에게 다가왔다.

"저기가 소령의 막사인가?" 그는 말채찍으로 이반 마트베예비치(페트로프)의 막사를 가리키며 물었다. 그의 말투에서 비러시아계라는 것을 알 수 있었다.

"그렇습니다." 부트렐이 대답했다.

"그런데 저 사람은 누굽니까?" 부트렐은 장교에게 가까이 다가가서는, 눈짓으로 두건을 두른 남자를 가리키며 물었다.

"하지 무라트일세. 하지 무라트는 소령 집에서 머물 예정이네." 장교가 대답했다.

부트렐은 하지 무라트에 대한 소문을 듣고 있었다. 그가 러시아에 투항했다는 것은 알았지만, 그를 이처럼 작은 요새에서 만나게 될 줄은 생각조차 하지 못했다.

하지 무라트는 다정한 표정으로 부트렐을 쳐다보았다.

"안녕하십니까?" 부트렐은 전에 배워두었던 타타르어로 인사말을 건넸다.

"고맙소." 하지 무라트가 고개를 끄덕이며 대답했다.

하지 무라트는 부트렐에게 다가서며, 채찍을 두 손가락 사이에 밀어 넣고 악수를 청했다.

"소령?" 그가 말했다.

"아닙니다. 소령님은 안에 계십니다. 제가 달려가 모셔오도록 하겠습니다." 부트렐은 러시아 장교를 돌아보고 나서 그렇게 말한 뒤, 계단을 뛰어올라가 문을 세게 밀었다.

그러나 마리야 드미트리예브나가 '앞문'이라고 부르던 문은 잠겨 있었다. 부트렐은 문을 두드렸으나 대답이 없었다. 그는 뒷문을 향해 돌아서 들어갔다. 자신의 당번병을 불렀으나 대답이 없고, 당번병 둘 중에서 어느 한 명도 보이지 않자, 부트렐은 부엌으로 들어갔다. 마리야 드미트리예브나가 얼굴을 붉히며 그를 맞이했다. 그녀는 머리카락을 수건으로 감쌌고, 소매를 걷어 올려 통통하고 하얀 팔을 드러내고 있었다. 그녀는 그녀의 팔만큼이나 하얀 밀가루 반죽을 작은 조각 형태로 떼어내며 피로그를 만들 준비를 하고 있었다.

"당번병들은 어디 갔습니까?" 부트렐이 물었다.

"술 마시러 나갔어요. 무슨 일이라도 있나요?" 마리야 드미트리예브나가 말했다.

"문을 열어야 합니다. 문밖에 체첸 사람들이 기다리고 있습니다. 하지 무라트가 왔습니다."

"계속해보세요, 다른 이야기도 해보세요." 마리야 드미트리예브나가 미소를 지으며 말했다.

"농담이 아닙니다. 정말입니다. 그들이 밖에서 기다리고 있습니다."

"뭐라고요? 정말이에요?" 그때서야 마리야 드미트리예브나는 정색을 하며 말했다.

"제가 왜 없는 일을 꾸며 말하겠습니까? 나가서 직접 보세요. 그들이 정말 밖에서 기다리고 있습니다."

"알았어요. 제가 가서 남편을 깨우도록 하겠어요!" 마리야 드미트리예브나는 소매를 내렸고, 머리카락을 감싸고 있던 수건에 핀을 다시 꽂으며 말했다.

"아닙니다. 제가 소령님을 깨우겠습니다. 문을 열어주십시오." 부트렐이 말했다.

"그 편이 더 낫겠군요." 마리야 드미트리예브나는 대답하고 나서 앞문을 향해 달려갔다.

이반 마트베예비치는 하지 무라트가 왔다는 소식에 조금도 놀라지 않았다. 하지 무라트가 그로즈니에 있다는 정보를 미리 알고 있었기 때문이다. 그는 침대에서 일어나 담배를 말았다. 담배에 불을 붙이고서야, 옷을 입기 시작했다. 목이 불편했던지 크게 기침을 해댔다. 그리고 그에게 '악마'를 보낸 고위층에게 불만을 퍼부었다. 페트로프는 군복을 입고 난 후, 당번병에게 '약'을 가져오라고 명령했다. 그 뜻을 알고 있던 당번병은 그에게 보드카를 가져왔다.

이반 마트베예비치는 보드카에 검은 빵을 적셔 먹으며 투덜거렸다.

"자네는 절대 술을 섞어 마시지 말도록 하게. 어젯밤 치히르(카프카스산 포도주의 일종—옮긴이)를 마셨더니, 아직도 머리가 무거워. 좋았어, 이제 채비가 끝났네." 페트로프는 응접실로 나갔다. 응접실에는 부트렐이 하지 무라트와 그를 호송한 러시아 장교와 함께 기다리고 있었다.

장교는 이반 마트베예비치에게 좌현군 사령관의 명령서를 건네주었다. 명령서에는 이반 마트베예비치에게 하지 무라트를 책임지고 보호하며, 정찰을 끝낸 다음 하지 무라트가 체첸인들과 접촉하는 것을 허용하되 카자크 병사들의 호위 없이는 절대 요새를 떠나지 못하게 하라는 지시가 적혀 있었다.

이반 마트베예비치는 명령서를 읽고 난 후, 하지 무라트를 뚫어지게 쳐다보았다. 그러고 나서 명령서를 완전히 외울 만큼 읽고 또 읽었다. 명령서와 그의 방문객을 번갈아 쳐다보던 끝에, 마침내 그는 하지 무라트에게 시선을 고정시키며 말했다.

"좋습니다. 그가 이곳에 머무를 수 있도록 조치를 취하겠습니다. 하지만 내 명령 없이는 절대 요새를 떠날 수 없다고 그에게 전해주시오. 명령은 명령입니다. 숙소 문제는…… 부트렐, 자네는 어떻게 생각해? 저 친구를 막사에 머물도록 해도 괜찮겠지?"

부트렐이 미처 대답도 하기 전에, 부엌에서 나와 응접실 문 앞에 서 있던 마리야 드미트리예브나가 남편을 향해 말했다.

"왜 하필 막사인가요? 여기에 머물도록 조치하세요. 그 사람에게 손님방과 창고를 내주면 될 거예요. 그렇게 하면 당신이 직접 지킬 수 있잖아요." 그렇게 말하며 그녀는 하지 무라트를 쳐다보았다. 그러나 그와 눈이 마주치자 황급히 시선을 돌렸다.

"그렇습니다. 마리야 드미트리예브나의 생각이 맞습니다." 부트렐이 말했다.

"저리 가요! 여자가 나설 자리가 아니오!" 이반 마트베예비치가 얼굴을 찌푸리며 말했다.

그런 대화가 오가는 동안, 하지 무라트는 단검의 손잡이를 쥐고 앉아 있었다. 그의 미소에는 경멸이 깃들어 있었다. 그는 어디에서 머무르던 상관없다고 말했다. 단지 체첸인들과의 접촉을 허락해주길 바랐다. 달리 말해서 체첸인들이 그에게 접근하는 것이 허용되길 기대했다. 이반 마트베예비치는 그 요청을 받아들이겠다고 대답했고, 먹을 것을 준비하고 방을 청소하는 동안 부트렐에게 손님들과 함께 있어달라고 부탁했다. 그리고 그는 필요한 서류를 정리하고 지시를 내리기 위해서 막사로 갔다.

하지 무라트의 태도에서 새롭게 만난 사람들에 대한 평가가 곧바로 내려졌다. 하지 무라트는 이반 마트베예비치를 처음 대면하는 순간, 혐오감을 느꼈다. 이반 마트베예비치를 경멸했으므로 늘 오만한 표정을 지었다. 하지만 그를 위해 요리를 해주고 깍듯이 대해주던 마리야 드미트리예브나는 무척 마음에 들었다. 그녀의 순수한 태도나 서민적 풍모에서 나오는 독특한 아름다움이 좋았다. 그에게는 낯설고 독특한 것이었다. 그래서 그녀에게 거의 무의식적으로 매혹되는 기분을 느꼈다. 하지 무라트는 그녀를 쳐다보지 않고, 말도 걸지 않으려고 애썼다. 그러나 그의 두 눈은 무의식적으로 그녀를 향하고 있었고, 그녀의 행동거지를 따르고 있었다.

하지 무라트는 부트렐과는 금방 친해질 수 있었다. 부트렐과 오랜 시간 동안 대화를 나누면서 즐거운 시간을 보냈다. 그는 부트렐에게 어떤 삶을 살았는지 물었고, 자신이 살아온 과정도 이야기해주었다. 또한 그의 가족의 상태를 살피고 온 정찰병의 소식을 전해 들었을 때는, 자신이 어떻게 처신하면 좋을지 부트렐에게 의견을 구하기도 했다.

정찰병이 그에게 전한 소식은 반가운 소식이 아니었다. 하지 무라트가 요새에서 보냈던 나흘 동안, 정찰병은 소식을 두 번 전해 왔고, 두 번 모두 불길한 소식이었다.

19

하지 무라트가 러시아에 투항한 직후, 그의 가족들은 베데노 마을로 끌려갔다. 그들의 운명은 샤밀의 처분에 달려 있는 터라, 그들은 그의 판결을 기다리며 그곳에서 감시를 받으며 살고 있었다. 여인들—하지 무라트의 노모 파티마트와 두 아내—이 어린 다섯 자식을 데리고 이브라김 라쉬드의 집에서 감시 하에 있었다. 이브라김 라쉬드는 샤밀의 충복 가운데 하나였다. 열여덟 살이 된 유수프는 지하 감옥에 갇혀 있었다. 땅 밑으로 1사젠 이상을 파내려 간 깊은 토굴이었다. 지하 감옥에는 유수프처럼 샤밀에게 운명을 맡긴 채 그의 처분만 기다리고 있는 죄인이 네 명 더 있었다.

그러나 판결은 연기되고 있었다. 샤밀이 러시아군과의 전투로 인해 계속 자리를 비우고 있었기 때문이다.

1852년 1월 6일, 샤밀이 러시아군과 전투를 끝내고 베데노 마을로 돌아왔다. 러시아의 주장에 따르면, 샤밀은 그 전투에서 대패해 베데노로 도주한 것이었다. 하지만 샤밀과 그의 추종자들은 그들이 큰 승리를 거두었고 러시아군을 후퇴하게 만들었다는 입장이었다. 이번 전투는 무척 보기 드문 장면을 연출했는데, 샤밀이 직접 총을 쏘아댔다. 그를 호위하던 추종자들이 만류하지 않았더라면 샤밀은 직접 칼을 뽑아들고 러시아군과 싸웠을 것이다. 그를 호위하던 추종자 둘이 목숨을 잃었다.

샤밀이 베데노 마을에 도착한 때는 정오쯤이었다. 기마술을 과시하며 라이플총과 권총을 쏘며 알라신을 찬양하는 노래 〈라일라하 일리 알라〉를 계속해서 불러대는 추종자들에게 둘러싸여 샤밀은 개선장군처럼 마을로 들어왔다.

꽤 큰 마을이었던 베데노의 모든 주민들이 길거리로 뛰쳐나오거나 지붕 위로 올라가서 지도자의 개선을 환영했다. 샤밀의 추종자들도 라이플총과 권총을 쏘며 그들의 환영에 감사를 표했다. 샤밀은 하얀 아랍산 말을 타고 있었다. 말은 흥겨운 발걸음으로 집으로 향했다. 마구도 무척이나 간소했다. 금이나 은장식은 없었다. 가운데에 가는 홈을 파놓은 섬세하게 만들어진 붉은 가죽 굴레, 금속으로 만든 등자, 안장 아래로 보이는 붉은 안장깔개가 전부였다. 샤밀은 갈색 옷 위에 털외투를 입고 있었다. 검은 털이 목깃과 소매 밖으로 나와 있었다. 훤칠하고 날렵한 체격에 검은 가죽띠를 바짝 동여맸고, 단검을 부착하고 있었다. 머리에는 높지만 위가 납작하고 검은 장식 술이 달린 파파하를 썼고, 하얀 두건을 두르고 있었는데, 두건의 끝자락은 그의 목까지 흘러내려와 있었다. 또한 초록색 가죽 장화를 신고 있었고, 평범한 장식 술로 가장자리를 마무리한 검은 각반으로 정강

이를 바짝 두르고 있었다.

샤밀의 몸에는 번쩍거리는 것이라곤 전혀 없었다. 금장식도 은장식도 없었다. 수수한 옷차림에 허리를 꼿꼿하게 편 자세는 금과 은으로 된 장신구와 무기를 주렁주렁 달고 있던 추종자들의 모습과 비교해볼 때, 사람들에게 커다란 감동을 안겨주었다. 샤밀이 노렸던 것도 바로 그런 것이었다. 그는 붉은 수염이 난 얼굴을 핏기 없어 보이게 만들었고, 언제나 눈을 가늘게 뜨고 돌처럼 굳은 표정이었다. 마을을 지나가면서, 수천 개의 눈동자가 그를 향하고 있다는 것도 알았지만, 그는 누구에게도 시선을 주지 않았다. 하지 무라트의 아내들과 자식들도 다른 사람들과 함께 베란다에 나와 샤밀이 오는 걸 지켜보고 있었다. 하지 무라트의 노모였던 파티마트만은 달랐다. 그녀는 예전과 다름없이 헝클어진 잿빛 머리카락을 빗지도 않고, 바닥에 주저앉아 여윈 무릎을 두 팔로 감싸 안고 있었다. 그녀의 검은 눈동자는 분노를 삭이듯이 깜박거리며, 벽난로 속에서 타오르는 통나무를 지켜보고 있었다. 그녀도 아들만큼이나 샤밀을 증오하고 있었다. 아니 아들보다 더 증오하고 있었던 까닭에 샤밀의 얼굴조차 보려 하지 않았다.

하지 무라트의 아들 유수프 역시 샤밀의 개선을 보지 않았다. 어둠과 악취로 가득했던 땅굴에서 그는 총소리와 노랫소리만을 들을 수 있었다. 활력에 넘치던 젊은이가 모든 자유를 박탈당했을 때 느낄 수밖에 없는 고통을 그도 똑같이 경험하고 있었다. 악취를 풍기는 땅굴에 앉아, 서로가 증오하고 있던 불쌍할 정도로 바싹 여윈 더러운 범죄자들만을 보고 있어야 했던 까닭에, 그는 맑은 공기, 햇살과 자유를 만끽하는 사람들, 바로 그 순간에 지도자 앞에서 거들먹대며 말을 몰고 총을 쏘아대고 알라를 찬양하는 노래를 불러대던 사람들이 무척이나 부러웠다.

마을을 한 바퀴 행진한 후 샤밀은 넓은 마당 안으로 들어갔다. 마당은 그가 거처로 사용하는 집이 있는 안뜰과 연결되어 있었다. 바깥뜰의 대문을 지키던 무장한 두 경비병이 대문을 활짝 열며 샤밀을 맞았다. 마당 안에는 사람들로 가득했다. 나름대로 이유를 가진 사람들이 더러 군데군데 있었다. 하소연을 하러 찾아온 청원자들도 있었고, 재판을 하기 위해 샤밀이 직접 불러들인 사람들도 있었다. 샤밀이 마당 안으로 들어서자 모두가 일어섰다. 그들은 가슴에 손을 얹으며 지도자를 향해 예우를 갖추었다. 어떤 사람은 무릎을 꿇었고, 샤밀이 마당을 지나 안뜰 문으로 사라질 때까지 그대로 있었다. 샤밀은 기다리던 사람들 중에서 불만을 가진 사람이 있다는 것을 알았고, 그가 관심을 보여주기를 기다리며 지쳐버린 청원자들도 있다는 것을 알았다. 그러나 샤밀은 평소와 다름없이 돌같이 굳은 표정으로 그들을 지나쳐버렸다. 샤밀은 안뜰로 들어가, 대문의 왼쪽에 자리 잡고 있던 거처의 베란다 앞에서 말을 세웠다.

이번 전투는 육체적 부담보다는 정신적 부담이 더욱 컸다. 비록 승리한 전투였다고 공표했지만, 샤밀은 사실상 패배한 전투라는 것을 알고 있었다. 수많은 체첸 마을이 불타버렸고 파괴되었다. 또한 의지가 약하고 변덕스러웠던 체첸인들이 동요하기 시작했고, 러시아 군대에 가까이 살던 일부 사람들은 벌써 러시아로 투항할 준비를 서두르고 있었다. 모든 것이 어렵게 꼬여갔다. 특단의 조치가 필요했지만 당분간 샤밀은 아무 일도, 아무런 생각도 하고 싶지 않았다. 다만 편안히 쉬고 싶었다. 그리고 아내들 중에서 가장 총애하는 검은 눈동자가 예쁘고 행동이 민첩한 열여덟 살의 키스틴 여인인 아미네트와 함께 행복한 시간을 즐기고 싶었다.

그러나 아미네트를 그때 만난다는 것은 불가능한 일이었다. 남자 구역과 여자 구역을 나누고 있는 안뜰의 울타리 건너편에 아미네트가 있기는 했지만(샤밀은 말에서 내릴 때 아미네트를 비롯해서 그의 다른 아내들이 울타리 너머로 그를 지켜보고 있다는 것을 짐작하고 있었다), 그는 아미네트를 만나러 갈 수조차 없었을 뿐만 아니라, 푹신한 깃털 침대에 누워 피로를 회복할 시간조차 가질 수가 없었다. 만사를 제쳐두고 정오 기도부터 드려야만 했다. 그는 기도하고 싶은 마음이 조금도 생기지 않았다. 하지만 단지 종교 지도자 신분 때문만이 아니라, 개인적으로도 기도를 일상의 양식처럼 소중하게 생각했기 때문에 기도를 소홀히 할 수는 없었다. 그래서 그는 의식에 따라 손을 씻고 기도를 하기 시작했다. 기도가 끝난 후, 그는 기다리고 있던 사람들을 불러들였다.

첫 번째 사람은 그의 장인이자 선생이었던 제말 에딘이었다. 잿빛 머리카락에 눈처럼 하얀 수염을 길렀고 혈색이 좋은 훤칠한 체격의 노인이었다. 신에게 기도를 드린 후, 노인은 샤밀에게 전투에 대해 물었고, 샤밀이 떠나 있는 동안 산에서 일어났던 온갖 사건들을 상세하게 말해주기 시작했다.

노인이 말한 온갖 사건들 중에는 죽음을 불사했던 결투, 가축 도둑, 담배와 술을 금했던 타리카드(신을 향한 고귀한 삶으로 인도하는 참선의 일종—옮긴이)의 위배 등이 있었다. 또한 제말 에딘은 하지 무라트가 가족을 러시아로 데려가기 위해 사람을 보냈지만 그 계획을 좌절시켰고, 그 가족을 베데노에 옮겨 놓은 채 샤밀의 결정을 기다리며 감시하고 있다는 사실도 말해주었다. 그 문제를 상의하기 위해서 손님방에 장로들이 모여 있었다. 제말 에딘은 그들이 벌써 사흘째 그의 결정을 기다리고 있기 때문에 당장에라도 하지 무라트의 가족을 없애버리라고 샤밀에게 충고했다.

샤밀은 그의 방에서 저녁식사를 했다. 첫 부인인 자이데트가 시중을 들었다. 그녀는 뾰족한 코에 검은 피부를 가진 못생긴 여자였다. 샤밀은 그녀를 좋아하지 않았다. 저녁식사를 끝내고 샤밀은 손님방으로 건너갔다.

샤밀의 자문위원은 모두 여섯 명이었다. 희거나 잿빛에 붉은 수염을 기른 노인들은 모두 파파하를 쓰고 있었지만, 두건을 두르지 않은 노인도 더러 있었다. 베쉬메트에 체르케스카를 입고 있었고, 가죽 허리띠에 단검을 차고 있었다. 그들은 일어나며 샤밀을 맞이했다. 샤밀은 그들보다 머리 하나가 더 컸다. 샤밀을 포함해서, 그들 모두가 손바닥을 뒤집어 올리고 눈을 감고 기도문을 외웠다. 그리고 두 손으로 얼굴을 닦아냈고, 수염 아래로 두 손을 쓸어내리며 합장했다. 그런 다음에야 그들은 방석에 앉았다. 샤밀은 중앙에 위치한 가장 높은 방석에 앉았다. 그리고 그들은 코앞에 닥친 문제들을 상의하기 시작했다.

범죄 행위로 고발된 사건은 샤리아(무함마드의 율법서―옮긴이)에 따라 결정되었다. 두 절도범은 손을 잘라내도록 했고, 다른 범죄자는 참수형에 처하도록 했다. 세 범죄자는 용서의 특전을 베풀어주었다. 그런 다음 그들은 핵심적인 문제로 넘어갔다. 체첸인들이 러시아로 투항하는 것을 막기 위한 조치를 상의해야만 했다. 그런 배신적 행위를 중지시키기 위해서 제말 에딘은 다음과 같은 포고령을 작성했다.

위대한 알라의 영원한 복락이 너희와 함께 하리라. 러시아인들이 너희에게 호의를 베풀며 너희의 투항을 요구한다고 들었다. 그들을 믿지 말라. 항복하지 말라. 인내를 가지고 기다려라. 그렇게 하면 너희에게 보상이 따를 것이다. 이 세상에서 보상받지 못하더라도 다음 세상에서 보상받게 될 것이다. 너희가 무기를 손에 놓았을 때 어떤 일이 있었던가를 기억하라. 1840년 그때 신이 너희에게 빛을 보여주지 않으셨더라면, 너희는 지금쯤 군인이 되어 단검 대신에 총검을 잡았을 것이다. 또한 너희 아내들은 옷도 입지 못한 채 더럽혀지고 말았을 것이다. 과거 경험을 거울 삼아 미래를 판단하라. 신을 버린 배신자로 살기보다는 러시아와의 전쟁에서 죽는 편이 더 낫다. 인내하고 기다려라. 그러면 내가 코란과 칼을 들고 달려가, 너희와 함께 러시아에 대적할 것이다. 나는 너희에게 분명히 명령한다. 러시아에 항복할 생각은 조금도 하지 마라. 꿈속에서라도 그런 생각은 하지 마라.

샤밀은 그 포고령에 만족하며 서명했다. 그리고 포고령을 사방으로 발송하라는 지시를 내렸다.

그 문제를 마무리 짓고 난 후, 하지 무라트의 문제가 논의되었다. 샤밀로서는 무척 중요한 문제였다. 비록 인정하긴 싫었지만 하지 무라트가 그의 편이었다면, 그의 능수능란함, 용기와 대범함으로 인해 지금 체첸 땅에서 벌어지고 있는 일들은 결코 일어나지 않았을 것이란 사실을 잘 알고 있었다. 하지 무라트와의 불화를 일찌감치 해결하고, 그를 다시 한 번 이용하는 편이 옳았다. 그렇게 할 수 없다면 하지 무라트가 러시아를 돕지 못하게 만들어야만 했다. 따라서 어떤 경우에라도 샤밀은 그를 불러들여야만 했다. 그리고 그가 돌아오면, 그때 그를 죽여야만 했다. 티플리스로 자객을 보내어 그를 죽일 수도 있었다. 아니면 그를 소환하여 체첸인들이 보는 앞에서 죽일 수도 있었다. 그렇게 할 수 있는 유일한 방법은 하지 무라트의 가족을 이용하는 것이었다. 무엇보다도 그가 목숨만큼이나 사랑했던 그의 아들을 이용해야만 했다. 샤밀은 하지 무라트가 아들에게 품고 있던 지극한 사랑을 알고 있었다. 따라서 그의 아들을 설득시켜야만 했다.

자문위원들이 그 문제로 의견이 분분한 동안, 샤밀은 눈을 감고 침묵했다.

노인들은 샤밀의 행동이 뜻하는 바를 알고 있었다. 샤밀은 신의 목소리를 듣고 있었다. 신이 어떻게 행동해야 하는가를 샤밀에게 전해주고 있었다. 5분 정도의 엄숙한 침묵이 흐른 후, 샤밀은 눈을 떴다. 그리고 평소보다 더 가늘게 눈을 뜨며 말했다.

"하지 무라트의 아들을 데려오시오."

"벌써 이곳에 데려다 놓았습니다." 제말 에딘이 말했다.

유수프는 많이 야위었고 얼굴까지 창백해져 있었다. 비록 누더기를 걸치고 있었지만 얼굴과 체격은 나무랄 데 없었고, 검은 눈동자 역시 할머니였던 파티마트만큼이나 반짝거렸다. 유수프는 샤밀의 부름을 기다리며 바깥마당의 대문 앞에 서 있었다.

아버지와는 달리 유수프는 샤밀에 대해 나쁜 감정을 품고 있지는 않았다. 그는 과거에 있었던 일들을 모두 알지는 못했다. 설사 알고 있었더라도 간접적으로 들은 것이었다. 그는 아버지가 완고하게 샤밀과 맞섰던 이유를 이해할 수가 없었다. 유수프는 단지 지배자의 아들로서 훈자흐에서 누렸던 편안하고 방탕한 삶을 살고 싶었을 뿐이었다. 그는 샤밀과 싸워야 하는 이유가 납득되지 않았던 것이다. 그는 아버지와 정반대로 샤밀을 무척 동경했으며, 산속의 사람들이 일반적으로 샤밀을 열렬히 숭배하는 것처럼 그렇게 샤밀을 숭배하고 있었다. 유수프는 손님방으로 들어가게 되었을 때, 샤밀을 향한 특별한 경외심과 뜨거운 존경심이 솟아나는 걸 느꼈다. 그가 문 앞에 멈추어 서자, 샤밀은 눈을 가늘게 뜨고 그를 쩨려보았다. 유수프는 잠시 서 있다가 샤밀에게로 걸어가, 손가락이 유난히 긴 그의 흰 손에다 입을 맞추었다.

"네가 하지 무라트의 아들이냐?"

"그렇습니다."

"너는 네 아비가 한 짓을 알고 있느냐?"

"알고 있습니다. 무척 유감스럽게 생각합니다."

"글을 쓸 줄 아느냐?"

"물라가 되기 위해 공부하는 중이었습니다."

"그렇다면 네 아비에게 편지를 쓰도록 해라. 네 아비가 나에게 돌아온다면, 당장 바이람(회교의 성전—옮긴이) 앞에 와서 무릎을 꿇는다면, 내가 용서해줄 것이며 모든 것이 이전처럼 될 것이라고 전해라. 그러나 네 아비가 돌아오지 않고 러시아에 계속 남아 있을 경우에는, 만약 그렇게 한다면……." 샤밀은 말을 멈추고 얼굴을 무섭게 찌푸리고는 계속해서 말했다. "네 할머니와 어머니를 마을의 노예로 삼을 것이며, 네 목을 칠 것이라고 전해라."

유수프는 안색조차 변하지 않았다. 그는 샤밀의 뜻을 충분히 깨달았다는 뜻으로 고개를 깊이 숙였다.

"내 뜻을 편지에 쓰도록 해라. 그 편지를 내 전령에게 주어라."

그리고 샤밀은 입을 다물고 오랫동안 유수프를 노려보았다.

"내가 너에게 인정을 베풀기로 했다고 쓰도록 해라. 네 목을 자르는 대신, 모든 배신자에게 하듯이 네 눈을 뽑아버리겠다고 전해라. 그만 가거라." 한참 후에야 샤밀은 다시 말했다.

유수프는 샤밀의 면전에서 침착하고자 애썼다. 그러나 손님방을 나서자마자, 호위병에게 달려들어 단검을 빼앗아 들고 자살을 기도했다. 호위병들은 재빨리 유수프의 팔을 붙잡았고, 결박하여 다시 지하 땅굴로 밀어 넣었다.

그날 저녁, 저녁 기도가 끝나고 땅거미가 내려앉기 시작했을 때, 샤밀은 하얀 털외투를 입고 울타리를 건너 부인들이 살고 있던 거처로 찾아갔다. 그는 곧장 아미네트의 방으로 갔다. 그러나 아미네트는 방에 없었다. 그녀는 다른 부인들과 함께 있었다. 다른 여자들의 눈에 띄고 싶지 않았던 샤밀은 아미네트의 방문 뒤에 몸을 감추고 그녀가 돌아오기를 기다렸다. 그러나 아미네트는 샤밀이 자이데트에게만 견직물을 선물하고 자신에게는 선물하지 않았던 까닭에, 샤밀에게 몹시도 화가 나 있었다. 그녀는 샤밀이 울타리를 건너 그녀의 방으로 오는 것을 보았지만, 일부러 방으로 돌아가지 않았다. 그녀는 자이데트의 문 앞에서 오랜 시간을 보냈고, 하얀 털옷을 입은 남자가 그녀의 방을 들락대는 것을 보고 조용히 미소를 지었다. 자정 기도를 할 시간이 거의 다 되었을 때, 샤밀은 아쉬웠지만 그의 거처로 돌아가야만 했다.

20

하지 무라트는 이반 마트베예비치의 막사에서 생활하면서 요새에서 일주일을 보냈다. 마리야 드미트리예브나는 털보 하네피(하지 무라트는 오직 두 심복, 하네피와 엘다르만을 데려왔다)와 말다툼을 하면서 부엌에서 그를 여러 번 쫓아내기는 했지만—그 때문에 하네피는 거의 그녀의 목을 베기 직전까지 갔다—하지 무라트를 향한 각별한 배려와 따뜻한 마음 씀씀이에는 조금도 변화가 없었다. 엘다르에게 하지 무라트의 저녁 시중을 맡겼기 때문에 그녀가 특별히 할 일은 없었지만, 그녀는 하지 무라트를 즐겁게 해줄 수 있는 일이라면 어떤 것도 마다하지 않았다. 또한 그녀는 그의 가족을 구해내기 위한 협상에도 상당한 관심을 기울였다. 그녀는 하지 무라트에게 몇 명의 아내가 있고, 몇 명의 자식이 있으며, 그들이 각각 몇 살인지도 알고 있었다. 정찰병이 올 때마다, 그녀는 사람을 가리지 않고 협상이 어떻게 진행되고 있는지 물어보았다.

그동안 부트렐은 하지 무라트와 각별한 친분을 맺게 되었다. 때때로 하지 무라트가 그의 방을 찾아오기도 했다. 다른 때에는 부트렐이 하지 무라트의 방을 찾았다. 그들은 때때로 통역관을 통해서 대화를 나누었지만, 다른 때에는 손짓 발짓을 사용해서 의사를 교환했다. 언제나 미소를 잃지 않았던 하지 무라트는 부트렐에게 호감을 가졌던 게 틀림없었다. 그것은 엘다르가 부트렐을 대했던 태도에서도 분명하게 드러났다. 부트렐이 하지 무라트의 방을 찾을 때마다, 엘다르는 그에게 밝은 미소와 함께 하얀 이를 드러내며 반갑게 맞아주었다. 그리고 서둘러 방석을 꺼내주었고, 칼을 벗기는 것도 도와주었다.

부트렐은 하지 무라트와 피로 맺어진 형제였던 털복숭이 하네피와도 좋은 관계를 맺게 되었다. 하네피는 산사람들의 노래를 많이 알고 있었고, 노래도 매우 잘했다. 하지 무라트는 부트렐의 기분을 맞춰주려고 하네피를 불러 노래를 부르도록 했으며, 그가 좋아하는 노래를 청하기도 했다. 하네피는 고음 처리가 뛰어났고, 무척이나 맑고 또렷한 목소리로 노래했다. 하지 무라트가 특히 좋아하는 노래가 하나 있었는데, 부트렐은 그 노래의 엄숙하고 비장함에 무척이나 감동받았다. 부트렐은 통역관에게 그 노래 가사를 러시아어로 해석한 후, 적어달라고 부탁했다.

그 노래의 주제는 복수였다. 하네피와 하지 무라트가 서로에게 맹세했던 복수였다.

그 노래의 가사는 다음과 같았다.

내 무덤 위의 흙이 마르면, 어머니! 당신은 저를 잊을 거예요. 무덤 위 잡초들이 묘지를 덮을 정도로 자라면, 늙으신 아버지, 당신의 슬픔은 가라앉을 거예요. 내 누이들의 눈에서 눈물이 마를 것이고, 그들의 가슴에 맺혔던 슬픔마저 날아갈 거예요.

하지만 형님, 당신은 내 죽음을 복수할 때까지 나를 잊지 않을 거죠. 그리고 아우, 너도 내 옆에 누울 때까지 나를 잊지 못할 거야.

탄환이여, 너는 뜨거운 죽음의 동반자. 그러나 너는 내 충실한 종이 아니냐? 검은 땅이여, 너는 나를 덮겠지만, 내가 말발굽으로 달렸던 곳이 아니냐? 죽음이여, 너는 차갑지만, 내가 너를 지배하던 주인이었지. 이 땅이 나를 삼킬 것이고, 저 하늘이 내 영혼을 삼킬 것이다.

하지 무라트는 이 노래를 들을 때면 언제나 눈을 감았다. 노래의 끝 부분이 희미하게 이어질 때, 그는 러시아어로 말하곤 했다.
"훌륭한 노래야, 지혜의 노래야."

부트렐은 하지 무라트가 요새를 찾은 후, 하지 무라트와 그의 심복들과 아주 친해졌던 까닭에 산사람들의 독특하고 활기찬 삶을 읊은 노래들에 더욱 매료되었다. 그도 베쉬메트에 체르케스카를 입었고 각반을 둘렀다. 그는 산사람이 된 기분을 느꼈고, 그들과 같은 삶을 살고 있다는 생각이 들었다.

하지 무라트가 이반 마트베예비치를 떠나게 되던 날, 그를 배웅하기 위해 장교들이 모였다. 장교들은 두 테이블에 나누어 앉았다. 한 테이블에는 마리야 드미트리예브나가 준비한 차가 있었고, 다른 테이블에는 보드카와 전채요리가 차려져 있었다. 먼 길을 나서기에 적합한 옷으로 갈아입고, 칼과 라이플총으로 무장한 하지 무라트가 약간 절룩거리긴 했지만 날렵하고 부드러운 걸음걸이로 응접실로 들어왔다.

모두가 의자에서 일어났다. 그리고 차례로 그와 악수를 나누었다. 이반 마트베예비치는 그에게 소파에 앉도록 권했다. 그러나 하지 무라트는 고맙다고만 말하며, 창문 옆에 놓인 의자에 앉았다. 응접실로 들어선 순간 자신을 맞이한 깊은 침묵에 그는 조금도 위축된 모습을 보이지 않았다. 그는 응접실에 모인 장교들의 얼굴을 하나씩 살펴보았다. 그리고 사모바르(찻물을 끓이는 기구인데, 안에다 숯불을 넣어서 물을 끓인다―옮긴이)와 음식이 오른 테이블에 시선을 멈추었다. 별다른 뜻은 없었다. 그때 남들보다 유난히 취했고, 하지 무라트를 처음 보았던 장교 페트로코프스키가 통역관을 통해 하지 무라트에게 티플리스가 마음에 들었느냐고 물었다.

"아이야." 하지 무라트가 대답했다.

"그렇답니다." 통역관이 통역했다.

"어떤 점이 특히 좋았냐고 물어봐주시오."

하지 무라트가 뭐라고 대답했다.

"그는 극장이 제일 마음에 들었다고 합니다."

"사령관의 무도회장에도 참석했냐고 물어보시오."

하지 무라트가 얼굴을 찡그렸다.

"어느 민족에게나 나름대로의 관습이 있는 법이오. 체첸의 여자들은 그런 옷을 입지 않소." 그는 마리야 드미트리예브나를 쳐다보며 말했다.

"그가 마음에 들지 않았던 게 무엇인지, 물어봐주겠소?"

"우리에게는 이런 속담이 있지. 개가 당나귀에게 함께 나누어

먹자며 고깃덩이를 주었소. 그러자 당나귀도 똑같이 말하며 건초를 주었소. 결국 둘은 모두 배를 곯아야 했소." 하지 무라트는 통역관에게 대답했다. "어느 민족에게나 자신의 좋은 관습이 있지요." 하지 무라트는 미소 띤 얼굴로 덧붙였다.

대화는 거기에서 멈추었다. 장교들은 차를 마시고, 음식을 먹기 시작했다. 하지 무라트는 찻잔을 받아 들고선, 자신의 앞에다 내려놓았다.

"크림을 드릴까요? 아니면 흰 빵이라도?" 마리야 드미트리예브나가 그를 시중들며 물었다.

하지 무라트가 고개를 끄덕였다.

"잘 가시오. 언제 다시 만날 수 있을까요?" 부트렐이 그의 무릎을 건드리며 말했다.

"안녕, 안녕." 하지 무라트가 웃으며 러시아어로 대답했다. "쿠나크 부트렐. 나는 당신의 좋은 쿠나크. 이제는 우리가 헤어져야 해." 하지 무라트는 그가 떠나야 할 방향이라도 가리키듯, 머리를 위아래로 흔들며 말했다.

그때 엘다르가 어깨에 무언가 하얀 것을 짊어지고 응접실 문으로 들어왔다. 그의 손에는 칼이 들려 있었다. 하지 무라트가 그에게 손짓하자, 엘다르가 성큼성큼 다가와 흰 부르카와 칼을 건네주었다. 하지 무라트는 부르카를 받아 들었다. 그리고 부르카를 두 팔로 받쳐 들곤 마리야 드미트리예브나를 향해 돌아서며 통역관에게 뭐라고 말했다. 통역관이 그 말을 전했다.

"당신에게 그 부르카가 어울릴 것이라며, 선물로 받아달라고 합니다."

"하지만 무슨 이유로?" 마리야 드미트리예브나는 얼굴이 발 갛게 달아올랐다.

"받아야 합니다. 감사의 선물은 우리의 관습입니다." 하지 무 라트가 말했다.

"고마워요. 당신이 아들을 구해낼 수 있도록 신이 도우실 거 예요." 마리야 드미트리예브나는 부르카를 받아 들며 말했다. "그가 가족을 구해낼 수 있기를 바란다고 전해주세요." 그녀는 통역관에게 덧붙였다.

하지 무라트는 마리야 드미트리예브나를 쳐다보면서, 반드시 그렇게 하겠다는 의지를 표현하듯 고개를 끄덕였다. 그리고 그 는 엘다르로부터 칼을 건네받아서 이반 마트베예비치에게 주었 다. 이반 마트베예비치도 칼을 받아 들며 통역관에게 말했다.

"그에게 내 애마를 타고 가라고 전해주게. 내가 선물에 대한 보답으로 주는 것이라고."

하지 무라트는 아무것도 원하지 않으며 받을 수 없다는 뜻으 로 손을 저어 보였다. 그리고 먼저 산을 가리켰고, 그런 다음에 가슴을 가리키더니 응접실 문을 향해 걸어 나갔다. 많은 장교가 그의 뒤를 따랐다. 안에 남았던 장교들은 칼을 꺼내 보았다. 그 들은 날카로운 칼날에 입을 다물지 못했다.

부트렐은 계단 밖까지 나가서 하지 무라트를 배웅했다. 그러 나 그때 전혀 예기치 못했던 사건이 벌어졌다. 하지 무라트가 민첩하고 단호하고 노련하지 않았더라면 목숨을 잃고 말았을 뻔했던 사건이었다.

쿠믹 마을의 타쉬 키추 사람들은 하지 무라트를 무척이나 존경하고 있었다. 그래서 그 이름도 쟁쟁한 전사를 먼발치에서라도 보기 위해 요새에 자주 찾아왔다. 하지 무라트가 출발하기 사흘 전, 그들은 심부름꾼을 보내 금요일의 기도회를 위해 사원으로 참석해달라는 초청장을 보냈다. 그러나 타쉬 키추에 머물고 있던 쿠믹의 공작들은 하지 무라트를 증오했던 까닭에 목숨을 건 결투를 벌인 적도 있었다. 마을 사람들이 하지 무라트를 초청했다는 소식을 들었을 때, 그들은 그를 사원에 들여놓을 수 없다고 말했다. 마을 주민들은 그런 결정에 반발했고, 결국 마을 사람들과 공작의 추종자들 사이에 싸움이 벌어지고 말았다. 러시아군이 개입해서 두 편의 싸움을 진압해야 했고, 러시아군은 하지 무라트에게 사원의 기도회에 참석하지 말아달라는 전갈을 보냈다. 하지 무라트도 러시아군의 충고를 받아들였고, 그런 식으로 해서 문제가 해결된 것으로 모두가 생각하고 있었다.

그러나 하지 무라트가 계단을 내려와 말이 대기 중이던 밖으로 나가려던 바로 그 순간, 쿠믹의 한 공작이었던 아르슬란 한이 말을 타고 달려들었다. 부트렐과 이반 마트베예비치도 그가 누구인지 알고 있었다.

하지 무라트를 본 순간, 그는 권총을 허리춤에서 꺼내 들며 하지 무라트를 겨냥했다. 그러나 아르슬란 한이 권총을 발사하기도 전에, 하지 무라트는 발을 절룩거렸음에도 불구하고 고양이처럼 그를 향해 뛰어올랐다. 아르슬란 한의 총은 발사되긴 했지만 빗나가고 말았다. 하지 무라트는 어느 새 그에게 접근하여, 한 손으로 고삐를 붙잡았고, 다른 한 손으로는 단검을 꺼내 들며 타타르어로 뭐라고 소리쳤다.

부트렐과 엘다르도 거의 동시에 아르슬란 한에게 달려들어 그의 팔을 붙잡았다. 총소리를 듣고 이반 마트베예비치도 나타났다.

"아르슬란, 이게 무슨 짓인가? 내 집에서 이런 소동을 피우다니! 올바른 행동이 아니야. 물론 어떤 식으로든 결판을 내야겠지. 하지만 여기는 아니야. 내 집에서 사람을 죽일 수는 없어." 그는 무슨 일이 벌어졌는지 그때서야 비로소 깨닫고 소리쳤다.

아르슬란 한은 검은 콧수염을 기른 자그마한 사내였다. 그는 말에서 내렸다. 얼굴은 하얗게 질려 있었고, 몸은 부들부들 떨고 있었다. 그는 하지 무라트를 거칠게 노려보면서 이반 마트베예비치와 응접실로 들어갔다. 하지 무라트는 말이 있는 곳으로 돌아왔다. 무겁게 한숨을 내쉬었지만 얼굴에 미소를 잃지 않았다.

"그 사람이 왜 당신을 죽이려 했습니까?" 부트렐이 통역관을 통해서 그에게 물었다.

"그들의 법 때문이랍니다. 아르슬란은 그에게 복수를 맹세했다고 합니다. 그 때문에 그를 죽이려 했다고 합니다." 통역관이 하지 무라트의 대답을 통역해주었다.

"만약 당신이 길을 가는 중에 기습을 받게 된다면?" 부트렐이 물었다.

하지 무라트가 미소를 지었다.

"그게 어쨌다는 겁니까? 그의 손에 죽더라도 그것은 알라의 뜻일 겁니다. 자, 잘 있으시오." 그는 다시 한 번 러시아어로 말했다. 말의 갈기를 붙잡은 채, 그는 배웅하던 사람들을 둘러보다가 마리야 드미트리예브나와 눈이 마주쳤다.

"안녕히 계십시오. 그동안 고마웠습니다." 그녀를 향해 말했다.

"당신이 가족을 구할 수 있도록 신이 도우실 겁니다." 마리야 드미트리예브나가 대답했다.

하지 무라트는 그녀의 말을 알아들을 수 없었다. 그러나 그를 걱정해주는 것이라 짐작하며, 그녀에게 고개를 끄덕여 보였다.

"당신의 쿠나크를 잊지 마시오." 부트렐이 말했다.

"나는 그의 진정한 친구이며, 결코 그를 잊지 못할 것이라고 전해주시오." 하지 무라트도 통역관을 통해 대답했다. 그리고 절룩대는 다리에도 불구하고 한 발을 등자에 얹고 가볍게 말 등에 뛰어올라 안장 위에 자연스레 자리를 잡았다. 그는 칼을 똑바로 세우고 나서 익숙한 손동작으로 권총을 잡았다. 그리고 체첸의 전사들이 말 등에 오를 때에는 언제나 그렇듯이 오만한 자세로 이반 마트베예비치의 집에서 출발했다. 하네피와 엘다르도 말에 올랐다. 그동안 친하게 지냈던 장교들에게 우정 어린 작별인사를 보내고, 그들의 지도자를 뒤따라 달리기 시작했다.

언제나 그랬듯이 길을 떠난 사람들을 두고 논쟁이 벌어졌다.

"정말 멋진 사람이야!"

"아르슬란 한을 처리할 때는 정말 늑대처럼 재빨랐어. 얼굴 표정도 싹 바뀌더라고."

"결국 우리를 배신할 거야. 사기극을 벌이고 있는 것이 틀림 없어." 페트로코프스키도 끼어들었다.

그러자 마리야 드미트리예브나가 버럭 화를 내며 말했다.

"제발, 러시아에 그 사람 같은 사기꾼이 더 많았으면 좋겠어 요! 그 사람은 우리랑 일주일을 같이 지냈어요. 그처럼 친절했 던 사람은 없었어요. 언제나 예절 바르고, 지혜롭고, 편견 없이 공정한 생각을 보여주었어요."

"어떻게 그런 걸 알았지요?"

"그냥 알게 됐어요."

이반 마트베예비치가 들어오며 물었다.

"혹시 그 사람에게 빠진 것 아니오? 사실이구먼."

"맞아요. 그 사람에게 빠졌어요. 당신이 무슨 상관인가요? 그 렇게 좋은 사람을 두고 당신이 험담하는 이유를 모르겠어요. 그 사람은 타타르인이긴 하지만 좋은 사람이에요."

"맞습니다, 마리야 드미트리예브나. 하지 무라트를 칭찬하는 것은 당연합니다." 부트렐이 말했다.

21

체첸군과 마주한 최전선 요새에 사는 사람들의 생활은 예전 모습 그대로 달라진 것이라곤 없었다. 간혹 보병들이 뛰어나간 다거나 카자크 기병들이 말을 타고 출정하는 경우가 있긴 했지만, 어느 경우에도 그들은 체첸인들을 포로로 잡을 순 없었다. 그들은 쏜살같이 달아나버렸다. 한번은 보즈비젠스키에서 말에 물을 먹이던 카자크 기병 여덟 명이 기습당해서 한 명이 사망하기도 했다. 한 마을을 불태우고 파괴했던 공격이 있은 이후로 러시아군의 습격은 없었다. 그러나 바랴틴스키 공작이 좌현군 사령관으로 임명된 이후, 체첸의 심장부를 향한 대대적인 공습이 있을 것이란 말이 돌았다.

좌현군의 지휘권을 완전히 장악하게 된 바랴틴스키 공작은 총독의 친구였고, 카바르진스크 연대의 연대장을 지낸 인물이었는데, 그로즈니에 도착하자마자 체르니셰프가 보론초프에게 전달했던 황제의 명령을 실행에 옮기기 위해서 병력을 집결시켰다. 보즈비젠스키에 집결해 있던 병력이 선봉으로 출발해서 쿠린스코에로 향하는 도로에 진지를 구축했다. 그들은 그곳에 천막을 치고, 숲을 베어내기 시작했다.

젊은 보론초프가 머물고 있던 천막은 무척이나 멋져 보였다. 그의 아내였던 마리야 바실리예브나는 종종 야영지로 찾아와 밤을 지내기도 했다. 바랴틴스키와 마리야 바실리예브나의 비밀관계는 모두가 알고 있는 사실이었다. 궁전과 관계없는 장교들과 일반 병사들은 그녀를 무척이나 못마땅하게 생각했다. 특히 그녀가 야영지를 찾을 경우, 야간 비상경계를 서야 했던 일반 병사들의 불만은 더욱 심했다. 체첸인들은 종종 대포를 끌고 나와 야영지를 향해 대포를 쏘아댔다. 포탄은 대부분 목표 지점에서 벗어났기 때문에, 통상 그들을 향한 반격은 없었다. 그러나 체첸인들이 대포를 끌고 나와 마리야 바실리예브나를 놀라게 할까 봐서 러시아 병사들은 보초를 서야만 했다. 한 여자가 놀라지 않도록 하고자 매일 밤 보초를 서는 것은 고역이었고, 분노까지 생겨나게 했다. 상류층에 속하지 못했던 장교들과 병사들은 마리야 바실리예브나를 위한 군인으로 전락하고 말았던 것이다.

부트렐도 휴가를 받아 요새를 떠났다. 그는 중앙 유년학교 시절의 옛 친구들을 만나기 위해 야영지를 찾았고, 또한 복무했던 쿠린 연대를 찾아가 연대 부관으로 그리고 참모부의 연락장교로 복무하는 동료들도 만났다. 그는 처음부터 아주 기분이 유쾌했다. 부트렐은 폴토라츠키와 같은 천막을 사용했다. 그를 보고는 반가워하는 지인들이 많았다. 그는 같은 연대에 근무했던 까닭에 평소에 조금은 알고 지내던 보론초프를 찾아갔다. 보론초프는 그를 매우 반갑게 맞아주었다. 보론초프는 그를 바랴틴스키 공작에게 소개시켜주었고, 바랴틴스키에 앞서 좌현군 사령관을 지냈던 코즐로프스키 장군을 위해 마련한 작별 만찬에도 초대해주었다.

만찬은 호화로웠다. 여섯 개의 천막을 이어서 널따란 연회장을 만들었다. 천막을 가득 채운 테이블에는 포크와 술잔과 술이 놓여 있었다. 페테르부르크의 친위대에서 근무하던 시절을 떠올리게 했다. 그들은 새벽 2시까지 테이블에 앉아 있었다. 테이블의 중앙에는 코즐로프스키 장군과 바랴틴스키가 마주 보고 앉았다. 보론초프는 코즐로프스키의 오른편에 앉았고, 그의 아내는 왼편에 앉았다. 테이블 한쪽으로는 카바르진스크 연대와 쿠린 연대 소속의 장교들이 앉았다. 부트렐은 폴토라츠키의 옆에 앉았다. 그들은 가까이 앉은 장교들과 즐겁게 이야기를 나누며 술을 마셨다. 주요리를 먹는 식사로 들어가자, 식당에서 일하는 병사들이 잔에 샴페인을 채우기 시작했다. 폴토라츠키가 눈치를 살피며 부트렐에게 낮은 목소리로 말했다.

"우리의 '에…… 그래서'가 웃음거리가 될 거야."

"무슨 말이야?"

"곧 연설을 하게 될 거야. 그런데 어찌 되겠어?"

"그래, 화염에 싸인 바리케이드를 공격할 때와는 다르겠지. 게다가 그의 옆에는 귀부인 마님뿐만 아니라 궁전의 친구들까지 있으니 말이야. 정말 보기 민망하겠군." 장교들은 이런 말을 주고받으며 수군거렸다.

엄숙해야 할 순간이 마침내 다가왔다. 바랴틴스키가 일어나 술잔을 들며, 코즐로프스키에게 짤막한 연설을 부탁했다. 바랴틴스키의 요청에, 코즐로프스키는 일어나 힘찬 목소리로 연설을 시작했다.

"황제 폐하의 명령으로 나는 여러분을 떠나게 되었소. 우리는 지금은 헤어지지만, 나는 언제나, 에…… 그래서, 여러분과 함께 할 것입니다…… 신사 여러분, 여러분은 혼자 힘으로 뛰어난 군인이 될 수 없다는, 에…… 그래서…… 사실을 알고 있소. 내가, 에…… 그래서…… 이곳 사령관으로 근무하는 동안 얻었던 모든 상급들, 나에게 주어졌던, 에…… 그래서…… 모든 것, 황제 폐하의 지대하신 배려로, 사령관으로서, 에…… 그래서…… 내 임무, 그리고 내, 에…… 그래서…… 부끄럽지 않은 이름, 이 모든 것이 절대적으로(여기에서 그의 목소리가 떨렸다), 에…… 그래서…… 여러분 덕택입니다. 오로지 여러분 덕택이었소." 그의 얼굴에 주름이 더욱 깊어졌다. 마침내 그는 눈물을 흘리며 흐느껴 울기 시작했다. "나는 여러분에게, 에…… 그래서…… 진심으로 감사하는 바입니다."

코즐로프스키는 더 이상 계속 이어가지 못했다. 그는 일어나, 그에게 다가온 장교들을 포옹해주었다. 모두가 감동했다. 보론초프의 아내는 손수건으로 얼굴을 가렸다. 보론초프 공작은 얼굴을 찡그리며 눈을 깜박거리기도 했다. 많은 장교들이 감격해서 눈물까지 흘렸다. 코즐로프스키를 잘 몰랐던 부트렐까지도 벅찬 가슴을 억누를 수가 없었다. 그는 코즐로프스키의 연설이 아주 감동적이었다고 생각했다. 그런 감동의 순간이 지나가자 바랴틴스키를 위해서, 보론초프를 위해서, 장교들을 위해서, 하사관들을 위해서, 그리고 애써 찾아온 손님들을 위해서 건배 제의가 있었다. 모두가 포도주에 흠뻑 취했고, 언제나 특별한 의미를 지녔던 군인으로서의 감격에 젖어 만찬장에서 나왔다.

날씨는 화창해서 태양이 내리쬐고 고요했다. 산뜻한 공기가 기분을 북돋워주었다. 사방에서는 모닥불이 타오르는 소리와 병사들의 노랫소리가 들렸다. 모두가 축제라도 벌이듯 흥에 겨워했다. 부트렐은 즐거운 마음으로 폴토라츠키를 찾아갔다. 그곳에는 몇몇 장교가 모여 있었고, 카드게임을 하고 있었다. 한 부관이 100루블을 빌려주겠다고 말했다. 그러나 부트렐은 그 자리에서 물러나고 말았다. 그는 주머니 속의 지갑을 꼭 쥐고 두 번씩이나 폴토라츠키의 천막을 뛰쳐나왔다. 그러나 마침내 그도 굴복하고 말았다. 형제들과 그 자신에게 했던 맹세에도 불구하고 그는 다시 도박에 손을 대게 되었다.

한 시간 동안이나 부트렐은 카드 테이블에 팔꿈치를 세우고 앉아 있었다. 얼굴이 벌겋게 달아올랐고, 땀을 뻘뻘 흘렸다. 이미 상당한 액수를 빚지고 있던 터라, 구겨진 카드에 빚이 얼마인지 써두었다. 아주 많은 돈을 잃고 있어서 얼마를 빚지고 있는지 확인하기조차 두려웠다. 미리 당겨 쓸 수 있는 봉급을 모두 합하고 말을 합당한 가격에 팔아 치우더라도, 그가 이름조차 알지 못하는 부관에게 진 빚을 다 갚을 수 없다는 것은 계산해 보지 않더라도 금방 알 수 있었다. 그래도 그는 카드게임을 계속하려고 했다. 그러나 그 부관은 하얀 손으로 카드를 거두어들였고, 부트렐의 이름 아래 쓰인 빚을 계산하기 시작했다. 부트렐은 당혹스런 얼굴로 빚진 돈을 당장 갚을 수 없다고 사과했고, 꾸준히 그 빚을 갚아 나가겠다고 말했다. 그러자 모두가 그를 불쌍하게 여긴다는 걸 알아차릴 수 있었다. 폴토라츠키까지도 그의 시선을 피했다. 그날은 그가 야영장에서 보낸 마지막 저녁이었다. 그에게 남은 선택은 도박장을 빠져나와 그를 초대해주었던 보론초프를 찾아가는 것이었다. 도박만 하지 않았었더라면 모든 일이 좋았을 것이란 생각이 들었다. 그러나 좋기는커녕 이제는 모든 것이 재앙으로만 여겨졌다.

동료들과 친구들에게 작별인사를 하고, 그는 집으로 향했다. 집에 도착하자마자 침대로 뛰어들었다. 큰돈을 잃은 사람들이 보통 그렇듯이, 그도 열여덟 시간 동안 줄곧 잠만 잤다. 그가 마리야 드미트리예브나에게 동행해준 카자크 병사에게 50코페이카를 수고비로 주었으면 좋겠다고 부탁했을 때, 그의 우울한 안색과 무뚝뚝한 말투에서 그녀는 그가 도박으로 모든 것을 잃었다는 것을 알 수 있었다. 그래서 그녀는 남편인 이반 마트베예비치에게 왜 부트렐에게 휴가를 주었느냐고 불만을 토로했다.

다음 날 부트렐이 잠에서 깨어난 시간은 12시경이었다. 그는 곤혹스런 상황에 처했다는 생각이 들자, 조금 전에 벗어났던 그 망각 속으로 다시 기어들어가고 싶은 심정이었다. 그러나 그건 불가능했다. 그는 낯선 사람에게 빌린 470루블을 갚기 위한 조치를 취해야만 했다. 첫 단계는 형에게 편지를 쓰는 것이었다. 자신의 잘못을 분명히 깨닫고 있다고 운을 뗀 후, 형과 공동으로 소유한 제분소의 몫으로 500루블을 마지막으로 부쳐달라고 부탁하려고 했다. 다음 단계로는 지독한 구두쇠인 친척에게 어떤 이율이라도 좋으니 500루블을 빌려달라고 부탁하는 편지를 쓸 생각이었다. 또 그다음 단계로는 이반 마트베예비치를 만나러 갈 심산이었다. 이반 마트베예비치, 아니 마리야 드미트리예브나에게 돈이 있다는 것을 알고 있었기 때문에 500루블을 빌려달라고 부탁할 참이었다.

"그래, 자네에게 당장이라도 돈을 빌려주고 싶어. 하지만 마샤가 동의하지 않을 거야. 대체 여자는 수중에다 돈을 꼭 쥐고

놓지 않으니 말이야. 하지만 자네는 어떤 식으로든 이 곤경에서 벗어나야만 해. 군막에서 장사하는 그 장사꾼은 어떤가? 그 사람에게 돈이 있지 않을까?"

그러나 군막의 장사꾼에게 돈을 빌려달라는 이야기를 꺼낼 순 없었다. 따라서 부트렐에게 남은 구원의 손길은 형이나 구두쇠 친척뿐이었다.

22

하지 무라트는 목적을 성취하지 못하고, 체첸에서 티플리스로 돌아가서 하루도 빠트리지 않고 보론초프 공작을 찾아갔다. 그리고 만날 때마다 원주민 포로들을 모아서 그들과 자기 가족을 맞교환하게 해달라고 간곡히 청했다. 그렇게 하지 않는다면 자신은 손발이 잘린 거나 다름없어서 러시아군에 봉사할 수도 없고, 샤밀과 결연하게·전쟁을 할 수도 없다고 말했다. 보론초프 공작은 힘이 닿는 데까지 노력해보겠다고 말할 뿐이었다.. 그리고는 아르구틴스키 장군이 티플리스로 오면 그와 상의해서 결정하겠다고 하면서 차일피일 미루었다. 그래서 하지 무라트는 자카프카지예(아제르바이잔, 그루지야, 아르메니아 공화국을 포함한 지역—옮긴이)에 있는 크지 않은 도시 누흐에 가서 얼마간 머물게 해달라고 보론초프 공작에게 말했다. 누흐는 자신의 가족 문제를 샤밀을 비롯한 그의 일당들과 협상할 수 있는 가장 편리한 도시라고 여겨졌다. 더구나 회교 도시인 누흐에는 회교 사원이 있어서 회교법의 요구에 따라서 기도를 올리기에도 편리했다. 보론초프는 이 사안을 페테르부르크에 보고는 했으나, 답신도 받지 않은 상태에서 하지 무라트에게 누흐로 가는 것을 허락해버렸다.

보론초프와 페테르부르크의 담당자, 그리고 하지 무라트 사건을 잘 아는 대다수 러시아인들은 하지 무라트 사건을 카프카스 전쟁의 좋은 본보기로 보거나 아니면 하나의 흥미로운 사건 정도로 간주했다. 특히 최근에 와서 더욱더 그걸 실감하게 되었지만, 이런 조치는 하지 무라트에게 있어 일생일대의 전환점이었다. 그가 산을 빠져나온 건 자기 한 몸을 구하기 위한 것이기도 했지만, 또 한편으로 보면 샤밀에 대한 증오심을 해결해야 했기 때문이었다. 힘겨운 탈출이었지만 그는 자기 목적을 달성했다. 그래서 처음에는 탈출에 성공한 걸 기뻐하면서 샤밀을 공격하는 계획까지 수립하기도 했다. 하지만 쉽게 생각했던 가족의 구출은 생각보다 훨씬 더 어려운 일이었다. 샤밀은 그의 가족을 포로로 잡아서 여자들은 각 부락마다 분산시켜두고는, 아들의 눈알을 뽑아버리겠다고 위협했다. 그래서 하지 무라트는 지금 누흐로 달려가서 다게스탄에 있는 협력자들에게 도움을 청해, 함정을 파든가 아니면 무력으로 직접 맞서든가 어떤 방법을 써서라도 샤밀의 수중에서 가족을 구출해낼 심산이었다. 최근에 누흐에서 만난 정찰병의 말에 따르면, 하지 무라트에게 충성하는 아바르인들이 그의 가족을 구출해낸 다음 그들과 함께 러시아 쪽으로 넘어오려는 계획을 세워놓고 있지만, 일을 함께 할 인원이 워낙 적고, 게다가 가족들이 베제노에 감금되어 있는 상태라서 결정하기가 쉽지 않다는 것이었다. 만일 가족이 베제노에서 다른 장소로 이동하게 된다면, 그때에 맞추어 가족을 구해내기로 약속했다고 전했다. 하지 무라트는 가족을 구출해주는 이에게 3000루블을 주겠다고 약속하면서, 이 사실을 자기의 협력자들에게 알리라고 명령했다.

누흐에서 하지 무라트는 방이 다섯 개 딸린 집 한 채를 사용하게 되었다. 이 집은 회교 사원과 한汗의 궁전에서 가까운 곳에 있었는데, 호위 장교와 통역관 그리고 그의 부하들도 이 집에서 함께 살고 있었다. 하지 무라트는 산에서 중요 정보를 수집해오는 사람을 기다렸다가 만나기도 하고, 허가된 영역 안에서 교외로 말을 타고 나가기도 하면서 시간을 보내고 있었다.

4월 8일, 하지 무라트가 산책에서 돌아와보니 티플리스에서 관리 한 사람이 와서 기다리고 있었다. 관리가 무슨 소식을 전하러 왔는지 무척이나 궁금했지만, 그는 호위 장교와 관리가 기다리고 있는 방으로 가기 전에 앞서 자기 방으로 가서 정오 기도를 올렸다. 기도를 마친 다음, 그는 객실과 응접실 겸용으로 사용하는 방으로 들어갔다. 티플리스에서 온 문관 키릴로프가 기다리고 있었다. 뚱보 키릴로프는 아르구틴스키 장군을 만나기 위해서 12일까지 티플리스로 오길 바란다는 보론초프 공작의 말을 하지 무라트에게 전했다.

"알겠소." 하지 무라트는 화난 목소리로 말했다.

하지 무라트는 키릴로프라는 관리가 영 마음에 내키지 않았던 것이다.

"돈은 가지고 왔는지?"

"가지고 왔습니다." 키릴로프는 대답했다.

"오늘부터 2주 분입니다." 하지 무라트는 이렇게 말하면서 열 손가락을 펴 보인 다음, 다시 네 손가락을 폈다.

"이리 주시오."

"곧 드리지요." 관리는 여행 가방에서 지갑을 꺼내면서 말했다. 그러고는 하지 무라트가 못 알아들을 거라 짐작하면서 러시아어로 "왜 돈이 필요하지?" 하고 중얼거렸는데 하지 무라트가가 그 말을 알아듣고 화가 난 표정으로 키릴로프를 노려보았다. 키릴로프는 돈을 꺼내면서 하지 무라트와 이야기하고 싶어졌다. 돌아가서 보론초프에게 보고할 때 뭔가 이야깃거리가 있어야 하기 때문이었다. 그는 통역관을 통해 여기 생활이 따분하지는 않은지 물었다. 하지 무라트는 무기를 소지하지 않은 문관의 옷차림을 한 뚱뚱하고 작달막한 관리를 경멸하는 눈으로 노려볼 뿐 아무 대답도 하지 않았다. 그래서 통역관은 질문을 되풀이했다.

"이 사람하곤 말을 나누기 싫다고, 그렇게만 전하시오. 어서 돈이나 내놓으라고 하시오." 하지 무라트는 이렇게 말하곤 탁자 옆에 자리를 잡고 앉아서 돈을 셀 준비를 했다.

키릴로프는 금화 열 닢씩 일곱 줄로 쌓아서(하지 무라트는 매일 금화 다섯 닢씩 받았다) 그것을 하지 무라트 앞으로 밀어주었다.

하지 무라트는 체르케스카 소매 속으로 금화를 집어넣고는 자리에서 일어섰다. 그러고는 갑자기 5등 문관의 대머리를 철썩하는 소리가 나도록 한 대 내리치더니 방에서 나가려 했다. 5등 문관은 벌떡 자리에서 일어나 통역을 통해 자기는 대령에 해당하는 관등을 가지고 있으므로, 그같이 폭력적이고 무례한 행동을 해선 안 된다고 하지 무라트에게 소리치며 말했다. 호위 장교도 그 말에 동의했다. 그러나 하지 무라트는 자기도 그 정도는 이미 알고 있다는 듯 고개를 한 번 까딱하고는 그대로 나가버렸다.

"저런 인간하곤 상대하지 말아요." 호위 장교가 말했다.

"단도로 한번 푹 떠주면 끝나거든요. 저런 야만인과는 상종하지 않는 게 좋아요. 갈수록 포악해져요."

날이 저물자 곧 눈까지 두건을 내려 쓴 밀사 두 사람이 산에서 내려왔다. 호위 장교는 이 두 사람을 하지 무라트의 방으로 데려다주었다. 한 사람은 근육과 골격이 우람하고 피부가 까무잡잡한 타블리야인이었다. 또 한 사람은 바짝 마른 노인이었다. 그들은 좋지 않은 소식을 가져왔다. 하지 무라트를 도와주는 자는 모두 극형에 처하겠다는 엄포를 놓아서인지, 하지 무라트의 가족을 구출하고자 노력하던 그의 친구들도 샤밀이 무서워서 죄다 손을 놓고 있다는 것이었다.

밀사의 말을 들은 하지 무라트는 책상다리를 하고서 두 무릎 위에 양 팔꿈치를 대고 털모자를 쓴 고개를 떨어뜨리고는 한동안 입을 열지 않았다. 그는 골똘히 생각하고 또 생각했다. 이것이 마지막으로 생각하는 시간이고, 이젠 결정을 해야 할 때라고 여겼다. 드디어 하지 무라트는 고개를 들었다. 그는 금화를 두 닢 꺼내서 밀사에게 각각 한 닢씩 주면서 말했다.

"이제 돌아가."

"뭐라고 말할까요?"

"신께서 대답해주겠지, 어서들 가게."

밀사들은 일어나서 나갔지만 하지 무라트는 두 무릎 위에 팔 꿈치를 댄 채 양탄자 위에 앉아 있었다. 그는 오랫동안 그대로 앉아서 여러 가지 생각에 골몰했다.

'어떻게 해야 하나? 샤밀의 말을 믿고 그에게 다시 돌아갈 까?' 하고 그는 생각했다. '그 샤밀이란 놈은 여우 같은 놈이라 서 날 속일거야. 설령 속이지 않는다고 해도 그 여우 같은 놈에 게 항복할 수야 없지. 그럼, 항복할 수 없어……. 내가 러시아 군에게 투항한 이상 다시는 날 믿지 않을 거야' 하고 하지 무라 트는 생각했다.

이즈음에서 하지 무라트는 타블리야의 매 이야기를 떠올렸다. 매 한 마리가 사람에게 붙잡혀 인간 세상에서 살다가 매들이 사 는 산으로 돌아갔다. 매의 발에는 노끈이 매어져 있었고, 그 노 끈에는 방울이 달려 있었다. 다른 매들은 이 방울을 단 매를 받 아주지 않았다.

"돌아가, 방울을 달아준 곳으로 돌아가." 다른 매들이 말했다.

"우리에겐 노끈도, 방울도 없어."

하지만 그 매는 고향을 떠나기가 싫어서 그대로 남았다. 그러 나 다른 매들은 방울 달린 매를 받아주길 원치 않아서, 결국 그

매를 부리로 쪼아 죽였다는 우화였다.

'나도 그처럼 죽게 되겠지' 하고 하지 무라트는 생각했다.

'그럼, 여기에 그대로 남아서 러시아 황제를 위해 카프카스 정복에 나설까? 그렇게 하면 명예와 자리와 재물을 얻지 않을까?'

'가능할거야.' 보론초프와 만났을 때, 그 노공작의 호의에 찬 어조를 떠올리면서 그는 생각했다.

'하지만 당장이라도 결심을 해야 해. 그렇지 않으면 샤밀이 가족을 몰살시킬 테니 말이야.'

하지 무라트는 밤새도록 잠을 청하지 못하고 뒤척이면서 생각하고 또 생각했다.

23

하지 무라트는 한밤이 되어서야 결심했다. 산으로 도망쳐서 자기에게 충성하는 아바르인들과 더불어 베제노로 진격해서, 죽더라도 가족은 구출해내고야 말겠다는 결정을 한 것이다. 하지만 가족을 구출한 다음에는 다시 러시아군으로 돌아갈 것인지 아니면 훈자흐로 가서 샤밀과의 큰 싸움을 치를 것인지는 아직 결정하지 않았다. 그러나 먼저 러시아군에서 도망쳐서 산으로 가야 한다는 것만은 분명하게 깨닫고 있었다. 그래서 그는 이 일을 당장 실행하기로 했다. 그는 베개 밑에서 검은 솜바지를 꺼내 들고 부하들이 묵고 있는 방으로 갔다. 부하들은 현관 맞은편 방에서 기거하고 있었다. 활짝 열린 현관 안으로 들어서자 이슬을 품은 쾌적한 달밤의 공기가 그를 감쌌고, 인접한 정원에서는 꾀꼬리의 울음소리가 들렸다.

하지 무라트는 현관을 가로질러 가서 부하들의 방문을 열었다. 방 안에는 등잔이 없었는데 상현달이 창문을 비추고 있었다. 테이블과 의자 두 개를 한쪽으로 밀어 놓고, 부하들이 마루에 깔아놓은 양탄자와 체르케스카 위에서 잠을 자고 있었다. 하네피는 밖에서 말과 함께 자고 있었다. 감잘로는 문소리를 듣고 부스럭거리며 자리에서 일어나 문 쪽을 쳐다보고는, 하지 무라트가 온 걸 알고는 다시 자리에 누웠다. 하지만 그 옆에서 자고 있던 엘다르는 즉시 벌떡 일어나서는 주인의 명령을 기다리며 바지를 입기 시작했다. 한 마고마는 계속 잠을 자고 있었다. 하지 무라트는 가져온 바지를 테이블 위에다 내려놓았다. 그 순간 무언가 딱딱한 게 나무에 부딪치는 소리가 들렸다. 바지에 금화가 꿰매어져 있었던 것이다.

"이것도 꿰매어 두도록 하지." 하지 무라트는 오늘 받은 금화를 엘다르에게 내주면서 말했다.

엘다르는 금화를 건네받자 달빛이 비치는 곳으로 가 단검 아래쪽에서 손칼을 꺼내 바지의 실밥을 풀기 시작했다. 감잘로도 몸을 일으킨 후 책상다리를 하고 앉았다.

"어이, 감잘로, 소총과 권총을 손질하고 탄약을 챙기라고 젊은이들에게 말해주게. 내일은 멀리 떠날 거니까." 하지 무라트가 말했다.

"탄약도, 총탄도 있으니 준비는 잘되어 있습니다." 감잘로는 말하고 나서 속으로 무슨 말인가를 중얼거렸다.

감잘로는 하지 무라트가 왜 소총에 탄약을 채우라고 명령했는지 이해했다. 그는 애초부터 개 같은 러시아 놈들을 가능한 한 많이 찔러 죽인 다음, 산으로 도피하겠다는 단 한 가지만 열망했다. 그리고 이 열망은 갈수록 더욱더 강해져만 갔다. 지금 하지 무라트도 같은 걸 원하고 있다는 사실을 알게 된 그는 뿌듯한 충족감을 느꼈다.

하지 무라트가 방에서 나가자 감잘로는 동료들을 깨웠다. 그리고 네 사람은 밤새도록 소총과 권총, 총포의 구멍과 부싯돌을 검사해서 나쁜 곳을 고친 다음, 화약통에 새 화약을 넣고 기름투성이 걸레로 싼 총알을 탄대에다 끼우기도 하고, 총검이며 단도의 날을 갈아놓기도 하고, 칼날에 기름칠을 하기도 했다.

해가 뜨기 전에 하지 무라트는 씻기 위해 물을 뜨려고 다시 현관으로 나갔다. 새벽 무렵 꾀꼬리들이 어제 저녁보다 더욱 요란하게 울고 있었다. 그의 부하들 방에서는 숫돌에다 칼을 가는 쉬쉬 소리가 규칙적으로 들려왔다. 하지 무라트가 물통으로 물을 길은 다음 자기 방으로 다가가고 있을 때, 칼을 가는 소리와 함께 하지 무라트의 귀에 익숙한 노래를 부르는 하네피의 가늘고 높은 목소리가 들려왔다. 하지 무라트는 걸음을 멈추고 귀를 기울이기 시작했다.

노래의 내용을 요약하면 다음과 같았다. 기사 감자트가 부하들과 더불어 흰 말 떼를 러시아 측으로부터 탈취하여 달아나고 있었는데, 러시아 공작이 테레크 강(카스피 해로 흐르는 북北카프카스의 강 이름—옮긴이) 뒤편에서 그들을 추격해서는 러시아 군사들로 숲처럼 에워싸버렸다. 감자트는 흰 말들을 베어버린 후 부하들과 함께 피투성이가 된 말들의 시체 뒤에 방어벽을 구축하고 소총에 총알이 있고 허리에 단검이 있는 한, 혈관의 피가 다 빠져나갈 때까지 러시아인과 싸웠다. 죽음을 코앞에 둔 감자트는 자유롭게 하늘에 풀어놓은 새들을 보고 외쳤다.

아아, 하늘을 날아서 이동하는 새들아, 우리 집으로 날아가서 말해다오.
우리 여동생과 어머니 그리고 순결한 처녀들에게 전해다오.
우리 모두 회교의 성스러운 전쟁을 위해서 용감하게 전사했다고.
그들에게 말해다오.
우리의 시체는 무덤에서 잠자고 있는 게 아니라,
탐욕스러운 늑대가 우리의 살과 뼈를 뜯어 먹고,
검은 까마귀 떼가 우리의 눈을 쪼아 먹는다고.

이와 같은 말로 노래는 마무리되고 있었으나 쾌활한 한 마고마의 활기찬 목소리가 그 슬픈 마지막 노랫가락을 이어받으며 계속되었다. 그는 노래의 끝마디마다 "라 일랴하 일리 알라" 하고 큰 목소리로 외치면서 목청이 터져라 노래를 불렀다. 그다음

모두가 조용해졌는데, 단지 뜰에서 들려오는 꾀꼬리 울음소리와 문 뒤에서 들려오는 숫돌과 칼이 부딪치는 단조로운 칼 가는 소리가 주위의 정적을 깨트릴 뿐이었다.

하지 무라트는 어찌나 생각에 골몰하고 있었던지, 물그릇이 아래로 기울어져서 물이 흘러내리는 것조차 몰랐을 정도였다. 그는 고개를 흔들고는 방으로 들어갔다.

정시 기도를 마치자 하지 무라트는 무기를 점검하고 자기의 침대 위에 앉았다. 그것 외에는 해야 할 일이라곤 아무것도 없었다. 외출하려면 호위 장교의 허가를 받아야 했지만, 아직 밖이 어두워서 장교는 잠을 자고 있었다.

하네피의 노래는 하지 무라트에게 하나의 노래를 떠올리게 했다. 그 노래는 하지 무라트의 어머니가 지은 것으로 하지 무라트가 출생한 직후에 있었던 실제 사건을 노래한 것인데, 그는 자주 어머니에게서 그 이야길 들어왔다. 노래의 내용은 다음과 같았다.

그대의 단검이 이 몸의 흰 가슴을 찔렀다네.
그러나 나는 그 상처에다
사랑하는 내 아들을 꼭 품고
뜨거운 피로 아들을 씻겨주었다네.
상처는 약초를 사용하지 않았는데도 아물었다네.
내가 죽음을 두려워하지 않은 것처럼
용감한 기사, 내 아들도 죽음을 두려워하지 않는다네.

이 노래의 가사는 하지 무라트의 아버지에 관한 것이었다. 하지 무라트가 태어났을 때, 한汗의 아내도 움마 한이라는 남자아이를 낳았기 때문에, 하지 무라트의 어머니를 유모로 삼으려 했다. 하지 무라트의 어머니가 한의 장남 아부눈찰도 키운 적이 있었기 때문이다. 그러나 하지 무라트의 어머니 파치마트는 자기 아들과 떨어져 지내기 싫어서, 유모로 가길 승낙하지 않았다. 하지 무라트의 아버지는 매우 화가 나서 가라고 옥박질렀다. 파치마트는 재차 승낙을 마다했다. 그때 남편은 자기 아내의 가슴을 단검으로 찔렀다. 주위 사람들이 그녀를 데리고 가지 않았더라면, 그녀는 죽었을 수도 있었다. 이렇게 파치마트는 잠시도 아들 곁을 떠나지 않고 아들을 소중히 길렀다.

하지 무라트는 어머니가 털외투를 입고 초가지붕 위에서 자식을 곁에 두고 재우면서 이 노래를 자주 불렀던 것을 떠올렸다. 그때 그는 어머니에게 상처의 흔적을 보여달라고 졸라대곤 했다. 그런데 지금 바로 눈앞에 생생하게 어머니의 모습이 보였다. 그것은 산중에 남겨두고 온, 이가 다 빠진 백발의 주름진 늙은 어머니가 아니라, 굳세고 아름다웠던 젊은 시절의 어머니였다. 그 당시에는 다섯 살 난 무거운 하지 무라트를 광주리에 넣어 등에다 업고, 고개 넘어 할아버지 댁으로 걸어 다녔을 정도로 건강했던 어머니다.

그다음 하지 무라트는 하얀 턱수염과 깊은 주름을 가진 할아버지를 떠올렸다. 도금하는 일을 하던 할아버지는 힘줄이 선명한 손으로 은을 두드리면서 자주 손자에게 기도문을 외워보라고 했다. 그다음으로 산 아래에 있던 샘터가 생각났고, 어머니의 바지를 붙잡고 물을 길러 샘터로 가던 일이 선명하게 떠올랐다. 그리고 그의 얼굴을 핥던 깡마른 개도 떠올랐다. 또 어머니를 따라서 헛간에 갔을 때 풍겨 나오던 젖소의 젖 냄새가 아주 생생하게 떠올랐다. 어머니는 젖소의 젖을 짜서는 그것을 헛간에서 끓였다. 그리고 또 어머니가 난생처음으로 그의 머리를 깎아준 일도 생각났다. 그때 그는 벽에 걸려 반짝반짝 윤이 나는 청동으로 만든 물을 담는 그릇에 비친 중처럼 깎은 자기의 머리를 쳐다보고는 자신도 모르게 깜짝 놀랐었다.

이와 같이 자신의 유년 시절을 떠올리고 있으니, 갑자기 사랑하는 아들 유수프의 생각이 뇌리를 스쳤다. 그 아이의 머리를 처음 깎아준 것은 바로 자기였는데, 이제는 그 유수프도 씩씩하고 젊은 용사로 자랐다. 그는 맨 마지막으로 아들을 보았을 때를 떠올려보았다. 그건 그가 셀리메스를 떠나던 바로 그날이었다. 아들은 말을 끌고 그에게 와서 데려가달라고 청했다. 전투복을 입은 아들은 고삐를 잡고 있었다. 젊고 아름다운 장밋빛 얼굴과 아버지보다 키가 크고 늘씬한 몸에서 당당한 젊음의 기운과 삶의 기쁨이 넘쳐났다. 나이에 맞지 않게 떡 벌어진 어깨, 우람한 골반, 균형 잡힌 몸매, 길고 건장한 두 팔, 게다가 그 하나하나에 깃든 힘 있고 탄력 있는 민첩한 동작은 언제나 아버지를 흐뭇하게 했다. 아버지는 대견한 아들의 모습이 늘 자랑스러웠다.

"너는 여기 남는 게 좋겠다. 집엔 너밖에 없으니까. 어머니와 할머니를 잘 보살펴드려라." 하지 무라트는 아들에게 말했다.

하지 무라트는 아들이 기쁨으로 얼굴을 붉히며, 젊은이의 기운과 자신감에 찬 표정을 짓던 걸 떠올렸다. 그리고 아들이 자신이 살아 있는 한 어느 누구도 어머니와 할머니를 해치지 못하도록 하겠다고 말했던 것도 떠올렸다. 결국 유수프는 말을 타고 시냇가까지 아버지를 배웅하고는 돌아갔다. 그 후로 하지 무라트는 아내도, 어머니도, 아들도 그 누구도 만나보질 못했다.

그런데 지금 샤밀이 그 아들의 눈을 뽑아버리겠다고 하고 있다! 아내가 어떤 고통을 당하고 있을지는 생각하고 싶지도 않았다.

이러한 생각들이 떠오르자 하지 무라트는 더할 수 없이 흥분했다. 더 이상 가만히 앉아 있을 수 없었다. 그는 자리에서 벌떡 일어나 다리를 절면서 잔걸음으로 가서 문을 열고 엘다르를 불렀다. 해는 아직 뜨지 않았으나 밖은 훤했고 꾀꼬리가 계속 울어댔다.

하지 무라트가 말했다.

"장교한테 산책 나간다고 말하고 와. 그리고 말에 안장을 얹도록 해."

24

요즈음 들어서 부트렐을 위로해주는 건 전장에서의 시적 감흥뿐이었다. 그는 공적 업무를 볼 때나 사적 생활에서나 오직 이것에만 사로잡혀 있었다. 그는 체르케스카를 입고서 말을 탄 채로 곡예를 하고, 보그다노비치와 두 번이나 매복을 나가기도 했다. 두 번 모두 적을 발견하지 못해 적군을 처치하지도 못했지만, 그래도 전사인 보그다노비치하고 대담하게 사귈 수 있었다는 게 부트렐은 유쾌하고 뜻깊은 일이라고 생각했다. 카드 도박에서 진 빚은 유대인으로부터 엄청나게 비싼 이자를 조건으로 돈을 빌려서 갚았지만, 그건 단지 부채를 연장하는 데 그쳤고, 문제는 해결되지 않았다. 그는 가능한 한 자신의 처지를 생각하지 않으려고 애쓰면서, 그걸 잊기 위해 전쟁에 관한 시적 정취에 빠지고 술에 빠져들게 되었다. 그는 점점 더 많이 마시게 되었고 날이 갈수록 점점 더 도덕적으로 타락했다. 이제 그는 마리야 드미트리예브나의 멋있는 요셉이 아니라, 그녀의 뒤꽁무니를 따라다니는 무례한 인간이 되었다. 더구나 놀라운 건 그녀까지 그에게 퇴짜를 놓아서 결국 그는 호된 망신을 당하고 말았다.

4월 말에 지금까지 불가능한 것으로 여겨지던 체첸 진격을 위한 새로운 도약을 위해 보란스키 관할의 요새로 한 부대가 도착했다. 그 부대에는 카바르딘스크의 2개 중대가 파견되어 있었는데, 카프카스의 관습에 따라 쿠린 연대의 중대원들에게 손님으로 예우를 받았다. 각 병영에 흩어져 있던 병사들은 저녁 식사로 죽과 소고기뿐만 아니라 보드카까지 대접받았다. 장교들도 저마다 장교 숙소에 배치되었고, 관습에 따라서 지역 장교들은 파견된 장교들을 극진하게 예우했다.

파견된 부대에 대한 대접은 합창대가 함께한 술자리로 마무리

되었다. 코가 비뚤어지게 취한 이반 마트볘예비치는 얼굴이 붉어졌다가 엷은 회색으로 변해서 걸상을 타고 앉아, 상상하는 적을 향해 칼을 휘둘렀다. 그는 욕을 하고, 큰 소리로 웃기도 하고, 누구를 끌어안기도 하면서 자기가 좋아하는 노래에 맞추어 춤을 추었다.

샤밀이 폭동을 일으킨 건 지난 일.
트라이 — 라이 — 라타타이
지난해의 일.

부트렐도 그곳에 있었다. 그는 이와 같은 술자리에서도 전쟁터에서 느끼는 감흥을 느끼려고 애썼지만, 마음 깊은 곳에서는 이반 마트볘예비치가 불쌍했다. 그러나 그 누구도 그를 멈추게 할 순 없었다. 부트렐은 머리에 술기운을 느끼면서, 조용히 밖으로 나와 집으로 갔다.

둥근 달이 새하얀 집들과 길 위의 돌들을 비추고 있었다. 달빛이 밝아서 길 위의 돌과 지푸라기 그리고 짐승의 똥까지도 보였다. 부트렐은 집을 향해 가다가 숄로 머리와 어깨를 감싸고 있는 마리야 드미트리예브나와 마주쳤다. 마리야 드미트리예브나에게서 퇴짜를 맞은 다음부터 부트렐은 약간 계면쩍어져서 그녀와 마주치는 걸 피하고 있었다. 지금은 달빛 아래, 취한 상태라서 그는 이 우연한 마주침이 기뻤고, 다시 그녀에게 지분거리고 싶어졌다.

"어디 가시는 길입니까?" 그는 물었다.

"네, 남편 마중 나가요." 그녀는 친근하게 대답했다. 그녀는 부트렐의 사랑 고백을 아주 진지하고 단호하게 거절했지만, 최근에 그가 자기를 피하는 게 영 편치 않았다.

"마중 갈 것까진 없어요. 곧 오실 테니까."

"곧 올까요?"

"걸어서 못 오면, 누가 옮겨주겠죠."

"바로 그 점이 걸리긴 한데. 가지 않아도 될까요?" 하고 마리야 드미트리예브나가 말했다.

"네, 가지 마세요. 집으로 가는 게 더 좋겠어요."

마리야 드미트리예브나는 방향을 돌려 부트렐과 나란히 집으로 향했다. 둥근 달이 아주 밝게 비추어 길옆으로 움직이는 두 남녀의 그림자가 드러났고 머리 주위로는 후광이 움직였다. 부트렐은 자신의 머리 주위에 만들어진 이 후광을 쳐다보면서, 아직도 마리야 드미트리예브나 당신을 사랑하고 있다고 말하고 싶었지만 어떻게 말을 꺼내야 할지 알 수 없었다. 그녀는 그가 무슨 말을 할지 기대하고 있었다. 이렇게 말없이 두 사람은 집으로 걸어가고 있었는데, 그들이 거의 집에 다다랐을 때 말을 탄 사람들이 골목에서 튀어나왔다. 장교 한 명이 호위병과 함께 나타났던 것이다.

"이 시간에 누굴까?" 마리야 드미트리예브나가 다가가면서 말했다.

달빛이 말 탄 사람 뒤를 비추고 있었기 때문에, 나란히 섰을 때에야 비로소 누군지 알아볼 수 있었다. 그는 카메네프라는 장교였다. 이전에 이반 마트베예비치와 같은 부대에 근무한 적이 있었기 때문에, 마리야 드미트리예브나도 그를 알고 있었다.

"표트르 니콜라예비치 맞지요?" 하고 말하면서 마리야 드미트리예브나는 그를 보았다.

"네, 그렇습니다" 하고 카메네프는 말했다. "아아, 부트렐! 잘 지냈는가! 아직 자지 않고 있었네? 마리야 드미트리예브나와 산책하는가? 주의하게, 이반 마트베예비치가 당신에게 한 방 날릴지 모르니까. 그는 어디 있지?"

"바로 저기, 들리나요?" 마리야 드미트리예브나는 북소리와 노랫소리가 들려오는 쪽을 가리키며 대답했다. "신나게 즐기고 있는 중이에요."

"떠들썩한 술자리인가?"

"아니, 하사프 유르트에서 부대가 와서, 그걸 환영하는 거지."

"아, 그거 참 좋은 일이군. 나도 낄 수 있는 자리네. 이반 마트베예비치를 잠시만 보면 되니까 말이야."

"대체 무슨 일이야?" 부트렐이 물었다.

"사소한 용건이 있어서."

"좋은 일인가, 나쁜 일인가?"

"그건 사람마다 다르지! 우리를 위해선 좋은 일이지만 어떤 이에겐 좋지 않을 일이니까." 카메네프는 말하고 나서 웃음을 터트렸다.

그때 그들은 이반 마트베예비치 집에 도착했다.

"치히레프!" 카메네프는 카자크 병사에게 외쳤다. "이리로 와!"

돈 지방 출신의 카자크 병사 한 명이 호위병 대열에서 튀어나왔다. 그는 흔히 볼 수 있는 돈 지방 카자크 제복에 군화를 신고 망토에다 안에는 배낭을 걸쳐 놓고 있었다.

"자, 그 물건을 꺼내봐" 하고 카메네프는 말에서 내려오면서 말했다.

카자크 병사는 말에서 내려 배낭에서 자루를 끄집어냈다. 카메네프는 카자크 병사로부터 자루를 받아들고, 그 속에 손을 넣었다.

"자, 그럼, 진기한 물건 하나를 보여드리지요. 놀라지 마시길" 하고 그는 마리야 드미트리예브나에게 말했다.

"아니, 도대체 무엇이 들었기에 놀라지 말라고 하는 거죠?" 마리야 드미트리예브나가 말했다.

"바로, 이겁니다." 카메네프는 목이 잘린 사람의 머리를 달빛에 비추면서 말했다.

"알아보시겠어요?"

그건 사람의 머리였다. 중처럼 빡빡 깎은 머리에 눈 위로 크게 불거져 나온 머리뼈, 면도한 검은 턱수염과 콧수염이 있었고, 한 눈은 뜨고 다른 눈은 반쯤 감겨 있었다. 빡빡 깎은 머리에서 불거져 나온 머리뼈엔 도끼나 칼로 내려치거나 벤 자국이 있었고, 피로 범벅이 된 코에는 검은 피가 말라붙어 있고, 목에는 피에 젖은 수건이 감겨져 있었다. 머리의 수많은 상처에도 불구하고, 파리한 입가에는 어린아이 같은 선량한 표정이 서려 있었다.

마리야 드미트리예브나는 그걸 보고선 아무 말 없이 몸을 돌리고는 빠른 걸음으로 집으로 들어가버렸다.

부트렐은 무시무시해 보이는 잘린 머리에서 눈을 뗄 수가 없었다. 그것은 얼마 전까지만 해도 다정하게 이야기를 나누며 며칠 밤을 함께 보냈던 하지 무라트의 머리였기 때문이다.

"이게 무슨 일이야? 누가 그를 죽였지? 어디에서?" 하고 그는 물었다.

"탈주를 감행하다가 붙잡히고 말았다네." 카메네프는 말하고 나서 그 머리를 카자크 병사에게 건네주고는 부트렐과 함께 집으로 들어갔다.

"그렇지만 아주 멋진 죽음이었어." 카메네프가 말했다.

"대체 무슨 일이 있었던 거야?"

"잠시만 기다리게나. 이반 마트베예비치가 오면 모든 걸 다 상세하게 말해주지. 실은 나도 그것 때문에 여기 왔다네. 지방의 마을마다, 요새마다 가지고 다니면서 이걸 보여주고 있지."

이반 마트베예비치에게 사람을 보내자 술에 취한 그는 그 못지않게 취한 장교 두 사람과 함께 집으로 돌아와 카메네프를 껴안으려고 했다.

"당신에게 하지 무라트의 머릴 가져왔습니다" 하고 카메네프가 말했다.

"거짓말! 죽였단 말이야?"

"네, 탈주하려고 해서요."

"믿을 수가 없다고 이미 말했었지. 그런데 머리는 어디에 있나? 머리 말이야? 좀 보여주게나."

카자크 병사에게 소리치자, 그는 머리가 들어 있는 자루를 들고 왔다. 이반 마트베예비치는 술에 취한 눈으로 오랫동안 그 머리를 바라보았다.

"그래도 그는 끝까지 훌륭했어. 입맞춤이라도 할까" 하고 그는 말했다.

"네, 진짜로, 용감했다니까요." 장교 중 한 명이 말했다. 모두 머리를 살펴보고 나서 그 머리를 다시 카자크 병사에게 넘겼다. 카자크 병사는 그 머리가 마루에 부딪혀서 둔탁한 소리가 나지 않도록 애쓰면서 자루 속에 집어넣었다.

"이보게, 카메네프, 자넨 그 머리를 보여줄 때마다 뭐라고 말하지 않았나?" 하고 한 장교가 말했다.

"아니야, 난 그에게 입맞춤을 하겠어. 그는 내게 칼을 선물했거든." 이반 마트베예비치가 소리쳤다.

부트렐은 현관 계단으로 나왔다. 마리야 드미트리예브나는 두 계단 아래 층계에 앉아 있었다. 그녀는 부트렐을 보았으나 금방 화를 내면서 고개를 돌려버렸다.

"왜 그러십니까, 마리야 드미트리예브나?" 부트렐이 물었다.

"당신들 모두는 악당이에요. 더 이상 저도 참을 수가 없네요. 악당들이라는 걸 확인했으니까요." 그녀는 일어나면서 말했다.

"모든 사람들에게 일어날 수 있는 일이에요. 그게 전쟁이잖아

요!" 어떻게 말해야 좋을지 몰라 혼란스러워하며 부트렐이 소리
쳤다.

"전쟁! 어떤 전쟁인데요? 당신들은 모두 다 악당들이에요. 시
체를 땅에다 묻어주어야만 하는데, 모두들 조롱하고 있잖아요.
진짜로 흉악한 무리들이에요." 마리야 드미트리예브나가 소리
쳤다. 그녀는 반복해서 말하고는 계단을 내려가 뒷문을 통해 집
으로 들어가버렸다.

부트렐이 객실로 돌아와서 카메네프에게 사건의 자초지종을
상세하게 알려달라고 요청했다.

카메네프가 사건에 대해 말하기 시작했다.

사건의 전모는 이랬다.

25

하지 무라트는 카자크 호위병들의 감시를 받는다는 조건 하에
교외에서 말을 타는 것을 허락받았다. 누흐에는 모두 합쳐서 오
십 명가량의 카자크 병사가 있었다. 십여 명이 장교의 당번병으
로 활용되고, 명령에 따라서 나머지 열 명이 하지 무라트를 감
시한다고 한다면, 하루 건너서 한 번씩 일이 주어진다는 걸 의
미했다. 그런데 첫날에만 열 명씩 카자크 병사를 파견하고 그
후부터는 다섯 명으로 줄이기로 하고, 하지 무라트에게 모든 부
하들을 다 데리고 나가지는 말아달라고 부탁했다. 하지만 4월

25일, 하지 무라트는 부하 다섯 명을 데리고 길을 나섰다. 사령관은 하지 무라트가 말에 오르자, 부하 다섯 명 모두가 따라나서는 것을 감지하고는 모두 다 따라가서는 안 된다고 주의를 주었지만, 하지 무라트는 들은 척도 않고 말에 박차를 가했다. 그러자 사령관도 더 이상 말리지 않았다. 카자크 호위병들 가운데에는 게오르기 훈장(제정 러시아 시대의 성聖 조지 훈장을 말한다—옮긴이)을 단 나자로프라는 용감한 하사가 있었다. 나자로프는 머리를 짧게 깎고, 혈색이 좋고 건장한 젊은이였다. 그는 가난한 구교도 집안의 장남으로, 어린 시절에 아버지를 여의고 어머니와 여동생 셋과 남동생 둘을 돌보고 있었다.

"주의해, 나자로프. 멀리 벗어나지 않도록 해!" 사령관이 말했다.

"알겠습니다, 각하." 나자로프가 대답했다. 그러고 나서 어깨에 멘 총을 잡고, 두 발로 등자에 올라서서 그의 늠름하고 순한 갈색 말을 몰았다. 다른 카자크 병사 네 명이 그의 뒤를 따랐다. 페라폰토프는 키가 크고 호리호리하고, 군수품을 슬쩍 훔쳐내서 되파는 데 도가 튼 좀도둑이었다. 감잘로에게 화약을 판 것도 페라폰토프였다. 이그나토프는 조만간 군복무를 마치고 전역할 예정인 중년의 인물인데, 종종 자신의 힘자랑을 하는 건장한 농민이었다. 미시킨은 모두에게 놀림받는 연약한 겁쟁이였다. 그리고 페트라코프는 금발의 젊은이로, 아버지 없이 자란 외아들이지만 늘 밝고 명랑했다.

아침부터 안개가 꼈으나 아침식사 시간 무렵에는 안개가 걷혔고, 떠오른 해가 막 싹트는 나뭇잎을, 파릇한 잔디와 보리 이삭을, 길 왼편으로 흘러가는 강의 물줄기를 비추고 있었다.

하지 무라트는 말을 천천히 몰았다. 그의 부하들과 카자크 병사들은 그 뒤를 따랐다. 그들은 요새를 뒤로 한 채 길을 따라 느릿느릿 나아갔다. 광주리를 머리에 인 여인들과 짐마차를 탄 병사들 그리고 삐걱거리는 달구지와도 마주쳤다. 이렇게 2베르스타를 갔을 때, 하지 무라트는 카바르다산 흰 말에 박차를 가했다. 하지 무라트가 먼저 빠르게 달렸고, 그의 부하들도 속력을 다해 달리기 시작했다. 그러자 카자크 병사들도 전속력으로 말을 몰았다.

"아, 저 말 참 좋은데." 페라폰토프가 말했다. "하지 무라트가 이전처럼 적군이었다면, 저 말에서 내려와야겠지."

"그건 그래, 저 말은 300루블이나 주고 티플리스에서 구입한 거니까."

"그렇지만 내가 따라잡고 말테야." 나자로프가 말했다.

"그럼, 따라잡을 수 있지." 페라폰토프가 말했다.

하지 무라트는 전속력으로 달렸다.

"어이, 친구, 그렇게 하면 안 된다는 거 알잖아. 속력 내지 마!" 나자로프는 하지 무라트를 뒤쫓으면서 소리쳤다.

하지 무라트는 아무 말도 하지 않은 채 돌아보았지만, 늦추지 않고 계속 같은 속력으로 말을 몰았다.

"저것 봐. 무슨 생각으로 저러는 건지, 젠장. 우라질." 이그나토프가 말했다.

그렇게 산 쪽으로 1베르스타를 달려나갔다.

"그렇게 내달려선 안 된다고!" 다시 나자로프가 소리쳤다.

하지 무라트는 대답도 없이 뒤돌아보지 않고, 이전보다 더 속력을 내서 쏜살같이 말을 몰았다.

"우릴 속이고, 도망칠 순 없지!" 가슴이 서늘해진 나자로프가 외쳤다.

그는 우람한 갈색 말에 채찍질을 했고, 등자 위에 일어서서 상체를 앞으로 기울여, 온 힘을 다해 하지 무라트를 쫓았다.

하늘은 맑고 공기는 신선했으며, 하지 무라트를 추격하는 동안 나자로프의 마음에는 삶의 활력과 기쁨이 솟았다. 준마와 하나가 되어 달리고 있으니 슬픈 일이나 괴로운 일들을 모두 잊을 수 있었다. 그는 차츰 하지 무라트를 따라잡으며 거리가 좁혀지는 것이 기뻤다. 하지 무라트는 카자크 병사의 건장한 말이 달려오는 소리가 점점 가까이서 들리는 걸 감지하고서는 곧 따라잡히겠다는 생각이 들었다. 그는 오른손으로는 권총을 꽉 쥐고, 쫓아오는 말발굽 소리를 들으며 왼손으로는 바짝 긴장한 카바르다산 말의 고삐를 살짝 늦추어주었다.

"그렇게 내달리지 말라고 했잖아!" 하지 무라트와 거의 나란히 달리게 되자 그의 말고삐를 잡아채려고 손을 뻗으면서, 나자로프가 소리쳤다. 하지만 그때 총성이 울렸고, 나자로프는 손을 뻗어서 말고삐를 잡아채는 데 실패했다.

"대체 무슨 일을 한 거야?" 나자로프는 가슴을 움켜쥐면서 소리쳤다. "어이, 저놈들을 잡아." 그는 이렇게 외치고는 몸을 가누지 못하고 안장 위에서 고꾸라졌다. 산에서 내려온 하지 무라트 부하들이 먼저 무기를 잡았다. 그들이 권총으로 카자크 병사들을 쏜 후 칼로 베었다. 나자로프는 자신을 태운 말의 목에 기대고 있었고, 놀란 말은 자신의 동료 주위를 돌고 있었다. 이그나토프가 탄 말이 다리를 꺾으면서 쓰러졌다. 산에서 내려온 하지 무라트 부하 두 명이 말을 탄 채로 칼을 뽑아서 이그나토프의 머리와 팔을 베어버렸다. 페트라코프는 동료에게 다가가려고 했지만, 그때 총탄 두 발이 그를 관통했다. 한 발은 등을, 다른 한 발은 옆구리를 맞췄다. 총에 맞은 그는 자루처럼 말에서 굴러 떨어졌다.

미시킨은 말을 뒤로 돌려 요새로 내달렸다. 하네피와 한 마고마가 미시킨을 쫓아갔지만, 이미 아주 멀리 도망쳐서 따라잡기가 어려웠다.

하네피와 한 마고마는 카자크 병사를 따라잡기가 어렵게 되자 다시 돌아왔다. 감잘로는 단검으로 이그나토프를 찌른 후 나자로프도 말에서 끌어내어 칼로 베어버렸다. 한 마고마는 죽은 사람에게서 탄약통을 벗겨냈다. 하네피는 나자로프의 말을 붙잡길 원했으나 하지 무라트가 그럴 필요 없다고 소리치자, 앞으로 난 길을 따라 나갔다. 페트라코프의 말이 하지 무라트의 부하들을 쫓아 달려왔으나 그들은 그 말을 내쫓으면서, 하지 무라트의 뒤를 따라 달렸다. 그들이 누흐에서 약 3베르스타 떨어진 논을 지나고 있을 때, 요새의 망루에서 경계를 알리는 총성이 울렸다.

칼에 복부가 관통당한 채 젊은 페트라코프는 얼굴을 하늘로 향하고 누워서 물고기처럼 숨을 헐떡이며 최후를 맞았다.

"그것 참, 큰일 났네. 일이 터져버렸어!" 요새의 사령관은 하지 무라트의 탈주 소식을 듣자, 머리를 감싸면서 소리쳤다. "옷을 벗게 되겠군. 방심하다가 그놈들을 놓쳐버렸어!" 그는 미시킨의 보고를 받으면서 외쳤다.

사방에 경보가 울리고, 전·현직의 카자크 병사들이 탈주자 수색에 동원되었을 뿐만 아니라, 평화협정을 맺은 부락에서도 가능한 모든 군사들을 모았다. 하지 무라트를 산 채로 잡아오든 시체를 가져오든 상관없이 1000루블을 상금으로 주겠다는 말이 널리 퍼졌다. 그래서 하지 무라트와 그의 부하들이 카자크 병사들로부터 탈주한 지 두 시간이 지나자, 이백 명 이상의 기마병이 탈주자들의 수색과 체포를 위해 장교들 지휘에 따라 달리고 있었다.

하지 무라트는 큰길을 따라 몇 베르스타 달리고 나서는, 땀에 젖어 회색으로 변한 흰 말이 힘들게 숨을 뱉어내자, 속력을 늦추고 멈춰 섰다. 길 오른편으로는 멜라르지크 마을의 농가와 탑이, 왼편으로는 들판이, 길 끝에는 강이 보였다. 산으로 가는 길은 오른편에 있었음에도 불구하고, 그 길로 추격대가 올 것이라 믿었기 때문에, 하지 무라트는 그 반대편인 왼편으로 방향을 틀었다. 그는 큰길을 피해 알라잔 마을을 가로지른 후, 아무도 예측하지 못하는 큰길로 가서 숲까지 내달린 다음, 거기서 다시 강을 건너고 숲을 통해 산으로 잠입하려고 생각했다. 하지만 강까지 다다르는 게 불가능했다. 하지 무라트와 그의 부하들이 가로질러 가야만 하는 논은 봄이면 항상 물이 고여 있어서 말발굽까지 푹푹 빠지는 늪으로 변했기 때문이다. 그들은 이리저리 마른 곳을 찾아다녔지만, 그들이 들어간 논은 그 어디를 디뎌도 물이 고여 있는 진창이었다. 말이 질척거리는 진흙에서 발을 빼낼 때마다 코르크 마개를 따는 소리가 났고, 몇 걸음 나아갈 때마다 숨이 차서 멈춰 섰다.

이처럼 그들은 황혼이 질 때까지 오랫동안 온갖 노력을 다 해보았으나 강에 도달할 수가 없었다. 왼편에 관목의 잎이 피어나 작은 숲을 이루고 있는 언덕이 있었다. 하지 무라트는 지친 말과 함께 휴식을 취하기 위해 밤까지 거기에 머물기로 마음먹었다.

작은 숲으로 들어가자, 하지 무라트와 그의 부하들은 말에서 내려 말을 맨 다음 풀을 먹이고, 그들도 준비한 빵과 치즈를 먹었다. 처음에는 초승달이 비추어 밝았지만 달도 산 뒤로 숨어버리자, 칠흑같이 어두운 밤이 되었다. 누흐 지방에는 꾀꼬리가 많았다. 이 작은 숲에도 두 마리의 꾀꼬리가 있었다. 하지 무라트와 그의 부하들이 작은 숲으로 들어가 부스럭거리는 동안 두 마리의 꾀꼬리는 울음을 멈추었다. 하지만 그들이 소리를 내지 않고 잠잠히 있자, 두 마리의 꾀꼬리는 다시 울어댔다. 하지 무라트는 자신도 모르게 그 소리에 빠져들었다.

그가 들었던 새소리는 밤에 물을 받으러 갔을 때 들었던 감자트에 관한 노래를 떠올리게 했다. 그는 지금 당장에라도 감자트가 맞닥뜨렸던 상황에 놓일 수 있었다. 상황이 그렇게 될 것이라고 생각하자, 갑자기 그의 맘이 무거워졌다. 그는 부르카를 벗고 정해진 시간에 회교도가 드리는 기도를 올렸다. 그가 기도를 마치기도 전에, 작은 숲으로 누군가 다가오는 소리가 들렸다. 질척거리는 진창을 건너오는 수많은 말발굽 소리였다. 눈이 밝은 한 마고마가 작은 숲의 끝으로 달려가 보니, 기병들과 보병들이 칠흑 같은 어둠 속에서 이쪽으로 다가오는 걸 관찰할 수 있었다. 하네피는 다른 쪽에서도 무리를 지어 다가오는 추격대를 보았다. 그것은 이 지방의 군사령관 카르가노프가 자신의 군사들과 함께 온 것이었다.

'그래, 감자트처럼 싸울 것이다.' 하지 무라트는 생각했다.

경보가 전해지자 민병대 백 명과 카자크 병사들을 대동한 카르가노프가 하지 무라트의 추격에 발 벗고 나섰지만, 그의 모습은 고사하고 그의 발자국조차 발견하지 못했다. 그래서 카르가노프는 추격을 접고 부대로 돌아가는 길이었는데, 저녁 무렵에 타타르 노인과 마주치게 되었다. 그가 노인에게 말을 탄 여섯 사람을 보지 못했느냐고 물었다. 노인은 보았다고 대답했다. 노인은 말을 탄 여섯 명이 논을 따라 빙빙 돌며 우왕좌왕하다가, 자신이 나무를 베던 작은 숲으로 들어가는 걸 보았다고 말했다. 카르가노프는 발길을 뒤로 돌려 노인을 앞세우고 작은 숲으로 향했다. 그리고 묶여 있는 몇 필의 말을 발견하고는 하지 무라트가 그곳에 있다는 것을 알았다. 어둠이 내리자 작은 숲을 포위한 다음, 하지 무라트를 산 채로 잡거나 살해하기 위해서 아침이 오기까지 기다렸던 것이다.

포위당했다는 걸 깨달은 하지 무라트는 작은 숲 가운데 오래된 구덩이가 있는 걸 찾아내고는 거기에서 방어벽을 치고 총알과 힘이 있는 한 마지막까지 결연하게 싸우기로 결심했다. 그는 자신의 다짐을 부하들에게 알리고 구덩이 앞에 방어벽을 구축하라고 명령했다. 부하들은 곧 나뭇가지를 꺾고, 단검으로 흙을 파서 진지를 구축하기 시작했다. 하지 무라트도 그들과 더불어 작업했다.

해가 뜨자 민병대의 부대장이 작은 숲 근처까지 말을 몰고 와서 크게 소리쳤다.

"어이, 하지 무라트! 항복하지! 우리 편에 비해 너희 편은 병사가 너무 적어."

이 말에 대한 대답으로 구덩이에서 총성이 울렸다. 총알은 바로 부대장이 탄 말에 적중해서 말은 휘청거리다가 쓰러졌다. 이에 곧 작은 숲을 에워싸고 있던 민병대가 탁탁 소리를 내며 총을 쏘기 시작했다. 총알은 윙윙 울리는 소리를 내며 나뭇잎과 나뭇가지를 뚫거나 진지의 방어벽에 부딪치기도 했지만, 진지 뒤에 앉아 있는 사람들을 적중하지는 못했다. 다만 떨어져 있던 감잘로의 말이 총탄에 맞았을 뿐이었다. 머리에 상처를 입은 말은 넘어지지 않고 다리를 묶는 줄을 끊어버린 후, 숲을 가르며 말들이 서 있는 곳으로 달려가서는, 다른 말들에게 머리를 기대며 인근의 어린 풀들을 피로 적셨다. 하지 무라트와 그의 부하들은 민병대의 누군가가 앞에 나설 때만 사격을 가했는데 목표를 빗나가는 경우가 거의 드물었다. 민병대의 세 사람이 상처를 입었다. 민병대는 하지 무라트에게 진격해 올 엄두도 내지 못했을 뿐만 아니라, 자꾸 후퇴하다가 멀리 떨어진 곳에 가서 되는 대로 총질을 해댔다.

이러한 상황이 한 시간 넘게 계속되었다. 태양은 나무의 중턱에 걸려 있었다. 민병대가 다시금 무리를 지어 소리치며 다가오는 소리가 들리자, 하지 무라트는 강을 건너 빠져나갈 궁리를했다. 메흐툴린의 가지 아가가 자기 부하들을 데리고 왔다. 그들은 이백 명 정도였다. 가지 아가와 하지 무라트는 한때 친구여서 산에서 함께 지낸 적도 있었지만, 후에 러시아 편으로 넘어갔던 것이다. 이곳에 가지 아가와 더불어 하지 무라트의 원수의 아들 아흐메트 한도 와 있었다. 가지 아가도 카르가노프처럼하지 무라트에게 항복하라고 소리쳤다. 그에 대응해서 하지 무라트는 처음처럼 총격을 가했다.

"칼을 뽑아들라, 병사들이여!" 가지 아가가 자신의 칼을 뽑으며 소리쳤다. 그러자 목이 째지는 소리와 함께 병사 다수가 숲으로 돌진하는 소리가 들렸다.

민병대가 숲으로 뛰어들었지만, 방어벽으로부터 연이어 총성몇 발이 울렸다. 세 명 정도가 고꾸라지자 돌격하던 이들이 멈춰 서서는 숲의 주변에서 총을 쏘아댔다. 그들은 숲의 여기저기를 이동하며 총을 쏘면서 점점 방어벽으로 접근했다. 몇 명은뛰어드는 데 성공했으나, 몇 명은 하지 무라트와 그의 부하들의총탄에 맞아 고꾸라졌다. 하지 무라트는 거의 명중시켰다. 감잘로 또한 그와 같은 사격 재능이 있었다. 그는 자기의 총알이 명중하는 걸 볼 때마다 기쁘게 새된 소리를 내었다. 쿠르반은 구덩이의 가장 자리에 앉아서 〈랴 일랴하 일 알라〉를 노래했고,

서두르지 않으면서 총을 쏘기는 했지만, 명중할 때가 드물었다. 엘다르는 적진으로 돌격하고 싶어서 칼자루를 움켜진 채 온몸을 떨고 있었다. 그는 끊임없이 하지 무라트를 돌아보며 신호를 보냈고, 방어벽에서 몸을 내밀기도 하면서 되는 대로 총을 쏘고 있었다. 텁수룩한 하네피는 두 소매를 걷어 올린 채 조수 역할을 하고 있었다. 그는 하지 무라트와 쿠르반으로부터 총을 건네받으면 기름천에 싸매두었던 탄환을 조심스럽게 쇠막대기로 쑤셔준 다음에 화약통에서 꺼낸 마른 화약을 거기에다 옮겨 넣으면서 장전했다. 한 마고마는 다른 이들처럼 구덩이에 앉아서 버티질 못하고, 구덩이에서 말에게로 달려가 더 안전한 장소로 말을 대피시키기도 했고, 목이 째지라고 소리치면서 총 받침대도 없이 팔을 받침대 삼아서 사격하기도 했다. 그래서인지 그가 맨처음으로 부상을 당했다. 총알이 그의 목을 관통하자, 그는 욕을 했지만 곧 피를 뱉어내면서 뒤로 주저앉고 말았다. 그다음으로 부상을 당한 이는 하지 무라트였다. 총알이 그의 어깨를 관통했다. 그는 베쉬메트에서 솜을 뜯어서 자신의 상처를 틀어막고는 사격을 계속했다.

"칼을 빼들고 돌격해요." 엘다르가 벌써 세 번째 말했다.

그는 적에게 돌격할 요량으로 방어벽 뒤에서 몸을 세웠는데 바로 그때 총탄이 그를 명중시켰다. 그는 몸의 중심을 잡으려고 하다가 얼굴을 하늘로 향한 채 하지 무라트의 발 위에 뒤로 자빠졌다. 하지 무라트는 그를 보았다. 양처럼 선한 눈이 긴장한 듯 심각하게 그를 쳐다보고 있었다. 어린아이처럼 도톰하게 튀어나온 윗입술은 꼭 다문 채 떨고 있었다. 하지 무라트는 그의 몸에서 발을 빼내고 다시 적을 겨누기 시작했다. 하네피는 엘다르의 시체 위에 몸을 굽히고 그의 외투에 남아 있는 총탄을 재빨리 모으기 시작했다. 그 와중에도 쿠르반은 차분히 총을 장전해서 사격하면서 계속 노래를 불렀다. 고함을 내지르며 이 수풀 저 수풀로 뛰어다니던 적들이 점점 더 가까이 다가오고 있었다. 하지 무라트의 왼편 옆구리에 또 하나의 총탄이 명중했다. 그는 구덩이에 누워 다시금 베쉬메트에서 솜을 뜯어서 자신의 상처를 틀어막았다. 옆구리의 상처는 치명적이라서 그는 죽음을 예감했다. 그의 공상 속에서 과거의 기억과 환영이 빠르게 하나둘씩 교차되어 떠올랐다. 그의 눈앞으로 한 손에는 칼을 쥐고 다른 한 손으로는 잘린 채 겨우 붙어 있는 뺨을 누르면서, 적을 향해 나아가는 아부눈찰 한이 보였다. 그다음에는 간교함이 깃든 하얀 얼굴에 연약하고 혈색이 안 좋은 늙은이, 보론초프 공작이 보였고 그의 부드러운 목소리도 들렸다. 또 그다음에는 아들 유수프와 아내 소피아트도 보였고, 붉은 턱수염에 핏기 없는 얼굴로 가늘게 눈을 뜨고 있는 적장 샤밀도 보였다.

이 모든 기억들은 그의 공상 속에서 아무런 감정도, 그러니까 연민도, 증오도, 어떠한 희망도 만들어내지 않고서 흘러갔다. 그는 이미 있었던 일들, 그리고 지금 시작한 일들과 비교한다면, 이 모든 감정을 그렇게 중요하지 않은 것으로 여겼다. 이런 생각을 하는 중에도 그의 강한 육체는 이미 시작한 일을 계속했다. 그는 최후의 힘을 다해서 방어벽 뒤에서 몸을 일으켰고, 진격해 오는 적을 향해 권총을 발사했다. 적은 쓰러졌다. 그다음에 하지 무라트는 구덩이에서 기어 나와서, 단검을 든 채 다리를 절뚝거리며 적들에 맞서 돌격했다. 몇 발의 총성이 울렸고 하지 무라트는 눈앞이 아찔해지는 것을 느끼며 쓰러졌다. 민병대 몇몇이 소리를 지르며 쓰러진 하지 무라트 곁으로 달려왔다. 그런데 죽은 줄 알았던 그의 몸이 갑자기 꿈틀거리기 시작했다. 먼저 파파하를 쓰지 않은, 피로 얼룩진 빡빡 깎은 머리를 쳐들더니, 다음에는 나무를 붙잡고는 몸을 일으켜서 세웠다. 그의 모습이 어쩌나 공포를 불러일으켰는지 달려들던 이들이 멈춰섰다. 하지만 그는 갑자기 몸을 떨면서 나무에서 물러서더니 온몸을 쭉 뻗고는, 베어낸 엉겅퀴마냥 앞으로 고꾸라져버렸다. 그러고는 다시는 움직이지 않았다.

하지 무라트는 움직이지 않았지만 여전히 감각이 남아 있었다. 맨 먼저 그에게로 달려온 가지 아가가 그의 머리통을 큰 칼로 후려쳤다. 그는 누가 쇠망치 같은 것으로 자신의 머리를 후려친다고 느끼면서, 도대체 누가, 무엇 때문에 이런 짓거리를 하는지 이해할 수 없었다. 이것이 그의 육체와 연결된 마지막 의식이었다. 그는 이제 더 이상 아무런 감각도 없었지만, 적들은 살아 있을 때의 하지 무라트와는 아무런 연관이 없는 주검을 짓뭉개고 칼로 베었다. 가지 아가는 하지 무라트의 등에다 발을 올려놓고는, 칼로 두 번 내리쳐 목을 자른 후, 자신의 군화에 피가 묻지 않게 하려고 조심스럽게 머리통을 발로 굴렸다. 목의 동맥에서 새빨간 피가 솟아올랐고, 머리통에서는 검은 피가 흘러 주변의 풀을 적셨다.

카르가노프도, 가지 아가도, 아흐메트 한도, 그리고 모든 민병대원들도, 짐승을 잡은 사냥꾼처럼 하지 무라트와 그의 부하들 주검 둘레에 모였고(하네피, 쿠르반 그리고 감잘로는 포박당했다), 아직도 총포의 연기가 서린 작은 숲에서 즐겁게 이야기를 나누면서 승리를 자축했다.

총성이 울리는 동안 잠자코 있던 꾀꼬리들이 다시 울어댔고, 맨 처음 가까이서 한 마리가 울자 멀리 떨어진 숲의 끝에서 다른 한 마리가 울었다.

개간된 들판 가운데 짓뭉개진 엉겅퀴를 보았을 때, 나는 하지 무라트의 죽음을 떠올릴 수밖에 없었다.

위조 쿠폰

위조 쿠폰

Chapter 1

1

표도르 미하일로비치 스모코브니코프는 세무 감독 국장으로 강직하며 정직했다. 그리고 이것을 자랑으로 여기는 사람이었다. 또한 그는 음울한 자유주의자였고, 종교를 미신의 잔재라고 여겨 모든 종교 현상을 혐오하는 인간이었다. 그날도 그는 불쾌한 기분으로 사무실에서 집으로 돌아갔다. 때마침 그 현의 지사가 예기치 못한 편지를 보냈는데, 그의 행동이 정직하지 못하다고 나무라는 내용이었다. 표도르 미하일로비치는 마음이 몹시 상해서, 바로 신랄하게 반박하는 내용의 답장을 보냈다.

집에서도 모든 것이 그의 기대와는 반대로 이루어지는 것 같았다.

5시가 되기 5분 전이었다. 그는 즉시 저녁식사를 하고 싶었지만 아직 준비가 되지 않았다는 소리를 들어야 했다. 표도르 미하일로비치는 큰 소리가 나도록 문을 닫고는 자신의 방으로 갔다. 그때 누군가가 문을 두드렸다. '누굴까?' 하고 생각하면서 그는 소리쳤다.

"거기 누구야?"

김나지움 5학년이자 열다섯 살 소년인, 표도르 미하일로비치의 아들이 문을 열고 들어왔다.

"네가 무슨 일이냐?"

"오늘이 1일입니다."

"그래서? 용돈을 받으려고?"

아버지는 아들에게 기분 전환용으로 매달 1일, 3루블의 용돈을 주기로 했다. 표도르 미하일로비치는 언짢은 표정을 지으며, 지폐용 지갑에서 2루블 50코페이카짜리 쿠폰을 찾아서 꺼냈고, 동전용 지갑에서 은화 50코페이카를 세어서 건네주었다. 소년은 침묵했고, 건넨 돈을 받지 않았다.

"아버지, 다음 달 용돈도 미리 주시면 안 돼요?"

"뭣이라?"

"그냥 달라고 요구하는 건 아니에요. 제가 돈을 빌려 썼는데, 틀림없이 갚아주겠다고 약속을 했거든요. 저도 명예를 소중히 여기는 사람이라 어쩔 수가…… 아직도 3루블이 더 필요해요. 저도 돈을 미리 달라고 조르고 싶지는 않지만 제발, 아버지, 딱 3루블만 더……."

"네게 말했을 텐데……."

"알아요, 아버지. 그래도 이번 한 번만은……."

"너는 지금 3루블을 용돈으로 받고 있는데, 그게 적다니. 아버지가 네 나이일 적에는 50코페이카도 받지 못했다."

"하지만 제 친구들 모두가 저보다 더 많은 용돈을 받고 있어요. 페트로프와 이바니츠키는 50루블씩 받아요."

"네가 그 아이들처럼 행동한다면, 너도 사기꾼이 될 거라고 말했지. 그 말을 명심해."

"무얼 명심하란 말씀이죠? 아버지는 제 처지를 조금도 이해하지 못하시잖아요. 저는 비열한 놈이 되고 말아요. 그래도 아버지에겐 대수롭지 않은가 봐요."

"나가, 이 멍청한 놈아! 없어지란 말이다!"

표도르 미하일로비치는 자리를 박차고 일어나 아들에게 달려갔다.

"나가라! 너는 채찍으로 맞아야만 돼!"

아들은 두렵기도 했고 분노가 일어나기도 했다. 하지만 두려움보다 분노가 더 컸다. 고개를 숙인 채로 곧장 문 쪽으로 갔다. 표도르 미하일로비치는 아들을 때리고 싶지는 않았다. 하지만 분노를 토해내고야 말았다. 그는 아들이 나가는 순간까지도 소리를 질러댔다.

하녀가 식사 준비를 마쳤다고 알려왔을 때, 표도르 미하일로비치는 자리에서 일어났다.

"이젠 배가 고프지 않군." 그가 말했다.

그러고는 얼굴을 찌푸리며 식사를 하러 갔다. 식사 중에 아내가 그에게 말을 걸었지만, 그는 화가 나서 짤막하게 대답하며 투덜댔고, 아내는 입을 다물어버렸다. 아들 역시 침묵한 채 접시에서 눈을 떼지 않았다. 침묵 속에서 식사를 끝냈고, 말없이 식탁에서 일어나 흩어졌다.

중학생 아들은 식사를 끝내고 자기 방으로 돌아와 주머니에서 쿠폰과 잔돈을 꺼낸 다음에 책상 위에 던져놓고는 교복을 벗고 재킷으로 갈아입었다. 우선 그는 너덜너덜해진 라틴어 문법책을 손에 쥐었고, 잠시 후에 자리에서 일어나 문을 닫아버렸다. 손으로 책상 위의 돈을 서랍 속으로 쓸어 넣고는, 담배통에서 담배 종이 하나를 꺼내서 돌돌 말아 면화를 다져 넣고는 피우기 시작했다.

그는 두 시간가량을 문법책과 공책을 보며 앉아 있었지만, 아무것도 이해되지 않아 다시 의자에서 일어나 발을 동동 구르면서 방 안을 이리저리 오가기 시작했다. 그러고는 아버지와 있었던 모든 일을 기억해보았다. 그에게 쏟아졌던 모든 험담, 특히 아버지의 격노한 얼굴이 마치 지금 그의 눈앞에서 다시 재현되는 것처럼 느껴졌다. '게으르고 멍청한 놈! 채찍으로 좀 맞아야 돼!' 그런 기억을 떠올리면 떠올릴수록, 그는 아버지에 대해 화가 더 치밀어 올랐다. 그는 아버지가 이렇게 말하던 모습까지 생각났다. '너와 같은 놈들 중에서 사기꾼이 나오는 거야. 너도 그딴 식으로 살면 사기꾼이 될 거야, 두고 봐.'

'사기꾼이 나오면, 만약 그렇게 된다면, 아버지는 좋겠다. 아버지는 자기가 젊었을 때를 잊고 있는 거지. 그런데 도대체 내가 무슨 죄를 지었다는 거지? 단지 나도 연극을 보러 가고 싶고, 돈이 없어서 페티아 그루체츠키에게 돈을 빌렸을 뿐인데. 돈을 빌린 게 그리 나쁜 일인가? 다른 아버지였다면 가엾게 여기고, 자초지종을 물어보았을 텐데, 아버지는 나에게 욕지거리를 했어. 아버진 당신 자신만 생각하잖아. 만일 아버지에게 필요한 게 충족되지 않았다면, 아버지의 고함 소리에 온 집안이 난리가 났겠지. 더구나 내게 사기꾼이라고 했어. 비록 아버지이기는 하지만 난 그를 사랑하지 않아. 잘못인 줄은 알지만 그래도 아버지를 사랑하지 않아.'

이런 생각에 잠겨 있을 때 하녀가 문을 두드렸다. 하녀는 메모 한 장을 건네주면서 말했다.

"답장을 꼭 해달라고 하던데요."

편지에는 이렇게 쓰여 있었다.

네가 나로부터 빌려간 6루블을 갚아달라고 이미 세 번째 청하고 있지만, 너는 대충 얼버무리고 있어. 정직한 이는 그렇게 행동하지 않는다는 걸 알겠지. 내가 보낸 이에게 꼭 그 돈을 보내줄 수 있겠지? 나도 요즘 극도로 곤궁해. 어떻게 해서라도 그 돈을 구해줄 수 없겠어?

네가 그 돈을 갚느냐 그렇지 않느냐에 따라서, 친구가 너를 경멸하느냐 존대하느냐가 정해질 거야.

그루체츠키

"빌어먹을. 돼지 같은 자식! 좀 더 기다리지 않고. 다른 방법을 찾아야지."

미티아는 어머니에게 갔다. 이것이 최후의 희망이었다. 어머니는 다정했고 그의 요청을 거절하는 법이 없었으므로, 아마 이번에도 어머니가 그를 도와줄 것이라고 여겼다. 하지만 지금 어머니는 두 살 먹은 동생 페티아가 병에 걸려서 근심에 싸여 있었다. 미티아가 소리를 내며 방으로 들어가자 어머니는 화를 내며 미티아의 말을 채 듣지도 않고 바로 거절했다.

미티아는 어머니 바로 앞에서 혼잣말로 투덜거리며 돌아섰다. 어머니는 미티아가 가엾게 여겨져서 그를 돌려세웠다.

"거기 서봐, 미티아. 지금은 돈이 없구나. 하지만 내일이면 그 돈을 마련할 수 있을 거야" 하고 어머니가 말했다.

그러나 미티아는 아버지에 대한 분노가 아직도 들끓고 있었다.

"그 돈이 필요한 게 지금 당장인데, 내일 그 돈이 무슨 소용이 있어요? 당장 친구에게 가야 할 상황이에요."

그는 문을 쾅 닫고 방을 나갔다.

'이제는 더 이상 다른 방법이 없어. 이놈의 시계를 전당포에 맡길 거야.'

그는 주머니 속의 시계를 만지작거리며 생각했다.

미티아는 책상 서랍에서 쿠폰과 잔돈을 꺼내 들고는 외투를 입고 마힌에게로 갔다.

2

마힌은 중학생이었는데 콧수염을 길렀다. 그는 카드 도박을 했고, 여자들도 경험해보았으며, 언제나 돈을 갖고 있었다. 그는 숙모와 함께 살았다. 미티아도 마힌이 그리 좋은 학생이 아니라는 것은 알았지만, 그와 함께 있을 때에는 그에게 본능적으로 복종하게 되었다. 미티아가 들렀을 때 마힌은 집에 있었는데 연극 구경을 가려던 참이었다. 지저분한 그의 방에서는 향기로운 비누와 향수 냄새가 났다.

미티아가 자신의 고통을 말하며 쿠폰과 50코페이카를 보여주고 9루블이 더 필요하다고 하자 마힌이 말했다.

"마지막까지 몰렸군. 전당포에다 시계를 맡길 수도 있어. 하지만 더 나은 방법도 있지." 마힌이 한쪽 눈을 찡긋하며 말했다.

"더 나은 방법이 뭔데?"

마힌이 쿠폰을 손에 들고 말했다.

"아주 간단해. 2루블 50코페이카 앞에 1을 덧붙이는 거야. 그럼 12루블 50코페이카가 되지."

"과연 그렇게 할 수 있을까?"

"1000루블 표에다가 같은 방법을 사용해서 처리한 적이 있지."

"믿기지 않는데?"

마힌은 펜을 쥐고 왼손가락 하나로 쿠폰을 펴면서 말했다.

"그렇게 할 거야?"

"하지만 나쁜 짓이잖아."

"무슨 어리석은 말이야."

미티아는 생각했다.

"정말이지, 말도 안 되는 소리야."

하지만 아버지의 거친 욕설이 다시 떠올랐다. '사기꾼. 아버지가 나를 그렇게 불렀다면 정말 그렇게 될 수도 있겠지'라고 생각하며, 미티아는 마힌의 얼굴을 쳐다보았다. 마힌도 평온하게 웃으며 그를 쳐다보았다.

"그렇게 하겠어?"

"그러지 뭐."

마힌은 정성스럽게 1을 덧붙여 쿠폰을 완성했다.

"자, 그럼 상점으로 가자. 저기 골목 어귀에 위치한 사진 용품을 파는 곳이야. 때맞게 바로 이 사람을 위해서 사진 액자가 필요하단 말이야."

마힌은 눈이 크고, 부풀려진 머리칼에 풍만한 가슴을 지닌 여자의 사진을 꺼내 들었다.

"아름답지 않아, 응?"

"그래, 그래…… 물론이야……."

"아주 좋았어. 이제 가자."

마힌은 코트를 입었고, 그들은 함께 나갔다.

3

사진 용품을 파는 상점의 출입문에 달린 종을 울리며 중학생들은 상점으로 들어갔다. 텅 빈 상점의 벽을 따라 선반이 있었는데, 그 선반 위에는 사진과 관련된 용품들이 진열되어 있었다. 판매대에도 유리 진열장이 있었다. 미인은 아니지만 착하게 생긴 여자가 안쪽 문을 열고 들어왔다. 계산대 뒤에 서서는, 무엇이 필요하냐고 물었다.

"좋은 액자를 보여주세요, 아주머니."

"가격은 어느 정도로 할 건데?" 여주인이 물었다.

여주인은 엄지만 갈라지고 네 개의 손가락을 연결시킨 도톰한 벙어리장갑을 낀 손으로 여러 가지 모양의 액자를 능란한 솜씨로 재빨리 꺼내 보여주었다.

"이것들은 50코페이카인데, 저것들은 좀 더 비싸단다. 그리고 여기 이건 새로운 스타일의 참 좋은 물건인데, 값이 1루블 20코페이카야."

"좋아요. 그걸로 하죠. 그런데 가격을 깎아줄 순 없나요? 1루블에 해요."

"우리 가게에서는 그렇게 장사하지 않아."

여주인은 품위를 지키려고 애쓰면서 말했다.

"그럼, 그 가격으로 하죠, 뭐."

마힌은 쿠폰을 계산대 위에 놓으며 말했다.

"사진 액자와 거스름돈을 좀 서둘러서 주세요. 연극 구경을 가야 하는데, 늦으면 안 되거든요."

"아직은 여유가 있어." 여주인은 이렇게 대답하고는, 근시여서 눈 가까이에다 쿠폰을 대고 보았다.

"이 액자에 넣으면 참 멋지겠지? 응?" 마힌은 미티아를 돌아보며 말했다.

"쿠폰말고 돈은 없니?" 여주인이 물었다

"미안해요. 돈은 없어요. 아버지가 제게 쿠폰을 주셨어요. 그래서 돈으로 바꿔야 해요."

"그래도 1루블 20코페이카는 있지 않아?"

"가진 돈이라곤 50코페이카뿐이에요. 그런데 왜 그러세요? 혹시 우리가 위조 쿠폰을 주었다고 생각하는 거예요?"

"그건 아니야. 결코 그렇게 생각한 건 아니야."

"저한테 다시 돌려주시는 게 좋겠네요. 다른 곳에서 돈으로 교환해야겠어요."

"내가 얼마를 내줘야 하지?"

"11루블에다 잔돈 조금이죠, 아마도."

여주인은 계산을 했는데, 사무용 책상 서랍을 열어 10루블짜리 지폐 한 장을 꺼내고, 손으로 잔돈을 헤집은 후 20코페이카 동전 여섯 개와 5코페이카 동전 두 개를 꺼내주었다.

"포장해주세요." 마힌은 침착하게 그 돈을 받으며 말했다.

"바로 해주마."

여주인은 대답하고서 액자를 포장하고 가는 노끈으로 묶었다.

미티아는 출입문에 달린 종소리가 뒤에서 울리는 걸 들으며 밖으로 나와서야 숨을 제대로 쉴 수 있었다. 그들은 다시 큰길로 나갔다.

"자, 네게 10루블, 그 나머지는 내가 가지마. 네게 이렇게 건네주면 되는 거지."

그리고 마힌은 극장으로 떠났고, 미티아는 그루체츠키에게 가서 그와 밀린 계산을 끝냈다.

4

중학생들이 떠난 지 한 시간이 지난 후 상점 주인이 집으로 돌아와 판매 대금을 파악하기 시작했다.

그는 쿠폰을 보고 즉시 그것이 위조되었다는 것을 깨닫고는 아내에게 소리쳤다.

"바보 멍텅구리 같으니! 정말 멍청하네!"

"제냐, 당신도 가끔 쿠폰을 내게 주었잖아요. 12루블에 해당하는 쿠폰을 받았단 말이에요."

그의 아내는 몹시도 난처하고 괴로워서, 마침내 울음을 터뜨리며 말했다.

"그놈들이 날 감쪽같이 속여서 난 미처 몰랐어요. 중학생들이었어요. 한 아이는 잘생겼고 정말 품위 있게 보였다니까요."

"에이, 이 멍청한 바보야!"

남편은 돈을 세면서, 아내에게 계속해서 험담을 퍼부었다.

"난 쿠폰을 받을 때는 거기에 적힌 액수를 보고 확인해. 그런데 당신은 나이를 먹을 만큼 먹은 주제에 꽃미남처럼 생긴 그놈들의 얼굴만 보고 있었던 거야."

그의 아내는 이 말에 더 이상 참지 못하고 화를 냈다.

"뭐가 그리 잘났다고 이 난리예요! 당신은 다른 사람들을 비난하지만 카드 도박을 해서 54루블이나 잃은 사람이 바로 당신이에요. 당신에게 그 일은 아무 일도 아닌가 보죠?"

"그건 다른 문제야."

"당신하고는 말하고 싶지 않아요."

여자는 그렇게 말하고 방을 나가버렸다. 그리고 지난 일들을 떠올리기 시작했다. 남편의 신분이 더 낮았기 때문에 그녀의 가족들이 그들의 결혼을 반대했던 일, 그녀가 오직 한마음으로 이 결혼을 고집했던 일, 그리고 아기가 죽었을 때, 아기를 잃은 상실감에 슬퍼하던 때에 남편이 내보인 무관심이 떠올랐다. 그때 그녀는 남편을 너무나 증오해서, 남편이 죽어버렸으면 좋겠다고 생각했다. 하지만 막상 그 기억까지 떠오르자 그녀는 자신이 그런 감정을 가졌다는 사실에 놀라 서둘러서 옷을 갈아입고 집을 나섰다.

그녀의 남편이 집으로 돌아왔을 때, 그녀는 이미 없었다. 그녀는 남편을 기다리지 않고 옷을 갈아입고선, 그날 그들 부부를 야회에 초대한, 프랑스어 교사였던 친구를 혼자서 찾아갔던 것이다.

5

폴란드계 러시아인인 프랑스어 교사의 야회에 모인 손님들은 멋지게 차려진 테이블에서 차와 맛있는 과자를 먹었다. 그러고 나서 그들은 몇 개의 카드 테이블에 나누어 앉아 네 사람이 하는 카드게임을 했다.

사진 용품을 파는 상인의 아내와 함께 카드게임을 하러 앉은 사람은 집주인과 장교, 가발을 쓴 귀머거리로 보이는 늙은 부인이었다. 과부인 이 늙은 부인은 악기점의 소유주로 카드게임을 광적으로 좋아했으며 그 솜씨도 뛰어났다. 하지만 언제나 사진 용품을 파는 상인의 아내가 기세를 잡았다. 그녀는 두 번이나 큰 승리를 거두었다. 더구나 그녀의 근처에 포도와 배를 소담스럽게 담은 접시가 있어, 그녀의 기분은 더 좋았다.

"예브게니 미하일로비치는 왜 아직 안 올까요? 다섯 번이나 편지를 보내드렸는데." 다른 테이블에 앉아서 카드게임을 즐기던 안주인이 물었다.

예브게니 미하일로비치의 아내가 대답했다.

"회계 일에 열중하느라 경황이 없는 모양이에요. 장작과 식료품을 들여놓고 돈 계산을 해야 하거든요."

그때 남편과 싸우던 장면이 떠올라서 그녀는 얼굴을 찌푸렸고, 그에 대한 분노로 두 손을 바르르 떨었다.

"오, 호랑이도 제 말하면 온다더니, 오는군요." 주인은 막 들어서는 예브게니 미하일로비치를 돌아보며 말했다.

"뭣 땜에 이리 늦었나요?"

"처리할 여러 일들이 있었습니다." 예브게니 미하일로비치는 두 손을 문지르며 유쾌한 목소리로 대답했다.

그리고 그는 아내의 곁으로 다가가 그녀를 놀라게 했다.

"쿠폰을 처리해버렸으니, 그렇게 알아." 그는 아내에게 말했다.

"정말이에요?"

"그렇다니까. 땔감을 가지고 온 농부에게 쿠폰으로 그 값을 지불했어."

그리고 예브게니 미하일로비치는 분노에 차서 자신의 아내가 비양심적인 중학생 두 놈에게 기만당한 사실을 말했다. 그의 아내는 모든 지인들에게 남편의 이야기에서 중요한 부분을 더 상세하게 말해주었다.

"자, 이제 게임을 시작해봅시다." 예브게니 미하일로비치는 그의 차례가 되었을 때, 자리에 앉아서 카드를 이리저리 섞으며 말했다.

6

실제로 예브게니 미하일로비치는 장작을 구입하면서 이반 미로노프란 농부에게 쿠폰으로 그 값을 지불했다. 이반 미로노프는 장작을 파는 가게에서 1사젠가량 쌓아놓은 장작 한 더미를 사서, 그것을 다섯 묶음의 분량으로 나눈 후, 시내를 돌아다니며 각 묶음을 구입한 한 더미 가격의 4분의 1로 파는 장사를 했다. 바로 운이 없던 그날, 이반 미로노프는 이른 아침 전체 분량의 8분의 1의 장작을 가지고 나가 금방 팔아버렸다. 그리고 다시 집으로 돌아와, 8분의 1 분량의 장작을 들고 나가서 이것도 금방 팔아버리기를 기대했지만, 저녁 시간까지 애를 써도 좀처럼 구매자를 만날 수 없었다. 아무도 사려는 사람이 없었다. 그는 장작을 파는 농부들의 통상적인 수법을 잘 아는 도시인들과 매번 만나게 되었는데, 문제는 그들이 시골에서 장작을 가져다 판다는 그의 말을 믿어주지 않는다는 것이었다. 그는 배가 고팠고 닳아빠져 누더기가 된 털가죽 반외투에다 찢어진 농민 외투까지 걸치고 있었지만 온몸이 꽁꽁 얼어버렸다. 저녁이 되자 기온도 영하 20도까지 내려가버렸다. 가죽 벗기는 사람에게 팔아버릴 심산으로 마구 다루었던 까닭에선지 말까지도 그냥 멈춰서버렸다. 그래서 이반 미로노프는 담배를 사러 가게로 갔다가 집으로 돌아가던 예브게니 미하일로비치를 만나는 순간 손해를 보더라도 장작을 팔아버리기로 작정했다.

"이 장작을 사세요. 싼 가격에 드리지요. 말도 전혀 움직이질 못하네요."

"어디에서 가져온 것이오?"

"시골에서요. 손수 만든 장작이죠. 정말 좋아요, 잘 말랐습니다."

"당신들 수법을 알지. 그래 얼마나 받게?"

이반 미로노프는 가격을 흥정하다가 곧 깎아주었고, 마침내는 자신이 구입했던 그 가격으로 장작을 건네주었다.

"당신에게만 특별히 원가로 드리는 겁니다. 집이 가까워서 다행이네요."

예브게니 미하일로비치는 쿠폰을 처분할 수 있다는 생각에 기분이 좋아져서 흥정하려고 하지도 않았다. 이반 미로노프는 손수 수레를 끌어 마당으로 옮겼고, 가옥 관리인이 부재중이라 혼자서 장작을 수레에서 내려 헛간에다 쌓아주어야 했다. 이반 미로노프는 처음엔 쿠폰 받기를 주저했지만, 예브게니 미하일로비치가 설득을 계속하자, 그가 명망가로 보였음인지 쿠폰을 받는 데 동의했다.

그는 하인의 방과 통하는 뒤쪽 계단으로 가서 성호를 긋고, 수염에서 고드름을 떨어내고, 옷자락이 긴 외투를 뒤로 젖혀서 주머니에서 가죽 지갑을 꺼내 거기서 8루블 50코페이카를 세어 예브게니 미하일로비치에게 거스름돈으로 건네주었다. 그다음에 받은 쿠폰을 접어서 지갑 속에 넣었다.

그는 항상 그랬듯이 감사하다는 인사를 하고는, 채찍이 아닌 채찍의 손잡이로 말의 다리를 겨우 움직이게 한 후, 거의 얼어 죽을 것 같은 여윈 말에 타지 않고 걸어서 선술집으로 향했다.

선술집에서 이반 미로노프는 보드카와 차를 주문하고 8코페이카를 건넸다. 보드카와 차를 마셔서인지 몸이 따뜻해지고 긴장이 풀어져서 그는 테이블에 앉아 있던 일꾼과도 즐거운 마음으로 이야기를 나누었다. 곧 그는 옆 사람에게 자신의 상황을 이야기했다. 그는 시내에서 12베르스타 떨어진 바실리옙스키라는 마을에서 왔으며, 아버지와 형제들과 떨어져 살고 있고, 아내와 두 자식이 있는데 큰아이는 학교에 다니고 있어 아직은 그의 일을 도와줄 형편이 되지 않는다고 말했다. 또 그는 여기서 방을 얻어 살고 있다고 했고, 다음 날 말 시장에 나가서 늙어빠진 자기의 말을 팔아버린 후 좋은 말이 있는지 알아보고, 만약 마음에 쏙 드는 말이 있으면 구입할 것이라고도 했다. 그는 25루블에서 1루블이 모자라는 돈을 모았는데, 그중 절반이 쿠폰이라고 말했다. 그는 지갑에서 쿠폰을 꺼내 일꾼에게 보여주었다. 그 일꾼은 글을 읽을 줄 몰랐다. 하지만 그런 쿠폰은 돈으로 교환할 수 있어 별문제는 없으나, 위조 쿠폰이 있을 수도 있기 때문에 만전을 기하기 위해 술집의 카운터에서 그 쿠폰을 돈으로 교환하라는 충고를 해주었다. 이반 미로노프는 종업원에게 쿠폰을 주며 거스름돈을 가져오라고 했다. 그러나 종업원은 거스름돈을 가져오지는 않고 대머리에다 윤기가 흐르는 얼굴을 한 주인과 함께 왔는데, 주인의 포동포동한 손에는 쿠폰이 쥐어져 있었다.

"이 쿠폰은 진짜가 아니요." 주인은 쿠폰을 내보이며, 돌려줄 것 같지 않은 어조로 말했다.

"그 쿠폰은 진짜예요. 신사분이 준 거예요."

"다시 말하지만 이건 가짜야. 위조된 거야."

"위조되었다니요? 그걸 어서 이리 줘요."

"그럼, 안 되지. 너 같은 놈은 벌을 좀 받아야겠어. 네놈과 같은 사기꾼 일당이 공모해서 저지른 일이겠지."

"돈을 이리 줘요. 당신이 도대체 무슨 권리로 이러는 거요?"

"시도르! 경찰을 불러줘." 주인이 종업원을 돌아보며 외쳤다.

이반 미로노프는 취한 상태였다. 취한 상태에서는 침착하기가 어려운 법이다. 그는 주인의 옷깃을 부여잡고 외쳤다.

"돈을 되돌려줘. 신사를 찾아가겠어. 그 사람이 어디에 사는지 알아."

주인은 힘써 이반 미로노프를 밀쳐냈다. 그의 셔츠가 소리를 내며 찢어졌다.

"네놈의 짓거리라는 게 그렇지, 이놈을 붙잡아!"

종업원이 이반 미로노프를 붙잡았고, 그때 경찰이 나타났다. 경찰은 무슨 일이 있었는지 다 듣고 나서, 마치 경찰서장처럼 즉각 결정을 내렸다.

"그를 관할 경찰서로 데려가."

경찰은 쿠폰을 자기 돈지갑 속에 넣었고, 말과 함께 이반 미로노프를 관할 경찰서로 끌고 갔다.

7

이반 미로노프는 관할 경찰서에서 술 취한 사람들, 좀도둑들과 함께 하룻밤을 지새워야 했다. 정오쯤이 되어서야 경찰서장이 그를 불렀다. 이반 미로노프는 심문을 받고 나서, 경찰과 함께 사진 용품을 파는 상인인 예브게니 미하일로비치를 찾아가게 되었다. 그는 찾아가는 길과 집이 있는 곳을 기억했다.

경찰은 예브게니 미하일로비치를 불러내, 쿠폰을 제시하며 이반 미로노프와 대질했다. 미로노프가 바로 그에게서 쿠폰을 받았다고 말했기 때문이었다. 예브게니 미하일로비치는 아주 놀란 모습에 엄한 표정을 지으며 말했다.

"당신 미쳤나 보군. 이 사람 처음 봐요."

"거짓말입니다. 당신의 임종 때를 생각하십시오." 이반 미로노프가 말했다.

"당신에게 무슨 일이 있는 거요? 자다가 일어난 것 같군. 아마 어떤 다른 사람에게 장작을 팔았을 거요. 하지만 잠시만 기다려 보시오. 내가 가서 어제 장작을 들여놓았는지 아내에게 물어보겠소." 예브게니 미하일로비치가 말했다.

예브게니 미하일로비치는 가게를 나와 즉시 일꾼인 바실리를 불렀다. 바실리는 잘생겼고, 특히 힘이 센데다 세련된 옷차림에 재빠르고, 쾌활했다. 그는 바실리에게 최근에 장작을 어디에서 구입했냐는 질문을 받게 되면, 장작을 파는 농부로부터 구입한 게 아니라 상점에서 구입했다고 답변하도록 일렀다.

"바로 지금 내가 위조 쿠폰을 주었다고 말하는 농부가 와 있거든. 그놈은 도대체 납득할 수 없는 소리를 하고 있네만, 자네는 이해가 빠른 사람 아닌가. 우리는 오직 상점에서만 장작을 사들인다고 대답하게나. 아, 그리고 오래전부터 자네에게 재킷을 주려고 생각하고 있었네." 예브게니 미하일로비치는 이렇게 덧붙이며, 바실리에게 5루블을 주었다.

바실리는 손에 돈을 쥐고는, 반짝이는 눈으로 5루블짜리 지폐와 예브게니 미하일로비치의 얼굴을 차례로 쳐다보았고, 머릿결을 만지며 미소를 지었다.

"알다시피 민중이란 어리석잖아요. 게다가 교육도 제대로 받지 못했잖아요. 걱정 마세요. 어떻게 대답해야 할지 알고 있으니까요."

이반 미로노프는 예브게니 미하일로비치에게 쿠폰을 확인해달라며 몇 번이나 눈물로 호소했고, 바실리에게도 자신의 말을 믿어달라고 애원했다. 그러나 그들은 자신의 의견을 고수했다. 그 두 사람은 수레를 끌고 다니는 농부로부터 장작을 구입한 적이 결단코 없었다는 말만 되풀이했다. 경찰은 쿠폰을 위조한 죄로 이반 미로노프를 다시 관할 경찰서로 데려갔다.

이반 미로노프는 같이 앉아 있던 술 취한 서기의 충고에 따라, 관할 경찰서장에게 5루블을 주었다. 이제 그는 쿠폰마저 없이 감시받는 곳으로부터 빠져나왔는데, 어제까지 수중에 있던 25루블 대신에 단지 7루블만 남아 있었다. 이반 미로노프는 남아 있던 7루블 중에서 3루블을 술을 마시는 데 써버렸고, 곤드레만드레 술에 취해 피로에 몹시 지친 얼굴로 아내에게로 갔다.

그의 아내는 분만이 임박했기 때문에 몸이 불편했다. 그녀는 남편을 꾸짖기 시작했다. 남편이 그녀를 밀치자, 그녀는 남편을 때리기 시작했다. 그는 아무런 대꾸도 없이, 바닥에 엎드려 큰소리로 울었다.

다음 날 아침에야 그의 아내는 무슨 일이 일어났는지 알아차렸다. 아내는 남편의 말을 믿었고, 남편을 속여 돈을 강탈한 자를 향해 오랫동안 저주를 퍼부었다. 이반도 술에서 깨어나, 어제 그와 함께 술을 마셨던 직공이 해주었던 조언을 기억해내고는, 변호사를 찾아가 고소하기로 결심했다.

8

변호사는 돈을 벌기 위해서가 아니라, 이반 미로노프에게 저지른 그와 같은 비양심적인 행위에 분개해서, 그리고 무엇보다 이반 미로노프를 믿었기 때문에 소송에 뛰어들었다.

원고와 피고 양측 모두 법정에 출두했다. 일꾼 바실리도 증인으로 출석했다. 법정에서도 그들은 이전에 말했던 내용을 반복할 뿐이었다. 이반 미로노프는 하느님과 죽게 될 날을 상기시켜주었다. 예브게니 미하일로비치는 추악한 짓을 해서 괴로웠고, 자신이 얼마나 위험한 짓을 하는지도 알고 있었지만, 이제 와서 진술을 바꿀 수는 없었다. 그래서 그는 애써 태연한 표정으로 이반이 말하는 모든 걸 부인했다.

일꾼 바실리는 또다시 10루블을 받았다. 그래선지 천연덕스럽게 웃기까지 하며, 이반 미로노프를 본 적이 없다고 주장했다. 선서를 할 때에도 그는 속으로는 두려웠지만 늙은 신부가 읽어주는 선서를 애써 태연하게 그대로 반복했다. 그리고 십자가와 성서 앞에서 그는 진실만을 말할 것이라고 맹세했다.

재판관은 이반 미로노프의 소송을 취하하면서 5루블의 재판 비용을 내라는 선고를 그에게 내렸고, 예브게니 미하일로비치는 관용을 베푸는 마음으로 그 비용을 대신 지불해주었다. 재판관은 이반 미로노프를 석방하면서 앞으로는 행실이 단정한 사람들을 비난하거나 모함하지 않도록 각별히 조심하라고 말했고, 아울러 재판 비용을 대신 지불해준 것에 감사해야 하고, 비방한 혐의로 3개월간 감옥에 갇혀야 할 벌을 면하게 해준 것에도 고마워해야 할 것이라고 타이르듯 말했다.

"예, 진심으로 감사드립니다." 이반 미로노프는 그렇게 말하면서도 고개를 가로젓고 한숨을 쉬면서 법정을 나갔다.

예브게니 미하일로비치와 일꾼 바실리에 관련된 모든 일은 이렇게 끝이 난 것 같았다.

그러나 그건 단지 그렇게 보였을 뿐이었다. 그 누구도 알아채지 못했지만, 드러난 것보다 훨씬 심각한 일이 일어나고 있었다.

바실리는 이미 3년 전 고향인 시골을 떠나 도회지에서 살고 있었다. 시간이 지나면서 그는 아버지에게 점점 더 적은 돈을 보냈고, 고향 집에 있는 귀찮은 존재인 아내에게는 편지조차 보내지 않았다. 도시에서는 시골 여자들과는 다른 세련된 여자들을 원하는 대로 상대할 수 있었다. 그렇게 해를 거듭할수록 바실리는 점점 더 도시의 인위적 질서에 길들여졌고 시골의 자연적 법칙은 잊어버리게 되었다. 시골에서는 모든 게 거칠고 침침하고 궁핍하고 어수선하다고 느껴졌다. 그러나 여기, 도시에서는 모든 게 세련되고 훌륭하고 깨끗하고 풍요롭고 게다가 질서 정연하게 보였다. 그래서 그는 시골 사람들은 인생이 무엇인지도 모른 채 야생동물들처럼 살아가고, 도시 사람들이야말로 참된 삶을 영위한다고 점점 더 확신하게 되었다. 그는 훌륭한 작가들이 쓴 장편소설들을 읽었고, 인민 궁전으로 연극을 보러 가기도 했다. 시골에서는 꿈에서조차 그런 것을 맛볼 수 없었다. 시골에서는 노인들이 "법을 지키면서 아내와 살라. 일을 하라. 많이 먹지 말라. 몸치장하며 멋을 부리지 말라"라고 말하지만, 여기 도시에선 영리하고 배운 사람들—물론 그들 모두가 법을 잘 알고 있었다—모두가 자신의 즐거움만을 추구했다. 그래서 그들은 잘살았다.

위조 쿠폰 사건이 있기 전까지는 바실리도 가진 자들이 도덕률을 어기며 산다고 전적으로 믿지는 않았다. 그는 자신이 모르는 그들만의 법이 있다고 여겼다. 하지만 그 사건을 계기로, 더 엄밀히 말해 그 사건에 관련된 거짓 증언을 하고서도 험한 일을 당하지 않고 오히려 또다시 10루블을 벌어들이게 되자, 바실리는 자신이 모르는 어떤 도덕법칙도 존재하지 않는다고 확신했다. 그리고 자신의 만족을 위해서 살아야겠다고 다짐했다. 그래서 그는 그렇게 살았고, 그런 삶을 지속해 나갔다. 우선 그는 주인의 물건을 사들이며 틈만 나면 이익을 챙겼다. 그러나 그것만으로는 그의 지출을 감당할 수 없게 되자, 결국 그는 기회가 생길 때마다 도둑질을 하게 되었다. 주인의 상점에서 돈과 값비싼 것들을 훔쳤는데, 예브게니 미하일로비치의 돈지갑까지도 훔치게 되었다. 그러던 어느 날 그는 현장에서 발각되고 말았는데, 예브게니 미하일로비치는 그를 경찰에 넘기는 대신에 바로 해고해버렸다.

바실리는 고향 집으로 가길 원치 않았다. 그는 새 일자리를 찾으면서 애인과 함께 모스크바에서 살았다. 구멍가게의 점원 일자리를 찾긴 했는데 급여가 적었다. 구멍가게에서 일을 한 지 한 달이 지나자, 그는 예전 버릇대로 자루를 훔쳤다. 구멍가게 주인은 바실리를 고소하지는 않았지만, 매질을 해서 쫓아내버렸다. 그 후로 바실리는 일자리를 구할 수 없었고, 수중의 돈이 다 떨어지자 옷까지 팔아서 돈을 마련했기 때문에, 거의 누더기가 된 신사복 상의에 낡은 구두와 헌 바지만 입고 살아야 했다. 애인도 그를 차버렸다. 그래도 그는 활발한 기운과 쾌활한 기분을 잃지 않았다. 봄이 되자 그는 고향 집으로 향했다.

9

표트르 니콜라예비치 스벤티스키는 검은 안경을 낀 땅딸막한 사람이었는데(그는 눈이 아팠는데 완전히 눈이 멀게 될까 염려했다), 평소처럼 해 뜨기 전에 일어나 차 한 잔을 마시고, 어린 양의 가죽을 가장자리에 덧댄 털가죽 반외투를 입고 농장 일을 보러 나갔다.

표트르 니콜라예비치는 세관 공무원이었는데, 근무하는 동안

8만 루블을 마련할 수 있었다. 약 12년 전 자기 의지와는 상관 없이 그 자리를 떠나게 되었을 때, 그는 파산한 젊은 지주의 영지를 사들였다. 표트르 니콜라예비치는 세관 공무원으로 근무하던 때에 결혼했다. 그의 아내는 오래된 귀족 가문 출신이었지만 가난한 고아였다. 그녀는 골격이 크고 살이 쪘지만 아름다운 여인이었는데, 자식을 낳지 못했다. 표트르 니콜라예비치는 모든 일에 철저하고 굳은 심지를 가진 사람이었다. 그는 폴란드 소귀족 계급의 아들이라서 농사일과 농장 경영에 대해서는 아는 것이 전혀 없었으나, 파산한 지주의 영지를 잘 경영하여 10년이 지났을 때는 300데샤티나(러시아의 단위. 약 1헥타르에 해당—옮긴이)에 달하는 땅을 옥토로 만들어놓았다. 거주하는 집에서부터 창고와 소방 호스를 갖춘 임시 건물에 이르기까지 모든 건물에 철 지붕을 덮어 견고하게 지었고, 적당한 시기에 페인트칠까지 했다. 연장을 보관한 헛간에는 짐마차, 쟁기, 써레 등이 질서 정연하게 정돈되어 있었고, 마구도 기름칠을 해두었다. 말들은 크진 않았지만 종축장에서 잘 키우고 배불리 먹여 적갈색 털에는 윤기가 흘렀고 몸은 튼실해 보였다. 탈곡기가 지붕이 있는 곡물 창고에서 작동했고, 사료는 헛간에 놓여 있었다. 분뇨는 포장된 배수로로 흘러 나갔다. 암소들은 종축장에서 키워 체구가 크지는 않았지만 젖을 잘 냈다. 돼지들은 영국산이었다. 사육장엔 특별히 많은 알을 낳는 암탉 종이 있었다. 과수원의 주위를 백색 도료로 칠했고, 나무들을 옮겨 심어 놓았다. 사방의 모든 것이 편리하고 견고하고 깨끗하면서 질서 정연했다. 표트르 니콜라예비치는 농장의 완벽한 모습을 보며 기뻐했다. 그리고 그는 농부들을 학대하지 않고 오히려 엄격하리만큼 공명정대하게 대우해주었는데, 그는 이 모든 것을 자랑스럽게 여겼다.

그는 귀족들과 상류층에 섞여 생활했지만 보수적이기보다는 자유주의적인 사람이어서 농노제 옹호론자 앞에서 언제나 농부들 편을 들어주었다. 그는 "그들과 잘 지내시오. 그러면 그들도 여러분을 정성으로 대할 것입니다"라고 말했다. 그렇다고 일하는 사람들의 실책과 잘못을 묵인하지는 않았다. 때때로 그들을 가볍게 밀면서 열심히 일하도록 재촉했다. 하지만 그들에게 쉴 만한 장소를 제공했고, 음식물을 충분히 주었으며, 제때에 임금을 주었고, 축제일에는 보드카까지 나누어주었다.

2월이었을 때 표트르 니콜라예비치는 녹은 눈 위를 조심스럽게 걸어 마구간을 지나 일꾼들이 거주하는 오두막집으로 향했다. 아직 어둠이 가시지 않았다. 안개로 인해 더욱 어둡게 느껴졌으나 일꾼들이 거주하는 오두막의 창문으로부터 빛이 보였다. 일꾼들이 이미 잠자리에서 일어났다는 의미였다. 그는 일꾼들을 독려할 생각이었다. 일꾼들이 육두마차를 타고 숲으로 가서 장작을 마련해 오도록 할 심산이었다.

그런데 마구간의 문이 열려 있는 것을 보고, 그는 이상한 생각이 들었다.

"무슨 일이지?"

"거기 누구요?"

아무도 대답이 없었다. 표트르 니콜라예비치는 마구간으로 들어갔다. 어두웠다. 발밑에 밟히는 땅은 부드러웠고, 분뇨 냄새가 났다. 문의 오른편인 마구간 한 구획에 검은 갈기와 꼬리를 가진 어린 말 한 쌍을 넣는 공간이 있었다. 그는 그쪽으로 손을 뻗었다. 텅 비어 있었다. 그는 발을 내밀어보았다. 혹시 말이 누워 있을지도 모르기 때문이었다. 그러나 그의 발에는 어떤 것도 닿지 않았다. '말을 어디로 끌고 나갔지?' 라고 그는 생각했다. 말에게 마구를 채워야 하는데, 마구가 채워지지 않았던 것이다. 더구나 썰매들도 모두 밖에 있었다. 표트르 니콜라예비치는 마구간 밖으로 나오며 소리쳤다.

"어이, 스테판!"

스테판은 일꾼들 중 선임자였다. 그는 이제 막 오두막에서 나오고 있었다.

"여기 있습니다! 표트르 니콜라예비치십니까? 일꾼들은 지금 나올 겁니다." 스테판이 활기찬 목소리로 대답했다.

"마구간 문이 왜 열려 있나?"

"마구간이요? 모르는 일인데요, 알아보겠습니다. 프로시카, 등불 좀 가져와!"

프로시카가 등불을 가지고 달려왔다. 그들은 마구간 안으로 들어갔다. 스테판은 상황을 즉시 알아차렸다.

"도둑이 들었어요, 표트르 니콜라예비치. 자물쇠가 부서졌습니다."

"정말이야?"

"강도들이 왔다 갔어요. 마시카가 없습니다. 야스트레프도 없습니다. 아니, 야스트레프는 여기 있네요. 그런데 얼룩이가 없고요, 예쁜이도 없습니다."

말 세 필이 없어졌다. 표트르 니콜라예비치는 아무 말도 하지 못했다. 그는 얼굴을 찌푸리고 무거운 한숨을 내뱉을 뿐이었다.

"내가 그놈들을 잡기만 하면! 누가 보초를 섰나?"

"페티카였습니다. 깜빡 잠이 든 모양입니다." 표트르 니콜라예비치는 경찰을 불렀고, 지방 장관의 힘을 빌렸다. 그러고는 강도들을 추적하기 위해 사방팔방으로 자신의 일꾼들을 보냈다. 그러나 말들을 찾아내지는 못했다.

"더럽고 치사한 놈들! 대체 무슨 짓거릴 한 거야! 난 항상 선하게 대해주었는데 말이야. 기다려라! 이 강도 놈들아! 이젠 나도 더 이상 선하게만 대할 순 없어." 표트르 니콜라예비치가 말했다.

10

그러는 동안 검은 갈기와 꼬리를 가진 말 세 필은 모두 처분되었다. 마시카는 집시들에게 18루블에 팔렸고, 다른 말과 교환된 얼룩이는 40베르스타나 떨어져 사는 농부에게 넘겨졌고, 예쁜이로 불리던 말은 지나치게 오래 달려서 죽고 말았다. 그런데 그 말가죽이 3루블에 팔렸다. 이 모든 일을 주도했던 이는 바로 이반 미로노프였다. 그는 표트르 니콜라예비치의 농장에서 일하면서 그의 동정에 대해 알게 되었고, 잃어버린 자신의 돈을 되찾기로 결심했다. 그래서 일을 저질렀다.

위조 쿠폰으로 인해 불행을 당하면서부터 이반 미로노프는 오랫동안 술을 마구 퍼마셨는데 전 재산을 술로 탕진할 지경이었다. 그의 아내는 남편이 술 마시는 데 써버릴지도 모를 옷가지, 말의 멍에 등 모든 것을 감추어버렸다. 술에 취한 상태에서도 이반 미로노프는 그를 능욕했던 사람들뿐만 아니라, 가난한 형제들의 소유를 빼앗아가는, 그곳에 사는 부자들에 대해 줄곧 생각했다. 어느 날 그는 포돌스크라는 마을에서 온 농부들과 술을 마셨다. 농부들은 술에 취한 나머지 한 농부의 집에서 말을 훔친 적이 있다고 이반 미로노프에게 말했다. 이반 미로노프는 화가 머리끝까지 치밀어, 농부에게 손해를 끼친 말 도둑들에게 욕설을 퍼붓기 시작했다.

"이건 죄를 지은 거야! 말은 농부에게 형제와도 같아. 그런데 그 말을 훔쳤다니. 말을 몰래 끌고 가려면, 부자들의 말을 훔치도록 해. 부자들은 개보다도 못한 것들이니까." 그는 말했다. 그들의 대화는 한참 계속되었고, 포돌스크 마을의 농부들은 부자들의 농장에서 말을 훔치려면 계교와 방책이 필요하다고 말해주었다.

"먼저 농장의 출입구에 대해서 알아두어야 하고 믿을 만한 친구가 꼭 필요해." 그때 이반 미로노프의 머리에는 지주인 스벤티스키가 생각났다. 이반 미로노프는 그의 농장에서 일한 적이 있었는데 스벤티스키는 그에게 임금을 계산하면서 연장을 부러뜨렸다는 이유로 1루블 50코페이카를 감하고 주었다. 또한 이 반 미로노프는 농장에서 스벤티스키가 몰고 다녔던 검은 갈기 와 꼬리를 가진 말을 기억했다.

이반 미로노프는 스벤티스키를 찾아가 일자리를 알아보는 척 했지만, 실제로는 상황을 파악하고 정보를 얻기 위해서였다. 그 는 마구간에 파수꾼이 없는 것을 조심스레 확인하고, 말들이 마 구간의 지정된 칸막이에 있는 것을 보고는 도둑들을 데려와, 그 들이 모든 일을 처리하도록 도와주었다.

포돌스크라는 마을에서 온 농부들과 벌어들인 돈을 나누어 가 진 후, 이반 미로노프는 5루블을 가지고 집으로 돌아왔다. 말이 없었기 때문에 그는 집에서 할 일이 없었다. 그래서 이반 미로 노프는 말 도둑들이나 집시들과 함께 말을 훔치기 시작했다.

11

표트르 니콜라예비치 스벤티스키는 말 도둑을 찾아내기 위해 온 힘을 다 쏟았다. 그는 자기 일꾼들의 도움 없이는 그 일이 일 어날 수 없다고 확신했기 때문에 자신의 일꾼들을 의심하기 시 작했다. 그는 그날 밤 집에서 밤을 지내지 않은 사람이 누구인 지 묻고 다녀, 프로시카 니콜라예프가 밤새 보이지 않았다는 걸 알아냈다. 프로시카는 군 복무를 막 끝낸 체구가 작은 젊은이로 잘생기고 요령이 있었다. 표트르 니콜라예비치는 외출할 때 마부 대신에 그를 부르기도 했다.

지방 경찰서장이 그의 친구였고, 군 관계자, 시의원, 시장 그리고 예심판사까지 표트르 니콜라예비치의 지인이었다. 그래서 이 사람들 모두가 그의 명명일(자기의 세례명과 같은 이름의 성자를 기리는 날—옮긴이)에 초대를 받았다. 그들은 과실주를 마셨고 그것에 곁들여 소금에 절인 흰 식용버섯 요리를 먹었다. 그들 모두가 표트르 니콜라예비치를 동정하며 최선을 다해 도와주겠다고 말했다.

"자네는 농부들을 보호하려고 했지. 그런데 지금 상황을 보게! 그들은 짐승보다 못하다는 내 말이 맞잖아. 채찍과 몽둥이가 아니고는 일이 되지 않는다니까. 자네는 프로시카가 범인 같다고 말했지? 자네의 마부 역할을 하던 놈 아니야?" 지방 경찰서장이 말했다.

"맞아, 그놈이야."

"그놈 어디에 있나?"

그래서 프로시카는 지방 경찰서장 앞에 불려왔고, 심문당하기 시작했다.

"자네는 그날 밤 어디에 있었나?"

프로시카는 눈을 깜빡이며 떨었다.

"집에 있었습니다."

"집에 있었다고? 그런데 모든 일꾼들은 자네가 없었다고 하던데."

"그건 그렇지 않습니다."

"내 생각이 틀렸다면, 그날 밤 어디에 있었나?"

"집에 있었습니다."

"좋아, 경관. 이 녀석을 경찰서로 데려가게."

프로시카가 그날 어디에 있었는지 말하지 않은 이유는, 파라샤라는 애인과 함께 밤을 지냈는데 절대로 그녀의 이름을 말하지 않겠다고 약속했기 때문이었다. 그는 애인의 이름을 발설하지 않았다. 그에게 유죄의 증거가 드러나지 않자, 그는 곧 풀려났다. 그러나 표트르 니콜라예비치는 프로시카가 사건의 주동 인물이라고 굳게 믿고 있었기에 그를 미워하기 시작했다. 어느 날 표트르 니콜라예비치는 프로시카에게 마부 노릇을 하게 하면서 일감을 주었다. 프로시카는 늘 하던 것처럼 주막집에서 귀리 두 말을 가져와서, 한 말 반은 말들에게 먹이로 주고, 나머지 반 말은 돈으로 바꿔 술을 마셨다. 표트르 니콜라예비치는 그 사실을 알고는 프로시카를 고소했다. 재판관은 프로시카에게 3개월간의 구류를 선고했다. 프로시카는 자존심이 강한 사내였고, 자신을 다른 사람보다 뛰어나다고 생각했다. 따라서 감옥살이를 한다는 것은 수치스런 일이었다. 그는 이제 더 이상은 자신을 드러내놓고 자랑할 수 없게 되자, 금방 의기소침해졌다.

구류를 살고 나서 집으로 돌아온 프로시카는 표트르 니콜라예비치에게만이 아니라 세상 전체에 적의를 품게 되었다.

프로시카는 감옥에서 나온 후에, 그의 주변 사람들 모두가 느낄 정도로 게으른 사람으로 변해버렸다. 거기다 술을 마시기 시작했고, 평민인 어떤 여자의 집에 들어가 옷을 훔치다가 붙잡혀서 다시 감옥에 가게 되었다.

표트르 니콜라예비치가 자신의 말을 추적한 끝에 찾아낸 것이라곤 예쁜이의 가죽으로 보이는 거세한 말의 가죽뿐이었다. 그런 도둑들이 처벌받지 않고 있다는 게 표트르 니콜라예비치를 더욱더 분노하게 만들었다. 그즈음 그는 농부들을 볼 때나 그들에 대해 말을 할 때마다 치밀어 오르는 분노를 참을 수가 없었다. 그래서 농부들을 괴롭힐 꼬투리를 잡으려고 애썼다.

12

위조 쿠폰을 처분해버린 후 예브게니 미하일로비치는 그 일을 잊고 지냈지만, 그의 아내인 마리야 바실리예브나는 사기당한 자신을 용서할 수가 없었고, 그 일로 인해 남편으로부터 심한 욕을 들었기에 남편도 용서할 수가 없었다. 하지만 그 무엇보다도 그녀를 속였던 두 소년을 도저히 용서할 수가 없었다.

사기를 당했던 그날부터 그녀는 모든 학생들을 눈여겨보았다. 어느 날인가 마힌과 마주쳤지만 그녀는 그를 알아보지 못했다. 왜냐하면 마힌이 그녀를 보자마자 평소와는 아주 다른 표정을 지었기 때문이다. 그러나 위조 쿠폰 사건이 발생한 지 2주가량 지났을 때, 그녀는 마침내 길거리에서 미티아 스모코브니코프와 정면으로 얼굴을 마주하게 되었고, 즉시 그를 알아보았다. 그녀는 그를 지나친 후, 되돌아서서 뒤따라가기 시작했다. 그의 집까지 뒤따라가서, 그녀는 그가 누구의 아들인지 알아냈다. 다음 날 그녀는 중학교로 갔는데, 현관에서 교목인 미하일 베덴스키를 만났다. 교목이 그녀에게 무슨 일로 왔느냐고 물었다. 그녀는 교장 선생님을 만나고 싶다고 대답했다.

"그분은 자리에 없어요. 건강이 좋지 않아서요. 저한테 말씀하시면 제가 처리하거나 교장 선생님께 말씀을 전해드리죠." 교목이 말했다.

마리야 바실리예브나는 교목에게 모든 걸 말하기로 결심했다.

교목인 미하일 베덴스키는 홀아비에 아카데미 회원이었고 아주 자존심이 강한 사람이었다. 작년에 그는 어떤 모임에서 미티아 스모코브니코프의 아버지를 만나 신앙 문제로 이야기하다 충돌한 적이 있었다. 스모코브니코프는 그의 말을 조목조목 반박하여, 그를 조롱거리로 만들어버렸다. 그 후부터 교목은 스모코브니코프의 아들을 특별히 주의 깊게 보았는데, 아들 역시 불신자인 아버지처럼 하느님의 섭리에 무관심하다는 걸 알아차리고서는 그를 괴롭히기 시작했다. 심지어는 시험에서 낙제 점수를 주기도 했다.

마리야 바실리예브나가 스모코브니코프의 아들이 그녀에게 어떤 짓을 했는지 알려주자, 베덴스키는 희열을 감출 수가 없었다. 그는 이 소년의 사건에서 교회의 율법에 따르지 않는 비도덕적인 사람들을 가늠하는 확증을 찾아냈고, 이 사건을 이용해서 교회의 율법을 이탈하면서 위협을 가하는 자들에게 경종을 울리기로 결심했다. 하지만 그의 마음 깊은 곳에는 그 오만한 무신론자에 대한 복수심이 자리 잡고 있었다.

"알겠습니다. 매우 서글픈 일이군요. 매우 서글픈 일이에요. 당신이 사건을 말씀해주셔서 정말 기쁩니다. 교회의 종복으로서 제가 온 힘을 다해 그 아이를 지도하도록 하겠습니다. 그리고 가능한 한 부드럽게 교화시키도록 하겠습니다." 미하일 교목은 가슴에 달고 있던 십자가의 반짝거리는 면을 손으로 만지작거리며 말했다.

"제 직분에 맞도록 처신하겠습니다." 미하일 교목은 소년의 아버지와의 악감정을 완전히 잊은 듯이 말했다. 오직 그 소년의 영혼 구제와 선을 생각하는 것 같았다.

다음 날 수업 시간에 미하일 교목은 삼위일체에 대한 이야기를 하던 중에, 위조 쿠폰 이야기를 꺼냈고 수업을 듣는 학생들 중에 용의자가 있다고 말했다.

"너무나 부도덕하고 파렴치한 짓이다. 그런데 죄를 부인하는 것은 더 나쁜 것이다. 난 믿고 싶지 않지만 너희들 중 누군가가 그 죄를 저지른 것이 사실이라면, 죄를 숨기지 말고 조용히 고백하는 것이 더 낫다."

이렇게 말하면서 미하일 교목은 미티아 스모코브니코프를 쳐다보았다. 모든 중학생들이 그의 눈길을 좇아가 미티아를 쳐다보게 되었다. 미티아는 얼굴이 붉어졌고, 땀방울이 흘러내렸다. 마침내 미티아는 눈물을 흘리며 교실 밖으로 뛰쳐나갔다.

미티아의 고민을 눈치챈 그의 어머니는 곧 모든 사실을 알게 되었고, 사진 용품 가게로 한걸음에 달려갔다. 그녀는 여주인에게 12루블 50코페이카를 지불했고, 미티아의 이름을 발설하지 말아달라고 부탁했다. 또한 그녀는 아들에게 그 어떤 사실도 부인해야 하며, 어떤 경우에라도 아버지가 이 사실을 알아서는 안된다고 말했다.

표도르 미하일로비치는 중학교 수업 중에 그런 일이 있었다는 것을 알고 나서 사건의 진상을 아들에게 물었다. 아들은 모든 것을 부인했다. 그러자 그는 교장실로 달려가 교장에게 사건의 자초지종을 말했고, 미하일 교목의 행동을 강도 높게 비난하며 이 일을 그냥 지나칠 수 없다고 말했다.

교장은 미하일 교목을 불렀고, 교목과 표도르 미하일로비치는 열띤 논쟁을 벌였다.

"멍청한 여자가 내 아들에게 죄를 뒤집어씌웠지만, 바로 증언을 번복하고 말았소. 그런데 당신은 정직하고 진실한 아이에게 더할 수 없는 상처를 주며 비방했소."

"나는 그 아이를 비방한 적이 없어요. 나에게 그런 식으로 말하지 마시오. 당신은 내가 성직자라는 걸 잊어버린 모양이군요."

"당신이 성직자라는 건 나에게 문제가 되지 않아요."

"당신의 사악한 생각은 이 도시 사람 모두가 알고 있소!"

미하일 교목은 얼마나 화가 치밀었던지 긴 턱을 부들부들 떨었다.

"스모코브니코프 씨! 미하일 교목!" 교장이 논쟁하는 그들을 진정시키려고 애쓰면서 외쳤다. 그러나 두 사람 다 진정할 수가 없었다.

"우리 학생들에게 종교와 도덕을 가르치려고 애쓰는 것이 성직자로서의 내 의무요."

"제발 성스러운 인간인 양 굴지 말아요! 당신이 그 어떤 것도 믿지 않는다는 것을 내가 아니까요!"

"내가 당신 같은 사람과 말하고 있다는 사실조차 나로서는 부끄러운 일이요." 미하일 교목은 말했다. 그는 스모코브니코프의 마지막 말에 심한 모욕감을 느꼈다. 그 말이 진실을 담고 있음을 깨달았기 때문에 더 모욕감을 느꼈는지도 몰랐다. 그는 종교 아카데미에서 모든 과정을 마쳤지만 이미 오래전부터 그가 고백했던 것도, 설교했던 것도 믿지 않았다. 다만 그가 믿고자 노력했던 것을 사람들이 믿어야만 한다는 그 사실만 믿고 있었다.

스모코브니코프는 미하일 교목의 행위에 충격을 받지 않았을 뿐만 아니라, 오히려 그것을 우리 사회에 끼치는 성직자의 영향력의 한 본보기로 파악했을 따름이었다. 그는 모든 사람들에게 아들의 사건을 말해주었다.

한편 미하일 교목은 젊은 세대만이 아니라 중장년층까지도 니힐리즘과 무신론에 빠져드는 것을 보고, 그런 현상에 맞서 더욱 더 힘차게 싸워야 한다고 확신하게 되었다. 스모코브니코프와 그와 유사한 사람들의 불신앙을 비판할수록, 그는 자신의 신앙을 더 견고하고 굳건하게 키워나갈 수 있었지만, 점점 교조주의에 빠져들면서 삶과의 조화마저도 잃어버리게 되었다. 주변의 모든 사람들이 인정하는 그의 믿음은, 그에게는 종교를 부인하는 사람들과 싸우는 중대한 무기가 되었을 따름이었다.

스모코브니코프와의 충돌과 그로 인해 교장으로부터 질책과 잔소리를 들어 짜증이 난 미하일 교목은 아내가 죽은 이후로 오랫동안 마음속에 간직해왔던 복표를 실행에 옮겨야겠다고 생각했다. 즉, 수도사 학교에 들어가 종교 아카데미 친구들 중 몇몇이 선택한 길을 걸어갈 계획이었다. 그 친구들 중 한 명은 이미 주교가 되었고, 다른 한 명은 주교의 충원을 기다리며 조그만 수도원의 원장이 된 친구도 있었다.

학년이 끝나갈 무렵에 베덴스키는 중학교를 사직하고, 미하일이란 이름으로 수도사 교단에 들어갔고, 얼마 되지 않아 곧 볼가 강 유역의 한 도시에 자리 잡은 신학교의 교장이라는 직분을 받았다.

13

그즈음 일꾼 바실리는 남쪽으로 난 큰길을 걷고 있었다. 낮에는 걸었고, 밤엔 마을 순찰의 협조로 그날 순번이 된 집에서 잠을 잘 수 있었다. 가는 곳마다 그에게 빵을 주었고, 때로는 저녁 식사에까지 그를 초대하기도 했다. 오룔 지역의 마을에서 밤을 지내던 중, 그는 지주의 과수원을 빌린 한 상인이 과일을 지켜줄 젊은 남자를 찾고 있다는 말을 듣게 되었다. 바실리는 걸식하는 것도 이제 진저리가 났고, 집에 가고 싶지도 않았다. 그래서 그는 과수원을 빌린 상인을 찾아가, 한 달에 5루블의 임금을 받기로 하고 감시원으로 고용되었다.

바실리는 임시 막사에서 생활했다. 맛이 단 사과가 익어가기 시작했고, 탈곡장에서 온 사람들이 탈곡하고 남은 깨끗한 짚단을 그에게 가져다주어서, 그는 아주 즐겁게 지낼 수 있었다. 그는 신선하고 향기로운 냄새를 풍기는 사과를 옆에 쌓아두고 아이들이 사과를 훔치지 못하도록 지켜보면서 짚단 근처의 향긋한 짚북데기 위에 누워 휘파람을 불거나 노래를 부르면서 온종일을 보내기도 했다. 그는 노래를 아주 잘 불렀고, 멋진 목소리를 가지고 있었다. 마을에서 여인네들이나 젊은 아가씨들이 사과를 얻으러 오면 바실리는 그녀들과 농담을 주고받으면서 여자들의 미모에 따라 크거나 작은 사과를 나누어주었고, 그 대가로 달걀이나 돈을 받았다. 그러곤 세 끼 식사를 위해 먹을 것을 얻으러 가는 일 말고는 특별히 할 일이 없어 다시 누워 있었다.

그에게는 셔츠가 한 벌밖에 없었는데, 장밋빛의 염색한 셔츠에는 구멍이 나 있었다. 그리고 발에는 아무것도 신지 않았다. 하지만 그는 무척이나 건강했고 힘이 셌다. 솥에다 끓인 죽을 화덕에서 내려 일꾼들에게 나누어줄 때면, 바실리는 거뜬히 3인분을 먹어치워 농장의 늙은 감시인들을 깜짝 놀라게 했다. 밤마다 바실리는 거의 잠을 자지 않고 휘파람을 불거나 소리를 지르면서 고양이처럼 매서운 눈으로 어둠 속 저 멀리를 응시했다.

한번은 마을에서 큰 아이들이 몰래 과수원으로 들어와 나무를 흔들어 사과를 따고 있었다. 바실리는 소리를 내지 않고 그들의 뒤로 다가갔다. 그들은 도망치려고 했지만, 바실리는 한 아이를 붙잡아 임시 막사로 데려와 주인에게 넘겼다.

바실리의 임시 막사는 처음엔 과수원의 끝자락에 있었는데, 사과 수확이 끝난 후에는 주인집에서 겨우 40보 정도밖에 떨어지지 않은 곳으로 이전하게 되었다. 그는 이 새 거처에서 아주 즐거웠다. 부자인 젊은 남녀가 즐겁게 지내는 것을 하루 종일 지켜볼 수 있었는데, 그들은 저녁이나 밤늦은 시간에 마차를 몰거나 산책을 나갔고, 피아노나 바이올린을 연주했고, 노래하고 춤을 추며 지내고 있었다. 바실리는 젊은 아가씨들이 젊은 학생들과 창문턱에 앉아 애정을 나누다가, 곧 짝을 지어 달빛이 밝혀주는 보리수 길의 어둠 속으로 사라지는 걸 보았다. 그는 하인들이 먹을 것과 마실 것을 들고 뛰어다니는 것도 보았고, 요리사, 집사, 세탁부, 정원사, 마부 등이 먹을 것과 마실 것을 준비하며 주인을 위해 즐거운 마음으로 일하는 것도 보았다.

때로는 젊은이들이 주인집에서 헛간으로 찾아오기도 했다. 바실리는 그들에게 과즙이 흐르고 빨갛게 익은 아주 좋은 사과를 골라주었다. 젊은 아가씨들은 그 자리에서 사과를 크게 한입 베어 먹고는 맛을 칭찬하며 그들끼리 무언가 프랑스어로 말했고―바실리는 자신에 관한 것임을 눈치챌 수 있었다―바실리에게 노래를 불러달라고 요청했다.

바실리는 모스크바에서의 삶이 떠오르면서, 그 젊은이들의 생활을 마냥 부럽게 쳐다보았다. 그러고는 모든 것들 중에서 가장 중요한 것이 돈이라는 생각을 품게 되었다.

그는 거금을 단 한 번에 움켜쥐려면 어떻게 해야 할지를 생각하고 또 생각했다. 옛날처럼 조금씩 이익을 취하는 방법도 생각했지만, 그런 방법은 쓰지 않기로 결심했다. 예전 방법을 써서 적게 이익을 남기는 것은 아무런 소용도 없다는 생각이 들었다. 그는 발각되지 않기 위해서는 머리를 써서 계획을 세우고 모든 정보를 수집한 후, 정확하게 실행해야만 한다고 생각했다. 성모 마리아의 탄생일이 지나고 사과를 마지막으로 수확했다. 주인은 수확에 크게 만족하며 감시원들과 바실리에게 임금을 주었고 덤으로 더 많은 돈을 건네주었다.

바실리는 주인의 아들이 선물로 준 재킷을 입고 털모자를 쓰고도 집으로 돌아가지 않았다. 농부의 거친 생활을 생각하는 것조차 혐오스러웠다. 그는 과수원에서 감시원으로 함께 생활했던 주정뱅이 군인과 어울려 도시로 되돌아갔다. 그 도시에서 그는 한때 일꾼으로 있다가 주인에게 두들겨 맞고 임금도 받지 못하고 쫓겨났던 상점에 침입해 물건을 털기로 결심했다. 그는 그곳의 모든 통로를 잘 알고 있었고, 돈을 어디에다 두는지도 알고 있었다. 그래서 함께 온 주정뱅이 군인으로 하여금 망을 보게 하고, 마당으로 난 창문을 통해 가게로 침입해서 있는 돈을 모두 훔쳤다. 모든 일이 계획적으로 이루어졌기 때문에 전혀 흔적을 남기지 않았다. 바실리가 훔친 돈은 모두 370루블이었다. 바실리는 도와준 이에게 100루블을 주었고, 나머지 돈을 가지고 다른 도시로 가 남녀 친구들과 어울려 방탕하게 지냈다.

14

　그사이에 이반 미로노프는 아주 영리하고 겁도 없는 노련한 말 도둑이 되었다. 처음에는 그의 잘못된 행동을 욕하며 나무랐던 그의 아내 아피미아도 지금은 건네주는 돈에 만족하며 남편을 자랑스레 여기게 되었다. 남편은 새 양가죽 코트를 사 입었고, 그녀도 짧은 숄과 새 모피 옷을 사 입었다.

　마을과 그 주변에 사는 사람들은 모두 이반 미로노프가 말 도둑질에 관련되어 있다는 것을 알고 있었다. 그러나 후환이 두려워 아무도 그를 밀고할 수 없었다. 그를 향한 의심이 생겨날 때마다 이반 미로노프는 결백하고 정직한 것처럼 보이려고 애썼다. 최근에 그는 밤을 틈타 콜로톱카 마을에서 말을 훔쳤다. 이반 미로노프는 가능한 한 지주나 상인의 말을 훔치는 걸 더 좋아했지만 그리 쉬운 일이 아니었다. 그래서 지주나 상인의 말을 도적질하기가 여의치 않을 때에는 농부의 말을 훔쳤다. 콜로톱카에서 그는 말의 주인이 누군지도 알아보지 않고 야밤을 틈타서 말들을 훔쳤다. 그는 직접 일을 하지 않고, 젊고 영리한 게라심을 부추겨서 그에게 일을 시켰다. 농부들은 새벽 무렵이 되어서야 말을 도둑맞았다는 것을 알았고, 말 도둑을 찾아 사방으로 뛰어다녔다. 그동안 말들은 국유지인 숲 속 골짜기에 있었다. 이반 미로노프는 다음 날 밤까지 말들을 잡아두었다가 말들을 40베르스타 정도 떨어진 곳으로 몰고 가, 알고 지내던 사람에게 넘길 생각이었다. 그는 게라심을 찾아 숲으로 갔다. 그리고 그에게 고기만두와 보드카를 주고, 누구와도 마주치지 않기를 기대하면서 숲의 샛길을 따라 집으로 돌아갔다. 그러나 불행하게도 숲을 지키던 산지기인 퇴역 군인과 마주치고 말았다.

"버섯이라도 찾았소?" 산지기인 퇴역 군인이 물었다.

"전혀 찾을 수가 없어요." 이반 미로노프는 만일의 경우를 대비해 가지고 다니던 나무껍질로 만든 광주리를 보여주면서 말했다.

"그래요, 올 여름에는 버섯이 거의 없어요." 퇴역 군인이 대답했다.

그리고 그는 생각에 잠겼는데, 무언가 이상하다고 여긴 게 틀림없었다. 이반 미로노프가 아침 일찍부터 국유지인 숲을 돌아다닐 이유가 없었기 때문이다. 퇴역 군인은 되돌아와 숲 주변을 살펴보았다. 그때 골짜기 쪽에서 말이 거센 콧김을 내뿜는 소리가 들려왔다. 그는 그 소리가 들린 곳을 향해 살며시 다가갔다. 골짜기로 이어진 길의 풀이 밟혀 뭉개져 있었고, 말발굽 자국이 보였다. 좀 떨어진 곳에 게라심이 앉아 무언가를 먹고 있었고, 말들은 나무에 묶여 있었다.

퇴역 군인은 마을로 달려가, 촌장과 경찰, 그리고 증인 둘을 데려왔다. 그들은 게라심을 세 방향에서 에워싸며 다가가서 그를 붙잡았다. 그는 보드카에 취해 있어선지 잡아떼지 않았고 그 자리에서 즉시 모든 걸 자백했다. 이반 미로노프가 그에게 술을 가져다주었고, 그를 꼬드겨 말을 훔치게 했다고 털어놓았다. 또 이반 미로노프가 숲 속의 말들을 데려가기 위해서 그날 밤 찾아오기로 약속했다는 말도 했다. 농부들은 말들과 게라심을 숲 속에 남겨두고 이반 미로노프를 기다리며 동산의 나무 뒤에 몸을 숨겼다. 어두워졌을 때 휘파람 소리가 들렸다. 게라심이 응답했다. 이반 미로노프가 산길을 내려온 순간, 농부들은 그를 에워싸고 붙잡아 마을로 끌고 갔다. 다음 날 아침, 사람들이 촌장의 집 앞으로 모여들었다.

이반 미로노프는 끌려 나와 심문을 받아야 했다. 큰 키에 긴 팔과 새우등, 매부리코인 음울한 표정의 스테판 펠라게우시킨이 제일 먼저 그를 심문했다. 스테판은 병역의무를 마친 강직한 성품을 지닌 농부였다. 게다가 그는 아버지 곁을 떠나 독립했을 때, 말을 도둑맞은 경험이 있었다. 그 후 그는 광산에서 1년 동안 일해서 겨우 말 두 마리를 사기에 충분한 돈을 벌었다. 그런데 그렇게 해서 구입한 말들을 이반 미로노프에게 도둑질당했던 것이다.

"내 말이 어디 있는지 말해라!" 스테판은 분해서 얼굴까지 창백해진 채 땅바닥과 이반 미로노프의 얼굴을 번갈아 쳐다보며 소리쳤다.

이반 미로노프는 자백을 거부했다. 그러자 스테판은 그의 얼굴을 겨냥해서 코를 내리쳤다. 피가 쏟아져 나왔다.

"사실대로 말해. 죽일 수도 있어!"

이반 미로노프는 머리를 숙여 스테판의 주먹질을 피하려고 하면서도 대답은 하지 않았다. 스테판은 긴 팔을 휘둘러 그를 한

두 차례 때렸다. 그래도 이반 미로노프는 머리를 이리저리 흔들어 피하며 입을 다물고 있었다. "모두 저놈을 때려 혼을 냅시다!" 촌장이 소리쳤다.

그러자 모두가 이반 미로노프를 때리기 시작했다. 그는 신음조차 내지 못하고 바닥에 나뒹굴면서 소리쳤다. "악마들! 짐승 같은 놈들! 차라리 나를 때려죽여라! 너희가 무섭지 않아!"

스테판이 준비해둔 돌 하나를 집어 들고는 이반 미로노프의 머리를 내리찍었다.

15

이반 미로노프의 살해자들은 법의 심판을 받게 되었다. 스테판 펠라게우시킨도 그들 가운데 한 명이었다. 모든 증인들이 이반 미로노프의 머리를 돌로 내리친 사람이 그였다고 증언했기 때문에 다른 누구보다도 더 엄하게 스테판을 심문했다. 스테판은 법정에서 아무것도 숨기지 않았고, 말 두 마리를 도둑맞았다는 사실을 말했다. 그리고 집시들의 흔적을 쫓으면 도둑맞은 말들을 찾아내는 게 가능하다고 설명했다. 그러나 경찰은 그의 말을 받아들이지 않았고, 말을 찾지도 않았다.

"그런 인간을 어떻게 하겠습니까? 그놈은 우리를 파멸시켰습니다."

"그런데 왜 다른 사람들은 그를 때리지 않았지요? 하필이면 당신이?" 검사가 말했다.

"그건 사실이 아닙니다. 우리 모두가 그놈을 때렸고, 마을 전체가 그놈을 죽이기로 결의했습니다. 다만 제가 숨통을 끊어놓았을 뿐입니다. 그런 놈에게 쓸데없는 고통을 가해보았자 무슨 소용이 있겠습니까?"

판사들은 스테판이 자신의 범죄에 대해 너무도 침착하게 말하는 것에 충격을 받았다. 또 스테판은 농부들이 이반 미로노프를 어떻게 때렸는지에 대해, 그리고 자신이 어떻게 이반 미로노프의 숨통을 끊어놓았는지에 대해 침착하게 말했다.

사실 스테판은 그 살인이 특별히 잘못된 행동이라고 생각하지 않았다. 군에서 복무할 때 그는 한 병사를 사살하라는 명령을 받은 적도 있었다. 그래서 이반 미로노프를 살해한 이 경우에도 특별히 잘못된 것은 없다고 생각했다. '총을 맞으면 그저 맞는 거야. 오늘은 그가, 내일은 내가 될지도 몰라'라고 생각했다.

스테판은 그가 저지른 행동에 비해 가벼운 1년 형을 선고받았다. 그는 죄수복을 입고 죄수가 신는 신발을 신었고, 그가 벗은 농민복은 창고에 보관되었다.

스테판은 애초부터 지배층에 존경심을 전혀 품고 있지 않았지만 그때부터는 모든 지배층과 권력자들, 이 모두가 민중들의 피를 빨아먹는 강도들이라 생각하게 되었다. 오로지 황제, 그분만이 민중들을 동정하고 공평하게 대하시는 분이라고 생각했다. 그가 감옥에서 알게 된 유배형이나 중노동형을 받은 죄수들로부터 들은 이야기로 인해 그의 견해는 더욱 확고해졌다. 한 사람은 그의 상관들을 절도죄로 고발했다는 이유로, 어떤 사람은 한 농부의 재산을 부당하게 몰수한 관리를 때렸다는 이유로, 또 다른 사람은 지폐를 위조했다는 이유로 강제 노동에 처해졌다. 권력자들이나 부유한 상인들은 무엇을 해도 처벌을 받지 않았지만, 가난한 농부들은 온갖 하찮은 이유들로 인해 감옥에 보내져 벌레들의 양식이 되어야 했다.

스테판이 감옥에 있는 동안 그의 아내가 면회를 왔다. 그의 도움이 없어선지 아내는 아주 어려운 형편으로 보였다. 설상가상으로 그의 집마저 불이 나 잿더미가 되어버려서, 그의 아내는 파산선고를 한 후 자식들과 빌어먹기 시작했다. 아내의 비참한 모습은 스테판의 가슴에 원한을 품게 만들었다. 그날 이후 그는 감옥의 모든 이들과 사이가 나빠졌다. 한 번은 도끼로 요리사를 거의 죽일 뻔했다. 그 때문에 그는 감옥에서 1년을 더 살아야 했다. 그렇게 감옥에서 1년을 지내는 동안, 그의 아내가 죽었고 돌아갈 집마저 없어져버렸다는 소식을 듣게 되었다.

스테판이 형기를 마쳤을 때, 그는 창고로 찾아가 선반 위에 놓여 있던 자신의 옷을 건네받았다.

"이제 나는 어디로 가야 하지요?" 그는 옷을 입으면서 간수에게 물었다.

"물론 집으로 가야지."

"집이 없어요. 길에서 지내야만 해요. 강도질을 하게 될 거예요."

"그렇게 하면 이곳으로 다시 오게 될 거야."

"아마 그럴 것 같네요."

그리고 스테판은 감옥을 나왔다. 그는 집이 있던 곳으로 향했다. 달리 갈 곳이 없었던 것이다.

집에 도착하기 전에, 밤을 지내기 위해 선술집이 딸린 여인숙에 묵게 되었다.

여인숙은 소시민인 뚱뚱한 블라디미르가 주인이었다. 그는 스테판을 알았고, 또 스테판이 불행하게 감옥살이를 했다는 것도 알았다. 그래서 그는 스테판이 밤을 보낼 방을 내주었다.

부자인 블라디미르는 이웃에 사는 농부의 아내를 꼬드겨 같이 살았다. 그녀는 여인숙 일을 도와주면서 아내 역할도 하고 있었다.

스테판은 여인숙 주인의 모든 일을 잘 알고 있었다. 그가 농부에게 어떤 못된 짓을 했고, 같이 살고 있는 부정한 여자가 어째서 남편을 떠났는지도 알고 있었다. 살찐 몸으로 땀을 흘리며 식탁에 앉아 차를 마시고 있던 그녀는 다정한 태도로 스테판에게 함께 차를 마시자고 권했다. 찾아오는 손님은 아무도 없었다. 스테판은 밤을 보내려고 부엌의 한구석에다 자리를 잡았다. 마트레나는 식탁을 깨끗이 치우고 방으로 돌아갔다. 스테판은 부엌의 페치카 위에 누웠지만 잠을 이룰 수 없었다. 그가 몸을 뒤척일 때마다 페치카 위에 건조시키려고 깔아놓은 나뭇조각들이 바스락거렸다. 그동안 여러 번 세탁해서 색까지 바랜 셔츠의 허리 부분 아래로 볼록 튀어나온 여인숙 주인의 배가 스테판의 머리에서 떠나지 않았다. 그는 볼록 튀어나온 배를 칼로 갈라 지방질을 꺼내놓으면 어떨까, 여자도 제거해버리면 어떨까 생각했다. 그때 그는 "제기랄, 내일 여길 떠나는 게 낫겠어!"라고 혼잣말로 중얼거렸다. 그러나 그의 뇌리에서 다시 이반 미로노프가 떠올랐고, 또다시 여인숙 주인의 볼록 튀어나온 배와 마트레나의 땀이 밴 하얀 목의 후두를 떠올리게 되었다. "그래, 죽여야만 해! 둘 다 죽이고 말 거야." 그는 두 번째 우는 수탉 소리를 들었다. "지금 일을 해치워야만 해. 새벽이 다가오니까." 그는 저녁 시간에 칼과 도끼가 있는 곳을 알아두었다. 그는 페치카에서 내려와 칼과 도끼를 들고 부엌을 빠져나갔다. 바로 그때 현관문의 빗장을 여는 소리가 들렸다. 주인이 마당으로 나오고 있었다. 스테판은 원하던 대로 일을 처리하지 못했다. 그는 칼을 사용하진 못하고 도끼를 휘둘러 여인숙 주인의 머리를 절단했다. 주인은 현관문 쪽으로 쓰러지면서 땅바닥으로 굴러 떨어졌다.

스테판은 살림방으로 들어갔다. 마트레나는 침대에서 벌떡 일어나 셔츠 하나만 입고 침대 곁에 서 있었다. 스테판은 사용했던 같은 도끼로 그녀도 죽였다.

그다음에 그는 촛불을 밝혔다. 그리고 사무용 책상에서 돈을 꺼내서 여인숙을 떠났다.

16

한 작은 마을의 중심가에서 떨어진 곳에, 관리를 지낸 술주정뱅이 노인이 두 딸과 사위를 데리고 자신의 집에서 살고 있었다. 결혼한 딸도 술에 취해 방탕한 생활을 하고 있었다. 과부가 된 장녀 마리야 세묘노브나도 오십 대에 접어들어 주름살이 많아지고 여위었지만, 혼자서 가족 모두를 부양해야만 했다. 그녀는 연간 250루블의 연금을 받았고, 그 돈으로 가족 모두가 생계를 이어갔다. 또한 집안일은 죄다 마리야 세묘노브나가 맡아서 했다. 그녀는 몸이 쇠약해진 주정뱅이 늙은 아버지를 돌보았고 여동생의 아이들까지 키우면서 음식을 준비하고 빨래도 해야만 했다. 그래서 언제나 그런 것처럼 무슨 일거리가 생기면 당연히 그녀가 모든 걸 떠맡아야 했다. 그럼에도 집안 식구들의 비난을 감수해야만 했는데, 심지어 여동생의 남편은 술에 취해서 그녀를 때리기까지 했다. 그녀는 온화한 표정을 지으며 그 모든 것을 참아냈다. 항상 그렇듯이 그녀는 일이 더 많아지면 더욱 빨리 일을 성공적으로 해냈다. 게다가 그녀는 자신에게 필요한 것까지 끊으면서 가난한 사람들을 도왔다. 그녀는 가난한 사람들에게 자신의 옷을 나누어주었고, 아픈 사람들을 돌보아주었다.

마을에 사는 목발을 짚고 다니는 절름발이 재봉사가 한때 마리야 세묘노브나의 집에서 일한 적이 있었다. 그는 그녀의 늙은 아버지의 코트와 마리야 세묘노브나가 겨울에 시장 갈 때 입을 수 있도록 그녀의 털가죽 반외투를 수선해주었다.

절름발이 재봉사는 영리하고 관찰력이 뛰어난 사람이었다. 그는 직무상 여러 종류의 사람들을 만나보았고, 다리를 절었기 때문에 늘 앉아서 생각하기를 즐겼다. 그는 일주일간 마리야 세묘노브나의 집에서 생활하면서, 그녀가 살아가는 방법을 보고 소스라치게 놀랐다. 한 번은 그가 앉아 일하고 있던 부엌으로 그녀가 들어와 수건을 빨면서 그에게 살기가 어떤지 물었다. 그는 형이 자신을 어떻게 모욕했는지 털어놓았고, 형과 어떻게 멀어지게 되었는지 말했다.

"더 잘살 수도 있었을 것이라 생각해요. 하지만 전과 같이 궁핍하지요."

마리야 세묘노브나가 말했다.

"변하지 않는 것이 훨씬 좋은 법이에요. 이전처럼 사는 것이 더 나아요."

"마리야 세묘노브나, 나는 당신이 참 놀라워요. 당신은 이 집에서 하나부터 열까지 모든 일을 하고, 모든 식구들을 보살펴주지만, 그들은 당신에게 별로 고마워하지 않는 것 같아요."

마리야 세묘노브나는 아무 대답도 하지 않았다.

"우리가 행한 착한 일은 천국에서 보상받게 될 거라고 책에서 읽었기 때문인가요?"

"그런 건 잘 몰라요. 하지만 우리는 최선을 다해 살아야만 해요."

"그런 이야기도 책에 있나요?"

"그럼요. 책에 있지요."

그렇게 말하고 그녀는 그에게 성경의 산상수훈을 읽어주었다. 재봉사는 생각에 잠겼다. 그는 일한 품삯을 받고 자기 집으로 돌아간 후에도 마리야 세묘노브나의 집에서 보았던 것에 대해,

그리고 그녀가 말해주었던 것과 그에게 읽어주었던 것에 대해 수시로 생각했다.

17

농부들에 대한 표트르 니콜라예비치 스벤티스키의 생각은 변했고, 마찬가지로 농부들도 그에 대한 생각을 바꾸었다. 1년도 채 지나지 않는 동안, 그들은 표트르 니콜라예비치의 숲에서 스물일곱 그루의 나무를 베어 갔고, 보험에 들지 않은 곡물과 곡물 창고를 불태워버렸다. 그래서 표트르 니콜라예비치는 더 이상 이곳 농부들과 사이좋게 지낼 수 없다는 결론에 이르렀다.

바로 그 무렵, 리벤초프가家에서 영지를 관리해줄 사람을 찾고 있었다. 한 귀족이 그 지역에서 가장 유능한 사람으로 표트르 니콜라예비치를 추천했다. 리벤초프 가문이 소유한 영지는 어마어마하게 넓었지만, 농부들이 모든 이익을 빼돌려서 거두어들이는 수입이 전혀 없었다. 표트르 니콜라예비치는 모든 것을 정상화시킬 계획을 세웠다. 그래서 그의 땅은 다른 사람에게 빌려주고, 그 자신은 아내와 함께 볼가 강에서 멀리 떨어진 지역으로 옮겨 가서 살았다.

표트르 니콜라예비치는 언제나 질서와 정해진 규칙을 좋아했다. 그는 야만적이고 거친 농부들이 그들의 것도 아닌 사유재산을 횡령하는 것을 용납할 수 없었다. 그는 그들에게 가르침을 주고, 일하는 걸 엄하게 감독했다. 한 농부가 숲의 나무를 가져 간 죄로 감옥으로 보내졌고, 또 다른 농부는 길을 비키지 않고 모자를 벗지 않는다는 이유로 매질을 당했다. 농부들이 자신들의 소유지라고 여기고 마음대로 사용하던 목초지가 분쟁의 대상이 되자, 표트르 니콜라예비치는 농부들에게 목초지에다 가축을 풀어놓으면 모두 잡아들이고 말 것이라고 선언했다.

봄이 왔다. 농부들은 예전처럼 지주의 목초지에다 가축들을 풀어놓았다. 표트르 니콜라예비치는 일하는 일꾼들을 불러, 가축들을 마당으로 몰고 오라고 말했다. 그때 농부들은 밭에서 일하고 있었다. 여인네들의 비명에도 불구하고, 표트르 니콜라예비치의 일꾼들은 가축들을 마당 안으로 몰고 왔다. 일터에서 돌아온 농부들은 무리를 지어 지주의 마당으로 달려가서 가축을 내놓으라고 요구했다. 표트르 니콜라예비치가 어깨에다 총을 메고 나왔다. 그는 막 영지를 둘러보고 오는 길이었다. 그는 뿔이 난 가축 한 마리당 50코페이카, 양 한 마리당 20코페이카의 돈을 내지 않는다면 가축을 돌려줄 수 없다고 말했다. 농부들은 목초지가 그들의 아버지와 할아버지도 사용했던 것이기 때문에 그들의 재산이라고 주장하며, 표트르 니콜라예비치에게 그들의 가축을 잡아둘 권리가 없다고 소리치기 시작했다.

"가축을 돌려주시오. 안 그러면 불행한 일이 생길 거요." 한 노인이 앞으로 나서며 표트르 니콜라예비치에게 말했다.

"무슨 불행한 일이 생기는데?" 표트르 니콜라예비치는 얼굴이 하얗게 변해서, 노인에게 바싹 다가가 소리쳤다.

"우리 가축을 돌려줘, 사기꾼아."

"뭐라고?" 표트르 니콜라예비치는 소리치며 노인의 얼굴을 때렸다.

"네가 감히 주먹질을 해? 여러분, 우리 힘으로 가축을 되찾아 갑시다."

농부들이 표트르 니콜라예비치에게 몰려들었다. 그는 그들에게서 벗어나려 했지만, 농부들은 그를 놓아주지 않았다. 그는 한 번 더 힘을 써보았다. 그때 그의 총이 발사되어 농부들 중 한 명이 죽었다. 곧 격렬한 난투극이 벌어졌다. 농부들은 표트르 니콜라예비치를 짓밟았다. 5분 후 피투성이가 된 그의 몸뚱이는 골짜기 아래로 던져졌다.

살인자들은 군법에 회부되어 재판을 받았고, 두 사람이 교수형에 처해졌다.

18

절름발이 재봉사가 살던 마을에는 지주로부터 105데샤티나의 경작지를 1100루블에 빌린 부유한 농부 다섯 명이 있었다. 경작지는 검은 옥토였기 때문에 부유한 농부들은 그 땅을 다시 데샤티나당 15루블에서 18루블의 세를 받고 다른 농부들에게 빌려주었다. 12루블 이하의 임차료를 받는 땅은 없었다. 그들은 이익을 많이 냈다. 그들이 직접 경작했던 5데샤티나의 땅은 실제로는 공짜로 주어진 셈이었다. 이 부유한 농부들 중 한 명이 죽자, 절름발이 재봉사에게 그 한 명의 몫을 가지라는 제안이 들어왔다.

임차인들이 그 땅을 나누기 시작했을 때부터 재봉사는 보드카를 끊었다. 그리고 얼마만큼의 땅이 나누어져 누구에게 돌아가야 하는지를 따져보고는, 지주에게 지불해야 할 임차료를 땅 크기대로 나눈 값 이상으로 거두어서는 안 된다고 주장했고, 모든 이에게 동등한 조건으로 나누어주어야 한다고 말했다.

"왜 그렇게 해야 하지?"

"우리는 이교도가 아니기 때문이죠. 지주들이야 불공정할 수 있겠지만, 우리는 기독교인입니다. 우리는 하느님의 말씀대로 해야만 합니다. 예수님이 가르쳐주신 율법도 바로 그러합니다."

"자네는 그런 법을 어디에서 배웠나?"

"책에, 성경에 있습니다. 일요일에 저에게 오십시오. 그럼 성경 구절을 읽어드리겠습니다. 그리고 이야기를 나누어봅시다."

일요일이 되자 전부가 아니라, 세 명의 농부만이 절름발이 재봉사를 찾아왔다. 그는 그들에게 성경을 읽어주기 시작했다.

그는 「마태오의 복음서」를 다섯 장 읽어주었고, 서로 이야기를 나누기 시작했다. 세 농부가 이야기를 들었지만, 오직 한 사람, 이반 추예프만이 그 복음을 받아들였다. 그는 그날부터 모든 것을 받아들이고, 예수님의 가르침에 따라 살았다. 그의 가족도 그렇게 살기 시작했다. 그는 경작지에서 그의 몫만을 받았고, 그 이상의 것은 거부했다.

절름발이 재봉사와 이반에게 농부들이 찾아왔고, 농부들도 복음의 의미를 깨닫기 시작했다. 그들은 담배와 술을 끊었고 욕설이나 험담을 피했으며 서로서로 돕기 시작했다. 그들은 성당에 발을 끊었고 신부에게 성모상을 돌려주었다. 그렇게 행한 농가가 열일곱 농가, 모두 예순다섯 명이나 되었다. 사제는 깜짝 놀라 주교에게 그 일을 알렸다. 주교도 어찌할지 생각에 잠겼다. 마침내 주교는 과거에 중학교 교목이었던 미하일 수도원장을 그 마을에 보내기로 결정했다.

19

주교는 미하일 신부에게 앉기를 권하면서 그의 교구에서 어떤 일이 일어났는지 말하기 시작했다.

"모든 게 연약한 영혼과 무지에서 비롯되었다고 생각합니다. 당신은 많이 배운 사람이니만큼 당신에게 희망을 걸겠소. 그 교구를 찾아가서, 교구민들을 한데 모아놓고 설명해주구려."

"주교께서 그곳에 가라고 하신다면, 최선을 다할 것입니다." 미하일 신부가 대답했다. 그는 자신에게 그런 일이 맡겨지자 기뻤다. 그의 믿음을 증명해 보일 이 모든 것이 그를 기쁘게 했다. 다른 사람들에게로 향하기 위해서는 그 자신이 진정으로 군센 믿음의 신자라는 확신이 필요했다.

"부디 노력해주시오. 요즘 신도들 때문에 머리가 아파요." 주교는 차를 가져온 하인으로부터 통통한 하얀 손으로 찻잔을 천천히 받아 들면서 말했다.

"잼이 이 한 종류밖에 없나? 다른 것으로 가져와." 그는 하인에게 불평하듯 말했다.

"요즘 너무너무 아파요." 대주교는 미하일 신부에게로 얼굴을 돌리며 계속 말을 반복했다.

미하일은 자신을 드러낼 수 있는 기회가 와서 기뻤다. 그러나 그는 가난했기 때문에 여행 경비를 달라고 요청했다. 또 자신에게 나쁜 감정을 품고 있을지도 모를 거친 사람들이 두려워서 필요한 경우에는 언제든지 지방 경찰이 자신을 도울 수 있도록 지방 관리의 인가를 받아달라는 요청도 했다.

주교는 그의 요청을 모두 들어주었다. 미하일은 하인과 요리사의 도움을 받아 필요한 물건들을 챙겼다. 그들은 외딴 곳으로 가면 필요할지도 모를 식료품들을 손가방에 담아주었다. 미하일은 소명을 받은 마을을 향해 출발했다. 출장지로 향하던 미하일은 자신의 직분이 얼마나 중요한 것인지 잘 알고 있었다. 그래서 자신의 믿음에 대한 모든 의심이 사라진 반면에, 진리에 대한 완전한 확신을 갖게 되었다.

하지만 그의 생각은 믿음의 본질에 집중하는 것이 아니라—그것이 자명한 이치인데도—믿음의 외부적 형식과 관련해서 생겨나는 항변들을 논박하는 것에 집중되어 있었다.

20

　마을의 사제와 그의 아내는 미하일 신부를 굉장한 존경심을 가지고 맞이했다. 그가 도착한 다음 날, 사제는 교구민들을 성당으로 모았다. 미하일은 명주로 만든 새 신부복을 입었고, 가슴에 십자가를 달았다. 그리고 긴 머리카락을 정성스레 빗은 후 강단에 올랐다. 그의 옆에는 사제가 서 있었고, 뒤쪽으로는 보조 사제들과 합창단이 자리를 잡고 있었다. 옆문에는 경찰들이 지키고 있었다. 분리파 교도들도 기름에 더럽혀진 거친 털가죽 반외투를 입고 왔다.

　짧은 기도가 끝나고 미하일은 설교를 시작했다. 분리파 교도들에게 다시 어머니의 품인 교회로 돌아오도록 타일렀고, 그렇지 않으면 지옥의 형벌이 있을 것이라고 위협했으며, 참회하는 사람들은 용서받게 될 것이라는 약속도 했다.

　분리파 교도들은 침묵할 뿐이었다. 그러나 질문을 던지자 그들은 대답했다.

　왜 분리파 교도가 되었느냐는 질문에, 성경에서 우상을 옳지 않은 것이라 말하고 있음에도, 성당에서는 나무로 만든 우상을 섬기고 있기 때문이라고 대답했다. 그래서 미하일은 추예프에게 정말로 성모상이 나무판자에 불과한 것이냐고 물었다. 추예프가 대답했다. "당신이 택한 성모상의 뒷면을 보십시오. 그럼 그것이 무엇으로 만들어진 것인지 알게 될 것입니다." 사제들에게 등을 돌린 이유를 물었다. 그들의 대답은 성경에 쓰여 있는 대로 했다는 것이었다. 성경에서는 "너희가 대가 없이 무언가를 받았다면, 너희도 남들에게 그렇게 하라"고 하는데, 신부들은 성사 때마다 베풀어주신 은총의 대가를 요구한다는 것이다. 미하일은 성서에서 찾아낸 문구에 의지해서 가능한 설득을 모두 시도해보았지만, 그때마다 재봉사와 이반 추예프는 자신들이 알고 있는 성경의 가르침에 위배되는 내용이라면서 차분하면서도 단호하게 반박했다. 미하일은 분노해서, 당국의 박해를 받게 될 것이라고 위협했다. 그들의 대답은 "나는 고난을 받았고, 너희도 그렇게 될 것이다"라는 성경 구절이었다.

토론은 결실을 맺지 못하고 끝났다. 다음 날 설교에서 미하일이 충실한 신자들을 유혹하는 악마 같은 자들을 비난하며 그들은 어떤 보복도 마땅히 감수해야 한다는 말을 하지 않았더라면, 모든 일이 순조롭게 끝났을 것이다. 그러나 미하일의 설교를 듣고 성당을 나서던 농부들이 자신들의 믿음을 견고하게 유지하기 위해서는 분리파 교도들을 혼내주어야 한다는 이야기를 나누기 시작했다. 바로 이날, 미하일이 마을 사제의 집에서 경찰 간부와 늦은 점심으로 연어 요리를 즐기고 있을 때, 마을에서는 격렬한 소동이 벌어졌다. 정교도들이 떼를 지어 추예프의 집으로 몰려가, 분리파 교도들이 나오면 매질을 하려고 기다리고 있었다. 추예프의 집에 모여 있던 분리파 교도는 남녀를 합해서 스무 명 정도 되었다. 미하일의 설교와 정교도인 농부들의 위협적인 언행은 분리파 교도들을 화나게 만들었다. 이전에는 품지 않던 나쁜 감정이었다. 저녁이 되었다. 여인네들이 젖소의 젖을 짜야 하는 시간이었다. 하지만 마을의 모든 정교도들이 문 앞에 서서 기다렸다. 밖으로 나갔던 젊은이가 두들겨 맞고 다시 농가로 되돌아왔다. 농가에 있던 사람들은 어떻게 해야 할지 의논하기 시작했지만, 합의점을 도출할 수가 없었다.

재봉사가 말했다. "어떤 일이 있더라도 참아야만 해요. 저항해서는 안 됩니다." 하지만 추예프는 그런 식으로 참고 견디기만 한다면 모두가 맞아 죽게 될 것이라고 말하고는, 갈고리를 집어 들고 밖으로 뛰어나갔다. 정교도들이 그에게 덤벼들었다.

"자, 모세의 율법을 따르시오!" 그는 소리치면서 정교도들을 때리기 시작했고, 한 남자의 눈을 내리쳤다.

그러는 사이에 농가에 있던 사람들은 얼른 뛰어나가 각자의 집으로 돌아갔다.

추예프는 폭동 교사죄와 신성모독죄로 유형을 선고받게 되었다.

미하일 신부는 상을 받고 수도원 원장으로 영전하게 되었다.

21

이 사건이 일어나기 두 해 전, 동양적인 외모를 지닌 건강하고 아름다운 처녀 투르차니노바가 학업을 위해 돈 강 유역의 군 주둔지를 떠나 페테르부르크로 왔다. 이 도시에서 그녀는 심비르스크 지방 장관의 아들인 투린이란 학생을 만나 사랑하게 되었다. 그러나 그녀의 사랑은 평범한 여성의 사랑이 아니었다. 그녀는 그의 아내가 되고 자식을 낳아 기르는 어머니가 될 마음은 없었다. 투린과의 사랑은 우정에 가까웠는데, 그들을 맺어준 것은 서로가 지니고 있는 분노의 감정이었다. 그것은 기존의 체제만이 아니라 그 체제를 대표하는 인물들에 대해 품고 있던 적개심이었다. 그리고 그들은 지식이나 교육에서, 그리고 도덕에서도 그들의 적보다 우월하다는 생각을 품고 있었다.

투르차니노바는 학습 능력이 좋은 아가씨였기 때문에 강의를 쉽게 이해할 수 있었으며, 시험에서도 좋은 성적을 받았다. 그뿐만 아니라 그녀는 새로 출간되는 서적을 빠짐없이 읽었다. 그녀는 자신에게 주어진 사명은 아기를 낳아 기르는 것이 아니라고 확신했다. 오히려 그런 사명을 혐오하고 경멸하듯 바라보았다. 유럽의 최신 작가들이 거듭해서 주장하는 것처럼, 민중의 힘을 억압하는 현 정부를 뒤엎고, 민중들에게 새로운 삶의 길을 제시하는 것이 그녀에게 주어진 사명이라고 생각했다. 그녀는 약간 살이 찐 편이었고 흰 피부에 연지를 발랐고, 반짝이는 검은 눈동자에 풍성하고 검은 머리카락을 가지고 있었다. 그녀는 대화를 매개로 해서 선전, 선동에 몰입했는데, 그로 인해서 한가하게 지낼 시간이 없는 여자라는 느낌을 남자들에게 심어주었다. 그런데 그녀는 남자들이 그렇게 여기는 것도 기꺼이 받아들였다. 화려하게 차려입고 다니지는 않았지만, 그렇다고 외모에 무신경한 것도 아니었다. 그녀는 관심의 대상이 되기를 즐겼는데, 그런 기회를 통해서 다른 여자들이 소중하게 평가하는 것을 자신은 하찮게 여긴다는 것을 보여주려고 했다. 체제, 질서와의 투쟁 방법에서도 그녀는 대다수의 동료들뿐만 아니라 친구인 투린마저도 앞질러 나갔다. 그녀는 투쟁에서는 모든 수단이 사용되고 허용될 수 있는데, 거기에 살인까지도 포함될 수 있다고 가르쳤다. 그러나 그와 같은 가장 혁명적인 생각을 품은 혁명가임에도 불구하고, 카티아 투르차니노바는 천성적으로 매우 선량하고 헌신적인 여자였다. 그래서 그녀는 다른 사람의 이익과 만족, 행복을 우선하면서 자신의 이익과 만족, 행복을 버릴 각오가 되어 있었다. 그녀는 어린아이, 노인, 심지어는 동물에 이르기까지 다른 누구에게나 선행을 베푸는 것에서 진정한 즐거움을 찾았다.

그녀는 여름 동안 볼가 강변의 작은 도시에서 마을 학교의 교사로 있는 친구 집에서 지냈다. 투린도 그 도시 주변 지역에 위치한 아버지의 영지에서 여름을 지냈다. 그들 세 사람에다 그 지역의 의사까지 자주 자리를 함께하면서, 책을 교환해 읽었고, 토론을 벌이면서 현 체제에 대한 분노를 표출했다. 투린 집안의 영지는 표트르 니콜라예비치 스벤티스키가 관리를 맡고 있던 리벤초프가의 영지와 이웃해 있었다. 표트르 니콜라예비치는 관리를 맡게 되면서 즉시 그곳으로 이주해 살았고, 질서를 잡아 나갔다. 젊은 투린은 리벤초프의 영지에서 일하는 농부들에게서 독립적 기질과 더불어 자신들의 권리를 지키려는 굳건한 의지를 발견하고, 관심을 가지게 되었다. 투린은 종종 마을로 내려가 농부들과 이야기를 했고, 특히 토지의 국유화를 주장하며 자신의 사회주의 이론을 전개했다.

표트르 니콜라예비치가 살해당하고 살인범들이 재판에 회부된 후, 그 작은 마을의 혁명적 그룹은 재판에 대해 분노했고, 그 분노를 표현하는 데 망설이지 않았다. 투린이 그 마을을 자주 찾았고 농부들에게 선전 활동을 했다는 것이 재판 중에 밝혀졌다. 투린은 가택수색을 당했고, 혁명적 구호로 가득 찬 소책자가 발견됐다. 투린은 체포되어 페테르부르크의 감옥으로 이송되었다.

투르차니노바는 투린을 따라 페테르부르크로 갔고, 감옥에 갇힌 그를 위해 면회를 신청했다. 그러나 찾아간 날 그녀는 면회를 하지 못했다. 면회를 위해서는 규정에 정해진 날 오라는 말만 들었다. 정해진 날이 되었을 때 그녀는 그를 면회할 수 있었는데, 그들은 두 겹의 쇠창살 사이로 마주 보아야만 했다. 투린을 면회한 그녀는 분노를 참을 수 없었다. 투린의 사건을 담당했던 헌병 장교를 만난 후에, 그녀의 분노는 극에 달하게 되었다. 꽃미남처럼 생긴 그 헌병 장교는 자신의 제안을 수락하기만 한다면, 면회를 할 수 있도록 관용을 베풀 수도 있다고 설명해주었다. 그런 간부에 대한 분노와 적의를 떨칠 수 없었던 그녀는 곧장 경찰 우두머리에게 호소했다. 그러나 경찰 우두머리는 자신에게는 아무런 힘이 없으며—헌병 장교도 공식적으로는 그녀에게 그렇게 말했다—전적으로 상부에 있는 장관의 명령에 따를 뿐이라고 말했다. 그래서 그녀는 장관에게 면담을 요청하는 청원서를 보냈지만 거절당하고 말았다. 그러자 그녀는 극단적인 행위를 하기로 결심하고 리볼버를 구입했다.

22

장관은 정해진 면담 시간에 청원자들을 맞고 있었다. 장관이 청원자 세 명과 만나고 지사를 접견하고 나자, 이번에는 왼손에 청원서를 든 검은 눈의 젊고 아름다운 아가씨가 다가왔다. 매력적이고 아름다운 용모의 청원자를 보게 되자, 장관의 이글거리는 음탕한 눈에서는 불꽃이 튀는 것 같았다. 그러나 장관은 자신의 직책을 의식해서인지 진지한 얼굴을 만들었다.

"무슨 일로 오셨소?" 장관은 그녀에게 물으면서 다가갔다.

그녀는 대답도 하지 않은 채, 재빨리 외투 속에서 리볼버를 꺼내 장관의 가슴을 겨냥해 쏘았다. 그러나 총알은 빗나가고 말았다.

장관은 그녀의 손에서 총을 빼앗으려고 했지만, 그녀는 재빨리 뒤로 물러서며 두 번째로 총을 발사했다. 장관은 방을 뛰쳐나갔다. 그녀는 붙잡혔다. 몸을 떨며 말을 할 수 없었던 그녀는 갑자기 신경질적인 웃음을 터뜨렸다. 장관은 상처조차 입지 않았다. 그녀는 카티아 투르차니노바였다. 그녀는 미결수들을 수용하는 감옥으로 보내졌다. 장관은 축하 인사를 받았고, 최고위층으로부터도 위로의 전문을 받았다. 심지어 황제까지도 그를 위로하며, 암살 사건을 음모한 일당을 색출하기 위한 심의위원회를 만들도록 명령했다.

사실 기획된 음모란 건 존재하지도 않았다. 그러나 관리들과 모든 부서의 경찰들은 존재하지도 않는 음모의 실마리를 찾아내기 위해 열성을 다해 조사하기 시작했다. 그들은 정부로부터 받는 봉급에 준하는 일을 하고자 노력했다. 그들은 이른 아침에 일어나 어둠 속에서도 차례차례 가택수색을 했으며, 찾아낸 서류와 책을 복사했고, 일기와 사적인 편지를 읽었으며, 그 내용들을 요약해 깨끗한 종이에 깔끔한 글씨체로 옮겨 적었고, 카티아 투르차니노바를 수차례나 심문했다. 게다가 그녀로부터 공모자의 이름을 캐내기 위해, 의심이 가는 사람들을 그녀와 대질시켰다.

천성적으로 심성이 착했던 장관은 이 건강하고 아름다운 카자크 여자에게 무척 안타까운 마음이 들었다. 하지만 장관이란 직책이 많은 어려움이 있는 것은 아니라고 해도, 그가 감당해야 할 국가적 책무라는 게 있었다. 그래서 궁중의 시종이며 투린 집안의 친구인 옛 동료가 궁중 무도회에서 그를 만나 투린과 투르차니노바에 대한 관용을 호소했을 때, 그는 어깨를 움츠리고 하얀 조끼 위의 빨간 리본을 매만지며 프랑스어로 말했다.

"Je ne demanderais pas mieux que de lâcher cette pauvre fillette, mais vous savez-le devoir(나도 그 불쌍한 아가씨를 풀어준다면 매우 기쁜 마음일 거야. 하지만 당신도 알다시피 내 의무를 생각해야만 해)."

그러는 사이에 투르차니노바는 감옥에 갇혔다. 그녀는 때때로 차분하게 마음을 가라앉히고, 벽을 두드리며 동료들과 교신을 나누었고, 그녀에게 보내온 책을 읽었다. 하지만 그녀는 때때로 절망과 분노에 빠져서 주먹으로 벽을 내리쳤고, 미친 것처럼 비명을 내지르고 깔깔거리기도 했다.

23

마리야 세묘노브나는 국고출납국에서 연금을 받아 집으로 오던 길에 우연히 알고 지내던 선생을 만났다.

"마리야 세묘노브나, 연금을 받았나?" 그가 길 건너편에서 큰 소리로 외쳤다.

"받았어요. 하지만 겨우 구멍을 메울 정도의 돈이에요." 마리야 세묘노브나가 대답했다.

"그렇게 많은 돈을 받았는데, 구멍을 메우고 남는 게 있겠지." 선생은 말하고 나서 작별 인사를 하며 길을 지나갔다.

"안녕히 가세요." 마리야 세묘노브나는 멀어져 가는 선생을 보면서 말했다. 그러는 와중에 무척이나 긴 팔에 험상궂은 얼굴을 한 키 큰 남자와 마주쳤다.

집에 거의 다 와서도 긴 팔을 가진 동일한 남자를 보고, 그녀는 무척 놀랐다. 그녀가 집 안으로 들어가버리는 걸 보고 그 남자는 한동안 그 자리에 서 있다가 되돌아서 떠났다.

마리야 세묘노브나는 처음에는 무서웠지만, 그다음에는 우울해졌다. 집으로 들어가 아버지와 임파선에 종기가 난 어린 조카 페디아에게 선물을 나눠주고, 반가워하는 애견 트레조르카를 쓰다듬어주었다. 그러자 그녀는 다시 기분이 좋아지기 시작했다. 그녀는 아버지에게 돈을 건네고는, 처리해야만 하는 일이 쌓여 있었기 때문에 일을 시작했다.

그녀가 마주쳤던 사람은 스테판이었다.

그는 여인숙 주인을 살해한 후, 여인숙에서 마을로 가지 않았다. 놀랍게 생각하겠지만, 그는 살인을 저지른 것을 꺼림칙하게 여기지 않았다. 그런데 살인을 저지른 다음 날에 그는 여인숙 주인의 얼굴을 여러 번 떠올리게 되었다. 하지만 누구도 이 일을 방해하거나 증거를 찾지 못하게끔 능숙하고 빈틈없이 일을 처리했다는 생각에 기뻤다. 그래서 그는 같은 방법으로 다른 사람들도 살인했다. 선술집에 앉아 차와 보드카를 마시면서, 그는 눈에 들어오는 여러 방면의 사람들을 보았다. 그러고는 그들을 어떻게 죽일까 하는 생각을 해보기도 했다. 밤이 되었을 때 그는 고향 사람인 마부의 집을 찾아가 밤을 보내려고 했다. 마부는 집에 없었다. 그는 마부를 기다리겠다고 말하고, 앉아서 마부의 아내와 이야기를 나누기 시작했다. 그러나 그녀가 페치카로 가려고 돌아섰을 때, 그녀를 죽여야겠다는 생각이 머리를 스쳤다. 처음에는 그 자신도 그런 생각에 놀라서 고개를 흔들어보았지만 다음 순간에 그는 장화의 목 부분에 있던 칼을 꺼내 들고 그 여인을 바닥에 쓰러지게 한 후, 그녀의 목을 베었다. 아이들이 울기 시작하자, 그는 아이들도 죽이고 집에서 빠져나왔다.

그는 밤을 보낼 다른 곳을 찾지 않고 그 마을을 떠났다. 그는 마을로부터 떨어진 시골의 여인숙으로 가, 거기에서 충분히 잠을 잤다.

다음 날 그는 살인을 저질렀던 마을로 다시 갔다가 마리아 세묘노브나가 학교 선생과 길거리에서 나누는 대화를 듣게 되었다. 그런데 그녀의 시선이 그를 깜짝 놀라게 했다. 그는 그녀의 집으로 침입해서 그녀가 연금으로 받은 돈을 훔치기로 결심했다. 한밤중이 되었을 때 그는 자물쇠를 부수고 살림방으로 들어갔다. 그가 침입하는 소리를 처음 들은 사람은 결혼한 작은 여동생이었다. 그녀는 비명을 질렀다. 스테판은 곧바로 그녀를 칼로 베어 죽였다. 잠에서 깬 그녀의 남편이 일어나 스테판과 맞붙어 싸웠다. 그는 스테판의 목을 움켜잡고 오랫동안 필사적으로 저항했다. 하지만 스테판의 힘이 더 강해서 그를 제압해버렸다. 그의 목숨을 끊어놓은 후, 스테판은 싸움으로 흥분된 상태에서 칸막이를 해놓은 방으로 들어갔다. 그 방엔 마리야 세묘노브나가 침대에 누워 있었는데, 침대에서 일어나 두려움에 떨면서도 온화한 눈빛으로 스테판을 바라보면서 가슴에다 성호를 그었다.

다시 한 번 그녀의 시선이 스테판을 깜짝 놀라게 했다.

그는 눈을 내리깔았다.

"돈은 어디에 있나?" 그는 눈을 치켜뜨지 않은 채 물었다.

그녀는 대답하지 않았다.

"돈은 어디에 있지?" 스테판이 칼을 내보이며 다시 물었다.

"대체, 어쩌시려고?" 그녀가 말했다.

"두고 보면 알아."

스테판은 그녀의 손을 붙잡아 저항하지 못하게 하려고 그녀에게 가까이 다가갔다. 하지만 그녀는 두 팔을 움직이지 않았고 아무런 저항조차 하지 않았다. 두 손을 가슴에 갖다 대고는 깊은 한숨만 내쉴 뿐이었다. 그녀가 반복해서 말했다.

"아, 너무나 큰 죄를 짓는 거예요. 대체 어쩌시려고? 자신을 사랑하세요. 다른 사람의 영혼을 죽인다면, 당신의 영혼은 더욱더 파멸로 치닫게 될 거예요…… 아, 아!" 그녀는 고통스러운 듯 말했다.

스테판은 더 이상 그녀의 목소리를 들으며 시선을 마주하고 있을 수 없었다. 그는 그녀의 목을 칼로 깊이 베었다.

"당신과 이야길 하고 싶어요." 그녀는 목쉰 소리를 내면서 뒤로 자빠졌고 베개가 피로 물들었다. 스테판은 그녀의 방을 나와 다른 살림방들을 돌아다니며 물건들을 챙겼다. 그는 필요한 물건들을 챙긴 후, 담배를 피우며 잠깐 앉아 있었다. 그러고는 옷을 털고 그 집을 빠져나갔다. 그는 이번 살인도 예전에 저질렀던 살인들과 마찬가지로 대수롭지 않은 것이라고 생각했다. 그러나 밤을 지낼 숙소에 닿기도 전에, 그는 갑자기 온몸에서 힘이 빠져나가는 것을 느끼면서 더 이상 팔다리를 움직일 수가 없었다. 그는 시궁창 속으로 미끄러졌고, 그날 밤을 그곳에서 누워서 보냈다. 그리고 다음 날 낮과 밤도 그렇게 보냈다.

Chapter 2

1

스테판은 시궁창에 누워, 마리야 세묘노브나의 부드럽고 야위고 놀란 얼굴이 계속해서 눈앞에 어른거리는 걸 느꼈다. 그녀의 목소리도 들리는 것 같았다. 그녀는 독특한 혀짤배기소리로 하소연하듯이 "대체, 어쩌시려고?"라고 말했다. 스테판은 자신이 그녀에게 저질렀던 모든 행위가 눈앞에서 재연되는 것 같았다. 그는 두려움이 몰려와 눈을 감았고, 그런 생각과 기억을 떨쳐버리려고 텁수룩한 머리를 내저었다. 순간적으로 그 기억에서 해방될 순 있었으나 검은 얼굴과 빨간 눈을 가진 검은 형상들이 차례로 연이어 나타나 그를 놀라게 했다. 그 얼굴들은 한목소리로, "네가 그녀를 없애버렸듯이, 이젠 네 자신을 없애버려야 할 것이다. 그렇게 하지 않으면 너에겐 평화가 깃들지 않을 거다"라고 말했다. 그는 눈을 떴고, 다시 그녀를 보았고, 그녀의 목소리를 들었다. 그녀가 가엾게 느껴졌고 자신이 혐오스럽고 무섭게 느껴졌다. 그가 눈을 감자 검은 형상들이 또다시 나타났다.

다음 날 저녁쯤에 그는 시궁창에서 일어나, 선술집으로 걸어갔다. 겨우 선술집에 다다른 그는 술을 마시기 시작했다. 계속 마셨지만, 아무리 술을 마셔도 취하지 않았다. 그는 조용히 테이블에 앉아 계속해서 술을 들이켰다. 시골 경찰이 선술집으로 들어왔다.

"당신은 누구요?" 경찰이 스테판에게 물었다.

"나는 어젯밤에 도브롯보로프 일가족 모두를 살해한 사람입니다."

그는 체포되어 밧줄에 묶인 채로 가까운 지방 경찰서로 호송되었고, 다음 날 도시의 감옥으로 이송되었다. 감옥의 간수가 난폭한 죄수였던 스테판을 알아보았다. 스테판이 흉악한 살인범이 되었다는 이야기를 듣고, 간수는 엄한 목소리로 말했다.

"이봐, 여기에서는 제멋대로 하지 않는 게 좋아." 간수는 눈썹을 찌푸리고 아래턱을 내밀며 쉰 목소리로 말했다. "각별히 조심해야 할 거야. 그렇지 않으면 쳐 죽일지도 몰라. 도망칠 생각은 아예 하지도 마."

"도망칠 마음은 전혀 없습니다. 이제 저는 모든 걸 포기했습니다." 스테판은 눈을 내리깔고 대답했다.

"나와 대화하려고 하지 마. 간수가 이야기할 때에는 눈을 쳐다보도록 해!" 그는 소리치며 주먹으로 스테판의 턱을 때렸다.

이때 스테판의 눈앞에 다시 살해당한 여인의 모습이 어른거렸고, 그녀의 목소리가 들렸다. 그래서 그는 간수의 말을 듣지 못했다.

"뭐라고 하셨습니까?" 스테판은 간수의 주먹에 얼굴을 두드려 맞고서야 정신을 차리며 물었다.

"저리 가! 못 들은 척하지 말고!"

간수는 스테판이 난폭하게 행동하고, 다른 죄수들과 공모해서 탈출을 시도하길 기다렸다. 그러나 그런 일은 결코 일어나지 않았다. 간수와 간수장이 그가 갇혀 있던 독방을 문틈으로 들여다볼 때마다, 스테판은 밀짚으로 채운 침대 위에 앉아 두 손을 머리에 대고 자신에게 뭐라고 중얼대고 있었다. 심문을 맡은 판사 앞에 섰을 때, 그는 대부분의 죄수와는 다르게 행동했다. 그는 정신이 나간 듯 판사의 질문을 알아듣지 못했다. 하지만 질문을 알아들었을 때에는 아주 정직하게 대답하여, 피고들의 간교와 속임수에 익숙해져 있던 판사들로 하여금 어둠 속에서 두 발이 뜬 채 계단의 끝자락을 오르고 있는 것 같은 이상한 기분이 들게끔 했다. 스테판은 판사에게 그동안 저질렀던 모든 살인에 대해 이야기했다. 살인할 당시의 모든 상황을 기억하려고 애쓰면서 때로는 눈썹을 찡그렸지만, 한곳을 응시하면서 차분한 표정과 사무적인 목소리로 말했다. 스테판은 처음 살인할 당시를 이야기했다.

"그는 집에서 걸어 나왔습니다. 맨발로 문 앞에 서 있었습니다. 저는 그를 심하게 때렸고, 그는 쉰 소리를 냈습니다. 그때 저는 그의 아내를 붙잡았습니다." 그런 식으로 그의 진술은 계속되었다.

어느 날 검사는 감옥의 독방에 갇힌 죄수들을 찾아다녔는데, 그때 그는 스테판에게 무슨 불만이 있는지, 필요한 것이라도 있는지 물었다. 스테판은 필요한 게 아무것도 없으며, 불만도 없다고 대답했다.

검사는 더러운 통로를 따라 몇 걸음 걸어가다가 곧 멈추어 서서, 그와 동행하던 간수에게 스테판이란 죄수가 어떻게 행동하는지 물었다.

"무척 놀라워요. 이곳에 온 지 두 달이 지나가는데도 아주 모범적으로 행동하고 있습니다. 혹시나 뭔가 다른 속셈이 있는 건 아닌지 염려될 정도죠. 그는 용감하고 힘이 무척 세거든요." 스테판이 마음에 들었던 간수는 그에 대해 나름대로 좋게 말했다.

2

감옥에 갇혀 있는 첫 달 동안, 스테판은 되풀이되는 똑같은 환영으로 고통스러웠다. 그는 독방의 회색 벽을 보았고 감옥의 소리를 들었다. 죄수들이 갇혀 있는 아래층 공동 감방에서 들려오는 왁자지껄한 소리, 통로를 오가는 보초들의 발소리, 시계가 똑딱거리는 소리를 들으면서, 동시에 그는 길에서 마주쳤을 때 그를 사로잡았던 온화한 표정을 짓는 그녀를 보았다. 그가 칼로 베어버렸던 가냘프고 주름살이 많은 목덜미도 보았다. 그녀의 부드럽고 떨리는 혀짤배기소리도 들려왔다.

"다른 사람의 영혼을 파괴한다면, 당신의 영혼은 시련을 겪게 될 거예요. 대체 어쩌시려고?" 잠시 후 그녀의 목소리는 잠잠해졌고, 그 대신에 세 사람의 검은 환영이 나타났다. 그가 눈을 뜨든, 감든 그들은 여전히 나타났다. 눈을 감으면 그들이 더욱더 또렷하게 나타났다. 눈을 떴을 때 그들은 담과 문으로 스르르 들어가며 금방 사라졌으나, 바로 다시 나타나 삼면에서 그를 에워싸고 험상궂은 표정을 지으며 계속해서 "끝내버려, 끝내! 목을 매달아 죽어버려! 네 몸에 불을 질러버려!"라고 말했다. 스테판은 그런 소리를 들을 때면 부들부들 떨었고, 알고 있던 '성모'와 '하느님 아버지'를 향해 기도하기 시작했다. 처음에는 도움이 되었다. 기도문을 암송하면서 그는 지나온 시간을 회상하기 시작했다. 그의 아버지와 어머니, 고향 마을, 사랑하던 개 울프, 페치카 위에 누워 지내던 할아버지, 아이들이 미끄럼을 타던 벤치, 그리고 노래를 즐겨 부르던 마을 처녀들을 기억했다. 그다음에는 그의 말들을 도둑들에게 도난당했을 때와 그 도둑을 잡아 돌로 때려 죽이던 때를 기억했다. 그리고 그가 처음 감옥에 갇혔을 때와 출감했을 때, 그리고 뚱뚱한 여인숙 주인, 마부의 아내와 그 아이들을 기억했고, 다시 마리야 세묘노브나를 기억했다. 격한 감정이 몰려와, 죄수복을 벗어 던지고 침대에서 뛰쳐나와, 우리에 갇힌 야수처럼 작고 좁은 독방 안을 빠른 걸음으로 이리저리 돌아다녔다. 축축한 벽에 부딪치면 황급히 방향을 바꾸었다. 그리고 다시 기도문을 외워보았지만, 이번에는 그것도 그리 도움이 되지 않았다.

가을이 오면서 밤이 길어졌는데, 그날 저녁은 바람이 쌩쌩 불었고 윙윙거리는 소리도 들렸다. 스테판은 독방 안을 이리저리 돌아다닌 후, 침대에 앉았다. 그는 더 이상 싸울 힘이 남아 있지 않음을 느꼈다. 도저히 검은 환영들을 이길 방도가 없어서, 무룹을 꿇어야만 했다. 그는 오랫동안 페치카의 통풍구를 쳐다보고 있었다. 그는 페치카 통풍구에 달린 가는 삼노끈 혹은 아마포로 만든 가는 끈에 눈길을 고정시키고 있었다. 그는 그것을 교묘하게 이용해, 일에 착수했다. 그가 베고 자던 아마포로 만든 자루를 찢어 긴 끈을 만드는 데 이틀이 걸렸다. 간수장이 그의 독방을 지나가면, 외투로 침대를 덮었다. 가는 끈이 몸무게를 견디며 끊어지지 않도록, 그는 끈을 크게 매듭지어 가며 두겹으로 만들었다. 그런 모든 준비를 하는 동안, 그는 고통에서 벗어날 수 있었다. 마침내 모든 것이 준비되자, 그는 침대 위로 올라가 올가미를 목에 걸고 매달렸다. 그러나 그의 혀가 돌출되어 나오던 바로 그 순간, 끈이 끊어지면서 바닥에 떨어지고 말았다. 쿵 하는 소리에 간수장이 뛰어왔다. 의사가 불려 왔고 스테판은 병원으로 옮겨졌다. 다음 날 그는 의식을 회복했고 병원에서 퇴원했지만, 독방으로 돌아가지는 못했다. 그는 다른 죄수들과 함께 지내야 하는 공동 감방으로 가게 되었다.

공동 감방에서 그는 죄수 스무 명과 더불어 지냈지만, 혼자라는 느낌을 떨쳐내지 못했다. 그는 다른 죄수들이 함께 있다는 것조차 의식할 수 없었고, 누구와도 말을 하지 않았고, 여전히 환영으로 고통받아야만 했다. 모든 사람들이 잠들어도 오직 그만이 한순간도 잠을 이루지 못했다. 이전처럼 마리야 세묘노브나의 환영을 볼 때, 그리고 그녀의 목소리를 들을 때 그의 고통은 특히 심해졌다. 또다시 험상궂은 눈을 가진 검은 환영들이 찾아와서 예전처럼 그를 괴롭혔다.

그는 다시 이전처럼 기도문을 암송했으나, 예전과 마찬가지로 별 도움이 되지 못했다.

어느 날 그가 기도를 끝내자, 그녀가 다시 눈앞에 나타났다. 그는 그녀에게, 아니 그녀의 영혼에게 자신의 죄를 용서해주고 자신을 놓아달라고 빌기 시작했다. 아침이 되었을 때, 그는 완전히 지친 몸으로 구겨진 아마포 자루 위에 쓰러져 곧바로 깊은 잠에 빠져들었다. 꿈에서 가늘고 주름진 목이 절단된 그녀가 그를 찾아왔다.

"나를 용서해주겠습니까?"

그녀는 따뜻한 시선으로 그를 바라볼 뿐 아무런 말도 하지 않았다.

"용서해주겠습니까?"

그렇게 그는 그녀에게 세 번을 물었다. 그러나 그녀는 여전히 한마디도 하지 않았다. 그는 잠에서 깼고, 그때부터 그의 고통은 가벼워졌다. 그는 정신을 차리고 자기 주변을 둘러보았다. 그리고 처음으로 감방의 다른 죄수들에게 말을 걸기 시작했다. 그들과 친해지는 계기가 마련되었다.

3

스테판은 절도죄로 유형에 처해진 바실리, 그리고 역시 유형을 선고받은 추예프와 한방을 사용하고 있었다. 바실리는 맑은 목소리로 늘 노래를 부르거나 동료 죄수들에게 자신의 옛 이야기를 들려주었다. 반면에 추예프는 작업을 하거나 옷과 이불을 수선하거나, 아니면 복음서와 「시편」을 읽었다.

스테판이 추예프에게 무슨 이유로 감옥에 오게 되었는지 묻자, 추예프는 참된 기독교적 믿음을 가졌기 때문에 유형을 선고받은 것이라고 대답했다. 또한 그는 성서의 가르침에 따라 사는 사람들이 거짓된 영혼을 가진 신부들의 말을 들어선 안 되고, 오히려 그들의 실체를 폭로해야만 한다고 말했다. 스테판이 추예프에게 성서의 가르침이 무엇이냐고 묻자, 추예프는 성서의 가르침은 손으로 만든 우상에게 기도하는 것이 아니라 성령과 진리를 숭배하는 것이라고 말했다. 또 그는 땅을 분배받게 되었을 때 절름발이 재봉사를 통해 진리를 깨우치게 된 이야기도 해주었다.

"악한 행동을 한 사람은 어떻게 되나요?" 스테판이 물었다.

"성서에서 모든 걸 답변하고 있소."

이렇게 말하며 추예프는 성서(「마태오의 복음서」, 25장 31~46절)를 그에게 읽어주었다.

"인자가 자기 영광으로 모든 천사와 함께 올 때에 자기 영광의 보좌에 앉으리니 모든 민족을 그 앞에 모으고 각각 구분하기를 목자가 양과 염소를 구분하는 것같이 하여 양은 그 오른편에, 염소는 왼편에 두리라. 그때에 임금이 그 오른편에 있는 자들에게 이르시되 '내 아버지께 복 받을 자들이여, 나와 창세로부터 너희를 위하여 예비한 이 나라를 받으라. 내가 배고플 때에 너희가 먹을 것을 주었고, 목마를 때에 마실 것을 주었으며, 내가 나그네 되었을 때에 따뜻하게 맞아들였다. 또 헐벗었을 때에 입을 것을 주었고, 병들었을 때에 돌보았고, 감옥에 갇혔을 때에 찾아와주었다.' 그때 의로운 사람들은 이렇게 대답할 것이다. '주님, 저희가 언제 주님이 배고프신 것을 보고 잡수실 것을 드렸으며, 목마르신 것을 보고 마실 것을 드렸습니까? 또 언제 주님이 나그네 되신 것을 보고 도와드렸으며, 헐벗으신 것을 보고 입을 것을 드렸습니까? 언제 주님이 병드셨거나 감옥에 갇히신 것을 보고 찾아가 뵈었습니까?' 하면 왕은 이렇게 말할 것이다. '내가 진실로 너희에게 이르노니 너희가 여기에 있는 내 형제 중에 가장 보잘것없는 한 사람에게 해준 것이 곧 내게 해준 것이다!' 또 왼편에 있는 사람들을 향해서 이렇게 말할 것이다. '저주받은 자들아, 나를 떠나 마귀와 그 부하들을 가두려고 준비한 영원한 불 속으로 들어가라. 내가 배고플 때에 너희는 먹을 것을 주지 않았고, 목마를 때에 마실 것을 주지 않았으며, 나그네 되었을 때에 따뜻하게 맞아들이지 않았다. 또 헐벗었을 때에 입을 것을 주지 않았고, 병들었을 때나 감옥에 갇혔을 때에도 찾아와주지 않았다.' 그러면 그들도 대답하여 이르되 '주여, 언제 배고프고 목마르셨으며, 나그네 되고 헐벗으셨으며, 병들고 감옥에 갇히셨던 일이 있었기에 저희가 보고도 돌보아드리지 않았다 하십니까?' 이때 왕이 말할 것이다. '내가 진실로 너희에게 이르노니 여기 있는 내 형제 중에 가장 보잘것없는 한 사람에게 해주지 않은 것이 곧 내게 해주지 않은 것이다.' 그리

하여 그들은 영원히 벌 받을 곳으로 쫓겨날 것이고, 의인들은
영원한 생명으로 들어갈 것이다."

그때 추예프의 반대편에 앉아, 추예프가 복음서를 읽는 것을
듣고 있던 바실리가 고개를 끄덕이며 단호한 어조로 말했다.

"맞는 말이야. 저주받은 자들은 영원히 벌 받을 곳으로 쫓겨
갈 것이다. 배고픈 사람들에게 먹을 것을 주지 않고, 저희만 배
불리 먹었기 때문이다. 영원한 형벌의 장으로 끌려가야 마땅하
도다." 그리고 바실리는 유식함을 드러내려는 듯 덧붙여 말했다.

"그런 글을 읽은 적이 있어요."

조용히 듣고 있던 스테판은 헝클어진 머리를 깊이 숙이며 물
었다.

"그런 사람은 결코 용서받지 못할까?"

"잠깐만 기다리게. 잠깐만 조용히 해줘." 추예프가 나그네에
게 먹을 것을 주지 않고 감옥에 갇힌 자를 찾아가지 않은 부자
에 대해 계속해서 떠들어대는 바실리에게 말했다.

"잠시 기다리라고 말했지!" 추예프는 복음서의 책장을 넘기며
반복해서 소리쳤다. 마음에 두고 있던 구절을 찾았는지 추예프
는 크고 강해 보이는 손으로 책장을 반듯하게 매만지며 복음서
를 읽어주었다. 그의 손은 감옥에서 눈에 띄게 하얗게 변해 있
었다.

"다른 죄수 두 사람도 예수와 함께 사형장으로 끌려가고 있었
다. 그들은 해골이란 곳에 다다르자 거기서 예수를 십자가에 못
박아 가운데 세우고, 두 죄수도 십자가에 매달아 양쪽에 세웠

다. 그때 예수께서 말씀하시되 '아버지, 이들을 용서하여주옵소서. 이들은 자기들이 무슨 일을 하고 있는지 알지 못합니다'. 군인들은 제비를 뽑아 예수의 옷을 나누어 가졌다. 군중이 지켜보는 가운데 관리들은 예수를 비웃으며 말하길 '이자가 자칭해서 하느님이 택한 자요 그리스도라 했으니, 어디 남을 구원하듯이 자신도 구원하나 보자' 하고 말했다. 군인들도 예수를 조롱하며 나와 신 포도주를 마시라고 내밀며 '네가 만일 유대인의 왕이라면 자기 자신을 구원해보라' 하고 말했다. 예수의 십자가 위에는 '이자가 유대인의 왕'이라고 쓴 패가 붙어 있었다. 곁에 달린 한 죄수조차 '네가 그리스도가 아니냐? 네 자신도, 그리고 우리도 구원해봐' 하고 말했다. 그러자 다른 죄수가 '너는 죽어 가면서도 하느님을 두려워하지 않느냐? 우리는 우리가 저지른 죄로 인해 마땅한 벌을 받은 것이지만 이분은 하나도 잘못한 것이 없다' 하고 나무란 뒤 '예수님, 당신의 나라에 들어가실 때에 저를 기억하여주십시오' 하고 말했다. 예수께서 말씀하시길 '내가 진실로 네게 이르노니, 너는 오늘 나와 함께 낙원에 있을 것이다'."

스테판은 아무 말도 하지 않고 귀를 기울이는 자세를 취한 채 생각에 잠겨 앉아 있었다. 그는 이제 더 이상 추예프의 말이 귀에 들어오지 않았다.

그는 생각했다. '진정한 믿음이 무엇인지 알게 되었다. 가난한 사람에게 먹을 것과 마실 것을 주고, 감옥에 갇힌 사람을 찾아가는 이들만이 구원을 받게 될 것이며, 그렇게 하지 못한 사람들은 지옥에 떨어질 것이라는 진리를 깨달았다. 십자가에 매달렸던 죄수도 회개해서 천국에 갈 수 있었다.' 스테판에게는 그런 이야기가 전혀 모순되게 여겨지지 않았다. 오히려 사랑을 행하는 사람만이 천국에 갈 것이라는 말을 통해, 사랑을 행하지 않는 사람은 지옥에 떨어진다는 진리를 확신할 수 있었다. 그 때문에 모든 사람은 사랑을 행해야 한다는 사실을 깨달았고, 악당마저도 예수님께서 용서하셨다는 사실을 통해 예수님은 사랑을 행하시는 분이라는 것을 깨달았다. 스테판에게는 이 모든 것이 완전히 새로운 이야기였다. 그는 그런 진리를 왜 이때까지 몰랐는지 놀랍고 이상했다. 그래서 스테판은 한가로운 시간이면 추예프와 함께 지내며 질문을 하고 그 대답을 들었다. 그는 대답을 들으면서 진리를 깨달았다. 추예프가 전해준 모든 가르침에서 보편적 진리, 즉 모든 사람이 형제이고, 모두가 행복해지기 위해서는 서로가 서로를 사랑하고 동정해야만 한다는 것을 깨달았다. 그의 이야기를 듣고 있을 때면 그 보편적 진리에서 나온 모든 가르침이 이전에도 알고 있었지만 단지 잊고 지내왔던 것이라는 생각이 들었다. 또한 그가 듣기에 확신이 서지 않는 것에도 개의치 않았다. 왜냐하면 성경 구절의 진정한 의미를 제대로 이해하지 못한 탓이라 생각했기 때문이다.

　그때부터 스테판은 완전히 다른 사람이 되었다.

스테판은 감옥에 갇힌 이후 겸손하고 온순한 사람이 되었다. 간수들도 간수장들도, 그리고 다른 죄수들도 그에게서 일어난 그런 변화에 놀라워했다. 그는 특별한 명령이 없어도, 그의 차례가 아니어도, 자진해서 가장 힘든 일을 했는데, 감방 내의 용변통을 깨끗이 씻는 일도 기꺼이 했다. 그러나 끝없이 낮아지려는 진심 어린 자세에도 불구하고, 다른 죄수들은 그를 존경하기도 하고 두려워하기도 했다. 왜냐하면 스테판이 엄청난 육체적 힘을 지녔고 강직한 성격의 사내라는 것을 알고 있었기 때문이다. 뜨내기 출신인 죄수 둘이서 스테판을 공격했던 사건이 있은 후, 스테판을 향한 죄수들의 존경심은 더욱 커졌다. 그때 스테판은 두 죄수의 공격을 피해가며 한 사내의 팔을 부러뜨려 놓았다. 두 죄수는 돈이 많은 어린 죄수와의 도박에서 이겨서 어린 죄수가 갖고 있던 돈을 모두 따버렸다. 스테판은 어린 죄수의 편을 들어 두 죄수로부터 딴 돈을 다시 빼앗아 어린 죄수에게 돌려주었다. 그러자 그들은 스테판에게 욕설을 퍼붓기 시작했고, 마침내는 그를 때리기 시작했다. 그러나 스테판은 그들을 쉽게 제압해버렸다. 간수가 어떻게 싸움이 일어났느냐고 물었을 때, 두 죄수는 스테판이 먼저 그들을 때렸다고 주장했다. 스테판은 아무런 해명도 하지 않아서 사흘 동안 감금되었다가 다시 독방에 있어야 하는 형벌을 감수해야만 했다.

독방에 갇히게 된 스테판은 추예프와 헤어지고 성서와 멀어지는 것이 괴로웠다. 게다가 그는 그녀와 검은 환영이 다시 나타날까 봐 두려웠다. 그러나 그런 환영들은 사라진 것 같았다. 그의 영혼은 아주 새로운 기쁨으로 가득했다. 그는 글을 읽을 수 있고 성서를 가질 수 있다면 혼자 있어도 기쁠 것 같았다. 그는 성서를 얻을 수는 있었지만 글을 읽지 못했다.

그도 어린 시절에 철자를 배우기는 했지만, 그다음 단계인 음절의 결합법칙을 제대로 이해할 수 없어 결국 문맹으로 남게 되었다. 지금 그는 다시 글 읽기를 배우기로 결심하고 간수장에게 성서를 가져다달라고 부탁했다. 간수장이 그에게 성서를 주었고, 그는 공부를 시작했다. 그는 자음과 모음을 기억해낼 수는 있었지만, 그 자모를 음절로 결합시킬 수는 없었다. 그는 자음과 모음이 어떤 식으로 낱말을 이루는지 깨닫기 위해서 최선을 다했다. 그러나 성과가 없었다. 그는 잠을 자지 못하면서도 한사코 이해하려고 애쓰다가 식욕마저 잃어버렸다. 도저히 헤어날 수 없을 것 같은 깊은 슬픔이 그를 사로잡았다.

어느 날 간수가 물었다.

"아직 깨닫지 못했나?"

"네, 아직요."

"주기도문을 아는가?"

"압니다."

"주기도문을 읽어보지. 자, 바로 여기네." 간수장이 이렇게 말하며 성서에서 주기도문이 있는 곳을 짚어주었다.

스테판은 알고 있는 자모들과 귀에 익은 소리들을 맞추어가며 주기도문을 읽기 시작했다. 갑자기 음절 결합의 비밀이 환하게 밝혀졌다. 마침내 그는 글을 읽을 수 있게 되었다. 말할 수 없이 기뻤다. 그때부터 그는 글을 읽게 되었는데, 음절 결합을 통해 찾아낸 낱말의 의미는 그래서 더욱 값진 것이었다.

스테판은 이제 혼자 있어도 고통스럽지가 않았고, 성경 읽기를 통해 기쁨을 누렸다. 그리고 자신의 일에도 만족하게 되었다. 그래서 그는 얼마 전에 투옥된 정치범에게 작은 독방을 내어주고, 자신은 공동 감방으로 다시 돌아가야 했을 때에도 기쁘지가 않았다.

5

이제 공동 감방에서 성서를 읽어주는 사람은 추예프가 아니라 스테판이었다. 한 죄수는 음정도 맞지 않는 찬송을 불렀고, 다른 죄수는 스테판이 읽어주는 성서에 귀를 기울이면서 그 내용에 대해 이야기했다. 특히 두 죄수가 성서를 읽어주는 것에 항상 관심을 보였다. 마호르킨과 바실리란 이름의 죄수였다. 그중 마호르킨은 살인범이면서 사형집행인이기도 했다. 감옥에 있는 동안 그는 사형집행인으로서의 의무를 수행하기 위해서 두 번이나 호출되었다. 두 번 모두, 누구의 눈에도 띄지 않는 아득히 먼 곳에서 사형을 집행했다. 표트르 니콜라예비치를 살해한 농부들이 군사 법정에 서게 되었고, 그들 중에서 두 사람에게 사형이 선고되었다. 그들의 사형을 집행하기 위해서 마호르킨에게 펜자라는 도시로 가라는 명령이 내려졌다. 이전에 마호르킨은 사형을 집행하라는 명령을 받으면 즉시 펜자로 가서 일을 수행하는 데 필요한 경비를 조달해달라는 편지를 그 지역 지사에게 썼다―그는 읽기와 쓰기를 완벽하게 할 수 있었다―. 그러나 이번에는 그가 가고 싶지 않다고 말했을 뿐만 아니라, 더 이상 사형집행인 역할을 수행하지 않겠다고 말하여 간수들을 놀라게 했다.

"채찍질을 당하게 된다는 걸 잊었나?" 교도소장이 소리쳤다.

"채찍질을 당하면 그냥 견딜 것입니다. 율법은 살인하지 말라고 가르치고 있습니다."

"그런 것을 펠라게우시킨으로부터 주워들었나? 감방의 예언자가 나타나셨구먼! 기다려보게, 따끔한 맛을 보게 될 테니."

6

한편 스모코브니코프에게 쿠폰을 위조해준 학생이었던 마힌은 고등학교를 졸업하고, 대학의 법학부 과정까지 졸업한 뒤였다. 그는 출세한 까닭에 많은 여자들에게 인기가 있었는데 특히 장관의 옛 애인의 총애를 받았던 덕분에 젊은 나이에 예심판사가 되는 행운을 누렸다. 그는 빛이 있어 청렴하게 공직 생활을 하지 못했고, 여자들을 유혹하며 도박을 즐겼다. 하지만 그는 영리했고 임기응변에 능했으며 기억력이 좋은 사람이었다. 그리고 일을 잘 처리하는 예심판사였다.

마힌은 스테판 펠라게우시킨이 재판을 받았던 지역의 예심판사로 임명되었다. 증거를 수집하기 위해서 마힌이 처음으로 스테판을 면담했을 때, 진지하고 차분한 그의 답변은 마힌을 무척이나 놀라게 만들었다. 머리를 빡빡 깎이고 족쇄가 채워진 채 끌려온 스테판을 다시 감옥으로 호송하려고 두 군인이 감시를 하고 있었지만, 그는 무엇에도 얽매이지 않는 의지를 가진 사람처럼 보였다. 마힌은 자신보다 스테판이 도덕적으로 훨씬 우월한 사람이라는 느낌을 지워버릴 수가 없었다. 그래서 마힌은 그를 심문하면서 당황하거나 혼란스럽지 않도록, 자신을 다잡기도 하고 자기 스스로에게 자신감을 불어넣기도 했다. 스테판이 아주 옛날에 있었던 일인 양, 그리고 자신이 저지른 일이 아니라 전혀 다른 사람이 저지른 일처럼 자신의 범죄 사실을 털어놓을 때에는 깜짝 놀라지 않을 수 없었다.

마힌이 물었다.

"그들이 불쌍하지 않았나?"

"그 당시엔 불쌍한지 몰랐습니다."

"그럼 지금은?"

스테판은 서글픈 미소를 지어 보이며 대답했다.

"지금이라면 내가 불에 타 죽는 형벌을 당한다 해도 그런 일을 하지 않을 것입니다."

"왜 그렇지?"

"왜냐하면 모든 사람이 형제라는 진리를 깨달았기 때문입니다."

"그럼, 나도 자네의 형제인가?"

"그렇습니다."

"내가 한 형제인 자네를 징역에 처하는 건 어찌된 연유인가?"

"그것은 당신이 이해하지 못하기 때문입니다."

"내가 무엇을 이해하지 못한다는 말인가?"

"당신이 심판을 행합니다. 그것 때문에 당신이 이해하지 못한다는 것입니다."

"계속해보게…… 그다음은?"

나중에 마힌은 간수로부터 사형집행인인 마호르킨에게 끼친 펠라게우시킨의 영향력에 대해 들을 수 있었다. 마힌은 의무를 거부하고 벌을 달게 받은 마호르킨에게 끼친 스테판 펠라게우시킨의 영향력에 깊은 감동을 받았다.

7

마힌은 에로프킨가家에서 열린 저녁 파티에 초대를 받았다. 그 집안의 젊은 두 딸은 모두 부유한 약혼녀로 손색이 없었다. 그들에게 관심이 있었던 마힌은 파티에서 로맨스를 불러 음악에 발군의 재능이 있는 사람으로 갈채를 받았다. 그는 사람들에게 사형집행인의 마음을 고쳐먹게 만든 이상한 죄수에 대해 이야기하기 시작했다. 마힌은 뛰어난 기억력을 가지고 있었기 때문에 매우 정확하고 상세하게 이야기했고, 심문했던 죄수들에 대해 철저하게 중립을 지켰기 때문에 모든 걸 너 잘 기억할 수 있었다. 게다가 그는 다른 사람들의 내면에 들어가본 적이 없었기 때문에, 오히려 그들이 했던 말이나 행동을 더 잘 기억할 수 있었다. 그런 그가 스테판 펠라게우시킨에게 관심을 가지게 되었다. 하지만 그는 스테판을 이해할 수 없었고, 무의식중에 그의 영혼과 관련된 문제가 무엇인지 숙고해보았지만 해답을 찾을 수 없었다. 하지만 스테판의 영혼에는 무엇인가 흥미로운 게 있다는 걸 느끼고 있던 터라, 그는 파티에 참석한 사람들에게 사형집행인의 마음을 바꾼 스테판에 대해 이야기했다. 그뿐만 아니라 마힌은 스테판의 이해할 수 없는 행동에 대해, 성서를 읽는 것에 대해, 그리고 죄수들에게 미치는 강한 영향력에 대해 이야기했다.

마힌의 이야기는 모든 이들의 흥미를 끌었지만, 다른 누구보다도 특히 막내딸 리자 에로프킨의 흥미를 끌었다. 리자는 기숙학교에서 갓 졸업한, 어둠과 편협으로 점철된 거짓된 생활에서 벗어난 지 얼마 안 된 열여덟 살의 소녀였다. 이제 막 어른이 된 그녀는 물에서 빠져나와 희열로 가득한 삶의 신선한 공기를 마시고 있는 기분이었다. 그녀는 마힌에게 스테판이란 사람에 대해 더 상세하게 알려달라고 했고, 그에게서 그와 같은 변화가 어떻게 일어날 수 있었는지 말해달라고 부탁했다. 마힌은 스테판으로부터 직접 들은 그의 마지막 살인에 대해서 이야기해주었다. 그의 마지막 살인의 희생자였던 매우 친절한 여인의 겸손함과 온화함, 대담함이 어떻게 그를 지배했으며, 그의 눈이 어떻게 열렸으며, 성서 읽기가 어떻게 그를 변화시켰는지 말해주었다.

리자 에로프킨은 그날 밤 오랫동안 잠을 이룰 수 없었다. 그로부터 두 달 동안 그녀의 언니가 계속 이끌고 갔던 사교계와 마힌을 변화시키려는 소망과 결합된 그를 향한 열망 사이에서, 그녀의 마음은 투쟁하고 있었다. 그런데 지금은 후자가 앞섰다. 사실 그녀는 불쌍한 마리야 세묘노브나에 대한 이야기를 들어서 알고 있었다. 이제 그 여인은 무참하게 살해되고 없어서, 스테판의 말을 통해 그녀의 이야기를 알게 된 마힌이 리자에게 마리야 세묘노브나의 모든 것을 이야기해주었다.

리자는 마리야 세묘노브나와 같은 사람이 되고 싶은 마음이 더 커졌다. 그녀는 자기가 부잣집 딸이어서 마힌이 돈 때문에 구애하는 게 아닌가 하고 염려했다. 그래서 그녀는 자신의 재산을 가난한 사람들에게 나누어주기로 결심했고, 그것에 대해 마힌에게 말했다.

한편 마힌은 자신의 깨끗한 마음을 보여줄 수 있어 기뻤다. 그는 리자에게 돈 때문에 그녀를 사랑한 것이 아니라고 말했는데, 이것이 자신의 고결한 속내를 드러내주었다고 생각되자 스스로를 자랑스럽게 여겼다. 한편 리자는 자신의 어머니부터 설득하기 시작했다. 아직은 영지가 법적으로는 아버지의 소유였기 때문이다. 마힌은 리자가 중대한 결심을 실행하도록 도와주었다. 마힌은 그렇게 행동하면 할수록, 리자의 영혼에서 보았던 열망을 알게 되었고, 그때까지 미처 모르던 완전히 새롭고 낯선 세계가 무엇인지 더 분명하게 깨달을 수 있었다.

8

공동 감방은 정적에 싸여 있었다. 스테판은 자신의 침대에 누워 있었지만 아직 잠이 든 것은 아니었다. 바실리가 그에게 다가와 그의 다리를 잡아당기며, 일어나서 자신에게 와달라고 요청했다. 스테판은 침대에서 내려와 바실리에게로 갔다.

"형제여, 나를 도와줘요. 도와줘야만 해요." 바실리가 말했다.

"무슨 일로 도움을 청하는데?"

"탈옥할 생각이에요."

바실리는 스테판에게 탈옥할 준비를 마쳤다면서 입을 열었다.

"내일 내가 저들을 선동할 거예요." 이렇게 말하며 바실리는 침대에 누워 있는 죄수들을 가리켰다.

"저들이 나를 고발하면 나는 위층 감방으로 이송될 거예요. 거기서부터는 탈옥할 길을 잘 알고 있어요. 당신이 도와줄 일은 시체실 출입구의 걸쇠를 풀어놓는 거예요."

"그건 가능해. 그런데 어디로 갈 건가?"

"어디든 괜찮아요. 우리에겐 거기가 거기 아닌가요?"

"그야, 그렇지. 하지만 우리가 그들을 심판해선 안 되지."

"그렇다고 내가 살인을 저지르지는 않죠. 지금까지 살아 있는 생명을 죽여본 적은 없어요. 도둑질을 할 뿐이에요. 하지만 누구도 해치지는 않아요. 그들이 우리 형제의 것을 강탈해 가지 않는 한 말이에요!"

"그건 그들의 몫이야. 그들 스스로 깨닫고 대답할 거야."

"그만두세요! 내가 교회를 털었다고 해보세요. 그럼 누구에게 해가 되겠어요? 이번에는 작은 가게를 털지 않고 국고를 털어서 사람들에게 돈을 나누어줄 거예요."

이 순간에 한 죄수가 침대에서 일어나 그들의 대화를 듣고 있었다. 스테판과 바실리는 대화를 중단했다.

다음 날 바실리는 원하는 바를 실행에 옮겼다. 그는 식사로 주어진 빵이 치즈처럼 눅눅하다고 말하면서 불평을 늘어놓기 시작했고, 죄수들을 부추겨 간수를 불러 그들의 불만을 사실대로 말하자고 선동했다. 간수가 달려와 그들 모두에게 욕설을 퍼부었다. 바실리가 죄수들을 선동한 주동자란 걸 알고, 간수는 그를 위층 독방으로 보내도록 명령했다.

이것은 바실리가 고대하던 바였다.

9

바실리는 자신이 갇혀 있는 위층 독방을 잘 알고 있었다. 특히 바닥에 대해 잘 알고 있어서, 그는 바닥의 한 부분을 뜯어냈다. 그는 바닥 아래로 기어 내려가, 다시 아래층의 시체실 천장을 뜯어내고 시체실 바닥으로 뛰어내렸다. 이날엔 시체실에 단 한 구의 시체만이 침상 위에 눕혀져 있었다. 시체실에는 죄수용 건초 매트를 만들기 위한 자루들이 쌓여 있었다. 바실리는 이 자루에 대해 알고 있었고, 시체실을 겨냥한 이유도 바로 그 때문이었다. 시체실 문의 걸쇠는 풀려 있었다. 그는 문을 열고 나와 복도 끝자락에 건축 중이던 화장실로 걸어갔다. 이 화장실에는 3층에서부터 지하실로 연결된 통풍 구멍이 있었다. 화장실의 문을 확인한 후 바실리는 다시 시체실로 돌아왔다. 얼음처럼 차가운 시체를 감싸고 있던 시트를 벗겨내고(시트를 벗겨낼 때 그는 시체의 손을 건드렸다), 자루를 가져와 서로 연결시켜서 밧줄을 만들었다. 이렇게 자루로 만든 밧줄을 화장실로 가져갔다. 밧줄을 횡목에 묶어놓고, 밧줄을 타고 기어 내려갔다. 그러나 밧줄이 마룻바닥까지 닿지 않았다. 바실리는 밧줄이 얼마만큼 많이 모자라는지 알 수 없었다. 어쨌든 그는 아무런 조치를 취할 수 없어서 공중에 매달려 있다가 곧 뛰어내렸다. 다리를 다쳤으나 걸을 수는 있었다. 지하의 층에는 창문이 두 개 나 있었다. 창문에다 덧댄 창살이 없었다면 쉽게 빠져나갈 수 있었을 것이다. 그는 창살들을 꺾거나 밀어내야만 했다. 어떻게 할까? 바실리는 여기저기를 더듬어보기 시작했다. 지하실에는 널빤지 조각들이 있었다. 그는 그것들 중에서 끝이 날카로운 것을 찾아내, 창살을 지탱하고 있던 작은 벽돌을 긁어대기 시작했다. 오랜 시간

동안 작업했다. 수탉들이 두 번째로 우는 소리가 들렸으나 창살은 그대로였다. 마침내 한쪽이 느슨해졌다. 바실리는 느슨해진 쪽에 널빤지를 밀어 넣고는 있는 힘을 다해 눌렀다. 창살이 완전히 뽑히는 바로 그 순간 벽돌 하나가 쿵 하고 소리를 내면서 떨어졌다. 경비병들이 들었을 터였다. 바실리는 꼼짝하지 않고 서 있었다. 침묵만이 흘렀다. 그는 창문을 통해 기어서 나갔다. 그가 생각했던 탈출은 담을 넘는 것이었다. 마당 한구석에는 곁채가 있었다. 그는 이 곁채 위로 올라가서, 그곳에서 벽을 통해 넘어가야만 했다. 그러나 널빤지의 도움 없이는 곁채 위로 올라갈 수 없을 것 같았다. 그래서 다시 지하실로 되돌아갔다. 잠시 후 그는 널빤지를 손에 들고 지하실 창문을 통해 기어 나왔다. 그리고 경비병의 발소리에 귀를 기울이며 한동안 움직이지 않았다. 그의 예상대로 경비병이 건너편에 있는 사각형 모양의 마당에서 서성대고 있었다. 바실리는 잰걸음으로 곁채로 다가가, 널빤지를 벽에 기대놓고 기어 올라가기 시작했다. 널빤지가 미끄러지면서 그도 땅바닥에 떨어졌다. 바실리는 긴 양말을 신고 있었다. 그는 맨발이면 잘 매달릴 수 있을 거라 여기고, 긴 양말을 벗었다. 그리고 다시 널빤지를 벽에 기대놓고, 뛰어올라 가서 두 손으로 배수관을 붙잡았다. 제발 이번만큼은 널빤지가 미끄러지지 않고 지탱하고 있기를 빌었다. 그는 재빨리 배수관을 붙잡고 올라가서 마침내 무릎을 지붕 위에다 올려놓았다. 경비병이 다가왔다. 바실리는 지붕에 납작 엎드려 있었다. 경비병은 그를 보지 못하고 지나쳤다. 바실리는 밑에서 지붕으로 올라섰다. 그의 다리 아래에서 강철 지붕이 삐걱거렸다. 한 걸음씩 조심스레 움직여 드디어 담에 이르렀다. 이제 손을 뻗어 담을 붙잡을 수 있었다. 그는 한 손, 한 손 차례로 내밀고는 몸을 쭉 뻗었다. 그런 방법으로 담 위에 올라섰다. 뛰어내릴 때 다리가 부러지지 않도록, 바실리는 몸을 돌려 손으로 담을 붙잡았다. 그리고 몸을 가능한 한 쭉 뻗고 한 손을 놓은 다음, 다시 한 손을 놓았다. "하느님, 저를 도와주세요!" 마침내 그는 땅에 닿았다. 땅바닥은 부드러웠다. 다리는 온전했다. 그는 있는 힘을 다해 뛰었다.

마을 밖에서 말라니아가 빗장을 풀어 문을 연 채 기다리고 있었다. 그는 그녀의 따뜻한 이불 속으로 기어들어갔다. 갖가지 천 조각을 기워 만든, 땀 냄새가 배어 있는 이불이었다.

10

표트르 니콜라예비치 스벤티스키의 아내는 키가 큰 미인이었고 항상 차분했으며 잘 먹인 어린 암소처럼 토실토실한 여자였다. 그녀는 남편이 살해당해 들판 어딘가로 끌려가는 것을 창문으로 보고 있었다. 그런 끔찍한 광경에 표트르 니콜라예비치의 미망인인 나탈리아 이바노브나는 극심한 공포를 체험해서인지 다른 감정은 전혀 일어나지 않았다. 무리들이 정원 울타리 너머로 사라져 보이지 않자, 그들의 떠들썩한 소리도 잠잠해졌다.

하녀 말라니아가 눈을 동그랗게 뜨고 맨발로 달려와 마치 무언가 즐거운 소식이라도 전하듯이 표트르 니콜라예비치가 살해되어 골짜기에 던져졌다고 알려주었을 때, 그녀를 처음부터 사로잡고 있던 공포심 이면에 존재하던 또 다른 감정이 나타났다. 결혼 생활 19년 동안 그녀를 손아귀에 쥐고 있던, 감긴 눈에 검은 안경을 쓴 폭군으로부터 그녀가 마침내 해방되었다는 기쁜 감정에 그녀 자신도 놀랐던 것이다. 그녀는 그런 감정을 스스로에게도 감추려고 했으며, 더구나 주변 사람들에게는 어떤 내색도 하지 않았다. 처참하게 변해버린 남편의 시체를 깨끗이 닦아 옷을 입혀 관에 넣으면서, 그녀는 두려움에 사로잡혀 비명을 질렀고 흐느껴 울었다. 아주 중요한 사건이었기 때문에 예심판사가 와서 목격자인 그녀를 심문하고자 했을 때, 그녀는 심문이 이루어지고 있던 그 방에서 주범으로 지목된 두 농부가 수갑에 채워져 있는 것을 보았다. 한 농부는 하얀 수염을 기른 노인으로 붉은 얼굴에 차분하고 굳은 표정을 띠고 있었다. 다른 농부는 젊은 남자로 집시처럼 보였고 부리부리한 검은 눈과 헝클어진 곱슬머리를 하고 있었다. 그녀는 그 사람들이 표트르 니콜라예비치의 손을 제일 먼저 붙잡은 사람들이라고 증언하면서 그들을 가리켰다. 집시처럼 생긴 농부가 눈썹을 꿈틀거리며 번쩍이는 눈으로 그녀를 뚫어지게 쳐다보면서 "부인, 죄를 짓고 있는 거요. 죽을 때를 생각하시오"라고 위협했지만, 그녀는 그들에게 전혀 동정심을 갖지 않았다. 오히려 그녀는 심문이 계속되는 동안 증오심이 생겨났고, 남편의 살해자들에게 복수를 하고 싶은 마음이 일었다.

한 달간 군사재판으로 진행된 재판에서 농부 여덟 명이 중노동을 선고받았고, 두 농부—하얀 수염을 기른 노인과 집시처럼 생긴 젊은이—가 교수형을 선고받았다. 그렇게 재판이 끝났을 때 나탈리아는 뭔가 불쾌하고 불안한 기분을 느꼈다. 그러나 엄중한 선고문은 그녀의 유쾌하지 못한 기분과 의구심을 말끔히 씻어내주었다. 법정의 책임자가 그런 선고는 당연한 것이라고 생각했기 때문에, 그녀도 그 선고를 당연한 것으로 받아들였다.

형 집행은 마을에서 진행하기로 되어 있었다. 일요일, 새 옷을 입고 새 신을 신고 오전 예배에 다녀온 말라니아가 여주인에게 이미 교수대가 세워졌고, 수요일에는 형 집행자가 모스크바에서 오기로 되어 있다고 전해주었다. 또 말라니아는 죄수들의 가족이 계속해서 울부짖고 있으며, 그들의 울음소리가 온 마을을 뒤덮고 있다고 말해주었다.

나탈리아 이바노브나는 교수대를 보고 싶지 않았고, 마을 사람들과 만나고 싶지도 않았기 때문에 집 밖으로 나가지 않았다. 그녀는 모든 일이 제때에 신속하게 끝나기를 바라는 한 가지 마음뿐이었다. 그녀는 오직 그녀 자신만을 생각했을 뿐, 형을 선고받은 사람들과 그들의 가족을 생각하지는 않았다.

화요일, 마을의 치안 담당관이 나탈리아 이바노브나를 찾아왔다. 그는 그녀와 가깝게 지내는 친구 사이였다. 그녀는 그에게 보드카와 저장해둔 버섯을 대접했다. 치안 담당관은 보드카를 마시고, 음식을 조금 먹고 나서 교수형이 다음 날 집행되지 못하게 되었다고 그녀에게 말했다.

"왜요? 무엇 때문에요?"

"아주 놀랄 일이 벌어졌어요. 형 집행관을 찾을 수가 없답니다. 내 아들이 하는 말에 따르면, 모스크바에 형 집행관이 한 명 있었는데, 그 사람이 복음서를 많이 읽었는지 '난 살인을 하지 않겠다' 라고 말했답니다. 그 사람도 살인을 저질렀기 때문에 중노동을 선고받았는데, 이제 와서 갑자기 율법에 따른 교수형 집행을 거부했답니다. 채찍질을 할 거라는 협박을 받았을 때에도, '나를 때리시오. 그래도 난 하지 않을 거요' 라고 말했다는군요."

그때 나탈리아 이바노브나는 갑자기 머리에 떠오른 생각 때문에 땀이 나고 얼굴이 빨갛게 달아올랐다.

"지금이라도 사면시킬 수는 없을까요?"

"판사들이 이미 선고를 했는데 어떻게 거둘 수 있겠어요? 황제만이 사면권을 가지고 계십니다."

"하지만 황제가 어떻게 이 일을 알 수 있겠어요?"

"황제에게 탄원서를 올릴 권리는 누구에게나 있습니다."

"나 때문에 그들이 사형을 당하게 생겼어요. 하지만 나는 그들을 용서하고 싶어요." 순진한 나탈리아 이바노브나가 말했다.

치안 담당관이 웃으며 말했다.

"잘됐군요. 그럼 탄원서를 보내세요."

"내가 그런 일을 할 수 있을까요?"

"물론, 당신은 할 수 있어요."

"하지만 지금은 이미 늦어버린 게 아닐까요?"

"그럼 전보를 이용하시죠."

"황제에게 말이에요?"

"원하신다면 그렇게 하세요."

형 집행자가 형 집행을 거부하고 대신에 자신이 채찍을 맞기로 했다는 이야기가 나탈리아 이바노브나의 영혼을 변화시켰다. 농부들이 사형을 선고받았다는 소식을 들었을 때, 그녀가 느꼈던 공포감과 연민의 감정이 밖으로 분출되었고, 이제는 그의 영혼을 충만하게 해주었다.

"필리프 바실리예비치 씨, 나를 대신해서 전보를 보내줘요. 황제에게 그들을 용서해달라고 청원하고 싶어요."

치안 담당관은 고개를 내저었다.

"이 일로 인해 우리에게 어려움이 닥치지 않을까요?"

"내가 책임지겠어요. 당신 이름은 언급하지 않을게요."

치안 담당관은 생각했다. '정말 선한 여자로구나. 착한 마음씨야. 내 아내가 저런 마음씨를 가지고 있다면, 우리 생활은 지

금과 같지 않을 거야. 아마도 천국일 거야.'

그리고 그는 황제에게 보내는 전보를 써주었다.

'폐하, 위대한 황제 폐하, 폐하의 충성스런 백성, 농부들에게 살해당한 표트르 니콜라예비치 스벤티스키의 아내가 폐하의 성스러운 발아래로 몸을 던져(전보에서 특히 이 부분이 치안 담당관의 마음에 쏙 들었다), 어떤 현청 소재 지역의 읍에 속한 시골 마을에 사는 사형이 선고된 두 농부의 사면을 허락해주시기를 충심으로 애원합니다.'

치안 담당관은 그 전보를 직접 보내주었고, 나탈리아 이바노브나의 영혼은 기쁨으로 충만했다. 그녀는 살해당한 한 남자의 미망인으로서 자신이 살인자를 용서해주었고, 그들의 사면을 청원했기 때문에, 황제가 그 청원을 거절할 리가 없다고 믿었다.

12

리자 에로프킨은 계속된 흥분 상태에서 지냈다. 진정한 기독교인이 가야 할 길을 걸어가면서 그녀는 참된 길로 나아가고 있다고 더욱더 확신하게 되었고, 영혼마저 더욱더 충만해짐을 느꼈다.

그녀 앞에는 두 가지 당면한 목표가 있었다. 우선 하나는 마힌의 마음을 변화시켜 원래 선하고 진실했던 그의 심성을 일깨워주는 것이었다. 그녀는 그를 사랑했다. 그래서 그녀의 사랑의 빛은 그와 모든 사람들의 영혼 깊은 곳에 간직하고 있는 신성한 면을 드러나게 만들었다. 그뿐만 아니라, 그녀는 다른 보통 사람들과는 비교도 되지 않을 만큼 따뜻하고 친절한 마음씨와 고결한 정신을 가지고 있었다. 그녀가 간직했던 다른 목표는 모든 재산을 포기하는 것이었다. 처음에 그녀는 마흔을 시험하기 위해서 소유하고 있던 모든 것에서 해방될 생각이었지만, 나중에는 그녀 자신을 위해서, 그리고 그녀 자신의 영혼을 위해서 모든 것을 버리고 싶었다. 성경의 말씀도 그렇게 하라고 강조했다. 처음에 그녀는 원하는 누구에게나 돈을 나누어주기 시작했다. 그러나 그녀의 아버지가 그것을 중단시켰다. 게다가 그녀 자신도 돈을 구걸하기 위해서 찾아오거나 편지를 건네는 숱한 사람들에게 질린 상태였다. 그래서 그녀는 평생을 성자답게 살아온 것으로 알려진 한 노인에게 돈을 위탁해서, 그 노인이 가장 적합하다고 여기는 방법으로 그 돈을 처분하고자 했다. 딸의 이런 결심을 알고, 그녀의 아버지는 불같이 화를 냈다. 그리고 변해버린 그녀를 향해 '미친 아이'나 '정신병자'라고 부르면서 그녀에게 과격한 말을 했고, 그녀가 그러한 상태에서 벗어날 수 있도록 대책을 강구했다.

그녀는 아버지의 분노와 흥분에도 항복하지 않았다. 그녀는 아버지의 몰이해에 평정심을 잃고, 눈물을 흘리며 울었다. 그리고 아버지를 폭군이자 수전노라고 부르면서, 아버지에게 극도로 무례한 태도를 취하기도 했다.

그러나 그녀는 곧 아버지에게 용서를 빌었다. 아버지는 화를 내지 않으면서 이해한다는 태도를 보였다. 하지만 그녀는 아버지가 화를 참고 있을 뿐이지, 아직은 진심으로 그녀를 용서하지 않았다고 생각했다. 그녀는 아버지와의 관계를 마힌에게 말하고 싶지 않았다. 한편 그녀의 언니는 마힌과 동생의 관계를 질투해서 동생을 몹시도 쌀쌀맞게 대했다.

그녀는 '그래, 하느님께 참회를 해야만 해'라고 혼잣말을 했다. 그런 모든 일이 사순절 기간 동안 일어났기 때문에 리자는 금식을 결심했고, 그녀의 모든 생각을 고해신부에게 털어놓고 앞으로 어떻게 행동해야 하는지 고해신부의 조언을 듣기로 결심했다.

그녀가 살던 도시에서 약간 떨어진 곳에 수도원이 있었는데, 그곳에는 성자와도 같은 생활에, 가슴을 설레게 만드는 설교와 예언을 하면서, 병을 치유하는 은사로 명성을 떨치고 있는 늙은 수도사가 살고 있었다. 그 수도사는 리자의 아버지로부터 딸이 찾아갈 것이라는 편지를 받았다. 그녀의 아버지는 그 편지에서 딸이 흥분에서 벗어나지 못하는 비정상적 상태에 있다고 썼고, 그녀가 중용을 지키면서 현재의 제반 조건들을 포기하지 않고 참된 기독교인으로 살도록 해달라고 부탁했고, 그녀를 올바른 길로 인도해주기를 바란다고 수도사에게 말했다.

수도사는 다른 사람들을 많이 만난 후에 리자와 만났다. 몹시도 피곤했던 늙은 수도사는 그녀에게 중용을 지키고, 현재의 삶의 조건과 아버지에게 순종하도록 충고하는 것으로 말을 시작했다. 리자는 조용히 듣고 있었지만 흥분으로 얼굴이 붉어졌고 진땀이 났다. 수도사가 충고를 끝냈을 때, 그녀는 눈물을 글썽이며 말하기 시작했다. 예수님께서 '네 아버지와 어머니를 버리고, 나를 따르라'고 말씀하셨다고 처음에는 수줍게 말했다. 그러나 감정을 억누르지 못한 그녀는 그리스도에 대해 품고 있던 생각까지도 모두 수도사에게 말했다. 수도사는 처음에는 잔잔히 미소를 지어 보이며 고해자들을 대할 때처럼 대답해주었다. 그러나 잠시 후 수도사는 "오, 하느님!"을 되풀이할 뿐, 다른 말은 하지도 못하고 한숨만 내쉬기 시작했다.

"좋소, 내일 다시 와서 이야기 하도록 합시다"라고 수도사는 말하고, 주름진 손으로 그녀를 축복해주었다.

다음 날 리자는 다시 수도사를 찾아가 고해성사를 시작했다. 수도사는 어제 중단했던 대화를 시작할 생각도 하지 않고 리자를 용서하고, 그녀의 재산을 맡아 처분하는 것을 거절했다.

리자의 순수함과 하느님을 향한 충심, 그리고 그녀의 열정은 수도사에게 큰 감동을 주었다. 그는 오래전부터 세상과의 인연을 완전히 끊고 지내기를 원했지만, 그의 설교로 막대한 수입을 올리고 있던 수도원은 그가 계속 설교해주기를 요구했다. 그는 어렴풋이 그릇된 길을 걷고 있다는 느낌이 있었지만, 수도원의 요구를 승낙하고 말았다. 그가 기적을 일으키는 성자라는 말들이 있었지만, 실제로 그는 세상에서의 성공에 은근히 신경을 쓰는 약한 사람이었다. 그래서 이 처녀의 영혼이 그에게 비추었을 때, 그도 자신과 자신의 영혼을 제대로 볼 수 있었다. 그는 자신의 현재 모습이 그가 바라던 모습과 얼마나 다른지 깨달았고,

그가 진정으로 무엇에 마음이 끌리는지도 알 수 있었다.

리자가 떠나간 후 그는 곧바로 은둔자의 거처에 칩거했는데, 3주일이 지난 후에야 수도원으로 돌아갔다. 그 후 그는 자신을 회개하고, 세상의 죄를 폭로하는 설교를 하면서 모두에게 회개하라고 호소했다.

그날부터 그는 한 주 걸러서 설교를 했는데, 그의 이 설교에 신자들이 더욱더 많이 몰려들었다. 그의 설교는 특히 대담했고, 진지한 무엇인가가 담겨 있었다. 이로 인해서 그의 설교를 들으러 온 모든 이들에게 강한 영향을 끼쳤다.

13

바실리는 품었던 모든 계획을 실행에 옮기고 있었다. 친구들의 도움으로 그는 부자 상인 크라스노푸조프의 집에 침입했다. 부자 상인은 수전노에다 방탕한 사람으로 알려져 있었다. 바실리는 부자 상인의 사무용 책상에서 3000루블의 돈을 훔쳐 나왔다. 그러고는 그가 원하는 방법으로 그 돈을 사용해버렸다. 그는 술까지 끊었고, 훔친 돈을 가난한 사람들과 결혼을 앞둔 가난한 처녀들에게 나누어주었다. 그리고 자신을 드러내지 않고 시집간 여자의 빚을 대신 갚아주기도 했다. 그가 오직 염려했던 바는 훔친 돈을 올바르게 나누어주는 것이었다. 그는 경찰에게도 돈을 주었다. 그래서 경찰은 그를 찾지 않고 내버려두었다.

그의 마음은 즐거움으로 가득했다. 결국 체포되어 법정에 서게 되었을 때, 그는 웃으면서 뚱뚱한 상인의 돈을 훔쳤다고 떳떳하게 털어놓았다. "그 돈은 그의 책상에 쓸모없이 놓여 있었어요. 그는 얼마나 많은 돈을 가지고 있는지도 몰랐죠. 하지만 저는 그 돈을 가난한 사람들에게 내어놓고, 착한 사람들을 도와주었어요."

변호사도 바실리를 방면해주어야 한다고 변호해주었다. 그러나 법정은 바실리에게 형을 선고했다.

그럼에도 바실리는 판결에 대해 감사하다고 생각했고, 머지않아 감옥을 탈출하리라고 마음먹었다.

14

황제에게 보낸 나탈리아 스벤티스카야의 전보는 별 소용이 없었다. 황제에게 보낸 탄원서를 취급하는 위원회에서 그녀의 탄원서를 황제에게 보고하지 않기로 결정했기 때문이다. 하지만 황제가 식사를 하던 중에 스벤티스키의 사건이 화제에 올랐고, 그 자리에 참석해 있던 위원회 의장이 스벤티스키의 미망인에게서 받은 전보에 대해 보고하게 되었다.

"C'est très gentil de sa part(그녀의 입장에서 보면 정말 가슴이 따뜻해지는 일이에요)." 황제 가족 중에서 한 부인이 말했다.

황제는 한숨을 내쉬고, 견장이 달린 어깨를 움츠리며 말했다.

"법대로 해야지." 그리고 황제는 일어나, 궁정의 시종에게 포도주를 잔에 따르도록 명했다. 그 자리에 있던 모든 이들은 황제의 지혜로운 결정을 찬미하는 표정을 지어 보였다. 그리고 더이상은 전보에 대해 말하지 않았다. 늙은 농부와 젊은 농부 두 사람은, 잔인한 살인자이자 수간獸姦을 저질렀던 카잔 출신의 타타르인 사형집행인에 의해 처형되었다.

늙은 농부의 아내는 남편의 시체에 하얀 셔츠를 입히고 하얀 각반을 매어주고 새 신발을 신겨주고 싶었으나 허락을 받지 못했다. 두 농부는 교회 담 밖에 파놓은 한 웅덩이에 같이 묻혔다.

황제의 어머니인 늙은 여왕이 어느 날 자신의 아들에게 말했다. "소피야 블라디미로브나 공작 부인이 한 노인이 무척이나 뛰어난 설교자라고 말하던데요. Faites le venir. Il peut prêcher à la cathédrale(그분을 모시세요. 사원에서 설교하도록 하시지요)."

"황실 예배당이 더 나을 것입니다." 황제는 이렇게 말하고, 이시도르를 초청하도록 명을 내렸다.

모든 장관들이 황실 예배당에 모였다. 새롭고 예사롭지 않은 설교를 하는 이를 만나기 위한 행사였다. 백발의 호리호리한 노인이 강단에 올라, 예배당에 모인 모든 이들을 쳐다보며 "성부와 성자와 성령의 이름으로"라고 말하며 설교를 시작했다.

처음에는 모든 것이 순조로웠으나 설교가 진행되면서 모두가 점점 거북해졌다. 여왕이 나중에 말했던 것처럼, 'Il devenait de plus en plus agressif(그는 점점 더 공격적으로 변했다).' 그는 모두에게 거친 말을 쏟아냈다. 그는 사형 제도에 대해 언급하면서 사형 집행을 나쁜 행정의 표본으로 삼았다. 그리고 기독교를 표방하는 나라에서 사람을 죽이는 게 가능한가, 하고 물었다.

모두가 설교를 무례한 것으로 간주하며 서로의 얼굴을 쳐다보았다. 더구나 황제가 듣고 있기에는 너무도 불쾌한 설교였다. 하지만 아무도 이에 대한 자신의 견해를 표출하지 않았다. 이시도르가 "아멘" 하고 설교를 끝냈을 때, 대주교가 그에게 다가가 자신을 방문해달라고 청했다.

이시도르는 대주교와 종무원장과 이야기를 나눈 후에, 곧바로 수도원으로 보내졌다. 그러나 자신이 속해 있던 그 수도원이 아니라, 수스달에 있는 수도원이었다. 당시 그 수도원의 원장이자 관리 책임자는 미하일 신부였다.

15

모든 이들이 이시도르의 설교에 잘못된 것은 없다는 표정이었지만, 누구도 그런 속내를 내보이지는 않았다. 이시도르의 설교는 당시 황제의 마음에 어떤 영향도 끼치지 못했다. 그러나 황제는 그날 하루 동안 교수형을 당했던 두 농부와 스벤티스키의 미망인이 전보로 요청했던 그들의 사면에 대해 여러 번 생각하게 되었다. 그날 황제는 낮에 열병식에 참석하기로 되어 있었다. 열병식에 참석한 후, 황제는 마차에서 나왔다. 장관들을 접견하는 일이 기다리고 있었기 때문이다. 다음에는 점심식사를 했고, 저녁에는 극장에 갔다. 평소와 다름없이 황제는 머리를 베개에 대자마자 잠이 들었다. 어두운 한밤중에 황제는 무서운 꿈을 꾸어 잠에서 깨어났다. 황제는 들판에 세워진 교수대와 거기에 매달린 시체들을 보았다. 시체들의 혀가 하나같이 돌출되어 있었고, 그들의 혀가 계속해서 흔들리고 있었다. 누군가 소리쳤다. "바로 당신이 한 일이야. 바로 당신이 우리를 이렇게 만든 거야." 황제는 땀으로 흥건히 젖은 채 잠에서 깨어나 생각하기 시작했다. 그를 짓누르고 있는 책임감을 생각해본 적은 그때가 처음이었다. 그는 이시도르의 모든 말을 떠올렸다.

황제도 인간인지라 있는 그대로의 자기 자신과 맞대면하기가 어려웠다. 그는 황제라는 신분이 부과하는 것들 때문에 단순한 인간으로서의 욕망에 충실할 수가 없었다. 인간으로서의 욕망이 황제로서의 욕망보다 더 우선되어야 한다는 것을 깨닫고는 있었지만, 그에게는 그런 깨달음을 실행할 만한 힘이 없었다.

16

감옥에서 두 번째 형기를 끝낸 프로코피(chapter 1의 11에 등장하는 프로시카는 프로코피의 애칭이다—옮긴이)는 이전처럼 활발하고 자부심이 강하고 세련된 멋을 내는 사내가 아니었다. 그는 완전히 폐인이 되어버렸다. 그의 아버지가 숱하게 질책을 해도 멍하니 앉아 있기만 하고 어떤 일도 하지 않았다. 그는 빵을 먹어도 일은 하지 않았는데, 종종 무언가를 몰래 가지고 선술집으로 가서는 술로 바꿔 마셔버렸다. 그러고는 기침을 하고 가래를 내뱉으며 멍하니 앉아 있었다. 그는 의사를 찾아가 가슴을 진찰받았는데, 의사는 고개를 흔들며 말했다.

"달리 방도가 없습니다."

"그리 예상하고 있었습니다."

"우유를 마시고, 담배를 피우지 마세요."

"하지만 요즘은 금식 기간이고, 집에는 젖소가 없습니다."

봄이 되었을 때 그는 거의 잠을 이룰 수 없었다. 그는 술을 마시고 싶은 마음이 아주 간절했다. 하지만 집에는 선술집에 가져갈 만한 것이 아무것도 남아 있지 않았다. 그는 모자를 쓰고 집을 나섰다. 신부가 사는 집까지 연결된 길을 따라 걸었다. 보조 사제의 쟁기가 울타리 밖에 기대어 세워져 있었다. 프로코피는 울타리로 다가가 쟁기를 등에다 걸치고는 페트로브나라는 여자가 운영하는 여인숙으로 가져가려고 했다. '보드카 작은 병과 쟁기를 바꿀 수 있겠지'라고 생각했던 것이다. 그러나 보조 사제가 집에서 나오는 바람에 성공하지 못했다. 아직은 날이 밝았던지라, 프로코피가 쟁기를 가져가는 것을 보조 사제가 보고 말았던 것이다.

"어이, 뭣 하는 짓인가?"

이웃들이 몰려들었고, 프로코피를 붙잡아서 경찰서로 끌고 갔다. 작은 사건을 취급하는 판사는 11개월의 실형을 선고했다.

가을이 되었다. 프로코피는 병원으로 옮겨졌다. 그는 심하게 기침을 했는데, 기침을 할 때마다 가슴 전체가 찢어지는 것 같은 표정을 지었다. 그는 몸을 따뜻하게 할 수가 없었다. 건강하고 강한 이들은 그런대로 추위를 이겨냈지만, 프로코피는 밤낮으로 추위에 떨어야만 했다. 간수가 비용을 절약하기 위해서 11월까지 감옥 안의 병원에 난방을 하지 않았기 때문이다. 프로코피는 육체적 고통만이 아니라, 영혼까지도 깊은 고통의 수렁에 빠졌다. 그는 주변의 모든 것이 싫었고 모든 이들을 증오했다. 보조 사제, 불을 지펴주지 않는 간수, 교도소장, 그리고 그의 옆 침대에 누워 빨간 입술을 빨고 있는 죄수 동료까지도 증오했다. 최근에 감옥 안 이곳으로 옮겨온 죄수마저도 멀리하기 시작했다. 그 죄수는 스테판이었다. 스테판은 머리에 단독丹毒(피부의 헌데나 다친 곳으로 세균이 들어가서 열이 높아지고 얼굴이 붉어지며 붓게 되어 부기, 동통을 일으키는 전염병—옮긴이)이 생겨 병원으로 옮겨져 프로코피의 옆 침상에 눕게 되었다. 처음에 프로코피는 스테판을 증오했지만, 시간이 지나면서 스테판을 향한 증오심이 변해 그를 무척 좋아하게 되었고, 그와 이야기하는 시간만을 기다리게 되었다. 프로코피는 스테판과 이야기를 나누고 나면 모든 고통을 잠시 잊을 수 있었다.

스테판은 항상 모든 사람들에게 그가 저질렀던 마지막 살인에 대해 이야기해주었고, 그 살인이 어떻게 그를 변화시켰는지에 대해서도 이야기해주었다.

"그 여자는 비명을 지르지 않았어요. 그녀는 '내가 여기 있으니, 나를 베어라. 하지만 죽는 건 내가 아니라, 바로 당신 영혼이야'라고 말하는 듯했어요."

"물론 살인한다는 것은 무서운 일이지요. 언젠가 나도 양을 잡다가 죽여야 했는데, 그로 인해 아주 마음이 불편했지요. 나는 지금껏 생명을 죽인 적이 없어요. 그런데 저 나쁜 사람들은 왜 나를 죽이려 할까요? 나는 누구도 해친 적이 없는데 ……."

"심판을 받게 되겠지요."

"어디서 누구의 심판을 받는단 말입니까?"

"어디긴 어디요? 하느님이지."

"난 하느님을 본 적도 없고, 그가 존재한다는 어떤 증거를 확인한 적도 없어요. 그래서 나와 형제들은 하느님이 계시다는 걸 믿지 않아요. 나는 사람이 죽을 때를 생각하지요. 죽은 자리에는 풀이 자랄 것이고, 그것이 바로 전부라고 여겨요."

"그렇게 생각하시오? 나는 사람을 많이 죽였지만, 아까 말한 그녀는 사람들을 성심껏 돕는 사람이었어요. 당신은 그녀와 내가 똑같을 것이라 생각하시오? 아니, 잠깐만 기다려요……."

"그럼 당신은 사람이 죽더라도, 영혼이 살아 있다고 생각하는 건가요?"

"그럼요, 그렇게 믿고 있습니다."

프로코피는 죽음이 임박해서 너무나 고통스러웠고, 숨을 쉬기조차 어려웠다. 그러나 마지막 임종의 순간에 갑자기 그는 모든 고통에서 해방되는 기분이 들었다. 그는 스테판을 불렀다.

"잘 있으세요, 형제여. 죽음이 임박했나 봐요. 이전에는 늘 죽음이 두려웠지만, 이제는 그렇지 않아요. 죽음이 좀 더 빨리 찾아와주기를 바랄 뿐이에요."

그리고 프로코피는 병원에서 죽었다.

17

한편 예브게니 미하일로비치가 하는 일들은 상황이 점점 더 나빠졌다. 상점에도 손님이 없어 장사가 되지 않았다. 게다가 가까운 곳에 새로운 가게가 문을 열어 이익이 줄었다. 하지만 이자는 꼬박꼬박 갚아야 해서, 이자를 내기 위해 돈을 다시 빌려야만 했다. 마침내 그는 상점과 물건들을 모두 팔기로 결정했다. 예브게니 미하일로비치와 그의 아내는 사방팔방 부탁하고 다녔지만, 돈 문제를 해결하기 위해 필요한 400루블은 마련할 수가 없었다.

부자 상인 크라스노푸조프에게 작은 희망을 걸었다. 예브게니 미하일로비치의 아내가 그의 애인과 친한 사이였기 때문이다. 그러나 크라스노푸조프가 막대한 돈을 도둑맞았다는 소식이 도시 전역에 퍼졌다. 거의 50만 루블을 잃어버렸다는 소문이었다.

그때 예브게니 마하일로비치의 아내가 말했다.

"도둑이 누구인지 알아요? 옛날에 우리 집에서 일하던 바실리래요. 사람들 말에 따르면, 바실리가 돈을 마구 뿌리고 다니고 경찰들에게도 뇌물을 주었대요."

"그놈이 무뢰한이란 것은 나도 알고 있지. 그때 그놈은 가볍게 위증도 해주었잖아. 하지만 그렇게까지 되리라고는 생각하지 못했거든."

"그가 우리 집 마당에 잠깐 들렀다는 이야길 들었어요. 가정부 말에 의하면 분명히 바실리였대요. 바실리가 결혼을 앞둔 가난한 약혼녀 열네 명을 도와주고 있다고 말하던데요."

"사람들은 이야기를 꾸며내길 좋아하는 법이지."

그때 깔끔하게 면 재킷을 차려 입은 낯선 중년 남자가 가게 안으로 들어왔다.

"무슨 일이십니까?"

"당신에게 편지를 전해주러 왔습니다."

"누가 보낸 겁니까?"

"거기 쓰여 있습니다."

"답장이 필요하지 않습니까? 잠깐만 기다리세요."

"그럴 필요 없습니다."

낯선 사람은 편지를 건네주고는 급히 가게를 떠나버렸다. 두꺼운 편지 봉투를 뜯은 예브게니 미하일로비치는 자기 눈을 의심하며 믿으려 하지 않았다. 놀랍게도 400루블의 지폐가 편지 봉투 속에서 떨어졌다.

"대체 어떻게 된 거지?"

봉투 속에는 서투른 글씨로 쓴 예브게니 미하일로비치에게 보내는 편지도 들어 있었다. 편지 내용은 다음과 같았다.

'복음서에 따르면, 악을 선으로 갚으라고 했소. 당신은 나에

게 많은 손해를 끼쳤소. 당신의 위조 쿠폰으로 인해 내가 죄를
범하고, 농부들의 맘을 아프게 했소. 하지만 나는 당신을 불쌍
하게 생각하오. 여기 400루블을 기꺼이 받아주시고, 당신 가게
에서 일했던 바실리를 기억해주시오.'

"정말 믿을 수 없는 일이야." 예브게니 미하일로비치는 자기
자신과 아내에게 그렇게 말했다. 그 후 그 일을 기억하거나 아
내와 그 일을 이야기할 때마다 눈가에 눈물이 맺혔고, 그의 영
혼은 기쁨으로 넘쳤다.

18

수스달의 수도원 감옥에는 신부 열네 명이 갇혀 있었는데, 모
두가 정교의 교조적 교의를 거부했던 신부들이었다. 이시도르
도 그 감옥에 갇혀 있었다. 미하일 신부는 규정을 적은 서류에
맞추어 그를 받아들였고, 그와 말도 하지 않고, 중죄인을 다루
는 독방에 보내도록 지시했다. 그로부터 3주일이 지날 무렵, 미
하일 신부는 감옥을 순시하던 중 이시도르의 독방에 들르게 되
었다. 그는 이시도르에게 다가가 "뭐 필요한 거라도 있소?" 하
고 물었다.

이시도르가 대답했다.

"내가 원하는 것은 무척 많아. 하지만 사람들 앞에서는 말할
수가 없다네. 자네와 단둘이서만 이야기하고 싶은데?"

그들은 서로를 쳐다보았다. 미하일은 그와 단둘이 있어도 두려울 것이 없다고 생각했다. 그래서 이시도르를 그의 방으로 데려오도록 지시했다. 그들 둘만 남게 되었을 때, 미하일이 말했다.

"자, 말씀해보십시오."

이시도르는 무릎을 꿇었다.

"형제여, 자네는 대체 무엇을 하고 있는가? 자신을 가엾게 여기게. 자네는 아마 이 세상에서 가장 지독한 죄인일 걸세. 자네는 모든 성스러운 것을 모욕했네……"

그로부터 한 달이 지난 후, 미하일은 이시도르와 나머지 모든 신부들이 회개했으므로 석방해달라고 청하는 보고서를 제출했다. 그리고 자신은 수도원장 자리에서 물러나겠다고 말했다.

19

10년의 세월이 흘렀다.

미티아 스모코브니코프는 기술학교에서 학업을 끝내고 기술자가 되었는데, 시베리아에서 금을 채굴하는 일에 종사하며 많은 보수를 받았다. 어느 날 그는 그 지역을 둘러보게 되었다. 교도소 관리자가 스테판 펠라게우시킨이라는 죄수를 보내어 돕도록 하겠다고 제안했다.

"어떤 죄수인가요? 위험하지 않을까요?"

"그 사람이라면 위험하지 않아요. 성자 같은 사람입니다. 누구에게 물어봐도 좋습니다."

"그런 사람이 왜 여기에 있지요?"

교도소장이 미소를 지으며 대답했다.

"그는 여섯 번 살인을 저질렀지만, 지금은 성자가 되었죠. 내가 그를 위해 보증인을 자청하기도 했습니다."

미티아 스모코브니코프는 스테판을 받아들였다. 스테판은 머리가 반쯤 벗어지고, 여위고, 검게 탄 사람으로 변해 있었다. 결국 미티아의 지역을 둘러보는 일에 스테판이 동행하게 되었다. 여행하는 동안 스테판은 어디를 가더라도 스모코브니코프를 자기의 친자식처럼 소중히 돌보아주었고, 자신의 지나온 전 생애를 이야기해주기도 했다. 그리고 무슨 이유로 어떻게 해서 시베리아의 감옥에 유배되었는지, 이제는 무엇 때문에 삶을 살아가게 되었는지도 말해주었다.

이상하고 놀라운 일이 일어났다. 그때까지만 해도 먹고, 마시고, 카드 도박을 하고, 주색잡기로 살아왔던 미티아 스모코브니코프가 생전 처음으로 자신의 삶에 대해 생각하기 시작했다. 그다음부터 그는 계속해서 자신의 삶에 대해 생각하게 되었고, 갈수록 영혼이 새로워졌다.

그에게 큰 이익이 생기는 좋은 자리를 주려는 제안이 있었으나 그는 그 자리를 거부했다. 그러고는 가지고 있던 돈으로 영지를 구입하고 결혼을 해서 힘이 닿는 대로 농부들을 도우면서 살겠다고 결심했다.

20

　그는 그 결심을 실행에 옮겼다. 그러나 그에 앞서, 그동안 새 살림을 차리는 바람에 불편한 관계로 지내왔던 아버지를 찾아갔다. 이제 미티아 스모코브니코프는 아버지와 가깝게 지내고 싶었다. 아버지는 처음에는 의아하게 생각했지만, 아들에게 웃음을 보이며 반갑게 맞아주었다. 그다음엔 그도 아들을 탓하길 멈추고, 아들 앞에서 자신이 잘못했던 경우는 없었는지 생각하고 또 생각하게 되었다.

알료샤 고르쇼크

알료샤 고르쇼크

알료샤(알렉세이의 애칭—옮긴이)는 막둥이였다. 사람들은 그를 '고르쇼크(러시아어로 '단지', '항아리' 라는 뜻—옮긴이)' 라고 불렀는데, 예전에 그의 어머니가 부제의 부인에게 우유를 갖다주라고 해서 우유 단지를 나르다가 넘어지면서 깨뜨린 적이 있었기 때문이다. 어머니는 소년을 때렸고 아이들은 알료샤를 '고르쇼크' 라 부르며 놀리기 시작했다. 그때부터 소년의 별명은 '알료샤 고르쇼크' 가 되었다.

알료샤는 키가 작은 데다 말랐고, 두 귀는 늘어져서 마치 날개처럼 보였으며, 코는 컸다. 아이들은 "알료샤의 코는 작은 언덕 위의 수캐처럼 생겼다"며 놀려댔다. 마을에는 학교가 있었지만, 알료샤는 읽고 쓰기를 배운 적이 단 한 번도 없었다. 알료샤의 형은 시내에 있는 상인의 집에서 살았고, 알료샤는 어렸을 때부터 아버지를 도와 일을 했다. 여섯 살이 되었을 때에는 나이가 몇 살 더 많은 누나와 함께 목초지에서 면양과 암소를 지키고 감시해야만 했다. 조금 더 자란 뒤에는 낮이고 밤이고 말을 감시해야만 했다. 열두 살이 되던 해부터는 밭을 갈았고, 수레도 몰았다. 알료샤는 힘이 센 편은 아니었지만 일하는 요령이 있었다. 그리고 그는 늘 명랑했다. 다른 아이들이 자기를 놀릴 때에도 조용히 있거나 웃기만 했다. 아버지가 욕을 해도 침묵한 채 듣기만 할 뿐이었다. 놀리는 아이들 앞에서 알료샤는 웃으며 자기가 할 일을 했다.

알료샤가 열아홉 살이 되었을 때 형이 차출되어 군에 갔다. 아버지는 알료샤를 형이 일하던 상인의 집에 일꾼으로 보냈다. 알료샤는 형이 신던 장화를 받아 신고, 아버지의 모자와 저고리를 착용하고는 수레를 몰고 시내로 갔다. 알료샤도 자신의 차림새가 마음에 들지 않았지만, 상인도 그의 모습에 불쾌해했다.

"세묜을 대신할 만한 반듯한 사람을 보낸다고 여겼는데."

상인은 알료샤를 보면서 말했다. "그런데 이건 코흘리개를 데려왔잖아. 이런 코흘리개를 어디다 쓰라고?"

"시키는 일은 뭐든 할 겁니다. 말에 마구를 채워 어디든 몰고 다닐 줄도 압니다. 일도 열심히 합니다. 바자(대·갈대·수수깡 등으로 발처럼 엮은 물건―옮긴이)처럼 말라 보이기는 해도 튼튼한 애입죠."

"그래. 정말 그렇게 보이는군. 그래도 한번 써보겠네."

"이 아이의 가장 좋은 점은 말대답을 절대 하지 않는다는 겁니다. 정말로 일만 한다니까요."

"자네랑 더 할 이야기가 없네. 그냥 아이를 두고 가게."

알료샤는 그렇게 해서 상인의 집에서 살게 되었다.

상인의 식구는 많지 않았다. 부인과 노인이 된 어머니가 있었고, 기본 교육만 받은 큰아들이 결혼해서 아버지의 일을 돕고 있었으며, 공부를 어느 정도 한 다른 아들도 중등학교를 마치고 대학에 갔지만 학교에서 쫓겨나 지금은 집에서 함께 살고 있었다. 그리고 아직 중학생인 딸도 한 명 있었다.

우선 알료샤는 그곳이 마음에 들지 않았다. 알료샤는 촌놈이었던 것이다. 그는 옷차림도 초라했고, 예절도 몰랐으며, 모든 사람들을 '주인님'이라고 불렀다. 하지만 주인집 사람들은 차차 그런 알료샤에게 익숙해졌다. 알료샤는 형보다 일을 더 잘했다. 성격이 유순하고 말대답을 전혀 하지 않았기 때문에 사람들은 알료샤에게 온갖 심부름을 다 시켰는데 알료샤는 하는 일마다 성심성의껏 재빠르게 해냈고, 한 가지 일이 끝나면 쉬지 않고 기꺼이 다음 일을 했다. 집에서 그랬던 것처럼 상인의 집에서도 모든 일은 다 알료샤가 도맡아 하게 되었다. 그가 많은 일을 도맡아 하면 할수록, 더 많은 일이 그에게 부과되었다. 상인의 부인과 어머니, 딸, 아들, 집사, 요리사 등 모든 이가 알료샤에게 이곳저곳으로 심부름을 보낸 것은 물론이요, 이거 해라, 저거 해라 하면서 온갖 일을 다 시켰다. 알료샤가 듣는 말이라고는 "빨리 달려가서 가져와"라든지, "알료샤, 좀 치워줘. 이거 하는 거 잊지 않았지, 알료샤?", "여기, 알료샤" 하는 말뿐이었다. 그러면 알료샤는 뛰어갔고, 정리정돈을 했고, 조심해서 일처리를 했고, 무슨 일을 시켰는지 잊지 않았고, 모든 일을 다 해내려고 노력했고, 그러면서도 항상 웃었다.

형이 준 장화가 금방 닳아서 너덜너덜해지자, 상인은 알료샤에게 노출된 발가락을 보이고 다니지 말라면서 시장에서 장화를 사 신게끔 했다. 알료샤는 장화가 새것이라 매우 기뻤지만 두 다리는 옛날 그대로였다. 저녁 무렵이면 종일 뛰어다닌 까닭에 다리가 퉁퉁 부어서, 그는 자기 다리에다 괜한 화를 써부었다. 알료샤는 아버지가 돈을 받으러 왔을 때, 상인이 월급에서 장화 값을 공제하게 되면 아버지가 화를 낼까 봐 두려웠다.

겨울이 되자 알료샤는 해 뜨기 전에 일어나 장작을 패고, 마당을 쓸고, 말과 소에게 먹이를 주고 물도 마시게 해주었다. 그러고는 페치카에 불을 지피고, 주인의 장화를 닦고, 옷을 털고, 사모바르를 닦아 반듯하게 세워 놓았다. 그러고 나면 집사가 상점의 물건 내는 것을 도와달라고 알료샤를 부르거나, 요리사가 반죽을 주무르거나 손잡이 달린 냄비를 깨끗이 씻으라고 지시했다. 그다음에 알료샤는 마을에 심부름을 갔는데, 편지를 전할 때도 있고, 중등학교에 다니는 주인의 딸에게 무언가를 가져다줄 때도 있고, 주인의 어머니가 시킨 올리브기름을 사러 갈 때도 있었다. "이 녀석이 도대체 어딜 나갔어?" 어떤 사람은 알료샤에게 그렇게 말했고, 또 다른 사람은 이렇게 말했다. "왜 네가 직접 가니? 알료샤가 갈 거야. 알료샤, 이봐 알료샤." 그러면 알료샤가 뛰어왔다.

알료샤는 재빨리 아침을 먹어야 했고, 점심식사도 사람들과 다 함께 하기 위해 시간을 맞추기가 어려웠다. 요리사는 알료샤가 필요한 것을 가져다주지 않는다고 욕을 해댔지만, 여전히 그를 동정해서 따뜻한 점심식사와 저녁식사를 남겨두었다. 축일이 다가올 무렵이나 축일 당일에는 특히 할 일이 더 많았다. 축일이 되면 알료샤는 특별한 즐거움을 맛보았는데 그런 날에는 상인이 차를 내주고 특별히 용돈도 주었다. 물론 60코페이카 정도의 적은 돈이기는 했지만 어쨌든 그건 알료샤의 돈이었다. 알료샤는 그 돈을 자기 마음대로 쓸 수 있었다. 하지만 그는 자신의 월급은 눈으로 보지도 못했다. 아버지가 와서 상인에게 돈을 받아갔다. 오히려 장화를 빨리 닳게 했다고 알료샤를 나무라기만 했다.

그렇게 해서 2루블을 모으게 되자 알료샤는 요리사의 조언대로 촘촘히 짠 붉은 재킷을 하나 샀고 새 옷을 입고서는 만족해서 그걸 애써 감추느라 입술을 오므리기를 반복했다.

알료샤는 말수가 적었고 그나마 말을 할 때도 짧게 끊어서 했다. 누가 무슨 일을 하라고 시키거나 이런저런 일을 할 수 있냐고 물을 때에는 늘 어떤 망설임도 없이 "이 모든 걸 할 수 있어요"라고 대답한 뒤, 즉시 그 일을 하기 시작해서 해내고야 말았다.

알료샤는 기도문을 전혀 몰랐다. 어머니가 기도문을 가르쳐줄 때마다 잊어버렸기 때문이다. 그래도 아침저녁으로 두 손을 모으고 성호를 그으며 기도했다.

알료샤는 1년 반 동안 그렇게 살았고, 상인의 집에 온 지 2년째 되던 해의 하반기에 그의 삶에서 가장 놀랄 만한 사건이 일어났다. 서로의 필요에 의해 사람들이 맺는 관계―장화를 닦아주고, 장을 봐주고, 마구를 채우라고 하면 채워주는 그런 인간관계―이외의 아주 특별한 인간관계, 현실적으로 필요한 사람이 아닌데도 상대방에게 헌신하고 싶고, 잘하고 싶은 그런 관계가 존재하는데, 알료샤 자신이 그런 관계를 맺는 바로 그 당사자가 되었다는 것이다. 요리사였던 우스티냐 덕분이었다. 우스티냐는 고아였는데, 젊은 데다 알료샤처럼 열심히 일했다. 그녀는 알료샤를 동정하기 시작했고, 알료샤는 난생처음으로 심부름시킬 때 말고, 있는 그대로의 자기 자신을 필요로 하는 사람이 있다는 걸 느끼게 되었다. 알료샤의 어머니도 동정하는 마음으로 알료샤를 대하기는 했지만, 그는 이것을 깨닫지 못했다. 알료샤는 자기가 자신을 불쌍하게 여기는 것처럼 사람들도 자기 자신에 대해서만 그렇게 여긴다고 생각했다. 그런 생각이 들자 알료샤는 갑자기 우스티냐가 자기와는 다른 사람이라고 느꼈다. 우스티냐는 지속적으로 알료샤에게 동정을 느끼고, 버터가 들어 있는 오트밀을 냄비 바닥에 남겨두곤 했다. 알료샤가 그걸 먹는 동안 우스티냐는 소매를 걷어 올린 그의 팔에다 턱을 대고는 그 모습을 쳐다보았다. 그러면 그도 그녀를 쳐다보았고, 그녀가 웃으면 그도 따라 웃었다.

이런 일은 알료샤에게 새롭고 신기해서 처음에는 두렵기까지 했다. 알료샤는 예전처럼 일을 수행하는 데 그것이 방해가 된다고 느꼈다. 하지만 여전히 기뻤고, 우스티냐가 기워준 바지를 바라볼 때면 고개를 가볍게 저으며 미소를 머금었다. 일을 하거나 걸어 다니면서 자주 우스티냐를 생각했고, "아, 우스티냐" 하고 중얼거리기도 했다. 우스티냐는 할 수 있는 한 알료샤를 도왔고 그도 그녀를 도왔다. 그녀는 알료샤에게 어떻게 고아가 되었는지, 숙모가 그녀를 데려다가 어떻게 도시로 넘겨버렸는지, 상인의 아들이 어떻게 그녀를 꾀서 바보 같은 짓을 하게 했는지, 그녀가 어떻게 그를 제자리로 돌아가게 했는지, 자신의 과거의 운명에 대해 말했다. 그녀는 말하길 좋아했고, 그는 기꺼이 듣는 것을 좋아했다. 알료샤는 농군이 도시로 와 노동자가 되어서 간혹 요리사와 결혼하는 경우가 있다는 이야기를 들은 적이 있었다. 한번은 우스티냐가 알료샤에게 빨리 결혼할 수 있는지를 물었다. 알료샤는 모른다고 대답하고는 시골 여자에게 장가들고 싶지 않다고 했다.

"그렇다면 어떤 여자한테 끌리는데?" 우스티냐가 물었다.

"아, 물론 너와 결혼하고 싶어. 너도 나와 결혼하고 싶어?"

"가엾은 알료샤. 단지 주제에. 이렇게 적절한 시기에 하고 싶은 말을 후딱 해치우다니." 우스티냐는 들고 있던 수건으로 알료샤의 등을 치면서 말했다. "왜 내가 너와 결혼하지 않으면 안 되는 거야?"

마슬레니차가 다가오자 알료샤의 아버지가 도시에 있는 상인의 집으로 돈을 받으러 왔다. 상인의 아내는 알료샤가 우스티냐와의 결혼을 고려한다는 것을 알고는 탐탁지 않게 생각했다.

"결혼하면 아이가 생기겠죠. 아이가 있는 여자를 어디에다 쓰겠어요?" 상인의 아내가 남편에게 말했다.

상인은 알료샤의 아버지에게 돈을 건네주었다.

"저기, 제 아이가 제대로 잘하고 있지요? 말대답도 하지 않는 온순한 녀석이라고 말씀드렸었죠." 알료샤의 아버지가 물었다.

"온순하든 말든. 어쨌거나 아주 어리석은 생각을 하더군. 요리사와 결혼하겠다는 생각을 한 모양이야. 하지만 결혼한 사람들을 고용 안 하는 거 알지? 그런 경우는 나한테 영 맞지가 않아서 말이야."

"바보 같은 녀석, 정말 멍청하군. 그 아이의 말을 믿으시는 건 아니겠죠. 그 아이한테 그런 생각은 버리라고 말하겠습니다."

아버지는 부엌으로 가서 식탁에 앉아 아들이 오기를 기다렸다. 알료샤는 심부름 갔다가, 숨을 헐떡거리며 돌아왔다.

"나는 네가 사리를 아는 아이인 줄 알았다. 근데 네가 생각한 게 고작 그런 거냐?"

"전 아무 생각도 안 했는데요."

"아무 생각도 안 했다니. 결혼하기로 했다면서. 때가 오면 결혼시켜주마. 적당한 사람과 결혼하도록 해. 그렇게 도시에서 굴러먹은 행실이 나쁜 여자는 안 돼."

아버지는 오랫동안 이야기했다. 알료샤는 가만히 서서 한숨을 쉬었다. 아버지가 말을 끝냈을 때, 알료샤는 웃어 보였다.

"그러면 없던 일로 할게요."

"그래야지."

아버지가 떠나고 우스티냐와 단둘이 남게 되었을 때, 알료샤는 그녀에게 말했다(우스티냐는 아버지와 아들이 하는 말을 문 뒤에서서 들었다).

"우리 혼인은 안 될 것 같아. 아버지 말씀 들었지? 정말 화나셨어. 허락 안 하실 거야."

그녀는 아무 말도 하지 않았지만 앞치마에 얼굴을 묻었다.

알료샤는 혀를 찼다.

"아버지 말씀을 거슬러선 안 될 것 같아. 없던 일로 하자."

그날 저녁에 상인의 아내는 알료샤에게 덧문을 걸라고 하면서 말했다.

"알료샤, 이제 아버지가 한 말 잘 들었으니, 바보 같은 생각은 안 하는 거지?"

"당연하죠." 알료샤는 대답했다. 웃고 있었지만, 사실은 울고 있었다.

그때부터 알료샤는 우스티냐와 결혼에 대해선 더 이상 이야기 하지 않은 채, 이전과 다름없는 생활을 했다.

마슬레니차 기간 중 집사가 알료샤에게 지붕의 눈을 치우라고 시켰다. 알료샤는 지붕으로 기어 올라가 눈을 깨끗이 치웠다. 배수관에 얼어붙어 있는 눈을 막 치우기 시작한 순간, 알료샤는 발이 미끄러져 그만 삽을 든 채 아래로 떨어졌다. 불행하게도 눈 위가 아닌, 출구의 닫힌 철문 위로 떨어졌다. 우스티냐가 그에게 달려왔고, 상인의 딸도 달려왔다.

"알료샤, 타박상이라도 입은 거야?"

"설마? 괜찮아."

알료샤는 일어나려고 했지만, 도저히 그럴 수가 없었다. 그런데도 그는 웃기 시작했다. 사람들은 알료샤를 일꾼들의 거처로 옮겼다. 의사의 조수가 달려왔다. 그는 알료샤를 진찰하면서 어디가 아픈지 물었다.

"온몸이 다 아파요. 하지만 견딜 만해요. 주인님이 화내실 거예요. 그리고 아버지께 내가 다쳤다는 말을 전해야만 해요."

알료샤는 이틀 밤낮을 누워 있었고, 3일째 되는 날 신부를 보시려고 사람을 보냈다.

"만약 죽게 된다면?" 우스티냐가 물었다.

"죽게 된다면? 영원히 사는 사람이 있을까? 사람은 언젠가는 죽으니까." 알료샤는 평소와 다름없이 말했다.

"우스티냐, 나를 동정하고 나한테 잘해줘서 고마워. 사람들이 우리가 결혼하지 못하게 말린 건 참 잘한 일이야. 별로 좋을 게 없었겠지. 하지만 지금 우리는 이렇게 좋은 관계로 지내고 있잖아."

알료샤는 손으로 성호를 그으며 신부와 함께 온 마음을 다해 기도했다. 그는 마음속으로 다른 사람들의 말을 잘 듣고 그대로 행동해야 되며 사람들을 화나게 해선 안 된다고 생각했다. 정말로 그렇게 해야 모든 게 순조롭다는 생각이 들었다.

알료샤는 별 말이 없었다. 단지 마실 것을 달라고 했을 뿐이었다. 그런데 알료샤가 무언가에 무척 놀란 표정을 지었다.

그렇게 무언가에 무척이나 놀란 표정을 짓더니 다리를 쭉 뻗고는 삶을 마감했다.

코르네이
바실리예프

코르네이 바실리예프

1

코르네이 바실리예프가 마지막으로 고향을 찾아왔을 때, 그는 쉰네 살이었다. 흰머리 하나 없는 숱 많은 검은 머리카락과 몇 가닥의 흰 수염만 조금 있을 뿐, 덥수룩한 검은 수염의 턱을 가진 남자였다. 붉은 낯빛에는 윤기가 흘렀고, 넓적하고 단단한 목덜미가 돋보였고, 건장하고 힘이 넘치는 몸에는 풍요로운 도시 생활에서 얻은 지방질이 보였다.

그는 20여 년 전 군에서 퇴역한 뒤, 돈을 모아서 돌아왔다. 그 돈으로 소매상점을 경영하다가 그만두고, 가축 도매상을 하기 시작했다. 그는 체르카시 지방에서 '거래가 될 만한' 가축을 사서 모스크바로 몰고 와서는 이문을 남기고 팔았다.

가이라는 마을에서 그는 양철 지붕을 얹은 돌로 된 집에서 노모와 아내, 두 명의 아이(딸과 아들) 그리고 고아인 열다섯 살 난 벙어리 조카와 함께 살았다. 몸집이 작은 조카는 일꾼 역할을 했다. 코르네이는 재혼했다. 첫 번째 아내는 약하고 병들어서 아이를 낳지 못하고 세상을 떠났다. 그 후 홀아비 신세로 지내다가, 이웃 마을 가난한 집안의 과부 딸인 건강하고 아름다운 아가씨와 재혼했다. 재혼으로 두 아이를 두었다.

코르네이가 모스크바에서 마지막으로 '거래가 될 만한' 것을 팔아 이문을 남겼을 때, 그의 손에는 3000루블 정도가 쥐어졌다. 그는 그 돈으로 파산에 처한 사람의 숲을 사면 이익을 남길 수 있다는 친구의 말을 믿고, 마을에서 멀지 않은 곳에 있는 숲을 사들였다. 그때부터 코르네이는 숲을 사들이는 일과 목재 장사를 시작했다. 군복무 전에 습득한 목재 판매원 보조 경력을 바탕으로 한 일이었다.

가이 마을로부터 굽어진 곳에 위치한 기차 정거장에서 코르네이는 동향인인 애꾸눈의 쿠즈마를 만났다. 쿠즈마는 가이로부터 기차가 역에 도착할 때마다 자신의 마차로 승객들을 실어 나르는 일을 했다. 여윈데다 텁수룩한 말 두 마리가 마차를 끌었다. 그는 가난해서 모든 부자들에게 증오심을 느꼈는데, 그중에서도 특히 그가 '코르네이와 같은 놈'이라고 부르는 부자 코르네이를 싫어했다.

코르네이는 긴 양가죽 옷 위에 다시 모피 반코트를 걸치고 손에는 작은 여행용 가방을 들고 기차역 지붕 앞으로 나와 마차를 기다리고 있었다. 불룩 튀어나온 배를 내밀며 멈추어 서서, 세찬 숨소리로 헐떡거리며 주위를 살폈다. 아침이었다. 하늘은 흐리고 가벼운 추위로 인해 착 가라앉은 날씨였다.

"이봐, 쿠즈마? 태울 승객을 찾지 못했다면 내가 타고 가도 될까?" 코르네이가 말했다.

"1루블만 내고, 타고 가게."

"70코페이카면 충분하지?"

"배가 그렇게 나오도록 잘 먹는 사람이 나같이 가난한 사람에게서 30코페이카나 가져가려고 그래?"

"자, 가자고, 갈 거야 말 거야?" 코르네이가 말했다. 코르네이는 작은 썰매 뒤에 여행가방과 짐 꾸러미를 놓고, 뒷자리에 넓게 자리를 잡았다.

그러자 마부석에 쿠즈마가 앉았다.

"좋아, 출발하자고."

쿠즈마는 기차역의 오목한 곳을 빠져 나와 평탄한 도로로 나갔다.

"어떤가, 마을엔 별일 없지? 우리 집이 아니라, 자네 집 말일세."

"좋은 일이라곤 별로 없군."

"우리 어머니는 어떻게 사신다고 하던가?"

"자네 어머니야 잘 지내시지. 요즘엔 교회에 다니시네. 그곳에서 자네 어머니를 보았네. 그리고 자네의 젊은 아내도 잘 지내지. 그녀에게 무슨 일이야 있겠나. 그런데 새 일꾼을 고용했다더군."

순간 쿠즈마의 얼굴에 뭔가 야릇함이 감돌았다. 코르네이에게는 그렇게 보이는 것 같았다.

"어떤 일꾼? 표트르? 아니면 누구지?"

"표트르는 병이 났네. 카멘카에 사는 벨르이 예브스티그네이를 데려왔더군. 아마 거기가 그녀의 친정이지?" 쿠즈마가 말했다.

"정말인가?" 코르네이가 말했다.

코르네이가 아내인 마르파와 결혼을 하려고 했을 때, 마을에 사는 노파들은 예브스티그네이에 대하여 뭐라고 수군거렸다.

"어찌된 일이지, 코르네이 바실리예프? 요즘의 여자들은 아주 자기 맘대로야." 쿠즈마가 말했다.

"뭔 소린지! 그런데 쥐색 말이 늙기 시작하는군." 코르네이가 말했다. 그는 화제를 돌리려고 했다.

"내 자신이 젊지 않으니, 말도 주인을 따르는 거지." 쿠즈마가 텁수룩한 다리가 굽은, 거세된 말을 향해 채찍질을 하며 코르네이의 말에 무뚝뚝하게 대답했다.

기차역으로부터 마을로 가는 중간 거리에 선술집이 있었다. 코르네이는 썰매를 그곳에 멈추게 한 뒤 선술집으로 들어갔다. 쿠즈마는 코르네이를 외면한 채, 빈터로 가서 말의 엉덩이띠를 묶으며 코르네이가 불러주기를 기다렸다.

"안으로 들어가자고, 쿠즈마. 보드카 한잔하지." 코르네이가 현관 계단으로 가며 말했다.

"그거 좋지." 쿠즈마는 서두르지 않는 척하며 대답했다.

코르네이는 보드카를 한 병 주문해서 쿠즈마에게 술을 따랐다. 아침부터 먹은 것이 없는 쿠즈마는 금방 술기운이 확 퍼지는 걸 느꼈다. 그래서 술에 취한 상태로 코르네이의 귀에 대고 혀 꼬부라진 소리로 마을에 퍼진 소문을 말했다. 코르네이의 아내 마르파가 옛 애인을 집안의 일꾼으로 고용해서, 그와 함께 살고 있다고 사람들이 쑥덕거린다는 것이었다.

"나야 뭐, 상관없지. 다만 자네가 불쌍해서 말이야. 비웃는다는 건 좋지 않은 일이지. 그놈의 자식들은 하늘이 무섭지도 않나 봐. 내가 자네 처에게 기다리라고 말했네. 남편이 돌아올 거라고 말했어. 이봐, 친구, 코르네이 바실리예비치! 왜 지금에서야 나타났어?"

쿠즈마가 하는 말을 조용히 듣고 있던 코르네이의 짙은 눈썹이 점점 더 아래로 내려가더니, 그의 석탄같이 까만 눈동자 주위로 그러모아지고 있었다.

"한 잔 더 하겠나, 아니면 이제 그만 갈까?" 코르네이는 술병이 비자 말했다.

그리고 주인에게 술값을 지불하고는 거리로 나왔다. 해거름에 집에 도착했다. 그가 집에 도착하여 처음으로 마주친 사람이, 집으로 오는 내내 머리에서 떠나지 않던 벨르이 예브스티그네이였다. 코르네이가 그에게 인사를 했다. 연한 흰 머리털에 야윈 얼굴을 한 예브스티그네이가 코르네이를 보자 허둥거리는 것 같았다. 그 모습을 보고 당혹해진 코르네이가 머리를 흔들었다.

'늙은 수캐 같은 영감이 거짓말을 했을 거야.' 그는 쿠즈마가 자신에게 했던 말을 생각했다.

'하지만 모르는 일이지. 한번 알아나 봐야지.'

쿠즈마가 자신의 말 옆에 서서 한 눈으로 예브스티그네이에게 눈짓했다.

"자네가 우리 집에서 일한다는 사람이지?" 코르네이가 말했다.

"네. 그런데 이곳저곳 할 일이 많아서……." 예브스티그네이가 대답했다.

"방은 훈훈한가?"

"네. 마트베브나가 거기에 있어서요." 예브스티그네이가 대답했다.

코르네이가 현관으로 올라섰다. 마르파가 남편의 목소리를 듣고 밖으로 나왔다. 남편을 보자 그녀는 얼굴을 붉히고는 서두르는 기색을 보이면서 상냥하게 인사했다.

"어머니와 함께 얼마나 기다렸다고요." 마르파가 남편을 따라 거실로 들어가며 말했다.

"내가 없을 때, 어떻게 지냈소?"

"모든 게 예전과 똑같았어요." 그녀는 말을 채 끝내기도 전에 두 살 난 딸을 안았다. 딸아이가 엄마의 치맛자락을 당기며 우유를 달라고 졸라대자, 마르파는 현관으로 성큼성큼 걸어 나갔다.

그때 코르네이의 눈처럼 까만 눈을 가진 그의 어머니가 겨울용 펠트 장화를 신고 발을 질질 끌면서 힘들게 거실로 들어왔다.

"이렇게 돌아오다니, 고맙구나." 그녀는 머리를 끄덕거리며 아들에게 말했다.

코르네이는 자신이 어떤 일로 집으로 오게 되었는지 어머니에게 말하다가, 쿠즈마를 떠올리고는 그에게 돈을 지불하러 나갔다. 그가 덮개가 있는 현관문을 활짝 열어젖히자, 바로 정면에 서 있는 마르파와 예브스티그네이의 모습이 보였다. 그들은 서로 가까이 붙어 서 있었고, 그녀가 무언가를 말하고 있었다. 예브스티그네이는 코르네이를 보고는 재빨리 뛰어나갔고, 마르파는 사모바르 근처로 다가가서 그 위쪽에 놓인 통을 정리하려고 했다.

코르네이는 등을 구부려 고리를 쥐고 있는 아내 곁을 조용히 지나쳤다. 그는 쿠즈마에게 큰 통나무집으로 들어와서 함께 차를 마시자고 제안했다. 그리고 차를 마시기 전에 모스크바 호텔에서 구입한 선물을 가족들에게 나눠주었다. 어머니에게는 모직 스카프를, 아들 표트르에게는 어린이용 그림책을, 벙어리 조카에게는 조끼를, 그리고 아내에겐 드레스를 만들 수 있는 사라사 옷감을 선물했다.

차를 마시는 동안, 코르네이는 얼굴을 찌푸리면서 조용히 앉아 있었다. 그는 기분이 좋아서 어쩔 줄 몰라 하는 벙어리 조카를 바라보며 가끔 억지웃음을 지었다. 조카는 몹시 기뻐서 어쩔 줄 몰라 했다. 그는 조끼를 접었다 폈다 하고, 입어보기도 하고, 손에다 입술을 맞추면서 코르네이를 보고 웃기도 했다.

차를 마시고 저녁식사를 끝낸 후에, 코르네이는 아내와 어린 딸이 자고 있는 침실로 갔다. 아내 마르파는 그릇을 치우기 위해 아직도 큰 통나무집에 남아 있었다. 코르네이는 탁자 옆에 혼자 앉아 팔꿈치를 괴고 쉬면서 아내를 기다렸다. 그러는 동안 아내에 대한 악의가 그의 내면에서 점점 더 강하게 꿈틀거리며 치올라왔다. 그는 악의를 삭이려는 듯, 벽장에서 주판을 꺼내고 바지주머니에서 장부를 꺼내서 정리하기 시작했다. 그러고는 침실 문을 곁눈질하면서, 큰 통나무집에서 들려오는 소리에 귀를 기울였다.

통나무집의 현관문이 여러 번 딸깍거리더니 문이 열리는 소리가 들렸다. 아내가 아닌 누군가가 현관 계단으로 나가는 소리 같았다. 마침내 문 가까이서 소리가 나더니 아내의 빌소리가 들렸다. 문이 열리더니 장밋빛 얼굴에 붉은 수건을 머리에 두른 아름다운 아내가 어린 딸을 두 손으로 감싸 안고 들어왔다.

"여행하느라고 몹시 피곤하죠?" 그녀가 남편의 불편한 심기를 모르는 듯 웃으면서 물었다.

코르네이는 그녀를 바라보며 별일이야 있었겠느냐고 생각했지만, 다시금 온갖 상념에 사로잡혔다.

"시간이 좀 늦었지요?" 그녀가 말한 후, 어린 딸을 손에서 내려놓고는 침실 칸막이 뒤로 갔다.

그리고 딸의 잠자리를 준비하고는 아이를 눕혀 재웠다.

'사람들이 나를 놀린다고?' 쿠즈마의 말이 떠올랐다.

'아직은 두고 보자…….' 그는 숨을 조절하려고 노력했다. 그다음에 굼뜬 동작으로 일어나, 몽당연필을 조끼 주머니에다 넣었다. 그리고 벽걸이 못에다 주판을 걸어놓고서 외투를 벗고는 칸막이 문으로 다가갔다. 아내가 성상을 마주한 채 서서 기도하고 있었다. 그동안 그는 기다리며 서 있었다. 그녀는 성호를 그은 후에도 오랫동안 고개를 숙여 기도문을 읊었다. 그에겐 그녀가 고의로 시간을 끌려고 기도문을 수차례씩이나 되풀이해서 읊조리는 것처럼 보였다. 그녀는 바닥에 머리가 닿도록 절하고 일어나서, 기도문을 몇 마디 더 읊조리더니 그에게 얼굴을 돌렸다.

"아가슈카는 벌써 잠들었나 봐요."

그녀가 딸아이를 가리키며 말했다. 그리고 미소를 지으며, 삐거덕거리는 소리가 나는 침대에 앉았다.

"예브스티그네이는 여기서 오래전부터 살았소?" 그가 칸막이 문으로 들어서며 물었다.

그녀는 굵게 땋은 머리채 하나를 어깨에서 가슴팍으로 내리며, 빠른 손놀림으로 땋은 머리를 풀기 시작했다. 그리고 그를 똑바로 바라보며 눈웃음을 지었다.

"예브스티그네이요? 그를 어떻게 아세요? 아마 온 지 2주나 3주 정도 됐을걸요."

"그 사람과 함께 지냈소?" 그가 질문했다.

그녀가 손에서 머리채를 떨어뜨렸다. 하지만 즉시 굵고 숱이 많은 머리채를 잡고는 다시금 따기 시작했다.

"무슨 생각을 하시는 거예요? 내가 예브스티그네이와 지냈다니요?"

그녀는 예브스티그네이에 특히 힘을 실어 말했다.

"대체 무슨 생각을 하시는 거예요. 당신에게 누가 그런 말을 하던가요?"

"말해! 사실이야 아니야?"

그는 바지주머니에 넣은 손을 꽉 움켜쥐어 주먹을 만들면서 말했다.

"그런 쓸데없는 말은 그만하세요. 장화 벗겨드려요?"

"내가 묻고 있잖아!" 그가 반복해서 물었다.

"정말, 당신 왜 그래요? 내가 예브스티그녜이를 유혹이라도 했다는 거예요? 누가 당신에게 그런 거짓말을 했나요?"

"당신, 방금 전에도 현관 계단에서 그놈이랑 말했잖아?"

"뭐라고 말했는데요? 나무통의 테를 쳐서 박으라고만 했을 뿐이에요. 돌아와서 고작 한다는 말이 그거예요?"

"내가 묻고 있잖아. 바른 대로 말해. 죽여버릴 거야, 이 불결한 화냥년아."

그가 아내의 머리채를 잡았다.

그녀는 아픔으로 얼굴을 일그러트리면서, 그의 손에 잡힌 머리채를 빼려고 안간힘을 쓰며 말했다.

"돌아와서 당신이 하는 짓이 고작 여자 머리채를 잡는 일인가요? 당신이 잘한 게 뭐가 있어요? 당신같이 사는 인간이 무슨 일인들 못 할까."

"무슨 일을 했냐니까?" 그는 그녀에게 더 가까이 다가서며 물었다.

"왜 머리채는 잡고 난리예요? 머리가 마구 헝클어졌잖아요. 왜 성가시게 구는 거예요? 사실, 아무 일도……."

그녀가 말을 채 끝내기도 전에 코르네이가 손으로 그녀의 머리채를 잡고는 침대에다 내던졌다. 그러고는 머리와 옆구리, 가슴을 사정없이 때리기 시작했다. 때리면 때릴수록, 그의 악의는 더욱 강하게 끓어올랐다. 그녀는 울면서 구타를 피해 달아나려고 시도했지만, 그는 그녀를 놓아주지 않았다. 딸아이가 깨어나 엄마에게 달려갔다.

"엄마!" 딸아이가 울부짖었다.

코르네이가 어린 딸의 손을 움켜쥐고 엄마로부터 떼어낸 다음, 고양이를 내던지듯이 아이를 구석으로 내동댕이쳤다. 아이는 외마디 비명을 지르고 나서 몇 초 동안 꼼짝도 하지 않았다.

"이 몹쓸 놈아! 아이까지 죽이려고 해?" 마르파가 소리를 내지르며 어린 딸을 일으켜 세우려고 했다.

하지만 코르네이가 다시 그녀를 붙잡아서 가슴을 가격했다. 그녀는 나자빠져서 소리 지르는 것조차 멈춰버렸다. 의식이 돌아온 어린 딸이 이 장면을 보고는 절망적으로 울기 시작했다. 노모가 허연 머리를 풀어헤친 채, 머리를 흔들고 비틀거리면서 작은 방으로 들어왔다. 그녀는 아들 코르네이도 며느리 마르파도 쳐다보지 않은 채, 필사적으로 울고 있는 손녀에게 다가가 그녀를 곧장 안아서 들어올렸다.

코르네이도 힘들게 숨을 내쉬며 주변을 둘러보며 서 있었다. 마치 잠에 취한 듯 자신이 어디에 있는지, 지금 누구에게 무슨 짓을 하고 있는지 모르는 것 같았다.

마르파가 고개를 들고, 피로 물든 얼굴을 셔츠로 닦았다.

"이 사악하고 역겨운 인간! 그래, 예브스티그네이와 잤다, 함께 했었다. 어서 죽을 때까지 더 때려봐. 아가슈카도 네 딸이 아니라, 그 사람과 사이에서 난 딸이거든." 그녀가 재빨리 말을 마치고는 가격하는 주먹을 막으려는 듯 팔꿈치로 얼굴을 가렸다.

하지만 코르네이는 그녀의 말뜻을 이해하지 못한 것 같았다.

단지 식식거리면서 주위를 둘러볼 뿐이었다.

"네 딸을 봐! 딸의 팔을 부러뜨리는 짓을 하는 아비가 이 세상에 어디 있나." 노파가 탈골되어 아래로 늘어진 아이의 팔을 가리키며 말했다. 아이는 울음 섞인 절망적인 외침을 그치지 않았다. 코르네이는 뒤돌아서서, 조용히 현관 계단을 지나 밖으로 걸어 나갔다.

마당은 여전히 냉기가 서려 추웠고 음산했다. 가느다란 눈발이 그의 뺨과 이마로 떨어졌다. 그는 계단에 주저앉아 난간에 쌓인 눈을 한 줌 집어 먹었다. 문 뒤에서는 마르파가 신음하는 소리와 아이가 슬프게 우는 소리가 들렸다. 그다음에 문이 열렸다. 그는 노모가 어린 손녀를 안고 침실을 나와 현관 덧문을 통해 큰 통나무집으로 가는 소리를 들었다. 그는 일어나 침실로 들어갔다. 탁자 위에 놓인 꺼버린 램프에서 아직 남아 있던 빛이 희미하게 방 안을 밝히고 있었다. 그가 막 들어서는 순간에 마르파의 신음이 칸막이 뒤에서 점점 크게 들렸다. 그는 조용히 옷을 갈아입고, 벽장에서 여행 가방을 꺼내 그 안에 소지품들을 집어넣고는 끈으로 싸맸다.

"무엇 때문에 나를 죽이려는 거예요? 무엇 때문에? 내가 당신에게 무얼 잘못했다고 그래요?"

아내 마르파가 하소연하는 목소리로 말했다. 코르네이는 대답을 하지 않고, 여행 가방을 집어 들고는 문 쪽으로 가지고 갔다. "이 범죄자! 불한당! 어딜 도망가려고 해." 그녀가 악에 받쳐 소리쳤다.

코르네이는 대꾸도 하지 않고, 다리로 문을 밀치고는 문을 세차게 닫고 나갔다. 벽이 떨리며 큰 굉음이 울렸다.

코르네이는 큰 통나무집으로 들어가, 조카를 깨워서 말을 매기 위해 데려가려고 했다. 아직 잠이 덜 깬 조카는 놀란 채 코르네이를 바라보며 양손으로 머리를 긁었다. 그러고 나서야 마침내 코르네이가 뭘 바라는지 알았다는 듯이 낡아빠진 양가죽 반코트를 챙겨 입고는 등불을 들고 마당으로 나갔다.

그가 조카와 작은 썰매에 앉았을 즈음에는 벌써 날이 밝아오고 있었다. 그들은 지난밤에 쿠즈마와 함께 왔던 길을 되짚어가며 그 반대로 말을 몰고 갔다.

그들은 열차가 출발하기 5분 전에 기차역에 도착했다. 조카는 코르네이가 기차표를 끊고 여행 가방을 들고 열차의 좌석에 앉아 머리를 끄덕이는 것을 지켜보았다. 열차가 굴러가기 시작하는 게 시야에 들어왔다.

마르파는 구타당해 얼굴에 심한 멍이 든 것 외에도, 갈비뼈 두 대가 부러지고 머리에도 상처를 입었다. 하지만 힘세고, 젊고 건강한 여자라서 금방 회복이 되었다. 6개월 후에는 구타당한 어떤 흔적도 찾아볼 수 없었다. 하지만 어린 딸은 불구자가 되고 말았다. 딸의 팔뚝 뼈 두 개가 부러져서 팔이 기형이 되고 말았던 것이다.

코르네이가 집을 떠난 그때부터, 그에 관한 소식을 들은 사람은 아무도 없었다. 그가 살았는지 죽었는지, 그것조차도 알 수 없었다.

2

17년이 지났다. 황량한 가을이었다. 태양이 아래로 기울고 있었다. 오후 4시, 날이 어두워지기 시작했다. 안드레예브카의 가축 떼가 마을로 돌아오고 있었다. 목동이 가축 떼를 마을로 몰아주고 떠나면, 순번이 된 여자들과 아이들이 그 가축 떼를 데려갔다.

가축 떼가 귀리를 수확한 들판을 지나, 양과 말의 발자국들과 진흙으로 뒤덮이고 바퀴 자국으로 얼룩진 더러운 비포장도로를 따라서 소 울음소리를 계속 내면서 마을을 향해 가고 있었다. 그 길을 따라가는 가축 떼 앞으로 비에 젖은 남루한 무명 외투에 큰 모자를 쓰고, 구부정한 등에다 가죽 자루를 맨 사람이 걸어가고 있었다. 머리칼과 수염은 하얗게 바랬지만, 두 눈썹만은 숱이 많고 까만, 키가 큰 노인이었다. 그 노인은 젖어 있는 낡은 가죽 장화를 신고 지팡이를 짚고서 힘겹게 걸어갔다. 가축들이 그를 앞지르려고 하자, 노인이 걸음을 멈추고 지팡이에 기대어 섰다.

머리에 거친 아마포 천을 두른 젊은 여자가 남성용 장화를 신고 스커트를 허리춤에 끼운 채, 이곳저곳으로 다니며 꾸물대는 양들과 돼지들을 빠른 발걸음으로 몰아대고 있었다. 노인과 마주친 여자가 걸음을 멈추고 그를 보며 말했다.

"안녕하세요, 할아버지?" 아직 앳된 목소리가 명랑하고 상냥했다.

"안녕하시오." 노인이 대답했다.

"우리 마을에서 밤을 보내실 건가요? 그런가요?"

"그렇소. 몹시 피곤해 죽을 지경이구려." 노인이 잠긴 목소리로 대답했다.

"저, 할아버지. 마을 경찰에게 가지 마시고, 바로 우리 집으로 가세요. 끝에서 세 번째 농가예요. 시어머니께서 길손들을 잘 돌봐드려요." 젊은 여인이 상냥하게 말했다.

"세 번째 농가라고 했지요. 지노비예프 댁이오?" 노인이 무언가 알았다는 듯이 검은 눈썹을 올리며 물었다.

"어떻게 아세요?"

"이곳에 온 적이 있소."

"이봐요, 페듀슈카! 양들 좀 봐요. 절름발이가 뒤처져서 우물쭈물하는 거 안 보여요?"

젊은 여인이 뒤로 처진 다리가 세 개뿐인 절뚝거리는 양을 가리키며 소리를 지르고 오른손에 쥔 막대기를 내젖고는, 머리에 두른 거친 아마포 천을 굽은 왼손으로 매만진 후에, 뒤처진 채 우물쭈물하는 후줄근한데다 절름발이인 검은 양을 향해 달려갔다.

노인은 코르네이였다. 젊은 여인은 17년 전에 팔이 부러졌던 코르네이의 딸 아가슈카였다. 그녀는 가이로부터 4베르스타 남짓 떨어진 안드레예브카 마을에 사는 부잣집 남자와 결혼해서 살고 있었다.

3

코르네이 바실리예프는 한때 건강하고 돈 많고 거만한 남자였지만, 지금은 윗도리 두 장과 군 제대증이 든 자루 이외에는 아무것도 가진 게 없는 헐어빠진 옷을 입은 늙은 거지처럼 보였다. 언제부터 시작되고 마무리되었다고 말할 수 없을 정도로 조금씩 변한 차림이었다. 그에게 통 변하지 않는 한 가지는, 자신의 이런 모든 불행의 시작이 사악한 아내 때문이라는 생각이었다. 이전의 일을 기억하는 것 자체가 고통스럽고 낯선 일이었다. 그는 이전의 일이 떠오를 때마다 지난 17년간 자신에게 일어났던 모든 불행이 아내 때문에 비롯되었다는 확신과 더불어 그것에서 비롯된 증오심에서 한 번도 헤어나지 못했다.

아내를 때리고 집을 나섰던 그날 밤, 그는 숲을 팔려는 지주를 만나러 갔다. 하지만 그때는 이미 매매가 성사되어버렸기 때문에 모스크바로 가서 술을 퍼마셨다. 그는 2주일 내내 끊임없이 폭음을 해댔다. 그러다가 정신을 차리고는 남쪽으로 가축을 사러 갔다. 하지만 좋은 거래를 성사시키지 못하고 손해만 보았다. 그리고 다시 남쪽으로 갔으나, 그때도 거래를 성사시키지 못했다.

1년이 지나자 3000루블에서 겨우 25루블만 남았다. 그는 하는 수 없이 일자리를 찾아 다녔다. 가끔 마시던 술도 이제는 더 자주 마시지 않으면 안 되었다.

처음에 그는 가축 도매상의 판매원으로 1년을 지냈다. 그러나 근무 시간에 술을 마시다가 해고당했다. 그 후 친구를 통해서 와인 도매업 일을 다시 구했지만, 그곳에서도 오래 버티지 못했다. 허위로 장부기입을 하다가 쫓겨나게 되었던 것이다. 그렇다고 집으로 돌아가기는 싫었고, 집을 떠올리면 분노가 치밀었다. '나 없이도 잘살 거야. 아마, 아들놈도 내 자식이 아니겠지'라고 그는 생각했다.

그의 모든 것은 더욱더 나빠지고 있었다. 하루라도 술 없이는 살 수가 없었다. 다시 소를 모는 일자리라도 구하려고 해보았지만 아무도 그를 받아주지 않았다.

삶이 어려워질수록, 그의 가슴에서는 아내에 대한 비난과 분노가 날로 거세어졌다.

코르네이는 알지도 못하는 주인 밑에서 마지막으로 가축을 모는 일자리를 구했지만 가축들이 병에 걸리고 말았다. 그것이 코르네이의 잘못은 아니었지만 화가 난 주인은 그와 지배인을 해고하고 말았다.

일자리를 구할 수 없게 되자, 코르네이는 세상을 떠도는 유랑객이 되겠다는 결심을 했다. 그래서 좋은 장화를 사 신고, 차와 설탕과 8루블이 든 자루를 짊어지고 키예프로 떠났다. 그곳이 마음에 들지 않자 다시 카프카스에 있는 뉴 아폰으로 갔다. 그러나 그는 그곳에 도착하기도 전에 열병에 걸리고 말았다. 갑자기 몸이 쇠약해진 그에게 남아 있는 돈이래야 1루블 70코페이카가 전부였고, 게다가 아는 사람은 아무도 없었다. 그래서 그는 문득 고향의 아들에게 돌아가기로 결심했다.

'아마도 이제 악바리 마누라는 죽었을 거야. 그 사악한 년이 살아 있으면 죽기 전에 할 말은 모두 해야겠지. 지금까지 살아오면서 어떤 일을 겪었는지 그 사악한 년도 알아야만 해.' 그는 이런저런 생각을 하며 집을 향해 떠났다.

하루가 지날 즈음에 열병이 도졌다. 점점 쇠약해져가는 몸을 이끌고 하루에 10~15베르스타 정도 걸었다. 집에 도착하려면 아직 200베르스타를 더 걸어가야 했지만, 그에게는 돈이 남아 있지 않았다. 그는 먹을 것을 구걸하고 교회에서 운영하는 구제소에서 잠을 잤다.

'당신은 내가 철저하게 망가져가는 이 모습을 보며 즐거워하겠지.' 그는 아내를 생각했다. 그러고는 습관적으로 늙고 힘없는 손을 불끈 쥐었다. 하지만 때릴 만한 사람도 때릴 힘도 이미 없었다.

그는 200베르스타를 걷는데 2주일이나 걸렸다. 병들어 쇠약해진 몸을 이끌고 가던 그는 고향집까지 4베르스타를 남겨두고, 거기서 아가슈카를 만났다.

그는 딸을 알아보지 못했다. 설령 진짜 딸이 아닐지라도 팔을 부러뜨린 그 아이를 알아보지 못했다.

4

아가슈카가 말한 대로 그는 지노비예프의 집을 찾아가서 하룻밤 머물기를 청했다. 그 가족은 그의 요청을 들어주었다.

이즈바(통나무로 지은 러시아 농촌 가옥—옮긴이) 안으로 들어설 때, 그는 늘 그랬듯이 성상 앞에서 성호를 그었고, 주인에게 인사를 건넸다.

"춥겠어요, 노인장. 자, 이리로 와요. 이 페치카 곁으로 와요." 아가슈카의 시어머니인 노파가 탁자를 정돈하며 상냥하게 말을 건넸다.

아가슈카의 남편인 듯한 젊은 남자가 탁자 곁의 긴 의자에 앉아서 등불을 밝혔다.

"이런, 온통 다 젖었군요. 어르신, 사양하지 마시고 저쪽에서 옷을 벗고 몸을 말리세요."

코르네이가 외투와 장화를 벗었다. 그는 젖은 각반을 페치카 반대편에 걸어놓고 페치카 위로 올라갔다.

아가슈카가 주전자를 들고 집 안으로 들어왔다. 가축을 우리에 몰아넣고 손질까지 하고 돌아온 것이었다.

"혹시 낯선 노인이 오지 않았어요? 제가 우리 집에 들르라고 했는데요."

"응, 이리로 오셨어." 집주인은 페치카 윗부분에 앉아서 털이 덥수룩한 앙상한 다리를 문지르고 있는 코르네이를 가리키며 말했다.

식구들이 코르네이에게 차를 함께 마시자고 청했다. 그는 내려와 긴 의자 끝에 앉았다. 그들은 코르네이에게 컵과 설탕 조각을 주었다.

날씨와 추수에 관한 이야기를 했다. 그해 지주들은 들판에 낟가리를 쌓아두고 있었는데, 날이 갈수록 낟알이 망가졌다. 추수를 시작하려고 하면 비가 오고, 또 추수를 시작하려고 하면 비가 왔다는 것이다. 소작농들은 어떻게든 추수를 했다. 하지만 배부른 지주들은 신경도 쓰지 않았다. 그래서 낟가리에 쥐들이 들끓는다는 이야기였다.

코르네이도 마을로 들어서던 길목에서 온 들판에 방치된 낟가리들을 보았다고 말했다. 젊은 여인은 그에게 노란색을 띤 순한 차를 다섯 잔째나 부어주던 참이었다.

"괜찮아요, 할아버지, 어서 드세요. 몸이 좋아질 거예요." 그가 사양할 때마다 그녀는 상냥하게 차를 권했다.

"그런데 손이 불편한 것 같소?"

그가 찻물이 가득한 찻잔을 조심스럽게 받아들고 눈썹을 치켜세우며 물었다.

"어려서 이미 팔이 부러졌지. 우리 아가슈카의 친정아버지가 이 아이를 죽이려고 했지."

말이 많은 시어머니가 며느리를 대신해 설명했다.

"아니, 왜요?" 코르네이는 젊은 여인의 얼굴을 곁눈질하면서 질문했다. 그때 갑자기 파란색 눈의 예브스티그네이가 떠올랐다. 그는 찻잔을 든 손을 떨더니 차를 반이나 흘리면서 찻잔을 탁자 위에다 내려놓았다.

"우리 며느리의 아버지가 옆 마을 가이에 살았다오. 코르네이 바실리예프라고 불렸지요. 그는 부자였어요. 어찌된 까닭인지 아내를 의심했어요. 그래서 아내를 때리고, 이 아이를 이렇게 만들었지요."

코르네이가 조용히 바닥을 내려다보다가 눈살을 찌푸리며 주인 내외를 쳐다보았다.

"무엇 때문에?" 그가 설탕 덩어리를 깨물며 물었다.

"누가 그걸 알겠소? 사람들이 우리 여자들에 대해 함부로 입을 놀리잖아요. 그의 아내가 고용한 일꾼 때문이라고 하더군요. 그 사람은 우리 마을 사람이었는데, 사람이 착했어요. 그 일이 있고 나서 그 일꾼은 그 집에서 죽었어요."

"죽었어요?" 코르네이가 기침을 하며 물었다.

"오래전에 죽었다오……. 그 후에 우리가 이 아이를 며느리로 데려왔어요. 우린 잘살았지요. 우리 마을에서 제일 부자였으니까. 남편이 살아 있던 동안에는 그랬다오."

"그럼 며느리의 친정아버지는요?" 코르네이가 물었다.

"그도 죽지 않았겠어요? 그날 바로 사라져서, 한 15년이 넘었으니까요."

"저는 전혀 몰라요. 그때, 저는 겨우 젖을 뗄 나이였다고 친정어머니가 말씀하셨어요."

"팔을 그렇게 부러뜨린 아버지를 생각하면 화가 나지 않소?"

코르네이의 목소리는 떨리며 점점 힘이 빠졌다.

"그분은 남이 아니고, 어쨌든 제 아버지예요. 저, 몸이 따뜻해지게 차 좀 더 드실래요? 제가 더 부어드릴까요?"

코르네이는 눈물을 흘리며 우는 바람에 대답을 하지 못했다.

"왜 그러세요?"

"아니요, 아무 일도. 하느님의 축복이 있길 빌겠소."

코르네이는 떨리는 손으로 난간을 잡고 크고 여윈 발로 페치카 위로 올라갔다.

"잘 보살펴드려라." 노모가 노인을 바라보며 아들에게 말했다.

5

다음 날 코르네이는 다른 사람들보다 일찍 일어났다. 그는 페치카에서 내려와 각반을 주물러서 부드럽게 한 후, 딱딱해진 장화를 간신히 신고 짐 자루를 짊어졌다.

"아니, 노인장. 아침식사는요?" 노파가 물었다.

"정말 고맙소. 그만 가보겠소."

"그러면 어제 먹던 구운 과자라도 가져가구려. 내가 자루에 넣어드리리다."

코르네이는 감사의 말을 건네고는 작별했다.

"돌아가는 길에 다시 들르시오. 모든 게 잘될 거요."

짙은 가을 안개가 온 마을을 뒤덮고 있었다. 그렇지만 코르네이에게는 눈에 익숙한 길이었다. 내리막길과 오르막길, 길가의 잡목 숲과 버드나무들까지 모든 것이 기억에 생생했다. 비록 17년이나 흘러서 고목이 잘린 자리에 다시 어린 나무가 자라고 그 나무도 이제 커버렸지만 오른쪽과 왼쪽 숲 모두 낯설지가 않았다. 가이 마을 어귀에 이전에는 없던 집들이 몇 채 새로이 들어섰지만, 고향은 예전의 목조가옥이 벽돌가옥으로 바뀌었을 뿐 그대로였다. 그리고 그의 벽돌집도 낡기는 했지만 그대로였다. 지붕은 오랫동안 칠을 하지 않아 빛이 바랬고, 현관은 귀퉁이의 벽돌이 떨어져 나가 기울어져 있었다.

그가 이전의 자기 집에 들어서자, 수망아지가 딸린 암말과 3년쯤 묵은 얼룩빼기 거세마가 문밖으로 나오고 있었다. 늙은 얼룩말은 코르네이가 집을 떠나기 1년 전에 시장에서 사왔던 것과 똑같아 보였다. '어쩌면 이 말은 집을 떠날 때 어미 말의 뱃속에 있었던 것인지도 모른다. 엉덩이가 약간 처지고 넓은 가슴과 털 많은 다리가 예전 것과 흡사해'라고 그는 생각했다.

새 부츠를 신은 까만 눈의 소년이 물을 주는 곳으로 말들을 내몰고 있었다.

'표트르의 아들이라면 손자뻘쯤 되겠군. 저 까만 눈이 표트르와 똑같아.' 코르네이는 생각했다.

소년이 낯선 노인을 쳐다보다가 진흙에서 총총거리는 어린 수말을 쫓아갔다. 개 한 마리가 아이를 뒤따라갔는데, 그 개도 코르네이가 이 집에 살았을 때 있었던 볼초크처럼 검었다.

'볼초크인가? 아니, 그럴 리 없지.' 그는 볼초크가 지금은 스무 살은 되었을 거라고 생각했다.

그는 현관으로 다가서다가 계단에 앉아서 난간에 쌓인 눈을 먹었다. 그리고 현관문을 열었다.

"누가 말도 하지 않고 들어오는 거예요?" 농가의 통나무집 안에서 여자의 목소리가 들렸다. 그는 그녀의 목소리를 알아차렸다. 곧 문 안쪽에서부터 주름살이 많고 말라빠진 늙은 여자가 걸어 나왔다. 코르네이는 자신을 모욕했던 젊고 아름다운 그때의 마르파를 기대했다. 그는 그녀를 증오하고 비난하길 원했지만, 지금 그의 앞에는 어떤 낯선 할머니가 서 있을 뿐이었다.

"구걸을 하려면 창문 밖에서 말을 해야지요." 그녀는 새된 목소리로 그에게 말했다.

"구걸하려고 이곳에 온 게 아니오." 코르네이가 말했다.

"그럼 왜요? 뭘 원하세요?"

갑자기 그녀가 말을 멈췄다. 그는 순간 그녀가 자신을 알아보았다는 것을 그녀의 얼굴에서 느낄 수 있었다.

"당신 같은 부랑자들이 많지요. 썩 나가요, 나가라니까요. 하느님께나 가보세요."

코르네이는 벽에 등을 기대고 지팡이에 몸을 의지하며 그녀를 응시했다. 놀랍게도 그의 영혼 깊숙한 곳에서 그렇게 오래도록 따라다니던 그녀에 대한 분노가 치밀어 오르지 않았다. 그보다는 부드럽고 애처로운 감정이 엄습했다.

"마르파! 우리도 죽을 날이 멀지 않았구려."

"나가요, 나가라니까. 하느님한테나 알아보시구려." 그녀가 재빠르게 악담을 퍼부었다.

"그 말 외에는 더 할 말이 없소?"

"난 할 말이 없어요. 나가요, 나가. 하느님한테나 가보라고요. 썩 꺼져요! 당신과 같은 건달들은 많다고."

그녀는 빠른 걸음으로 집 안으로 들어가며 문을 꽝 닫았다.

"아니, 왜 그렇게 사람을 꾸짖고 그러세요?" 집 안에서 남자의 목소리가 들렸다. 문이 다시 열리고 허리춤에 도끼를 맨, 머리가 칠흑같이 검은 농부가 걸어 나왔다. 그 남자는 코르네이의 40년 전과 같았다. 다소 야위고 작았지만 빛나는 까만 눈은 그대로였다.

어머니에게 거지를 박대하지 말라고 질책한 이는 17년 전 어린이 그림책을 선물로 받았던 그의 아들 표트르였다.

표트르와 함께 한 남자가 걸어왔는데, 그 역시 허리춤에 도끼를 차고 있었다. 그의 벙어리 조카였다. 이제 그도 주름진 얼굴에다 턱수염을 기르고 목이 길고 눈빛이 단호하고 날카로운, 호리호리한 중년의 사내가 되어 있었다. 두 남자는 방금 아침식사를 마치고 숲으로 나무를 베러 가려던 참이었다.

"어르신, 잠깐만요." 표트르가 말했다. 그러고는 벙어리 조카와 손짓으로 대화했다. 살림하는 곳에 가서 빵을 썰어 가지고 나와 노인에게 주라는 뜻인 것 같았다.

그러더니 표트르는 밖으로 나가고, 벙어리 조카는 농가로 들어갔다.

여전히 코르네이는 벽에 등을 기대고 지팡이에 몸을 의지한 채 고개를 숙이고 있었다. 그는 마음이 크게 약해지면서 눈물을 제어할 수가 없었다. 벙어리 조카가 얇게 잘라 금방 데운 흑빵을 갖고 다시 농가에서 나왔다. 그는 성호를 긋고 코르네이에게 흑빵을 건네주었다. 흑빵을 받을 때, 코르네이도 성호를 그었다. 벙어리 조카가 농가의 문 쪽으로 몸을 돌려, 자신의 얼굴을 두 손으로 감싸고는 침을 뱉는 시늉을 했다. 야박한 숙모의 행동에 반대한다는 의미였다. 그러던 그가 갑자기 주춤하더니 입을 벌린 채로 마치 그를 알아보았다는 듯 코르네이를 꼼짝도 하지 않고 바라보았다. 벙어리 조카의 눈길에 코르네이는 터져 나오는 울음을 그칠 수 없었다. 눈코와 허연 턱수염으로 흘러내리는 눈물을 긴 소맷자락으로 닦아냈다. 그는 벙어리 조카에게서 몸을 돌려 현관 밖으로 나왔다. 그리고 온정과 체념과 굴욕감이 뒤섞인 평온함을 처음으로 느끼며 한없이 눈물을 흘렸다. 아내와 아들과 그 모든 이들에게서 느낄 수 있는 가슴 벅찬 푸근함에 짓눌렸던 영혼이 자유롭게 날아오르는 느낌이었다.

창가에서 코르네이를 지켜보던 마르파는 그가 집 모퉁이로 사라지는 걸 보고 안도의 한숨을 내쉬었다.

그녀는 코르네이가 떠나가버렸다는 것을 확인한 후에 베틀에 가 앉아서 베 짜기를 시작했다. 열 번 정도 베틀을 놀리다가 손놀림이 꼬이는지 멈추고는 생각에 잠겼다. 그녀는 방금 그 노인이 자신을 고통스럽게 죽이려고 하던 그 코르네이 바실리예프라는 것을 알고 있었다. 그는 이제 자신을 사랑했던 옛날의 남자에 불과했지만, 자신이 방금 전에 했던 짓이 무섭게 느껴졌다.

하지만 그를 어떻게 대했어야 했단 말인가? 자신이 코르네이라고, 지금에서야 집에 돌아왔다는 말을 하지도 않는 사람에게.

그녀는 베틀의 북을 잡고 저녁이 될 때까지 베를 짜는 일만 계속했다.

6

코르네이는 남은 힘을 다해 안드레예브카로 돌아갔다. 그러고는 지노비예프가에서 하룻밤만 묵을 수 있는지 물었다. 그들은 그를 받아주었다.

"할아버지, 멀리 가지는 못하셨네요?"

"그렇소. 몸이 약해졌소. 되돌아올 수밖에 없더군요. 이곳에서 하룻밤 묵어도 되겠는지요?"

"하룻밤 제대로 누워 있어야 원기를 회복하겠네요! 이리 와서 옷을 좀 말리시구려."

코르네이는 고열에 들떠서 온밤을 지새웠다. 의식을 잃고 있다가 아침 무렵에 깨어나 보니, 아가슈카 혼자 농가에 남아 집안일을 하고 있었다.

그는 노파가 마른 겉옷 위에 펼쳐놓은 이불에 다시 누웠다. 아가슈카가 페치카에서 구운 빵을 꺼냈다.

"여보게, 이리 좀 가까이 오게……." 그가 약한 목소리로 그녀를 불렀다.

"잠깐만요, 할아버지. 빵이라도 좀 드시겠어요? 마실 것 좀 드 릴까요? 크바스(주로 나맥과 엿기름으로 만든 러시아인의 청량음료—옮긴이)는 어떠세요?"

그는 내답하시 않았다.

그녀가 남은 빵 덩어리를 꺼내 크바스가 담긴 냄비와 함께 그에게 가져왔다. 그는 그녀를 향해 돌아눕거나 크바스를 마시지도 않고서 천장을 바라보며 누운 채로 말을 하기 시작했다.

"아가슈카, 이제 때가 되었어. 죽고 싶어. 부디, 하느님의 이름으로 나를 용서해주게나."

"하느님께서 용서하실 거예요. 제게 용서를 구하실 일은 없을 텐데요……."

그는 잠시 말을 멈추었다. 그러고는 다음과 같이 덧붙였다.

"어머니에게 가서 말하시오: 그녀에게 가서 어제의 그 길손이…… 어떤 말을 하더라고…… 그 말을……."

그는 흐느껴 울기 시작했다.

"우리 친정에 들른 적이 있으신가요?"

"어제 들렀지. 어머니에게 말해주게. 그 낯선 길손이…… 그 부랑자가……." 그는 말을 멈추고는 또다시 흐느꼈다. 그리고 마음을 진정시킨 후에 다시 말하기 시작했다. "내가 작별인사를 하러 갔었다고 전해주시오." 그는 가슴팍 주머니에서 무언가를 더듬어 찾기 시작했다.

"어머니에게 그렇게 전할게요, 어르신, 걱정 마세요. 그런데 뭘 찾으세요?" 아가슈카가 물었다.

노인은 대답하지 않고 미간을 찌푸리며 털이 덥수룩한 손으로 종이 한 장을 꺼내 그녀에게 건넸다.

"이걸 필요한 사람들에게 건네주시게. 내 군 제대증이오. 하느님, 저의 모든 죄를 용서하소서." 그의 얼굴에 엄숙한 표정이 감돌았다. 그는 눈썹을 치켜세우고 천장의 한 점만을 응시하는 듯했다. 그렇게 한동안 잠잠했다.

"촛불을……"

그가 입술을 오물거리며 말했다.

아가슈카는 그 말을 겨우 알아들었다. 그녀는 성상 밑에서 쓰다 남은 밀랍 초를 꺼내 불을 밝혀 노인에게 건넸다. 그는 큰 손가락으로 초를 꼭 쥐었다.

그녀가 구석에 놓인 서랍장에 제대증을 넣고 그에게 다시 돌아왔을 때, 촛대가 그의 손에서 바닥으로 떨어져 있었다. 그리고 그는 눈을 뜬 채 숨을 쉬고 있지 않았다. 아가슈카는 성호를 긋고는 촛불을 껐다. 그리고 깨끗한 수건으로 그의 얼굴을 덮어주었다.

온밤 내내 마르파는 코르네이를 생각하느라 잠을 이루지 못했다. 아침이 밝아오자, 그녀는 겉옷을 차려입고 머리에 수건을 두른 후, 어제 들렀던 노인이 갔을 만한 곳을 찾아 나섰다. 그가 안드레예브카 마을로 돌아갔다는 얘기를 듣고, 마르파는 서둘러 울타리에서 막대기를 꺼내 들고는 안드레예브카를 향해 길을 나섰다. 그에게로 가면 갈수록, 그녀의 가슴에는 더 큰 두려움만 쌓였다. '그를 용서하고 집으로 데리고 와야만 해. 그래야만 우리의 죄를 용서받을 거야. 최소한 아들이 있는 집에서 죽을 수 있도록 해줘야지' 하고 그녀는 생각했다.

마르파가 딸네 집에 다다랐을 때, 많은 사람들이 농가의 문 앞에서 웅성거리고 있는 것을 보았다. 현관 쪽에 서 있는 사람들, 창문 아래에 서 있는 사람들로 술렁거렸다. 20년 전 온 동네에 모르는 사람이 없을 만큼 부자로 명성이 자자했던 코르네이 바실리예프가 가난한 부랑자가 되어 딸네 집에서 죽었다는 소식에 사람들이 몰려들었던 것이다. 농가 안 역시 사람들로 넘쳐났다. 수군거리며 한숨을 짓거나 흐느끼는 여자들도 있었다.

마르파가 농가 안으로 들어서자 사람들이 길을 내주었는데 그녀의 눈에 성상 아래로 길게 놓인 아마포 천이 들어왔다. 깨끗하게 씻긴 남편의 시신을 감싼 것이었다. 시신의 머리맡에서는 글을 읽을 수 있는 부사제 필립 코노느이치가 옛 슬라브어 시편을 노래를 부르듯이 읊고 서 있었다.

이제 그녀가 용서해야 할 사람도, 그녀에게 용서를 구할 사람도 없었다. 코르네이의 아름답지만 단정한 노안은 그가 그녀를 용서했는지 아니면 아직도 여전히 분노하고 있는지를 말해주지 않고 있었다.

딸기

딸기

무덥고 바람도 불지 않는 6월의 나날이다. 보리수와 자작나무 가지 사이로 노란 이파리가 가끔 보일 뿐, 나뭇잎은 윤기가 흐르고 푸르다. 들장미 넝쿨에는 향기로운 꽃봉오리가 만발하고 숲 속의 초원에는 토끼풀이 가득하다. 들판의 호밀은 거무스름하고 하루가 다르게 자란다. 돌연한 바람에 출렁이는 호밀밭에서는 이삭이 반쯤 여물어 곧 가을걷이를 바라보고 있다. 뜸부기와 오리들은 들판에서, 메추라기는 골짜기에서 노래한다. 나이 팅게일이 숲 속에서 가끔 노래를 부르고 이내 잠잠해진다. 공기는 건조하고 따갑다. 바람이 살랑 불면 길 위에 쌓인 흙먼지가 이리저리 휘날린다.

농부들은 헛간을 고치고 밭에 거름을 주며 김을 매느라 부산하다. 가축들은 꼴을 베어낸 메마른 들판에서 다시 신선한 풀이 자라기를 기다린다. 송아지들이 음매음매 울다가, 꼬리를 세우고는 목동들을 피해 촐랑댄다. 아이들은 말들을 골짜기로 데리고 가서 신선한 풀을 먹인다. 아낙네들이 숲 속에서 베어낸 건초더미를 끌어내면, 농가의 처녀들과 소녀들은 그 빈터에서 놀기도 한다. 소녀들은 딸기를 따서 여름용 별장인 다차에서 여름을 나는 도시 사람들에게 팔기도 한다.

도회지 사람들의 다차는 장식이 많은 작은 집이다. 그들은 가볍고 깔끔하고 값비싼 옷을 입고, 뜨거운 햇살을 막으려 양산을 쓴 채로 한가하게 산보를 했는데, 그중에서 뜨거운 열기가 괴로운 이들은 나무 그늘 아래 탁자에 앉아서 차를 마시거나 차가운 음료수를 마신다.

니콜라이 세묘느이치의 화려하고 웅장한 다차에는 작은 망루, 툇마루와 발코니, 복도가 있다. 모든 것이 아주 깨끗하고 쾌적하고 최신식이다. 작은 방울에다 세역마가 끄는 삼두마차가 집 앞에 세워져 있다. 마부가 말한 대로, '왕복 요금' 15루블을 지불한 페테르부르크 출신의 귀족을 싣고 온 것이다.

귀족은 유명한 자유주의 활동가이다. 그는 지지자의 편지와 탄원서 기초 안을 손에 들고 있다. 그것은 너무 화려하게 쓰인 수사적 표현으로 인해 정부를 찬양하는 것처럼 보이지만, 실제로는 너무나 자유분방한 성격을 띠고 있다. 늘 그렇듯이 그는 아주 바쁜 사람이라서 비슷한 이념을 가지고 있는 초등학교 동창생을 단 하루만 방문하고 도시로 돌아가야 한다.

그들은 헌법에 대해서는 조금 다른 입장을 취하고 있다. 페테르부르크에서 온 이 사내는 유럽의 영향을 약간 받아서 사회주의 사상에 비교적 너그럽다. 그는 정부 요직의 공무원으로서 많은 봉급을 받고 있다. 니콜라이 세묘느이치는 순수한 러시아인으로 슬라브 정교회의 교인이이며, 수천 데샤티나의 땅을 소유한 지주이다.

그들은 정원에서 다섯 상이나 나오는 저녁 만찬을 받았다. 하지만 40루블씩이나 주고 고용한 고급 요리사들과 주방 하인들의 노고에도 더위로 인해 거의 먹지 못했다. 그들은 단지 신선한 흰 생선을 곁들인 야채수프와, 설탕으로 만든 꽃으로 장식하고 환상적인 모양으로 만들어서 화려하기 그지없는 아이스크림과 비스킷만을 먹었다. 니콜라이 세묘느이치와 그 동창생의 만찬에는 직업은 의사이며, 사회민주주의 시각에서는 학생이며, 니콜라이 세묘느이치의 입장에서는 검증된 자유주의 혁명가인 아이들의 가정교사도 동석했다. 또한 니콜라이의 아내 마리와 그들의 세 아이도 자리를 함께했다. 막내는 단지 후식을 먹기 위해 앉아 있었다.

저녁식사 때의 대화는 무거웠다. 다소 신경질적인 마리가 막내아들 니키의 설사에 유별나게 신경을 썼기 때문이었다. 니키는 러시아의 여느 귀족들처럼 아버지 니콜라이를 따라 붙인 이름이었다. 니콜라이 세묘느이치와 그 동창생 사이에 정치적인 논쟁이 벌어지는 동안, 마리 역시 흥분되었다. 가정교사는 자기도 당당히 의견을 제시할 수 있다는 것을 보여주기 위해서 토론에 끼어들어 손님의 말에 사사건건 참견을 했고, 보다 못한 세묘느이치가 이 투사와도 같은 학생을 제지해야만 했다.

그들은 7시에 만찬을 하고, 식사 후엔 친구들끼리 베란다에 앉아서 생수에 쌉쌀한 백포도주를 즐기며 대화를 이어갔다.

그들의 의견 차이는 직접선거냐 간접선거냐, 어떻게 선거를 조직해야 하는가 등이 쟁점으로 표출되었다. 그리고 그들은 방충망으로 모기와 파리를 차단한 거실로 자리를 옮겨 더 치열한 논쟁에 들어갔다. 도중에 차를 들면서 마리와 몇몇 일반적인 문제에 대한 얘기를 나누었지만, 마리는 니키의 설사에 신경이 쓰여 대화에 집중할 수가 없었다. 화제가 그림으로 옮겨가자, 마리는 퇴폐주의적인 그림은 un je ne sais quoi(말로 형용할 수 없는 그 무엇)이 있으며, 이 사실을 부인할 수 없다는 걸 증명하려고 했다. 하지만 그녀는 퇴폐주의적인 그림에 대해서는 실제로 생각해본 적이 없었다. 사람들이 말하는 걸 듣고, 그것을 몇 번이고 되풀이할 뿐이었다. 동창생은 미술이라면, 그것이 퇴폐주의건 아니건 간에 전혀 관심이 없다는 사실을 아무도 알아채지 못하도록 조심해서 말을 받았다. 세묘느이치는 아내가 지금 무언가에 언짢아 보여서 그것이 무슨 일인가 궁금하기도 했지만, 똑같은 말을 수백 번도 더 되풀이하는 그녀 때문에 무척 짜증이 났다.

날이 어두워지자, 그들은 정원의 사치스러운 석등에 불을 밝혔다. 아이들이 잠자리에 들 시간에 니키는 설사약을 먹었다.

세묘느이치와 친구 그리고 의사는 베란다로 다시 자리를 옮겼다. 하인이 촛불과 생수를 가지고 왔다. 이미 자정이 지난 깊은 밤이었지만, 그들은 러시아 역사에서 중요한 이 시점에 정부가 취해야 할 조치에 대한 토론을 진지하고 활기차게 벌였다. 말들은 문밖에서 굶은 채로 서서 종을 짤랑거렸고, 역시 아무것도 먹지 못한 마부는 하품을 하거나 코를 골았다. 마부는 20년 동안이나 같은 주인을 모시며 번 돈으로 보드카를 사 마시는데 쓰는 3~5루블을 빼놓고는 몽땅 고향의 동생에게 보내는 사람이었다.

얼마 후, 별장 근처의 수탉들이 큰 소리로 울기 시작했다. 수탉 한 마리가 소리 높여 울자, 마부는 집 안에 있는 사람들이 밖에서 기다리는 자신의 존재를 깡그리 잊은 게 아닌가 하는 생각이 들었다. 손님이 술을 마시면서 매우 큰 목소리로 떠드는 것이 보였다. 마부는 현관에 놓인 의자에 앉아 잠이 든, 집사처럼 보이는 하인을 깨웠다. 예전에는 노예 신분이었던 그는 지금은 집사로서 월급 15루블과 가끔씩 100루블의 특별 보너스를 받아서 2남 5녀의 대가족을 먹여 살리며 안락한 생활을 하고 있었다. 화들짝 깨어 일어난 집사는 주인에게 달려가 마부가 밖에서 기다린다고 전했다.

집사가 들어갔을 때 논쟁은 최고조에 달해 있었다. 의사는 일찍부터 토론에 참여했다. 지금은 손님이 말하고 있었다.

"난 러시아 사람들이 각기 다른 방향으로 발전을 추구해야만 한다는 것을 수용할 수 없네. 무엇보다 우선해서 자유가 있어야 하네. 정치적인 자유 말일세. 그 자유는 모든 이에게 알려져 있다시피 다른 사람들이 준수하고자 하는 최고의 권리만큼이나 중차대한 것이지."

손님은 논점을 명확히 제시하지 못한 것 같아서 자신도 혼란스러웠다. 게다가 토론이 정점에 이르게 되면서, 그는 정작 자신이 말해야만 하는 것을 놓치고 말았다.

"내 말이 옳다니까." 세묘느이치가 말했다. 그는 다른 사람의 의견은 듣지 않고 자신의 생각만을 뜬금없이 말하는 경향이 있는 사람이었다. "사실은 다른 식으로 할 수가 있다니까. 대중투표가 아니고 합의에 의해서 말일세. 우리 러시아의 농촌 공동체가 결정하는 것을 보게나."

"농촌 공동체라."

"부정하지 마세요. 슬라브 민족들은 삶에 대하여 독특한 견해를 갖고 있습니다. 예를 들어, 폴란드의 정치적 거부권, 이걸 개선시켜야 하겠다고 말하지만 글쎄요……" 의사가 말했다.

"끼어들지 좀 말게. 러시아 사람들은 어떤 자질이 있어, 자질들이 뭐냐 하면……"

그 순간 집사가 안으로 들어왔다.

"마부가 걱정하는뎁쇼."

페테르부르크에서 온 손님은 모든 하인에게 정중하게 말했는데, 이것을 은근히 자랑스러워했다.

"곧 떠날 거라고 가서 전하게. 그리고 특별히 요금을 더 쳐주겠다고 말일세."

"네, 알겠습니다."

집사인 이반이 대답하고 나가자, 니콜라이 세묘느이치는 자신의 주장을 증명하는 걸 마무리했다. 하지만 손님과 의사는 니콜라이의 생각은 새로울 것도 없다는 듯이 자기들끼리만 다시 토론을 벌였다. 역사에 아주 해박한 손님은 역사적인 예를 특히 자주 들었다. 의사는 손님의 의견에 동조하는 편이었다. 학문적 깊이와 해박함에 감탄하며, 이런 사람을 알게 되었다는 것을 다행으로 생각했다. 토론은 끝나지 않았고, 새벽이 길 건너편 숲 위에서부터 밝아왔다. 나이팅게일이 잠에서 깨어 노래하기 시작했다. 하지만 그들은 줄담배를 끊임없이 피워대면서 토론을 계속했다. 그때 하녀가 방문 앞에 들어섰다. 그녀는 먹고살기 위해서 하녀 일을 하게 된 고아였다. 처음에 그녀는 장사치들의 잔심부름을 했다. 그러던 중 그녀는 지배인에게 겁탈을 당했고, 낳은 아이마저도 죽고 말았다. 그 후에 어느 공무원 집으로 옮겼으나, 치근덕거리는 고등학생 때문에 오래 있질 못했다. 그다음에 찾아든 곳이 세묘느이치 집이었다. 그녀는 하녀 일을 배우는 단계였지만 행복했다. 그녀를 괴롭히는 난봉꾼 주인도 없고, 월급도 제때 나왔기 때문이다. 그녀는 귀족 주인에게 보고할 일이 있어 방으로 들어갔다.

'이런, 고그(성서에 나오는 왕 및 그 백성의 이름으로부터 유래함. 폭압적 권세를 부리는 사람을 말함—옮긴이)와 함께 있는 기분이야' 하고 니콜라이 세묘느이치가 생각하던 참이었다.

"무슨 일인데 그래?" 그가 물었다.

"막내도련님이 좀 편찮으세요." 하녀가 대답했다. 그러자 그는 과식해서 설사를 하는 고그와 막내아들이 하나로 연결된 것처럼 여겨졌다.

"이런, 가봐야겠군. 벌써 날이 환히 밝았어. 밤을 꼬박 지새웠어."

친구가 시간 가는 줄 모르고 얘기를 했다는 것이 기쁜지, 웃음을 지었다. 그리고 그는 작별 인사를 했다. 늙은 집사 이반이 힘겨운 걸음으로 아무렇게나 내팽개쳐둔 손님의 모자와 우산을 찾아왔다. 집사는 팁을 기대하고 있었지만, 손님은 토론에 골몰한 나머지 팁 주는 걸 잊고 말았다. 인색한 것과는 거리가 먼 그는 늘 1루블의 팁을 주곤 했는데, 이번에는 집으로 가는 도중에 집사에게 팁을 주지 않은 것을 기억하고서는 "이 일을 어째?" 하고 말했을 뿐이었다.

마부가 마차에 올라탔다 그리고 편한 자세로 고삐를 잡고, 말을 재촉했다. 방울이 울리고, 부드럽게 나아가는 마차의 탄력에 몸을 맡긴 이 페테르부르크에서 온 손님은 친구의 편협한 사고에 코웃음을 쳤다. 니콜라이 세묘느이치도 그에 대해서 마찬가지로 생각했다.

'페테르부르크 출신들은 항상 시야가 좁다니까. 별 수 있어?'

세묘느이치는 아내에게 바로 가지 않았다. 아내를 만나봐야 별 수 없었기 때문에 서두르지 않는 것이었다. 문제는 딸기였다. 어제 마을의 아이들이 신선한 딸기를 자신의 집으로 가져왔었고, 세묘느이치는 그 자리에서 바로 두 접시를 샀다. 그런데 딸기는 완전히 익지 않았다. 그 딸기를 아이들이 달려와서 먹기 시작했다. 아내 마리가 밖으로 나와, 막내 니키가 덜 익은 딸기를 먹는 것을 보더니 큰 걱정을 했다. 니키가 며칠 전부터 배탈을 앓고 있어서 더욱 그랬다. 그녀는 남편에게 잔소리를 해댔고, 남편도 그녀를 나무랐다. 두 사람은 큰 소리를 지르며 말싸움을 했다. 급기야 밤부터 니키가 배앓이를 하기 시작했다.

니콜라이 세묘느이치는 그것으로 일이 끝나는 줄 알았으나, 지금 의사를 부르는 것을 보면 상태가 악화된 것이었다.

세묘느이치가 돌아와보니, 아내는 그가 아주 좋아하는 화사한 비단 가운 차림을 하고 있었다. 그러나 그 순간 그녀는 옷 따위는 생각하지 않고 있었다. 그녀는 의사와 함께 아이의 요강에 촛불을 비춰 보고 있었다. 의사는 젓가락으로 요강 안의 지저분하고 냄새나는 것들을 안경 너머로 매우 조심스럽게 들춰 보다가 짧고 의미심장한 말을 한마디 했다.

"그렇습니다. 모든 게 이 저주받을 딸기 때문입니다."

"왜 하필 딸기요?" 니콜라이 세묘느이치가 기어들어가는 소리로 말했다.

"왜 하필 딸기냐고요? 당신이 니키에게 딸기를 먹였잖아요. 아이가 배탈이 나서 한숨도 못 잤어요. 아이가 잘못되기라도 하면……"

"아니, 잘못되지 않아요. 아이에게 약을 좀 먹이고 신중히 지켜보도록 하죠." 의사가 웃으며 말했다.

"이제 잠이 들었는데요?" 마리가 말했다.

"그러면 방해하지 않는 게 더 낫겠군요, 내일 아침에 들르겠습니다."

"그렇게 해주세요."

의사가 떠나자, 혼자 남은 니콜라이 세묘느이치는 좀처럼 아내를 진정시킬 수 없었다. 그가 잠에 곯아떨어졌을 때에는 날이 이미 완전히 밝아 있었다.

이웃 마을에서는 바로 이 시간에 농부의 아이들이 밤일을 마치고 집으로 돌아오고 있었다. 어떤 아이는 말을 타고, 어떤 아이는 걸어서 말들을 풀밭으로 몰고 가는데, 수말들과 어린 망아지들은 뒤쪽에서 뛰어다녔다.

맨발에다가 테가 없는 모자에, 털가죽 반외투를 걸친 열두 살가량의 타라스카 레주노프는 거세마 한 마리가 딸린 얼룩빼기 암말에 올라타고 있었다. 그 암말은 어미처럼 모든 말들보다 앞장서서 산에서 마을로 내달렸다. 검둥이 개도 모두를 쳐다보면서, 말들 앞쪽에서 즐겁게 뛰어다녔다. 얼룩빼기 살찐 수말이 뒤에서 흰 다리를 차며 뛰어 올라 다른 방향으로 나아갔다. 타라스카는 농가에 다다라서는 말고삐를 기둥에다 매고는 안으로 들어갔다.

"얘들아, 일어나라!" 소년은 소리쳐서 거친 아마포 위에서 잠을 자고 있는 여동생과 남동생을 깨웠다.

아이들 곁에서 잠자던 어머니는 이미 일어나서 암소의 젖을 짜러 나가고 없었다.

여동생 올가가 벌떡 일어나서 두 손으로 긴 곱슬머리를 매만지기 시작했다. 표도르는 여전히 밤새 덮고 자던 겨울 외투를 뒤집어쓰고 누워서 카프탄 밖으로 삐쳐 나온 딱딱한 발뒤꿈치 부분을 문질러댔다.

아이들은 간밤부터 딸기를 따러 가기로 계획을 세웠다. 그래서 타라스카가 야간작업에서 돌아오면 아이들을 깨워주기로 약속했었다.

타라스카는 그대로 약속을 지켰다. 그는 덤불숲에 앉아 밤을 보내긴 했지만, 간간이 잠을 청했기 때문에 그런대로 괜찮았다. 그래서 다시 잠을 청하기보다는 여동생들과 딸기를 따러 가기로 결심했다. 어머니가 그에게 우유를 건네주었다. 타라스카가 손수 빵을 잘라서 높은 좌석이 딸린 식탁에 앉아서 먹기 시작했다.

소녀들이 검푸른 숲을 배경으로 빨갛고 하얀 점이 되어 점점이 멀어질 때에, 타라스카는 바지와 셔츠 차림으로 발걸음을 재촉하며 집을 나섰다. 그러고는 이미 크고 작은 발자국들이 선명하게 찍힌 흙먼지 길 위에 맨발의 발자국을 새기며 달려 나갔다. (전날 저녁부터 항아리와 그릇을 준비해놓았던 소녀들은 아침도 먹지 않고 더구나 빵 한 조각도 챙기지 않은 채, 성상을 모신 곳을 향해 성호만 두 번 긋고는 거리로 달려 나갔다.) 타라스카는 소녀들이 산모퉁이를 끼고 돌 즈음에 큰 숲 언저리 부근에서 그들을 따라잡았다. 잔디며 수풀이며 낮은 나뭇가지며 관목에도 이슬이 내려앉아 있었다. 맨 다리가 이슬에 젖어버린 소녀들은 처음엔 한기로 떨었지만, 울퉁불퉁한 마른 땅과 잔디밭을 걸으면서 금방 온기를 되찾았다. 숲으로 이어지는 지점에 딸기들이 있는 곳이 보였다. 그래서 먼저 소녀들은 작년에 나무를 베어낸 곳으로 들어갔다. 어린 가지가 돋아난 낮은 수풀 속 설익은 딸기들 사이로 빨갛게 잘 익은 딸기들이 산재해 있었다.

어린 소녀들은 이리저리로 흩어져서 햇볕에 그을린 작은 손으로 빨갛게 잘 익은 딸기를 따기 시작했다. 잘 익은 딸기를 발견하면 먹고, 보기 좋게 익은 것들은 그릇에 담았다.

"올가, 이리 와봐! 여기에 많이 있어!"

"아냐, 여기도 많아." 소녀들은 서로 소리치며 주변의 수풀 속으로 들어가서는 가까운 곳으로 흩어졌다.

타라스카는 더 먼 골짜기로 갔다. 사람의 키 높이보다 더 크게 자란 어린 나무 숲, 특히 호도나무와 단풍나무 숲이 1년 전쯤에 베어졌던 골짜기였다. 다른 곳보다 풀빛이 짙고 무성한 풀숲 사이에서 그는 사람들의 손을 타지 않은 큼직하고 아주 잘 익은 딸기밭을 발견했다.

"그루슈카(아그라페나 혹은 아그리피나를 낮추어 부르는 호칭—옮긴이)!"

"응!"

"늑대가 나오면 어떡하지?"

"이런 곳에 늑대가 있다고? 괜히 놀라게 하려고 그러는 거지? 그래도 하나도 안 무섭다." 그루슈카가 말했다. 그녀는 늑대라는 말에도 아무 생각 없이 주운 딸기를 쌓아놓더니 가장 좋은 것은 그릇에 놓지 않고 입에다 넣었다.

"타라스카! 어디 있어? 우리는 골짜기에서 떠나려고 해!"

"야-호! 이리로 와봐. 여기에 딸기가 더 많다." 타라스카가 맞은편 골짜기에서 대답했다.

소녀들은 수풀을 움켜잡고 골짜기로 기어서 내려갔다가 다시 맞은편 기슭으로 올라갔다. 아이들은 햇살이 내리쬐는 작은 초지에 달려들어 주렁주렁 달린 딸기를 손으로 따며 쉴 새 없이 먹고 담았다.

갑자기 무서운 정적 가운데 마치 무언가 세게 부딪치는 것 같은 굉음이 풀숲 사이에서 갈라져 나왔다.

그루슈카가 놀라서 넘어지며 그릇에 모은 딸기를 절반 정도 쏟아버렸다.

"엄마아!" 그루슈카가 울음을 터뜨렸다.

"에이, 토끼야, 토끼. 타라스카 오빠, 여기 토끼가 있어." 올가가 풀숲 사이에 있는 귀가 길고 등이 잿빛인 토끼를 가리키며 외쳤다.

"어쩜, 그렇게 놀라?"

토끼가 사라지자, 올가가 그루슈카에게 물었다.

"늑대가 나타난 줄 알았어." 그루슈카는 두려움이 가시자마자 흘린 눈물을 닦으며 웃기 시작했다.

"이 바보야, 지금 웃은 거야?" 올가가 말했다.

"얼마나 무서웠는데." 그루슈카의 대답과 함께 웃음소리가 앙증맞은 종소리처럼 퍼져 나갔다.

아이들은 그루슈카의 딸기를 주워주고는 흩어졌다. 높게 솟은 태양은 모든 것을 형형색색으로 물들였고, 나뭇잎은 아이들을 적셨던 이슬을 머금고 반짝이고 있었다.

아이들은 이제 숲 속의 다른 쪽으로 또 다른 딸기를 찾아 깊숙이 들어갔다. 이곳저곳에 흩어져 있던 젊은 농부 아낙과 여자아이들의 목소리가 넓디넓은 숲 속에 낭랑하게 울려 퍼졌다.

딸기가 작은 그릇과 항아리에 절반 정도 채워지기 시작한 아침식사 무렵에 올가와 그리샤는 아쿨리나와 마주쳤다. 뒤쪽에서는 그녀의 아이가 내복 차림에 모자도 쓰지 않고 통통하게 살이 오른 다리로 아장아장 걸어오고 있었다.

"아이가 날 따라오겠다고 보채는 거야. 아이 봐줄 사람도 집에 없잖아." 아쿨리나가 품속에 아기를 안으며 말했다.

"우린 지금 아주 큰 토끼 때문에 얼마나 놀랐는지 몰라요! 여기서 얼마나 크게 소리를 질렀는데요. 정말 끔찍했어요!" 올가가 말했다.

"자, 걸어가자." 아쿨리나가 아기를 땅에 내려놓으며 말했다.

잠시 이야기를 나눈 후에, 올가와 그루슈카는 아이 엄마와 헤어져 다시 딸기를 따기 시작했다.

"잠깐 여기에 좀 앉자." 올가가 호도나무 그늘 아래 앉으며 말했다.

"아! 피곤해. 빵을 가져왔으면 지금 먹는 건데."

"나도 배가 고파." 그루슈카가 말했다.

"지금 저 소리 들려? 아쿨리나 아줌마가 뭐라고 소리치는데, 너도 들리니? 아쿨리나 아줌마!"

"올-가." 아쿨리나가 대답했다.

"왜 그래요?"

"우리 아기 거기 있니?" 아쿨리나가 수풀 뒤에서 소리쳤다.

"아니요."

수풀 뒤에서 부스럭거리는 소리가 나더니 아쿨리나가 치마 한쪽을 허리춤에 치켜 올리고는 작은 바구니는 다른 쪽에 끼고서 나타났다.

"우리 아이를 보지 못했어?"

"아뇨. 못 봤어요."

"내가 정말 못 살아. 미샤-아!"

"미샤-아!"

아무런 대답도 없었다.

"큰일 났어. 아이가 숲에서 길을 잃어버렸어. 큰 숲에서 헤매고 있으면 어쩌지."

올가와 그루슈카 그리고 아쿨리나가 각기 다른 쪽으로 아기를 찾아 떠났다. 큰 소리로 미샤를 불렀지만 대답이 없었다.

"아아, 정말 힘들어." 그루슈카가 뒤에 처져서 말했다. 하지만 올가는 멈추지 않고 소리를 질러댔고, 사방을 살피며 아기를 찾아 이리저리 뛰어다녔다.

넓고 큰 숲의 먼 곳으로부터 아쿨리나의 절망적인 목소리가 들려왔다. 올가는 이제 아기는 그만 찾고 집에 가고만 싶었다. 그때 초록색 덤불 속에서 새 한 마리가 미친 듯 울어대며 파닥 튀어 오르는 소리가 들렸다. 아마도 어린 새가 있는 모양이었다. 깜짝 놀란 그녀는 화가 나기도 하고 겁이 나기도 했지만, 사방으로 하얀 꽃들이 둘러싼 덤불 속을 들여다보았다. 숲에서 자라는 풀과는 다른 파란 물체가 눈에 띄었다. 올가는 허리를 굽혀 자세히 들여다보았다. 애타게 찾고 있던 미샤였다. 아직도 아기를 보고 놀란 새가 비명을 지르고 있었다. 미샤는 두 팔로 이마를 받치고 포동포동 살이 오른 다리를 쭉 편 채 엎드려 자고 있었다. 올가가 미샤의 엄마를 부르는 소리에 아기가 깨어나자, 그녀는 아기에게 딸기를 몇 개 건네주었다.

나중에 올가는 엄마 아빠와 이웃 사람들에게 그녀가 어린 미샤를 어떻게 찾아냈는지를 두고두고 얘기하곤 했다. 태양이 나무 위로 떠올라 대지와 그 위의 모든 것들을 달구기 시작했다.

"올가, 멱 감으러 가자!" 아이들이 그녀를 부추겼다. 서로 손을 잡은 아이들은 노래를 부르며 강가로 내려갔다. 여자아이들이 소리를 지르면서 첨벙첨벙 물장구를 치며 놀고 있는 사이에 아무도 모르게 서쪽에서 큰 먹구름이 다가오고 있었다. 태양이 잠시 구름에 가렸다가 다시 나타나는가 싶더니 또다시 사라졌다. 자작나무 이파리와 꽃향기가 훅 밀려들고, 멀리서 천둥소리가 울려 퍼지기 시작했다. 아이들은 피할 겨를도 없이 갑작스런 빗줄기에 온몸이 흠뻑 젖고 말았다.

칙칙한 윗도리가 몸에 감겨들었다. 빗물이 흘러내리는 옷을 움켜잡고 아이들이 집으로 내달렸다. 그러고는 감자밭에서 쟁기질을 하는 아버지에게 점심을 날랐다.

아이들은 윗도리가 마를 즈음에 집으로 돌아가 점심을 먹었고, 빛깔 좋은 딸기를 골라서 예쁜 접시에 담았다. 그러고는 니콜라이 세묘느이치의 별장으로 가지고 갔다. 대체로 가격을 후하게 쳐주었는데, 이번에는 그렇지 않았다.

마리는 더위에 지쳐서 파라솔 밑의 큰 의자에 앉아 있었다. 그녀는 딸기를 파는 아이들을 보자 부채를 내저으며 말했다.

"필요 없으니까, 저리 가거라!"

마리의 맏아들인 열두 살 먹은 소년 바랴는 지루한 수업을 마치고 이웃 아이들과 크로켓을 한 다음에, 막 휴식을 취하던 참이었다. 바랴가 딸기를 보고는 올가에게로 달려갔다.

"얼마니?"

"30코페이카요." 그녀가 대답했다.

"비싼데!" 그가 말했다. 그는 사람들이 항상 '비싼데'라고 말하는 걸 따라했다.

"저 모퉁이 뒤에서 기다려." 그러고는 유모에게 달려갔다.

그동안에 올가와 그루슈카는 어떤 작은 집과 정원, 숲이 유리로 만든 공에 담겨 있기라도 한 것처럼 자기 앞에 펼쳐진 광경을 신기하게 바라보았다. 다른 많은 것들과 마찬가지로, 이 유리로 된 세계는 더 이상 소녀들에게 놀라운 세상은 아니었다. 이 신비의 세계, 부유한 지주의 세계에선 이해하려고 해도 이해할 수 없는, 기이한 것들이 기대되기 때문이었다.

바랴가 유모에게 가서 30코페이카를 달라고 청하기 시작했다. 그녀는 20코페이카면 충분할 거라며 작은 상자에서 돈을 꺼내주었다. 바랴는 아버지의 눈을 피해 길을 에둘러서 올가에게로 달려갔다. 아버지는 밤을 지새운 뒤에 방금 일어나서 담배를 피우며 신문을 읽고 있었다. 소년은 20코페이카를 소녀들에게 주고는 딸기를 접시에 담아서 게걸스럽게 먹었다.

올가는 집에 돌아가서 손수건에 매듭을 만들어 보관해두었던 20코페이카를 어머니에게 전했다. 어머니는 돈을 감춰두고 빨랫감을 챙겨서 시냇가로 갔다.

타라스카는 아침부터 아버지와 감자밭에서 쟁기질을 하다가 커다란 참나무 그늘 아래에서 토막잠을 자고 있었고, 그 무렵 아버지는 빈터에서 풀을 뜯고 있는 말을 지켜보고 있었다. 한눈을 파는 사이에 말들이 다른 사람의 목초지나 귀리들을 짓밟을지도 모르기 때문이었다.

니콜라이 세묘느이치의 가족 모두는 변함없는 일상의 나날로 돌아갔다. 아무도 먹으려고 하지 않기 때문에 파리만 날리는데도 매일 세 코스의 아침식사가 준비되었다.

니콜라이 세묘느이치는 조간신문을 읽으면서 자신의 정치적인 견해와 판단이 옳다는 확신으로 흡족해했다. 마리는 고그가 물러가서 막내아들이 배앓이에서 회복된 것으로 인해 평정을 되찾았다. 의사는 자신의 효과적인 처방에 대단히 만족하고 있었다. 바랴는 딸기 한 접시를 다 먹어치우고는 흡족해했다.

무엇 때문에?

무엇 때문에?

1

1830년 봄, 조상 전래의 영지인 로잔카에 사는 지주 야체프스키에게 오래전에 죽은 친구의 외아들인 이오시프 미구르스키가 방문했다. 야체프스키는 예순다섯 살에다 넓은 이마와 우람한 어깨, 딱 벌어진 가슴, 검붉은 얼굴에 하얀 턱수염이 돋보이는 인물로 폴란드 2차 분할 시대의 애국지사였다. 젊었던 그가 미구르스키의 아버지와 함께 코스튜스크의 독립운동에 참가하여 애국심으로 무장해 군 생활을 하던 시절, 그는 러시아를 세기말적인 탕녀 예카테리나 여제에 빗대어 증오했고, 또한 러시아를 예카테리나의 정부인 포냐토프스키라는 혐오스런 배신자에 빗대어 욕을 하며 미워했다. 그때까지만 해도 긴 밤을 지내면 새벽 아침을 다시 맞는 것처럼, 위대한 폴란드 '레치 포스폴리타(16~18세기 폴란드 왕국의 명칭—옮긴이)'가 재건되리라고 믿었다. 1812년에 그는 나폴레옹 군대의 연대 병력을 지휘하며, 나폴레옹을 열렬히 숭배했다. 그는 나폴레옹의 파멸에 몹시 슬퍼했다. 심하게 상처받긴 했지만 여전히 존재하는 폴란드 왕국의 부흥을 포기한 것은 아니었다. 알렉산드르 1세가 바르샤바에서 폴란드 의회를 열었을 때 그의 희망이 다시 타올랐지만, 신성동맹과 유럽 전역의 반동 세력의 규합, 그리고 콘스탄틴의 어리석은 정치로 인해 그의 진정 어린 염원은 실현되지 못하고 멀어져 갔다. 1825년부터 야체프스키는 시골에서, 그리고 자신의 영지인 로잔카에서 신문과 편지 등을 통해 여전히 조국의 정치 상황을 예의 주시하면서 농업 경영과 사냥으로 바쁘게 지냈다. 그는 가난한 소귀족 계급의 아름다운 처녀와 재혼했으나 결혼 생활은 불행했다. 그는 자신의 두 번째 아내를 사랑하지도, 존중하지도 않고, 불편하게 여겼다. 그리고 실패한 재혼에 대해 보상받기를 원하는 것처럼 그녀에게 거칠게 욕을 하며 몰상식하게 행동했다. 두 번째 아내와의 사이에는 아이가 없었고, 전처와의 사이에서 두 딸을 두었다. 자신의 아름다움의 가치를 알고 있는 품위 있는 미인인 큰딸 반다는 시골 생활에 권태를 느끼고 있었다. 아버지의 사랑을 한 몸에 받는 막내딸 알비나는 성격이 명랑하고 야윈 몸매의 처녀로, 푸르고 빛나는 눈에다 곱슬곱슬한 금발의 머리칼을 지녔는데 아버지처럼 활달한 인상을 풍겼다.

이오시프 미구르스키가 방문했을 때 알비나는 열다섯 살이었다. 이전에 미구르스키가 학생이었을 때, 빌노라는 곳에서 겨울을 나고 있던 야체프스키 가족을 방문해서 반다와 아이처럼 놀며 지냈지만, 지금은 자유분방한 성인이 돼 있었다. 성인이 되어서는 야체프스키 가족의 시골 영지에 처음 방문하는 셈이었다.

젊은 미구르스키의 방문은 로잔카 영지에 사는 모든 이들을 들뜨게 했다. 야체프스키는 젊은 시절 친구였던 미구르스키의 아버지 모습과 미구르스키가 빼닮아서 왠지 마음이 더 흡족했다. 또한 미구르스키가 얼마 전에 다녀온 해외와 폴란드에서의 혁명 기운의 고조를 매우 낙관적이고 희망적으로 이야기하는 것도 좋았다. 지주 야체프스키의 아내도 미구르스키의 방문으로 인해 남편이 손님 앞에서 자신을 억누르고 여느 때와 같이 마구 호통을 치지 않아서 즐거웠다. 반다는 미구르스키가 자기에게 청혼을 하기 위해 왔을 거라고 믿고 있었으므로 아주 기분이 좋았다. 반다는 그의 청혼은 승낙하겠지만, 'lui tenir la dragée haute(청혼을 승낙한 가치를 높이려면 그를 애타게 해야 해)'라고 스스로 혼잣말을 하기도 했다. 알비나는 모두가 유쾌했기 때문에 자신도 덩달아 유쾌했다. 반다 혼자만이 미구르스키가 청혼하기 위해 왔으리라고 믿는 게 아니었다. 가족 모두가 그렇게 믿었다. 비록 어느 누구도 그것에 대해 말은 안 했지만, 야체프스키부터 집안의 하녀인 루드비카까지도 그렇게 믿었다.

그것은 진실이었다. 미구르스키도 그런 의도를 품고 왔다. 하지만 영지에서 일주일을 지내면서 무언가에 당황하고 혼란스러워하는가 싶더니, 청혼도 하지 않은 채 떠나버렸다. 그의 예기치 않은 출발에 모든 가족들이 놀랐고 어느 누구도 그 영문을 몰랐다. 하지만 알비나만은 자신 때문에 예기치 않은 출발이 일어난 것을 알았기에 그리 놀라지 않았다. 알비나는 미구르스키가 로잔카에서 보내는 내내, 자신과 함께 있을 때 특별히 즐거워하며 좋아했다는 것을 알고 있었다. 그는 장난치고 농담하고 그녀를 놀리면서 어린아이처럼 그녀를 대했지만, 그녀는 자기를 대하는 그의 태도가 어른이 아이를 대하는 태도가 아니라 남자가 여자를 대하는 태도라는 걸 여자의 직감으로 알아차렸다. 그녀는 자신이 그의 방에 들어와 머물 때나 나갈 때에 그가 보인 사랑스런 눈길과 온화한 미소에서 한 남자의 본심을 보았다. 그녀는 그의 본심을 명료하게 이해하지는 못했지만, 그녀를 향한 그의 태도에서 행복을 느꼈다. 그녀는 자기도 모르게 그의 마음에 드는 일을 하려고 노력했으며, 그 역시 그녀가 뭔가 특별한 걸 하지 않더라도 그저 좋았다. 그가 특별한 열정을 간직한 채로 함께 있기만 해도, 그녀는 예전에 그에게 해주었던 일들을 더 자주 해주곤 했다. 그는 그녀와 털이 매끄러운 예쁜 강아지 보르조이가 앞을 다투며 달려가는 것을 바라보는 걸 좋아했다. 때때로 강아지가 그녀에게 뛰어올라 발갛게 상기된 환한 얼굴을 핥아주는 장면도 좋아했다. 하찮은 것에도 소리 내서 웃는 그녀의 전염성이 강한 웃음도 좋아했다. 또 가톨릭 사제의 설교가 지루해서 바라보면, 그녀가 눈웃음을 짓고는 짐짓 진지한 척하는 모습이 좋았다. 그녀가 늙은 유모나 술주정뱅이 이웃, 그리고 순간적으로 표정이 이래저래 잘 바뀌는 미구르스키 자신을 짐짓 우습게 흉내를 내는 것도 좋아했다. 무엇보다 좋은 건, 그녀가 환희에 가득 찬 낙천적 삶을 산다는 것이었다. 그녀는 마치 이제 막 삶의 아름다움을 발견한 사람처럼 그것을 즐기며 살았다. 그는 특히 그녀의 이 같은 낙천적 삶을 좋아했고, 그녀는 자신의 이러한 낙천적 삶이 그를 황홀하게 한다는 걸 알았기에 단지 그 이유만으로도 그녀는 더 흥분되고 뜨거워졌다.

따라서 반다에게 청혼하러 온 미구르스키가 청혼도 하지 않은 채 그냥 가버린 이유를 알비나 혼자만 알고 있었던 것이다. 그녀 자신도 분명하게 말하기 싫은 이 사실을 다른 누구에게도 고백할 수는 없었다. 그가 언니를 사랑하고 싶었으나, 어떤 계기로 자기를 사랑하게 되었다는 사실을 그녀는 마음 깊이 새기고만 있었다. 총명하고 교양을 갖춘 데다 아름답기까지 한 언니와 비교하면 자기는 별것 아니라는 생각에 놀라기도 했다. 하지만 그것은 누구나 다 아는 일이라고 간주하고는, 자기가 온 마음을 다해 진심으로 그를 사랑한다는 사실에 기뻐하지 않을 수 없었던 것이다. 그녀는 처음으로 사랑에 빠져 일생 동안 단 한 번 사랑하는 사람처럼 그렇게 그를 사랑했다.

2

여름의 끝자락, 신문에서는 파리의 혁명에 관한 소식을 전하고 있었다. 뒤이어서 바르샤바에서 반란 기운이 감돈다는 소식을 전했다. 야체프스키는 폴란드 혁명의 단초가 될 콘스탄틴의 암살에 대한 소식을 두려움과 희망 속에서 매번 기다렸다. 마침내 11월 로잔카에서 왕궁의 망루 공격 소식과 콘스탄틴의 도주

소식을 들었고, 그다음으로 폴란드 국회가 로마노프 왕조에게 폴란드 왕위 계승의 정통성을 상실했다고 선포한 소식을 들었다. 흘로피츠키가 폴란드 민중의 최고 권력자로 선포되고, 폴란드 민중은 다시 자유롭게 되었다. 로산카에까지 혁명의 기운이 미치지는 못했지만, 주민들은 혁명의 진행을 예의 주시하며 고대하는 한편으로 혁명을 준비했다. 늙은 야체프스키는 혁명 주동자 중의 한 사람인 오랜 지인에게 편지를 쓰고, 유대인 금융 브로커와 약정을 채택하기도 했다. 농업 경영을 상의하기 위한 것이 아니라 혁명 사업을 지원하기 위하여, 시기가 무르익는 대로 혁명에 가담할 준비를 하고 있었던 것이다. 야체프스키의 부인은 남편의 재산에 대해 늘 하는 것보다 훨씬 더 지대한 관심을 보였고, 그럴수록 남편은 더욱더 불같이 화를 냈다. 반다는 바르샤바에 있는 친구에게 가공한 보석을 보내 자금을 마련하여 혁명 위원회에 보내기도 했다. 그러나 알비나는 미구르스키가 어떤 식으로 행동할까 하는 오직 그것에만 관심을 가졌다. 그녀는 아버지를 통해서 그가 드베르니츠키의 휘하 부대에 들어갔다는 것을 알아내어, 파견 부대에 대한 정보는 무엇이든 얻어내려고 노력했다. 미구르스키가 두 번 편지를 보냈다. 첫 번째 편지는 그가 군에 입대했다는 내용이었고, 2월 중순에 흥분된 어조로 쓴 두 번째 편지는 스토체크 근교에서 폴란드 군대가 승리했는데, 러시아의 대포 여섯 문과 포로를 사로잡았다는 내용이었다. 그는 편지의 말미에 Zwycięstwo Polaków i klęska Moskali! Wiwat〔폴란드인에게 승리를! 모스칼리(옛 폴란드에서 러시아인과 그 병사를 부를 때 사용하던 비칭—옮긴이)에게는 패망을, 만세]!' 라고 썼다. 알비나도 감격에 몸을 떨었다. 그녀는 지도를 보며, 언제 어디서 모스칼리들을 무찌르고 승리해야만 하는가를 계산하기도 했다. 아버지가 천천히 소포를 개봉할 때마다 그녀는 흥분된 얼굴로 온몸을 떨곤 했다. 어느 날 계모가 알비나의 방에 왔다가, 바지 차림에 콘페데라트카(폴란드인의 국민 모자로 네모나고 위에 술이 달려 있다—옮긴이)를 쓴 채 거울 앞에 서 있는 그녀를 보고 말았다. 그녀는 남장 차림을 하고 집을 떠나 폴란드 군대에 입대하고자 했던 것이다. 계모가 아버지에게 이 사실을 말했다. 아버지는 그녀를 불러서 엄하게 나무랐다. 아버지는 딸처럼 혁명에 참여하고자 하는 마음과 그에 대한 동경이 있었지만 그런 내색은 일체 하지 않은 채, "여자들에겐 다른 할 일이 있는 거다. 여자들은 조국을 위해 희생한 사람들을 돌보고 사랑해야 한다"고 말하면서, 그녀에게 전쟁에 참가하겠다는 어리석은 생각은 아예 머릿속에서 지워버리라고 했다. 또 현재 그녀는 자신에게 유일한 기쁨이자 위안이라며, 적당한 시기가 되면 그녀도 남편을 맞아야 하지 않겠느냐고 말했다. 그는 알비나의 마음을 어떻게 움직이고 다독거려주어야 하는지를 알았다. 그래서 그는 자신은 혼자이고 불행하다는 암시를 주면서, 딸의 볼에 입을 맞추며 이야기를 마무리했다. 그녀는 눈물을 감춘 채 아버지에게 바짝 달라붙어 얼굴을 묻었다. 아버지의 폭이 넓은 긴 옷의 소맷자락이 눈물에 젖었다. 그녀는 아버지의 승낙이 없다면 어떤 일도 시도하지 않겠다고 약속했다.

3

증오하는 독일과 그보다 더 증오하는 러시아에게 자신들의 영토를 각각 빼앗기는 폴란드 분할을 경험했던 사람들만이, 1830년과 1831년 사이에 폴란드 국민들이 느꼈던 그 감격을 이해할 수 있다. 자유를 향한 불행한 시도가 있은 이후, 자유에 대한 새로운 염원이 실현되는 것처럼 여겨졌다. 하지만 그 염원은 오래 지속되지 못했다. 비교도 되지 않는 막강한 러시아의 힘 때문에 혁명은 다시 좌절되었다. 니콜라이 1세의 명령과 디비치 장군 및 파스케비치 장군의 지휘 아래, 의미도 모른 채 그들을 따르는 수만 명의 러시아인이 폴란드로 밀고 들어왔다. 왜 그렇게 해야 하는지도 모른 채, 러시아인들은 자신들의 피로, 그리고 폴란드 형제들의 피로 대지를 물들였다. 그렇게 러시아는 폴란드를 침략하여 사람들을 죽였고, 생존한 이들을 허약하고 보잘 것없는 민중으로 되돌려 놓았다. 이제 그들은 억압도 자유도 원치 않고 오직 하나, 탐욕과 유치한 허영에 만족하는 민중으로 전락해버렸다.

바르샤바가 함락되고 폴란드의 소규모로 분리된 군대들은 궤멸했다. 수백, 수천의 사람들이 총살을 당하거나 몽둥이에 맞아 죽었고, 유형을 당했다. 유형자들 사이에는 젊은 미구르스키도 끼어 있었다. 그의 영지는 몰수당했고, 우랄스크에 주둔하는 주력 대대에 편입되었다.

지난해 12월 31일 발병한 야체프스키의 심장병을 치료하고 그의 건강 회복을 위해, 야체프스키 일가는 1832년 겨울을 빌노에서 지내고 있었다. 이곳에서 야체프스키는 시베리아 요새에 배속된 미구르스키로부터 편지를 받았다. 미구르스키는 편지에서 지금껏 경험하고 앞으로 겪어야 될 일들은 참기 힘든 것이지만, 조국을 위해서 고통을 당했다는 생각으로 위로받는다고 썼다. 그리고 숭고한 일에 내던진 삶의 한 조각으로 인해 절망하지 않으며, 남은 삶도 바칠 준비가 되어 있고, 내일이라도 다시 새로운 기회가 주어진다면 자신은 똑같이 행동할 것이라고 덧붙였다. 소리를 내서 편지를 읽던 야체프스키는 이 부분에서 더 이상 읽는 걸 계속하지 못하고 눈물을 흘렸다. 그러자 반다가 편지의 나머지 부분을 소리 내 읽어주었다. 미구르스키는 지난번 마지막 방문이 자신의 일생에서 영원히 가장 빛나는 순간으로 남아 있지만, 그때 세운 자신의 꿈과 계획이 무엇이었는지, 지금은 그것에 대해 말할 수도 없고 말하고 싶지도 않다고 썼다.

반다와 알비나는 그의 이 말을 각자 자기 식으로 이해하고는, 각자가 이해한 걸 누구에게도 드러내지 않았다. 미구르스키는 편지 말미에서 모든 이들의 안부를 물었다. 그리고 이전에 그가 알비나에게 대했던 방식으로, 장난기 어린 문체로 알비나에게 아직도 보르조이보다 빨리 달리는지, 다른 사람들의 흉내를 잘 내고 있는지 넌지시 물어보았다. 그리고 야체프스키 부부의 건강과 농업 경영의 성공을 기원하며, 반다가 훌륭한 남편을 만나

고, 알비나가 즐겁고 낙천적으로 살아가기를 바란다며 편지를
마쳤다.

4

야체프스키 노인의 건강이 점점 더 악화되자, 1833년에 그의
가족은 모두 외국으로 떠나게 되었다. 반다는 바덴(독일 남서부
의 주 이름—옮긴이)의 부유한 폴란드 이민자를 만나 결혼했다.
야체프스키의 병은 빠르게 악화되어, 그해 초에 알비나의 품속
에서 죽음을 맞았다. 그는 죽을 때까지 아내의 간호를 거부하고
결혼 생활 동안 저지른 잘못에 대해서도 마지막 순간까지 그녀
에게 용서를 구하지 않았다. 알비나는 계모와 함께 시골로 돌아
왔다. 그 후로도 오랫동안, 그녀의 삶의 가장 중대한 관심은 미
구르스키였다. 그녀의 눈에 그는 가장 위대한 영웅이요, 순교자
로 보였다. 그래서 그녀는 그에게 자신의 일생을 바치기로 결심
했다. 그녀는 외국에 나가기 직전부터 그에게 편지를 쓰기 시작
했다. 처음에는 아버지의 부탁으로 편지를 썼지만, 나중에는 자
기가 원해서 편지를 썼다. 아버지가 죽은 후, 이제는 러시아에
편입된 폴란드로 돌아와서도 편지를 계속 썼다. 그녀는 열여덟
살이 되자, 계모에게 미구르스키가 있는 우랄스크로 가서 그와
결혼하겠다고 선언했다. 계모는 그를 현재의 상황에서 벗어나
기 위해 부유한 처녀와 결혼을 획책하는 이기적인 사람이라고

비난했고, 종국에는 그가 그녀를 불행하게 할 것이라며 그 결혼을 반대했다. 알비나는 불같이 화를 내며 자기 민족을 위해 모든 것을 희생하고 그녀가 제공하려는 어떤 도움도 거절하는 그에게 어떻게 그런 돼먹지 않은 생각을 할 수 있느냐고 소리쳤다. 그리고 만약 그가 그녀에게 작은 행복을 주는 그 결혼을 원하기만 한다면, 자기는 그에게로 달려가서 결혼할 것이라고 선언했다. 성년이 된 알비나는 고인이 된 삼촌이 두 조카딸에게 유산으로 남긴 금화 30만 루블을 받았다. 이젠 아무것도 그녀를 가로막을 수 없었다.

1833년 11월에 알비나는 가족들과 작별인사를 나누었다. 가족들은 그녀가 외따로 멀리 떨어진 야만인의 땅, 러시아의 극지로 죽으러 가는 양 그렇게 그녀를 떠나보냈다. 알비나는 긴 여행을 떠나기 위해 아버지가 사용하던 상자용 썰매가 달린 고풍스런 마차를 수리한 후, 늘 데리고 다니는 충실한 하녀 루드비카와 함께 그 마차에 올라타고는 기나긴 여정을 시작했다.

미구르스키는 군인 막사가 아닌 별도의 주택에서 살고 있었다. 니콜라이 파블로비치 황제의 명령에 따라 강등된 폴란드 장교들은 사병 생활을 힘들게 견뎌내야 했을 뿐만 아니라, 이 당시 병졸들이 당하던 온갖 굴욕을 참으며 살아야만 했다. 명령불이행에 대한 위험에도 불구하고 러시아 집행관들은 강등된 폴란드 장교들의 어려운 형편을 생각하여, 가능한 한 융통성을 발휘해 그들을 대우해주고 있었다. 하지만 평민들 대다수는 황제의 명령을 엄격히 수행해야만 하는 형편이었다. 미구루스키가 배속한 대대의 지휘관은 사병 출신으로 읽고 쓸 줄을 몰랐다. 그 지휘관은 이전에는 부유하고 교양 있는 젊은이였다가 현재는 모든 것을 잃어버린 미구루스키의 처지를 동정하고 배려해서 그에게 부과된 모든 걸 묵인해주었다. 병사처럼 부어오른 얼굴에다 흰 구레나룻을 기른 이 육군 중령의 선의에 대한 보답으로, 미구루스키는 사관학교 입학을 준비하는 중령의 두 아들에게 프랑스어와 수학을 가르치고 있었다.

우랄스크에서 보낸 7개월의 삶은 미구르스키에게 단조롭고 침울하고 지루했을 뿐만 아니라, 참으로 고통스러운 것이었다. 그는 지휘관과 가능하면 거리를 유지하며 지내려고 했기 때문에 여기 소도시에서 생선 장수로 일했던 무뚝뚝하고 배운 것이 별로 없는 데다 교활한 폴란드 유형수 외에는 친구도 없었다. 더 중요한 건 그가 한 번도 가난한 생활에 익숙해본 적이 없었는데, 전 재산을 몰수당해 가진 것도 없다는 점이다. 그나마 그가 몰래 남겨둔 금붙이가 있어서 그걸 팔아서 그럭저럭 삶을 이어올 수 있었던 것이다.

이와 같은 유형 생활에서 그의 유일한 큰 기쁨은 알비나와 편지를 주고받는 일이었다. 로잔카를 방문했던 그때 이후로 줄곧 마음속에 남아 있던 시적이고 사랑스런 그녀의 모습은, 이곳으로 추방된 뒤로는 점점 더 아름다운 모습으로 마음 깊은 곳에 자리 잡게 되었다. 그녀는 자신의 첫 편지에서, 그가 이전에 보냈던 편지 중에 쓴 '나의 꿈과 계획이 무엇이었는지' 라는 구절이 무슨 뜻이냐고 물었다. 그는 그 꿈이란 그녀를 아내로 맞이하는 것이라고 고백하는 답장을 보냈다. 그녀는 그를 사랑한다는 내용의 답신을 다시 보냈다. 그러자 그는 이전과 같으면 가능할 수도 있는 일이지만 지금 상황에선 불가능한 일이라고 생각하며, 그런 편지는 보내지 말았어야 했다고 다시 답장을 보냈다. 이번에는 그녀가 그 일은 불가능하지도 않을뿐더러, 이제 곧 필연적으로 성사될 일이라고 답장했다. 이에 그는 지금의 자신의 처지에선 그 일이 불가능할뿐더러, 설사 가능하다고 해도 자신이 그녀의 희생을 받아들일 수는 없다고 답신을 보냈다. 이 편지를 보낸 후에 그는 2000즈워티(폴란드의 화폐 단위—옮긴이)를 받았다. 그는 봉투에 찍힌 소인과 필체를 보고 알비나가 보낸 편지라는 것을 알았다. 첫 편지에서 재미 삼아 아이들을 가르치면서 차와 담배와 책 등 필요한 것을 구입할 돈을 버는 경험이 만족스럽다고 썼던 것이 떠올랐다. 그는 자신들의 숭고한 관계를 돈으로 무너뜨리지 말라고 썼고, 모든 것이 만족스럽고 그녀와 같이 훌륭한 친구가 있는 것만으로도 충분히 행복하다고 써서 편지를 보냈고, 다른 봉투에는 받은 돈을 넣어 그녀에게 보냈다. 그 시점에서 편지 왕래가 끊겨버렸다.

어느 11월 미구르스키가 중령의 집에서 아이들을 가르치고 있는데, 우편마차에서 울리는 종소리 같은 게 점점 가까이 다가오는 소리가 들려왔다. 마차의 미끄럼 나무가 얼어붙은 눈길에 미끄러지면서 현관 입구 근처에서 삐거덕 소리를 내며 멈춰 섰다. 아이들이 누가 왔는지 보고 싶은 마음에 일어나 뛰쳐나갔다. 미구르스키가 방 안에 남아 문을 바라보면서 아이들이 돌아오기를 기다리고 있을 때, 중령의 아내가 그 문으로 들어왔다.

"선생님, 어떤 귀족 아가씨 두 명이 선생님을 찾는데요. 선생님의 나라에서 온 것 같아요. 폴란드 사람 같던데요." 그녀가 말했다.

누군가가 미구르스키에게 알비나가 찾아올 수 있겠는가 하고 묻는다면, 그는 생각조차 할 수 없는 일이라고 대답했을 것이다. 마음 깊은 곳에서는 그녀를 간절히 기다리고 있었음에도 불구하고. 갑자기 피가 솟구친 그는 가쁜 숨을 몰아쉬며 현관으로 달려 나갔다. 현관 앞에서는 얼굴이 얽은, 뚱뚱한 몸매의 여인이 머리에 감고 있던 스카프를 벗고 있었다. 다른 한 여인은 막 중령의 집으로 들어가고 있었다. 등 뒤에서 나는 발소리를 듣고는 그녀가 뒤돌아보았다. 부인용 모자 아래로 빛나는 푸른 눈을 크게 뜬 알비나가 기쁨에 겨워 웃고 있었는데, 두 눈꺼풀에는 서리가 내려앉아 있었다. 그는 놀라움에 딱 얼어붙은 채 어떻게 맞이해야 할지, 어떻게 인사를 나누어야 할지 몰라서 당황했다.

"유조!"

알비나는 아버지가 그를 부르던 것처럼, 그녀 자신도 그의 이름을 불렀다. 그의 목을 팔로 감싸 안으며 자신의 차가운 얼굴을 그의 얼굴에 비벼대면서, 울기도 하고 웃기도 했다.

알비나가 누구인지를 소개하고 그녀가 왜 왔는지를 알려주자, 중령의 아내는 결혼할 때까지 자신의 집에서 그녀가 머물도록 배려해주었다.

6

마음씨 착한 중령은 사령관에게 편지를 써서 미구르스키와 알비나가 결혼할 수 있도록 해주었다. 결혼식은 오렌부르크 시의 폴란드 사제를 불러 교회 의식에 따라 치러졌다. 중령의 아내가 알비나의 친어머니를 대신하고, 그의 아들 중의 한 명이 성상을 모셔 가고, 또 유형자인 폴란드인 브르조좁스키가 시중드는 사람이 되어주었다.

알비나는 완전히 안다고는 할 수 없는 사람과 결혼했는데도 이상하다고 여겨질 정도의 뜨거운 열정으로 남편을 사랑했다. 그녀는 결혼 후 지금에서야 비로소 그가 어떤 사람인지를 알게 되었다. 자신의 상상 속에서 키우고 간직해온 이미지에서는 보이지 않던, 피와 살을 가진 생생한 남자의 일상적이고 현실적인 많은 요소들을 보게 되었던 것이다. 그러나 이 사람도 피와 살이 있는 현실 속의 사람이라는 바로 이 점 때문에, 이전의 추상적 이미지에서는 보지 못했던 많은 단순하고 좋은 장점들도 알게 되었다. 그녀는 친구나 지인들로부터 그가 전쟁 중에 정말로 용감했다는 사실을 들었으며, 재산을 몰수당하고 자유를 잃었지만 불굴의 정신으로 버텼다는 것을 알고 있었으므로, 항상 그를 영웅적인 삶을 사는 고결한 주인공으로 상상해왔던 것이다. 실제로 그는 육체적으로는 아주 강한 힘과 정신적으로는 용맹스러움을 지녔지만, 조용한 데나 숫양처럼 온순한, 아주 담백한 사람이었다. 그리고 선의가 담긴 농담을 하고, 엷은 갈색의 콧수염과 턱수염 사이의 입술로 어린아이와 같은 미소를 짓는 순수한 사람이었다. 그녀는 그 미소를 볼 때마다 로잔카의 옛 시절을 떠올렸다. 그러나 임신 중에는 그가 항상 피워대는 파이프 담배 연기를 참기가 몹시 힘들었다.

미구르스키 또한 결혼한 지금에서야 비로소 알비나를 알게 되었다. 알비나를 통해 여자의 심리를 처음으로 감지하게 되었던 것이다. 그는 알비나의 온화하고 고마운 마음씨 때문에 일반적인 여자의 실체를 제대로 보지 못하고 있었지만, 그녀에게서 일반적인 여자의 속성을 보고서는 그것에 놀라기도 하고, 곧 절망에 빠져들기도 했다. 그는 한 여자로서의 알비나를 향한 깊은 애정과 더불어 그 매력에 빠져드는 감정을 느끼는 한편으로, 그에게 과분한 행복을 가져다준 그녀의 희생에 대하여 다 갚을 수 없는 부채 의식을 가지기도 했다.

미구르스키 부부는 한겨울에 길을 잃고 몸이 얼어버린 두 마리 짐승이 서로에게 따뜻한 온기를 전해주는 것처럼 그렇게 서로를 온 마음을 다해 사랑하며, 행복하게 지냈다. 이 부부의 행복한 삶에 유모 루드비카는 큰 역할을 담당하는 존재였다. 그녀는 선량하면서도 수다스런 성격에, 모든 남자들과 쉽게 사랑에 빠지는 여자로서, 여주인에게는 매우 헌신적이었다. 미구르스키 부부는 아이들과 더불어 행복이 더했는데, 결혼을 한 지 1년 후에 아들을 낳았고, 다시 1년 반 뒤에 딸을 얻었다. 아들은 어머니를 꼭 빼닮았다. 눈도 그렇고 활달한 성격에 기품이 있어 보이는 것도 그랬다. 딸은 건강했으며 귀여웠다.

조국을 멀리 떠나 있는 것이 미구르스키 부부의 불행이었는데, 무엇보다 적응하기 힘든 모욕적 상황이 힘든 고통이었다. 특히 알비나는 이 모욕적 상황이 고통스러웠다. 자신의 영웅이자 이상적 타입의 인간인 남편 유조가 모든 장교 앞에서 경례를 붙이고, 총을 조작하고 경계 근무를 서는 등 어떤 명령에도 복종해야만 하는 것이 무엇보다도 참기 힘들었던 것이다.

게다가 조국인 폴란드로부터 몹시 슬픈 소식을 듣게 되었다. 거의 모든 친척들과 친구들이 추방을 당하거나, 모든 것을 잃거나 쫓겨서 외국으로 나갔다는 것이다. 미구르스키 부부에게는 이 상황을 종료할 수 있는 어떤 기대도 엿보이지 않았다. 그래서 미구르스키는 사면을 해주든지, 상황을 개선시켜주든지, 아니면 장교로 진급을 시켜달라고 청원했지만, 어떤 시도도 목적을 달성하지 못했다. 상황은 날로 악화되어 러시아의 황제 니콜라이 파블로비치는 군사 검열, 사열, 그리고 훈련을 실시했고, 가장무도회를 열어 여자들과 시시덕거리기도 했으며, 추구예프로부터 노보로시스크까지, 그리고 페테르부르크와 모스크바까지 러시아를 가로지르는 순시가 필요하다면서 수많은 말들을 혹사시키고, 사람들을 공포에 떨게 했다. 어떤 대담한 사람들이 유배된 12월 당원들이나 조국을 사랑하고 찬미하는 그 마음으로 인해 고난을 겪고 있는 폴란드인들에게 선처를 베풀어달라고 간청하면, 그는 한숨을 내쉬고는 흐리멍덩한 눈으로 바라보며 이렇게 말할 뿐이었다.

"그들이 임무를 다하게 하라. 아직은 이르다." 그는 이르지 않은 때가 언제인지, 그리고 적당한 때가 언제인지 마치 알기라도 하는 듯이 말했다. 그러면 장군들, 시종들과 그들의 아내들, 그에게서 봉급을 받는 사람들 모두는 이 위대한 황제의 통찰력과 현명함에 탄복했다.

그래도 미구르스키 가족의 삶은 대체로 불행하다기보다는 행복한 편이었다.

그들은 그렇게 5년을 살았다. 하지만 그 무렵 그들은 예기치 못했던 일로 끔찍한 고통과 슬픔을 겪어야 했다. 먼저 딸이 중병에 걸리더니 이틀 뒤에는 아들도 중병에 걸렸다. 아들은 의사의 도움도 받을 수 없는 형편에서(어떤 의사도 찾기란 불가능했다), 사흘 동안이나 열병을 앓더니 나흘째 되는 날에 죽었다. 그리고 아들이 죽은 지 이틀 뒤에 딸마저도 죽고 말았다.

알비나는 우랄 강에 투신자살하지는 않았다. 그녀의 자살 소식을 듣고 망연자실하게 될 남편을 상상하면 끔찍한 생각이 들었기 때문이다. 그녀에겐 산다는 게 고해였다. 이전에는 항상 집안일을 하고 꼼꼼하게 일처리를 했지만, 지금은 모든 일을 루드비카에게 맡기고는, 일도 하지 않으면서 몇 시간이고 앉아서 눈앞에서 일어나는 일을 조용히 바라보다가, 갑자기 일어나 자신의 방으로 뛰어가곤 했다. 유모나 남편의 위로에 대꾸도 하지 않은 채 소리 없이 울며 머리를 흔들고는 나가달라고 청하거나 혼자 있게 해달라고 말할 뿐이었다.

그해 여름, 그녀는 아이들의 무덤을 찾곤 했는데 그곳에 앉아서 '만일 이렇게 했더라면 어땠을까?' 하는 생각을 하며 가슴을 쥐어뜯었다. 특히 의료 지원을 받을 수 있는 도시에서 살았더라면 아이들을 살릴 수도 있었을 거라는 생각에 고통스러웠다.

'무엇 때문에 우리는 이렇게 살아야 하는가?' 그녀는 생각했다. '유조와 나—우리 부부가 어느 누구한테 무얼 해달라고 바란 적이 있었나? 단지 할아버님과 증조부님이 태어나 살던 것처럼 그이도 그렇게 살고, 나는 그와 아이들을 사랑하며 살고, 아이들을 양육하고 싶었을 뿐인데. 그런데 어째서 갑자기 그를 고문하고 유형을 보내고, 세상에서 가장 소중한 아이들, 내 아이들을 빼앗아 간단 말인가, 무엇 때문에? 무엇 때문에 우리는 이렇게 살아야 하는가?' 그녀는 사람들과 하느님에게 이런 물음을 제기했다. 하지만 어떤 대답의 가능성도 엿보이지 않았다.

이 물음에 대한 대답이 없는 한 그녀의 삶은 없었다. 그녀의 삶은 멈추어버렸다. 이전에 그녀는 유형지에서의 가난하고 틀에 갇힌 삶을 우아하고 고상한 여성적 취향으로 장식해왔지만, 지금에 와서 그런 생활은 그녀뿐만 아니라 미구르스키에게도 인내하기 어려웠다. 그는 고통당하는 아내 때문에, 그리고 무슨 방법으로도 그녀를 도울 수 없다는 걸 알아버린 자신 때문에 고통스러웠다.

7

 미구르스키 가족이 가장 힘든 나날을 보낼 때, 폴란드인 로솔롭스키가 우랄스크 시를 방문했다. 그는 혁명과 탈출을 위한 거대한 계획에 연루되어 체포되었던 사내였다. 그 계획은 시베리아로 추방된 사제인 시로친스키가 이끌었다.

 미구르스키처럼 로솔롭스키도 폴란드인으로서 폴란드 독립운동에 연루되어 추방된 후에 혁명과 탈출을 위한 거대한 계획에 관여했다는 이유로 태형을 당하고 미구르스키가 근무하는 대대의 사병으로 배속되었던 것이다. 학교에서 수학을 가르치기도 했던 로솔롭스키는 키가 크고 새우등에다 말랐으며, 볼이 푹 꺼지고 이마에 근심이 새겨져 있는 사람이었다.

 미구르스키의 집을 방문한 첫날 저녁, 로솔롭스키는 차를 마시는 자리에서 가혹한 고통으로 점철되었던 그들의 미완의 계획을 천천히 담담한 어조로 말해주었다. 시로친스키 신부가 시베리아 전역에 비밀단체를 조직해서, 카자크 분대, 그리고 보병 연대에 적을 둔 폴란드인들의 도움을 받아서 군인들과 죄수들로 하여금 주민들을 선동해 소요를 일으키게 한 다음에, 옴스크의 포병대를 점령하고 모든 사람들을 해방시키기로 했던 계획이었다.

 "그런 일이 정말로 가능했을까요?" 미구르스키가 물었다.

 "그 계획은 준비도 철저했고, 실현 가능한 일이었습니다." 찌푸린 표정으로 로솔롭스키가 대답했다. 그는 이어서 폴란드인들을 해방시키기 위한 계획과 거사를 성공시키기 위해 취했던 조치 및 실패할 경우에 모반을 획책했던 자들을 구하기 위한 대비책 등을 느린 어조로 침착하게 말했다. 아울러서 두 놈의 배반자만 없었다면 거사가 성공할 수 있었을 것이라고 덧붙였다. 그러고는 시로친스키 사제야말로 위대한 인물이고 정신적 힘을 지닌 큰 인간이라고 강조했다. 또한 목도할 수밖에 없었던 광경을—당국의 명령에 따라 이 사건으로 기소된 모든 사람들과 사제를 처형하는 걸—한결같은 조용한 목소리로 이야기했다.

"2개 대대 군인들이 모두 무척이나 탄력 있어 보이는 회초리를 손에 들고 긴 거리에 2열로 정렬해 서 있었습니다. 황제가 회초리 두께를 정해주었는데, 회초리 세 개가 소총의 총구에 들어갈 정도였습니다. 샤칼스키 박사가 제일 먼저 지나갔죠. 병사 두 명이 그를 양쪽에서 잡고 앞으로 지나가면, 병사들이 그의 노출된 등을 회초리로 때리는 식이었습니다. 내가 서 있는 곳으로 가까이 와서야 난 겨우 그 광경을 볼 수 있었죠. 그전에는 북을 둥둥 두드리는 소리만 들렸는데, 그제야 그의 몸에 회초리를 휘두르는 소리가 들렸고, 그가 다가오고 있다는 걸 알았습니다. 두 병사가 긴 소총에다 그의 팔과 어깨를 묶고는 그를 질질 끌고 오더군요. 회초리로 맞을 때마다 그는 머리를 이쪽저쪽으로 돌리며 몸부림을 치며 걸었습니다.

그가 우리 곁을 지나 끌려갈 때, 러시아 의사가 병사들에게 소리치는 걸 들었어요. '심하게 하지 마! 불쌍하잖아.' 하지만 그들은 심하게 때리더군요. 두 번째로 그들이 내 곁으로 그를 끌고 왔을 때는, 그는 이미 걸어가지도 못했습니다. 그래서 그를 질질 끌고 가더군요. 그의 등짝은 눈 뜨고는 못 볼 정도로 끔찍했습니다. 난 눈을 감아버렸습니다. 그가 쓰러지자, 어디론가 데리고 갔어요. 그다음으로 두 번째 사람을 데려왔습니다. 그리고 세 번째, 네 번째 사람이 왔지요. 모두들 쓰러지고, 끌려갔지요. 어떤 사람은 죽었고, 다른 사람들은 겨우 목숨이 붙어 있었는데, 우리 모두는 서서 그 장면을 지켜보아야만 했습니다. 태형은 이른 아침부터 오후 2시까지 장장 여섯 시간, 반나절 동안이나 계속되었습니다. 시로친스키 사제가 제일 마지막으로 태형을 받았습니다. 나는 그를 오랫동안 만나보지 못했는데, 그동안에 그가 폭삭 늙어버려서 알아보지 못할 뻔했죠. 주름살이 많은 얼굴은 창백하다 못해 파리해졌더군요. 발가벗겨진 몸은 앙상했고, 우묵해진 배 위로 갈비뼈만 툭 튀어나와 있었죠. 매번 회초리를 휘두를 때마다 모든 사람들이 그렇게 했듯이 몸서리를 치면서 머리를 이쪽저쪽으로 흔들었습니다. 하지만 신음은 내지 않았고, 그 대신에 크게 기도문을 외우더군요. 'Miserere mei Deus secundam magnam misericordiam tuam(주여, 당신의 자비로 저들을 용서하소서).'"

"내겐 그렇게 들렸습니다." 로솔롭스키는 빠르게 쉰 목소리를 냈다가는 입을 다물었고, 코로 거칠게 숨을 내쉬기 시작했다.

루드비카는 그의 말을 들으며 창가에 앉아서 손수건으로 얼굴을 가린 채 흐느껴 울었다.

"그만하세요, 짐승 같은 놈들이에요. 짐승보다 못한 놈들이에요!" 미구르스키가 파이프를 뽑아 던지며 외쳤다. 그리고 의자에서 벌떡 일어나서는, 빠른 걸음으로 어두운 침실로 갔다. 알비나는 어두운 구석을 빤히 바라보며 돌처럼 굳은 자세로 앉아 있었다.

8

다음 날 훈련을 마치고 집에 도착한 미구르스키는 아내가 이전처럼 가벼운 걸음에 웃는 얼굴로 그를 반겨서 놀랐다. 아내는 그를 침실로 데리고 갔다.

"저, 유조, 제 말 좀 들어봐요."

"듣고 있소. 무슨 일인데 그러오?"

"밤새도록 로솔롭스키가 하던 말들을 생각해봤어요. 그래서 내린 결론인데, 더 이상 이렇게 살 수는 없어요. 이렇게 살 수는 없어요. 더 이상은! 여기서 남아 이렇게 사느니, 죽어버리겠어요."

"무슨 방안이 있는 게 아니지 않소?"

"탈출해요."

"탈출이라고? 어떻게?"

"제가 모든 걸 다 생각해두었어요. 들어보세요."

그녀는 오늘 생각해두었던 계획을 그에게 말했다. 그 계획은 다음과 같았다. 미구르스키가 저녁마다 집을 나간다. 그러다가 유서가 든 군복을 우랄 강변에 벗어두고 돌아오는 것이다. 그러면 강에 투신자살했다고 믿을 거다. 그들은 시체를 수색하면서 편지를 띄울 것이다. 그러는 동안 그는 숨는다. 아무도 찾지 못하는 곳에 숨어서 한 달 정도를 그렇게 지낸다. 모든 게 잠잠해지면, 탈출을 시도한다.

처음 들어보는 그 계획은 실현 가능성이 없는 걸로 여겨졌다. 하지만 열정과 굳건한 신념으로 무장한 아내가 미구르스키를 설득하자, 하루가 마감될 즈음에 그는 아내의 의견에 동의했다. 그가 동의하게 된 이유는 설사 탈출에 실패한다고 하더라도 로솔롭스키가 말했던 것처럼 자기 혼자서 그 벌을 받으면 된다고 여겼기 때문이다. 더구나 아이들이 죽은 이후로 힘들게 버티고 있는 그녀의 입장에서 보면, 탈출 성공이야말로 자유를 획득하는 방법이라고 생각되었기 때문이다.

로솔롭스키와 루드비카에게 탈출 계획을 상세하게 말하고 오랫동안 의논하여 몇 가지 사항만 바꾼 후에 그들은 탈출 시도 계획을 확정 지었다.

우선 미구르스키가 투신자살한 것으로 알려지고 나면 그는 혼자 걸어서 미리 약속한 장소로 가고, 알비나가 그를 만나기로 한 장소에서 마차로 그를 이동시킨다. 바로 이것이 그들의 첫 번째 계획이었다. 로솔롭스키는 최근 5년간 수많은 사람들이 시베리아에서 탈출을 시도했지만 모두가 실패하고, 오직 한 사람만이 아내와 함께 탈출하는 행운을 누렸다고 말했다. 그래서 알비나는 다른 계획을 제안했다. 마차에 미구르스키를 숨기고 자기는 루드비카와 함께 사라토프까지 간다. 사라토프에서는 변장한 미구르스키가 볼가 강변을 따라 내려가 약속 장소에 합류한다. 그다음에는 모두들 알비나가 미리 빌려놓은 배를 타고 볼가 강을 따라 아래로 내려가 아스트라한까지 가서 카스피 해를 통과해 페르시아로 가는 계획이었다. 모두가 이 계획에 찬성했는데, 특히 주요한 틀을 만들었던 로솔룹스키가 적극적으로 찬성했다. 당국의 주의를 끌지 않고 마차 안에 한 사람이 숨을 만한 공간을 마련하는 건 어려운 일이었다. 그래도 한 사람이 숨을 공간이 필요했다. 아이들의 무덤을 둘러보고 온 알비나가 아이들을 낯선 지역에다 남겨두고 떠난다는 것이 마음 아픈 일이라고 로솔룹스키에게 말하자, 그가 이 말을 듣고 생각에 잠겼다가 말했다.

"당국에다 아이들의 관을 가지고 가겠으니 허락해달라고 요청해요. 당신에게 허락할 겁니다."

"아뇨, 그러고 싶지 않아요. 그렇게까지 하고 싶진 않아요." 알비나가 말했다.

"요청하세요. 이것만이 해결책이에요. 관을 가지고 가는 것이 아니라, 큰 나무 상자를 만들어서 그 안에다 미구르스키를 숨기는 겁니다."

처음에 알비나는 아이들에 대한 기억을 거짓과 결부시킨다는 것이 꺼림칙해서 이 제안을 거절했다. 하지만 미구르스키가 그 계획을 흔쾌하게 수용하자, 그녀도 동의했다.

그들의 최종 계획은 다음과 같이 다듬어졌다. 미구르스키는 상관들이 그의 투신자살을 굳게 믿도록 만들어야만 한다. 당국이 그의 죽음을 인정하게 되면, 알비나는 남편이 죽었으므로 조국으로 돌아가고자 하는데 아이들의 관을 가지고 갈 수 있게끔 허락해달라고 요청하는 편지를 쓴다. 당국이 그녀의 요청을 허락하게 되면, 두 군데 무덤을 파서 관들을 옮기는 척만 하고, 관은 그 자리에 그대로 남겨놓는다. 그러고 나서 미구르스키가 아이들의 관으로 위장한 나무 상자에 들어가 자리를 잡는다. 상자를 타란타스(러시아의 여행 마차로 덮개가 있다—옮긴이)에 싣고 사라토프까지 간다. 사라토프에서는 배를 빌려 탄다. 일단 배를 타면 미구르스키는 상자에서 나올 수 있고, 강을 따라 카스피 해까지 간다. 그다음에 페르시아나 터키로 가서 자유를 만끽한다.

9

무엇보다 먼저 미구르스키 가족은 루드비카를 조국 폴란드로 보낸다는 구실로 타란타스를 구입했다. 그다음에는 비록 구부린 자세지만 한 사람이 누워서 숨을 쉴 수 있고, 부지불식간에 신속히 드나들 수 있는 여행 마차용 특수 상자를 만들기 시작했다. 알비나, 로솔롭스키 그리고 미구르스키, 이 셋이서 상자를 고안하고 적합하게 만들었다. 특히 로솔롭스키가 훌륭한 목공 실력을 유감없이 발휘해서 큰 도움이 되었다. 그는 상자를 마차의 차체 후면에다 맞추어 고정시킨 후, 차체에 맞추어진 좁은 벽을 떨어내고 사람이 거기로 들어가 상자와 마차의 바닥 사이에 누울 수 있도록 공간을 만들었다. 게다가 상자에 환기를 위한 구멍도 뚫어놓았고, 상자의 위쪽과 측면 부분은 멍석으로 덮고 밧줄로 감았다. 그리고 마차의 좌석 아래를 통해서만 들어가고 나가는 게 가능하도록 만들었다.

타란타스와 상자가 준비되었다. 알비나는 남편이 종적을 감추기 바로 전 단계를 실행하는 차원에서 중령을 방문했다. 남편이 우울증에 빠져 자살을 시도했었다고 중령에게 진술했다. 또한 남편이 염려되니 그에게 휴가를 달라고 요청했다. 드라마 예술과 관련된 그녀의 재능이 쓸모가 있었다. 그녀가 남편의 일로 인한 불안과 두려움을 어찌나 자연스럽게 연기했던지, 중령은 깊은 감동을 받아서 가능한 한 모든 편의를 제공해주기로 약속했다. 이 일이 있은 다음에 미구르스키는 우랄 강변에 남겨놓을 외투의 소맷부리를 접은 곳에서 발견되어야만 하는 유서를 작성했다.

예정된 날 저녁에 그는 우랄 강으로 가서 날이 어둡기를 기다렸다가 강변에다 편지를 넣은 외투를 벗어놓고 집으로 몰래 돌아왔다. 천장과 지붕 사이의 준비된 장소에 숨자마자, 자물쇠로 문을 잠갔다. 밤에 알비나는 루드비카를 중령에게 보내, 남편이 이십사 시간 전에 집을 나갔는데 아직까지도 귀가하지 않는다고 전하게끔 했다. 아침에 사람들이 그녀에게 남편의 편지를 가지고 왔다. 알비나는 매우 절망적인 표정으로 눈물을 글썽이며 편지를 중령에게 가지고 갔다.

일주일 후 알비나는 조국 폴란드로 가게 해달라는 청원서를 당국에 보냈다. 주위의 모든 사람들은 미구르스키 부인의 깊은 슬픔에 큰 감동을 받았다. 그리고 어머니와 아내로서의 그녀의 불행에 모두가 슬퍼했다. 당국에서 떠나도 좋다고 허락하자, 그녀는 다시 아이들의 유해를 발굴해서 가져갈 수 있도록 허락해 달라는 편지를 썼다. 당국은 이 감정적인 청원에 놀랐지만, 승낙해주었다.

허락을 받은 다음 날 저녁에, 로솔롭스키는 알비나와 루드비카와 함께 아이들의 관을 들여놓을 상자를 마차에 싣고 아이들의 무덤이 있는 묘지로 향했다. 알비나는 아이들의 무덤 앞에 무릎을 꿇고 기도하고는 재빨리 일어나서 얼굴을 찌푸리며 로솔롭스키를 돌아보며 말했다.

"일을 하세요. 저는 도저히 이곳에 있을 수가." 그녀는 저쪽으로 물러났다.

로솔롭스키와 루드비카는 비석을 옮기고는 무덤의 윗부분을 삽으로 파서 무덤이 파헤쳐진 것처럼 보이게 했다. 이 모든 일을 마무리한 후 그들은 알비나를 불렀고 상자에 흙을 채운 다음에 집으로 돌아갔다.

출발하기로 한 날이 다가왔다. 로솔롭스키는 이 계획이 끝까지 진척되어 마치 성공이라도 한 것처럼 즐거워했다. 루드비카는 여행에 필요한 빵과 러시아식 만두를 만들었다. 그녀는 요리할 때마다 늘 '엄마의 맛있는 요리'라는 말을 중얼거렸고, 기쁨과 두려움이 혼재된 마음으로 임했다. 미구르스키 역시 한 달 이상을 머물렀던 그 공간을 떠나 자유를 되찾는다는 생각에 기뻐했다. 무엇보다도 그는 낙천적인 믿음과 활력을 되찾은 알비나를 보고 기쁨이 넘쳤다. 알비나는 그전의 모든 슬픔과 앞으로 닥칠지도 모르는 모든 위험은 잊어버린 것 같았다. 남편이 숨어 있는 장소로 달려간 그녀는 환희에 가득 찬 기쁨으로 인해 마치 처녀 시절처럼 빛이 났다.

새벽 3시에 여행에 동행할 카자크인이 왔고, 말 세 마리를 몰고 카자크인 마부가 왔다. 알비나와 루드비카가 작은 강아지와 함께 타란타스의 양탄자로 덮인 방석 위에 앉았다. 카자크인과 마부는 마부 자리에 앉았다. 농부 옷차림으로 갈아입은 미구르스키가 미리 타란타스 차체 밑에 놓은 상자에 들어가 누워 있었다.

세 마리 말이 끄는 타란타스는 도시를 벗어나, 돌처럼 단단하고 평평한 길을 달려갔다. 일행은 은색의 나래새 잎들이 끝도 없이 펼쳐진 경작되지 않은 초원을 지나쳤다.

10

알비나는 희망과 흥분으로 가슴속의 심장이 멎어버리는 것 같았다. 그녀는 기쁨을 억제하지 못하고 가끔씩 미소를 지어 보이거나 루드비카에게 마부석에 앉아 있는 카자크인의 널찍한 등판이나 타란타스의 밑바닥을 머리로 가리켰다. 그런데도 루드비카는 자못 진지한 표정으로 미동도 하지 않고, 입술을 조금 오므린 채 앞만 쳐다보았다. 화창한 날이었다. 비스듬하게 솟아오르는 아침 햇빛을 받아 은색으로 빛나는 나래새 잎들이 끝도 없이 펼쳐진 한적한 초원이 사방팔방으로 전개되고 있었다. 이쪽저쪽에서 바시키르 말(인내력이 강한 걸로 유명한 말—옮긴이)들이 아스팔트처럼 딱딱한 길을 따라 질주하면서 내는 편자를 박지 않은 발굽 소리만 끝없이 펼쳐진 초원에 울려 퍼졌다. 들다람쥐들이 파놓은 흙덩어리들이 보였고, 초원 저 멀리로 작은 짐승들이 뒷다리로 서서 망을 보다가 휘파람을 불듯이 휘휘 소리를 내서 위험을 알리고는 굴속에 숨기도 했다. 이따금 밀을 실은 짐마차를 이끄는 카자크인 일행이나 바시키르 출신의 마부들을 만나면, 카자크인이 타타르어로 활달하게 몇 마디 인사를 나누었다. 말들은 지나치는 우마역마다 들러서 신선한 여물을 배불리 먹고, 알비나로부터 보드카 값으로 반루블 은화를 받은 마부들은 시쳇말로 전령이 내달리듯이 전속력으로 말들을 내몰았다.

첫 번째 역에서 고참 마부가 지친 말을 끌어내면, 신참 마부는 새로운 말을 대기시켰는데 마차로 데려가진 않았다. 그러는 사이에 카자크인이 마당으로 들어가면, 알비나는 허리를 숙인 채로 남편의 기분이 어떤지, 뭐 필요한 것은 없는지 물어보았다.

"기분도 좋고 편안해. 뭐 필요한 것도 없어. 이틀간이라도 누워 있을 만해."

저녁 무렵이 되자 데르가치라는 큰 마을에 이르렀다. 알비나는 남편이 몸을 추스르고 신선한 공기를 마실 수 있도록 하기 위해, 우마역이 아닌 작은 마을 여인숙 마당에 여행 마차를 세웠다. 그리고 즉시 알비나는 카자크인에게 돈을 주며 계란과 우유를 사달라며 내보내고는, 깜깜한 마당의 처마 아래에다 타란타스를 정차시켰다. 그녀는 루드비카에게 카자크인이 오는지 망을 보게 한 후, 남편을 밖으로 나오도록 해 먹을 것을 주었다. 그러고는 카자크인이 돌아오기 전에 미구르스키는 다시금 비밀 장소로 기어들어 갔다. 그다음 새 말로 교체하고는 먼 길을 나섰다. 알비나는 자꾸자꾸 기분이 고양되는 걸 느꼈고, 그 감격과 즐거움을 주체할 수가 없었다. 루드비카에게도, 카자크인에게도, 트레조르카에게도 자기 기분을 더 이상은 표현할 수가 없어서 그저 즐거워할 따름이었다.

루드비카는 못생겼음에도 불구하고, 남자들과의 모든 관계에서 남자들이 늘 먼저 자기에게 추파를 던진다고 생각했다. 지금도 동행하고 있는, 몸집이 크고 친절한 우랄 출신의 카자크인도 그럴 것이라고 지레짐작하고 있었다. 이 카자크인은 유난히 선하고 선명한 푸른 눈을 반짝이며 두 여인에게 친절하게 대했다. 두 여인도 그의 소박하고 선하고 온화한 태도로 인해 유쾌했다. 알비나는 트레조르카가 좌석 밑에다 코를 대고 킁킁거리지 않도록 손짓으로 위협하는 시늉을 하며, 루드비카가 카자크인에게 교태를 부리는 걸 즐겁게 보고 있었다. 말하는 모든 것에 미소로 화답해서 선량한 인상을 풍기는 카자크인은 이들이 무언가를 숨기고 있다고는 의심하지 않는 것처럼 보였다. 알비나는 일의 위험성, 눈앞에 다가온 계획의 성공, 더 없이 좋은 날씨와 초원의 깨끗한 공기에 흥분되어서, 오랫동안 맛보지 못했던 어린아이 같은 감격과 기쁨을 맛보았다. 알비나가 즐겁게 대화를 나누는 소리를 들으면서, 미구르스키는 육체적으로 몹시 고통스러운 자신의 상태(무척 더웠고 갈증이 그를 괴롭혔다)조차 잊고, 아내의 기쁨에 그저 즐거웠다.

이튿날 저녁 무렵, 안개 속에서 무언가 희미한 게 보이기 시작했다. 볼가 강과 사라토프 시였다. 카자크인이 초원에서 길들여진 눈으로 볼가 강과 돛대들을 식별하고는, 루드비카에게 그것을 가리켰다. 루드비카도 보인다고 말했다. 그러나 알비나는 아무것도 보이지 않았다. 하지만 단지 남편이 듣도록 하기 위해서 일부러 큰 소리로 말했다.

"아, 사라토프와 볼가 강이구나." 그녀는 트레조르카를 향해 말하는 체하며, 남편에게 자신이 파악한 모든 상황을 알려주고 있었다.

11

사라토프 시내로 들어가지 않고, 알비나는 볼가 강의 왼편이자 도시의 반대편에 자리 잡은 포크롭스키 교외에서 멈추었다. 알비나는 이곳에서 남편을 상자 밖으로 나오게 한 후, 그와 이야기하며 밤을 지낼 수 있기를 바랐다. 그러나 카자크인은 짧고도 짧은 봄밤 내내 타란타스를 떠나지 않고, 처마 밑에 세워진 빈 짐마차에서 타란타스를 보며 앉아 있었다. 알비나의 지시에 따라, 루드비카도 타란타스 안에 앉아 있었다. 그녀는 카자크인이 자기로 인해서 자리를 뜨지 않는다고 확신하고는, 얽은 얼굴을 수건으로 가리기도 하고, 눈짓을 하며 웃기도 했다. 그러나 알비나는 그런 모양이 전혀 재미있어 보이지 않았다. 카자크인이 무슨 이유로 밤새 마차 곁에서 떠나지 않고 머무르는지 이해가 되지 않아서 자꾸자꾸 불안할 뿐이었다.

　5월의 짧은 밤도 순식간에 지나고 어둑새벽이 밝아오기 시작했다. 알비나는 여인숙 방에서 나와 뒷마당으로 이어진 퀴퀴한 복도를 지나 현관 출입구 쪽으로 가보았다. 그러나 카자크인은 여전히 자고 있지 않았다. 타란타스 곁의 빈 짐마차에 앉아 두 다리를 흔들어대고 있었다. 잠이 깬 수탉들이 마당 여기저기서 울어대는 이른 새벽 무렵에야 알비나는 남편에게 가 이야기할 기회를 겨우 포착했다. 카자크인이 수레에 누워서 코를 골았던 것이다. 그녀는 조심스럽게 마차로 다가가 상자를 밀었다.

　"유조!" 대답이 없었다. "유조! 유조!" 그녀는 떨면서 더 큰 목소리로 남편을 불렀다.

　"여보, 무슨 일이오?" 미구르스키가 상자 안에서 졸린 목소리로 말했다.

　"왜 대답을 하지 않았어요?"

　"자고 있었소." 그가 말했다. 그녀는 남편의 목소리에 웃음기가 배어 있다는 걸 알았다.

"나가도 돼?" 그가 물었다.

"안 돼요, 안 돼. 카자크인이 저기 있어요." 그녀가 이 말을 하면서 짐마차에서 자고 있는 카자크인을 보았다.

그런데 놀라운 일이었다. 카자크인은 코를 골면서도 그의 눈, 선해 보이는 파란 눈은 뜨고 있었다. 그는 그녀를 쳐다보다가 시선이 마주치자 눈을 감았다.

'자고 있는 걸로 알았는데. 자고 있지 않았던 건가?' 알비나는 스스로에게 물었다. '자고 있는데 잘못 본 거겠지'라고 생각하고는 다시 남편에게 향했다.

"조금만 더 참아요. 먹을 것 좀 더 드려요?"

"아니오. 담배를 피우고 싶소."

알비나는 다시 카자크인을 보았다. 그는 자고 있었다. '그래, 내가 잘못 본 거야.' 그녀는 잠시 생각했다.

"관청에 가볼 시간이라 일어나야겠어요."

"그래, 조심하고……."

알비나는 여행 가방에서 옷을 꺼내 들고 방에 가서 옷을 갈아입었다.

그녀는 미망인이 입는 스타일에 맞추어 가장 근사하게 차려입고 배에 올랐다. 그리고 볼가 강을 건넜다. 그다음 경마차를 잡아타고 주지사에게로 갔다. 주지사가 그녀를 맞이해주었다. 젊게 보이려고 애쓰는 노인은 프랑스어를 유창하게 하는 데다, 잘차려입고 온화하게 웃는 이 폴란드 미망인이 마음에 들었다. 그는 그녀가 바라는 모든 것들을 허락했고, 차리친의 시장에게 편지를 써놓을 터이니 내일 다시 오라고 했다. 알비나는 자신의 방문이 성공적인 데다, 주지사의 태도에서 그가 자기에게 호감을 드러냈다는 걸 알고는 기분이 좋아졌다. 그녀가 탄 시골 마차가 언덕 아래의 허술한 도로를 따라 부두를 향해 가는 내내, 그녀의 가슴은 행복과 희망으로 넘쳤다. 숲 위로 벌써 태양이 떠올랐다. 비스듬한 햇살이 출렁이는 주름진 물결 위에 쏟아지며 퍼져 나갔다. 야산에 오르자, 왼편과 오른편으로 흰 구름과 같은 사과꽃이 그윽한 향기를 내뿜고 있었다. 강변에 가득 찬 돛대들은 숲을 이루었고, 바람을 머금은 돛들은 잔물결을 일으키며 태양과 장난치는 물결 위에서 새하얗게 보였다. 부두에 도착하자, 그녀는 아스트라한으로 가는 배를 구할 수 있는지, 좀 전에 이야길 나누었던 마부에게 물었다. 그러자 수다스럽고 나서기 좋아하는 뱃사공 십여 명이 그녀를 에워싸고는 자기 배를 사용하며 서비스를 받으라고 제안했다. 그녀는 자기 마음에 들었던 뱃사공들 중에서 한 명을 택해서 상담한 후에 배를 살펴보러 갔다. 그 배는 부두에 정박 중인 다른 배들에 비해서 작아 보였다. 바람을 받아 나아갈 수 있는 돛과 돛대, 그리고 바람이 없을 경우에 사용하는 두 개의 노가 달려 있는 배였다. 건장하고 서글서글한 사공 두 사람이 배 위에서 햇볕을 쬐며 앉아 있었다. 착하고 서글서글해 보이는 수로 안내인은 타란타스를 버리지 말고, 바퀴를 떼어낸 다음 배에 싣고 가라고 조언했다. "그러면 배가 중심을 잡아, 당신도 편안하게 앉아서 갈 수 있어요. 하느님이 좋은 날씨를 허락하시면, 닷새 정도면 아스트라한까지

갈 수 있을 겁니다." 수로 안내인이 덧붙였다.

알비나는 수로 안내인과 임대료를 상의한 후, 그에게 타란타스도 살펴보고 예약금도 치를 겸 포크롭스키의 로기노프 여인숙으로 와달라고 했다. 모든 일이 예상했던 것보다 훨씬 쉽게 해결되고 있었다. 알비나는 무척이나 기분 좋고 행복한 심정으로 볼가 강을 건넜다. 그녀는 뱃삯을 치르고, 여인숙으로 향했다.

12

카자크인 다닐로 리파노프는 시르트 현의 스트렐레츠키 마을 출신이었다. 그는 서른네 살로, 카자크군에서의 복무 기간을 한 달 남겨놓은 상태였다. 다닐로 리파노프의 가족은 푸가초프 반란을 기억하는 아흔 살의 조부, 두 동생, 시베리아에 유배되어 강제 노역 중에 있는 구교도인 큰동생의 아내, 다닐로 리파노프의 아내와 두 딸, 두 아들이 있었다. 아버지가 프랑스와의 전쟁 중에 죽자, 그가 집안의 가장이 되었다. 그의 가족은 말 열여섯 마리, 황소 두 마리를 키웠고, 1500루블의 가치가 있는 밀밭을 개간하고 씨를 뿌렸다. 다닐로는 오렌부르크 지역에서 복무하다가 카잔 시로 왔으며, 이제는 그의 군 복무 기간도 끝나갔다. 구교도인 그는 믿음이 독실해서 담배도 피우지 않았고 술도 마시지 않았으며, 현세의 불신자들과는 식사도 함께하지 않았다. 그리고 맹세 또한 철저히 지켰다. 매사에 치밀하며 신중하면서도 현명하게 처신하고, 상사가 그에게 일을 위임하면 단 1분도 헛되이 쓰지 않고 최선을 다해서 자신의 과업을 수행하려고 노력하는 사람이었다. 지금 그에게는 폴란드 여인 두 명과 관 두 개를 사라토프까지 운반하는 임무가 부과되어 있었다. 또한 여정에서 어떤 불행하고 나쁜 일이 일어나지 않도록 두 여인이 편하게 이동하도록 해야 했고, 어떤 이상한 행동도 하지 못하게 해야 했다. 그리고 예정대로 사라토프에서 이 지역 담당자에게 이들을 넘겨주기만 하면 명예롭게 임무를 완수하는 셈이었다. 이를 위해 그는 사라토프까지 폴란드 여인 두 명과 강아지, 그들의 관 두 개를 운반하고 있었던 것이다. 두 여자는 폴란드인이긴 했지만 조용하고 온순했다. 이들은 어떤 이상한 행동도 하지 않았다. 그런데 포크롭스키 교외에서 어둠이 내려앉을 무렵 그가 마차 곁을 지나는데, 갑자기 강아지가 타란타스 안으로 뛰어들어 꼬리를 흔들며 짖어대는 걸 보았다. 타란타스의 좌석 아래에서는 무슨 소리가 들리는 것 같았다. 그러자 폴란드 여인 중에서 나이 많은 여인이 그 모습을 보고는 무언가 두려운 듯 강아지를 붙잡아 데려가버렸다.

'무언가가 있어.' 카자크인은 생각했다. 그 후로 그는 유심히 살피기 시작했다. 밤중에 젊은 폴란드 여인이 타란타스로 다가오자 그는 자는 체했다. 그러자 상자에서 남자의 목소리가 분명하게 들렸다. 그래서 그는 이른 아침에 바로 경찰서로 가 신고했다. 그는 폴란드 여인들의 거동이 왠지 수상하다고 운을 뗀 뒤, 상자 안에다 시체 대신에 어떤 살아 있는 사람을 숨겨서 운반하는 것 같다고 덧붙였다.

알비나는 벅찬 감격으로 기뻐하며, 며칠이면 모든 고통도 끝나고 자유로워질 것이라고 굳게 믿으면서 여인숙에 도착했는데, 카자크 군인 두 명이 현관 근처에 세워둔 화려한 말을 부여잡고 타란타스 곁에 서 있는 것을 목격하고는 깜짝 놀랐다. 사람들이 현관 앞에서 북적거리며 마당을 들여다보려고 했다.

처음에 그녀는 희망과 활력으로 들떠서, 말들과 북적이는 사람들이 자신과 연관이 있으리라고는 생각하지 못했다. 그녀는 마당 안으로 들어가자마자 처마 아래에 서 있는 타란타스를 보고서야 사람들이 그 주위에 모여든 이유를 알게 되었다. 바로 그 순간 트레조르카가 절망적으로 짖어대는 게 들렸다. 일어날 수 있는 일들 중에서 가장 끔찍한 일이 일어나버렸던 것이다. 타란타스 앞에 검은 볼수염을 기른 남자가 거만하게 서서 목은 쉬었지만 큰 목소리로 무언가 명령하듯이 말하고 있었다. 그의 깨끗한 군복에서는 단추가 햇빛에 반짝거렸고, 반半견장도 빛이 났고, 목이 긴 군화까지도 번쩍거렸다. 그 장교 앞과 병사 둘 사이에 농민 복장을 한 미구르스키가 헝클어진 머리에 지푸라기를 붙이고는, 아직도 자기 신상에 무슨 일이 일어났는지 확실히 이해하지 못하겠다는 표정으로 어깨를 아래로 떨어뜨린 채 서 있었다. 모든 불행의 단초를 제공한 것이 자기인 줄도 모르는 트레조르카는 경찰부장을 향해 적개심을 드러내며 쓸데없이 짖어댔다. 알비나를 본 미구르스키가 몸을 부르르 떨며 그녀에게 다가서려고 하자, 두 군인이 그를 붙잡았다.

"아무 일도 아니오! 알비나, 아무 일도 아니오!" 미구르스키가 온화한 미소를 지으며 알비나에게 말했다.

"여기 대단한 마나님이 오시는군요!" 경찰부장이 말했다.

"이리로 와보시죠. 이것이 아이들의 관이란 말이오? 그러면 이 사람은?" 장교가 눈짓으로 미구르스키를 가리키며 말했다.

알비나는 대답하지도 못하고 두 손으로 가슴을 부여잡으며 공포에 질려 입을 다물지 못한 채 남편을 쳐다보았다.

마치 죽음 직전과도 같은, 생의 결정적인 순간이 그녀에게 닥쳐왔다. 그녀는 생각과 감정이 끝없는 심연으로 추락하는 것을 느낌과 동시에 눈앞에 펼쳐진 자신의 불행을 여전히 이해할 수도 없었고, 도저히 믿을 수도 없었다. 그녀에게 든 첫 번째 감정은 오래전부터 익숙했던 것으로, 거칠고 무례하고 막돼먹은 이 사람들에게 결박당한 채 학대받는 남편—그녀의 영웅의 모습을 통해서 느껴왔던 모욕당한 자긍심이었다. 두 번째 감정은, '사람들 중에 가장 훌륭한 이 사람을 그 누가 감히 구속할 수 있단 말인가?'라는 심정과 동시에 그녀에게 일어난 불행을 감내할 수밖에 없다는 심정이었다. 아이들의 죽음에서 느꼈던 그 엄청난 삶의 비극을 다시 회상하게끔 하는 그런 불행한 심정이었다. 그래서 지금 다시 묻게 되었다. '무엇 때문에 우리는 이렇게 살아야 하는가?' '무엇 때문에 내 아이들을 빼앗아 가는가?' 이 물음은 또 다른 물음을 불러일으켰다. '무엇 때문에 사람들 중에서도 가장 훌륭한, 내가 사랑하는 남편이 이렇게 고통을 당하면서 파멸해야만 하는가?' 그녀는 남편을 기다리고 있는 치욕적인 처벌이 떠오르자, 죄가 있다면 자기 혼자서 받아야만 한다는 생각이 들었다.

"이 사람이 누구요? 당신 남편이오?" 경찰부장이 반복하며 다그쳐 물었다.

"무엇 때문에? 무엇 때문에 우리는 이렇게 살아야 하는가? 무엇 때문에?" 그녀가 신경질적인 웃음을 쉼 없이 터뜨리며 소리치고는 타란타스의 좌석을 벗겨 땅바닥으로 끌어내려 놓은 상자 위에 쓰러졌다. 루드비카가 통곡하고 떨면서 눈물로 범벅이 된 얼굴로 그녀에게 다가갔다.

"마님, 사랑하는 마님! 하느님을 믿어요. 하느님이 함께하셔서 아무 일도 없을 거예요, 아무 일도." 루드비카가 손으로 알비나를 쓰다듬으며 말했다.

사람들은 미구르스키에게 수갑을 채우고는 마당에서 끌어냈다. 이 모습을 보고 알비나가 남편에게로 달려갔다.

"용서해주세요. 날 용서해주세요! 모든 게 내 잘못이에요! 나만 벌을 받게 해주세요!" 그녀가 말했다.

"누구에게 잘못이 있는지는 조사해보면 될 것이오. 당신들에 대해 철저하게 수사할 거요." 경찰부장이 알비나를 밀면서 말했다.

미구르스키를 선착장으로 이송시키자 알비나는 자신이 뭘 하는지도 깨닫지 못한 채 선착장으로 가는 남편을 쫓아갔다. 그녀를 진정시키려는 루드비카의 말도 들리지 않았다.

이 모든 일이 일어나고 있을 때, 카자크인 다닐로 리파노프는 타란타스 바퀴 근처에 서서 음울한 눈빛으로 경찰부장과 알비나와 자신의 다리를 번갈아가며 쳐다보고 있었다.

미구르스키가 끌려가자, 혼자 남겨진 강아지 트레조르카는 여행하는 내내 그랬듯이 꼬리를 흔들어대며 짖어대기 시작했다. 갑자기 카자크인이 타란타스 옆으로 비켜서더니 자기 모자를 벗어서 있는 힘껏 땅바닥에 내팽개치고 다리로 트레조르카를 밀치고는 선술집으로 갔다. 그는 선술집에서 보드카를 주문해 밤이고 낮이고 퍼마셨다. 술을 마시는 데 돈을 모두 탕진한 후에는 가진 걸 모두 저당 잡히고 술을 퍼마셨다. 다음 날 밤, 도랑에 누워 자다가 깨어난 그는 '상자 속에 숨어 있던 그 폴란드 남자를 경찰에다 고발한 것이 정말로 잘한 일이었을까?'라는 이 고통스런 질문을 뇌리에서 깡그리 지워버렸다.

당국은 미구르스키를 법정에 세웠다. 미구르스키는 탈출 시도에 대한 벌로 회초리 천 대에다 유배형을 선고받았다. 페테르부르크에서 인연이 있었던 그의 친척과 반다 역시 그보다는 약하지만 그래도 처벌을 받았다. 미구르스키는 시베리아로 종신 유배형에 처해졌고, 알비나는 그를 따라갔다.

니콜라이 파블로비치 황제는 폴란드에서뿐만 아니라 유럽 전 지역에서 혁명 지하조직을 압살하고는 기뻐했다. 또한 자신이 러시아 차르 체제의 유훈을 계승하고, 러시아 민중의 큰 이익을 위하여 폴란드를 러시아의 지배 아래에 두고 있는 점을 자랑스럽게 여겼다. 별이 달린 훈장을 달고 금으로 치장한 군복을 입은 군인들도 황제를 칭송했다. 그리고 황제도 자기는 위대한 인물이며, 자신의 삶은 인류와 특히 러시아 민중에게는 위대한 축복이라고 굳게 믿고 있었다. 하지만 그의 권력은 부지불식간에 러시아 민중을 타락과 의식의 혼돈으로 이끌어 가고 있었다.

신적인 것,
인간적인 것

신적인 것, 인간적인 것

1

1870년대, 제정 러시아 정부와 혁명 당원들의 갈등이 증폭되고 있던 때였다.

독일 출신이었던 남부 속주의 총독은 눈빛이 차갑고 수염이 입술 아래로 내려간, 무표정한 얼굴에 몸집이 큰 사람이었다. 그는 항상 군복 차림에다 흰 십자가를 목에 걸고 다녔다. 어느 날 밤, 그가 네 개의 푸른 등갓 속에 싸인 촛불이 빛을 발하는 집무실의 탁자에 앉아 비서실장이 놓고 간 서류를 넘기며 결재를 하고 있었다. 그는 '총독이 이렇고 저렇고' 하는 긴 진술을 쓴 다음, 서류를 제쳐놓았다.

그 서류들 중에서 현 정부를 전복하려는 음모에 참여하여 교수형을 선고받은 노보로시스크 대학교의 학생 아나톨리 스베틀로구프에 대한 서류가 눈에 띄었다. 총독은 이 서류에다 서명을 하면서 유달리 인상을 찌푸렸다. 그러고는 나이가 들어 주름은 생겼지만 반들반들한 하얀 손으로 서류 더미의 끝을 반듯이 맞춘 후에 옆으로 밀쳐놓았다. 다음 서류는 식량 운송을 위해 배정된 자금에 대한 것이었다. 그가 꼼꼼히 읽으며 총액이 적절하게 산정되었는지를 따져보는데, 갑자기 스베틀로구프 사건에 대하여 부총독과 나누었던 대화가 떠올랐다. 총독은 스베틀로구프의 집에서 발견된 폭발물로 범죄 의도가 입증되는 것은 아니라고 주장했다. 반면에 부총독은 그가 반정부 단체의 우두머리임을 입증하는 증거는 다이너마이트 외에도 많다고 했다. 총독은 여러 가지 생각으로 머리가 복잡했다. 훈장이 목직하게 매달린 두껍고 딱딱한 군복 속에서 심장이 쿵쿵거려 제대로 숨을 쉴 수조차 없었다. 그의 기쁨이자 자랑인 하얀 십자가가 가슴팍에서 위아래로 들썩이는 게 느껴질 정도였다.

'재고하지는 않더라도, 형 집행을 연기하는 건 가능하다.'

"그를 부를까? 부르지 말까?"

심장의 박동이 더 불규칙해졌다. 그가 종을 울리자, 비서가 조용한 걸음걸이로 곧장 들어왔다.

"이반 마트베비치 퇴근했나?"

"아닙니다, 각하. 지금 사무실로 들어갔습니다."

총독의 심장 박동이 멈추었다가는 이전보다 더 빨라졌다. 사흘 전 심장을 검진했던 의사의 말이 떠올랐다.

'무엇보다 중요한 건 심장 박동이 빠르다고 느껴진다 싶으면, 일을 멈추고 안정을 취해야 한다는 겁니다. 최악의 경우는 흥분할 땝니다. 어떤 경우에도 그것만은 피하셔야 됩니다.'

"불러올까요?"

"아니야. 그럴 필요까진 없네." 총독이 말했다.

'그래, 우유부단해서 더 걱정하는 꼴이군. 서명을 했으니 그걸로 끝이지. Ein jeder macht sich sein Bett und muss d'rauf schlafen(침대를 만든 사람이 잠도 잔다)는 말이 있지.' 그는 자신이 제일 좋아하는 독일 속담을 속으로 중얼거렸다. '그래, 이 일은 나와는 직접적인 관련이 없다. 상부의 명령만 수행하면 되고 동정심을 가질 필요는 없지 않은가.' 그는 눈썹을 당겨 이마를 찌푸리며 마음에도 없던 잔인함을 짐짓 꾸며내려고 해보았다.

그러고는 황제와 마지막으로 만났던 회동을 생각했다. 엄한 얼굴을 한 황제는 생기 없는 시선으로 그를 바라보며 말했다. "자네에게 기대하는 바가 크네. 자넨 전쟁 중에 결코 자기 연민에 빠지지 않았단 말이야. 지금도 마찬가지지만 적군과의 싸움에서는 아주 단호하게 행동해야 하네. 속지도 말고 두려워하지도 말게. 잘 가게!" 황제는 그를 껴안은 다음에 입맞춤을 하기 위해 자신의 어깨를 세웠다. 총독은 자신이 황제에게 했던 대답도 떠올렸다. "신에게 소원이 하나 있다면, 그것은 제 생명을 황제 폐하와 조국에 바치는 것입니다."

그는 황제에게 바치는 무조건적인 헌신에서 묻어나는 자신의 아첨이 의식되자, 순간적인 망설임을 떨쳐내며 나머지 서류의 결재를 신속하게 끝내버렸다. 그러고는 벨을 울렸다.

"차는 준비됐나?" 그가 물었다.

"지금 준비하고 있습니다, 각하."

"알았네. 나가보게."

총독은 한숨을 내쉬며 심장 부위의 가슴을 어루만진 후에, 바닥이 반짝반짝 빛나는 웅장한 회랑으로 걸어갔다. 텅 빈 회랑을 무거운 걸음으로 지나 말소리가 들리는 거실로 들어갔다.

총독의 아내가 손님을 맞이하고 있었다. 지사와 그의 부인인 애국심이 열렬한 공작 부인, 그리고 총독의 막내딸과 약혼한 근위대 장교가 보였다.

차가운 인상에 입술이 메마르고 까칠한 총독의 아내가 은제 찻그릇과 화로가 놓인 낮은 탁자 곁에 앉아 있었다. 그녀는 남편의 건강에 대한 염려와 과중한 업무에 대한 이야기를, 나이보다 젊어 보이려고 무던히도 애를 쓰는 뚱뚱한 부인에게 짐짓 슬픈 목소리로 말하고 있었다.

"매일 새로운 보고란 게 음모를 밝혀냈다거나 끔찍한 사건을 전하는 것뿐이래요. 그러니 바질이 부담스러운 거예요. 어쨌든 그이가 모든 걸 결정해야 하잖아요."

"그런 말씀 마세요. Je deviens féroce quand je pense à cette maudite engeance(그 끔찍한 사람들 말이라면 생각만 해도 울화가 치민답니다)." 공작 부인이 프랑스어로 말했다.

"맞아요. 정말 끔찍해요! 그이가 그 약한 심장으로 하루에 열두 시간씩 일한다면, 믿어지세요? 상상만 해도 무서워요……."

그녀는 남편이 들어서는 걸 보자 화제를 바꾸었다.

"아, 바르비니 노래를 반드시 들어보세요. 정말 훌륭한 테너예요." 그녀가 공작 부인에게 환하게 웃으며 말했다. 마치 대화를 나누는 내내 그랬다는 듯이 가수에 대한 이야기로 자연스럽게 말을 이어갔다. 통통하고 귀여운 총독의 딸이 거실의 구석에 두른 중국산 작은 병풍 뒤에 약혼자와 앉아 있다가, 막 들어오는 아버지를 보고는 약혼자와 함께 그에게로 다가갔다.

"음, 귀여운 내 딸! 오늘은 처음 보는구나." 총독이 딸의 볼에 입을 맞춘 후에, 그녀의 약혼자와 악수를 했다.

손님들과 인사를 나눈 후에, 총독은 테이블 가까이 앉아 지사와 함께 최근의 뉴스로 대화를 나누기 시작했다.

"안 돼요, 안 돼. 업무 얘기는 하지 않기로 했잖아요." 총독의 아내가 지사가 말하는 중에 끼어들었다. "자, 여기 코피예프 씨가 오셨으니까, 그가 우리에게 뭔가 재밌는 얘기를 해주실 거예요. 코피예프 씨! 그럼, 부탁해요."

그러자 그는 유명한 익살꾼답게 최근 유행하는 농담들을 풀어놓으며 모든 사람들을 웃기기 시작했다.

2

"안 돼! 이럴 순 없어. 이럴 순 없는 거야! 나를 놓아줘!"

스베틀로구프의 어머니는 고등학교 교사인 아들의 친구에게 붙잡힌 팔을 빼내려고 몸부림을 치며 울부짖었고, 의사는 그녀를 붙잡으려고 했다.

스베틀로구프의 어머니는 눈초리의 주름이 유난히 많고 회색 머리카락이 부드럽게 말린 중년 여인이었다. 스베틀로구프의 친구는 사형 선고가 통과되었다는 소식을 듣고, 친구의 어머니에게 마음의 준비를 시키고자 이 절망적인 소식을 전하러 왔던 것이다. 그러나 그가 아들 얘기를 꺼내자마자, 어머니는 그의 목소리와 다소곳한 눈길에서 두려워했던 일이 일어나고야 말았다는 것을 미리 짐작해버렸다.

최고급 호텔의 작은 방이었다.

"왜 붙잡는 거예요? 제발 놓으라니까!"

그녀가 의사의 손아귀에서 벗어나려고 몸을 비틀면서 소리를 질렀다. 집안의 오랜 친구인 의사는 한 손으로는 그녀의 야윈 팔꿈치를 붙잡고, 다른 한 손으로는 탁자 위에 약병을 내려놓았다. 그녀는 이 순간 무슨 일이라도 저지를 것 같은 예감에 차라리 누군가가 자신을 저지하는 게 다행스럽다고 여기고 있었다. 그녀는 무슨 짓을 저지를지 모르는 자신이 두려웠던 것이다.

"제발 진정하시고, 이 진정제 좀 드셔보세요." 의사가 흐릿한 약물이 든 작은 유리잔을 건넸다. 그 순간 말이 없던 그녀가 고꾸라지더니 머리를 가슴에 떨어뜨렸다. 그러고는 눈을 감은 채 소파 위로 쓰러져서는 석 달 전 얼굴에 수심을 담은 채 헤어졌던 아들의 모습을 떠올렸다. 유연하게 말린 갈색 머리칼에 우단 코트를 입은 여덟 살 아들이 겹쳐졌다.

'그래 이런 아이에게, 이렇게 귀여운 아이에게 누가 이런 짓을 하는 거지.'

그녀는 의사의 손을 뿌리친 후에 비틀거리며 탁자 쪽으로 쓰러질 듯 걸어갔다. 하지만 문가에 이르러 다시 안락의자에 쓰러지고 말았다.

"하느님이 계신다는데, 하느님이 어디에 계신다는 거야? 하느님이 계신다면 어떻게 우리 아이에게 이런 일이 있을 수가 있지? 악마가 존재하니까, 그 아일 데려가는 거야."

그녀가 넋이 나간 듯이 웃음을 터뜨리며 소리쳤다. "우리 아이의 목을 매단다고, 목을 매달아 죽인다고? 출세도 뭣도 다 포기한 아이를, 돈도 뭣도 가진 것은 뭐든지 다른 사람들, 민중들에게 다 줘버린 아이를 죽이다니."

이전에 그녀는 아들의 희생을 야단치기 일쑤였지만 이제는 그걸 자랑으로 여기고 아들이 이미 순교를 당한 것처럼 말했다. "이런 애한테 그런 짓을 하겠다고? 그렇게 착하던 아이에게 그런 짓을 하겠다고? 하느님은 존재하신다고 당신도 말했잖아요." 그녀가 소리쳤다.

"내가 무슨 할 말이 있겠소. 이 약을 좀 드시라는 말밖에
……."

"아무것도 필요 없어, 하-하-하!" 그녀는 절망에 빠져 울다가 웃다가 했다.

밤이 되자, 그녀는 지쳐서 울지도 말하지도 못했다. 넋이 나간 사람처럼 멍하니 앉아 앞만 뚫어져라 바라보았다. 의사가 진정제가 든 주사를 놓아주자 그제야 그녀는 잠이 들었다.

그녀는 미동도 하지 않고 잠을 잤다. 깨어 있다는 것 자체가 더욱더 끔찍한 일이었다. 그녀는 깔끔히 면도를 한 장군들과 헌병들뿐만 아니라, 차분한 얼굴로 방을 청소하러 왔다가 복도로

나간 처녀, 아무 일도 없다는 듯이 만나서 웃고 떠드는 옆방 사람들, 이 모든 사람들이 끔찍했다.

3

두 달 동안 스베틀로구프는 작은 독방에 감금되어 있었다. 이 기간에 많은 걸 경험했다.

유년 시절부터 그는 자신이 부자로서 누린 기득권의 부당성을 알고 있었다. 비록 이런 자각을 무시하려 했지만, 그는 가난한 사람의 고통과 마주할 때마다 그리고 자신의 행복과 안락을 생각할 때마다, 가난하게 태어나서 힘든 노동과 결핍 속에서 온 생애를 보내고 인생의 기쁨과 평온을 모르는 채 죽어가는 농부와 노인 그리고 여자와 아이들에게 부끄럽고 미안한 생각이 들었다.

그는 대학을 졸업하고 일말의 죄의식과 불안감에서 벗어나기 위하여 시골 어린이들을 위한 학교를 시작했다. 그리고 집 없는 아이들과 노인들, 여자들을 위한 합숙소와 조합을 설립했다. 하지만 이상하게도 이런 일들을 하는 동안에도 친구들과 호화로운 저녁식사를 할 때나 값비싼 말을 살 때보다 더 심한 부끄러움을 느꼈다. 그는 이 모든 것들 속에 그릇되고 나쁜, 도덕적으로 더러운 무언가가 있음을 깨달았다.

마을의 봉사 활동에 절망하고 있던 어느 날, 그는 키예프로 가서 대학 때부터 가장 친하게 사귀던 친구를 만났다. 그 만남으로부터 3년 후 그 친구는 키예프 요새 앞에 파놓은 호에서 총살되었다.

친구는 열정과 큰 재능을 지닌 인물이었는데, 스베틀로구프를 비밀 단체에 소개했다. 이 단체의 목적은 민중들을 위해 학교를 만들어 이들을 계몽시키고 자신들의 권리의식을 찾도록 도와주고 궁극적으로는 정부와 지주들의 속박으로부터 자유를 쟁취하자는 것이었다. 스베틀로구프는 이들과 대화를 나누면서 이전에 막연하던 문제들이 명료해짐과 동시에 자신이 무엇을 해야하는지도 깨닫게 되었다. 그는 마을로 돌아와서도 새 친구들과의 관계를 계속 유지하는 한편으로 새로운 운동을 펼쳐 나갔다. 그는 교사가 되어 어른들을 위한 수업을 시작했다. 책과 소책자를 농민들에게 읽어주며 그들의 처지를 설명해주었다. 이외에도 그는 민중들을 위한 불법적인 책과 소책자를 발행했으며, 어머니의 도움을 받지 않고 마을의 중심에 건물을 짓는 데 도와줄 수 있는 모든 것을 제공하기도 했다.

이런 단계를 밟아나가는데, 예상하지 못했던 두 가지 장애가 나타났다. 하나는, 대부분의 민중들이 그의 말을 철저하게 무시하고 그를 거의 경멸의 대상으로 바라보는 것이었다. (오직 몇 명의 예외적인 사람들만이 그에게 동조했지만, 그들은 도덕적으로 의심이 가는 사람들이었다.) 다른 하나는 바로 정부의 시선이었다. 결국 그가 운영하던 학교는 문을 닫게 되었고, 그와 친구들은 수배되고 책과 유인물들은 압수되었다.

스베틀로구프는 첫 번째 장애인 사람들의 무관심엔 그다지 신경을 쓰지 않았다. 하지만 정부가 몰지각하게 자행하는 탄압에는 분노가 치솟았다. 다른 곳에서 유사한 혁명운동을 하는 그의 친구들도 같은 심정이었다. 정부에 대한 분노가 날로 커지면서 대부분의 조직원들이 폭력으로 정부에 맞서자는 결정을 내리게 되었다.

이 모임의 대표는 메제네츠키였다. 그는 혁명이라는 대의에 온몸을 바친, 흔들리지 않는 의지력과 누구에게도 뒤지지 않는 논리를 지닌 사람이라고 모두가 믿어 의심치 않는 인물이었다.

스베틀로구프는 이 사람의 지도력에 자신을 맡겼으며, 예전에 시골 마을에서 헌신했던 것과 같은 열정으로 테러에 가담했다.

이 활동은 위험한 일이었다. 그러나 스베틀로구프는 무엇보다도 이 위험에 마음이 끌렸다.

'승리냐 순교냐. 만일 순교라면, 이 순교 역시 미래의 승리가 될 것이다.' 그는 혼자 중얼거렸다.

그의 가슴에 타오르는 혁명의 불꽃은 7년간의 혁명 활동 동안에도 꺼지지 않았고, 오히려 동료들의 사랑과 존경심으로 점점 더 맹렬히 불타올랐다.

그는 아버지로부터 물려받은 거의 모든 재산을 혁명의 대의에 쓰고 이를 약소한 것에 불과하다고 생각했을 뿐만 아니라, 혁명 활동에 필요한 노동과 고생을 대수롭게 여기지도 않았다. 단지 어머니와 어머니가 수양딸로 입양한 젊은 처녀가 자신의 활동 때문에 슬퍼하는 것이 마음에 걸렸다.

어느 날, 스베틀로구프는 자신을 찾아온 수배중인 무뚝뚝한 동료 테러리스트로부터 폭발물을 집에 숨겨달라는 부탁을 받았다. 스베틀로구프는 단순히 그가 빨리 떠나주었으면 해서 주저하지 않고 그 물건을 받았다. 그런데 다음 날 경찰이 집을 수색하여 폭발물을 찾아냈다. 그는 어디에서 어떻게 폭발물을 입수했는가에 대한 어떠한 질문에도 대답하지 않았다.

결국 그가 예상했던 순교자의 고통이 본격적으로 시작되었다. 근래에 수많은 동료들이 처형과 투옥을 당하고 추방되기도 하고, 수많은 여자들이 학대를 받을 때에도, 그는 고통을 감내하고자 했다. 체포되던 때와 처음으로 취조 받을 때에 그는 오히려 기쁨에 가까운 전율을 느꼈다. 그들이 옷을 벗길 때, 그를 찾을 때, 그를 감옥으로 데리고 갈 때, 등 뒤로 철문이 닫힐 때에도 같은 심정이었다.

그렇게 하루, 이틀, 사흘이 지나가고, 1주, 2주, 3주가 지났다. 그는 벌레들이 기어 다니는, 더럽고 미끈거리는 독방에서 고립감과 강요된 휴식으로 인해 지치기 시작했다. 옆방의 재소자들이 벽을 두드려서 철 지난 이런저런 소식을 알려줄 때나, 냉혹하고 낯선 세계의 사람들 같은 형사들이 더 많은 죄과를 캐내려고 심문할 때를 제외하고는, 매일 똑같은 생활이 반복되었다. 그래서 그의 정신적이고 육체적인 강인함은 차차 무너져 내렸다. 낙심한 가운데 오직 한 가지, 이 고통스러운 상태가 어떻게 해서든지 끝이 나기만을 소망하게 되었다.

견뎌낼 만한 여력이 없다고 생각하니 슬픔이 뼛속 깊이 파고

들었다. 사실 그는 투옥 두 달 즈음에 자유를 얻기 위해서 경찰에게 모든 진실을 털어놓을 수도 있다는 생각이 들었다. 그러나 그는 바로 자신의 이런 나약함에 소름이 돋으면서 혐오감을 느꼈다. 그는 더욱 침울해졌다.

그에게 가장 무서운 일은, 지금 감옥에선 그토록 아름답게 보이는, 자유로웠을 때 쉽사리 희생시켜버린 그 모든 젊음의 에너지와 기쁨에 대한 것이었다. 이러한 이유로 해서 이전에 지녔던 신념과 그 모든 활동까지도 후회가 되었다. 그러면서 그가 사랑하고 자기를 사랑하는 사람들과 함께 시골이나 해외에서 편안하고, 행복하게, 그리고 자유롭게 살아가는 자신의 모습을 그려보았다. 그렇게만 된다면, 그는 자신이 사랑하는 여자나 다른 숙녀와 결혼해서 소박하지만 즐겁고 빛나는 삶을 살 수 있을 것이라고 여겼다.

4

감금된 지 두 달째가 되어 모든 것이 변함없이 흘러가던 어느 날, 간수가 여느 때처럼 스베틀로구프의 방으로 순찰을 돌면서 그에게 작은 책을 건네주었다. 갈색 가죽 장정에 표지 가운데에는 금색 십자가를 박은 책이었다. 간수의 말에 따르면, 총독 부인이 감옥을 방문하면서 재소자들에게 기증한 성경책이라는 것이었다. 스베틀로구프는 간수에게 옅은 미소를 짓고는 붙박이 침대 위에다 책을 던져 놓았다. 간수가 떠난 후에 스베틀로구프는 옆방 벽을 두드리고 나서 간수가 왔다 갔는데 새로운 소식은 들려주기 않고 성경책만 남겨두고 갔다고 말했다. 옆방의 사람들도 똑같이 성경책을 받았다고 대답했다.

식사를 마치고 스베틀로구프는 책을 펼쳐 들었다. 습기로 인해 책장이 서로 엉겨 붙어 있었지만 읽는 데는 아무런 지장이 없었다. 그는 한 번도 신약성서를 끝까지 읽은 적이 없었다. 신약성서에 대해 아는 것이라고는 고등학교 시절 신학 선생이 해준 말이나 성당에서 신부님들과 성도들이 성경을 봉독하는 중에 귀동냥으로 들은 것이 전부였다.

그는 읽기 시작했다.

"1장. 아브라함과 다윗의 자손 예수 그리스도의 세계라. 아브라함이 이삭을 낳고 이삭은 야곱을 낳고 야곱은 유다와 그의 형제를 낳고……." 그는 계속 읽어내려갔다. "르호보암은 아비야를 낳고."

그것은 그가 예측했던 그대로였다. 혼란스런 내용 전개와 본질을 꿰뚫지 못하는 허튼소리들이었다. 감옥에 있지 않았다면 그는 단 한 쪽도 읽지 않았을 것이었다. 그럼에도 단순히 읽기 연습을 하는 셈치고, 계속 읽어내려가며 생각했다. '나는 단지 고골의 꼭두각시 페트루슈카를 읽고 있는 거야.' 그는 처녀의 출산과 '하느님이 우리와 함께 하신다'라는 뜻을 지닌 이름의 임마누엘이 태어난다고 예언한 1장을 모두 읽었다.

'이것은 어떤 종류의 예언일까?'

그는 이러저런 생각을 하며 읽었다. 유성에 대한 2장, 메뚜기를 먹는 요한에 대한 3장, 예수에게 지붕에서 뛰어 내려 향락을 즐기라고 유혹하는 사탄에 대한 장들을 읽어나갔다. 이런 모든 내용들은 지루한 투옥 생활에도 불구하고 그에게는 별 흥미를 일으키지 못했다. 그는 책장을 덮고 윗도리를 벗어 벼룩을 잡기 시작했다. 매일 저녁, 한 번도 빼먹지 않은 일과였다. 갑자기 5학년 시험 시간에 여덟 가지 지복 중에서 하나를 말하지 못해서, 안색이 붉고 곱슬머리인 신부님이 화를 내며 나쁜 점수를 주었던 기억이 떠올랐다. 그는 팔복을 전하는 산상수훈을 읽고 싶었으나 어디에 있는지를 몰라서 복음서 중의 아무 곳이나 펼쳐서 읽기 시작했다.

"의를 위하여 핍박을 받은 자는 복이 있나니 천국이 저희 것이라."

'어쩌면 이 말은 우리에게 해당되는 것 같군' 하고 그는 생각했다.

"나로 인하여 너희를 욕하고 핍박할 때에는 너희에게 복이 있나니 기뻐하고 즐거워하라. 하늘에서 너희의 상이 큼이라. 너희 전에 있던 선지자들을 이같이 핍박했느니라."

"너희는 세상의 소금이니 소금이 만일 그 맛을 잃으면 무엇으로 짜게 하리요. 후에는 아무 쓸 데 없어 다만 밖에 버려져 사람에게 밟힐 뿐이니라."

'이 말은 우리에게는 해당될 것 같지 않고.'

"화내지 말라, 간음하지 말라, 원수를 사랑하라."

'그래, 사람들이 이렇게만 산다면 혁명이 무슨 소용이 있겠는가.'

5장을 다 읽은 후에 그는 생각에 잠겼다. 그리고 이해할 수 있을 것 같은 부분을 계속 깊이 탐구해나갔다. 계속 읽다 보니 아주 중요한 무언가가 쓰여 있다는 결론에 도달하게 되었다. 근본적이며 간단하고 감동적인 것, 그전에는 결코 들어보지도 못했지만 친숙하고 확실한 어떤 느낌이 들었다.

"나를 따르는 자는 자기 십자가를 지고 나를 쫓아야 한다. 자기 목숨을 구하는 자는 잃을 것이요, 나를 위하여 자기 목숨을 잃는 자는 얻을 것이기 때문이라. 자신의 영혼을 잃고서 세상을 얻는 자가 하지 못할 일이 있겠는가?"

'그래 맞아, 옳은 말이야. 정말 그렇군!'

그는 어느새 눈물을 흘리며 울었다.

'내가 하고 싶었던 말과 동일하군. 내 영혼을 포기하는 것, 보존하는 것이 아니라 주어버리는 것이야말로 기쁨이자 생명이다. 나는 사람들 사이의 명성과 군중들의 환호를 위해서가 아니라, 내가 사랑하고 존경했던 나타샤 세로모프와 같은 사람들의 좋은 평판을 위해서 일했을 뿐이다. 그리고 그 후로 의심하고 걱정하고 망설였지. 내 영혼이 필요로 하는 일들을 할 때에만 기분이 좋았지. 나 자신에게 소중한 그 모든 것을 주고 싶었는데.' 그날부터 스베틀로구프는 대부분의 시간에 성경을 읽고 묵상했다. 이러한 독서는 그간 살아왔던 환경을 멀리하고, 지금까지 결코 경험하지 못했던 생각들에 초점을 맞추는데 큰 도움이 되었다. 그는 사람들이 성경이 전하는 말씀에 따라 살지 않는 이유가 사뭇 이상했다.

'이렇게 사는 거야 말로 한 사람을 위해서가 아니라 만인을 위해서 사는 길이다. 이렇게 살아야 돼. 그래야 슬픔도 가난도 없고, 오직 기쁨만 있는 것이다. 언젠가 여기서 나가게 되면, 석방되던가 아니면 중노동수용소로 보내지게 되겠지. 아무렴 어때, 다 똑같아. 내가 어디에 있든지 이렇게 살아야지. 가능해. 이렇게 미쳐서 사는 것이 아니라 성경대로 살아야 해.'

5

그의 영혼이 고양되고 들떠 있던 어느 날, 간수가 평상시와는 다른 시간에 감방에 들어와 기분은 좋은지 필요한 것은 없는지 물었다. 스베틀로구프는 이러한 변화가 무엇을 의미하는 것인지 몰라서 당황했다. 그는 거절당할 거라 생각하면서 담배를 청했다. 간수는 가져다주겠다고 말했다. 실제로 다른 간수가 담배와 성냥을 가지고 왔다.

스베틀로구프는 생각했다.

'누군가 나에 관해 교도관에게 얘길 했겠지.' 그는 담배를 피우며 감옥을 이리저리 거닐면서, 이 변화의 의미를 곰곰이 생각해보았다.

다음 날 그는 법정에 출두했다. 그전에도 여러 번 와보았던 법원에서는 아무런 심문도 받지 않았다. 다만 판사 한 사람이 그를 외면한 채 의자에서 일어나자, 다른 판사들도 따라서 일어났다. 선임 판사가 서류를 손에 들고, 낮은 목소리를 꾸며서 짐짓 큰 소리로 읽기 시작했다.

스베틀로구프는 판사들의 얼굴을 쳐다보면서 듣고 있었다. 하지만 그들은 어느 누구도 스베틀로구프를 쳐다보지 않았으며, 모두 진지하고 슬픈 표정이었다.

그 서류의 요지는, 스베틀로구프가 가까운 또는 먼 장래에 현 정부를 전복하는 것을 목적으로 모반에 참여한 사실이 밝혀졌으므로 그는 자신의 어떠한 권리도 주장할 수 없다는 것과 법에 따라서 그에게 교수형을 선고한다는 것이었다.

스베틀로구프는 판사가 소리 내 읽는 말들을 듣고 그 의미를 되새겨보았다. 그에게는 '가까운 또는 먼 장래'라는 말과 사형을 선고받은 사람의 권리를 박탈한다는 것이 논리에 어긋난다는 생각이 들었다. 그리고 왜 이들이 자신에게 이러한 것들을 읽어주는지 이해할 수가 없었다. 나가도 좋다는 말을 듣고, 헌병이 그를 밖으로 데리고 나간 후에야 어떤 말이 오고 간 것인지 깨닫게 되었다.

"무언가 잘못됐어. 이건 잘못된 거야. 말도 안 돼. 이럴 순 없어."

그는 감옥으로 향하는 마차 안에 앉아서 중얼거렸다. 마음의 끝자락에서부터 죽음을 상상할 수조차 없을 만큼 강한 생명력이 솟구치는 것을 느꼈다. 그는 자신의 자아를 자아의 부재인 죽음과는 도저히 결부시켜 생각할 수가 없었다.

스베틀로구프는 감방으로 돌아와 붙박이 침대에 앉아 눈을 감고 자신을 기다리고 있는 것을 상상해보았다. 그러나 그가 앞으로 존재하지 않는다는 것이, 그리고 사람들이 자신을 죽이고 싶어 한다는 것이 도저히 믿어지지가 않았다.

'나는 타인에게 친절하고 유쾌했으며 아직도 젊다. 많은 사람들이 그런 나를 사랑하지 않았던가.' 그는 생각했다. 그러고는 어머니와 나타샤와 친구들이 간직하고 있는 그에 대한 사랑을 떠올렸다.

'나를 죽이려고 하다니, 목을 매단다고! 누가, 왜 이런 일을 하려는가? 더 이상 존재하지 않으면 어떻게 된다는 거지? 그럴 수는 없어.' 그가 혼잣말로 중얼거렸다.

간수가 왔다. 스베틀로구프는 그가 오는 소리를 듣지 못했다.

"누구요? 아, 당신이군요? 언제 사형이 집행됩니까?"

스베틀로구프는 얼굴이 잘 보이지 않았지만, 그렇게 물었다.

"나도 알 수가 없다네." 간수가 대답했다. 그리고 잠시 침묵이 흐르고, 다시 부드럽고 온화한 목소리로 말을 이어갔다.

"신부님이 한 분 계시는데, 그분이 자네를 만나 몇 마디 나눠보고 싶어 해."

"아니요, 아무것도 필요 없습니다. 그런 말씀이라면 그냥 나가주세요." 스베틀로구프가 소리쳤다.

"누군가에게 편지 쓸 일은 없나? 그건 허락되었네." 간수가 말했다.

"그럼, 종이를 좀 가져다주세요. 몇 자 적을 게 있습니다."

간수가 나갔다.

'내일 아침에 해치우겠다는 뜻이군. 항상 하던 식으로 말이야. 내일 아침이면, 난 더 이상 존재하지 않는 거지……. 아니, 이럴 수는 없어. 이건 꿈이야.' 스베틀로구프는 생각했다.

그리고 조금 있다가 가까이 지내는 간수가 펜 두 자루, 잉크병, 편지지 꾸러미와 파란 봉투 몇 장을 가지고 왔다. 그는 탁자 쪽으로 의자를 끌어당겼다. 모든 것은 현실이고 꿈이 아니었다.

'아무것도 생각하지 않는 게 좋겠어. 그래, 편지를, 어머니에게 편지를 써야 돼.'

스베틀로구프는 의자에 앉아 편지를 쓰기 시작했다. '사랑하는 어머니!'라고 쓰자, 눈물이 주르르 흘러내렸다. '당신에게 이렇게 커다란 고통을 안겨주는 저를, 부디 용서해주시기 바랍니다. 잘 되었건 못 되었건, 저는 이렇게밖에 살 수 없었습니다. 어머니! 한 가지만 들어주세요. 먼저 가는 저를, 부디 용서해주시기 바랍니다.'

그는 흐느끼면서 계속 써내려갔다.

'어머니, 저 때문에 슬퍼하지 마세요. 조금 빠르나 조금 늦으나, 어차피 마찬가지 아니겠어요? 저는 두렵지도 않고 지난 일을 후회하지도 않습니다. 저는 그렇게 할 수밖에 없었던 거예요. 그러니 부디 저를 용서하세요. 제 친구들도, 저를 사형에 처하는 사람들도 원망하지 마세요. 그들도 어쩔 수 없는 일이 아닌가요. 무엇을 하고 있는지 모르는 그 사람들을 원망하지 마세요. 저 자신에 대해서는 무어라 드릴 말씀이 없지만, 이렇게 말하고 나니 제 마음이 한결 평안하고 따뜻해집니다. 그러니 이제 저를 용서하세요. 사랑하는 어머니의 거친 손에 입맞춤을 보냅니다.'

두 줄기 눈물이 하나 둘 편지지에 떨어지고 글씨가 번져갔다.

'이 눈물은 두려움이나 슬픔으로 인해서 흘리는 게 아니라, 인생의 가장 중요한 순간을 맞는 심정과 어머니를 사랑하는 마음에서 흘리는 눈물입니다. 제발 저의 친구들을 원망하지 마시고 사랑해주세요. 특히 저에게 죽음을 가져다준 프로크호로프를 사랑해주세요. 그에게 죄가 있지만, 그를 미워하지도 원망하지도 마시고 사랑으로 대해주세요. 적들을 사랑하는 것이 어머니가 삶의 기쁨을 누리는 길입니다. 나타샤에게는 그녀의 사랑이 제게 기쁨이었고 위안이었다고 전해주세요. 예전에는 잘 느낄 수 없었지만, 이제 그녀의 사랑이 제 영혼 깊은 곳에 자리하고 있음을 압니다. 저의 삶은 그녀가 존재하고 저를 사랑했다는 것을 기억할 것입니다. 이제 어머니의 아들은 물러갑니다. 어머니, 부디 안녕히 계세요!'

그는 편지를 다시 읽어보았다. 끝부분에 프로크호로프의 이름을 발견하고는, 불현듯 다른 사람들이 이 편지를 읽는다면 프로크호로프의 이름을 읽게 될 것이고 그것은 그에겐 죽음이나 다름없다는 생각이 들었다.

"아, 이런! 내가 무슨 짓을 한 거야!"

그는 곧바로 편지를 갈기갈기 찢어 등불에다 하나씩 불살랐다.

다시 앉아서 지독한 절망감 속에서 편지를 또 한 번 쓰기 시작하자, 차츰 마음이 진정되면서 차분한 느낌마저 들었다. 편지지를 꺼내서 다시 써내려갔다. 이런저런 생각이 그의 머릿속으로 밀려들었다.

'사랑하는 어머니!' 라고 쓰자, 또다시 그의 눈에 눈물이 고였다. 소매로 눈물을 닦았다.

'이전에는 제 자신에 대해 몰랐습니다. 어머니를 위한 나의 사랑과 늘 가슴속에 간직했던 감사의 마음을 알지 못했습니다만 이제는 압니다. 그러나 어머니에게 행했던 그 모든 무례한 언행과 그 모든 사소한 언쟁을 생각할 때면, 얼마나 부끄럽고 고통스러운지 모르겠습니다. 어떻게 그런 일을 할 수 있었는지 제 자신이 이해가 되지 않습니다. 그런 저를 부디 용서해주시고, 제게도 좋은 점이 있었다면 그것만을 기억해주세요. 전 죽음이 두렵지 않습니다. 솔직히 죽음에 대해서 알지도 못하고, 믿지도 않습니다. 하지만 죽음과 같은 것, 즉 소멸이 있다면 30년 만에 죽든 30분 만에 죽든 그게 뭐 대수이겠습니까? 그리고 죽음이라는 것이 없다면, 조금 빠르거나 조금 늦는다고 해서 무엇이 다르겠습니까?'

'너무 철학적 사념이 되어버렸군. 아까 그 편지처럼 써야겠어. 말미엔 좋은 말로 끝내는 게 좋을 거고.' 그는 생각했다.

'친구들을 원망하지 말고 사랑해주세요. 제 죽음에 어쩌다가 연관이 된 친구라도 말이에요. 그리고 저를 대신해서 나타샤를 위로해주시고, 제가 항상 그녀를 사랑했다고 전해주세요.'

그는 편지지를 접어 봉투에 넣고 봉한 뒤에 침대 위에 놓았다. 그러고는 쪼그려 앉아 무릎에 얼굴을 묻고 눈물을 삼켰다. 그는 자신이 죽는다는 것을 여전히 믿을 수가 없었다. 그는 꿈을 꾸고 있는 것이 아니냐고 수없이 자문하면서 깨어 있고자 했다. 생각은 이어서 또 다른 생각을 몰고 왔다.

'혹시 이승의 삶은 꿈이고 그 꿈에서 깨어나는 것이 죽음이 아닐까. 그렇다면 이승의 삶을 의식한다는 것은, 자세히 기억나지 않는 전생의 꿈에서 깨어나는 것일 뿐이다. 그러므로 이승에서의 삶은 시작이 아니라 새로운 형태의 삶이고, 이제 나는 죽을 것이고 또 다른 새로운 삶 속으로 들어가는 것이다.' 그는 이런 생각이 마음에 들었다. 그렇다고 하더라도 이건 생각일 뿐이고, 다른 어떤 생각으로도 죽음 앞에서는 자기의 두려움을 막지 못하리라는 것을 알고 있었다. 이제 그는 생각하는 것도 지쳐버렸다. 끝내는 머리가 어떻게 될 것만 같았다. 그는 눈을 감고 한동안 멍하니 누워 있었다.

'그래서 그게 어떻다는 거야? 그럼 어떻게 될까? 무無 아니, 무無가 아니지. 그럼 무無가 아니면 뭐야?' 그는 다시 생각에 잠겼다.

그러다가 문득 그는 살아 있는 사람은 이런 질문에 대답할 수 없다는 확신이 들었다.

'대답할 수 없는데, 왜 나는 이런 질문을 하고 있는 걸까? 왜, 정말 왜일까? 질문을 하느니보다 이 편지를 쓸 때의 나처럼 살아가는 게 필요하다. 우리는 모두 오래전부터 한결같이 살아오고 있다. 그래서 지금도 우리는 살아간다. 그것도 사랑하며 기쁨으로 살아간다. 그래, 사랑하면서. 이 편지를 쓸 때에 나는 사랑하고 있었고, 기분도 좋았다. 바로 그렇게 살아가야 한다. 그리고 언제 어디서고, 감옥 안에서든 자유 안에서든, 오늘과 내일과 세상이 끝나는 날까지도, 이렇게 사는 것만이 의미 있는 일이다.'

그는 지금 누군가에게 이런 잔잔한 기분을 말하고 싶었다. 그가 문을 두드리자, 보초가 감방 안을 들여다보았다. 그는 지금이 몇 시인지, 곧 교대시간이 아니냐고 물어보았다. 하지만 보초는 아무런 대답도 하지 않았다. 그러자 스베틀로구프는 간수를 불러달라고 말했다. 간수가 와서 왜 그러느냐고 물었다.

"방금 어머니에게 편지를 썼어요. 좀 부쳐주세요." 그는 어머니를 생각하고는 눈시울을 붉혔다.

간수는 편지를 건네받으면서 전해주겠다고 약속했다. 그가 떠나려고 하자 스베틀로구프가 그의 소매를 살짝 잡아당기며 말했다.

"말씀 좀 나눌 수 있을까요? 이 일이 힘드시지 않으세요?" 간수가 동정적인 눈빛으로 그를 바라보다가 눈을 내리깔면서 말했다.

"아무튼 먹고살아야 하지 않겠소."

"다른 일을 하시지 그러세요? 이보다는 다른 일을 하실 수 있잖아요. 친절한 분이시잖아요. 제가 다른 일을 알아봐줄 수도 ……."

간수가 훌쩍이는 소리를 내면서 재빨리 몸을 돌려 나가자, 요란스럽게 문이 닫혔다.

간수의 눈물에 자극을 받은 스베틀로구프는 기쁨의 눈물을 애써 억눌렀다. 두려움이 사라진 그는 세상 위를 거니는 기분으로 방 안을 서성거렸다.

답을 구했으나 찾을 수 없었던, '죽음 뒤에 무슨 일이 일어날까?' 하는 물음은 긍정적이고 이성적인 대답에 의해서가 아니라, 그 자신의 진정한 삶을 인정함으로써 해결이 될 것이라는 생각이 들었다.

그는 성경 말씀을 떠올렸다. '진실로 너희에게 이르노니, 한 알의 밀알이 땅에 떨어져 썩지 아니하면 그대로 있을 것이요, 썩으면 많은 열매를 맺느니라.'

'그래, 나도 땅에 떨어지지. 그래, 참 좋은 말씀이다.' 그는 생각했다.

'잠을 좀 자야겠군. 나중에 피곤하지 않으려면.' 갑자기 그런 생각이 들었다. 그는 붙박이 침대에 누워 눈을 감자마자 잠 속으로 빠져들었다.

그는 생생한 꿈을 꾸다가 아침 6시에 깨어났다. 꿈속에서 금발을 말아 올린 예쁜 소녀와 함께 나무에 오르고 있었다. 나무에는 새콤하게 영근 검정 버찌들이 가득했다. 그는 이 버찌들을 따서 큰 구리 냄비에 담으려고 애썼다. 그러나 어찌된 일인지 버찌는 냄비에 떨어지지 않고 땅 위로만 떨어지고, 고양이처럼 생긴 처음 보는 이상한 동물들이 이 버찌들을 서로 던지며 노는 것이었다. 그런 모습을 보면서 소녀가 매우 재미있게 웃기에, 왜 그런지도 모르면서 그도 따라서 웃기 시작했다. 그때 갑자기 소녀의 손에서 구리 냄비가 떨어졌다. 스베틀로구프가 그것을 잡으려고 했지만 냄비는 가지를 때리고 땅에 떨어지면서 굉음을 냈다. 엄청난 굉음을 들으면서, 그는 웃음을 멈추었다. 그러나 그 굉음은 복도의 철문이 열리는 소리였다. 통로에서 발자국과 총들이 부딪히는 소리가 들려왔다. 그러자 모든 것이 확연히 되살아났다.

'아, 세상에 나 혼자만 잠들어 있을 수 있다면!' 그는 불가능한 일을 생각해보았다. 열쇠가 구멍으로 들어가는 소리와 함께 문이 삐걱거리며 열리는 소리가 들렸다. 간수장, 간수 그리고 호송대가 들어왔다.

'죽음? 그렇다면? 이제 난 떠날 것이다. 그래, 그것도 괜찮아. 모든 게 괜찮아.' 스베틀로구프는 그렇게 생각하고 느끼면서 어제의 조용하고 엄숙한 상태로 돌아갔다.

6

스베틀로구프가 갇혔던 감옥에는 분리파 교도인 한 노인도 같이 투옥되어 있었다. 그는 교회의 지도자들에 대해 의심을 품고, 진실한 신앙을 갈구하고 있었다. 그는 정교회의 대주교인 니콘뿐만 아니라 적그리스도로 생각하는 표트르 대제 이후의 모든 정부들도 부정했다. 그는 귀족 정부를 '골초 국가'라고 부르면서 사제들과 소시민들을 싸잡아 비난했으며, 자신의 생각을 남김없이 털어놓곤 했다. 그는 교회와 정부를 모독한 죄로 투옥되어 이 감옥에서 저 감옥으로 이감되며, 형량을 채우고 있었다. 그는 자유를 억압당하고 속박당한 채로 간수들의 조롱을 받았다. 죄수들이 서로가 서로에게 저주를 퍼붓고 자기 안에 모신 신을 모독하고 신을 거부했지만, 이 모든 것에도 불구하고 그는 괘념치 않았다. 자유롭게 지내던 세상에서도 이러한 참상을 보아왔던 터였다. 사람들이 진정한 신앙을 잃어버리면 어미를 잃은 눈먼 강아지처럼 이리저리 헤매게 되는 것임을 그는 알고 있었다. 그는 진실한 신앙이 존재한다는 것을 믿었다. 왜냐하면 자신의 마음에서 이 신앙을 느낄 수 있었기 때문이다. 그는 이 신앙이 있는 곳을 도처에서 발견했다. 무엇보다 「요한 묵시록」에서 그것을 발견해내었다.

"불의를 행하는 자는 그대로 불의를 행하고, 더러운 자는 그대로 더럽고, 의로운 자는 그대로 의를 행하고, 거룩한 자는 그대로 거룩하게 되리라. 보라, 내가 속히 오리니 내가 줄 상이 내게 있어 각 사람에게 그의 일한 대로 갚아주리라." 그는 사람들 각자가 그 행한 대로 받게 될 미래와 신이 진실을 보여줄 '그 미래'를 매순간 기다리며 신비한 책을 읽고 또 읽었다.

스베틀로구프의 사형이 집행되던 날 아침, 노인은 북소리를 듣고 창문으로 기어올라 창살을 통해 내다보았다. 마차가 도착하자, 두 눈이 빛나고 머리카락이 곱슬곱슬한 한 젊은이가 미소를 지으며 마차에 오르고 있었다. 젊은이는 작고 하얀 손에 책한 권을 쥐고 있었다. 젊은이가 책을 가슴에 꼭 껴안을 때, 노인은 그 책이 성서임을 알아차렸다. 젊은이는 창문에 매달린 죄수들에게 고개를 끄덕이며 미소를 지었고, 노인과도 눈길을 주고받았다. 말들이 출발했다. 얼굴이 창백한 젊은이는 천사처럼 간수들에게 둘러싸여 의자에 앉아 있었다. 마차가 자갈길을 덜커덩거리며 철문 밖으로 유유히 사라지고 있었다.

분리파 교도인 노인은 창문에서 내려와 붙박이 침대에 앉으며생각했다. '저 젊은이는 진리를 발견했다. 적그리스도의 종들이저 젊은이가 어떤 진실도 드러내지 못하도록, 그를 밧줄에 매달아 죽이려고 하는 것이다.'

7

음산한 가을 아침이었다. 태양은 보이지 않았다.

바다로부터 후덥지근한 바람이 불어왔다.

스베틀로구프는 신선한 공기와 함께 그의 시야에 펼쳐진 집, 도시, 말, 사람들의 모습이 반가웠다. 그는 마차 맨 윗자리에 마부와 등을 지고 앉은 군인들과 스쳐 지나가는 행인들의 얼굴을 번갈아 쳐다보았다.

이른 아침인지라 거리는 한산했다. 석회로 얼룩진 옷을 입은 석공들만이 일을 하고 있었는데; 그들은 길에 들어선 마차와 마주치면 허겁지겁 벗어나서 뒤돌아보았다. 어떤 사람들은 뭐라고 말을 하며 손을 흔들어주고는, 돌아서서 하던 일을 계속했다. 짐수레에 철 조각들을 운반하던 땜장이들은 말을 멈추어 세우고는 호기심 어린 눈으로 스베틀로구프를 쳐다보았다. 누군가 모자를 벗고 성호를 그었다. 하얀 앞치마에 모자를 쓴 여자가 손에 작은 냄비를 든 채 문밖으로 나오다가 마차를 보고서 재빨리 집 마당으로 돌아갔다. 이내 다른 여자를 데리고 길거리로 나온 여자가 숨을 몰아쉬며, 마차가 사라질 때까지 오랫동안 휘둥그레진 눈으로 지켜보았다. 지저분한 옷에 수염이 까칠한 노인은 스베틀로구프를 가리키며 감독관에게 비난 어린 몸짓을 지어 보였다. 두 아이들이 마차를 따라잡으려고 바짝 달라붙어서 앞은 보지도 않고 머리를 마차 쪽으로 향한 채 내달렸다. 나이 든 아이는 성큼성큼 달리고, 모자를 쓰지 않은 작은 녀석은 형의 손을 잡고서 두려운 듯이 마차를 힐끗 쳐다보다가, 형에게 뒤지지 않으려고 잰걸음으로 다시 비틀비틀 내달렸다. 스베틀로구프가 어린 소년의 눈을 마주 보며 고개를 까닥거렸다. 소년은 마차에 실려 가는 이 끔찍한 남자가 자기를 붙잡는 줄 알고, 놀란 눈으로 입을 벌리고는 거의 울상이 되었다. 그러자 스베틀로구프가 자기의 손에 입을 맞추고 소년에게 손짓을 하며 부드러운 미소를 지어 보였다. 소년은 뜻밖에도 은근한 미소로 활짝 웃었다. 스베틀로구프는 자기를 기다리고 있는 현실을 인정하면서 평화롭고도 엄숙한 이 기분을 망치고 싶지 않았다.

마차가 교수대가 선 장소로 막 들어서는 순간, 기둥과 빗장 그리고 바람에 힘없이 나부끼는 밧줄이 눈에 들어오자, 갑자기 그의 심장이 한 방 맞은 듯이 철렁 내려앉았다. 어지러움에 속이 울렁거렸으나 그리 오래가지는 않았다. 교수대 주위에 소총을 든 군인들이 촘촘히 열을 맞추어 서고, 장교들이 그 앞으로 걸어 나오는 것이 보였다. 그가 마차에서 모습을 드러내자 갑자기 요란하게 북 치는 소리가 들려왔다. 그는 그 소리에 몸서리를 쳤다. 스베트를로구프는 군인들 뒤로 처형식을 구경 나온 사람들이 탄 마차 행렬을 둘러보았다. 그는 처음엔 이 모든 것이 놀라웠으나 정신을 차리고 감옥 앞에서 보았던 사람들을 떠올려 보았다. 그는 지금 자기가 느끼고 있는 것을 그 누구도 알지 못하리라는 생각이 들자, 사람들이 불쌍하게 보이고 마음이 슬퍼졌다. '하지만 저들도 알게 될 것이다. 나는 죽어도 진실은 죽지 않는다. 저들도 그 진실을 알게 될 것이다. 그리고 나는 곧 죽게 될 테지만 저들은 행복할 수 있고 행복해질 것이다.' 누군가가 스베트를로구프를 교수대로 데려가고 장교가 그 뒤를 따라 올라갔다. 북소리가 멈추자 넓게 트인 장소에서는 적당하지 않은, 북소리와는 비교도 되지 않는 아주 작은 목소리로 장교 한 사람이 억지스러운 사형 선고를 어눌하게 읽어 내려갔다. 그 내용은 피고의 모든 권리와 재산을 가까운 또는 먼 장래에 박탈한다는 것으로 법정에서 낭독한 내용과 똑같은 것이었다.

'왜, 왜 이러는 것일까? 내가 알게 된 것들을 저들은 모르다니 얼마나 안타까운 일인가. 게다가 저들에게 그것을 전해줄 수도 없다. 하지만 언젠간 알게 되겠지. 모두들 알게 되겠지.' 길고 가는 머리카락에 몸이 비쩍 마른, 감옥의 사제가 진한 자주색 가운을 입고 그에게로 다가왔다. 그는 가슴에 작은 황금 십자가를 달고, 검은 우단 소매에서 앙상하고 거친 손을 꺼내 은빛 십자가를 움켜쥐었다.

"하느님의 자비로움이 함께 하소서."

사제가 읊조렸다. 그러고는 십자가를 왼손에서 오른손으로 옮겨 스베틀로구프가 입을 맞추도록 들어올렸다. 스베틀로구프는 몸을 떨면서 옆으로 비켜섰다. 그는 사제가 자비를 말하면서도 악의 행동에 동참한다고 욕설을 퍼붓고 싶었지만, 가까스로 마음을 진정시키고 '저들은 당신이 한 것을 알지 못하느니' 라는 성서 말씀을 떠올렸다. 그러고는 겸손하게 말했다. "죄송합니다만, 이런 의식은 필요 없습니다. 미안합니다. 진심으로 필요 없습니다. 어쨌든 고맙습니다." 그가 손을 내밀자, 사제가 십자가를 왼손으로 옮겨 쥐며 손을 잡았다. 그러고는 교수대를 내려다보았다. 다시 북소리가 울리기 시작하자 온갖 소음이 가라앉았다.

사제가 떠난 후에 한 중년 사내가 무겁고 빠른 걸음으로 연단을 흔들며 스베틀로구프에게로 다가왔다. 어깨가 넓고 손이 근육질인 그는 품이 넓은 셔츠에다 신사복 상의를 걸치고 있었다. 사내가 스베틀로구프를 위아래로 보면서 다가오자, 술과 땀 냄새의 역겨움이 진동했다. 사내가 억센 손으로 그의 팔목을 잡아 등 뒤로 돌려서 두 손을 단단히 묶었다. 스베틀로구프는 통증을 느꼈다. 사내는 스베틀로구프의 손을 묶은 후에 잠깐 멈추었다. 마치 무언가를 곰곰이 생각하는 것 같더니 스베틀로구프를 멍하니 바라보았다. 그런 후에 자신이 가져다놓은 도구들과 기둥에 매달린 밧줄을 쳐다보았다. 필요한 일들을 짐작하고는 밧줄이 있는 곳으로 걸어가서 무엇인가를 만들었다. 그러고는 스베틀로구프를 밧줄이 매달린 단상 끝으로 밀었다.

법정에서 사형 선고를 처음 들었을 때, 스베틀로구프는 자신에게 쏟아지는 말들의 의미를 완전히 이해하지는 못했다. 그때와 마찬가지로 지금도 그는 절체절명의 순간이 주는 의미가 제대로 느껴지지 않았다. 그는 끔찍한 임무를 아주 능숙하고 신속하게 수행하는 사형 집행인을 쳐다보았다. 이 사형 집행인도 자기가 할 수 있는 한 최선을 다해서 복잡한 일들을 처리하는, 악의라곤 없는 러시아의 평범한 노동자에 불과하다는 생각이 들었다. "자, 저쪽으로 가시오. 이제 이쪽으로 오시오." 사내가 거친 소리로 그를 교수대 쪽으로 밀었다 "하느님! 부디, 저를 도우시고 구하소서!" 스베틀로구프는 하느님을 믿지 않았고, 때로는 하느님을 믿는 사람들을 비웃기도 했었다. 사실 지금 이 순간에도 하느님을 믿지 않았다. 하느님의 뜻을 말로 표현할 수도, 자신의 생각으로 포용할 수도 없었기 때문에 믿을 수가 없었던 것이다. 그러나 이제 누군가에게 전할 말이 있다면, 그것은 이전에 알았던 것들 중에서도 가장 진정한, 정말로 진정한 것이 될 것임을 알고 또 확실히 느끼고 있었다. 그리고 그 중요한 말이 진실로 필요하다는 것도 알고 있었다. 그 말이 바로 자기에게 평온함과 담대함을 주었으므로, 그는 그것을 알 수 있었던 것이다.

교수대에 자리를 잡으며, 그는 열병한 군인들과 사형장의 구경꾼들을 보면서 다시 한 번 생각했다.

'왜, 무엇 때문에 저들은 저러고 있는 것일까?' 자신과 그들 모두가 불쌍해 보여 두 눈에 눈물이 고였다.

"당신의 연민을 내게 조금만 주지 않겠소?" 그가 사형 집행인의 섬뜩한 회색 눈길을 붙잡으며 말했다.

사형 집행인이 잠시 멈춰 섰다. 그러고는 갑자기 험상궂은 표정으로 소리를 내질렀다.

"무슨 소리야! 입 닥쳐!" 그는 투덜거리며 재빨리 반외투와 아마포 자루를 집어 들고는 스베틀로구프의 뒤에 가서 섰다. 그는 아마포 자루를 스베틀로구프의 머리 위에서부터 뒤집어쓰게 하고는 등판과 가슴에까지 빠르고 거칠게 끌어당겼다. '당신 손에 저의 영혼을 맡깁니다.'

스베틀로구프는 성경 말씀을 떠올렸다.

그의 영혼은 죽음에 저항하지 않았지만, 건강하고 젊은 몸은 그것을 수용하지 않으려고 했다. 그는 버둥거리고 싶었고, 울고 싶었다. 뛰어내리고 싶었다. 순간, 누군가가 자신을 떠미는 것을 느꼈다. 그가 잠시 허우적거렸다. 목이 조여들며 동물적인 공포가 전신을 휩쓸었다. 머릿속에서 어떤 소리가 들려왔다. 그리고 곧바로 모든 것이 사라졌다.

스베틀로구프의 몸이 밧줄에 매달려서 흔들렸고 그의 어깨가 두어 번 위아래로 들썩였다.

2분 뒤에, 사형 집행인이 떨떠름한 표정으로 두 손을 시체의 양어깨에 올린 다음 힘껏 내리눌렀다. 바르르 떨던 몸이 순간 움직임을 멈추더니 인형처럼 앞뒤로 흔들거렸다. 자루 속에 든 머리가 어색한 모양으로 꺾인 채, 죄수용 양말을 신은 다리만 흔들거렸다.

사형 집행인이 단상에서 내려와 선임 장교에게 올가미를 풀고 매장해도 좋다고 말했다.

한 시간 후에 시체는 교수대에서 내려져 공동묘지로 옮겨졌다. 사형 집행인은 일이 끝나기만을 기다렸다. 그러나 쉽지 않았다. 스베틀로구프가 말했던 "당신의 연민을 내게 조금만 주시오!"라는 말이 뇌리에서 떠나지 않았다. 살인자이면서 죄수이기도 한 그는 사형 집행을 맡음으로써 약간은 자유롭고 약간은 편하기도 했다. 그러나 이날부터 그는 아무 일도 하지 못하고, 스베틀로구프의 사형을 집행하고 받은 돈은 물론 비싼 작업복까지도 한 주 만에 전부 술값으로 써버렸다. 그는 이내 감옥에 갇히더니 끝내는 병원으로 이송되었다.

8

스베틀로구프를 테러 활동으로 끌어들였던 이그나티 메제네츠키는 테러혁명당의 지도자로 지목돼 체포된 다음, 페테르부르크로 이감되었다. 스베틀로구프가 사형장으로 끌려가던 것을 지켜보았던 분리파교도 노인은 잠시 메제네츠키와 같은 감옥에 감금되었다가 시베리아로 이송되기를 기다리고 있었다. 항상 그렇듯이 노인은 진정한 신앙을 어떻게 그리고 어디에서 찾을 수 있는가를 놓고 고민하고 있었다. 그럴 때마다 웃음을 머금은 채 유쾌한 표정으로 형장의 이슬로 사라진 스베틀로구프의 밝고 빛나는 얼굴을 생각하곤 했다.

노인은 스베틀로구프처럼 정직한 신앙을 지닌 친구가 같은 감옥에 있는 것을 발견하고는, 분리파교도로서 기쁨에 넘쳐서 간수에게 스베틀로구프의 친구에게 자신을 데려다 달라고 부탁했다. 엄격한 감옥 내의 규칙에도 불구하고, 메제네츠키는 당원들과 접촉하고 있었다. 그즈음 그는 자신의 계획에 따라 황제의 전용 기차의 선로 밑을 파고 들어가 폭발물을 매설하기로 한 당원으로부터 소식이 오기만을 기다렸다. 지금도 몇 가지 잊고 있던 세부 항목들을 기억해내고는 그는 친구들에게 이 정보를 전할 수 있는 방법을 고심하고 있었다. 간수가 그의 감옥으로 와서 은근하고도 조심스럽게 말을 건넸다. 다른 감방 안에 있는 죄수가 그를 만나고 싶어 한다는 것이었다. 그는 이 사람을 통해서 당과 접촉할 수 있을 거라는 생각에 절로 웃음이 나왔다.

"그 사람이 누구요?"

"농부요."

"왜 만나자고 합니까?"

"신앙에 대해 말하고 싶어 해요."

메제네츠키가 미소를 지으며 말했다.

"만나게끔 해주시오. 이리 오시라고⋯⋯."

'그 분리파교도도 정부를 싫어하겠지. 어쩌면 연락하는데 도

움이 될 수도 있을 거야.'

간수가 떠나고 몇 분 후 문이 열린 뒤, 작은 노인이 들어왔다. 노인은 굵은 머리카락에 엷은 회색의 삼각 턱수염을 기르고, 깊고 푸른 눈을 가졌지만 지친 기색이었다.

"원하는 게 무엇입니까?"

메제네츠키가 물었다. 노인이 푸른 눈으로 바라보다가 서서히 고개를 숙이더니 마르고 힘센 작은 손을 내밀었다.

"무얼 원하십니까?"

메제네츠키가 다시 물었다.

"당신과 말을 하고 싶소이다."

"무슨 말씀을?"

"신앙에 관해서요."

"신앙이라뇨?"

"오데사에서 적그리스도의 밧줄에 죽은 젊은이와 당신이 같은 신앙을 가졌다고 하던데?"

"어떤 젊은이를 말씀하세요?"

"오데사에서 교수형 당한 젊은이 말이오."

"스베틀로구프 말씀입니까?"

"그렇소. 그가 당신의 친구였소?"

노인은 질문을 할 때마다 온화한 눈빛으로 메제네츠키의 얼굴에서 무언가를 캐묻듯이 바라보다가 다시 눈을 내리깔았다.

"네, 친하게 지냈습니다."

"신앙도 같았고?"

"그렇습니다."

메제네츠키가 말하며 웃었다.

"내가 젊은이와 말하고 싶은 것이 그거요."

"무엇을 말씀하고 싶으신가요?"

"당신네들의 신앙에 대해 알고 싶소."

"우리들의 신앙이라니요? 그러면 앉으시죠." 메제네츠키가 어깨를 으쓱하며 말을 이었다.

"우리의 신앙이란 이렇습니다. 저는 권력자들이 백성들을 괴롭히고 속인다고 믿습니다. 우리는 이제 자신에 대한 연민은 버리고 권력자들과 맞서 싸워서 그들의 착취로부터 자유를 쟁취해야 한다고 믿고 있습니다."

그는 이전에도 이와 같은 말을 수없이 해온 것처럼 힘주어 말했다.

"권력자들은 사람들을 힘들게 합니다. 그러므로 그런 자들은 이 땅에서 마땅히 사라져야 합니다. 그들은 사람들을 죽입니다. 그 대가를 그들도 이제 치러야만 합니다. 그들이 정신을 차릴 때까지 말입니다."

노인은 눈을 내리깔고 한숨을 자꾸 내쉬었다.

"우리의 신앙은 자신에게 연민을 느끼지 않는 것입니다. 그리고 우리는 전제 정부를 전복시키고 자유로운 선거를 통해서 정부를 수립해야 합니다."

노인이 더욱 꺼질 듯이 한숨을 내쉬었다. 그러고는 자리에서 일어나서 옷자락을 똑바로 펴고 메제네츠키의 발치에 엎드리며 지저분한 나무 바닥에 이마를 댔다.

"왜 절을 하는 겁니까?"

"그런 거짓말은 하지 말고 자네의 진정한 신앙이 어떤 것인지 말해주게나."

노인이 머리를 들지 않고 엎드린 채 말했다.

"전 우리의 신앙에 대해 말씀을 드렸습니다. 자, 일어나시죠. 그렇지 않으면 전 어떤 말도 하지 않겠습니다."

구교도 노인이 자리에서 일어나며 말했다. "그게 그 젊은이의 믿음이었단 말인가?"

노인은 메제네츠키 앞에 일어서서 온화한 눈빛으로 그를 바라보더니 이내 눈을 내리깔며 물었다.

"네, 그래요. 이런 믿음 때문에 사형을 당한 겁니다. 그리고 저 역시 같은 신앙 때문에 성 베드로와 바울 요새에 이송된 거고요."

노인은 정중히 고개를 숙여 인사하고 조용히 감방을 떠났다.

'아냐. 그 젊은이는 이런 믿음이 아니라, 진정한 믿음을 알고 있는 얼굴이었어. 아마 이 사람은 같은 신앙을 가졌다고 자랑하거나 진정한 신앙을 알려주고 싶지 않았을 거야. 진정한 신앙을 찾아야 한다. 우선은 이곳부터 시작해서 시베리아에서라도 찾고 말 것이다. 어느 곳에나 하느님이 계시고, 또 어느 곳에나 사람들은 있다. 그러니 앞으로 나아가다가 길을 잃는다면, 물어가는 것이 당연한 것이다. 묻고 또 물어서 알아내고야 말 것이다.' 그는 다시 신약성경을 집어 들고는 「요한 묵시록」을 펼쳤다. 그리고 안경을 끼고 창가에 앉아 성서를 읽기 시작했다.

9

메제네츠키가 성 베드로와 바울 요새의 독방에 감금된 지 7년
이 흘렀다. 그리고 그는 시베리아 중노동수용소로 이감되었다.

그는 7년이나 버티면서 전향하지도 않았으며 그 열정 역시 조
금도 식지 않았다. 그는 요새에 투옥되기 전에 고문을 받을 때
에도 자신의 뜻을 굽히지 않고 권력자들에게 맹렬한 비판을 퍼
부어서 심문하는 검사들과 판사들을 놀라게 했다. 그의 영혼 깊
은 곳에서는 이제 다시는 자유롭지도 못하고 자신이 시작했던
일들도 마무리하지 못하리라는 것을 알고 고통스러웠지만, 겉
으론 이를 절대 드러내지 않았다. 적들과 마주치면 힘이 솟아
넘치는 것 같았다. 심문을 받을 때는 침묵을 고수하다가도, 검
사나 장교들을 조롱할 때에는 거침이 없었다.

'모든 걸 자백한다면 훨씬 편해질 거요'라고 회유하면, 그는
한 번 비웃고는 잠깐 입을 다문 후에 '안위나 두려움 때문에 동
료들을 배신할 수 있다고 생각한다면, 그건 당신들의 행동 기준
을 두고 나를 판단한 것이오. 또 당신들의 기준에 따라서 행동
하는 사람으로 나를 판단했다면 최악의 경우를 대비해서 내가
아무런 준비도 해두지 않았을 것 같소? 당신들은 나와 헛수고를
하고 있는 중이오. 아무리 노력해도 나는 놀라거나 두려워하는

사람이 아니니, 당신들이 원하는 대로 할 수 있는 어떤 짓이든지 해보시오' 하는 식으로 반박했다. 그러고는 그들이 서로 무안한 듯 쳐다보는 것을 의기양양하게 바라보았다.

그는 성 베드로와 바울 요새의 축축한 벽과 조그마한 창문이 있는 좁디좁고 어두컴컴한 감방에 갇힐 때에 이미 이 생활이 몇 달이 아니라 몇 년이 걸릴 것임을 직감했다. 이런 생각이 들자 온몸에 두려움이 엄습했다. 이렇게 죽음과도 같은 침묵의 공간에 자기 혼자만이 아니라 벽과 벽 사이마다 자신과 똑같이 10년이나 20년 형을 선고받은 죄수들이 있고, 그 죄수들 중에서 어떤 이는 스스로 목을 매달려 하고 다른 어떤 이는 서서히 미쳐가거나 폐결핵으로 죽어간다는 것에까지 생각이 미치자, 그에겐 끔찍하기 이를 데 없게 느껴졌다. 어쩌면 이곳에도 그의 여자 동지나 남자 동지들이 있을 터였다……. '몇 해가 지나면 너도 딴 사람이나 다를 바 없이 미쳐버리거나 목을 매달아 죽거나 그저 죽기만을 기다릴 것이다. 그리고 그렇게 죽으면 아무도 너를 찾지 않을 것이다.'

그런 생각을 할라치면, 가슴속 깊은 곳에서 자기를 이렇게 만든 모든 사람들을 향한 원한이 치솟곤 했다. 특히나 감옥에 가둔 사람들에게는 증오의 불길이 타올랐다. 이 증오심은 움직임이나 소리를 필요로 하고, 증오의 대상을 필요로 했지만, 감옥은 침묵과 고요뿐이었다. 죽음처럼 완벽한 적막함, 그의 질문에는 대답하지도 않고 침묵하는 나직한 발소리, 문을 여닫는 소리와 그때마다 제공되는 음식, 태양이 뜰 때의 희미한 빛과 어둠,

그리고 변함없는 침묵, 하나같이 나직한 발소리와 또 침묵, 오늘도 내일도 또 다음 날도 모든 것이 항상 한결같았다……. 그래서 그의 마음속에서 일어나는 증오심은 출구를 찾지 못한 채, 그의 심장을 파먹고 있었다.

그는 문과 벽을 마구 두드렸다. 그러나 아무도 그에게 반응하지도 대답하지도 않았다. 그가 문과 벽을 두드리고 나면, 언제나 일정하고 나직한 발소리가 들리고 나서 누군가가 낮은 목소리로 "굴속에다 처박아버릴 테다"라는 말만 남기고 사라졌다. 그에게 위안이 되는 순간은 잠자는 시간이었지만, 잠에서 깨어 지독한 공포 속으로 되돌아오는 것이 무엇보다도 싫었다. 그는 꿈속에서 대부분은 혁명과 동떨어진 자유로운 시간을 보내곤 했다. 이상한 낡은 바이올린을 연주하기도 하고, 여자와 놀거나, 보트를 타거나 사냥을 하기도 하고, 어느 외국 대학에서 과학이나 학문에 대한 특이한 발견으로 명예 철학박사 칭호를 받고 환영 만찬회에서 고상한 연설을 하기도 했다. 그 꿈들이 얼마나 선명하고 또렷했던지, 그는 현실과 꿈의 기억을 구별하지 못하는 지경에 이르렀다.

꿈속에서 힘든 것은 오직 하나, 그가 온갖 정성을 기울여 간절히 원하던 것을 이루려는 찰나에 꿈에서 깨어나는 것이었다. 심장이 요동치는 그 순간, 단 한 번의 맥박에 사랑스런 세상은 자취도 없이 사라진 후에 그는 전등 빛에 묵은 얼룩들이 겨우 드러나는 회색 벽 안의 울퉁불퉁하고 썩은 마룻바닥 위에서 이루지 못한 고통스러운 욕망만을 끌어안은 채 내던져져 있곤 했다.

취침 시간이 제일 좋은 시간이었지만, 감옥에서 오랜 시간을 보낸 탓에 잠들기도 그에겐 만만한 것이 아니었다. 애타게 잠을 청해보지만, 그럴수록 점점 더 신경이 날카로워져 잠들기가 어려웠다. '지금 자고 있는 거지?'라는 생각이 들면 오히려 졸음이 싹 달아나고, 그는 눈을 말똥말똥 뜨고 있지 않을 수 없었다.

그는 좁은 감방에서 높이뛰기도 하고 달리기도 해보았지만 별 도움이 되지 않았다. 운동량이 많아지면 더욱 피곤하고 그래서 더욱더 신경이 곤두섰다. 또한 뒷골에 통증이 느껴지기도 했다. 눈을 감으면 고통스러운 환한 빛을 배경으로 환영이 나타났다. 온통 털로 뒤덮인 끔찍한 것이 맨 얼굴을 드러내고 다시 커다란 입으로 변하면서 뒤틀리다가 다시 이전보다 더 무시무시한 형상으로 바뀌는 환영이 반복되었다. 끔찍스러운 얼굴들이 그에게 험악한 인상을 쓰며 달려드는 것 같았다. 눈을 떴을 때조차 그 얼굴뿐만 아니라 그 형상이 춤을 추고 말을 걸며 어른거렸다. 그는 겁에 질려서 팔짝팔짝 뛰며 머리를 벽에다 박고 비명을 지르고 울음을 터뜨렸다.

"누가 소릴 지르라고 했어?" 문 위의 조그만 구멍으로 차분하고 무심한 목소리가 들려왔다.

"검사를 데리고 와!" 메제네츠키가 소리쳤다.

메제네츠키가 고함을 질러도 아무런 반향도 없이 문이 닫혔다.

그는 절망 속에서 오직 한 가지만을 생각했다. 죽음.

이러한 기분이 계속되던 어느 날, 그는 자신의 목숨을 끊기로 결심했다. 그는 통풍구 창살에 밧줄을 묶고 목을 매고는 침대에서 미끄러지면 간단하다고 생각했다. 밧줄이 없었으므로 시트를 찢어 줄을 만들었다. 그래도 목을 매달기에는 줄이 짧았다. 이번에는 곡기를 끊고 죽기로 하고 이틀 동안 음식을 입에 대지 않았다. 그는 기력이 빠지자 심각한 환각 상태에 빠져들었다. 사흘째 되는 날, 배식 담당이 의식을 잃고 눈을 뒤집은 채 바닥에 쓰러져 있는 그를 발견했다.

의사가 감방에 들어와 그를 침대에 눕히고 진통제와 진정제 주사를 놓아주었다. 그러자 잠이 들었다.

다음 날, 그는 잠에서 깨어 곁에 있는 의사를 보고 머리를 흔들었다. 갑자기 그에게 익숙한 오랫동안 잊고 있었던 감정이 치솟았다. 강렬한 분노가 그를 사로잡았다.

"부끄러운 줄 알아!" 그가 허리를 숙여 자신의 맥박을 짚고 있는 의사에게 소리쳤다.

"당신은 수치스러운 짓을 하는 거야. 나를 더 괴롭히려고 치료를 하는 거야? 수술받은 환자에게 다시 똑같은 수술을 하는 짓은 그만두라니까."

"제발 잠자코 누워나 있으시오." 의사가 그를 외면하고는 덤덤한 목소리로 말하며 옆 주머니에서 청진기를 꺼냈다.

"사람들이 치료를 받고 회복되면, 또 남아 있는 회초리를 맞아야 한단 말이야. 이 저주받을 놈아, 지옥에나 떨어져라!" 메제네츠키가 고함을 지르며 침대에서 다리를 버둥거렸다.

"어서 나가. 꺼져버려, 죽게 내버려둬!"

"이봐, 그래 봐야 소용없어. 자네 아주 버릇이 없군. 버릇없는 놈들에겐 다 방법이 있지."

"어서 꺼지라고! 어서 나가라고!"

의사는 메제네츠키에게 질려서 감방에서 서둘러 나가버렸다.

10

약효가 있어선지, 메제네츠키가 한 고비를 넘겨내서인지, 아니면 의사에 대한 분노 때문이었는지 몰라도 그는 병을 털고 일어났다. 그 사건이 있은 후에 그는 다시 자신을 부여잡고 완전히 새로운 삶을 살기 시작했다.

'영원히 이곳에 가두지는 않을 것이다. 그리고 그럴 수도 없을 것이다. 언젠가는 풀어줄 수밖에 없다. 잘되면 새 정권이 들어설 수도 있다. 동료들이 우리의 대의를 위해 분투하고 있다. 그때까지 살아 있으려면 원기를 회복하고, 건강하게 계속 무언가를 해야만 한다.'

그는 목표를 달성할 수 있는 최상의 방법을 오랫동안 생각해본 후에 계획을 세워 실천해보기로 마음을 굳혔다. 정각 9시에 침대에 누워 잠을 청하도록 노력한다. 잠이 오던지 오지 않던지 간에 새벽 5시까지는 언제나 그렇게 누워 있어야 한다. 그리고 정각 새벽 5시에 일어나 세수를 하고 아침 운동을 한다. 다음엔 볼일을 보러 떠난다. 상상 속에서 네프스키 대로에서부터 나데즈딘스카야 거리에 이르기까지 페테르부르크 주변을 돌아다닌다. 그는 걸으면서 볼 수 있는 모든 것들을 상상해본다. 간판, 집, 경찰서, 마차와 거리의 보행자를 그려본다. 그러고 난 후에는 친구나 동지를 방문해 미래의 계획을 토론한다. 때로는 열띤 논쟁을 벌인다.

실제로 그는 자신에게 또는 다른 이에게 중얼거리며 말을 했다. 어떤 때는 너무 크게 떠드는 바람에 출입문의 작은 창문에다 대고 간수가 호통을 치기도 했다. 하지만 메제네츠키는 그런 것쯤은 아랑곳하지 않고 페테르부르크에서 상상의 여행을 계속했다.

친구들과 두세 시간을 보낸 후에 집으로 돌아와 처음에는 상상 속의, 조금 후에는 현실 속의 저녁식사를 즐긴다. 그러나 언제나 적당히 먹는다. 그리고 나서 상상 속의 집에서 휴식을 취하고 역사나 수학을, 때로 일요일에는 문학을 공부한다. 역사 시간에는 사건의 연대기나 인물을 회상하고, 수학 시간에는 여러 가지 정리나 방정식을 기억 속에서 끄집어내거나 기하학 문제를 푼다. 기하학은 재미가 있으므로 좀 더 많은 시간을 할애한다. 그리고 일요일에는 푸시킨과 고골, 셰익스피어의 작품들을 떠올리며 때때로 자신의 작품을 써보기도 한다.

그는 잠자리에 들기 전에 한 번 더 짧은 여행을 한다. 상상 속에서 떠들썩하게 농담을 주고받기도 하고 친구들과 진지한 대화를 나누기도 한다. 때때로 과거의 대화들을 각색하기도 하고 새로운 대사를 만들어보기도 한다. 그리고 나서 방 안에서 2천 보를 걷는 운동을 하고 잠자리에 든다. 그러면 밤새 숙면을 취할 수 있다. 다음 날도 똑같다. 때로는 남쪽으로 순회하며 연설하기도 하고, 지주들을 상대로 반란을 주도해 성공적인 투쟁을 마친 후에 농부들에게 농토를 분배하기도 한다. 모든 것들은 한번에 전부 성취되는 것이 아니라서, 천천히 그리고 세부적으로 마음에 그려보며 상상을 한다. 상상 속에서는 혁명당이 언제나 승리하고 결국 정부가 궁지에 몰려 의회 선거를 실시하게 된다. 노동자들을 억압하던 황제와 그 일족과 박해자들이 사라지고 공화국이 들어서고, 메제네츠키가 대통령으로 선출된다. 때로는 너무 성급히 결론에 다다른다 싶으면 처음부터 다시 시작해 다른 수단으로 목표에 도달하는 식으로 상상했다.

그는 1년, 2년 그리고 3년을 이렇게 살았다. 때로는 엄격한 생활 방식에서 벗어나기도 했지만 대부분은 다시 제자리를 찾아갔다. 상상의 세계에서 살아가면서부터는 환상과 공포의 악몽이 사라졌다. 끔찍하고 기이한 얼굴을 한 망상이 찾아오면 가끔 잠을 이루지 못하는 밤이 있기도 했지만 그리 오래가지는 않았다. 통풍구 창살에 밧줄을 매어 고리를 만든 다음에 목을 매다는 꿈도 꾸었지만 이내 극복하곤 했다.

그는 그렇게 거의 7년을 지냈다. 그리고 드디어 감금 생활이 끝나 성 베드로와 바울 요새에서 시베리아의 노동수용소로 이감될 때에는 건강을 회복하고 건전한 정신으로 돌아올 수 있었다.

11

그는 중죄인으로 독방에 갇혔다가 시베리아로 이송되었다. 그러다가 크라스노야르스크 감옥에 이르러서야 비로소 중노동형을 선고받은 다른 정치범들과 말을 할 수 있게 되었다. 그들은 모두 여섯 명으로 여자 둘에 남자 넷이었고, 메제네츠키의 뒤를 이어 당에 가입한, 말하자면 차세대 혁명당원이었다. 메제네츠키는 잘 알지도 못했지만 그 사람들에게 아주 마음이 끌렸으며, 그들을 다정하고 겸손하게 대하고자 노력했다. 또한 그들이 그의 이념을 따르고 전임자들, 특히 매제네츠키 자신이 행했던 것들을 높이 평가해주기를 바랐다. 그러나 이 젊은이들은 그를 선구자나 스승으로 인정하지 않았을 뿐만 아니라, 오히려 자신들이 훨씬 월등하다는 생각에 그의 구시대적인 견해를 업신여겼다. 메제네츠키에게는 그들의 행동이 불쾌하고 놀라운 일이었다. 이들 새로운 혁명당원들은 메제네츠키와 그의 동료들이 행했던 모든 것, 농부들에게 혁명을 선동했던 모든 노력과 그보다도 더 중요한 문제였던 총독 크로포트킨과 메젠초프, 알렉산드르 2세에 대한 암살 테러 등을 일련의 오류라고 지적했다. 메제네츠키에게는 이 젊은이들이 봉건주의 시대로 퇴행했던 알렉산드르 3세의 통치 시대에 만연했던 보수주의의 후예들로 여겨졌고, 인민의 자유를 쟁취함에 있어 아주 다른 노선을 견지하는 세력으로 보였다.

거의 이틀 밤낮으로 메제네츠키와 새로 만난 사람들은 쉬지 않고 계속해서 토론을 벌였다. 특히 그들을 대표하는 인물인 로만이라는 자와 격렬한 논쟁을 벌였다. 로만은 자신이 옳다는 투철한 신념으로 메제네츠키를 업신여기고 그와 그의 동료들이 이전에 이루었던 모든 일들을 부정하고 조롱했는데, 이런 그의 태도는 메제네츠키에게는 심한 충격이었다.

로만은 소박한 민중들을 '아둔한 사람들'이 모인 거친 무리로 간주했고, 이러한 단계에 있는 사람들과는 그 무엇도 함께 할 수 없다고 주장했다. 러시아의 농민들을 계몽시켜 혁명을 일으킨다는 것은 돌멩이나 얼음에다 불을 지피려고 애쓰는 것과 다름없는 일이라는 것이었다. 그러느니 차라리 근면한 사회주의 조직체가 나서서 민중들을 계몽시켜 혁명의 주체와 연대시킬 수 있는 세력으로 키워야 한다는 것이었다. 땅은 민중들을 보수적으로 만들고 노예로 만들어버리는데, 러시아뿐만 아니라 유럽에서도 그렇다고 말했다. 그러고는 머리에 새겨둔 권위자들의 의견과 통계를 내세웠다. 따라서 사람들은 땅에서 자유로워져야 하고, 이런 일은 빠르면 빠를수록 더 좋다고 주장했다. 사람들이 공장으로 많이 가면 갈수록 자본가들이 더욱 많은 땅을 차지하고, 사람들을 더욱 억압하게 되는데, 그게 더 좋다고도 했다. 왜냐하면 공장에 사람들이 더 몰려들 것이고, 그러면 혁명세력이 많아지므로 더 좋다는 것이다. 독재주의와 그보다 중요한 문제인 자본주의는 민중들의 연대에 의해서만 파괴될 수 있으며, 이러한 연대는 노동자 조합에 의해서만 성취될 수 있다고 했다. 즉, 농민들이 땅의 소유자가 되지 않고 프롤레타리아가 될 때에만이 혁명도 가능하다는 것이다.

메제네츠키는 로만과 토론하면서 점점 흥분하기 시작했다. 특히 유난히 검은 눈을 반짝이는, 피부가 거무스름한 예쁜 여자가 그의 신경을 바짝 곤두서게 했다. 토론엔 관심이 없다는 듯이 창가에 앉아 있던 그녀는 가끔 툭툭 몇 마디 말을 던지면서 로만의 의견을 거들어주거나 메제네츠키의 의견을 비웃곤 했다.

"농민들을 공장 노동자로 모두 바꿀 수 있다는 거야?" 메제네츠키가 물었다.

"왜 할 수 없다는 거죠? 그것이 보편적인 경제법칙이잖아요."

"그 법칙이 보편적이라는 것을 어떻게 알지?" 메제네츠키가 물었다.

"카우츠키를 읽어보시죠." 거무스름한 피부의 여인이 비웃으며 말했다.

"난 인정하지 않지만 만약 민중들이 모두 공장 노동자가 된다는 것이 들어맞는다고 해도, 무슨 근거로 이것이 당신이 사전에 결정한 형태로 이루어질 거라고 생각하지?" 메제네츠키가 말했다.

"그건 과학으로 증명되었기 때문이죠." 여자가 창가에서 고개를 돌리며 말했다.

그들이 자신들의 목적에 도달하는 데 필요한 수단들에 대해 말할 때, 차이점은 더욱 확연히 두드러졌다. 로만과 그의 동료들은 농부들을 공장 노동자로 전환하도록 하고, 그들을 사회주의자로 교육시켜서 노동자 군대를 준비시켜야 한다는 믿음을 가지고 있었다. 그러나 그들은 정부와 공공연하게 대적하려고 하지 않았다. 반면에 메제네츠키는 정부가 훨씬 강하고 비열하기 때문에, 테러로 정부에 직접적으로 대항할 필요가 있다고 주장했다.

"당신들은 정부를 기만하지는 않겠다고 하지만, 정부는 달리 생각할 거야. 그래서 우리는 민중들을 선동해서 정부와 싸우고 있는 거고."

"큰일을 하셨군요!" 거무스름한 피부의 여인이 냉소적으로 말했다.

"정부와 공공연하게 싸운다는 것은 에너지를 낭비하는 겁니다." 로만이 말했다.

"3월 1일에 황제를 암살하려고 했던 일이 역량을 낭비한 거라고?" 메제네츠키가 고함을 질렀다.

"우리는 그때 목숨을 걸고 싸웠어. 그때 너희들은 집에서 조용히 구경만 하고 놀다가 강연이나 할 시기였지."

"우리는 놀지 않았어요." 로만이 친구들을 바라보며 자신만만하게 그리고 크게 웃었다.

거무스름한 피부의 여인은 고개를 끄덕이며 경멸하듯이 메제네츠키에게 미소를 지어 보였다.

"우리는 놀지 않았어요. 우리가 이렇게 잡혀 온 것도 3월 1일 암살 사건의 여파로 생겨난 정권 때문이니까요." 로만이 말했다.

메제네츠키는 점점 할 말을 잃었다. 그는 목을 죄며 치밀어 오르는 분노를 삭이려고 복도로 나가버렸다.

12

메제네츠키는 복도의 끝에서 끝까지 거닐면서 마음을 진정시키려고 애를 썼다. 취침 점호 전이라 감방의 문들이 모두 열려 있었다. 키가 크고 누런 턱수염을 기른, 인정이 많아 보이는 죄수가 메제네츠키에게로 다가왔다. 그는 머리의 절반만 삭발한 것으로 보아 갓 입소한 친구였다.

"우리 감방에 당신을 만나보고 싶어 하는 사람이 있습니다. 그가 '제발 그 사람을 좀 불러줘'라고 이야기합니다."

"누가 말이오?"

"그 사람 별명이 '골초 국가'라고 하는데, 나이를 꽤 먹은 분리파 교도예요. '제발 그 사람을 좀 불러줘'라고 했다니까요. 당신을 말하는 거요, 선생."

"어디에 있소?"

"우리 방에."

머리의 절반만 삭발한 그가 반말조로 말했다.

"당신을 불러달라고 부탁했다니까."

메제네츠키는 그 남자와 함께 작은 감방으로 들어갔다. 그곳에는 여러 명의 죄수가 침대에 앉아 있거나 누워 있었다. 분리파 교도 노인은 회색 죄수복을 입고 빈 침상에 누워 있었다. 7년 전에 스베틀로구프에 관해 물어보았던 바로 그 노인이었다. 주름진 얼굴이 깡마르고 창백해 보였다. 머리카락은 예전처럼 덥수룩했다. 엷은 회색의 수염이 온통 뻗쳐 올라갔고, 따뜻하고 상냥한 푸른 눈빛은 여전히 상냥하게 보였다. 양 볼이 벌겋게 달아오른 채, 등지고 누워 있는 기색이 감기에 걸린 듯했다. 메제네츠키는 다가가서 물었다.

"왜 보자고 하셨습니까?"

노인은 팔꿈치로 짚고 일어나 메제네츠키에게 앙상한 작은 손을 떨면서 내밀었다. 그는 무엇인가를 말하려고 애를 쓰다가 말은 하지 못하고 가까스로 숨을 몰아쉬었다. 그러고는 나직하게 말했다.

"자네는 그때 내게 진실하지 못했어. 그러나 하느님이 자네와 함께 하시네. 이제 내가 진실을 말해주겠네."

"무슨 진실 말입니까?"

"난 양에 관한 말을 하고 있는 거네. 그 진실한 양에 대해 ……. 젊은이는 양과 함께 있었어. 양은 모든 사람들에게 승리를 가져다준다고 하지. 그리고 그와 함께 있는 사람들은 모두가 선택을 받은 자들이고 신실한 사람들이야."

"무슨 말씀입니까?" 메제네츠키가 말했다.

"영혼이 있다는 걸 이해해야 하네. 왕들이 권세를 얻을 거고 그들은 악한 자들과 동맹을 맺을 것이야. 하지만 순결한 양은 그들을 이길 거야."

"어떤 왕들을 말하시는 겁니까?" 메제네츠키가 물었다.

"일곱 명의 왕이 있어. 다섯 분은 이미 죽었고, 한 분은 남았고, 나머지 한 분은 미래에 올 거야. 그분이 오시면, 아주 잠시 권세를 얻었다가 종말이 오지. 이해가 되나?" 메제네츠키는 고개를 저었다. 고열 때문에 노인 자신도 무슨 말을 하는지 모를 것이라고 생각했다. 감옥에 있는 죄수들도 같은 생각이었다. 메제네츠키를 불러왔던 죄수가 그의 팔꿈치를 툭 치면서 눈짓으로 노인을 가리켰다.

"저 노인은 입만 열면 우리들에게 '골초 국가가 이렇고 저렇고' 하며 중얼거리지. 그러나 무슨 말을 하는지 도무지 알 수가 있어야지."

모두가 노인을 바라보면서 메제네츠키와 신참의 말에 고개를 끄덕이고 있었다. 그러나 노인은 자기가 한 말과 그 말의 의미를 자신이 정확하고 분명하게 알고 있다고 믿었다. 악은 더 이상 오랫동안 권력을 갖지 못할 것이며 양은 부드러움과 겸손함으로 세상을 정복할 것인데, 그때 모든 눈물을 닦아내고 나면 더 이상 눈물도, 질병도, 죽음도 없을 것이라는 의미였다. 노인이 죽음에 임박해서 깨달은 건, 그가 이미 세상에 도래했으므로 곧 그의 시대가 오리라는 것이었다.

"보라! 곧 오실 것이다! 아멘! 그리스도시여, 어서 오소서!" 노인이 입을 열었다. 그리고 메제네츠키를 올려다보며 은근한 미소를 지어 보였다. 그 미소가 메제네츠키에게는 실성한 사람의 그것처럼 느껴졌다.

13

'여기 민중의 대표가 있다.' 메제네츠키는 노인의 감방을 떠나면서 생각했다.

'그야말로 그들 중에서 최고다. 그러나 지금은 참으로 암흑기!'

그들은(로만과 그 친구들이 떠올랐다) 말하지. 저 노인과 같은 민중들과는 어떤 일도 할 수 없다고.'

메제네츠키는 한동안 혁명가로서 민중들 사이에서 혁명 과업을 수행했다. 그때 그가 늘 말했던 바이지만, 러시아 농민들은 커다란 타성에 젖어 있었다. 그는 현역 군인이나 퇴역 군인을 모두 만나보았는데, 황제에게 철저하게 충성을 맹세한 군인들처럼 절대적으로 순종하는 농민들을 그저 단순한 말로써 설득해서는 그들의 어떤 생각도 바꿀 수 없다는 것을 알게 되었다. 이 모든 것을 알고 있었지만, 그는 이러한 지식에서 도출된 결론에 따라 행동하지는 않았다. 새로운 혁명당원들과의 대화 후에 그는 기분이 상했고 분노했다.

'그들은 유명한 혁명 당원이자 테러리스트인 할투린, 키발치치 그리고 페로프스카야가 이루어놓은 모든 성과와 우리가 이룩한 모든 것을 불필요한 걸로 여겼어. 심지어 그들은 그 모든 것들을 혁명에 해가 되는 것으로 간주했어. 그 여파로 알렉산드르 3세의 보수반동정치 시대가 열리게 되었다고 생각했으니까.

또 황제가 노예와 농노를 풀어주자, 이에 지주들이 불만을 품고 황제를 죽이고 혁명을 주도했다고 러시아 민중들이 믿게 된 것도 이 사람들 때문이라고 주장했지. 정말이지 터무니없어! 그런 파렴치가 어디 있어?' 그는 복도를 계속해서 걸으며 생각했다.

모든 방의 문이 닫혀 있었지만, 새로 온 혁명당원들의 감방은 열려 있었다. 메제네츠키가 그 방에 가까이 다가가자, 그 밉상인 거무스름한 피부의 여자 목소리와 로만의 크고 단호한 목소리가 들려왔다. 그들은 그에 대해 말하고 있는 것이 분명했다. 그는 멈추어서 귀를 기울였다.

"경제법칙을 고려하지 않으니 무엇을 개혁해야 하는지도 모르는 거야. 그 사람은 이 점을 잘못 알고 있다니까." 로만이 말했다.

메제네츠키는 그들의 말을 끝까지 듣고 있을 수가 없었다. 그는 로만의 말처럼 자기가 무엇을 해야 하는지 알고 싶지 않았다. 로만의 말투에는 혁명을 위해 12년의 삶을 바친 혁명의 주인공인 메제네츠키 자신을 완전히 무시하고 경멸하는 기색이 역력했다.

이전에는 한 번도 느껴보지 못했던 무서운 적의가 메제네츠키의 마음속에서 들끓기 시작했다. 이 어리석은 세상의 모든 사람들과 모든 것들에 대한 적개심이 생겨났다. '이런 세상에서는 동물과 같은 사람들만이 살아남을 수 있다. 어린 양과 함께 있는 노인이나, 반은 동물이고 반은 인간인 사형 집행인들과 간수들, 로만과 그의 친구들처럼 뻔뻔하며 자기를 과신하는 사산한

공론가들만이 살아남을 수 있구나.'

당직인 간수장이 여자 죄수들을 여감방으로 데리고 가기 위해서 건너오고 있었다. 메제네츠키는 그들을 피하여 멀리 복도 끝으로 갔다. 간수장이 돌아왔다. 그는 정치범들의 감방 문을 잠그면서 그에게 방으로 돌아가라고 지시했다. 메제네츠키는 시키는 대로 따랐다. 그리고 방문은 잠그지 말아달라고 부탁했다.

자신의 독방으로 돌아온 메제네츠키는 감방 벽을 바라보고 누웠다.

'나는 모든 정력과 에너지, 의지와 재능을 실제로 그렇게 헛되이 써버렸나!' 그는 언제나 자기 자신을 누구보다 높게 평가해왔는데, 의구심이 들기 시작했다. 그리고 최근에 시베리아로 오다가 스베틀로구프의 어머니로부터 받았던 편지를 떠올렸다. 그녀는 테러 조직이 자기 아들을 받아주지만 않았다면 자기 아들이 죽지는 않았을 거라면서 그를 비난했다. 보통 여자들의 참 한심한 말이었다. 그 편지를 받아들며, 그는 속으로 그녀를 경멸했다. 이 미련한 여인이 그와 스베틀로구프가 이전에 목표로 삼았던 것을 어떻게 이해할 수 있단 말인가? 그러나 지금은 그 편지와 스베틀로구프의 온화하고 믿음직하면서도 열정적인 성품을 떠올리며, 스베틀로구프와 자기 자신에 대해서 생각해보았다. 어쩌면 그의 인생 전체가 실패인지도 몰랐다. 그는 눈을 감고 잠을 청했다. 하지만 잠 대신에 성 베드로와 바울 요새에서 처음 한 달 동안 느꼈던 것과 같은 오싹한 공포가 밀려왔다. 뒷머리가 무거워지면서, 깜깜한 어둠 위에 뜬 별들을 배경으로 징그럽게 큰 얼굴과 털투성이인 입이 울렁거리며 커졌다가 작아졌다. 그것들이 세상의 모든 공간을 점령해버리는 것 같았다. 눈을 떴는데도 작은 형상들이 눈앞에 버티고 서 있었다. 이제까지는 나타나지 않았던, 검은 바지를 입고 삭발을 한 귀신이 눈앞에서 날아다니는 것도 보였다. 메제네츠키는 갑자기 밧줄을 매달려고 환풍구로 달려갔다. 참을 수 없는 분노와 증오가 그의 가슴속에서 타올랐다. 그는 그 분노에서 벗어날 수도, 마음을 진정시킬 수도 없었다. 어떤 식으로든 밖으로 표출할 수밖에 없는 분노였다. 그는 가만히 한곳에 앉아 있을 수가 없었다.

"대체 어쩌란 말인가?" 그는 자신에게 물었다.

"무엇을 어떻게 해야 하나? 동맥을 끊어? 아니, 그렇게는 할 수 없지. 그럼 목을 매달아? 그래, 그게 간단하겠군." 그는 복도에 쌓여 있던 장작 더미와 끈을 생각해냈다.

'장작 위나 의자 위에 올라가야 한다. 그런데 복도에는 간수가 있다. 곧 잠을 자러 가거나 쉬러 가겠지. 그때까지 기다린다. 그 끈을 방으로 가져와서 환풍구에 묶는다.'

메제네츠키는 복도를 지키는 간수의 발소리를 문 옆에 서서 엿들었다. 그 소리가 복도 끝으로 멀어지자 문밖을 내다보았다. 간수는 밖으로 나가지도 잠을 청하지도 않았다. 그는 간수의 발소리를 놓치지 않고 기다렸다.

그 순간 또 다른 감방 안에서는 코를 골며 신음을 내뱉고 기침을 해대는 그 소음 속에서 세상에서 가장 위대한 일이 벌어지고 있었다. 병든 노인이 작고 희미한 등불이 갈라놓은 어둠 속에 누워서 죽음을 기다리고 있었다. 그의 영혼의 눈앞으로 그가 일생 동안 추구했던 모든 것들이 지나가고 있었다. 그는 마지막으로 앞이 보이지 않을 만큼 강렬한 빛 속에서 양의 형체를 한 청년을 거룩하게 바라보았다. 온갖 나라에서 모인 수많은 사람들이 하얀 가운을 입은 젊은이 앞에 서서 즐거워하고 있었다. 그곳에서는 더 이상 악이 존재하지 않았다. 노인은 이 모든 것들이 자신의 영혼에서뿐만 아니라 실제 세상에서도 일어나는 일이라고 믿었다. 노인은 위대한 환희와 평안을 느꼈다.

감방을 함께 쓰는 사람들은 노인이 본 것과는 아주 다른 광경, 죽음의 고통 속에서 신음하는 노인을 보고 있었다. 노인의 옆에 있던 죄수가 잠에서 깨어나 다른 죄수들을 깨우는 사이, 노인의 신음이 멎고 잠잠해지더니 싸늘한 주검이 되었다. 죄수들이 감방 문을 두드리기 시작했다. 간수가 문을 열고 안으로 들어왔다. 10분 후에 죄수 두 명이 주검을 들고 가서 영안실에다 내려놓았다. 간수들이 모두 문을 닫고 밖으로 나갔다. 복도가 텅 비었다.

'그렇지. 그래, 문을 닫아, 닫아.' 메제네츠키는 감방 문밖에서 일어나는 모든 일을 살펴보며 중얼거렸다.

'아무도 이 터무니없는 공포에서 탈출하는 것을 막지는 못한다.'

메제네츠키는 지금까지 그를 괴롭혔던 내면의 공포를 더 이상 느끼지 않았다. 그는 오직 한 가지 망상에만 골몰하고 있었기 때문에, 그 무엇도 그가 의도한 행동을 제지할 수 없었다. 심장이 요동쳤다. 장작 다발 근처로 가서 끈을 잡아당겼다. 그리고 복도 끝의 마지막 문을 살피면서 자신의 감방으로 돌아갔다. 의자 위로 올라가 환풍구 창살에 끈의 중간을 감아 돌렸다. 양쪽 끝을 묶고 시험 삼아 당겨보았다. 그리고 올가미를 두 겹으로 만들었다. 줄이 너무 긴 것 같았다. 그는 끈을 더 높은 곳에 매달고 다시 올가미를 만들고 그 안에 목을 걸어보고 내려왔다. 문 쪽에 가서 주변을 살펴보면서 한동안 귀를 기울였다. 그리고는 다시 의자에 올라서서 올가미에 머리를 집어넣고 줄을 조였다. 의자를 밀쳤다.

다음 날 아침, 간수가 순찰을 돌면서 메제네츠키의 방을 들여다보았다. 메제네츠키가 옆으로 누운 등받이가 없는 의자 근처에 매달려 있었다. 간수들이 그에게서 올가미를 풀어내고, 교도소장을 불렀다. 로만이 의사였다는 것을 아는 소장이 그를 급히 찾았다. 사람들이 메제네츠키를 소생시키기 위해서 모든 방법을 다 동원해서 응급 처치를 해보았지만, 그는 아무런 반응도 하지 않았다.

그의 주검은 분리파 교도 노인의 시체와 나란히 영안실의 침상 위에 놓여졌다.

내가 꿈에서
본 것

내가 꿈에서 본 것

1

"더 이상 그 아이를 내 딸로 생각하지 않겠어, 무슨 말인지 이해하겠니? 그 아이는 이제 존재하지 않아. 이제 그 아이에게 어떤 미련도 없어. 그 아이가 원하는 대로 살도록 내버려두고, 나도 그렇게 마음을 정리할 거야. 그 아이에 대한 어떤 소문도 듣지 않을 거야. 상상하지도 못했던 일이야……. 끔찍해. 끔찍한 일이야!"

그는 어깨를 으쓱하고 고개를 세차게 저으며 두 눈을 치켜떴다. 미하일 이바노비치 공작은 중앙러시아의 한 지역 총독으로 있는 동생 표트르에게 이렇게 말했다. 표트르 공작은 쉰여섯 살로 예순 살인 형 미하일보다 네 살 아래였다.

1년 전 집을 떠난 딸이 어린 자식과 함께 그곳에 정착해 살고 있다는 소식을 들은 미하일은 상트페테르부르크에서 그 도시로 단숨에 달려왔다.

미하일 이바노비치 공작은 훤칠한 키에 잘생긴 얼굴이었다.

머리카락은 하얗게 샜지만 건강해 보였다. 전반적인 외모와 풍채는 자신이 넘쳤고 매력적이었다. 그에게는 사소한 일로 언제나 말다툼을 벌이고 신경질을 부리는 평민 출신의 아내가 있었고, 그의 원칙에 따르면 여전히 '신사'였지만 돈을 물 쓰듯 써대는 한량인 아들이 하나 있었으며, 두 딸이 있었다. 큰딸은 결혼해서 페테르부르크에 살고 있었다. 그런데 그가 가장 애지중지했던 막내딸 리자가 1년 전 갑자기 집을 떠나 사라져버렸다가, 최근에야 그녀가 자식을 데리고 이 도시에 살고 있다는 사실을 알게 되었던 것이다.

표트르 공작은 리자가 어떤 환경에서 무슨 이유로 집을 떠났으며, 아이의 아버지는 누구인지 형에게 묻고 싶었지만 꼭 물어야만 하는 것인지 마음을 결정할 수 없었다. 그날 아침 그의 아내가 형의 마음을 위로해주려고 했을 때, 표트르 공작은 형의 얼굴에 고통의 그림자가 스치는 것을 보았다. 하지만 그런 표정은 누구도 접근할 수 없는 오만함으로 곧 가려졌다. 미하일은 동생의 아내에게 살고 있는 집에 대해 묻기 시작했고 가격까지 물었다. 가족과 손님들이 함께한 점심식사 중에는 평소와 다름없이 재치와 독설을 유감없이 보여주었다. 미하일 공작은 모든 사람들에게 근접하기 힘든 오만한 태도를 유지했고, 아이들만 거의 맹목적이라고 할 수 있는 사랑으로 감싸주었다. 그러나 모든 사람이 미하일 공작은 오만할 권리가 있다고 인정할 만큼 그런 모습은 너무도 자연스러운 것이었다.

저녁때 미하일 공작은 카드게임을 했다. 그리고 그를 위해 마련된 방으로 들어가 틀니를 벗으려고 할 때, 누군가 가볍게 두 손가락으로 문을 두드렸다.

"누구요?"

"C'est moi, Michel(저예요, 미셀)."

미하일 이바노비치 공작은 제수의 목소리라는 걸 짐작할 수 있었다. 그는 얼굴을 찌푸리면서 틀니를 다시 끼워 넣으며 '대체 뭘 알고 싶은 거지?'라고 생각하며 말했다.

"Entrez(들어오세요)."

그의 제수는 남편에게 순종하는 조용하고 얌전한 여인이었다. 그러나 많은 사람들에게 그녀는 별난 사람으로 보여, 어떤 사람들은 그녀를 바보라고 부르는 데 주저하지 않았다. 그녀는 아름다웠다. 그러나 머리카락은 언제나 헝클어져 있었고, 약간은 지저분한 모습 때문에 정신이 나간 사람처럼 보였다. 게다가 그녀는 이상하고 평민 같은 사고방식을 지니고 있어, 귀족의 아내로서는 전혀 어울리지 않았다. 때로는 전혀 예상치도 못한 생각을 불쑥 제안하여 남편만이 아니라 친구들까지도 놀라게 만들기 일쑤였다.

"Vous pouvez me renvoyer, mais je ne m'en irai pas, je vous le dis d'avance(미리 말씀드리겠는데, 저를 쫓아내려 해도 저는 나가지 않을 거예요)." 그녀는 두서없이 아무렇지도 않게 말을 시작했다.

"Dieu preserve(하느님, 저를 지켜주시옵소서)." 미하일은 이렇게 맞장구를 치며 평소처럼 약간은 과장된 몸짓을 보이면서 그녀에게 의자를 내밀어주었다. "Ça ne vous derange pas(괜찮겠지요)?" 그가 담배를 주시하면서 물었다.

"불편한 이야기는 하지 않을 거예요. 다만 리잔카에 대해 말씀드리고 싶은 것이 있어요." 미하일 이바노비치는 한숨을 내쉬었다. 리잔카, 즉 리자라는 이름이 그의 가슴을 아프게 만들었다. 그러나 곧 마음을 가다듬고 씁쓰레한 미소를 지으며 대답했다.

"우리에게 화제라고는 한 가지뿐이군요. 당신이 말하고 싶은 것도 그것이니까." 그는 그녀의 얼굴을 쳐다보지 않은 채 대답했다. 그리고 그 화제가 무엇인지 분명히 말하려고 하지도 않고 피하려고 했다.

그러나 그의 통통하고 귀엽게 생긴 제수는 전혀 태연함을 잃지 않았다. 그녀는 평소와 다름없이 부드럽고 애원하는 듯한 푸른 눈동자로 그를 쳐다보았다. 그리고 깊은 한숨을 내쉬며 말했다.

"Mon bon ami(친애하는) 미셀, 제발 그 아이를 불쌍히 여겨주세요. 그 아이도 사람일 따름이에요." 그녀는 여느 때처럼 공손한 어조로 말문을 열었다.

"나도 그것을 의심하지는 않아요." 미하일 이바노비치는 여전히 씁쓰레한 미소를 띠며 말했다.

"그 아이는 당신의 딸이에요."

"그랬었지. 이전에는 그랬었지. 하지만 알린, 왜 우리가 그런 이야기를 해야 하지요?"

"미셀, 그 아이가 보고 싶지 않으세요? 꼭 말씀드리고 싶은 것이 있어요. 바로 비난받아 마땅한 사람이 있다면······." 미하일 이바노비치 공작은 얼굴이 화끈 달아올랐다. 그의 얼굴이 심하게 일그러졌다.

"제발, 그만둡시다. 나는 충분히 고통을 받았어요. 이제 한 가지 소원밖에 없어요. 그 아이가 완전히 독립할 수 있도록 해주고, 그때부터 나와의 모든 관계를 끊는 것이요. 그럼 그 아이도 자기만의 인생을 살 수 있을 것이고, 나를 비롯한 모든 가족이 그 아이에 대해서 관심을 끊게 될 테니까요. 현재 내가 할 수 있는 것은 그것이 전부요."

"미셸, 당신은 '나'라는 말밖에 하지 않는군요. 그 아이도 '나'예요."

"물론이요. 하지만…… 알린, 이제 그만둡시다. 나도 많은 생각을 해보았소."

알렉산드라 드미트리예브나는 잠시 고개를 저으며 입을 다물고 있었다. 그리고 다시 물었다.

"그럼, 마샤(미하일 이바노비치의 아내)도 당신과 똑같은 생각인가요?"

"물론, 그래요."

알렉산드라 드미트리예브나는 혼잣말로 뭐라 중얼거렸다.

"Brisons là-dessus. Et bonne nuit(이제 그만둡시다. 잘 자요)."

그가 말했다.

그러나 그녀는 나가지 않았다. 다만 의자에서 일어나서 잠시 말없이 서 있었다. 그리고 불쑥 말했다.

"표트르의 말에 따르면, 당신은 그 아이와 함께 사는 여자에게 돈을 맡겨두실 생각이라 하더군요. 그 아이가 사는 주소를 아세요?"

"알고 있소."

"미하일, 그 여자에게 돈을 맡기지 마세요! 직접 찾아가서 그 아이가 이렇게 살고 있는지 보도록 하세요. 그 아이를 보고 싶지 않다면, 보지 않으셔도 돼요. 그 남자는 그곳에 있지 않아요. 거기엔 아무도 없어요."

미하일 이바노비치의 어깨가 심하게 떨렸다.

"왜 그렇게 나를 괴롭히시오? 이런 것도 죄를 짓는 것이 아닌가요?"

알렉산드라 드미트리예브나는 조카를 향한 설움에 북받친 듯 눈물을 글썽이며 말했다.

"그 아이가 너무 불쌍해요. 하지만 그 아이는 너무도 착한 아이예요."

그는 벌떡 일어나, 그녀가 그만 끝내기를 서서 기다렸다. 그녀가 손을 내밀며 말했다.

"미하일, 그러시면 안 돼요." 그녀는 이렇게 말하고 방을 나갔다.

그녀가 떠난 후 한참 동안 미하일 이바노비치는 카펫 위를 서성거렸다. 얼굴을 찡그렸고 온몸을 떨었다. 그리고 소리를 질렀다. 그 소리에 자신도 놀란 듯 곧 입을 다물었다.

그는 상처받은 자존심 때문에 몹시도 괴로웠다. 그 딸은 황후마저 경의를 표하며 직접 찾아주었고, 세상 모든 사람이 얼굴을 보는 것만으로도 영광으로 여겼던 저명한 아브도티야 보리소브나의 집에서 키워졌다. 그는 과거에 기사로서 평생을 살았고 두려움과 수치를 몰랐다. 그가 해외에서 살던 시절 한 프랑스 여인과 관계를 가져 사생아를 낳았다는 사실도 그의 자존심을 꺾지는 못했다. 그런데 그가 아버지로서 할 수 있고 해야만 하는 모든 것을 해주면서, 러시아 최고의 사교계에서 짝을 맺을 온갖 기회를 찾아주었던 그 딸, 한 소녀가 바랄 수 있는 모든 것을 베풀어주었던 그가 가장 사랑했던 그 딸, 그가 몹시도 자랑스럽게 여겼던 그 딸, 그 딸이 그에게 견딜 수 없는 모욕으로 그 은혜에 보답한 것이었다.

그는 그 아이가 어려서 한 가족이었을 때, 그의 사랑스런 딸이자 그의 즐거움이었고 그의 자랑이었던 때를 떠올려보았다. 똑똑하고 영리했으며, 발랄하고 충동적이었고, 우아하고 검은 눈을 반짝거렸고, 청갈색의 머리카락을 휘날리고 다니던 여덟 살에서 아홉 살 때의 그 딸을 기억해보았다. 그녀가 그의 무릎에 뛰어올라, 그를 꼭 껴안아주고 목을 간지럽게 하던 때를 기억해보았다. 그녀가 그의 꾸중에도 불구하고 함박웃음을 짓고, 계속 그를 간지럽게 하고, 그의 입술과 눈과 뺨에 입을 맞추어주던 때를 생각해보았다. 물론 그런 장난을 나무랐지만, 그런 충동적인 사랑이 그의 마음을 움직이게 만들었다. 그는 그녀의 그런 애정 표현에 곧잘 굴복했다. 그는 그런 딸을 어루만져줄 때가 얼마나 즐거웠던지 기억할 수 있었다.

이런 모든 기억에도 불구하고 그렇게 사랑스럽던 아이가 지금과 같은 모습으로, 그로서는 생각할수록 역겹기만 한 모습으로 변해버렸던 것이다.

그는 그녀가 성인으로 성장하여, 뭇 남자들이 그녀를 여자로 바라본다는 것을 깨닫고는 야릇한 분노와 두려움을 가슴으로 느껴야 했던 때를 회상해보았다. 그녀가 처음 무도회에 나가기 위해 예쁘게 옷을 차려입고 그의 앞에 나타났을 때 질투가 섞인 사랑을 숨겨야 했다. 그는 딸을 바라보던 자신의 뜨거운 눈빛이 두려웠다. 그러나 그녀는 그런 눈빛을 이해하지 못했을 뿐만 아니라 오히려 아버지의 그런 눈빛을 마냥 즐거워했다. 그는 '맞아, 여자의 순수함이란 미신과도 같은 거야. 여자들은 부끄러움을 몰라. 부끄러움을 느끼는 감각이 부족해'라고 생각했었다.

그런데 딸은 두 명의 훌륭한 신랑감을 알 수 없는 이유로 거부했었다. 그녀는 러시아 최고의 사교계에서 주목받는 것에 황홀해할 따름이었다. 그러나 그런 성공은 오래 지속되지 못했다. 1년이 흘렀고, 2년이 흘렀고, 3년이 흘렀다. 그녀는 낯익은 얼굴이 되었다. 여전히 아름다웠지만 청순한 젊음은 사라지고 없었다. 그녀는 점점 무도회장을 꾸며주는 장식의 일부가 되었다. 미하일 이바노비치는 그녀가 독신의 길을 걷고 있다는 것을 알게 되었고, 그녀에게 오직 한 가지 바람만을 가지게 되었다. 그는 가능한 한 빨리 그녀를 결혼시켜야만 했다. 예전에 계획했던 것처럼 모두가 부러워하는 짝은 아니더라도 남부럽지 않은 짝을 맺어주어야만 했다. 그러나 그녀는 자만을 넘어서 오만에 가깝게 처신하는 것처럼 보였다. 이런 기억이 떠오르자 그녀를 향한 분노가 더욱 커졌다. 그녀가 명문가의 아들들을 거부하다가, 결국에는 이와 같은 치욕적인 생활에까지 도달했다는 생각에 그는 분노를 가라앉힐 수가 없었다. 괴로움으로 인한 신음이 절로 새어나왔다.

그는 담배에 불을 붙이고, 다른 생각을 해보려고 애썼다. 그녀를 만나지 않고 돈을 보낼 방법을 생각했다. 그러나 과거의 기억이 다시 떠올랐다. 그렇게 오래전은 아니었다. 그녀가 스무 살을 갓 넘었을 때였다. 그녀는 시골에서 그들 가족과 함께 머물고 있던 시종들 중에 가장 어렸던 열네 살 된 소년과 장난삼아 연애를 시작했다. 그녀는 그 소년을 거의 반쯤 미치게 만들어버렸다. 그 소년은 정신이 나간 듯이 눈물을 흘려댔다.

결국 그런 어리석은 장난을 그만두게 하려고 그가 소년을 쫓아냈을 때, 그녀는 거침없이 차갑고 무례하기 이를 데 없는 비난을 퍼부어 댔다. 그녀는 아버지에게 모욕을 당했다고 생각하는 것 같았다. 그 이후로 아버지와 딸은 서로에 대한 노골적인 적대감을 숨기지 않았다.

'내가 옳았던 거야. 그 아이는 부도덕하고 부끄러움을 모르는 아이야.' 그는 생각했다.

그리고 마지막으로 모골이 송연해지는 기억이 떠올랐다. 그녀가 다시는 집으로 돌아갈 수 없다고 모스크바에서 보내온 편지였다. 그녀는 비참하게 버려진 여자이기 때문에 자신을 용서해주고 잊어달라는 내용이었다. 그때 그의 아내와 무척이나 당혹해했던 자신의 모습이 기억에 떠올랐다. 그들의 짐작과 의심이 현실로 드러난 것이었다. 그녀의 불행은 그녀가 숙모를 만나겠다고 찾았던 핀란드에서 일어났다. 죄인은 아무짝에도 쓸모없는 스웨덴 청년이었다. 학생이었지만 무식하고 보잘것없는 녀석으로 기혼자이기도 했다.

그는 침실의 카펫 위를 이리저리 서성대면서 이런 모든 기억을 떠올려보았다. 그녀가 전에는 매우 사랑스럽고 자랑스럽던 딸이었기 때문에, 그렇게 전락하고 말았다는 사실에 두려워서 움찔해지지 않을 수 없었다.

하지만 그녀로 인한 극심한 가슴앓이를 한 뒤에는 그녀가 너무도 미웠다. 그는 알렉산드라 드미트리예브나와 나누었던 대화를 다시 떠올려보았고, 그의 딸을 어느 정도나 용서할 수 있을지 생각해보려고 노력했다. 그러나 '그놈'에 대한 생각이 떠오르는 순간, 그의 가슴속에서는 증오와 혐오, 그리고 상처받은 자존심이 솟아났다. 그는 크게 헛기침을 하며 다른 생각을 해보려고 애썼다.

"아니야, 그럴 수는 없어. 표트르에게 돈을 맡겨놓고, 그 아이에게 매달 주도록 해야겠어. 그 아이는 더 이상 내 딸이 아니야."

그러나 다시 이상한 감정이 그를 사로잡았다. 지극히 사랑했던 딸을 향한 연민과 지금과 같은 고민을 안겨준 딸에 대한 분노가 뒤섞인 감정이었다.

지난 한 해 동안 리자는 과거 25년 동안 겪었던 것보다 훨씬 많은 일을 겪어야만 했다. 그녀는 갑자기 삶의 공허감을 주체할 수가 없었다. 집에서의 삶과 페테르부르크에서의 부자들과 뒤섞인 삶은 천박하고 무가치한 삶이란 생각이 들었다. 그런 동물적인 삶은 삶의 깊이를 모른 채, 그저 삶의 언저리만 만지는 것일 뿐이었다. 그런 삶은 1년 혹은 2년, 많아야 3년이면 충분했다. 그러나 파티와 무도회와 음악회와 만찬이 계속되는 생활, 옷을 화려하게 입고 머리를 매만지는 생활, 늙은이든 젊은이든 간에 모든 것을 소유하고 모든 것에 웃음을 터뜨릴 수 있는 설명하기 힘든 권리를 향유하는 생활, 한결같은 방향으로 소진되는 여름의 일상과 외면적 쾌락만을 추구하는 생활, 삶의 문제를 건드리기만 할 뿐 본질적 해결책을 제시하지 못하는 음악과 독서로 이어지는 생활, 이런 모든 것들은 변화를 약속해주지 못했고, 그 매력을 상실해갈 뿐이었다. 이런 생활이 칠팔 년 계속되었을 때, 그녀는 절망에 빠지기 시작했다. 그녀는 너무도 절망적이어서 죽고 싶을 따름이었다.

친구들은 그녀를 자비에 눈뜨게 해주었다. 그러나 그녀는 빈곤을 역겹게 느꼈으며, 거짓된 빈곤은 더욱 역겹고 비루한 것이라고 생각했다. 한편으로 그녀는 값비싼 옷을 입고 마차를 타고 오는 귀부인들의 철저한 무관심을 보았다. 그 때문에 삶은 그녀에게 더욱더 견딜 수 없는 것이 되었다. 그녀는 진정한 그 무엇, 삶 그 자체를 열망했다. 유희와 같은 삶을 원하지 않았다. 우유 위의 거품을 걷어내는 것과 같은 삶을 원하지 않았다. 그런 삶에는 진실함이 없었다. 어린 소년 코코를 향했던 사랑이 그녀의 기억에 생생했다. 그 사랑은 정직했으며 가식이 없는 자극이었다. 그러나 그와 같은 사랑이 없었다. 있을 수도 없었다. 그녀는 점점 우울하게 변해갔다. 그런 우울한 기분에 빠져 있을 때 그녀는 핀란드의 숙모를 찾아갔다. 참신한 풍경과 주변 환경, 그녀와는 아주 달랐던 사람들은 그녀에게 새로운 경험으로 다가왔다.

그 모든 것이 어떻게, 그리고 언제 시작되었는지 그녀는 분명히 기억할 수 없었다. 숙모의 집에는 또 한 명의 손님이 있었다. 스웨덴 청년이었다. 그는 일에 대해서, 친구들에 대해서, 최근에 발간된 스웨덴 소설에 대해서 말해주었다. 어쨌든 그녀는 그 의미를, 언어로는 표현할 수 없었던 뜨거운 눈빛과 황홀한 미소가 어떻게 시작되었는지 알지 못했다. 그런 미소와 눈빛은 서로에게, 서로의 영혼에게 교감되는 것 같았다. 그것은 삶에 활기를 주는 신비로움이었다. 그들은 언제나 깊은 의미를 지닌 감동적인 미소를 띠며 이야기를 나누었다. 그들이 함께 경청했던 음악, 그들이 입을 맞추어 노래했던 음악까지도 똑같이 깊은 의미로 가득 채워졌다. 또한 그들은 책을 큰 소리로 함께 읽기도 했다. 때로는 논쟁을 벌이기도 했지만, 그들의 눈이 마주치거나 수줍은 미소가 번지는 순간, 토론은 저 멀리 자리를 비켜주어야만 했다. 그때마다 그들은 구름 위를 떠다니는 기분이었다. 그런 일이 어떻게 벌어졌고, 그들을 사로잡아버린 악마가 그런 미소와 눈빛 뒤로 언제 어떻게 처음 나타났는지 그녀는 분명히 말할 수 없었다. 어떤 두려움이 그녀를 사로잡았을 때, 그들을 하나로 묶어버린 보이지 않는 실이 아주 촘촘히 짜여 있어 도저히 그 관계에서 벗어날 수 없는 지경에까지 이르렀다는 것을 깨달았다. 그녀는 그를 믿고, 그의 인격을 믿을 따름이었다. 그가 완력을 사용하지 않기를 바랄 따름이었다. 그러나 그것마저도 막연한 바람일 뿐이었다. 그녀는 점점 약해졌다. 그런 내면적인 싸움에서 더 이상 견뎌낼 힘이 남아 있지 않았다. 그녀는 사교계 생활도 견딜 수 없었고, 어머니에 대한 애정마저 식어버렸다. 아버지마저도 그녀를 내팽개쳐버렸다고 생각했다. 그녀는 열정적인 삶을 원했다. 한 남자를 향한 한 여인의 사랑, 완벽한 사랑만이 그녀에게 진정한 삶을 약속해줄 것 같았다. 강하고 정열적인 성격이 그녀를 그런 방향으로 이끌었다. 금발, 가볍게 치켜 올라간 콧수염, 아래로 비친 사람을 무심코 이끌리게 만드는 매력적인 미소, 훤칠하고 강해 보이는 몸매에서 그녀는 그토록 꿈꾸던 삶의 약속을 보았다. 한편으로 그녀는 두려웠지만 그 미소와 눈빛, 미치도록 아름다운 그 무엇에 대한 희망이 잠재의식 속에서 기다리고 있던 그런 삶으로 그녀를 이끌어 갔다.

그런데 아름답고 즐겁고 신성하고 미래를 위한 약속으로 가득했던 모든 것이 갑자기 야만적이고 천박하게, 슬프고 절망적으로 변해버렸다.

그녀는 그의 눈동자를 바라보았다. 그리고 어떤 것도 두렵지 않고 모든 것이 마땅히 그래야만 하는 듯이 미소를 지어 보이려고 했다. 그러나 그녀의 영혼 깊은 곳에서는 모든 것이 끝났다는 것을 알고 있었다. 그녀가 오랫동안 찾았던 것, 한때 그녀와 코코 사이에 나누었던 것을 그에게서는 발견할 수 없다는 것을 깨달았다. 그녀는 그에게 말했다. 그녀에게 청혼하고 싶다는 편지를 그녀의 아버지에게 써야만 한다고 했다. 그는 그렇게 하겠다고 약속했다. 그러나 다시 만났을 때, 그는 당장은 그런 편지를 쓸 수 없다고 말했다. 그녀는 그의 눈빛에서 무언가 속이는 낌새를 눈치챌 수 있었다. 그를 향한 불신이 더욱 짙어졌다.

다음 날 그는 그녀에게 편지를 보내왔다. 아내와 오래전부터 헤어져 살고 있기는 하지만 이미 결혼한 몸이며, 그동안 그녀에게 몹쓸 짓을 해서 경멸받아도 마땅하지만 용서를 바란다는 내용이었다. 그녀는 그를 다시 만나고 싶다는 소식을 전했다. 그리고 그를 사랑한다고 말했다. 그가 결혼을 했던 안 했던 간에 그에게 영원히 묶여버린 기분이며, 결코 그를 놓아줄 수 없다고 말했다. 다음에 다시 만났을 때, 그는 가족 모두가 너무나 가난하여 그녀에게 최소한의 생활마저도 보장하기 힘들 것이라고 말했다. 그녀는 아무것도 필요하지 않다고 말했다. 그가 원하는 곳이면 어디든지 그를 따라갈 각오가 되어 있다고 말했다. 그는 그녀를 설득해 단념시키려고 애를 쓰며, 시간을 달라고 말했다. 그래서 그녀는 기다렸다. 그러나 모든 것을 가족들에게 감춘채, 그와 이따금씩 만나거나 간혹 편지만을 교환하면서 그런 비밀을 안고 산다는 것은 고통스런 일이었다. 그녀는 그에게 데려 가달라고 다시 고집했다. 그는 그녀가 페테르부르크에 돌아가 있으면 곧 찾아가겠다고 약속하는 편지를 보내왔다. 그리고 편지마저 끊어졌고 그녀는 그에 대한 소식을 더 이상 알 수 없었다. 그녀는 옛 생활로 돌아가려 애썼다. 그러나 불가능한 일이었다. 그녀는 앓기 시작했다. 의사들의 온갖 노력도 소용없었다. 절망감에 그녀는 자살을 결심했다. 그러나 죽음의 길을 택한 것이 자연스럽게 보이도록 해야만 했다. 그녀는 정말로 목숨을 버리고 싶었고, 그 방법 이외에는 다른 길이 없다고 생각했다. 그래서 독을 구했다. 독을 물잔에 부었다. 그때 다섯 살 난 언니의 아들이 할머니가 사주었다고 장난감을 보여주러 오지 않았다면, 그녀는 그것을 마셨을 것이다. 그는 아이를 쓰다듬어 주었다. 그리고 갑자기 손길을 멈추며 울음을 터뜨렸다.

그가 결혼하지 않았더라면 그녀도 어머니가 되었을 것이라는 생각에 사로잡혔다. 어머니라는 환상이 그녀로 하여금 처음으로 영혼 속 깊은 곳까지 보게 만들어주었다. 그녀는 남들이 쑥덕거리는 소리에 귀를 닫고 오직 그녀 자신의 삶만을 생각하기 시작했다. 세상 사람들이 말하는 것처럼 자살이란 쉬운 일이 아니었다. 그러나 그녀의 삶이 세상 모든 것과 단절되었다는 것을 깨닫는 순간, 오히려 그런 삶의 길을 택하는 게 문제가 되진 않았다. 그녀는 독이든 물잔을 던져버렸고, 더 이상 자살을 생각하지 않게 되었다.

그때부터 그녀의 새로운 삶이 시작되었다. 진정한 삶이었다.

비록 그런 삶이 괴롭기는 했지만, 옛 생활로 돌아갈 새로운 가능성이 주어졌을지라도 그렇게 하지는 않았을 것이다. 그녀는 기도하기 시작했다. 그러나 기도에서도 위안을 찾을 수 없었다. 그녀는 아버지 때문에 더욱 괴로웠다. 그녀는 아버지의 그런 슬픔을 예상하고 있었고 이해할 수 있었다. 그렇게 몇 달이 흘렀다. 그리고 그녀의 삶을 완전히 바꾸어놓은 일이 벌어졌다. 그녀는 덧이불을 깁고 있었다. 그때 갑자기 낯선 감각이 느껴졌다. 아니 전혀 불가능했던 일이었다. 그녀는 일하던 손을 멈추고 꼼짝할 수 없었다. 임신인 것 같았다. 모든 것이 잊혀졌다. 그의 천박함과 기만, 어머니의 잔소리, 아버지의 슬픔, 그 모든 것이 잊혀졌다. 그녀는 미소를 지었다. 그녀 자신만이 아니라 아이마저 죽일 뻔했다는 생각에 몸서리가 쳐졌다.

　그녀의 모든 생각이 하나로 집중되었다. 그녀의 아이를 키울 어떤 곳으로 달아나야겠다는 생각뿐이었다. 가난하고 가련한 어머니가 되겠지만 그래도 어머니가 되어야 했다. 그녀는 계획을 세웠고 모든 것을 정리했다. 집을 떠나 아무도 그녀를 찾을 수 없는 곳, 알고 지내던 모든 사람들과 멀리 떨어져 있을 수 있는 한적한 도시에 자리를 잡았다. 그러나 불행히도 작은아버지가 그곳의 총독으로 임명되었던 것이다. 그녀가 전혀 예상하지 못했던 일이었다. 지난 넉 달 동안 그녀는 산파의 집에서 기거하고 있었다. 산파의 이름은 마리야 이바노브나였다. 작은아버지가 그 도시로 왔다는 소식을 알게 되었을 때, 그녀는 또다시 멀리 떠날 준비를 하고 있었다.

3

　미하일 이바노비치는 다음 날 아침 일찍 잠에서 깨었다. 그는
동생의 서재로 들어갔다. 동생에게 수표를 건네주며, 딸에게 매
달 정기적으로 돈을 쪼개어 보내달라고 부탁했다. 그리고 페테
르부르크로 떠나는 급행열차가 언제 있느냐고 물었다. 기차는
저녁 7시에 떠나기로 되어 있었다. 떠나기 전에 이른 저녁식사
를 할 만한 시간이 있었다. 그는 알렉산드라 드미트리예브나와
함께 식사를 했다. 그녀는 애절한 눈빛으로 그를 바라볼 뿐, 그
에게 크나큰 고통을 안겨준 그 문제에 대해서는 아무 말도 하지
않았다. 식사를 끝낸 후, 그는 평소 습관처럼 산책을 나갔다.

　알렉산드라 드미트리예브나는 현관까지 그를 배웅했다.

　"미하일, 공원 쪽으로 가보세요. 아주 멋진 곳인 데다가 모든
게 가까이 있지요." 그녀는 동정 어린 눈빛으로 그의 어두운 안
색을 바라보며 그렇게 말했다.

　미하일 이바노비치는 그녀의 권고에 따라, 모든 게 가까이 있
다는 공원으로 나갔다. 공원을 산책하며 여자들의 어리석음과
집요한 고집과 매정함에 짜증스럽다는 생각이 들었다. 그는 알
렉산드라 드미트리예브나에 대해서도 '그녀는 나를 조금도 불
쌍하게 생각하지 않아. 내 슬픔을 전혀 이해하지 못하고 있어'
라고 생각했다. 그러자 딸에게까지 생각이 미쳤다.

　'그 아이는 이런 모든 일이 나에게 무얼 의미하는지 잘 알고

있어. 참기 힘든 고통만 안겨주리라는 것을 알고 있어. 젊은 나이에 견디기 힘든 충격일거야. 이번 일로 내 생명이 단축될 수도 있어! 하지만 이런 고통을 견뎌내려 하기보다는 잊는 편이 나아. 모든 것이 몹쓸 놈을 좋아해서 생긴 일이야.' "아-아-아." 그의 입에서 깊은 신음이 새어나왔다. 이 도시의 모든 사람들이 알게 될 때(어쩌면 벌써 모두가 알고 있을지도 몰랐다), 어떤 소문이 떠돌지를 생각하자 불현듯 분노와 증오의 파도가 그를 휘감았다. 그런 분노를 딸의 머릿속에 분명히 인식시켜주고, 그녀가 무슨 짓을 했는지 분명히 깨닫게 해주고 싶었다.

그때 "그곳에서는 모든 게 가까이에 있지요"라는 알렉산드라 드미트리예브나의 말이 떠올랐다. 그는 수첩을 꺼내 들고 주소를 확인했다. '쿠혼나야 거리, 아브라모프의 집, 베라 이바노브나 셀리베르스토바.' 그녀는 그 이름으로 살고 있었다. 그는 공원을 빠져나와 승합 마차를 불렀다. 그가 좁고 가파르고 갑갑한 계단에 발을 옮겨 놓았을 때, 산파인 마리야 이바노브나가 물었다.

"선생님, 누구를 찾아오셨나요?"

"셀리베르스토바 부인께서 이곳에 살고 계십니까?"

"베라 이바노브나 말씀이죠? 들어오십시오. 지금 외출 중이십니다. 집 앞에 있는 상점에 가셨습니다. 하지만 곧 돌아오실 것입니다."

미하일 이바노비치는 건장한 마리야 이바노브나의 뒤를 따라 응접실로 들어갔다. 옆방에서 아기의 울음소리가 들려왔다. 신경질적이고 짜증스럽게 들렸다. 그는 구역질이 나는 것 같았다.

울음소리가 그의 가슴을 칼로 후벼 파는 것 같았다. 마리야 이바노브나는 죄송하다는 말을 남기고 아기의 방으로 들어갔다. 그녀가 아기를 달래는 소리가 들렸다. 아기는 곧 조용해졌다. 그리고 그녀가 돌아왔다.

"그녀의 아기입니다. 곧 돌아오실 것입니다. 누구시라고 전할까요?"

"지인입니다. 하지만 나중에 다시 오는 게 나을 것 같군요."

이렇게 말하며 미하일 이바노비치는 응접실을 나오려고 했다. 괴로워서 그녀를 만나기가 어려울 것 같았고, 어떤 설명도 받아들일 수가 없을 것 같았다. 그는 몸을 돌려 응접실을 나섰다. 그때 계단을 올라오는 가볍고 빠른 발소리와 함께 리자의 목소리가 들렸다.

"마리야 이바노브나, 내가 없는 동안 아기가 울지는 않았나요? 나는⋯⋯."

그때 그녀는 아버지를 보고 손에 들고 있던 꾸러미를 놓치고 말았다.

"아버지!" 그녀가 외쳤다. 그녀는 하얗게 질린 얼굴로 온몸을 떨면서 문가에 멈춰 섰다.

그도 딸을 보고는 그 자리에서 움직일 수가 없었다. 그녀는 너무 말라 보였다. 눈은 더 커졌고, 코는 더 뾰족해졌다. 두 손에 살이라곤 없이 뼈만 앙상했다. 그는 어떻게 해야 할지 몰랐고, 무슨 말을 해야 할지 몰랐다. 그는 치욕에서 시작된 모든 슬픔을 잊어버렸다. 딸을 향한 슬픔, 끝없는 슬픔만이 남았다. 매우 야윈 것 때문에 슬펐고, 누더기 같은 옷을 걸친 모습 때문에 슬펐다. 무엇보다도 핏기라곤 없는 얼굴과 애원하는 눈빛 때문에 슬픔을 주체할 수가 없었다.

"아버지, 용서해주세요." 그녀는 아버지에게 다가서며 말했다.

"나를 용서해다오. 이 아빌 용서해다오." 그도 중얼거리듯 말했다. 그는 어린아이처럼 울기 시작했다. 그녀의 얼굴과 두 손에 입을 맞추며 하염없이 눈물을 흘렸다.

딸이 불쌍하게 여겨지는 순간, 그는 모든 것을 깨달을 수 있었다. 그 자신의 진정한 모습을 보게 되었을 때, 그가 얼마나 딸에게 몹쓸 짓을 했는지 알 수 있었다. 그의 자존심으로 인해, 그의 매정했던 반응으로 인해, 그녀를 향한 분노로 인해, 그가 얼마나 큰 죄를 저질렀는지 깨닫게 되었다. 잘못은 그에게 있었고, 그에게는 용서할 것이 없고 용서를 받을 사람이 그 자신이라는 사실에 기뻤다. 그녀는 아버지를 작은 방으로 안내했다. 그리고 어떻게 살아가고 있는지를 말했다. 그러나 아버지에게 아기를 보여주지는 않았다. 옛날 일을 언급조차 하지 않았다. 아버지에게 큰 고통만 안겨주리라는 것을 알았기 때문이다.

그는 딸에게 그렇게 살아서는 안 된다고 말했다.

"알고 있어요. 시골에서 살 수만 있다면……." 그녀가 대답했다.

"그 문제는 다음에 이야기하도록 하자." 그가 말했다.

그때 갑자기 문 뒤에서 아기가 칭얼거리더니 나중에는 큰 소리로 울기 시작했다. 그녀는 눈을 크게 뜬 채 아버지에게서 눈길을 떼지 못하며 꼼짝하지 않고 서 있었다.

미하일 이바노비치가 억지로 얼굴을 펴며 말했다.

"아기에게 젖을 먹여야 할 것 같구나."

그녀는 일어났다. 그때 그녀가 한없이 사랑하는 아기, 그녀가 세상의 무엇보다 사랑하는 그 아기를 아버지에게 보여주어야겠다는 생각이 떠올랐다. 그러나 그녀는 먼저 아버지의 얼굴을 쳐다보았다. 화를 내실까?

아버지의 얼굴에 분노는 보이지 않았다. 오직 고통만이 새겨져 있었다. 그가 말했다.

"그래, 빨리 가보렴. 하느님의 축복이 있을 거다. 내일 다시 오도록 하마. 내일 결론을 내리도록 하자. 잘 있어라. 너는 아직도 내 사랑하는 딸이다. 잘 있어라." 그는 목이 잠겨 침조차 삼키기가 힘들었다.

미하일 이바노비치가 동생의 집으로 돌아왔을 때, 알렉산드라 드미트리예브나는 곧바로 그에게 달려와 물었다.

"잘되었나요?"

"별일 없었소."

"만나보셨나요?" 그의 표정에서 무슨 일이 있었다는 것을 짐작한 듯, 그녀가 물었다.

"그랬소." 그는 짧게 대답했다. 그러고는 갑자기 흐느껴 울기 시작했다. 하지만 곧 진정하고 말했다.

"나이가 들수록 점점 더 어리석어지는 것 같군요."

"아니에요, 오히려 더 현명해져가는 거예요."

    미하일 이바노비치는 딸을 진심으로 용서했고, 그 용서를 위해서 인간의 명예를 지키고자 하는 데서 오는 모든 두려움을 이겨냈다. 그는 시골에 사는 알렉산드라 드미트리예브나의 누이 집에 딸을 보내놓고, 딸과의 지속적인 만남을 가졌다. 그는 이전처럼 딸을 사랑했다. 아니 이전보다 더 많이 사랑해서 자주 그녀를 방문하거나 그녀의 집에 머물기도 했다. 하지만 아이와 마주치는 건 피했다. 혐오의 감정을 극복하지 못했기 때문이다. 그는 아직도 그 아이에게 극도의 미운 감정을 가지고 있었고, 그 아이가 딸의 고통의 원천이라고 느꼈다.

1906년 11월 13일

가난한 사람들

가난한 사람들

    폭풍우가 치는 밤, 가난한 어부의 아내 잔나는 오막살이 집 안 화덕 가에 앉아 넝마 조각으로 낡아빠진 돛을 깁고 있었다. 강한 바람에 비가 유리창을 때리고, 파도가 바닷가를 치며 부서지는 소리가 요란스러웠다. 밖의 소리가 쉴 새 없이 잔나의 귀를 울리고 있지만 가난한 어부의 오막살이 땅은 포근하고 아늑했다. 방바닥은 흙바닥 그대로 되어 있기는 하나 깨끗하게 쓸려 있고, 화덕에는 마른 나뭇가지가 바짝바짝 소리를 내면서 타고, 찬장에는 깨끗하게 닦은 접시들이 가지런히 얹혀 있고 방구석 한쪽에는 하얀 보료를 깐 낡은 침대가 놓여 있었다. 침대에는 아무도 없었으나 방바닥에 깐 요 위에는 어린아이 다섯 명이 시끄러운 파도 소리 속에서도 곤히 자고 있었다. 그녀의 남편은 지금 바다에 나가고 없었다. 이렇듯 어둡고 추운 날씨에도 사나운 밤바다로 고기를 잡으러 나간 것이다. 이런 날 일을 나가는 건 매우 무서운 일이지만 그러나 달리 살아갈 뾰족한 방도가 없었고, 남편으로서 집안 식구들을 그대로 내버려둘 수도 없었던 것이다. 잔나는 파도 소리와 사나운 바람 소리에 귀를 기울이고 있었다. 이따금 애끓는 갈매기의 울음소리가 들려오기도 했다. 비는 줄기차게 퍼붓고 있었다. 잔나는 괴로웠다. 그녀의 눈에는 난파선의 처절한 장면이 그림처럼 떠올랐다. 배는 바위에 부딪쳐 산산조각이 나고 사람들은 물에 빠져 허우적거리는 것 같았다. 잔나는 무서웠다.

낡은 괘종시계의 지친 소리가 10시, 11시를 치고 있었다. 남편도 없고 사방이 적막했다.

그녀는 생각에 잠겼다. 남편은 몸을 돌보지 않고 추위와 폭풍우를 무릅쓰고 바다에 나가 언제 닥쳐올지도 모를 위험과 싸우고 있는 중이다. 그녀는 아침부터 밤까지 방에 앉아서 쉴 틈도 없이 일해야 했다. 이렇게 힘들게 일해야 살아갈 수 있다니 얼마나 고달픈가? 어린 자식들은 여름 겨울 할 것 없이 맨발로 살아야 하고, 밀빵 같은 건 아예 엄두도 못 낸다. 귀리밥이 입에 들어가는 것만도 고마운 일이다. 그래도 이따금 생선은 먹는다. '아무튼 어린아이들이 별 탈 없이 튼튼히 자라주는 것만 해도 고마운 일이다.' 그녀는 다시 바다의 사나운 소리를 들었다. "그이는 지금 어디에 계실까? 하느님, 은혜의 손길로 그이를 지켜주시옵소서. 은혜를 내려주시옵소서." 그렇게 말하고는 성호를 그었다.

아직 잠자리에 들기에는 이른 시간이었다. 잔나는 일어나 두툼한 외투를 걸치고 등불을 들고 밖으로 나섰다. 남편이 지금쯤 돌아오는 것은 아닌지, 바다는 좀 잠잠해지지나 않는지, 등댓불은 제대로 켜져 있는지 모든 게 궁금했다. 밖은 칠흑같이 어두웠다. 가랑비가 오는가 했더니 억수처럼 퍼붓는 장맛비였다. 동네 어귀 바닷가에는 낡아서 반쯤 무너진 오두막집이 하나 있었다. 벽은 썩어서 시커멓고 낡은 문짝이 떨어질 듯 매달려 있었다. 바람이 몰아칠 때마다 문짝이 흔들리며 소리를 냈다. 바람은 마치 그 초라한 오두막집을 날려버리기라도 할 듯 몰아치고 있었다. 마침 잔나는 저녁 무렵부터 가엾은 이웃집 환자를 찾아가봐야겠다고 생각했던 걸 떠올렸다. '아무도 돌봐줄 사람이 없다고 하던데' 하고 생각하면서, 잔나는 문을 두드렸다. 그런데 인기척이 전혀 없었다.

그녀는 문 앞에 선 채 생각에 잠겼다. '가엾어라! 자기 손으로 어린것들을 돌봐야 할 처지에 병이 들다니! 무슨 팔자가 그럴까! 딱하기 그지없는 일이야. 제 몸 하나에 자식들 둘의 목숨까지 달려 있는데 병이 들다니! 무슨 팔자가 그럴까!'

그녀는 몇 번 노크해보았다. 여전히 대답이 없었다.

"이봐요, 별일 없어요?" 하고 잔나는 소리쳐보았다. '별일 없어서 그렇겠지'라고 생각하면서 문을 밀었다.

농가는 축축하고 추웠다. 그녀는 등불을 치켜들고선 어디에 아픈 이가 있는지 찾아보았다. 그녀의 시선이 처음 닿은 곳은 문을 등진 반대편 침대였다. 침대 위에 사람이 있었는데, 등을 침상에 붙이고 마치 죽은 사람처럼 조용히 움직이지 않고 누워 있었다. 잔나는 등불을 더 가까이 가져갔다. 바로 그녀였다. 머리는 뒤로 젖혀졌고 싸늘하고 푸릇푸릇한 얼굴에는 평안한 죽음이 보였다. 무엇인가 잡으려는 듯이 뻗은 푸르스레한 손을 지푸라기 침대 위에서 아래로 내려뜨리고 있었다. 어미의 시체로부터 가까이에 어린아이 둘이 있었다. 곱슬머리에 통통한 뺨을 한 어린것들이 낡은 옷을 덮고는, 금발 머리를 서로 비벼대며 고요히 깊은 잠에 빠져 있었다. 어미는 죽어가면서도 어린것들의 발을 스카프로 감싸주고 자기의 옷을 어린것들에게 덮어주는 것을 잊지 않았다. 아기들의 숨소리는 조용하고 편안했다. 그 무엇도 그들의 잠을 깨우지 못할 만큼 편안한 잠을 자고 있었다.

잔나는 요람을 벗겨내고는 스카프로 아이들을 감싸서 집으로 돌아왔다. 그녀의 심장은 몹시 힘차게 뛰었다. 그녀는 자신이 왜 어째서 이 일을 하는지 생각할 겨를도 없었다. 하지만 그 일을 할 수밖에 없다고 생각했다.

집에서 잔나는 여전히 잠든 아이들을 자신의 아이들 침대 위에 누이고는 얼른 보료로 덮었다. 그녀는 새파랗게 질린 채 흥분해 있었다. 양심의 가책으로 매우 괴로워하고 있는 것 같았다. 그녀는 이따금 비명과도 같은 고함을 질러댔다. '그이가 뭐라고 할까? 다섯 명의 내 아이에다가 거기에다…… 내가 무슨 짓을 한 거야! 그가 알면? 아니, 아직 아니야! ……차라리 나를 마구 때려주기나 했으면 좋겠어, 난 매 맞을 짓을 했어…… 바로 그이가! 아니야! 차라리 내가!'

문소리가 났다. 누가 들어온 것 같았다. 잔나는 몸을 부르르 떨면서 의자에서 일어났다.

'아니야, 이번에도 아니잖아! 하느님, 어쩌면 제가 이런 짓을 했을까요? 이런 짓을 하고 어떻게 그 사람을 바로 볼 수 있을까요?' 잔나는 또 생각에 잠겨 오랫동안 침대 곁에 앉아 있었다.

비가 그쳤다. 먼동이 트기 시작했지만 바람은 여전히 사납게 울부짖고 바다도 역시 이전처럼 몸부림을 치고 있었다.

갑자기 문이 열림과 동시에 방 안으로 축축하고도 신선한 해풍이 흘러들었고, 키가 훤칠하게 크고 햇볕에 타 거무스레한 어부가 젖고 찢어진 그물을 끌고 오막살이 안으로 들어왔다.

"잔나, 나 왔소."

"오, 이제 오셨군요." 잔나는 대답은 했으나 일어선 채 고개를 들지 못했다.

"참 사나운 밤이었어, 지독한 날씨야."

"그래요. 무서운 날씨였어요, 그래 많이 잡았어요?"

"망했어, 아주 망했어! 한 마리도 걸리지 않았어. 그물만 찢기고 왔지. 아주 멍들었어! 참 지독한 날씨였어! 지난밤 같은 날씨는 지금까지 만나본 적이 없는걸. 악마같이 울부짖으면서 배를 흔들었지! 그래도 요행히 살아서 돌아온 거야…… 그런데 당신은 나도 없이 어떻게 지냈소?"

남편은 그물을 방 안까지 끌고 들어와 페치카 옆에 앉았다.

"저요?" 잔나는 새파랗게 질려서 되물었다. "저야 앉아서, 여기 앉아서 뜨개질하고 있었죠…… 바람 소리가 어찌나 심한지 혼자 있기가 무서웠어요. 밤새도록 당신 걱정만 했어요……."

"그랬을 거야, 정말 지독한 바람이었거든. 그런데 어떡하지?" 남편은 중얼거렸다.

내외는 한참이나 말이 없었다.

이윽고 잔나가 입을 열었다.

"여보. 이웃인 시몬 아줌마가 죽었어요."

"뭐라고?"

"언제 죽었는지는 모르겠어요. 아마도 엊저녁일 거예요. 죽을 때 괴로웠을 거예요, 어린것들을 생각하면 가슴이 막히고 숨이 막힐 것 같아요. 젖먹이를 둘이나 남겨놓고 죽었으니. 한 명은 아직 말도 못 하고 다른 아이는 이제 겨우 기어 다녀요……."

잔나는 입을 다물었다. 남편은 눈을 깜빡거렸다. 선량하고 정직한 그의 얼굴은 엄숙하고도 심각한 표정을 짓고 있었다.

"참 안됐어, 딱한 노릇이야……." 그는 더 이상 참지 못하고, 목덜미를 긁으면서 말했다. "어쩐담? 우선 어린것들을 데려와야지, 잠이 깨면 어미를 찾을 텐데. 어떻게든 해야지! 빨리 가서 데려오구려!"

그러나 잔나는 자리에서 일어나려고 하지 않았다.

"왜? 어린것들을 데려오는 게 내키지 않아? 잔나 뭣 하고 있는 거야?"

"그들이 여기 있어요." 잔나는 이렇게 말하면서 보료를 벗겼다.

어린 시절의 힘

어린 시절의 힘

"죽여라! 사살해라! 지금 파렴치한 놈을 사살해라! 죽여라! 살인자의 목을 절단해라! 죽여라! 죽여라!" 무리의 남성들과 여성들이 소리쳤다.

거대한 민중의 무리가 길을 따라서 체포된 사람을 끌고 갔다. 키가 크고 곧은 이 사람은 머리를 높이 들어 올리면서 의연한 걸음걸이로 걸어갔다. 아름답고 용맹한 그의 얼굴에는 주위의 사람들을 향한 경멸과 원한이 서린 악의에 찬 표정이 드러났다.

그는 민중이 권력에 맞서 투쟁할 때 권력의 편에서 싸운 사람들 중 한 명이었다. 이제 그를 체포해서 사형장으로 끌고 가는 중이었다.

'이게 지금 뭐하는 거야! 우리 쪽에는 항상 힘이 없어. 뭘 해야 하는 거지? 이제 그들이 권력자다. 분명히 그렇게 죽게 될 거야! 그렇게!' 그 사람은 생각했다. 그리고 어깨를 움츠리며 군중 속에서 계속 외치는 소리에 싸늘한 미소를 지었다.

"그는 이미 아침에 이 마을을 향해, 우리를 향해 발사했어." 무리 속에서 누군가 소리쳤다.

무리는 멈추지 않고 그를 더 멀리 끌고 갔다. 어제 군중에 의해 살해된 아직 치워지지 않은 시체가 포장도로 위에 놓여 있는 거리에 도착했을 때, 무리는 더 난폭해져 있었다.

"아무것도 끌고 가지마! 지금은 거기에 있는 쓸모없는 인간을 어디론가 끌고 가서 사살해야 하니까." 사람들이 소리쳤다.

붙잡힌 사람은 얼굴을 찡그리더니 고개만 더 높이 들어 올릴 뿐이었다. 무리가 그를 싫어하는 것보다 그가 더 무리를 싫어하는 것 같았다.

"모두를 죽여라! 스파이를! 황제를! 사제를! 그런 파렴치한 놈들을! 죽여라! 지금 죽여라!" 여성들이 큰 소리로 외쳤다.

그러나 무리의 지도자들은 그를 광장까지 데리고 가서 거기에서 그에게 보복하기로 결정했다.

얼마 가지 않아 이미 광장에 도착하고 나서도 1분 동안 정적이 흘렀을 때, 무리의 뒷줄에서 어린아이의 우는 목소리가 들렸다.

"바챠! 바챠!" 흐느껴 울면서 여섯 살 소년은 소리쳤고, 붙잡힌 포로가 있는 곳까지 도달하기 위해 무리 속으로 간신히 들어갔다. "바챠! 이 사람들은 아빠에게 뭘 하려고 하는 거죠? 기다려, 기다려, 나를 데려가, 데려가줘!"

아이가 갔던 그 군중 쪽에서 외치는 소리가 멈췄고, 무리는 권력 앞에서처럼 아이 앞에서 옆으로 비켜주면서 아이가 아빠 쪽으로 더 가까이 들어가도록 했다.

"얼마나 사랑스러운지!" 한 여자가 말했다.

"누굴 찾아왔니?" 소년 쪽으로 고개를 숙이면서 다른 여자가 말했다.

"아빠요! 나를 아빠에게로 데려다주세요!" 소년은 애원했다.

"얘야, 너 몇 살이니?"

"당신은 우리 아빠를 어떻게 하려고 하죠?" 소년이 말했다.

"아이야, 집으로 가렴, 엄마에게로 가렴." 남자들 중에서 한 사람이 소년에게 말했다.

붙잡힌 포로는 이미 소년의 목소리를 들었고, 사람들이 그 아이에게 말하는 것을 들었다. 그의 얼굴은 이미 전보다 더 어두워져 있었다.

"그 아이에겐 엄마가 없어!" 엄마에게 아이를 보내려고 했던 사람에게 다른 누군가가 외쳤다.

사람들은 무리에 더 가까이 다가가고 있었고, 소년은 아빠 쪽으로 힘겹게 가서 손을 아빠에게 뻗치며 기다시피해서 다가갔다.

무리에 있는 모든 사람들이 외쳤다. "죽여라! 사살하라! 파렴치한 놈을 사살하라!"

"어째서 넌 집에서 나왔니?" 아빠가 소년에게 말했다.

"이 사람들이 아빠한테 무슨 짓을 하려는 거예요?" 소년이 말했다.

"너, 이렇게 하렴." 아빠가 말했다.

"뭘 하라는 거예요?"

"너 카튜샤를 아니?"

"이웃 사람인가요? 나는 누군지 몰라요."

"바로 이곳에 있어. 그녀 쪽으로 가 있거라. 나는…… 나는 곧 갈게."

"아빠 없이 난 가지 않을 거예요." 소년이 흐느끼며 말했다.

"왜 안 간다는 거지?"

"이 사람들이 아빠를 때릴 기예요."

"아니야, 이 사람들은 아무 짓도 안 해. 나를 때리지 않을 거란다."

붙잡힌 포로는 아이의 손을 놓고 무리 속에서 명령을 내렸던 사람 쪽으로 다가갔다.

"들어보세요, 나를 원하는 곳에서 죽이세요. 그러나 아이가 있는 곳에선 죽이지 마세요." 그가 말했다. 그리고 그는 소년을 가리켰다. "나를 2분만 풀어주고 내 손을 잡아주세요. 나는 아이에게 나와 당신이 산책을 하고 있고, 당신은 나의 친구라고 말할 거예요. 그러면 아이는 떠날 거예요. 그러고 나면 그때…… 그때에 원하는 대로 하세요."

지도자는 승낙했다.

그러자 붙잡힌 포로는 다시 소년을 붙잡고는 이야기했다.

"영리한 아이가 되렴, 카챠 쪽으로 가."

"그럼 아빠?"

"이것 봐. 난 이 친구들과 산책하고 있는 거야. 우린 조금 더 산책할 거란다. 그러니까 가보렴. 나도 금방 갈 거란다. 가거라! 영리한 어린이가 되어야지!"

소년은 아빠를 응시하고 나서 한쪽으로 고개를 숙이더니 다른 쪽으로 고개를 돌려 생각에 잠겼다.

"가거라. 사랑스런 아들아! 나도 갈 거니까."

"내게로 온다는 거죠?"

그리고 소년은 아빠의 말을 따랐다. 한 여자가 소년을 무리 밖으로 데리고 나갔다.

아들이 무리에서 보이지 않게 되었을 때, 붙잡힌 포로는 말했다.

"이제 나는 준비됐어요. 나를 죽이세요."

그런데 그때 전혀 이해할 수 없는 돌발적인 일이 일어났다. 잔인하고 무정하게 그를 증오했던 사람들의 마음속에서 어떤 한 영혼이 살아났다. 그리고 한 여자가 말했다.

"뭔지 알 거예요. 그를 놓아줍시다."

"그도 신과 함께 하는 사람인걸요. 놓아줍시다!" 또 누군가가 말했다.

"놓아줍시다. 놓아줍시다." 무리의 완고한 마음이 무너져 내렸다.

그리고 잠시 뒤에 무리를 미워하던 자신만만하고 무정한 사람은 죄인처럼 흐느껴 울더니 손으로 얼굴을 가린 채 무리에서 달려 나갔다. 그러나 아무도 그를 붙잡지 않았다.

늑대

늑대

한 소년이 있었다. 그 소년은 닭을 매우 좋아했고 늑대를 아주 무서워했다. 하루는 이 소년이 자리에 누워 잠이 들었다. 꿈에서 그는 혼자 버섯을 따러 숲으로 갔는데 갑자기 숲 덤불에서 늑대가 나타나 소년에게 달려들었다.

소년은 깜짝 놀라서 소리쳤다. "아악! 늑대가 나를 잡아먹으려고 해요!"

"잠깐만 기다려봐, 나는 널 잡아먹으려고 하는 게 아니라 너와 잠시 말하려는 거야" 하고 늑대가 말했다.

그리고 늑대는 사람과 같은 목소리로 말하기 시작했다.

"넌 내가 너를 잡아먹을까 봐 두려운 거지. 그런데 너 자신은 대체 왜 닭을 잡아먹니? 너는 닭을 좋아하니?" 하고 늑대가 말했다.

"좋아해요."

"그런데 너는 대체 왜 닭을 먹는 거니? 이 닭도 너처럼 생명이 있잖아. 매일 아침 닭이 어떻게 잡히고, 요리사가 어떻게 그것을 부엌으로 가져가는지, 닭의 목이 어떻게 잘리는지, 그 어미

가 자신의 새끼들이 잡혀가는 것을 보고 꼬꼬댁거리는 것을 가
서 좀 봐. 너 그거 봤어?" 하고 늑대가 말했다.

"못 봤어요" 하고 소년이 대답했다.

"보지 못했으면, 한번 가서 봐. 안 그러면 내가 당장 너를 잡
아먹어버릴 거야! 네가 닭을 잡아먹는 것과 똑같이 너를 잡아먹
을 거야."

그렇게 말하고는 늑대가 소년을 덮쳤다. 그러자 소년은 깜짝
놀라 크게 "아, 아악!" 하고 소리치며 잠에서 깨어났다.

그러고 나서부터 소년은 고기를 먹지 않았다. 돼지고기도, 송
아지고기도, 양고기도, 닭고기도 먹지 않게 되었다.

나그네와의 대화

나그네와의 대화

일찍 나섰다. 마음은 기쁨으로 충만했다. 더 없이 아름다운 아침에 태양만이 나무들 뒤편에서 떠오르고, 풀과 나무에는 이슬이 반짝거렸다. 모든 것이 아름답고 모두가 사랑스러웠다. 나는 죽는 걸 원치 않았고, 그걸로 좋았다. 정말이지, 죽는 걸 원치 않는다. 주변에 그와 같은 아름다움이 존재하고 영혼이 기쁨으로 충만하면 여전히 이 세상에 살았을 것이다. 그래, 이건 나의 일은 아니지, 절대자의…….

마을로 접근했다. 처음 보이는 집 반대편 길에서 한 사람이 움직이지 않고 내 측면을 향해 서 있었다. 노동자들은 초조함도 노여움도 없이 기다릴 줄 알았고, 그 역시 필시 누군가를 기다리는 듯했다. 턱수염이 덥수룩하고 머리가 뒤엉킨, 백발에 건장하고 평범한 노동자의 얼굴을 한 농부에게 가까이 다가갔다. 그는 종이로 된 궐련이 아닌 파이프 담배를 피웠다. 인사를 했다.

"알렉세이라는 노인장이 여기 어딘가에 사시나요?" 내가 물었다.

"모르겠어요. 우리는 이곳 사람이 아니랍니다."

'나는 이곳 사람이 아니다'라고 한 게 아니라, **우리는** 이곳 사람이 아니다'라고 했다. 그 같은 경우 러시아인은 거의 한 명도 없게 된다. (무언가 나쁜 걸 획책하고 있을 때, 그럴 경우에나 나라고 칭한다.) 하지만 우리는 가족이고, 우리는 협동조합이며, 우리는 연합이다.

"이곳 사람이 아니라고요? 그럼 어디 출신인가요?"

"우리는 칼루츠키에서 왔습니다."

나는 파이프 담배를 가리키며 말했다.

"한 해 흡연에 얼마를 지출하시나요? 보아하니 3루블 정도?"

"3루블요? 3년 동안 피워도 다 피우지 못하겠군요."

"끊는 건 어때요?"

"어떻게 끊을 수가 있겠습니까. 습관인걸요."

"저도 담배를 피웠지만 끊었어요. 얼마나 좋고 가뿐한지 몰라요."

"당연한 얘기지요. 그렇지만 담배 없이는 지루하죠."

"끊어보세요. 지루함이라곤 없을 겁니다. 아마 담배를 적게 피워도 좋을 겁니다."

"뭐가 좋다는 건지. 끊는 게 아니라면 그렇게 할 필요까지는 없지요."

"당신을 보고 다른 이들도 담배를 피우겠지요. 가장 먼저 젊은이들이 피울 거예요. 노인들이 흡연하는 건 바로 하느님이 허락한 거라고들 하죠."

"그 말이 맞습니다."

"당신을 보고 아들도 담배를 피우겠지요."

"맞아요. 내 아들도 역시 피우죠."

"그러니까 끊으세요."

"만약 끊는다면…… 담배 없이는 지루하겠죠. 무료함 때문에 더 피우게 되고. 또 담배 때문에 무료해지죠. 모든 것이 불행하고 지루하네요. 다른 때에도 지루하고 지루하게 그렇게 시간을 보내죠." 그는 길게 천천히 말했다.

"무료함으로 인해 영혼에 대해 생각하게 되는 게 더 좋은 것이죠."

그는 눈을 치켜뜨면서 나를 쳐다보았는데, 이전의 온후하고, 익살맞고, 생기 있는 그의 얼굴이 갑자기 주의 깊고 신중한, 완전히 다른 모습으로 바뀌었다.

"영혼에 대해 생각한다. 영혼에 대해…… 무슨 의미죠?" 그는 내 안색을 살피며 말했다.

"그래요, 영혼에 대해 생각해야 하고 모든 우매한 행동을 그만둬야 합니다."

그의 얼굴이 온화하게 밝아졌다.

"이것만은 분명합니다. 노인장. 당신이 말한 대로입니다."

"영혼에 대해 먼저 생각해야 합니다. 우선 영혼에 대해 생각해야 합니다. (그가 침묵했다.) 감사합니다, 노인장. 이것만은 확실하군요. (그는 파이프를 가리켰다.) 이것은 하나의 사소한 물건이고, 영혼에 대해 우선 생각해야 합니다." 그가 반복해서 말했다.

"당신 말이 맞습니다." 그의 얼굴이 더 온화해지고 진지해졌다.

나는 대화가 계속되기를 원했지만, 무언가가 목을 죄어 와서 (나는 눈물을 흘리게 되었다), 더 이상 말을 할 수가 없었다. 눈물을 삼키면서도 마음은 즐겁고 평안했다. 그러고는 그와 작별하고 거긴 떠났다.

그러한 민중 가운데 살면서 어떻게 즐겁지 않으며, 그러한 민중으로부터 가장 아름다운 것을 어찌 기다리지 않을 수 있겠는가?

1909년 9월 9일

크레크쉬노

길손과 농부

길손과 농부

농부의 집 안. 늙은 나그네는 수납의자 위에 앉아서 책을 읽고 있다. 일터에서 돌아온 집주인이 저녁 식탁에 앉아 나그네에게 식사를 권하지만 나그네는 사양한다. 주인은 식사를 한다. 식사를 마친 주인이 일어나 기도하더니 노인 곁에 가까이 다가가 앉는다.

농부 : 어쩐 일이신가요?

나그네 : (안경을 벗고, 책을 놓는다.) 기차가 끊겨서요. 기차가 내일 출발한다는군요. 한데 역 안이 붐비더군요. 당신 부인에게 하룻밤 묵기를 청했더니, 부인께서 허락하시더군요.

농부 : 아휴, 괜찮습니다. 머물도록 하세요.

나그네 : 고맙습니다. 그나저나 지금까지 어떻게 사셨나요?

농부 : 우리네 삶이 어떠냐고요? 아주 힘들지요!

나그네 : 무엇이 그리도 힘든가요?

농부 : 산다는 게 무엇에도 딱히 속하는 게 아니기 때문이죠. 밑바닥까지 가봐야 할지도 모르는 게 우리네 삶입니다. 내겐 아

홉 명의 식솔이 있습니다. 모두가 굶주리고 있죠. 곡식 6메라(러시아의 곡물 계량 단위. 1메라는 약 2.6킬로그램—옮긴이)를 수확한 것이 전부인데 이걸로 버텨내야 합니다. 어쩔 수 없이 사람들은 세상 밖으로 나갈 것입니다. 그러면 고용될 것이고, 가치는 떨어지죠. 부유한 사람들은 원하는 것을 우리를 통해서 얻으려고 하지요. 사람 수는 늘어났는데 땅은 불어나지 않고, 아시는 바와 같이 조세만 늘어가고 있습니다. 임대인, 지방 행정관, 하층민, 중계인, 보험업자, 마을 순경, 식품업 종사자, 목사, 지주 등 당신이 다 셀 수 없는 많은 사람들이 여기로 옵니다. 게으름뱅이만 빼고, 모두가 우리의 등에 업혀 있죠.

나그네 : 하지만 저는 요즘 농부들이 잘살고 있다고 생각했는데요.

농부 : 날마다 먹지 못하고 앉아 있을 만큼만 잘살고 있죠.

나그네 : 저는 돈을 너무 낭비하고 있기 때문이라고 생각했어요.

농부 : 무슨 돈을 낭비한다는 거죠? 당신은 이상한 말을 하는군요. 사람들은 굶어 죽고 있는데, 돈을 낭비한다고 말하다니.

나그네 : 신문에 따르면 작년에 7억 루블 정도가 낭비되었는데, 그건 농부들이 7억 루블 정도의 술을 마셔버렸기 때문이라고 했습니다.

농부 : 과연 우리들만 마실까요? 신부들이 술을 얼마나 맛있게 마시는지 보십시오. 게다가 귀족들 역시 술을 마신다고요.

나그네 : 모두들 작은 일부분을 차지하지만, 농부들이 대부분을 차지하지요.

농부 : 그래서 술을 마시지 말라는 건가요?

나그네 : 아니요, 제 말은, 만약 1년에 7억 루블을 술값으로 헛되이 낭비한다는 것은 아직 사람들이 힘들게 살고 있는 것이 아니라는 뜻이죠. 당신도 7억 루블을 우습게 여기진 못할 겁니다.

농부 : 그럼 술이 없으면 어떨까요? 술은 정말 아무런 해도 입히지 않아요. 당신이 원하던 원하지 않던 간에 제단, 결혼식, 추도식, 향연에는 술 없인 안 돼요. 정해져 있는 것이지요.

나그네 : 술을 마시지 않는 사람도 있습니다. 그래도 살고 있지요. 정말로 술의 장점은 조금뿐이에요.

농부 : 단점을 제외하면 장점도 있죠!

나그네 : 그래서 더욱 술을 마시면 안 돼요.

농부 : 그래요, 마시지 말아야 한다면서 마시고 있죠. 모두들 어디에 속하지 못해도 괜찮다는 듯이 살아가니 말입니다. 땅이 없으니까 그래요. 만일 땅이 있다면 술 없이도 살 수 있을 텐데 말이죠.

나그네 : 어떻게 땅이 없을 수 있나요? 조금도 없나요? 어딜 가더라도 사방에 땅이 널려 있는데요.

농부 : 땅도 땅 나름이지 우리 것이 아니에요! 그림의 떡이죠!

나그네 : 당신들 것이 아니라고요? 그럼 누구의 땅인가요?

농부 : 누구의 것이냐고요? 누구의 것인지 잘 알고 있잖아요. 저 배불뚝이 악마가 그 사람이에요. 그는 약 1700데샤티나 정도를 혼자서만 움켜쥐고 있지만 그에게는 모든 것이 작겠지요. 닭을 풀어 놓을 곳이 아무 데도 없어서 우리는 닭을 풀어서 기르

기를 이미 포기했죠. 가축을 내놓는 시기지만 사료가 없네요. 게다가 송아지인지 말인지 하는 놈은 영주의 들판으로 들어가 버렸죠. 마지막 놈을 팔아서, 그에게 빚을 갚아야 해요.

나그네 : 그는 그민한 땅에서 무엇을 하나요?

농부 : 그가 그 땅에서 무엇을 하는지 묻는 거요? 하는 일들이야 잘 알다시피 씨를 뿌리고, 수확을 하고, 내다 팔고, 통에다 동전을 모으고.

나그네 : 그가 경작도 하고 수확도 하는 그런 축복받은 땅은 어디에 있습니까?

농부 : 당신은 아직도 뭘 모르는 게 분명해요. 그는 일하는 사람들을 고용할 돈이 있어요. 그 일하는 사람들이 경작도 하고, 수확도 하는 거죠.

나그네 : 보아하니, 당신네들 중에도 일하는 사람이 있겠군요?

농부 : 어떤 이는 우리 동네 사람이고, 어떤 이는 타지방 사람이죠.

나그네 : 그럼 전부 농부들이란 말입니까?

농부 : 우리 형제들이 전부지요. 농부를 제외하고 누가 일하겠습니까? 당연히 농부들뿐이지요.

나그네 : 그런데 만약 농부들이 영주의 농지로 일하러 가지 않는다면…….

농부 : 가든지 안 가든지 상관없이, 아무것도 주지 않아도 어쩔 도리가 없어요. 땅에서 수확이 없으면 그는 주어야 할 것도

주지 않죠. 개가 건초 위에서 먹이를 먹지 않는다고 해서, 다른 개들에게 그 먹이를 내주는 건 아니니까요.

나그네 : 그럼 어떻게 그는 자신의 땅을 유지합니까? 아마도 약 5베르스타 정도라고 생각됩니다만? 어디에서 땅을 지키죠?

농부 : 이상한 말을 하시네요. 그는 옆으로 누워서, 똥배나 키우지요. 그에겐 경비대가 있거든요.

나그네 : 당신네들이 다시 파수꾼들이 되어 감시하나요?

농부 : 물론 우리 쪽 사람도 있고, 다른 쪽 어떤 사람도 있죠.

나그네 : 그 말인즉, 농부들은 영주를 위해 스스로 밭을 갈고, 또 자신으로부터 스스로 땅을 감시한다는 말인가요?

농부 : 어떻게 하겠습니까?

나그네 : 영주에게 일하러 가지 않거나, 파수꾼으로 고용되지 않거나 하면 황폐한 땅이 될 텐데. 땅은 넓고 사람은 많으니, 누군가는 경작하고, 씨 뿌리고, 수확해야 하지요.

농부 : 동맹 파업하라고요? 하지만 형제님, 그들에게는 병사들이 있습니다. 한두 번 징집되어 파견된 병사들은 누군가를 총살에 처하고, 누군가를 잡아가기도 하지요. 병사들과의 대화란 게 통상 그렇듯이 불충분하기 마련이지요.

나그네 : 그럼 당신네들 중에도 병사가 있나요? 왜 그들은 자신의 사람들을 겨냥할까요?

농부 : 물론 그 속에는 서약이 있죠.

나그네 : 서약이요? 그게 뭔가요?

농부 : 당신은 러시아 사람이 아닌가요? 단어 '서약'을 칭하

는 서약 말입니다.

나그네 : 맹세하는 것 말입니까?

농부 : 당연한 거 아닙니까? 사람들이 복음서와 십자가에 맹세하는 것은 왕국을 위해 죽음을 맹세하는 것과 같습니다.

나그네 : 하지만 제 분별력으로는, 하면 안 됩니다.

농부 : 무엇을 하지 말아야 하나요?

나그네 : 맹세를 하지 말아야만 합니다.

농부 : 법으로 결정된 걸 어떻게 하지 않나요?

나그네 : 아니요, 법률에는 이러한 게 없지요. 율법에서는 직접적으로 금지하고 있습니다. 아예 맹세하지 말라고 말하죠.

농부 : 그래요? 그럼 신부님들은 어떻게 하나요?

나그네 : (책을 쥐더니만 펼쳐서 찾아 읽는다.) "너희들에게 맹세하라고 말씀하셨다. 그러나 나는 너희에게 말한다. 아예 맹세하지 말라. '예' 할 것은 '예' 하고, '아니요' 할 것은 '아니요'라고만 하여라. 그 이상의 것은 악에서 나오는 것이다(「마태오의 복음서」 5장 33절, 38절)." 율법에 따르면, 맹세하면 안 된다는 걸 의미하죠.

농부 : 사람들이 맹세하지 않으면, 병사들은 존재하지 않겠죠.

나그네 : 근데 병사들은 농민에게 어떻게 하나요?

농부 : 어떻게 하다니요? 만일 다른 나라 황제들이 우리 황제의 자리를 탐낸다면 어떻게 될까요?

나그네 : 자기들끼리 다투고, 뇌주고, 포로로 잡겠지요.

농부 : 오! 어째서죠?

나그네 : 신을 믿는 사람들이기 때문이죠. 아무 말씀 없으신 신은 사람들을 죽이도록 놔두시진 않으시죠.

농부 : 왜 신부는 예비군들을 모으기 위해 전쟁이 선포되었다는 명령을 교회에 하나요?

나그네 : 이에 대해선 저도 잘 모르지만, 정확히 여섯 번째 계명은 알고 있습니다. "살인하지 마라." 이것은 사람들이 서로 죽이는 것을 금하는 것입니다.

농부 : 이는 가정에서의 계율입니다. 어떻게 전쟁에서까지 이를 배제하나요? 적들이 있잖아요.

나그네 : 그리스도 복음서에 따르면 적은 없습니다. 모든 이들을 사랑하라. (복음서를 펼쳐서 찾고 있다.)

농부 : 어서 더 읽어보세요!

나그네 : (읽는다.) "'살인해서는 안 된다. 살인한 자는 재판에 넘겨진다'고 옛 사람들에게 이르신 말씀을 너희는 들었다. 그러나 나는 너희에게 말한다. 자기 형제에게 성을 내는 자는 누구나 재판에 넘겨질 것이다." 또 말씀하십니다. "'네 이웃을 사랑해야 한다. 그리고 네 원수를 미워해야 한다'고 이르신 말씀을 너희는 들었다. 그러나 나는 너희에게 말한다. 너희는 원수를 사랑하여라. 너희를 저주하는 자들을 축복하라. 너희를 욕하는 자들과 너희를 박해하는 자들을 위하여 기도하여라(「마태오의 복음서」 5장 43~44절)."

계속되는 침묵.

농부 : 그럼 조세는 어떻게 하지요? 역시 내지 말까요?

나그네 : 이미 당신은 자신이 어떻게 해야 할지 알고 있습니다. 만약 당신에게 굶주린 아이들이 있다면, 우선 아이들부터 먹이는 것이 당연한 일이죠.

농부 : 그럼 병사가 전혀 필요 없게 되는데요?

나그네 : 대체 무엇을 위해 필요하겠습니까? 당신을 포함한 많고 많은 사람들이 있는데, 그러한 많은 사람들을 부양하고 옷 입히는 것이 어디 쉬운 일일까요? 게다가 수많은 기생충과 같은 이들도 있으니까, 당신들에게 땅도 주지 않고, 당신들에게 총을 쏘는 것만이 그들에겐 유일한 이익이겠죠.

농부 : (한숨을 쉬며 머리를 흔든다.) 역시 그렇군요. 만일 우리 모두가 한데 모인다면, 한두 명은 버티겠지만, 그들은 우리를 사살하거나 시베리아로 추방하겠죠. 오직 그뿐이고, 또 그렇게 되겠죠.

나그네 : 지금 여기 사람들이 있지만, 젊은이들은 개별적으로 율법 앞에선 병사가 될 수 없죠. 율법에 따르자면, 살인자가 될 수 없다는 이야기입니다. 원하는 것을 하되, 손에 총을 쥐지는 마십시오.

농부 : 그럼 무엇을 하죠?

나그네 : 삼사 년 동안 불쌍한 내 형제들이 교도소로 들어가거나 그곳에서 지내고 있습니다. 하지만 그곳이 괜찮다고들 말합니다. 정부 당국과 사람들이 내 형제들을 존중해주긴 하니까요. 그런데 당국은 자신과 생각이 다른 사람들을 풀어줄 때는

이렇게 말하지요. "심신이 허약해져선 안 되지, 어깨가 넓고 당당한 체구의 사람이라도 말이야. 그리고 병역이 신의 율법에 대립한다는 그런 수긍하기 어렵고 위험한 말을 하고 다녀선 안 되는 거야." 그러고 나서야 내 형제들을 풀어줍니다.

농부 : 그렇다면?

나그네 : 풀어주는 것도 빈번하고, 그곳에서 죽는 것도 빈번합니다. 게다가 누군가는 병사들 속에서 죽고, 또 누군가는 손이나 발이 없는 불구가 되기도 하죠…….

농부 : 이런 황당한 경우를 봤나. 그러한 일은 일어나지 않도록 하는 것이 더 좋습니다.

나그네 : 왜 일어나지 않아야 하죠?

농부 : 그게 말하자면…….

나그네 : 무엇 때문인데요?

농부 : 당국에서 권력을 주었기 때문이지요.

나그네 : 당신들이 당국의 말만 듣기 때문에, 당국이 권력을 갖고 있는 것입니다. 당국의 말을 듣지 말아보십시오. 그러면 권력도 존재하지 않을 겁니다.

농부 : (머리를 흔든다.) 당신은 이상한 말만 하고 계시는 군요. 어떻게 당국이 존재하지 않을 수 있나요? 당국이 존재하지 않는 일은 불가능합니다.

나그네 : 불가능하다고 알려져 있을 뿐이지요. 그런데 당신은 신과 경찰서장 중 누가 당국이라고 생각하나요? 신과 경찰서장 중 누구의 말을 듣길 원하지요?

농부 : 그게 말하고자 하는 것이군요. 신보다 더 커질 순 없습니다. 가장 우선해야 할 일은 신처럼 사는 것이죠.

나그네 : 만일 신처럼 살아야 한다면 신의 말씀은 들어야 하고 사람의 말은 들을 필요가 없지요. 당신이 신처럼 살게 되면 당신은 타인의 땅에서 사람들을 내쫓지 않을 것이고, 농민조합장이나 지방자치 단체장이 되어서 조세를 착취하지 않을 겁니다. 또 경비대, 하등 지방 경찰 관리, 무엇보다 병사가 되어 사람들을 죽이지 않을 겁니다.

농부 : 신부들이 머리카락이 긴 것도 그 때문인가요? 그들은 규율에 따르지 않는 것으로 보이는데, 왜 어떻게 해야 할지를 연구하지 않는 겁니까?

나그네 : 이에 대해선 저도 모릅니다. 그들은 그들의 길을 가고, 당신은 당신의 길을 가면 됩니다.

농부 : 어쩜 긴 머리들이 방탕하게 보이는지.

나그네 : 다른 사람들을 비난하는 것은 쓸데없는 짓입니다. 모든 사람은 자신에 대해서 스스로 돌아보아야만 합니다.

농부 : 있는 그대로 말이지요. (오랫동안의 침묵. 농부는 가볍게 고개를 저으며 살며시 웃는다.) 당신은 만일 우리 모두가 협력해서 이겨낸다면, 즉 정부의 압력을 이겨낸다면 우리 땅이 생길 거라는 걸, 조세가 없어진다는 걸 말하고자 하는 겁니까?

나그네 : 아닙니다, 형제님. 저는 그런 식으로 말하는 게 아닙니다. 저는 우리의 땅이 생기고, 조세를 내지 않아도 되기 때문에 신처럼 살라고 말하는 게 아니라, 가치 없는 우리네 삶은 단

지 우리 스스로가 가치 없게 살고 있기 때문이라는 걸 말하고 있는 겁니다. 신처럼 살았다면 가치 없는 삶은 없었겠죠. 만일 우리가 신처럼 살았다면, 우리네 삶이 어떠했는지에 대해선 오직 신만이 알고 계시며, 가치 없는 삶이란 존재하지 않았으리란 건 명확한 사실이죠. 우리가 우리 스스로 술 마시고, 욕하고, 주먹질하고, 재판에서 싸우고, 사람들을 증오하고, 신의 율법을 받아들이지 않고, 사람들을 비난만 한다면 우리를 돈으로 유혹하는 뚱뚱한 영주와 머리 긴 신부들이랑 뭐가 다르겠습니까. 우리는 파수꾼, 농민 대표, 병사가 되어 모든 일을 행할 준비가 되어 있습니다. 그건 우리가 우리 형제를 망하게 하고, 목을 조르고, 죽일 준비를 하는 셈입니다. 스스로 악마처럼 살면서 사람들에게 푸념하고 있는 거지요.

농부 : 그건 사실입니다. 그러나 힘든 것을 힘들다고 한 것뿐이지요! 어떤 경우에는 당신도 견디지 못할 겁니다.

나그네 : 영혼을 위해서라도 견뎌야 합니다.

농부 : 사실 그래요! 우리가 가치 없게 살기 때문에 신에 대해 잊어버린 것입니다.

나그네 : 바로 그 가치없는 삶이 문제군요. 하지만 당신이 보고 있는 파업자들은 이렇게 말하지요. "이 사람들과 이들의 가문을 봐라! 저 뚱뚱한 부자들과 그들이 가진 모든 것을 없애버리자. 그러면 우리네 삶이 좋아질 것이다." 그들은 계속해서 공격하고 있지만, 아무런 이익도 없지요. 당국 또한 이렇게 말하지요. "저 시끄러운 놈들을 모두 사형에 처하고 감옥에 보내 없

애버리자. 그러면 다른 사람들의 삶이 좋아질 것이다." 그렇게
되면 당신은 삶의 모든 걸 나쁘게만 볼 것입니다.

농부 : 이 또한 틀림없는 사실이군요. 재판으로 할 수 없다면,
법에 따라서 해야 합니다.

나그네 : 바로 그런 셈이네요. 결국은 둘 중에 하나입니다. 신
을 따르던지 악마를 따르던지 하는 거지요. 악마가 원하는 건
음주에 빠지고, 욕하고, 주먹질하고, 증오하고, 개인의 이익을
위해 일하고, 신의 법을 따르지 않는 것 등인데, 그렇게 한다면
우리네 삶은 나빠질 것입니다. 강도질하지 않고, 살해하지 않
고, 아무도 비난하지 않으며, 증오하지 않고, 나쁜 일에 빠지지
않고, 신의 말씀만 들으며 신을 위해 살기 원한다면, 패악의 삶
이 되지는 않을 것입니다.

농부 : (탄식한다.) 당신과 같은 노인이 좋은 말을 해주고 있는
데, 우리는 잘 듣지 않고 있군요. 아아, 더 많은 이들이 우리를
이끌어주었더라면, 우리네 삶의 모든 게 달라질 수도 있었을 텐
데요. 그러나 도시에서 온 사람들은 어떻게 일을 바로잡았는지
에 대해서만 지껄여대고, 귀 기울여 들을 말이라곤 하나도 없는
흰소리만 해대죠. 감사합니다. 어르신. 당신의 말은 훌륭합니다.
어디서 주무실 건가요? 혹시 페치카 위에서 주무실 건가요?
마누라가 밑에 깔 담요를 준비할 겁니다.

1909년 10월 12일

시골의 노래

시골의 노래

목소리와 화음은 아주 가까이서 들렸지만 안개 뒤로 누구도 보이지 않았다. 평일이었다. 그래선지 들려오는 노래는 이른 아침부터 나를 놀라게 했다.

그의 옆에는, 그와 마찬가지로 키가 크지 않고 다부진 체격의 금발의 젊은이가 동행했다. '이건 분명히 병사들을 배웅하는 거야.' 나는 며칠 전 우리 마을에서 징집된 다섯 사람에 대한 이야기를 기억했고, 본능적으로 내 마음을 끌어당기는 밝은 노래가 흐르는 방향으로 움직였다. 내가 가수들에게 다가갔을 때 목소리와 화음은 잦아들었다. 노래하는 사람들, 즉 배웅을 받는 병사들은 징집된 사람들 중 한 명의 아버지가 사는, 두 채를 이어 만든 농가로 들어갔다. 마을의 맞은편에는 농군 아낙네들, 아가씨들과 아이들이 모인 무리가 있었다. 내가 농부들에게 누구누구의 아이들이 징집되었는지, 그들이 왜 집에 들렀는지 등등 이것저것 묻고 있을 때, 문에서 어머니, 누이 그리고 젊은 병사들이 함께 나왔다. 그들은 다섯 명이었다. 네 명은 미혼이었고, 한 명은 기혼자였다. 도시 근교의 우리 마을 사람들과 도시에서 일하던 징집자들은 거의 모두 도회풍으로 옷을 입었는데, 필시 그것이 가장 잘 차려입은 의복일 것이다. 신사복, 새 모자, 높고 세련된 부츠를 착용하고 있었다. 시선을 거두려고 할 즈음에, 조금 자란 턱수염과 정돈된 콧수염에다 빛나는 갈색 눈동자를 가진, 다정하고 밝고 풍부한 표정을 한, 키가 크지 않고 체격이 좋은 청년이 눈에 들어왔다. 그는 나오자마자 가장 값비싼 아코디언을 쥐고선 자신의 어깨에다 메고 나에게 인사를 했다. 그러고는 즉시 재빠르게 건반을 튕기며 유쾌한 바리냐(가요의 일종—옮긴이)를 연주했고, 박자에 맞춰 활기차게 거리를 따라 행진하기 시작했다.

그는 밝은 표정으로 옆의 선창자를 바라보며, 선창자가 첫 번째 소절을 이끌어내면 씩씩하게 두 번째 소절을 받아 불렀다. 그 사람은 기혼자였다. 이 두 사람은 앞서 걸었다. 아주 멋지게 옷을 차려입은 나머지 세 명도 그들을 뒤따라 걸었고, 단지 그들 중 한 명이 키가 큰 것을 제외하고는 무엇도 특별하게 눈에 띄지 않았다.

나는 군중과 함께 청년들의 뒤를 따라 걸었다. 노래는 모두 경쾌했고 행진하는 동안 그들은 어떠한 슬픈 표정도 짓지 않았다. 그러나 다음 농장에 이르자마자 그들은 멈추어 섰고, 부인들은 울부짖기 시작했다. 나는 그들이 흐느껴 우는 걸 이해하기가 어려웠다. 단지 부분적인 단어들만 들렸다. 죽음…… 아버지, 어머니…… 친척에게…… 그리고 각각의 시를 낭독한 후에 슬피 울면서, 숨을 들이켰다. 신음이 가슴을 치자마자 곧바로 히 스테리가 섞인 웃음소리가 들렸다. 이것은 슬픔에 빠진 어머니들과 누이들의 것이었다. 친척들의 소리 외에도 방문자들의 위로하는 소리가 들렸다. "마트료나, 나는 어쩐지 몹시 지치는구나." 나는 슬피 우는 사람들을 설득하는 한 부인의 말을 들었다.

청년들이 농가로 들어갔고, 나는 이전에 나의 학생이었던, 잘 알고 지내는 농부 바실리 오레호프와 이야기를 나누며 거리에 남았다. 그의 아들은 징집당한 다섯 명 중에 한 명으로 노래 소절을 따라 부르며 걷던 바로 그 결혼한 청년이었다.

"많이 슬프지?" 내가 말했다.

"하는 수 없지 않습니까? 슬프게 여기지 말아야죠. 군에서 복무해야지요."

그리고 그는 나에게 자신의 가정 상황을 죄다 말해주었다. 그에게는 아들이 세 명 있었다. 첫째 아들은 같이 살고 있고, 둘째는 군으로 가는 이 병사이며, 셋째 아들은 사회에 나가서 둘째 아들처럼 집을 잘 도와준다고 했다. 군으로 가는 둘째 아들은 아마도 훌륭하지는 않은 노무자였던 모양이다. "둘째의 아내는 도시인이죠. 그 애에겐 우리네 일상이 맞질 않아요. 그 애는 따로 살고 있지요. 자기가 벌어서 먹고 살아요. 매우 딱한 사정입니다. 무슨 조치를 취해야 해요."

우리가 얘기하는 동안에 청년은 집에서 거리로 나갔고 슬픈 노랫소리, 갑작스런 쉿소리, 떠들썩한 웃음소리, 위로가 다시 시작되었다. 5분 동안 마당에 서 있다가 더 멀리 행진하는데, 다시 멜로디와 노랫소리가 시작되었다. 그는 자신의 부드러운 갈색 눈으로 주위를 둘러보며 리듬에 따라 발장단을 맞추고, 잠시 멈추는 자세를 취하다가 매우 쾌활한 목소리로 노래를 불렀는데, 그 활기와 에너지에 놀라지 않을 수 없었다. 그는 틀림없이 대단한 음악적 재능을 가졌을 것이다. 내가 그를 쳐다보았고, 우리가 그의 시선과 마주쳤을 때—적어도 나에겐 당황스러웠다—당황한 듯이 눈썹을 꿈틀거리더니 고개를 돌려 다시 더 밝게 노래(연주)하기 시작했다. 마지막 다섯 번째 집에 도착했을 때 청년은 집으로 들어갔고 나도 그를 따라 들어갔다. 다섯 명의 청년이 식탁보가 깔린 정돈된 식탁 앞에 앉았다. 식탁 위에는 빵과 포도주가 놓여 있었다. 나와 이야기를 나눈 그 집주인은 결혼한 아들과 작별하는 시간을 갖고 있었다. 그는 술을 따라 권했다. 그 청년들은 아무것도 마시지 않았다. 작은 찻잔의 4분의 1도 마시지 않았고, 단지 맛만 보았다. 안주인은 둥근 빵을 자르고 간단한 식사를 내놓았다. 주인은 돌아다니며 잔을 채웠다. 내가 한 청년을 쳐다보고 있을 때, 앉아 있던 내 자리 옆의 난로 쪽으로부터 누군가가 내게 보여주려는 듯 이상하고 기괴한 옷을 입고 내려왔다. 여성은 연한 녹색의 유행하는 장식이 있는 비단 원피스에다 높은 굽의 구두를 신고 서 있었으며, 금발에 유행하는 머리 스타일을 하고 귀에는 큰 황금 귀걸이를 하고 있었다. 여인의 얼굴은 슬프지도 밝지도 않았고, 마치 화가 난 것 같았다. 그녀는 자신의 높은 굽의 구두로 바닥을 경쾌하게 두드리며 청년들을 보지 않고 현관으로 나갔다. 모든 사람들은 그 여자(그녀의 의상, 그녀의 화난 얼굴, 특이한 귀걸이)에 집중했다. 주위의 모든 사람들에게는 그것들이 낯설었고, 나는 그녀가 누구인지 왜 바실리 농장의 페치카에 나타났는지에 대해 알 수가 없었다. 나는 내 옆에 앉은 여자에게 그녀가 누군지 물었다.

"바실리예프의 며느리예요. 이전에 하녀로 일했지요." 여자가 나에게 대답했다.

주인은 서서 세 번 잔을 채웠지만, 청년은 환대를 거절하고 일어나 기도하고 거리로 나갔다. 거리에 나가자마자 다시 슬픈 노랫소리가 들렸다. 첫 번째로 슬프게 노래하는 사람은 청년 뒤에서 있는 늙고 등이 굽은 여인이었다. 그녀는 슬퍼하며 터져 나오는 눈물을 흘리고 있었다. 부인들은 계속해서 그녀를 위로하며 노파 앞에 쓰러져 울부짖는 이의 팔꿈치를 잡고 일으켰다.

"누군가요?" 내가 물었다.

"그의 할머니예요. 바실리의 어머니죠."

노파가 신경질적으로 크게 웃으며, 그녀를 지탱해주고 있던 부인들의 팔에 안겼고, 행진은 계속 이어졌으며, 다시 아코디언과 신나는 노래가 시작되었다.

징집자들을 읍까지 태워주는 마차가 시골 입구까지 도착했고, 모든 게 멈추었다. 울부짖고 흐느끼는 소리도 더 이상 나지 않았다. 아코디언 연주 소리가 점점 더 높아졌다. 그는 고개를 옆으로 기울이더니 침착하게 한곳으로 가 멈추고는 다른 손을 들어올린 후, 두 손으로 아코디언을 연주하며 아름다운 소리를 끌어냈다. 그리고 단 한 번, 그곳에서 활기차고 높고 즐거운 목소리와 바실리예프의 아들이 내는 유쾌한 목소리가 합창을 이루었다. 늙은이도 젊은이도 이 노래하는 무리를 둘러싸고 있었는데, 그들 중에는 나도 포함되어 있었다. 우리 모두는 눈을 떼지 못하고 정다운 시선으로 노래하는 사람들을 쳐다보았다.

"우리를 이 지경으로 만든 사악하고 교활한 사람들!" 농군들 중에서 누군가 말했다.

"슬픔이 울고 노래의 비애가 울려 퍼지는구나."

그 순간 배웅받는 젊은 징집자들 중 키가 아주 큰 한 사람이 힘이 넘치는 큰 보폭으로 가수 쪽으로 다가왔다. 그는 몸을 굽힌 채 아코디언 연주가에게 무언가 말했다.

'얼마나 훌륭한가. 이 청년은 필시 근위대 어딘가에 등록이 되어 있을 것이다.' 나는 그가 어느 궁정 소속인지 알지 못했다.

"누구의 자식인가요?" 내가 물었다. 나는 용감한 젊은이를 가리키며 나에게 다가온 키가 크지 않은 노인에게 물었다. 노인은 모자를 벗으며 나에게 인사했다. 그러나 그는 나의 질문을 듣지 못했다.

"뭐라고 하셨습니까?"

처음에 나는 그를 알아보지 못했다. 그러나 그가 말을 마치자마자 나는 자주 마주치던 성실하고 착하던 한 남자를 떠올렸다. 그는 말 두 마리를 잃고 집이 다 타버린 상황에서 아내마저 죽어버려 불행이 꼬리에 꼬리를 무는 남자였다. 나는 처음 얼마 동안 그를 알아보지 못했다. 왜냐하면 오랫동안 그를 보지 못한 데다 그를 생각하면 적갈색 머리칼에 중간 정도의 키가 떠올랐는데, 지금은 적갈색이 아닌 백발에 키가 작아졌기 때문이다.

"오! 이런, 프로코피 당신이었군요." 내가 말했다. 그리고 나는 이 훌륭한 젊은이가 어디 소속인지, 알렉산드르 밑에 있는지 물었다.

"저 청년 말인가요?" 그는 키가 큰 젊은이를 머리로 가리키며 반복했다. 그는 고개를 젓고는 중얼거리며 말했는데, 나는 무슨 말을 하는지 이해하지 못했다.

"누구의 자제지요?" 나는 프로코피를 훑어보며 다시 한 번 말했다.

그는 얼굴을 찌푸렸고 광대뼈 부근이 떨렸다.

"내 자식입니다." 그는 말하고는 내게 등을 돌리며 손으로 얼굴을 감싸더니 어린아이처럼 훌쩍훌쩍 소리를 냈다.

"내 자식입니다"라는 이 두 마디만 오직 지금 내게 남아 있다. 나는 결코 이성으로는 깨달을 수 없었지만, 이 잊지 못할 안개 낀 아침에 내 앞에 무슨 일이 벌어진 건지 내 모든 감각으로 느낄 수 있었다. 이해할 수 없는 이상한 모든 것들이 필름처럼 눈앞을 스쳐 지나갔고, 내게는 단순하고 확실하면서도 놀라운 의미로 받아들여졌다. 내가 이것을 흥미로운 광경처럼 보았다는 것 때문에 괴롭고 부끄러워졌다. 나는 멈추어 섰고, 아주 잘못된 자신의 행위를 깨닫고는 집으로 돌아갔다.

이 모든 것이 온 러시아 땅에 살고 있는 수천, 수만의 사람들에게 지금도 행해지고 있으며, 과거에도 그랬고, 미래에도 오랫동안 온순하며 현명하고 거룩할 이 러시아 민중에게, 사악하고 교활한 이로부터 속임을 당하는 러시아 민중에게 일어날 것이라고 생각된다.

1909년 11월 8일
야스냐야 폴랴나

시골에서 보낸
사흘

시골에서 보낸 사흘

첫째 날―방황하는 사람들

요즘 우리 시골에서는 이전에는 듣도 보도 못한 새로운 기이한 일들이 벌어지고 있다. 추위에 떨고 굶주린 길손 6~12명 정도가 팔십 농가가 살고 있는 우리 고장에서 매일같이 밤을 보낸다.

이 사람들은 옷도 거의 입지 않고 신발도 없는데다 갖가지 질병까지 달고 다니는, 정말이지 이루 말할 수 없이 더러운 부랑자들이다. 그들은 밤이 되면 우리 마을의 경찰을 찾아간다. 경찰은 그 사람들이 거리에서 얼어 죽거나 굶어 죽는 일이 생기지 않도록 마을 주민들의 집으로 나누어 보낸다. 여기서 말하는 마을 주민이란 농민들이다. 경찰은 그들을 지주들에게 보내지는 않는다. 지주들은 열 개가 넘는 자신과 가족들의 방 이외에도 사무실, 마부의 집, 세탁실, 하인들의 방 그리고 다른 장소까지 역시 열 개는 족히 넘는 방이 있는데도 말이다. 또한 집이 작다고는 하지만 그나마 어느 정도 공간을 가진 신부나 집사, 상인에게도 그들을 보내지 않는다. 정작 경찰이 그 사람들을 보내는 곳은 아내, 아들과 딸들 그리고 크고 작은 어린애들까지 다들 함께 사는 너비 70~80아르신(1아르신은 71.12센티미터, 28인치에 해당한다─옮긴이)이 간신히 되는 농부의 집이다. 그러면 집주인은 그 더럽고 냄새나며 굶주리고 추위에 떠는 사람에게 잠자리뿐만 아니라 먹을 것도 마련해준다.

"식탁 앞에 앉으면 그 사람을 부를 수밖에 없는 일이죠, 마음이 편하지 않으니까요. 그래서 먹을 것도 주고 차도 준비해주고 그러는 거죠." 집주인인 노인이 내게 말했다.

그런 밤손님들은 밤뿐만 아니라 낮에도 방문하는 일이 있는데, 보통 두세 명도 아닌 열 명도 더 되는 사람들이 한 집으로 몰려든다. 그래도 집주인은 "할 수 없지 뭐……"라고 말할 뿐이다.

그러면 안주인은 비록 빵이 부족한 걸 알지만, 그 사람의 체구를 보고 그에 걸맞게 빵조각을 떼어 준다.

"모든 사람이 먹을라치면 하루에 코브리가(크고 둥근 빵─옮긴이) 하나로는 모자라니, 다음번엔 도리에 어긋난다 하더라도 그 사람들을 안으로 들이지 말아야겠어요." 안주인이 내게 말했다.

그렇게 러시아 방방곡곡의 하루하루가 지나간다. 해가 갈수록 가난한 군인, 불구자, 유형 생활을 마치고 돌아온 이들의 수는 늘어가고, 오갈 곳 없는 노인들과 특히 실업자들이 많아지고 있다. 그들은 아주 힘들게 일하며 근근이 생활을 유지하는, 가장 하층민이라고 말할 수 있는 농민들의 도움으로 추위와 궂은 날씨를 피하고 굶주림을 달래고 있다.

물론 우리 나라에도 그런 사람들이 일하고 공부할 수 있는 장소도 있고, 빈민 구제에 대한 법도 제정되어 있다. 또한 도시마다 여러 종류의 자선 시설들도 마련되어 있다. 튼튼한 마룻바닥에, 전깃불까지 들어오는 그런 곳에서는 적지 않은 월급을 받는 직원들이 집 없는 많은 사람들을 돕고 있다. 하지만 그렇게 도움을 받고 지내는 이들이 아무리 많다고 할지라도 집 없는 사람의 전체 수를(그 정확한 수는 알지 못하지만 아마도 어마어마할 것이다) 생각하면, 그것은 바다의 물 한 방울 정도일 것이다. 그들은 현재 헐벗고 굶주린 채 어떤 기관의 도움도 받지 못하고 그저 기독교적인 인도주의에서 비롯된 러시아 농민들의 도움으로 간신히 생명을 부지하고 있다.

만일 이같이 굶주리고 추위에 떠는, 이가 들끓는 더러운 부랑자들이 일주일에 단 한 번씩이라도 농민이 아닌 부유한 사람들의 집에서 잠을 자야 한다고 했다면 그들이 어떻게 반응했을까? 하지만 농민들은 그러한 부랑자들에게 잠자리를 줄 뿐만 아니라 '같이 식탁에 앉지 않으면 마음이 편치 않다' 며 먹을 것도 주고 차도 함께 마신다. (사라토프스카야나 탐보프스카야 현의 외진 곳에서는 마을 경찰이 그들을 데려오지 않더라도 농민들 스스로 거절하는 일 없이 부랑자들을 맡는다.)

농민들은 자신들 스스로도 느끼지 못한 채 그렇게 선행을 베풀고 있다. 중요한 건 그들이 러시아 전체에 큰 의미를 지니는 이러한 선행을 단지 '영혼을 위해서' 한다는 점이다. 평범한 농민들의 마음에 그토록 강한 기독교적인 사랑이 없었다면 수많은 불행하고 집 없는 부랑자들은 말할 것도 없고, 시골 생활을 부유하고 편하게 하는 사람들에게 어떤 일이 일어났을까? 생각하면 생각할수록 이 일이 러시아에서 얼마나 큰 의미를 지니는지 알 수 있다.

우리가 이 집 없는 부랑자들의 고통과 어려움을 직시한다면 그들의 영혼이 어떤 상태에 있는지 쉽게 짐작할 수 있을 것이다. 만약 농민들의 그러한 도움이 없다면 살아남는 데 필요한 최소한의 것도 가지지 못한 그들이 모든 것을 지나치게 많이 가진 사람들에게 무력을 사용했을 것이다. 이 불행한 사람들에게 어쩌면 그것은 자신의 생명 유지를 위해 당연한 일일 것이다.

그렇기에 농민들이야말로 극심한 가난으로 인해 춥고 배고픈 생활을 하는 부랑자들의 습격으로부터 우리처럼 풍족한 생활을 하는 계층의 사람들을 보호해준다. 그뿐만 아니라 부랑자들을 먹이고 부양하는 사람도, 자선 단체나 여러 기관과 관리들이 속해 있는 정부가 아니라 바로 러시아 민족의 삶을 지탱하는 바로 이 농민들인 것이다.

만약 그 많은 러시아 농민들의 마음에 종교적 믿음에서 우러나오는 형제애가 없었다면, 어떤 경찰이 있다고 해도(물론 그들은 어딜 가나 필요한 인원에 못 미치지만 특히 시골에는 거의 없다고 해도 과언이 아니다), 절망의 극에 다다른 이 집 없는 사람들이 벌써 오래전에 부자들의 집을 다 부쉈을 것이고 자신들의 길을 가로막는 사람들까지 전부 해치는 걸 아마도 막지 못했을 것이다. 그러므로 우리가 종종 강도 사건이나 살인 사건에 대해 듣거나 읽게 된다면, 그것에 놀라고 겁을 낼 것이 아니라 그나마 그런 일이 가끔씩 생겨나게 해준 농민들의 봉사와 희생을 깨닫고 감사해야만 한다.

우리 집에는 매일 열 명에서 열다섯 명 정도의 사람이 들른다. 그들 중에는 어떠한 이유로 인해 이러한 떠도는 삶을 선택해서 옷과 신을 되는 대로 걸치고 작은 짐 꾸러미를 짊어진 빈민들이 있다. 그런가 하면 장님이나 손발을 잃은 사람도 있고, 드물긴 하지만 어린아이와 여자도 있다. 하지만 사실 그러한 사람들은 얼마 되지 않는다. 대부분은 지닌 짐도 없이 다니는 부랑자들로서 몸이 성한 젊은 사람들이다. 그들 모두는 정말로 불쌍한 사람들로, 제대로 된 옷이나 신발도 걸치지 않은 데다 앙상하게 뼈만 남아 추위에 떠는 이들이다. 만일 "어디로 가는 거요?"라고 묻는다면, 모두가 한결같이 "일을 찾아다녀요"라든지 혹은 "일을 찾아다녔는데 찾지 못했습니다. 집으로 돌아가야지요. 가는 곳마다 일이 없다고 속이니까요"라고 대답한다. 또한 그들 중에는 유형 생활을 마치고 집으로 돌아가는 이들도 적지 않다.

이들 많은 부랑자들에게도 그들만의 다양한 특징이 있다. 포도주로 인해 여기까지 오게 된 술주정뱅이들이 있는가 하면, 무식한 사람들도 있고, 또 많이 배운 사람들도 있다. 부끄러워하고 겸손한 사람이 있는가 하면, 뻔뻔하고 요구가 많은 이들도 있다.

얼마 전 막 잠에서 깨어났을 때 일리야 바실리비치가 말했다.

"문 앞에 부랑자 다섯 명이 찾아왔습니다."

"탁자 위에 돈이 있으니 갖다 주게나." 나는 그렇게 말했다.

일리야 바실리비치는 늘 그랬듯이 탁자 위의 돈을 집어 들고 나가서 5코페이카씩 나누어 주었다. 그리고 한 시간쯤 지나서 나도 일어나서 문 앞으로 나가보았다. 발에는 다 떨어진 신발을 신고 건강이 안 좋아 보이는 얼굴을 한 사람이 부은 눈꺼풀 밑으로 눈동자를 이리저리 굴리며 절을 하더니 무슨 증서를 내밀었다.

"돈을 못 받았는가?"

"각하, 5코페이카로 뭘 하라는 말씀입니까? 각하, 제 입장에서 한번 생각해보십시오." 그러면서 그는 증서를 내밀었다. "한번 읽어보십시오. 각하, 이걸 좀 보십시오." 자신의 옷을 가리키며 말했다. "이 꼴을 해가지고 어디로 가라는 말씀입니까? 각하 (말 한 마디가 끝날 때마다 '각하'를 붙이는 그의 얼굴에는 증오가 엿보인다), 무엇을 어떻게 하고 살라고 그러십니까?"

나는 모두에게 동일한 금액을 준다고 대답했다. 그래도 그는 계속해서 그 증서라는 것을 읽어보라며 애원할 뿐이었다. 내가 거절하자 그는 무릎을 꿇었다. 나는 그를 내버려두는 수밖에 없었다.

"그러면 이제 스스로 목숨을 끊으라는 말씀이군요? 그저 앉아서 생을 마감하라는 것이죠? 조금만, 한 푼만이라도 더 주세요."

하는 수 없이 20코페이카를 그에게 건네주자 그는 적의를 품은 채 떠났다.

이 사람처럼 유난히 끈질긴, 부자들이 가진 것을 자신들도 함께 누릴 권리가 있다고 느끼는 이들이 많았다. 그 사람들 대다수는 공부도 많이 한 혁명가들이다. 그들은 예전의 가난한 사람들과는 달리 부자들의 동정을 바라는 것이 아니라, 부자들을 마치 도둑이나 강도, 노동자 계층의 피를 빨아먹고 사는 사람들로 간주했다. 이러한 부류의 빈민들은 스스로는 일을 거부하고, 아니 모든 종류의 노동을 기피하면서도 노동자 계층의 이름을 걸고 민중의 착취자인 유산계급을 증오하는 것을 당연하게 여기고 있다. 그들은 자신이 가난하면 가난할수록 더 부자들을 증오한다. 만약 그들이 당당하게 요구하지 않고 부탁을 한다면, 그것은 사실 가식에 지나지 않는 행동인 것이다.

하지만 이런 사람들이나 술주정뱅이들의 부랑자 생활에는 얼마만큼의 책임이 자신들에게도 있다고 말할 수 있다. 그런가 하면 온순하고 마음씨도 착한데 어쩌다가 딱한 처지에 놓이게 된 전혀 다른 성격의 부랑자들도 있다. 그 사람들이야말로 생각만 해도 불쌍한 이들이다.

한번은 키가 크고 준수한 사람이 누더기가 된 짧은 양복을 입고 찾아왔다. 장화도 이미 더럽고 낡아 있었다. 하지만 잘생기고 지적인 얼굴이었다. 그는 모자를 벗으며 구걸을 시작했다. 돈을 받은 그는 감사의 말을 잊지 않았다. 내가 물었다. "어디서 오는 길인가요? 어디로 가는 길입니까?"

"페테르부르크에서 오는 길입니다. 집으로 돌아가는 길이지요."

내가 다시 물었다. "무슨 일로? 걸어서 가시는 겁니까?"

"말하자면 길지요." 그가 어깨를 으쓱해 보이며 말했다.

그에게 이야기를 해달라고 요청하자, 그는 주저하지 않고 사실처럼 여겨지는 자신의 이야기를 시작했다. 그는 운이 좋게도 페테르부르크에서 30루블을 받는 서기 자리를 얻어 아주 만족스러운 생활을 했다고 말했다. "나리의 책도 읽었습니다요. 『전쟁과 평화』, 『안나 카레니나』." 이번에는 그가 유난히 기분 좋은 미소를 지으며 말했다.

그가 이야길 계속했다. "그런데 식구들이 시베리아로 이사를 간다고 했습니다. 톰스카야 구베르니아로." 가족들이 그에게 고향에 있는 지분을 팔지 않겠느냐고 편지를 써서 보냈다고 했다. 그는 그러겠다고 했고 식구들은 이사를 했다. 하지만 시베리아에 있는 그들의 땅이 좋지 않아 얼마 지내지 못하고 다시 되돌아와 지금은 고향에서 세를 얻어 근근이 살고 있다고 했다. 설상가상으로 마침 그즈음에 그의 페테르부르크 생활마저 파산에 이르렀다는 것이다. 그 첫째 이유는 일자리를 잃은 것인데, 그것도 자신의 잘못으로 그렇게 된 것이 아니고 일하던 회사가 부도를 낸 탓이었다. "그런데 사실을 말씀드리자면, 그때 저는 재봉 일을 하는 여자와 만나고 있었습니다." 그가 다시 미소를 지으며 말했다. "그 여자가 아주 제 혼을 쏙 빼놓았죠. 처음엔 식구들을 돕기도 했는데 이젠 아무것도 남은 것이 없으니. 하느님이 도우시겠지요. 회복되겠지요."

보기에도 그는 머리 좋고 일도 잘할 사람 같은데 우연한 상황이 그를 이렇게 만들어놓았던 것이다.

그런가 하면 이런 사람도 있다. 그 사람은 낡은 구두를 신고는 거기에 노끈을 칭칭 감고 있었다. 옷은 이제 입을 만큼 입어서 여기저기 구멍이 나 있었지만 진중하고 현명해 보이는 얼굴을 하고 있었다. 내가 여느 때처럼 5코페이카를 건네자 그는 감사하다고 말했다. 그렇게 대화가 시작되었다. 그는 정치적 문제로 뱌트카에서 유형 생활을 했는데, 그곳에서도 어려운 생활을 했지만 현재는 더 힘들게 사는 듯했다. 지금은 원래 살던 곳인 랴잔으로 가고 있는 중이었다. 무슨 일을 했었냐고 물었다.

"신문 배달 일을 했습니다."

"어쩌다가 그런 고생을 하게 되었는가?"

"불법 문서를 배포해서 그렇게 되었습니다."

우리는 혁명에 대한 이야기를 하기 시작했다. 나는 모든 것은 우리 개인들의 문제이며, 그렇게 큰 권력을 힘으로는 무너뜨릴 수는 없다고 내 의견을 말했다.

"우리 내부의 악이 없어야 외부의 악도 없어진다네." 내가 말했다.

"그야 그렇지만, 그렇게 되려면 시간이 걸립니다."

"우리들이 하기에 달려 있지 않겠나."

"저도 나리께서 혁명에 대해 쓰신 책을 읽었습니다."

"그건 내 생각은 아니지만 어쨌든 나도 그렇게 생각하는 건 사실이네."

"나리의 책을 좀 얻고 싶네요."

"기꺼이 주겠네. 하지만 다른 문제가 생기지 않도록 내용이 심각하지 않은 것으로 주도록 하지."

"무슨 말씀이세요? 이제 뭐가 두렵겠어요. 이렇게 사느니 감옥 생활이 더 낫습니다. 저는 감옥을 두려워하지 않습니다. 오히려 그곳에 가기를 원하고 있는 걸요." 그가 침울하게 말했다.

"정말 안타까운 일이군, 이렇게 많은 재능이 헛되이 쓰이다니." 내가 말했다.

"자네 같은 사람이 이런 식으로 인생을 낭비할 수밖에 없다니. 이제 어떻게, 무엇을 할 작정인가?"

"저 말씀입니까?" 그가 내 얼굴을 바로 보며 말했다.

과거에 대해서나 일반적인 이야기를 할 때만 해도 기분 좋게 힘찬 대답을 하던 그였지만, 앞날에 대해 묻자 내 얼굴에서 동정의 빛을 읽고는 고개를 옆으로 돌리고 소매를 눈가로 가져갔다. 그의 목덜미가 떨리는 것이 보였다.

아, 그런 사람이 얼마나 더 많은 것일까!

참으로 딱하고 가엾게도, 이젠 그런 착한 사람들조차도 무슨 일이든 마구잡이로 하게 만드는 그런 절망적인 상황과 마주하고 있는 것이다.

"우리의 문명사회가 아무리 견고하다고 해도, 그 안에는 이미 파괴의 힘이 자라고 있다. 사막이나 숲에서가 아닌 도시의 깊은 곳에서 그리고 큰길 가에서 고대에 세상을 파괴했던 훈족과 반달족 같은 자들이 생겨나고 있다." 헨리 조지(1839~1897, 미국의 경제학자―옮긴이)는 이렇게 말했다.

그래, 20년 전 헨리 조지가 한 예언이 오늘 우리 눈앞에서 그대로 나타나고 있는 것이다. 특히 러시아에서는 그것이 더욱더 생생하게 우리 앞에 그려지고 있다. 그것에 가장 큰 일조를 한 것은 놀라울 만큼 미래를 예견할 줄 모르는 정부와 정상적인 사회가 마련될 수 있는 기반을 파괴하는 힘이라고 할 수 있을 것이다.

헨리 조지가 말한 바 있는 반달족 같은 자들이 러시아엔 이미 존재하고 있다. 그리고 이 반달족들은 우리와 같은 신앙심이 강한 민족 사이에서는 더할 수 없이 나쁜 영향을 끼친다. 우리 민족에게 그 반달족들이 그토록 끔찍한 것은 우리에게는 유럽인들이 가진 어떠한 기준이나 행동지침, 사회적으로 보편화된 가치 기준이 없기 때문이다. 우리는 독실하고 깊은 신앙심이 없으면 아무런 가치도, 기준도 없는 상태에 이르고 마는 것이다. 경찰의 무력 동원, 극악한 유형, 감옥, 강제 동원, 성을 쌓는 일 그리고 매일 계속되는 처형과 같은 최근 정부의 일련의 정책으로 인해 푸가초프나 스텐카 라진(러시아 농민 반란 지도자—옮긴이) 같은 반란군 세력이 날로 증가하고 있다.

그러한 정책은 스텐카 라진 반란군들의 마지막 양심마저도 자유롭게 만들어버리는 힘을 가졌다. "만약 배운 자들이 그렇게 한다면, 우리도 그렇게 하는 게 당연한 것 아니겠어!" 그들은 이렇게 말하며 생각한다.

나는 유형에 처해진 이들로부터 자주 편지를 받는다. 그들은 내가 악에 대한 무저항주의를 주장한다는 것을 알고 있는 모양이다. 그래서 그들 대부분이 글을 잘 모르는 이들이긴 하지만 내 의견에 강한 반대의 글을 보내왔다. 그들은 국가와 부유한 계층이 민중에게 저지른 일에 대한 대가는 오직 복수, 복수, 복수뿐이라고 말한다.

우리 정부가 얼마나 앞을 볼 줄 모르는지 그저 놀라울 뿐이다. 정부는 자신의 적을 약하게 만들기 위해서 하는 많은 일들이 오히려 그들의 수를 늘리고 그들에게 더 큰 힘을 보태준다는 것을 보지 못하고, 보려고도 하지 않는다. 그들 자체가 두려운 것이다. 그들은 정부에게, 부유한 이들에게, 또한 어떤 식으로든 부유한 계층과 연계된 사람들에게 두려운 존재인 것이다.

하지만 이들에 대한 그러한 두려움 외에 또 다른 감정이 존재하는데, 그 감정은 두려움보다 더 절실하다. 예상치 않은 일로 그러한 상황에, 부랑자의 처지에 놓인 이들에게 품게 되는 감정은 다름 아닌 부끄러움과 동정심이다.

두려움이 아닌 이 부끄러움과 동정심이야말로 그러한 처지를 겪어보지 않은 사람들이 러시아의 당면한 이 새로운 현상에 대해 어떻게든 해답을 찾을 수 있도록 도와줄 것이다.

둘째 날―살아가는 이들과 죽어가는 이들

책상 앞에 앉아서 일을 하고 있는 내게 방해를 하지 않으려는 듯 조심스럽게 일리야 바실리비치가 다가와서 이미 오래전부터

밖에서 부랑자들과 여자들이 기다리고 있다고 전해주었다.

"여기 돈이 있으니 가져가서 나눠 주게."

"여자분이 무슨 일이 있으셔서 찾아오신 모양입니다."

나는 기다려달라고 부탁하고 일을 계속했다. 얼마 지나서 난 그 여자에 대해 까맣게 잊어버린 채 밖으로 나가보았다. 한쪽 구석에서 형편없이 낡은 데다 날씨에 맞지 않게 얇은 옷을 걸친 뼈만 앙상한 여인이 보였다.

"무슨 일로 그러는가?"

"자비를 베풀어주세요."

"무슨 일로?"

"제발 자비를 베풀어주세요."

"아니, 무슨 일인데?"

"억울하게 끌려갔습니다. 애들 셋이랑 저만 남게 되었지요."

"누가 어디로 끌려갔다는 건가?"

"남편이 크라피브나로 잡혀갔습니다."

"거긴 왜?"

"군대로 끌고 갔답니다. 법에 따르면 외아들은 가족 부양을 위해 데려가지 않는다고 하던데요. 그 사람 없인 우리 가족은 살길이 막막합니다. 우리 가족을 가엾게 여기셔서 도와주세요."

"정말 생계를 유지할 사람이 남편 한 명뿐인가?"

"예, 그렇습니다."

"아니, 그럼 왜 데려갔는지도 모르는가?"

"그 사람들 하는 일을 누가 알겠습니까. 이제 아이들과 저만 달랑 남았으니 죽는 일만 남았습니다. 그런데 아이들이 불쌍해서……. 어르신만 믿고 이렇게 왔습니다. 끌려갈 사람이 아니었는데……."

주소와 이름을 물어서 받아쓰고는 상황을 알아보고 알려주겠다고 했다.

"몇 푼이라도 베풀어주실 순 없을까요? 아이들이 배고파하는데 빵 한 조각도 없습니다. 갓난아이가 큰일입니다. 젖이 말랐어요. 그저 하늘이 데려가기라도 했으면 합니다."

"아니, 소도 없는가?" 내가 물었다.

"소라니요? 사람도 굶어 죽을 지경인데."

여자는 다 낡은 외투로 감싼 몸을 떨면서 울고 있었다.

그녀를 보내고 나서 평소처럼 산책길에 나섰다. 그런데 마을에 살고 있는 의사가 아까 봤던 여인의 마을로 환자를 보러 간다는 걸 알게 되었다. 그곳은 때마침 관청이 있는 곳이기도 해서 난 의사와 함께 가기로 했다.

의사는 환자를 보러 시골로 들어가고 난 관청에 들렀다.

책임자도 서기도 자리에 없었고, 재주 있고 영리하지만 어린 서기 보조가 있을 뿐이었다. 안면이 있는 터라 군인의 아내에 대해 얘기하고 무슨 일로 외아들이 군에 보내졌는지 물었다. 서기 보조는 내 말을 수정하며 그 여인의 남편은 외아들이 아니고 형제가 둘이나 된다고 했다.

"아니, 그게 무슨 말인가? 그 여자는 분명히 외아들이라고 하던데?"

"거짓말입니다. 그 사람들이야 항상 그렇지요." 그가 웃는 얼굴로 대답했다.

관청에 들른 김에 다른 일들도 정리했다. 얼마 지나자 의사가 환자를 보고 돌아왔다. 우리는 그 군인의 아내가 사는 시골에 함께 가보기로 했다. 그런데 출발하기도 전에 열두 살 정도 돼 보이는 어린 여자아이가 우리 쪽으로 달려왔다.

"선생님을 만나러 오는 모양이군요." 내가 의사에게 말했다.

"아니에요, 저는 어르신을 뵈려고요." 그 여자아이가 나를 보며 말했다.

"그래, 무슨 일로?"

"도와주세요. 어머니가 돌아가시고 저희는 고아가 됐어요. 형제가 다섯이나 되는데……. 저희 처지를 생각하셔서 좀 도와주세요."

"어디서 오는 길이지?"

아이는 그럴듯해 보이는 벽돌집을 가리켜 보였다.

"저는 이 마을에 살고 있어요. 저기가 저희가 살고 있는 집이고요. 들어가서 직접 보시면 아실 거예요."

마차에서 내려 아이를 따라 그 집 쪽으로 갔다. 문에서 한 여자가 나와서 안으로 안내했다. 여자는 그 고아들의 이모라고 했다. 내가 들어간 곳은 꽤 넓고 깨끗한 거실이었다. 우리를 안내한 큰 아이를 뺀 나머지 네 아이―사내아이 둘과 여자아이 하나 그리고 두 살배기 어린 사내 아기를 볼 수 있었다. 이모라는 여인이 집안 사정을 자세히 말해주었다. 가장은 2년 전에 광산 일을 하다가 사고로 죽었다고 했다. 보상을 받으려고 했지만 아무런 소용도 없었던 모양이다. 그래서 네 아이와 과부만이 남았는데 남편이 죽고 나서 막내아이가 태어났다고 했다. 남편도 없이 겨우 연명하던 과부는 땅을 빌려 밭을 일구기도 해보았지만 남자가 도와주지 않으면 어려운 일이었다. 처음에는 소를 다 팔았고 나중에 가서는 말들을 팔아버려서, 이제는 염소 두 마리만 겨우 남은 상태였다. 그렇게 어렵게 살다가 그나마 한 달 전에 과부마저 병으로 세상을 떠나 열두 살짜리 큰애와 네 아이만 남게 된 것이다.

"먹을 걸 조금씩 주면서, 제가 가진 걸로 돕기는 하지요." 이모가 말했다. "아시겠지만 제가 얼마나 도울 수 있겠어요, 이 아이들을 어떻게 해야 할지 정말 모르겠습니다. 죽는 날만 기다릴 수도 없는 일이고 몇이라도 고아원에 보낼 수 있으면 좋겠어요."

큰아이는 우리의 대화를 다 이해하는지 이모의 말에 끼어들면서 말했다.

"저 미콜라시카라도 어디로 보낼 수 있으면 좋겠어요. 어디로 갈 수도 없고, 잠시라도 눈을 뗄 수가 없어요." 아이는 건강한 아기를 가리키며 말했다. 어린아이는 이모의 요구사항도 전혀 모른 채 누나를 보며 천진난만하게 웃고 있었다.

나는 아이 중 한 명이라도 고아원에 보낼 수 있도록 알아보겠다고 약속했다. 큰아이는 감사하다고 말하며 언제 답을 들으러 찾아가면 좋겠냐고 물었다. 아이들과 미콜라시카마저 내가 자신들을 위해 모든 일을 할 수 있는 마법사라도 되는 듯이 나를 쳐다보았다.

집을 나서 마차 쪽으로 가다 한 노인을 만났다. 노인은 인사를 건네고는 쉴 틈도 없이 고아들 이야기를 시작했다.

"쯧쯧." 그가 말했다. "참 딱한 아이들입니다. 큰아이가 얼마나 열심히 다른 아이들을 돌보는지, 아주 어미 노릇을 해요. 그래도 그나마 사람들이 가엾게 여기고 하느님이 불쌍히 여기셔서 아직 굶어 죽지 않고 저렇게 살아 있습니다. 그런 애들을 돕는다는 건 아주 좋은 일이지요." 그는 내가 그렇게 하기를 권하듯이 말했다.

노인과 이모라는 여인, 여자아이와 작별인사를 하고 의사와 함께 다시 군인의 아내가 살고 있다는 시골로 향했다.

처음 눈에 띈 집의 사람에게 그 여인이 어디 사느냐고 물었다. 그런데 그 집은 마침 구걸을 해서 먹고사는(그녀는 매우 집요하게 돈을 요구하는 사람 중 한 명이다), 나하고 이미 안면이 있는 과부의 집이었다. 그 과부는 늘 그렇듯이 바로 도움을 청하고 나섰다. 특히 도움이 필요한 것은 송아지를 먹여야 하기 때문이라고 했다.

"아주 그 송아지가 나와 늙은 할멈까지 집어삼킬 기세라고요. 어디 들어오셔서 한번 보시지요."

"그래, 할멈은 어떤가?"

"할멈이야 뭐 늘 그렇지요." 목쉰 소리로 그녀가 대답했다.

나는 송아지도 송아지였지만 그보다도 할멈을 보기 위해 들르겠다고 했다. 그러고는 군인의 아내가 사는 곳을 다시 물었다. 과부는 대문 너머에 있는 초가집을 가리켜 보이며 몇 마디 덧붙이는 것도 잊지 않았다. "가난이야 그렇다지만 시숙이 술을 그렇게 마셔대니."

과부가 가르쳐준 대로 대문을 지나 초가 쪽을 향해 걸어갔다.

가난한 시골 사람들의 집이 형편없다는 것은 익히 알고 있었지만, 군인의 아내가 사는 집처럼 다 무너져가는 모습은 나로서도 본 적이 없을 정도였다. 지붕은 고사하고 벽도 다 허물어져 창문까지 기울어져 있었다.

안에 들어가 보아도 바깥보다 하나 나을 것이 없었다. 작은 초가 안에는 난로가 내부의 3분의 1을 차지하며 놓여 있었는데, 온통 기울어지고 허물어진데다 더럽기 그지없었다. 더 놀라운 것은 그런 곳에 사람이 무척 많았다는 사실이다. 군인의 아내와 아이들만 있을 거라는 내 기대와는 달리 시누이로 보이는 다른 젊은 여인과 아이들, 시어머니까지 함께 사는 모양이었다. 군인의 아내는 내 집에서 이제 막 돌아온 듯이 난롯가에서 몸을 녹이고 있었다. 그녀가 불을 쪼이는 동안 시어머니가 내게 사는 이야기를 들려주기 시작했다. 그녀는 원래 두 아들과 함께 살았다고 한다. 그때는 살기도 좋았다고 말했다. "지금이야 어디 누가 같이 살려고 합니까, 다들 제각각이지요." 가늘게 한숨을 내쉬며 시어머니가 말했다. "며느리들이 싸움을 하고 그러니 애들이 갈라져 살기로 했지요. 그랬더니 살기가 전보다 많이 어려워질 수밖에요. 땅은 작고 버는 돈도 적으니 겨우 먹고살 정도지요. 그런데 이제 국가에서 남자를 데려가니 어린애들을 데리고 저 아이가 어쩌겠습니까? 그래서 이렇게 우리와 같이 살게 됐지요. 하지만 먹을 것은 없고 어쩔 도리도 없어서 한번 알아봤더니 군에 있는 아이를 다시 돌아오게 하는 수가 있다고 해서요."

군인의 아내는 난롯가에 앉아 울먹이는 목소리로 남편이 돌아올 방법을 좀 알아봐달라고 간청했다. 나는 그렇게 할 도리는 없다고 대답하며 남편이 남기고 간 재산이 있는지 물었다. 아무런 재산도 없다고 했다. 땅은 남편이 군에 가면서 자기 식구들을 먹여 살려달라고 형에게 주어버렸다고 했다. 양이 세 마리가 있었는데, 그중 두 마리는 벌써 남편에게 필요한 것을 사서 보내느라 팔아버렸고, 말라서 비틀어진 양 한 마리와 닭 두 마리가 남아 있긴 하다고 덧붙였다. 그게 그녀가 가진 재산의 전부였다. 옆에 앉아 있던 시어머니도 그녀의 말을 거들었다.

군인의 아내에게 고향이 어디냐고 물었다.

그녀는 세르기예프스키 출신이라고 했다.

세르기예프스키는 우리 고장에서 40베르스타 정도 떨어진 곳에 있는 부유한 마을이었다.

친정 부모는 살아 있는지, 사는 형편은 어떤지 물었다.

"살아 계셔요, 사는 형편도 좋으시고요." 그녀가 대답했다.

"그럼, 친정에 가서 사는 편이 좋지 않겠는가?"

"저도 그 생각을 했는데, 받아주시지 않으실까 봐요……. 이렇게 아이들도 있으니까요."

"받아주실 수도 있는 것 아닌가. 편지를 써보게, 내가 써줄까?"

군인의 아내는 승낙을 하며 부모의 이름을 불러주었다. 난 부모의 이름을 받아 적었다.

내가 여인들과 이야기를 하는 동안 배가 불룩 나온 제법 키가 커 보이는 여자아이가 군인의 아내에게 다가와 뭔가 달라고 조르고 있었다. 아마도 먹을 것을 달라고 하는 모양이었다. 군인의 아내는 나와 이야기를 하느라고 대답하지 않았다. 아이는 다시 한 번 그녀의 옷깃을 붙들고 작은 목소리로 졸라댔다.

"에이, 지긋지긋한 것 같으니라고!" 군인의 아내는 소리를 지르며 아이의 머리를 세게 내리쳤다.

아이는 큰 소리로 울음을 터뜨렸다.

볼일을 다 마치고 초가집을 나와, 나는 다시 할멈과 송아지를 보러 과부의 집으로 향했다.

과부는 이미 집 앞에 서서 나를 기다리고 있다가 송아지를 봐달라며 집으로 들어가길 청했다. 안으로 들어가자 짚더미 위에 있는 송아지를 볼 수 있었다. 과부는 송아지를 봐달라고 다시 애원했다. 과부의 청에 못 이겨 송아지를 자세히 들여다보았다. 모든 관심을 송아지에게 쏟고 있는 과부로서는 내가 그 일에 별 흥미를 느끼지 못할 수도 있다는 생각이 전혀 떠오르지 않는 듯 했다.

그렇게 송아지를 본 후 방으로 들어가 할멈이 어디 있느냐고 물었다.

"할멈이요?" 송아지를 보고 난 후에도 할멈에 대해서 궁금해

한다는 사실이 믿기지 않는다는 듯이 과부가 되물었다. "난롯가에 있지 어디 있겠습니까?"

나는 난로 쪽으로 다가가 할멈에게 인사를 했다.

"아이고, 아이고!" 거칠고 힘없는 목소리로 할멈이 말했다.

"누구시오?"

내 이름을 대고는 어떻게 사느냐고 물었다.

"사는 게 어떠냐고요?"

"어디 아픈가요?"

"안 아픈 데가 없지요, 아이고!"

"마침 의사 선생님이 동행하셨는데, 불러드릴까요?"

"의사? 아유, 의사가 내게 뭔 소용이유! 나가라고 해요! 의사? 아이고야, 아파!"

"늙어서 저러는 거니 그냥 놔두세요." 과부가 말했다.

"나보다 더 나이 들지는 않았을 거 같은데." 내가 말했다.

"아니, 무슨 말씀을 하세요. 나이가 많아도 한참 많지요. 사람들 말로는 아흔이 넘는다고 하는데요." 과부가 말했다. 할멈은 이미 관자놀이 근처의 머리칼이 모두 빠져 있었다.

"머리칼은 자른 건가?"

"머리칼 거의 모두가 홀랑 빠진 거죠. 제가 일부를 자르긴 했지만요."

"아이고야!" 할멈이 다시 신음을 내뱉었다. "아이고야! 하늘도 무심하시지! 이렇게 데려가지도 않으셔. 하늘이 데려가지도 않으시니 이렇게 죽지도 않고…… 아이고야, 죄 때문인지 목을 축일 수도 없으니. 마지막으로 차라도 한 잔 마셨으면. 아이고야!"

집 안으로 의사가 들어오자 나는 작별인사를 하고 함께 마차에 올랐다. 우리는 거리로 나와 마지막 환자가 있는 다른 마을로 향했다. 이미 얼마 전부터 의사를 찾으러 그쪽에서 사람이 왔던 모양이었다. 마을에 다다라서 우리는 함께 또 다른 초가로 들어섰다. 그리 크지는 않았지만 거실이 깨끗했다. 그 가운데에는 요람이 있었는데, 한 여인이 요람을 흔들고 있었다. 식탁 근처에는 여덟 살 정도 되어 보이는 여자아이가 앉아서 놀란 눈으로 우리를 쳐다보았다.

"어디 있소?" 의사가 환자를 찾으며 물었다.

"난롯가에 계세요." 아기가 누워 있는 요람을 계속 흔들면서 여인이 대답했다.

의사는 몸을 숙여 환자를 살피며 뭔가를 하기 시작했다.

나는 그에게 다가가 환자의 상태가 어떤지 물었다.

의사는 아무런 대답도 하지 않았다. 나도 몸을 숙여 들여다보았지만 워낙 어두워 누워 있는 사람의 머리만 겨우 볼 수 있었다.

환자에게서 불쾌한 악취가 풍겨 나왔다. 환자는 그대로 누워 있기만 할 뿐이었다. 의사는 그의 왼손을 잡고 맥을 짚어보았다.

"왜 그러는가? 아주 안 좋은 상태인가?" 내가 물었다.

의사는 나의 말에는 대꾸도 하지 않은 채 안주인을 보며 말했다.

"램프가 있으면 좀 주시오."

여인은 여자아이를 불러 요람을 흔들게 하고는 램프에 불을 붙여 의사에게 가져왔다. 나는 의사를 방해하지 않기 위해 자리를 피했다. 의사는 램프를 들고 계속해서 환자를 살폈다.

우리를 바라보고 있던 여자아이가 요람을 알맞은 세기로 흔들지 못한 모양인지 가엾은 아기의 울음소리가 들려왔다. 의사에게 램프를 건네준 여인은 화가 난 듯이 여자아이를 밀어내고 직접 요람을 흔들기 시작했다.

나는 다시 의사에게 가서 환자가 어떤지 물었다.

의사는 환자를 보느라 정신이 없는지 작은 목소리로 짧게 대답했다.

나는 그가 뭐라고 했는지 알아듣지 못해 되물었다.

"죽기 전의 고통입니다." 의사는 대답을 되풀이하고는 자리에서 일어나 램프를 식탁 위에 얹었다.

아기는 여전히 힘없는 소리로 불만에 찬 듯이 소리를 지르고 있었다.

"돌아가셨어요?" 의사의 말을 들은 여인이 물었다.

"아직은 아니에요. 하지만 준비를 해야지요." 의사가 대답했다.

"그럼 신부님을 모시러 가야 하나요?" 뭔가 언짢은 듯이 그렇게 말을 한 그녀는 더 힘을 주어 요람을 흔들기 시작했다.

"댁에 계실지 모르겠어요. 어디서 신부님을 찾아 모셔오겠어요? 다들 땔감 준비하러 가고 없는데."

"더 이상 제가 할 일은 없는 것 같군요." 의사의 그 말을 마지막으로 우리는 집을 나섰다.

나중에 안 일이지만 그래도 여인은 사람을 보내 신부를 찾아낸 모양이었다. 신부는 겨우 장례식을 마쳤다고 한다.

집으로 향하는 동안 우리는 아무런 말이 없었다. 아마도 같은 생각을 하고 있었던 모양이다.

"그래, 무슨 병이었는가?" 내가 물었다.

"폐렴입니다. 저도 그렇게 금방 죽으리라고는 생각지도 못했습니다. 신체적으로 아주 건강한 사람이었거든요. 하지만 환경이 그 이상 더 열악할 수가 없을 정도였죠. 열은 40도가 넘는데 집 안 온도는 겨우 5도밖에 되지 않으니."

우리는 다시 말없이 그렇게 한참을 가만히 앉아 있었다.

"난로 근처에는 이불도 베개도 없는 것 같아 보이더군." 내가 말했다.

"아무것도 없었습니다." 의사가 말했다.

그러고는 내가 무슨 의도로 그런 말을 하는지 이해한 듯 말을 이어갔다.

"어제는 산모를 보러 쿠루토이에 갔었습니다. 산모를 보려면 그녀가 몸을 쭉 펴고 누워 있어야 하는데, 그 초가집에는 그럴 만한 자리도 없더군요."

우리는 또다시 같은 생각을 하며 침묵했다. 그렇게 말없이 집에 도착했다. 현관 앞에 늠름한 말 한 쌍이 서 있는 게 보였다. 가죽 외투를 입고 모피 모자를 쓰고 있는 잘생긴 마부도 보였다. 영지에서 살고 있는 아들이 온 모양이었다.

우리는 열 쌍의 포크와 나이프가 놓인 식탁 앞에서 점심식사를 하기 위해 앉았다. 한 자리가 비어 있었는데, 요즘 몸이 좋지 않아 유모와 밥을 먹는 손녀의 자리였다. 그 아이는 위생에 각별히 신경을 쓴 음식을 먹는다.

식탁 위에 멋지게 꽃 장식이 되어 있는 식당에서 네 종류의 음식과 두 종류의 포도주에다, 두 명의 하인이 시중을 드는 가운데 우리는 여러 가지 이야기를 나누었다.

"어디에서 이렇게 예쁜 장미를 구하셨습니까?" 아들이 물었다.

아내는 페테르부르크에서 익명의 한 여인이 보내주었다고 대답했다.

"이런 장미라면 한 송이에 1루블 50은 하겠는데요." 아들이 말했다. 그러고는 언젠가 어떤 이의 연주장에서 관중들이 이런 꽃들을 무대로 잔뜩 던졌다는 이야기를 들려주었다. 그렇게 해서 음악 이야기를 하다가 유명한 연주가의 이야기까지 나오게 되었다.

"그래요? 그분의 건강은 어떠세요?"

"그리 좋지 않은 모양이다. 다시 이탈리아로 떠나신다고 하더구나. 거기서 한 겨울 지내고 오면 몰라보게 건강이 좋아진다니 그렇게 하시는 게지."

"그렇게 여행하는 건 힘들고 무료하지 않을까요?"

"그럴 것도 없지, c express(급행편이라면) 서른아홉 시간이면 가는걸."

"그래도 무료하죠."

"얼마 안 있으면 날아서 가게 될 테니까, 기다려보거라."

셋째 날—조세

요즘 우리 집을 방문하는 사람들 중에는 좀 특이한 이들이 있다. 우선 한 부류는 자식도 없이 어렵게 노년을 보내는 농사꾼들이고, 다른 부류는 자식이 많이 딸린 가난한 여인들이다. 그리고 또 한 부류는 적어도 내 생각에는 어느 정도 살림이 넉넉한 농부들이다. 그 세 부류는 다 우리 고장 사람들로서 모두 다같은 일로 나를 찾아온다. 새해가 오기 전에 세금을 걷으러 온이들이 노인에게는 사모바르를, 여자에게는 양을, 농부에게는 암소를 내라고 했다는 것이다.

첫 번째로 넉넉해 보이는 데다 키가 크고 잘생긴 농부가 먼저 입을 열었다. 그는 마을 관리인이 와서 암소에 대해 27루블을 요구했다고 말했다. 농부의 주장대로라면, 그 돈은 식량에 관한 세금으로 더 이상 낼 필요가 없는 것이었다. 난 그런 일에 대해서는 아는 것이 없는 터라 관청에 가서 그 세금을 면할 수 있는지 알아봐주겠다고 했다.

두 번째로 사모바르를 빼앗기게 된 노인이 말했다. 야위어 힘도 없어 보이는 작은 체구에 형편없는 차림의 노인은, 사람들이 와서 사모바르를 가져가더니 이번에는 있지도 않고 충당할 수도 없는 3루블 7그리벤을 내라고 한다면서, 자신의 슬픈 심경과 당혹감을 피력했다.

"어떤 명분의 세금입니까?" 하고 물었다.

"뭐라고 하더라, 뭐 국세라고 하던가. 누가 알겠어요? 그저 할

멈과 지금도 근근이 연명하고 있는데 그 돈을 어디서 구하겠습니까? 그런 법이 어디 있습니까! 나리, 늙은이들을 불쌍히 여기시고 어떻게 좀 도와주십시오."

알아보고 할 수 있는 일을 해주겠다고 약속했다. 이번에는 여인과 이야기를 했다. 마른 데다 고생에 찌든 얼굴을 한 그녀와는 이미 안면이 있었다. 여자의 남편이 술주정뱅이에다 아이가 다섯이나 된다는 것도 알고 있었다.

"양을 가져간대요. 무작정 와서는 돈을 내놓으라고 했어요. 그래서 제가 남편이 집에 없다고 했지요. 일하러 갔다고. 그래도 돈을 내놓으라고 했지만, 그 돈이 어디서 나오겠어요, 이제 한 마리밖에 없는 양마저 가지고 가겠다고 해요." 그러고는 울음을 터뜨렸다.

역시 알아보겠노라고 약속하고 먼저 마을 관리인에게 가서 자초지종을 들어보기로 했다. 무슨 세금이라서 그렇게 걷어 가는지도 물어볼 참이었다.

시골길에 들어서자 두 명의 여인이 구걸을 하며 나를 세웠다. 남편들은 일을 하러 간 모양이었다. 한 여인은 2루블에 판다며 삼베를 사달라고 요청했다.

"길러온 닭을 내놓으라고 해요. 계란을 팔아서 입에 풀칠하고 살았는데요. 보세요, 아주 좋은 삼베예요. 이런 일만 없었다면 3루블을 준다고 해도 안 팔았을 거예요."

집에 돌아가면 알아보겠으며 일이 잘 처리될 수도 있으니 가서 기다리라고 했다. 관리인의 집에 채 이르기도 전에 또 한 사람을 만났다. 예전에 내가 가르쳤던 여자로, 이제는 결혼한 검은 눈의 올가였다. 역시 같은 일이었는데, 그쪽에다가는 송아지를 내놓으라고 한 모양이었다.

관리인의 집에 다가서자 체격이 단단하고 흰 턱수염을 기른 인상이 좋은 관리인이 나왔다. 나는 무슨 세금인데 그리 갑자기 마구잡이로 걷느냐고 물었다. 관리인은 새해가 되기 전에 모든 미납금을 징수하라는 엄중한 명령이 떨어졌다고 말했다.

"그럼, 사모바르나 가축도 거두어들이라는 명령을 받았단 말인가?"

"그럼, 어쩌겠습니까?" 관리인이 단단해 보이는 어깨를 으쓱해 보이며 말했다. "돈을 안 내는데 그럼 어쩝니까? 아바쿠모프란 놈만 봐도 그렇습니다." 그는 어떤 식량에 관한 세금으로 송아지를 빼앗기게 된 형편이 넉넉한 농부의 이름을 대며 말했다. "아들이 거래소에서 일을 하고 말도 세 마리나 있어요. 그러면서도 돈 낼 생각은 하지 않는 걸요. 모두들 적게 내려고만 해요."

"그 사람은 그렇다 치고, 가난한 사람들은 어쩌란 말이오?" 그렇게 말을 하며 사모바르를 빼앗긴 노인의 이름을 댔다.

"그렇지요, 그 사람들이야 확실히 가진 것이 없죠. 하지만 정부에서 그런 것을 다 고려하진 않지요."

이번에는 양을 뺏긴 여자 이야기를 했다. 관리인은 그녀도 불쌍하지만 명령을 어길 수가 없으니 어쩔 도리 없이 명령을 실행했다는 말로 항변했다.

나는 그에게 언제부터 관리인 일을 했는지, 월급은 얼마나 받는지를 물었다.

"얼마 받기는요." 그는 즉답을 피하며 약간 방어적인 태도로, 왜 그런 일에 관여하게 되었는지를 말했다. 그러고는 덧붙였다. "그것도 저는 받을 생각이 없어요. 30루블 월급으로는 돈벌이가 되는 것도 아니고 해서요."

"그렇다면 왜 사모바르에 양, 닭까지 거두어 간단 말인가?"

"그게 해야 할 일인데 어쩌겠습니까? 관청에서는 벌써 경매 계획을 잡고 있는데요."

"그래서 그것들을 팔아버린다는 겐가?"

"무리하게 일을 추진한 감은 있지만 어쩔 수가 없지요……."

양을 뺏기게 된 여인을 찾아가보았다. 누울 자리도 없는 초가 안에는 그 한 마리밖에 없다는 양, 머지않아 국고를 채우게 될 양을 볼 수가 있었다. 지치고 가난에 찌들어 신경이 날카로워져 있는 여인은 나를 보자마자 여자들 특유의 빠른 말투로 한 번에 여러 이야기를 해대기 시작했다.

"제가 이렇게 살아요. 그런데 마지막 양 한 마리까지 거두어 간다고 하니. 저 애들이랑 겨우 근근이 목숨을 부지하고 있는데." 그렇게 말하며 그녀는 난롯가를 둘러싼 아이들을 가리켰다.

"이리로 오세요! 겁내실 것 없어요, 와서 보세요. 굶어서 붓기만 한 저 애들을 보세요."

아이들이 굶주렸다는 것은 한눈에도 알 수 있었다. 누더기를 걸치고 아랫도리는 아예 벗고 있는 아이들이 난롯가에서 일어나 여인 곁으로 모여들었다.

그곳에서 나온 후 바로 새로운 조세법의 내용을 자세히 알아보기 위해 관청으로 갔다.

책임자는 자리를 비우고 없었다. 곧 돌아올 것이라고 주위 사람들이 전해주었다. 관청 안에는 이미 몇 사람이 쇠창살 뒤에 서서 책임자를 기다리고 있었다.

기다리고 있는 사람들에게 무슨 일로 왔는지 물었다. 둘은 신분증을 찾으러 왔다고 했다. 재발급을 받기 위해 돈을 가지고 왔다는 것이다. 또 다른 사람은 법정 판결서의 사본을 가지러 왔다고 했다. 그는 23년간 아저씨와 숙모를 모시고 살았는데, 그들이 세상을 떠나자 아저씨의 손녀가 그들의 토지를 요구해서 자신이 소송을 냈지만 패소하고 말았다고 했다. 그 손녀는 11월 9일의 법을 이용해 자신이 소유권자라고 하면서 여기 있는 사람이 살고 있는 그 토지를 팔아버렸다는 것이다. 그는 비록 재판에서는 패소했지만, 그러한 법 조항이 존재한다는 사실이 믿겨지지가 않는 모양이었다. 그래서 대법원에 항소를 하기로 한 것이다. 나는 그에게 그 법에 대해 설명했지만 오히려 그로 인해 다른 사람들마저도 이해할 수 없다는 듯이 술렁거리게 만드는 결과만 초래했다.

그 농부와 이야기를 마치자마자 키가 크고 엄격한 얼굴을 한 다른 농부가 다가와 질문을 했다. 그는 이미 오래전부터 마을 사람들과 함께 자신의 경작지에서 철을 캐고 있는 사람이었다.

"그런데 얼마 전에 철광 채굴을 금지하는 명령이 내려왔습니다. 내 땅을 내가 파겠다는데 뭐가 나쁩니까? 무슨 그런 법이 다 있습니까? 우리는 그걸로 겨우 입에 풀칠이나 하고 사는데 벌써 두 달째 이렇게 골치를 썩고 있으니 이젠 어떻게 해야 할지 모르겠습니다. 모두가 다 파산할 지경이라니까요."

나는 이 사람에게 위안을 주는 어떤 말도 해줄 수가 없었다. 얼마 후 자리로 돌아온 책임자에게 세금 미납자들에 대한 엄격한 조치에 대해 질문했다. 우선 어떤 종류의 세금을 걷는 것이냐고 물었다. 책임자는 지금 농민들에게서 걷는 세금은 일곱 가지 종류라고 설명했다.

1)국세, 2)토지세, 3)보험, 4)식량으로 인한 빚, 5)여유분의 식량에 대한 세금, 6)농업관리청에 대한 세금, 7)농촌의 주민세.

책임자는 마을의 관리인과 같은 말을 할 뿐이었다. 이토록 엄격하게 세금을 걷는 이유는 높은 곳에서 지시가 있었기 때문이라고만 했다. 책임자는 가난한 이들로부터 세금을 걷는 일이 어렵다는 것은 인정했지만, 마을의 관리인과는 달리 가난한 이들에게 조금의 동정도 내비치지 않았다. 그러기는커녕 정부를 철저히 믿고 있었으며, 자신이 하고 있는 일의 중요성과 필요성 그리고 그 일을 하는 것이 아무런 죄가 아니라는 걸 확신하고 있었다.

"그저 눈감아줄 수만은 없는 일 아닙니까……."

그 일이 있은 후 얼마 되지 않아 군수와 그 문제에 대해 이야기할 기회가 있었다. 군수에게서도 역시나 가난한 사람들의 어려운 처지에 대한 동정심은 눈을 씻고도 찾아볼 수 없었고, 단지 자신이 하고 있는 일의 도덕적 정당성에 대한 확신만 느껴질 뿐이었다. 그는 대화 중에 그런 직책은 안 맡는 편이 좋다는 말은 했지만, 만약 다른 사람이 그 자리에 있었다면 자신보다 그 일을 잘 처리하지 못할 것이 뻔하기 때문에, 그래도 자기는 보람을 느낀다는 말도 빼놓지 않았다. 게다가 이왕 시골에서 살 바에야 얼마 되지 않는 군수 월급이라도 받아야 한다는 것이었다.

세금에 대한 군수의 의견은 사모바르와 양, 송아지와 삼베, 가난한 사람들의 어려움과는 거리가 있는 내용이었다. 그는 부유한 사람들의 필요를 채우기 위해 세금을 걷는 걸 당연시하고 있었다. 더구나 자신의 일이 떳떳하다는 데는 조금의 의심도 없는 것처럼 보였다.

보드카 장사로 분주한, 사람들에게 살인을 가르치기에 바쁜, 벌을 주고 유형을 보내고 부역을 시키는 일로 정신이 없는 장관들과 그들을 돕는 이들은 너나 할 것 없이 모두 자신들이 가난한 국민으로부터 탈취한 사모바르, 삼베, 송아지가 더 적절한 자리에 배치될 것이라는 확고한 믿음을 가지고 있었다. 수탈한 것들은 그렇게 해서 국민에게 독이 되는 보드카, 살인 무기, 감옥과 유치장 등을 만드는 데 사용된다. 또한 형편이 어려운 국민으로부터 걷은 세금은 바로 그들의 거실을 짓는 일에, 그 부인들이 새 옷을 장만하는 데 사용된다. 그뿐만 아니라 소위 국민을 위한 노동으로부터 휴식을 취하기 위해서라는 구실로 그 수탈한 물건들이 그들의 여행과 유흥을 위해 탕진되고 있다.

호드인카

호드인카

"난 그 고집을 이해할 수가 없구나. 내일이면 넌 편히 베라 아줌마와 함께 곧바로 궁으로 갈 수 있을 텐데, 왜 잠도 자지 않고 굳이 '민중 속으로' 들어가겠다는 거니. 그럼 넌 온갖 사람들을 보게 될 거다. 난 분명히 베르가 널 내게 보내겠다고 약속한 걸 네게 말했다. 게다가 너도 궁의 아가씨들처럼 그럴 만한 권리가 있지 않니."

모든 권세가들에게 '피존'이라는 별칭으로 알려진 파벨 고리친 공작은 '리나'라는 별칭으로 잘 알려진 자신의 스물세 살 난 딸 알렉산드라에게 이렇게 말했다. 이 대화는 모스크바에서 대관식 축일 직전인 1896년 5월 17일 저녁에 이루어졌다. 리나는 아름답고 강하며 고리친 가문 특유의 얼굴 모습과 맹금류를 연상시키는 매부리코를 가지고 있었다. 그리고 그녀는 이미 사교계의 무도회에 몰두했었던 경험이 있던 터라, 적어도 지금은 자신을 진보적인 여성 또는 인민주의자라고 여기는 데 문제가 있었다. 그녀는 고리친 공작의 하나뿐인 사랑스런 딸이었기에 자신이 원하는 바를 할 수 있었다. 지금 그녀는 아버지의 말처럼 이른 아침부터 채비를 하고 집을 나선 사람들인 문지기, 마부들의 도움으로 한낮에 편히 가는 게 아니라, 자신의 종형제들과 함께 민중 행진에 참여한다는 게 어떤 의미를 지니고 있는지 떠올리고 있었다.

"그래요 아빠, 저는 민중을 보길 원하지도 않고 그들과 함께 있고 싶지도 않아요. 저는 단지 어린 황제에 대한 민중의 입장을 보고 싶을 뿐이에요. 정말 한 번도 안 되는 건가요……."

"흠, 원한다면 그렇게 하렴, 네 고집을 모르는 바도 아니고."

"사랑하는 아빠, 화내지 마세요. 꼭 사려 깊게 행동하겠다고 약속해요. 그리고 알레크가 저와 떨어지지 않고 함께 있을 거예요."

아버지는 이 계획이 참으로 이상하고 기이하다고 생각했고, 또한 동의할 수도 없었다.

"물론, 그래야지." 그는 딸의 말에 답했고, 마차를 잡았다.

"호드인카 광장에 다다르면 우회하도록 해라."

"네, 그렇게 할게요."

딸은 아빠에게 다가갔다. 그는 관습에 따라 그녀를 축복했고, 딸은 아빠의 크고 하얀 손에 키스했다. 그리고 그들은 헤어졌다.

이날 저녁에 종이 공장에서 일하는, 잘 알려진 노동자 마리야 야코블레브나가 인도한 집에서 사람들은 내일 거행될 행진에 대해 이야길 나누었다. 예밀리얀 야고드노프가 그를 방문한 사람들과 앉아서 다음 날 언제 나갈 것인가에 대해 이야기했다.

"자야 할 시간인데도 잠자리에 들지 않는 걸 보니 내일 늦잠을 자겠구나." 칸막이 뒤에 있던 쾌활한 젊은이 야샤가 말했다.

"어째서 잠을 자지 않는 거야? 동이 틀 무렵에는 나가도록 하자. 아이들에게도 그렇게 전했으니까." 예밀리얀이 말했다.

"어쨌든, 자긴 자야겠군. 참 세묘느이치, 만일 일어나지 못한다면 깨워줘."

세묘느이치 예밀리얀은 약속을 하고는 탁자에서 명주실을 꺼내고 램프를 끌어와 여름용 외투에서 떨어진 단추를 꿰매는 데 열중했다. 이 일을 끝마치고 난 후, 최상의 옷들을 준비해 침대에다 놓았고, 장화를 깨끗이 닦은 다음 하느님과 성모님께, 그리고 그가 이해하지 못했고 한 번도 흥미를 가지지 않았던 가치들에 대해서 잠시 기도를 드리며 기원한 후, 장화와 바지를 벗고 삐거덕거리는 침대의 쭈그러진 이불 위에 누웠다.

'어째서일까? 사람들에겐 때때로 행운이 따르거든. 복권에 딱 당첨되는 것도 가능하니까. (민중 사이에서는 경품을 주는 것 외에도 복권을 더 분배한다는 소문이 있었다.) 실제로 그 안에 1만 루블이 있었다고 쳐. 500루블이 있는 줄 알았는데 말이야. 그런데 그게 바로 문제가 되겠지. 그 돈이 노인에게 건네지면, 노인이 부인을 쫓아내는 일이 생길 거야. 어차피 인생이란 혼자인 거지만. 노인은 좋은 시계를 사겠지. 그리고 자신과 부인을 위해 모피 외투도 구입하겠지. 하지만 다투고 또 다투게 될 거야―필요한 모든 것을 움켜쥐려고 허우적거릴 테니까.' 그는 생각했다. 그리고 그는 바로 아내와 함께 알렉산드로프스키 정원에 갔을 때인, 작년 여름을 떠올렸다. 그때 그가 취해서 험담했다고 그를 잡아간 바로 그 경찰은 이미 경찰이 아니라 서장이 되어 있었는데, 이 서장이 선술집에서 연주하는 오르간 소리를 들으러 오라고 자신을 부르며 웃어댔다. 그리고 오르간은 시계가 가는 것처럼 정확히 연주되고 있었다. 세묘느이치는 잠을 자면서, 시계가 쉬쉬 소리를 내며 시간을 알리는 것과 여주인 마리야 야코블레브나가 문 뒤에서 기침하는 소리를 들었다. 창밖은 이미 어제처럼 어둡지 않았다.

"더 자면 안 되겠군."

예밀리얀은 일어나 맨발로 칸막이가 있는 방으로 가서 야샤를 깨우고 옷을 입고 머리에 기름을 바르고 단정히 손질하고 나서 거울 속의 피로에 지친 자신의 모습을 쳐다보았다.

"뭐 괜찮아, 좋아. 여자들이 좋아할 거야. 뭐 그걸 즐기고 싶진 않지만……."

그는 주인에게로 갔다. 어제 약속했던 대로, 그는 피로그가 든 주머니와 달걀 두 개, 햄, 보드카 반병을 챙겼다. 조금씩 날이 밝기 시작하자, 그들과 야샤는 집에서 나와 페트로프스키 정원으로 갔다. 그들은 한 무리를 이루어 걸어가지 않았다. 앞서 걸어가기도 하고, 뒤에서 쫓아가기도 하고, 모든 방면에서 걸어나와 모이기도 했는데, 남자들도 여자들도 아이들도 그리고 쾌활하고 화려하게 차려입은 모든 이들도 한 길가로 모여들었다.

그들은 이제 막 호드인카 들판에 도착했다. 이곳에 모인 사람들은 온 들판에 깃든 어둠에 휩싸여 거무스름하게 보였다. 그리고 다른 곳에서 연기가 흘러나왔다. 새벽녘이라 추운 탓에 사람들은 나뭇가지와 장작개비를 찾아내 모닥불을 피웠다.

에밀리얀은 동료들을 만나서 역시 나뭇가지로 불을 피우고 모여 앉아 가져온 포도주를 꺼냈다. 곧 이곳에 깨끗하고 밝은 태양이 떠올랐다. 그래서 모두들 기뻐했다. 사람들은 노래를 부르고, 수다를 떨고, 농담을 하며 장난치고 웃어댔으며, 환희를 기대하며 즐거워했다. 에밀리얀과 동료들은 포도주를 마시고, 담배를 피우며 함께 즐거워했다.

모두가 화려하게 차려입었지만, 노동자들과 그 아내들 속에서 아내와 아이들과 함께 온 부자들과 상인들이 눈에 띄었는데, 특히 눈에 띄는 여성이 있었다. 그 여성은 리나 고리치나였다. 그녀가 기쁨에 찬 모습으로 생각에 잠긴 사이, 민중 사이에서 그들이 숭배하는 황제의 즉위를 축하했다. 그녀는 알레크와 함께 모닥불 사이로 걸어갔다.

"축하해요, 아름다운 아가씨, 우리의 빵과 소금을 사양하지 마세요." 그녀에게 어린 공장 노동자가 입에 컵을 갖다 대며 외쳤다.

"고마워요, 드세요." 민중의 풍습에 관한 자신의 지식을 뽐내면서 알레크가 응답했고, 그들은 더 앞으로 나아갔다.

습관처럼 항상 첫 번째 자리를 차지했던 그들은, 민중이 밀집해 있는 들판을 지나쳐(민중이 많이 모여 있었는데, 청명한 아침인데도 불구하고 들판 위에는 민중의 호흡 때문인지 짙은 안개가 끼어 있었다), 곧장 파빌리온으로 갔다. 그러나 경찰은 그들을 통과시키지 않았다.

"뭐 좋아요. 다시 그리로 가요." 리나가 말했고, 그들은 다시 사람들의 무리로 돌아갔다.

먹을거리가 차려진 종이접시 주위에 동료들과 앉으면서 예밀리얀은 "브레(예밀리얀의 동료들끼리 사용하는 암호 비슷한 말—옮긴이)"라고 대답하고는, 잘 아는 공장 노동자들이 무엇인가를 폭로하는 대화를 들었다.

"내가 말했잖아. 그들은 법을 위반하고 모든 걸 폭로할 거야. 난 봤거든. 폭력 행사를 위해 자루와 유리컵을 운반하는걸."

"유명하잖아, 악독한 협동조합원들. 그들은 뭐든지 누구에게 떠넘기잖아."

"그래 맞아. 그런데 과연 이걸로 법에 대항할 수 있을까?"

"그럼 가능하지."

"그래 가자, 친구. 뭔가를 염두에 둘 필요는 없어."

모두가 일어났다. 예밀리얀은 보드카가 남아 있는 자신의 작은 유리병을 던져버리고는 동지들과 함께 전진하기 시작했다.

그는 인파 때문에 전진하는 것이 어려워져, 스무 걸음도 채 나아가지 못했다.

"왜 기다시피 가는 건가요?"

"그러는 당신은 혼자서 왜 그래요?"

"음, 혼자인 건가요?"

"그렇다면."

"당신들이 짓눌러 죽였어." 이때 한 여자의 목소리가 들렸다.

다른 쪽에서는 아이의 비명이 들렸다.

"너의 엄마에게 가자꾸나……."

"아니 뭐라고? 너 혼자서 있겠다는 거니?"

"모든 사람들이 포로로 잡혀 있어. 자, 그들을 구하러 가자고. 제기랄, 빌어먹을!"

예밀리얀은 그렇게 소리쳤고 극도로 긴장한 채 넓은 어깨와 팔꿈치를 펴서 할 수 있는 만큼 사람들을 밀어붙였고, 확실한 이유도 모른 채 앞으로 뛰어갔는데, 모든 사람들이 달려들었다. 그는 안 되겠다 싶어 확실히 앞으로 뚫고 나가야겠다고 생각했다. 그의 뒤와 옆구리 양옆으로 서 있는 사람들이 그를 밀쳐댔다. 그런데 앞의 사람들은 움직이지 않았고, 앞으로 지나가게 하지도 않았다. 사람들은 무언가를 소리쳤고, 괴로워하다가는 한숨을 쉬었다. 예밀리얀은 이를 악물고서 눈썹을 찌푸리며 기운을 내서 입을 다문 채로 힘껏 그들을 앞으로 밀어냈다. 그러자 비록 더디긴 했지만 사람들이 움직였다. 갑자기 모든 사람들이 동요했고 똑같은 동작으로, 앞쪽과 오른쪽으로 몸을 움직였다. 예밀리얀은 움직이는 쪽을 보다가 무언가가 한 개, 두 개, 세 개 날아올랐다가 군중 속으로 떨어지는 것을 보았다. 그는 그것이 무엇인지 알지는 못했지만, 그의 주변에서 누군가가 큰 소리로 외쳤다.

"젠장, 망할 자식 같으니라고!" 민중이 움직이기 시작했다.

그곳에서는 선물들이 들어 있는 자루가 날아다녔고, 누군가를 부르는 소리, 떠들썩한 웃음소리, 울음소리와 신음이 들렸다.

누군가 바로 옆에서 예밀리얀을 강하게 밀어댔다. 그는 더욱더 우울해지고 분노가 치밀었다. 하지만 아픔으로부터 정신을 차릴 틈도 없이 누군가가 그의 발을 밟았다. 외투, 그의 새 외투가 무언가에 걸려서 찢어졌다. 그는 화가 나서 온 힘을 다해 자신의 앞에 있던 그 많은 사람들을 밀쳤다. 그런데 그곳에서 갑자기 그가 이해할 수 없는 어떤 일이 일어났다. 그는 자신의 시야에 들어오는 사람들의 등짝을 제외하고는 아무것도 볼 수 없었는데, 그 앞에 있던 모든 사람들이 갑자기 그에게 길을 열어주었다. 그는 숙소의 공간을 넓히는데 사용했던 천막을 보았다. 그는 기뻤지만, 그 기쁨은 잠시뿐이었다. 그 앞에 서 있던 사람들이 길을 열어주긴 했지만, 그것은 단지 그들이 축대로 다가서기 위한 방편이었기 때문이다. 누구는 서 있었고, 누구는 고양이처럼 그에게로 쓰러졌다. 그 바람에 사람들 사이에서 그는 계속 넘어졌고, 그의 뒤에 있는 사람들도 넘어졌다. 거기서 그는 처음으로 공포를 느꼈다. 그는 넘어졌다. 무명으로 된 두꺼운 목도리를 두른 여자가 그에게 달려들었다. 그는 빠르고 가볍게 그 여자를 피해서 돌아가기를 원했지만, 뒤에서 사람들이 눌러댔고 그에겐 힘이 없었다. 그는 움직이며 앞으로 나아갔고, 조심스럽게 사람들을 따라 걸었다. 사람들은 그의 다리를 잡고 소리쳤다. 그는 아무것도 보지 못하고 듣지도 못한 채 사람들을 따라 걸어가며 앞으로 나아갔다.

"이봐요, 시계를 줘요, 금시계! 이봐요, 돌려줘요!" 그의 옆에 있던 한 사람이 소리쳤다.

'지금은 저런 일을 벌일 상황이 아니지' 라고 예밀리얀은 생각하고 축대의 다른 쪽을 선택하기로 결심했다. 그의 마음속에는 두 가지 괴로운 감정이 일어났다. 한 가지는 자신과 자신의 삶에 대한 공포였고, 다른 한 가지는 그를 밀쳐냈던, 상식을 잃고 미쳐가는 이 모든 사람들에 대한 분노였다. 그 와중에 그에게는 어떤 목적이 생겨났다. 그것은 천막까지 가서 여관에서 날라 온 주머니를 받는 것과 내기를 해 이겨서 얻은 표를 수중에 넣는 것이었다. 그 목적을 위해 그는 몸을 움직이며 나아갔다.

천막이 보이는 곳에 협동조합원들이 보였고, 천막까지 도달하는 데 성공한 이들의 외침과 앞선 군중이 판자로 만든 통로로 모여들면서 내는 시끄러운 소리가 들렸다. 예밀리얀은 그전에 그가 스무 걸음 이상을 가지 못하고 멈췄던 적이 있었기 때문에 바짝 긴장하고 있었다. 갑자기 그는 앞뒤로, 아주 밀집한 다리들 사이로 어린아이의 울부짖는 소리를 들었다. 예밀리얀은 다리 밑을 보았다. 찢어진 셔츠를 입은 맨 머리의 남자아이가 바닥에 나자빠진 채로, 멈추지 않고 소리치며 그의 다리를 부여잡고 있었다. 예밀리얀의 마음속에서 어떠한 감정이 솟구쳤다. 우선 공포가 엄습했다. 사람들에 대한 분노도 생겨났다. 그는 소년이 불쌍해졌다. 그는 몸을 숙여 아이의 허리를 잡고 들어 올렸지만, 뒤에서 사람들이 그를 밀어댔고, 그는 조금도 버틸 수 없었다. 소년의 팔이 들려지자, 바로 모든 힘을 다해서 다시 소년을 들어 올려서는 어깨에 둘러맸다. 밀어대던 사람들이 약하게 밀기 시작하자, 예밀리얀은 소년을 안아서 들었다.

"아이를 이쪽으로 주세요." 마부가 걸어가고 있는 예밀리얀에게 소리쳤다. 마부는 소년을 받아들어 군중들의 머리보다 높게 위로 들어올렸다.

"저들을 따라 달려가라."

그렇게 말하고 예밀리얀은 소년처럼 주변을 유심히 둘러보며 민중 속으로 모습을 감추었다가, 움직이는 사람들의 어깨와 머리가 만들어내는 흐름을 따라 다시 나타나서는 계속 전진했다. 예밀리얀은 계속해서 움직였다. 움직일 수조차 없는 형편이었지만, 지금에 와서 천막까지 도달하기 위한 다른 방도를 찾을 수도 없었다. 그는 소년에 대해, 야샤가 어디로 사라졌는지에 대해, 그리고 그가 축대를 따라 지나갈 때에 압살된 사람들에 대해 생각했다. 천막에 다다라서 그는 주머니와 컵을 받았지만, 기쁘지는 않았다. 그가 기뻤던 것은 혼잡이 끝난 뒤의 단 1분이라는 순간뿐이었다. 숨을 쉬며 움직일 수가 있었다. 그러나 지금 이 순간의 이런 기쁨은 그가 여기서 목격한 것들로 인해 금방 사라졌다. 그는 찢어진 줄무늬 옷을 입고 아마색의 헝클어진 머리칼을 가진, 단추가 달린 단화를 신은 여자를 보았다. 그녀는 단화를 신은 다리를 위로 쳐든 자세로 박혀 자빠져 누워 있었다. 한 손은 풀밭에 놓여 있었고, 다른 한 손은 손가락을 접은 채 가슴 아래쪽에 놓여 있었다. 얼굴은 창백하지 않았지만, 죽은 사람같이 청백색을 띠고 있었다. 이 여자는 처음으로 압사당해 황제의 궁 앞에 있는 담 뒤에 내버려진 것이었다.

예밀리얀이 그녀를 발견했을 당시, 그녀 앞에서는 두 명의 경찰이 서서 무엇인가를 지시하고 있었다. 그리고 이곳에 카자크인들이 다가왔고, 그들의 우두머리가 무엇인가를 지시했다. 그들은 이곳에 서 있던 예밀리얀과 다른 사람들을 통과시키고는, 군중 뒤편으로 쫓아냈다.

예밀리얀은 다시 군중을 만났고, 또다시 혼잡을 겪었는데, 이전보다 혼잡은 덜했다. 또다시 여자들과 아이들의 신음과 외침이 들려왔고, 한 무리의 사람들이 다른 이들을 짓밟았다. 그러나 예밀리얀에게는 이제 두려움도 그를 괴롭히는 사람들에 대한 적의도 없이, 오직 떠나고, 벗어나고, 마음을 다해 이 상황을 정리한 후, 담배를 피우고 술을 마시고 싶다는 하나의 소망만이 남아 있었다. 그는 이상하게도 담배를 피우고 술을 마시고 싶었다. 그래서 그는 넓은 공간으로 나가 담배를 피우고 술을 마셨다. 그는 자신의 소망을 이루었다.

하지만 알레크와 리나에게는 이러한 소망이 없었다. 아무것도 기대하지 않으면서, 그들은 둥그렇게 둘러앉아서 여자들과 아이들이 대화를 나누고 있는 사이를 지나쳤다. 그런데 협동조합원들이 법을 위반하면서 여관방을 배분한다는 소문이 돌자, 갑자기 민중이 천막 쪽으로 돌진해왔다. 리나는 주위를 살펴보지도 못한 채, 이미 알레크로부터 떨어져서 무리들에 의해 어디론가 밀려갔다. 공포가 그녀를 사로잡았다. 그녀는 침묵하려고 애를 썼지만 그렇게 할 수 없었고, 자비를 구하며 소리쳤다. 하지만 자비는 없었다. 모든 사람들이 그녀를 더욱더 밀며 옷을 잡아 뜯었고, 모자는 어디론가 날아가버렸다. 그녀는 그들이 그녀의 쇠사슬에 달린 시계를 뜯어갔다고 생각할 수밖에 없었다. 그녀는 힘이 센 여성이어서 몸을 지탱할 수도 있었겠지만 마음속에서 솟아나는 공포로 인해 숨을 쉴 수가 없었고 괴로웠다. 잡아 뜯기고 엉망이 되어버린 그녀는 어떻게 해서든 모든 걸 지키려고 노력했지만, 그 순간 카자크인들이 그녀를 몰아내기 위해 군중 속으로 달려들자, 리나는 단념했고, 힘이 빠졌으며, 기분이 상했다. 그녀는 넘어졌다. 더 이상 아무것도 기억할 수 없었다.

그녀가 정신을 차렸을 때, 그녀는 풀밭에 나자빠져 있었다. 찢어진 외투를 걸친 채 그녀 앞에 웅크리고 앉아 있는, 직공처럼 보이는 수염을 가진 어떤 남자가 그녀의 얼굴에 물을 뿌렸다. 그녀가 눈을 크게 뜨자, 그 남자는 십자가를 긋고는 침과 함께 다시 물을 뿌렸다. 그는 예밀리얀이었다.

"여기가 어디죠? 당신은 누구예요?"

"여기는 호드인카 광장이오, 그런데 나는 누굴까요? 나는 사람인데 말이죠. 사람들은 나를 짓밟기만 하오. 그래도 우리의 형제는 모든 것을 참고 견뎌내지요." 예밀리얀이 말했다.

"그런데 이건 뭐예요?" 리나가 자신의 배 위에 있던 구리로 만든 돈을 가리켰다.

"이것은 말하자면, 우리 민중이 생각하건대 죽었을 때의 전사공보戰死公報를 말해요. 저는 싫증이 나도록 보았지요. 하지만 당신은 살아 계시잖아요." 리나는 자신을 되돌아보고는, 자신의 모든 것이 엉망이 되어 있다는 것과 그녀의 가슴 부분이 노출된

것을 알아차렸다. 그녀는 수치스러웠다. 그는 그 상황을 깨닫고
는 그녀의 노출 부위를 덮어주었다.

"괜찮아요, 아가씨, 기운을 차리게 될 거예요."

민중과 경찰이 다가왔다. 리나는 몸을 일으켜 앉았고, 자신이
누구의 딸이며 어디에 사는지를 밝혔다. 예밀리얀은 마차를 부
르러 갔다.

예밀리얀이 마차를 타고 왔을 때, 많은 민중이 모여 있었다.
리나는 일어섰다. 그들은 그녀를 앉혀주길 원했지만, 그녀는 스
스로 앉았다. 그녀는 자신의 엉망이 된 모습이 부끄러울 따름이
었다.

"그런데 당신의 형제는 어디에 있는 건가요?" 리나의 곁에 다
가온 여자들 중 하나가 물었다.

"몰라요. 모른다고요." 리나가 절망하며 대답했다. (집에 도착
한 후, 리나는 인파의 혼잡이 시작될 무렵 알레크가 무리로부터 무사히
벗어났고, 별다른 부상 없이 집으로 돌아왔다는 것을 알게 되었다.)

"그가 날 구했어." 리나가 말했다.

"만약 그가 없었다면 무슨 일이 일어났을지도 몰라. 이름이
어떻게 되죠?" 리나가 다시 예멜리얀을 향해 물었다.

"저 말씀입니까? 저를 뭐라고 부르냐는 말씀이지요."

"저분은 공작의 따님이세요." 그때 한 여성이 그에게 속삭였다.
"얼마나 부유하신지 몰라요."

"나와 함께 아버지께 가도록 해요. 아버지는 당신께 감사의
표시를 할 거예요."

그때 갑자기 예밀리얀의 마음에 20만 루블의 상금과도 바꿀 수 없는 강한 무언가가 피어올랐다.

"무엇을 더 바라겠습니까. 아닙니다. 아가씨. 혼자 가도록 하세요. 저 또한 무엇을 더 바라겠습니까."

"아니에요, 정말. 그러시면 저는 마음이 편할 수 없을 겁니다."

"안녕히 계십시오, 아가씨. 신이 함께 하시기를 바랍니다. 저는 코트만 챙겨 가겠습니다."

그리고 그는 하얀 이를 내보이며 기쁜 듯 미소를 지었고, 리나는 그 미소를 자신의 가장 힘들었던 삶에서의 위안으로 기억했다.

예밀리얀은 호드인카 광장과 아가씨, 그리고 그녀와 나눈 마지막 대화를 회상할 때마다 이 삶으로부터 얻은 기쁨보다 더 큰 어떠한 감정을 느꼈다.

어쩌다

어쩌다

그는 아침 6시쯤 돌아와 습관대로 탈의실로 들어갔다. 그러나 옷을 벗는 대신 안락의자에 쓰러져 손을 무릎에 떨어트렸다. 그렇게 5분, 10분, 아니면 한 시간쯤 앉아 있었다. 그는 이해하지 못했다.

"카드 7 하트. 비타!" 그는 자신의 끔찍하게 굳은, 그러나 자기만족으로 빛나는 추한 얼굴을 보았다.

"이런 제기랄!" 그는 크게 말했다.

문 뒤쪽이 살짝 움직였다. 그다음에 나이트캡을 쓰고 꿰맨 자국이 있는 잠옷을 입고 녹색 비로드 슬리퍼를 신은 그의 아내가 들어왔다. 그녀는 빛나는 눈을 가졌으며 갈색 피부에 아름답고 기운이 넘치는 여인이었다.

"무슨 일이죠?" 그녀는 그의 얼굴을 응시하며 짧게 말했다. 그녀는 반복해서 똑같은 말로 외쳤다. "무슨 일이죠? 미샤! 무슨 일이에요?"

"난 돈을 잃었어."

"노름을 한 건가요?"

"응."

"뭣 땜에 그런 짓을?"

"뭣 땜에? 내가 파멸의 구렁텅이에 빠져버렸단 말이지!" 불행을 즐기게 만드는 알 수 없는 어떤 마음에 그는 반복해서 말했다. 그러곤 그는 눈물을 참으며, 속울음을 삼켰다.

"몇 번을 부탁하고 애원했잖아요."

그녀는 그를 불쌍하게 여겼다. 하지만 곧 닥쳐올 가난 때문에, 또한 그를 기다리느라 밤을 지새운 것 때문에 그녀 자신이 더 불쌍하게 여겨졌다. '벌써 5시군.' 그녀는 탁자 위에 놓인 시계를 보고 생각했다. '아, 날 괴롭히는 자여! 얼마나 더 그래야만 하는지?'

그는 양손을 귀 옆으로 들어 올렸다.

"모두 잃었어! 더 이상 잃을 게 없어. 내 모든 걸 잃고, 국고의 돈까지…… 날 때려요. 원하는 만큼 날 쳐요. 나는 파멸했어." 그는 손으로 얼굴을 감쌌다. "더 이상 아무것도 모르겠어!"

"미샤! 미샤! 들어봐요! 날 불쌍히 여겨줘요. 나도 사람이잖아요. 밤새도록 잠을 자지 못했어요. 당신을 기다리며 괴로워한 대가가 바로 이런 건가요? 적어도 자초지종은 말해줘야 하잖아요. 무슨 일이 있었어요? 얼마나 잃었어요?"

"모두 1만 6천 루블이야. 내가 감당할 수 없는 액수야. 그 누구도 돈을 지불할 수 없어. 모든 게 끝났어. 도망쳐야 돼. 하지만 어떻게?"

그는 그녀를 바라보았다. 무엇도 기대할 수가 없었지만, 그녀는 그를 매혹시켰다.

'그녀는 어찌나 훌륭한지.' 그는 잠시 생각했고 그녀의 손을 잡았다. 그녀는 그를 밀쳐냈다.

"미샤. 정말 말 좀 해봐요. 어떻게 이럴 수가 있는 거예요?"

"말해 뭐 하겠어. 나는 만회하고 싶었던 거야." 그는 담배케이스를 꺼내더니 다급하게 담배를 피워대기 시작했다.

"그래, 맞아. 나는 파렴치한이야. 난 당신 앞에 설 수 없어. 날 내버려둬. 난 어찌할 수 없는 놈이라고. 마지막으로 날 용서해 줘. 나는 떠날 거야. 사라져버릴 거야. 카챠. 난 어찌할 수 없어. 어찌하지 못해. 마치 꿈에서처럼 어쩌다 그랬던 거야." 그는 얼굴을 찡그렸다. "그런데 대체 뭘 해야 하지. 어쨌든 난 파멸했어. 그러나 당신은 날 용서해야만 해." 그는 다시 한 번 아내를 안고 싶었지만, 그녀는 화가 나서 그를 피해버렸다.

"아, 불쌍한 남자들. 우열하든 열등하든 분별없는 남자들 …… 허세를 부린단 말이야. 다 부질없는 짓이야."

그녀는 화장대의 다른 쪽에 앉았다.

"제대로 말을 해봐요."

그는 그녀에게 자초지종을 이야기했다. 이야기인즉슨, 그가 은행에서 돈을 찾아 나갈 때 네크라스코프를 만났고, 네크라스코프는 그에게 자기 집에 들러 노름을 하자고 제의했다는 것이다. 그래서 노름을 하게 된 그는 전부 잃었고 지금 생을 마감하기로 결심했다는 것이다. 그가 생을 마감하기로 결심했다고 이야기했지만, 그녀는 그가 아무런 결심도 하지 않았고 절망적인 상태에서도 모든 것에 대해 답변할 준비를 했던 것처럼 여겨졌다. 그녀는 그가 말을 마칠 때까지 잠자코 들었다.

"모든 게 멍청하고 혐오스럽군요. 어쩌다 돈을 잃는 일은 해서는 안 될 짓이죠. 이건 일종의 크레틴병(갑상선이 비대해져서 백치가 되는 병—옮긴이) 같아요."

"원하는 만큼 날 모욕해도 좋아."

"난 당신을 모욕하고 싶지 않아요. 늘 그래왔듯이 당신을 구원하고 싶어요. 당신은 혐오스럽지 않아요. 난 당신이 불쌍해요."

"차라리 날 때려. 때려…… 그래도 돼."

"자, 들어봐요. 내 생각엔 혐오스럽지도 않고, 날 괴롭히는 일도 아니에요……. 난 아파요. 이미 병에 걸렸어요. 이건 뜻밖의 일이죠. 이건 어쩔 수 없는 상황이에요. 당신은 뭘 해야 하냐고 말했죠? 아주 간단해요. 지금은 6시네요. 프림에게 가서 그에게 말해요."

"프림이 과연 가엾게 여겨줄까? 그에게 말할 수 없어."

"참 당신은 아둔하군요. 설마 내가 당신에게 은행장으로부터 당신이 위임받은 돈을 도박에서 잃어버렸다고 말하라고 하겠어요? 음…… 당신은 그에게 니콜라이 역에 간다고 이야기해요 …… 아니에요. 지금 경찰서로 가세요. 아니 지금 말고, 아침 10시에 가세요. 당신이 니차로다 길을 가고 있는데 소년같이 생긴 어떤 남자가 권총으로 위협해 돈을 빼앗은 거예요. 그러고는 즉시 프림에게 가는 거예요. 그다음엔 똑같이 말하면 되는 거예요."

"그래, 근데 말이야…… 그들이 네크라스코프에게 들어 사
실을 파악할 수도 있단 말이지." 그는 다시 종이로 말은 담배에
불을 붙였다.

"나는 네크라스코프에게 가야겠어. 가서 그에게 말할 거야.
그렇게 할 거야."

미샤는 진정하기 시작했고 아침 8시에 꼭 죽은 듯이 잠이 들
었다. 10시에 아내가 그를 깨웠다.

이 일은 이른 아침 위층에서 일어났다. 그다음 일은 저녁 6시,
아래층의 오스트로프스키 가정에서 일어났다.

저녁식사가 막 끝났을 때였다. 젊은 엄마인 오스트로프스키
공작 부인은 이미 모든 피로그와 오렌지 젤리를 날라 온 하인을
불러다가, 깨끗한 접시에다 젤리를 담으라고 지시했다. 그러고
는 자신의 두 아이에게 눈길을 돌렸다. 오빠는 일곱 살 소년인
보카이고, 여동생은 4년 6개월 된 타네츠카였다. 두 아이는 매
우 사랑스러웠다. 보카는 진지하고 건강하며 착실한 소년이었
다. 변색되고 벌어진 치아를 자랑스럽게 내보이며 매혹적인 미
소를 짓는 타네츠카는 수다스럽고 익살스러운 웃음이 있는 데
다, 항상 모든 일에 즐거워하는 상냥한 소녀였다.

"애들아, 누가 유모에게 피로그를 가져다주겠니?"

"저요!" 보카가 말했다.

"저요, 저요, 저요, 저요, 저요, 저요!" 타네츠카가 자리에서

벌떡 일어나 소리쳤다.

"아니야. 누가 처음에 말했지. 보카. 네가 가져가라." 항상 타네츠카를 귀여워하던 아버지가 말했다. 그는 이걸로 자신의 공정함을 나타내게 돼서 기뻤다.

"타네츠카, 넌 오빠에게 양보하렴." 그가 사랑스러운 딸에게 말했다.

"오빠에게 양보하는 게 항상 기뻐. 오빠, 가져가. 오빠를 위해서라면 난 어떤 것도 아깝지 않아."

타네츠카와 보카는 저녁 만찬을 감사하게 생각했다. 엄마와 아빠는 커피를 마시며 보카를 기다렸다. 그러나 무슨 일인지 아이는 오랫동안 돌아오지 않았다.

"타네츠카, 보카가 왜 이렇게 안 오는지 방에 가보거라."

타네츠카는 의자에서 벌떡 일어났는데, 숟가락이 걸려 떨어졌다. 숟가락을 주워 식탁 모서리 쪽에 올려놓더니, 그녀는 다시 수저를 떨어트렸다가 주워 놓고는 큰 소리로 웃으며 착 달라붙는 스타킹을 신은 포동포동한 다리로 복도를 쏜살같이 달려 방으로 갔다. 방 뒤편엔 유모 방이 있었다. 그녀가 방을 훑어보는데, 갑자기 자기 뒤에서 흐느끼는 소리가 들렸다. 그녀는 뒤돌아보았다. 보카가 침대 옆에 서서 장난감 말을 보고 서 있었다. 그는 손에 접시를 들고 슬프게 울고 있었다. 접시 위엔 아무것도 남아 있지 않았다.

"무슨 일이야? 보카 오빠. 피로그는?"

"내가…… 내가…… 내가 어쩌다 귀한 걸 먹어버렸어. 난

…… 어디로도 가지 않을 테야. 타냐. 난, 정말로 어쩌다……
다 먹어버렸어……. 처음엔 조금 맛만 보다가, 그다음엔 모두
먹어버렸어."

"대체, 이 일을 어쩌지?"

"내가 어쩌다……."

타네츠카는 생각에 잠겼다. 보카는 심하게 울기 시작했다. 갑
자기 타네츠카에게 좋은 생각이 떠올랐다.

"보카. 울지 말고 유모에게 가서 어쩌다 피로그를 먹었다고
얘기하고 용서를 구해. 그리고 내일 우리가 유모에게 우리의 피
로그를 주는 거야. 그녀는 착하잖아."

보카는 흐느낌을 멈추고, 한쪽 손바닥과 다른 쪽 손목으로 두
눈의 눈물을 닦았다.

"근데 어떻게 말하지?" 그가 떨리는 목소리로 말했다.

"음, 함께 가자."

그들은 유모에게 갔다가 행복하고 기쁜 모습으로 돌아왔다.
그리고 유모가 아이들의 부모에게 웃으면서 친절하게 이 모든
이야기를 전할 때, 유모와 부모도 행복하고 즐거웠다.

고마운 땅
—일기로부터

고마운 땅
─일기로부터

    나는 다시 모스크바에 있는 내 친구인 체르트코프의 집에 살고 있다. 우리는 오룔로프의 경계에서 만났고, 난 1년 전에 모스크바로 와 손님으로 지내고 있다. 체르트코프에겐 툴라 현을 빼고는 온 지구가 정착지이다. 그래서 난 그를 만나기 위해서 이 도시의 이 끝에서 저 끝으로 쏘다닌다.

    나는 8시쯤 습관처럼 산책하러 나간다. 무더운 날이다. 처음에는 톡톡 소리를 내며 씨앗을 떨어트릴 준비를 하고 있는 아카시아 옆 진흙 길을 따라 걷고, 그다음엔 본연의 신비한 노란색으로 물들기 시작한 호밀 밭과 여전히 싱싱한 수레국화 사이를 걷는다. 이미 씨앗이 거의 다 뿌려진 검은 들판으로도 나간다. 오른편에는 한 늙은이가 여위고 불쌍해 보이는 말에 러시아식 구식 쟁기를 걸고 밭을 경작하고 있다. 난 두 번째 음절에 특히 강세를 주어 "기어라"라고 말하는 늙은 노인의 화난 목소리를 들었다. 그는 가끔은 "우! 악마야!"라고 말하고는 또다시 "기어라 악마야!"라고 말했다. 나는 그 노인과 이야기를 나누고 싶었다. 하지만 내가 밭도랑 사이를 지나가고 있을 때, 그는 길 끝의 반대편에 있었다. 나는 더 걸었다. 앞쪽에 다른 농부가 있었다. 그가 길 쪽으로 다가오면 그와 마주칠 것이 틀림없었다. '만일 가능하다면, 그와 만나서 이야기를 나눠봐야지.' 나는 이렇게 생각했다. 그러고는 바로 길 옆에서 그와 딱 마주쳤다. 이 농부는 몸집이 큰 적황색 말에다 쟁기를 부착해 밭을 갈고 있었다. 젊고 근육이 탄탄한 농부는 옷을 잘 입고 부츠를 신고 있었다.

그는 내 인사에 상냥하게 대답했다.

"신의 가호가 있기를……."

쟁기는 고른 땅을 잘 갈지 못했다. 그는 길을 걷다가 멈춰 섰다.

"러시아식 구식 쟁기가 더 나은가?"

"물론 훨씬 더 쉽지요."

"장만한 지 오래됐나?"

"얼마 안 됐어요. 근데 도둑맞았었죠."

"이런, 찾았나?"

"물론이죠. 같은 마을에서요."

"도둑을 재판소에 넘겼나?"

"당연한 것 아닙니까?"

"쟁기를 찾았다면서 어째서 재판소에 넘겼나?"

"도둑이기 때문이죠."

"감옥에 있으면서 또 도둑질을 배우는 게 더 나쁜 것이네."

그는 새로운 의견에 동의도, 부정도 하지 않고 주의 깊고 진지하게 나를 쳐다보았다.

그는 생기 있고 건강하고 똑똑해 보이는 얼굴에다 밝은색 털이 턱과 입술 위를 덮고 있었고, 회색의 영특한 눈을 가지고 있었다. 그는 쉬고 싶지만 이야기하는 것도 싫진 않은 듯 뒤로 돌아가려고 말머리를 돌렸으나 쟁기는 남겨졌다. 나는 쟁기 손잡이를 잡고 땀으로 흠뻑 젖은 비만하고 키가 큰 암말을 건드렸다. 말은 멍에를 메고 있었다. 난 몇 걸음 물러섰다. 하지만 놓치는 바람에 쟁기가 빠져버렸다. 나는 말을 멈춰 세웠다.

"그만 하시죠. 하기 어려우실 겁니다."

"자네의 밭고랑만 망쳐 놓았네그려."

"괜찮아요. 다시 하면 돼죠."

그는 나 때문에 망친 밭고랑을 확인하려고 말을 세웠지만, 땅을 갈려고 하지는 않았다.

"태양이 뜨겁군요. 숲에 가서 좀 앉기로 하지요." 그는 땅 끄트머리 쪽에 있는 작은 숲을 가리키며 나를 초대했다.

우리는 어린 자작나무 그늘 밑을 걸어갔다. 그는 땅바닥에 앉고 난 그의 반대쪽에 자리 잡았다.

"어느 마을에서 왔나?"

"보트비닌에서 왔어요."

"먼 곳인가?"

"언덕에서 보면 멀지만 보인답니다." 그는 내가 볼 수 있도록 해주었다.

"대체 집에서 이리 먼 곳에서 밭을 가는 이유가 뭔가?"

"여긴 제 땅이 아니지요. 땅 주인이 있고, 전 고용된 거죠."

"여름 동안에만 고용되었나?"

"아니요, 씨를 뿌리고, 밭을 갈고, 경작하고, 해야 하는 모든 걸 하기로 하고 고용된 거죠."

"그렇군. 주인은 땅을 많이 소유하고 있나?"

"20메라 정도의 종자를 파종합니다."

"아, 그렇군. 그럼 말은 자네 것인가? 좋은 말이군."

"네, 말은 아무 문제가 없지요." 그는 겸손하게 말했다.

농부들이 소유한 말들 중에서는 보기 드문, 정말이지 키도 크고 발육이 잘된 말이었다.

"세상에 나가서 일할 때는 마차로 수송하는 일을 하고 있겠지?"

"아니요. 집에 혼자 있어요. 집주인인걸요."

"이렇게 젊은데?"

"네. 전 일곱 살 때 아버지를 여의었고, 형은 모스크바에 살면서 공장에서 일해요. 처음에 누이가 저를 도와주었지만, 누이 역시 공장에서 일하게 되었어요. 그래서 저는 열네 살 때부터 모든 일을 혼자 해내면서 돈을 모았죠." 그는 은근히 자부심을 내비치며 자신의 삶에 대해 이야기했다.

"결혼은 했나?"

"아니요."

"그럼 가사 일은 누가 하지? 어머니가 하시나? 소는 있나?"

"암소가 두 마리 있어요."

"그렇군! 자넨 몇 살인가?" 나는 물었다.

"열여덟 살이에요." 그는 젊은 자신이 안정된 생활을 하는 것이 흥미를 유발한다는 사실을 깨닫고는 미소를 지으며 대답했다. 그리고 아마도 이 사실로 인해 기분이 좋은 것 같았다.

"어떻게 그렇게 젊지? 그러면 군대는 가나?" 내가 물었다.

"코앞에 다가왔죠." 늙음과 죽음은 피할 수 없기에 그 어떤 말도 생각할 필요 없이 수용하는 그런 편안한 표정으로 그는 대답했다.

우리 시대 여느 농민들과의 대화처럼 우리 대화도 땅에 관한 이야기로 일관했다. 그는 자신의 인생에 관해 이야기하면서 땅이 작고 말도 없이 일했다면 아무것도 먹을 수 없었을 것이라고 말했다. 그는 이 모든 걸 유쾌하고 기쁜 마음으로 자랑스럽게 이야기했다. 그리고 그는 열네 살 때부터 가장이 되어 혼자서 돈을 벌었다고 반복해서 말했다.

"그럼 술은 마시나?"

아마도 그는 술 마시는 것에 대해선 말하고 싶지 않은 듯했다. 그렇다고 진실을 감추길 원하지도 않는 듯했다.

"술을 마셔요." 그는 어깨를 움츠리며 조용히 말했다.

"그럼 글을 읽고 쓸 줄은 아나?"

"잘 압니다."

"그럼, 술에 관한 책은 읽어봤나?"

"아뇨. 안 읽어봤습니다."

"저런, 음주보다 그게 더 좋은 일인데."

"그래도 음주의 좋은 점이 별로 없다는 건 잘 알죠."

"그러니까 술을 끊어버렸으면 좋겠네만."

그는 침묵했다. 그러고는 곰곰이 생각하는 듯했다.

"가능하지 않겠나. 술을 끊는다면 좋을 텐데." 나는 말했다.

셋째 날 나는 이비노를 돌아다니다가 막 한 집에 다다랐었다. 주인과 인사를 나누는데 주인은 나를 이름과 부칭으로 불렀었다. 12년 전에 만난 적이 있었던 쿠진이었다.

"쿠진을 아는가?"

"물론이죠, 세르게이 티모페이치 님."

나는 그에게 12년 전 쿠진과 금주회를 만들었던 것과 그전에 쿠진은 술을 마셨지만 지금은 완전히 술을 끊었다는 걸 이야기해주었다.

그리고 나는 쿠진이 이 불쾌한 것에서 벗어나 기쁘다고 말했다는 사실까지 덧붙였다. 그리고 쿠진이 성실히 사는 것처럼 보인다고 말했다. 집과 모든 것들이 좋아 보였는데, 술을 끊지 않았다면 아마도 그렇게 되지 못했을 것이라고도 말했다.

"그래요, 정확하네요."

"그럼 자네도 그랬으면 좋겠군. 이렇게 젊고 훌륭한 청년인 자네가 술을 마시는 게 좋지 않다고 말하면서 왜 술을 마시는가? 자네도 끊으면 좋을 걸세."

그는 침묵했고 두 눈은 나를 응시했다. 나는 떠날 채비를 하고 그에게 악수를 청했다.

"정말, 이번부터 끊게나. 그게 좋을 것이네."

그는 억센 손으로 내 손을 꽉 쥐었다. 마치 이 악수로 약속하는 것처럼 보였다.

"그럼요. 가능합니다." 그는 갑자기 결정이라도 한 것처럼 즐겁게 말했다.

"정말 약속하는 건가?" 나는 놀라서 물었다.

"그럼요. 약속합니다." 그는 살짝 미소를 짓고는 머리를 끄덕이며 말했다.

그의 차분한 목소리와 진지하고 주의 깊은 얼굴은 이것이 농담이 아니라 확실한 약속이란 것과 그가 이 약속을 지킬 것이란 믿음을 보여주었다.

늙어서인지, 병 때문인지, 아니면 이 모두로 인해서인지, 나는 눈물에 약해졌다. 감동의 눈물이었고, 기쁨의 눈물이었다. 이 사랑스럽고, 견실하고, 강한, 아마도 모든 선행을 할 준비가 되어 있는 이 젊은이의 단순한 말이 나를 감동시켰다. 나는 그에게서 살짝 떨어졌고, 흥분 때문에 말을 제대로 할 수가 없었다.

진정이 되고 나서, 몇 걸음 떨어져서 그를 향해 다시 돌아섰다. (나는 그에게 이름이 뭐냐고 물어봤다.)

"그럼 이 말을 명심하게나, 알렉산드르. '약속은 꼭 지켜져야만 한다네(원문은 не давши слова-крепись, а давши слово-держись, '약속을 잘 지키라'는 의미의 러시아 속담―옮긴이).'"

"네, 분명히 지킬 겁니다."

그를 떠나면서, 나는 내가 느껴본 그 어떤 감정보다 더 큰 기쁨의 감정을 맛보았다.

나는 그와 이야기하면서 그에게 음주에 반대하는 포스터와 작은 책자를 주겠다고 해놓고선 잊어버렸다. 음주에 반대하는 포스터들 중의 하나는 이웃 마을의 농부가 바깥쪽 벽에 붙였는데, 시골 경찰이 찢고 제거해버렸던 것이다. 그는 내 제안에 감사하다고 말하면서 점심 무렵에 들르겠다고 말했다. 그런데 그는 점심때 들르지 않았다. 내가 생각하는 것처럼 우리의 모든 대화가 그에게는 그리 중요하지 않았던 것 같고, 그에겐 책이 그리 필요하지 않다는 생각이 들었다. 나는 그를 과대평가했던 것이다. 그러나 저녁 때 그는 일과를 마치고 걸음을 재촉해서 오느라 땀에 젖은 모습으로 도착했다. 저녁 전까지 일하고 나서, 집에 도착해 쟁기를 빼고 말을 마구간에 넣고선, 이 건장하고 즐거운 이가 4베르스타를 걸어서 내게 책을 받으러 왔던 것이다. 나는 이 손님과 중간 부분에 꽃 항아리가 있도록 꾸며진 화단의 앞쪽에 위치한 훌륭한 테라스에 앉았다. 노동자들과 인간관계를 맺을 때, 그들 앞에서 늘 염치없게 만드는, 그런 화려한 환경에서 말이다.

나는 먼저 그에게 다가가서 생각을 바꾸었는지 아니면 약속을 지킬 것인지 반복해서 물었다. 그는 다시 그 선량한 미소를 머금고 이야기했다.

"그럼요. 전 어머니에게도 말했습니다. 어머니는 기뻐하셨고, 감사하고 계세요."

나는 그의 귓등에 꽂혀 있는 종이를 보았다.

"그런데 담배를 피우나?"

"피웁니다." 그는 아마도 내가 그에게 담배를 끊으라고 설득하길 기대하며 대답했다. 그러나 나는 그렇게 하지 않았다. 그는 어떤 알 수 없는 생각의 고리로 인해 잠깐 침묵했다. 그의 생각의 고리란 게 내가 그의 인생을 동정한다는 사실에서 비롯된다고 여겨졌다. 그는 가을에 있을 중요한 일을 내게 알리고 싶어 했다.

"제가 말씀드리지 않았지만, 사실 이미 맞선을 봤습니다." 그가 말했다. 그러고는 뭔가 물어보는 시선을 내게 던지며 미소를 지었다.

"가을에요."

"이럴 수가! 아주 좋은 일이군! 신부를 어디에서 데려오나? 지참금은 가지고 오나?"

"아닙니다. 어떤 지참금을 말씀하시는 겁니까. 훌륭한 아가씨인데요."

그러자 나는 우리 시대의 훌륭한 젊은 사람들과 만날 때마다 항상 나를 사로잡았던 그 질문을 그에게 해야겠다는 생각이 떠올랐다.

"내가 묻는 걸 용서하게. 그러나 제발 진실을 말해주게. 아예 대답을 하지 말든가 아니면 일체의 진실을 말해주게나." 나는 말했다.

그는 차분하고 주의 깊은 눈으로 나를 응시했다.

"그렇게 하지 못할 이유가 없지요."

"자네는 여인과의 잠자리를 가졌나?"

한 치의 망설임도 없이 그는 간단하게 대답했다.

"신의 은총이 있길…… 그런 일은 없었습니다."

"좋아. 아주 좋아. 자네 덕분에 기쁘군." 나는 말했다.

이제는 더 이상 말할 필요가 없었다.

"그럼 지금 자네에게 책을 건네주겠네. 신이 자네를 도우시기를."

우리는 작별인사를 했다.

씨 뿌리기에 얼마나 좋은 땅인가. 또 얼마나 풍요로운 땅인가. 그 땅에다 거짓, 폭행, 음주, 음란이란 씨앗을 뿌리는 것은 얼마나 끔찍한 죄악인가. 그렇다. 이 기적과 같은 땅에선 경작이 멈추지 않고, 씨앗을 기다리면서 잡초들이 무성하게 자란다. 민중들에게 끊임없이 무언가를 받는 대가로 그들에게 무언가를 줄 기회를 가진 우리는 과연 그들에게 무엇을 돌려주는가? 비행기, 대형 전투함, 30층짜리 건물, 축음기, 영사기 등 우리가 학문과 예술이라고 부르는 것은 모조리 다 필요 없고 어리석은 것들이다. 그중 대표적인 것을 예로 들면 공허하고, 부도덕하고, 죄를 범하는 인생이다. 만약 우리가 민중들로부터 무언가 받는 대신에 필요 없고 어리석고 나쁜 것들을 그들에게 돌려준다면, 그것은 여전히 좋은 일인가. 갚을 수 있는 빚의 일부분을 갚는 대신에 우리는 진실한 앎을 갈망하는 땅에다 가시 돋친 식물과 가시 있는 풀만 심고서는, 이 사랑스럽고 모든 선한 일에 관대하며, 어린아이와도 같이 깨끗한 사람들을 고의적인 속임수로 간교하게 대하고 있지는 않은가.

'유혹이 닥쳐와 그 유혹으로 인해 세상은 불행해진다. 하지만

유혹을 가지고 온 그 사람도 불행해지고 만다.'

메쉐르스코예, 1910년 6월 21일~
야스나야 폴랴나, 1910년 7월 9일.

영혼의 변증법으로 선을 구현한 현자

강명수

레프 니콜라예비치 톨스토이는 '인간의 삶을 만들어가는 보편적 구조에 순종해야 함'을 설파하면서, 인간과 사건에 대해 믿었던 것과 믿어야만 한다고 생각하던 것 간의 역력한 모순을 해결하고자 노력했던 작가이자 사상가이다. 한마디로 말해 그는 실재와 당위 사이의 괴리를 극복하고 해소하고자 기득권마저 내던지며 몸부림친 인물이다.

우리는 그의 주요한 문학 작품들을 씨줄로 하고, 톨스토이의 일대기를 날줄로 해서 톨스토이 문학 세계의 핵심을 파악할 수 있다. 톨스토이의 주요한 문학 작품들은 자신의 문학적 전략과 기법을 드러낸 훌륭한 예술 텍스트이자, '영혼의 변증법'을 매개로 해서 자신의 관념과 이데올로기(관념체계)를 설파한 사회적 리포트이기도 하다.

때로는 세상과 밀착하면서, 때로는 세상과 상거相距하면서 길어 올린 톨스토이의 수많은 작품들은 21세기의 지구촌 사회가 간절히 요구하는 '전 지구적 연대 의식'과 '지구촌 인간의 역동적 맥락화'와 결부되면서, 21세기를 살아가는 우리에게 새로운 문제의식을 갖도록 유도한다. 바로 이 지점에서 톨스토이 작품이 갖는 현대성이 도출되고, 그의 작품 세계의 가치와 의미가 새롭게 조망된다. 이러한 차원에서 이 책에 실린 그의 후기 작품들을 곱씹어보는 기쁨을 누려보도록 하자.

톨스토이가 1896년 8월부터 쓰기 시작해서 8년이 지난 1904년이 되어서야 완성한 「하지 무라트」는 그의 후기 작품세계를 대표하는 예술적 완성도가 가장 뛰어난 중편소설이다. 이 작품은 톨스토이 생전에는 발표되지 않다가, 1912년 모스크바에서 출간된 ≪레프 니콜라예비치 톨스토이 사후의 작품 모음집(Пос мертные художественные произведения Л. Н. Толст ой)≫의 제3권에 실렸다. 러시아에서는 엄격한 검열을 거치면서 니콜라이 1세와 관련된 진술과 묘사 부분이 삭제되었지만, 같은 해에 독일에서는 온전한 텍스트가 출간되었다.

『예술이란 무엇인가?』를 출판한 1898년에 톨스토이는 아이러니컬하게도 많은 평론가들에 의해 그가 이룩한 창조적 명작의 하나로 손꼽히는 「하지 무라트」의 집필을 진행시키고 있었다. 그런데 이 작품은 종교적 교의, 도덕적인 사변, 형이상학적 관념에 대한 집착에서 벗어나 있다. 또한 초기의 대표작들인 「습격—어느 지원병의 이야기」, 「산림 벌채」, 「카자크인들」과 마찬가지로 「하지 무라트」는 자연과 인간이라는 주제를 다루고 있다. 특히 「하지 무라트」는 「습격―어느 지원병의 이야기」와 몇 가지 차원에서 비교할 수 있다. 우선 러시아 군대가 산사람들의 마을을 습격하는 잔혹한 장면과 카프카스 자연의 아름다운 풍광을 대비하면서 자연스러운 것과 인위적인 것, 자연과 인간, 자연과 역사, 전쟁과 평화에 대해 숙고하게 하는 공통점이 있다. 아울러 「하지 무라트」에서 아브데예프의 죽음 장면과 「습격―어느 지원병의 이야기」에서 준위의 죽음 장면을 통해 매혹적인 자연 앞에서 인간이 자신의 영혼 속에 악한 마음과 복수심을 품고, 자신과 똑같은 인간을 죽여야 하는 전쟁 상황을 기소, 고발하고 있다. 종국에는 인간의 내면에 자리 잡고 있는 모든 사악한 마음을 생명력을 간직한 자연과 대비시키고 있다.

한편 이 작품에서 주인공의 형상을 드러내는 다양한 예술적 기법들(오버랩, 대조, 반복, 살짝 엿보기, 심리적 엿듣기, 소외의 모티프, 새의 이미지, 낯설게 하기)은 독자들로 하여금 주인공의 관념, 이상, 가치규범, 정신 상태를 선명하게 인식하게 할 뿐만 아니라, 저자의 의도를 예술적으로 표현하고 있다.

「하지 무라트」에서 주인공의 삶의 행로는 자기 자신에게로의 귀환이자, 자신의 관념을 실현하는 자기 확신의 도정이다. 톨스토이는 이러한 하지 무라트를 통해 생명력 있는 인간의 감추어진 힘과 아름다움을 표현하고자 했다.

「위조 쿠폰」은 이미 1880년대 후반에 구상되었지만, 1902년 가을에야 비로소 집필이 시작되었고, 1904년 2월까지 집필이 진행되었다. 이 작품은 톨스토이 생전에는 발표되지 않다가 검열 허가를 거친 후, 1911년 모스크바에서 출간된 《레프 니콜라예비치 톨스토이 사후의 작품 모음집》의 제1권에 실렸다. 톨스토이는 죽기 전 10년 동안에 수많은 저작들을 양산하며 자신의 도덕적 탐색과 더불어 진리 추구를 계속해 나갔는데, 「위조 쿠폰」도 그 연장선상에서 산출된 작품으로 분류할 수 있다. 특히 이 작품은 '그리스도의 교훈(그리스도께서 말씀하신 교훈일 수도 있고, 그리스도에 관한 교훈일 수도 있다)'이 짙게 녹아 있을 뿐만 아니라, 도덕적–윤리적 성격도 띠고 있다. '살아 있는 시대의 양심'으로 활동하면서 보리스 파스테르나크에게도 큰 영향을 끼친 톨스토이가 산출한 『부활』과 「위조 쿠폰」은 인간의 화해와 용서와 사랑이 어떻게 가능한지를 보여줌과 동시에, 사형 제도를 부정하는 목소리까지도 오롯이 담고 있다.

　「위조 쿠폰」은 제1부와 제2부로 구성되어 있는데, 특히 제1부는 일련의 사건들이 계속 인과관계로 연결되면서 축적되는 구조로 되어 있다. 이러한 구조는 세상사에서 그 어떤 것도 흔적 없이 그냥 사라지지는 않는다는 것과 연관된다. 나아가서는 인간이 행한 모든 악은 장차 이런저런 방법으로 소환되고, 다른 이들을 해치면 결국 그것이 자기 자신에게로 부메랑이 되어 돌아온다는 의미도 내포하고 있다.

　「하지 무라트」에서는 죽음을 매개로 한 상승과 하강의 슈제트의 노선이 나타난다면, 「위조 쿠폰」에서는 악惡을 매개로 한 상승과 하강의 슈제트의 노선이 나타난다. 제1부에서 나타나는 이반 미로노프, 바실리, 스테판의 행위는 '악을 악으로 갚고자 하는 것'으로 악의 상승을 만들어낸다.

제2부에서 나타나는 스테판의 회개와 개심은 '악을 악으로 갚지 않고 악을 삼켜버리는 것'으로 '악의 하강, 소멸'을 만들어 낸다. 나아가서 저자 톨스토이는 마리야 세묘노브나와 스테판을 통해 '악에 대한 무저항주의'와 '선의 희구'를 표출하고 있다.

이런 맥락에서 보면 「위조 쿠폰」은 제1부와 제2부의 일련의 사건들이 서로 연관되면서 축적되고 대비되는 구조를 통해 그 의미를 획득하고 있다. 달리 표현하면 제1부와 제2부의 주요한 사건들이 악의 상승과 악의 하강이라는 대비를 통해 결합되면서, 저자의 주요한 사상을 구조—의미론적 차원에서 표현하고 있다.

「위조 쿠폰」의 제1부는 탄력적으로 움직이는 악惡의 구球가 '어떻게 퍼져 나가는가?'에 대한 이야기라면, 제2부는 선善의 힘이 그것을 '어떻게 차단하고, 끊어내는가?'에 대한 이야기로 정리할 수 있다. 악의 고리를 끊어내고, 악의 움직임을 차단하는 '선의 힘'은 '악에 대한 무저항주의' 혹은 '악을 삼켜버리는 행위'에서 나온다는 것이 톨스토이의 신념이자 확신이다. 1898년 6월 12일에 쓴 그의 일기가 이를 웅변하고 있다.

악에 대한 무저항주의는 인간 자신을 위해서도, 사랑의 완성에 도달하기 위해서도 중요할 뿐만 아니라, 오직 이 한 가지 무저항주의를 통해서 악을 중지시키고, 악 그 자체를 삼켜버리고, 악을 무력화시키고, 악이 더 이상 확산되는 걸 허용하지 않기 위해서도 중요하다. 만약 악을 삼켜버리는 그 힘이 없다면 탄력성이 좋은 구球의 움직임처럼 악이 필연적으로 퍼져나간다. 살아 움직이며 활동하는 그리스도교는 그리스도교(교리)를 만들고 창조하기 위해서 존재하는 것이 아니라, 악을 삼켜버리기 위해서 존재한다. '쿠폰'에 관한 이야기를 완성하길 간절히 원한다.

톨스토이는 이 작품의 제1부 말미에서 마리야 세묘노브나가 스테판을 대하는 태도를 통해 '악에 대한 무저항주의'를 표현했다. 그녀는 살인을 당하면서도 자기 자신보다 스테판의 영혼의 파멸을 염려한다. 결국 마리야 세묘노브나의 영향으로 스테판은 개심한다.

이 작품의 제2부에 나타난 스테판의 형상은 제1부에서 '악의 연쇄 고리'를 이어나가는 형상들과 대비된다. 그는 '악을 악으로 갚는 형상'에서 '진리 안에서 사랑과 선을 실천하는 형상'으로 변화한다. 이후 스테판의 영향으로 마호르킨이라는 사형집행인이 자신의 사형집행 역할을 거부하고, 리자라는 젊은 여성이 자신의 삶을 전면적으로 변화시켜나간다. 또한 스테판이 읽어주는 성서를 통해 바실리의 삶이 변한다(그의 삶에 대한 태도는 '위조 쿠폰 사건'에 연루되기 이전과 이후로 극명하게 나누어지는데, 그것은 '도시에서의 삶'과 '농촌에서의 삶'에 대한 관념으로 연결되어 있다. 이를 통해 톨스토이의 주된 관념과 사상이 '역설적으로' 표출되고 있다).

　'한 인간의 실존적 아픔과 고통'을 형상화한 중편소설 「무엇 때문에?」의 집필은 1906년 1월부터 4월에 걸쳐서 이루어졌고, 1906년 모스크바에서 발간된 저서 『독서회』에 처음으로 수록되었다. 이 작품의 주제와 대부분의 줄거리는 막시모프(С. В. Максимов)의 『시베리아와 강제 노동』에서 취했다. 막시모프의 이 작품은 톨스토이에게 강한 인상을 남겼다. 그래서 1906년 2월 톨스토이는 야스나야 폴랴나를 방문한 스타호비치(С. А. Стахович)에게 다음과 같이 말했다. "당신은 막시모프의 유명한 작품 『시베리아와 강제 노동』을 읽어보았소? 강제 노동과 유형의 역사적 묘사가 눈에 띄오. 한번 읽어보시오. 사람들이 얼마나 잔인하게 행동하는지, 짐승들도 정부가 하는 것처럼 그렇게 잔인하게 행할 수는 없을 거요."

　유형을 당해 강제 노동에 처해진 폴란드인 미구르스키와 그의 아내 알비나는 실재했던 인물이다. 이 작품에서는 그들의 이름뿐만 아니라, 그들 생애의 모든 비극적 이야기가 온전히 보존되어 있다. 톨스토이는 이들의 이야기에다 인간이 처한 상황과 결부된 심리적 묘사를 도입한다. 그래서 이들은 민감한 영혼과 성정의 소유자로 묘사되고 있다. 또한 톨스토이는 국가(기구)의 억압과 강압의 희생양인 주인공들에 대한 아픔과 고통을 그려낼 뿐만 아니라, 폴란드의 민족 해방운동에 대한 공감을 표출하고 있다. 저자는 '폴란드(인)의 관점에서' 이 사건을 바라보기 위해,

수많은 사료를 정밀하게 탐독했다. 특히 그는 1830~1831년에 일어난 폴란드 봉기와 관련된 문헌을 빌려서 연구하기도 했다. 그래서 톨스토이는 다음과 같이 말했다. "작품 곳곳에 산재해 있는 폴란드 봉기와 관련된 다섯 문장을 쓰기 위해서 수많은 책을 정독해야만 한다."

「무엇 때문에?」에서는 거대한 국가적 폭력과 심리적 강압으로 인한 '한 인간의 실존적 아픔과 고통'이 나타난다. 톨스토이는 이 작품을 통해서 나와 다른 너도 '삶과 죽음'이라는 불변항을 매개로 연결되어 있으므로, 타인의 아픔과 고통, 소외와 불안에 대해 외면하지도 눈감지도 말 것을 넌지시 주문한다.

「무도회가 끝난 후」(1903)는 톨스토이의 인간과 사물에 대한 주도면밀한 관찰력이 큰 역할을 한 작품으로, 문학적 평가에 있어서 그의 다른 탁월한 작품들과 어깨를 나란히 한다. 「하지 무라트」와 「무엇 때문에?」와 마찬가지로 이 작품에서 톨스토이는 권력의 전횡과 압제에 대한 깊은 증오를 표출함과 동시에 어떤 식으로든 그것에 저항할 것을 넌지시 주문한다. 우리는 이 단편을 통해 러시아 혁명의 양상과 20세기의 러시아인이 살아갈 삶의 모습까지도 예측할 수 있다. 나아가서 우리는 이 작품을 통해 '러시아에서 아흐마토바의 예술과 스탈린의 숙청이 어떻게 동시에 일어날 수 있는가?'에 대한 물음의 실마리를 찾아낼 수도 있다.

중편 소설 「신적인 것, 인간적인 것」은 1906년 '중개인' 출판사에서 처음 발간한 저서 『독서회』 2권에 수록되어 세상에 나왔다. 이 작품은 1900년대 다른 작품들처럼 혁명적 자유주의 운동을 객관적으로 진술하고 있다. 이 작품과 관련해서 언급하고픈 것은 톨스토이주의와 공산주의와의 관계이다. 톨스토이는 마르크스 예언이 이루어진다고 해도 지속적인 폭정이 기다리고 있다고 믿었다. 지금은 자본주의자들이 사회를 지배하지만, 미래에는 노동 계급의 지도자들이 사회를 지배하게 될 것이라고 생각했다. 또한 톨스토이는 폭력은 다른 폭력을 부르며, 사회(제도)의 일부만을 변화시키지만, 비폭력적이고 자발적인 자기완성은 사회구조 자체를 변화시킬 수 있다고 믿었다. 나아가서 톨스토이는 모든 사람들이 그리스도의 가르침에 따라 선하게 살고, 도덕적인 자기완성의 경지에 올라야만 유토피아가 가능하다고 믿었다.

톨스토이가 '민중 속으로' 들어가 농촌의 현실을 목도하고 직접 겪은 일들을 토대로 집필한 작품이 「시골에서 보낸 사흘」(1910)이다. 이 작품에서는 황폐한 농촌의 현실과 거기서 어쩔 수 없이 살아가는 이들의 고통을 병역 의무와 조세 문제와 결부시켜 정밀하고 치밀하게 묘사하고 있다. 특히 정부에 대한 적의와 반감을 불러일으키는 실제의 에피소드가 실감나게 그려지고 있다. 이와 같은 실제의 에피소드로 만들어진 일련의 소품들이 바로 「나그네와의 대화」(1909), 「길손과 농부」(1909), 「시골의 노래」(1909)이다. 당대의 농촌 현실, 토지와 조세, 병역 문제에 대한 담론이 펼쳐지는 「나그네와의 대화」, 「길손과 농부」 그리고 신병 징집 문제를 중심으로 전쟁에 대한 에두른 고발이 나타나는 「시골의 노래」는 모두 말년의 톨스토이의 사상을 오롯이 반영하고 있다.

「호드인카」(1910)는 니콜라이 2세 대관식이 있었던 1896년 5월 18일에 모스크바의 호드인카 들판에서 3000명의 사상자를 낸 끔찍한 사건을 토대로 만들어진 단편이다. 이 작품에서 에피소드의 변환과 교체는 마치 영화식의 선명함을 드러낸다.

한편으로 후기 톨스토이가 채식주의를 실천하며 술과 담배도 멀리하는 가운데 산출한 일련의 작품들이 있다. 채식을 주장한 아주 짧은 이야기가 「늑대」(1908)이고, 금주와 금연을 주장한 인상기에 가까운 작품이 「고마운 땅」(1910)이다. 「고마운 땅」은 젊은 농부와의 대화를 토대로 집필했으며, 실제의 에피소드로 채워져 있다.

우리는 지금까지 톨스토이가 자신의 '도덕적 기획'을 통해 혹은 '그리스도의 교훈 전파'를 통해 만들어놓은 '완결된 독백적 세계'를 여행하면서, 그가 사랑한 '자연과 땅'이 우리가 현실에서 추구하는 '돈, 권력 그리고 명예'와는 대조된다는 사실을 깨닫는다. 아울러서 '자연과 땅으로 대변되는 세계'와 '돈과 권력으로 대변되는 세계' 사이에서 우리는 왜, 온전히 한쪽에 정착하기 힘든 것인지 자문하게 된다. 그리고 '악에 대한 무저항'이 현실에서 설득력이 있는 건지 없는 건지에 대해서도 물어보게 된다. 궁극적으로는 '지금, 여기의 시공간'에서 톨스토이와 그의 세계가 과연 우리에게 어떤 의미인지도 곱씹어보게 된다.

'그리스도 안에서 바보처럼 순수하게 삶을 살고자 노력했던' 톨스토이는, 진리 안에서 세워진 믿음이 깊고 사랑을 덧입고 있다면 혼탁한 세상을 변화시킬 수 있다고 생각했다. 역사를 움직인 사람은 영리한 사람들이 아니라, 진리 안에서 세워진 믿음을 매개로 서로 사랑하면서 선을 구현하려는 사람들이었다는 걸잘 알고 있었기 때문이다 이제 우리도 일상적 삶에서 '진리 안에서 서로 사랑하면서 선을 구현하려는 사람들이 가진 초록 막대기'를 늘 품고 살아가면 어떨까?

1828년   8월 28일 니콜라이 일리치 톨스토이 백작과 마리야 톨스타
야(결혼 전 성은 볼콘스카야) 백작부인의 5남매 중 4남으로
영지 야스나야 폴랴나에서 출생.

1830년   어머니 사망.

1837년   모스크바로 이주. 아버지 사망. 먼 친척 타티야나 예르골스
카야 부인이 5남매를 돌봄(이후 톨스토이의 인생에 큰 영향
을 줌 — 편집자 주). 큰고모 알렉산드라 오스텐-자켄 백작
부인이 후견인이 됨.

1841년   알렉산드라 오스텐-자켄 백작부인 사망. 작은고모 펠라게야
유시코바가 새로운 후견인이 됨.

1844년   카잔대학교 동양어학부에 입학하여 투르크어, 페르시아어
전공.

1845년	같은 대학교 법학부로 전학.
1847년	3월 17일 일기를 쓰기 시작(톨스토이 연구에 중요한 기록을 많이 담고 있음—편집자 주). 카잔대학교 자퇴. 영지 야스나야 폴랴나로 이주.
1851년	3월 톨스토이 최초의 문학작품「어제 이야기」저술. 미완성으로 남음. 4월 형 니콜라이를 따라 카프카스 지방으로 감. 이곳에서 소위보로 군에 입대하여 산악부족과의 전투에 참여. 틈틈이 창작활동.
1852년	문학잡지《소브레멘니크》에「소년 시절」발표.
1854년	다뉴브 군으로 전속. 이어 크림반도로 전출. 10월 중《소브레멘니크》에「청소년 시절」발표.
1855년	「당구계수원의 수기」「산림 벌채」발표. 세바스토폴 공방전에 참가.「1855년 5월의 세바스토폴」「1855년 8월의 세바스토폴」「1855년 12월의 세바스토폴」발표. 11월에 페테르부르크로 여행. 이곳에서 문학계의 대대적인 환영을 받음.
1856년	「눈보라」「두 경기병」「지주의 아침」발표. 5월에 전역하여 영지 야스나야 폴랴나로 돌아옴.

1857년 1월 《소브레멘니크》에 「청년 시절」 발표. 같은 달 첫 유럽 여행. 행선지는 독일, 프랑스, 이탈리아, 스위스. 여행 중 받은 인상을 「네흘류도프 공작의 수기: 루체른」에 담음.

1858~59년 「알베르트」「세 죽음」「가정의 행복」 발표. 농촌 어린이 교육에 헌신.

1860~61년 두 번째 유럽 여행. 행선지는 독일, 프랑스, 이탈리아, 벨기에, 영국. 유럽 각국의 교육제도 연구.

1861~62년 지주와 농부의 분쟁을 조정하는 치안판사 직무 수행.

1862년 9월 23일 모스크바 의사 집안 출신의 소피야 안드레예브나 베르스와 결혼. 이때 신부의 나이는 18세, 신랑은 34세.

1862~63년 교육잡지 《야스나야 폴랴나》 발간. 「카자크인들」「폴리쿠슈카」 발표.

1868~69년 장편소설 『전쟁과 평화』 발표.

1875년 「새로운 알파벳」「러시아 독본」 발표.

1875~77년 장편소설 『안나 카레니나』 발표. 1878년에 단행본으로 출간.

1879~82년 러시아 정교회에서 탈퇴. 지주생활 청산 선언. 도덕적으로 완전무결한 참된 기독교 지향. 종교성과 윤리성을 강조한 「참회록」 저술.

1880~86년 러시아 평민을 위한 이야기 저술, 발표.

1881년 모스크바로 이주.

1882년 모스크바 빈민굴 인구센서스에 참가. 러시아 사회의 모순을 비판하는 일련의 글 발표.

1883~84년 「나의 신앙의 요체」에서 러시아 정교회를 신랄히 비판.

1889~90년 「홀스토메르」「이반 일리치의 죽음」, 희곡 「어둠의 힘」 발표. 「크로이체르 소나타」「악마」, 희곡 「교육의 열매」 발표.

1891~94년 흉작으로 대기근에 시달리는 농부들을 돕기 위한 캠페인 조직. 기근에 관한 일련의 글 발표.

1895년 「주인과 하인」 완성. 체호프가 찾아옴.

1897~98년 「예술이란 무엇인가」에서 데카당 사조를 비판하고 국민을 위한 예술 강조.

1899년	장편소설 『부활』 발표.
1900년	희곡 「살아 있는 시체」 발표. 고리키가 찾아옴.
1901년	2월 러시아 정교로부터 파문당함. 12월에 건강 악화로 크림 반도에서 요양. 이곳에서 체호프와 고리키 만남. 요양 후 야스나야 폴랴나로 이주.
1902~10년	「무도회가 끝난 후」 「하지 무라트」 「무엇 때문에?」 「신적인 것, 인간적인 것」 「세상에 죄인은 없다」 발표.
1910년	10월 28일 가족들 몰래 가출. 11월 7일 철도 간이역 아스타포보(현 톨스토이역)에서 사망. 11월 9일 야스나야 폴랴나에 매장.

* 이 작가 연보에 등장하는 날짜는 러시아에서 혁명 전에 사용되었던 구력에 따른 것으로 오늘날 우리가 사용하는 달력에 비해 12일이 빠르다—편집자 주.